ANTOINE COMPAGNON

LA TROISIÈME RÉPUBLIQUE DES LETTRES
DE FLAUBERT À PROUST

从福楼拜到普鲁斯特

文学的第三共和国

［法］安托万·孔帕尼翁 著

龚觅 译

生活·讀書·新知 三联书店

© Édition du Seuil, 1983
Simplified Chinese Copyright © 2023 by SDX Joint Publishing Company.
All Rights Reserved.
本作品简体中文版权由生活·读书·新知三联书店所有。
未经许可，不得翻印。

图书在版编目（CIP）数据

从福楼拜到普鲁斯特：文学的第三共和国／（法）安托万·孔帕尼翁著；龚觅译．—北京：生活·读书·新知三联书店，2023.1（2023.10重印）
（法兰西思想文化丛书）
ISBN 978 – 7 – 108 – 07376 – 1

Ⅰ.①从⋯　Ⅱ.①安⋯　②龚⋯　Ⅲ.①文学史–法国
Ⅳ.①I565.09

中国版本图书馆 CIP 数据核字（2022）第 046066 号

责任编辑	吴思博
装帧设计	刘　洋
责任校对	曹秋月
责任印制	董　欢
出版发行	生活·讀書·新知 三联书店
	（北京市东城区美术馆东街 22 号 100010）
网　　址	www.sdxjpc.com
图　　字	01-2018-4525
经　　销	新华书店
印　　刷	河北鹏润印刷有限公司
版　　次	2023 年 1 月北京第 1 版
	2023 年 10 月北京第 2 次印刷
开　　本	889 毫米×1194 毫米　1/32　印张 16.625
字　　数	380 千字
印　　数	5,001–8,000 册
定　　价	88.00 元

（印装查询：01064002715；邮购查询：01084010542）

"法兰西思想文化丛书"编委会

王东亮　车槿山　许振洲　杜小真

孟　华　罗　芃　罗　湉　杨国政

段映虹　秦海鹰　高　毅　高　冀　程小牧

"法兰西思想文化丛书"总序

20世纪90年代,北京大学法国文化研究中心(前身为北京大学中法文化关系研究中心)与三联书店合作,翻译出版"法兰西思想文化丛书"。丛书自1996年问世,十余年间共出版27种。该书系选题精准,译介严谨,荟萃法国人文社会诸学科大家名著,促进了法兰西文化学术译介的规模化、系统化,在相关研究领域产生广泛而深远的影响。想必当年的读书人大多记得书脊上方有埃菲尔铁塔标志的这套小开本丛书,而他们的书架上也应有三五本这样的收藏。

时隔二十年,阅读环境已发生极大改变。法国人文学术之翻译出版蔚为大观,各种丛书系列不断涌现,令人欣喜。但另一方面,质与量、价值与时效往往难以两全。经典原著的译介仍有不少空白,而填补这些空白正是思想文化交流和学术建设之根本任务之一。北京大学法国文化研究中心决定继续与三联书店合作,充分调动中心的法语专家优势,以敏锐的文化学术眼光,有组织、有计划地继续编辑出版这套丛书。新书系主要包括两方面,一是推出国内从未出版过的经典名著中文首译；二是精选当年丛书中已经绝版的佳作，由译者修订后再版。

如果说法兰西之独特魅力源于她灿烂的文化，那么今天在全球化消费社会和文化趋同的危机中，法兰西更是以她对精神家园的守护和对人类存在的不断反思，成为一种价值的象征。中法两国的思想者进行持久、深入、自由的对话，对于思考当今世界的问题并共同面对人类的未来具有弥足珍贵的意义。

谨为序。

北京大学法国文化研究中心

目 录

"法兰西思想文化丛书"总序 ················· 1

译者序 ····································· 1

前言 双面人罗兰·巴特 ····················· 1

第一部分 居斯塔夫·朗松，人与作品

引子 ······································ 21
1 从作为文学体裁的历史走向作为历史学分支的
  文学史 ································· 25
2 新兴的大学 ····························· 33
3 大权在握的历史学家 ····················· 37
4 历史学家与修辞学家：在所有层面的死敌 ····· 51
5 来自文学史的拯救 ······················· 64
6 批评蒙受的耻辱 ························· 73
7 大学中的文学 ··························· 86
8 朗松先生不可思议的成就 ················· 92
9 德雷福斯的恩泽 ························· 98
10 从德雷福斯到孔布"小父亲" ·············· 109

11	中学教育的教皇	123
12	大学的教学法	135
13	一位修辞学老教师	145
14	如何成为一位法国大作家	155
15	"双腿残疾者斯卡龙之遗孀被列真福品"	167
16	被重置的文学不朽性	175
17	反索邦的"法兰西运动"	185
18	不邀而常至的佩吉	196
19	民主：文学史的理想	205
20	团结	218
21	祖国	230
22	朗松主义：令人目眩的透彻与详尽	239
23	个人崇拜	254
24	大师的错误？	265
25	圣勃夫、泰纳、布吕纳介、朗松：相同的论战！	283
26	泰纳的学术权威	296
27	除了天才以外	314
28	作家与傀儡	325
29	大学批评的退隐	335
30	突围	346

第二部分 然则何谓文学？

1	欺诈	353
2	普鲁斯特之一，反对阅读	363

(1) 图书馆……367
(2) 恋书癖……371
(3) 偶像崇拜和移情别恋……375
(4) 精神上的收益……382
(5) 阅读或人生……386
(6) 启示……391
(7) 视觉性的阅读……393
(8) 孩童、亲王、作家……399
(9) 阅读《追忆》……405

3 福楼拜之一,失落的岁月……412

4 福楼拜之二,泰纳之一……436
(1) 我厌憎一切庸人……438
(2) 福楼拜的"现代法国"……447
(3) 一点点文学史……456
(4) 泰纳先生与迪姆舍尔之友……465
(5) 法国反动派的一本大书?……479
(6) 落井下石……486

5 福楼拜之三,泰纳之二……491

译者序

一

曾几何时，法国学者昂利·拜尔（Henri Peyre）在他汇编的朗松文集《方法、批评及文学史》的序言中感慨道："文学批评家在其身后五十年或一百年，仍有一代又一代的学人对其作品一再进行研读和利用的非常少见。文学史家的著述在半个世纪以后，能不被人们看成是陈旧得可笑、散发着时代偏见和派系成见的臭味、论证依据很不充分的，就更加少见。"[1] 倘若对文学史和直接面向作品的批评文字可作如是观，那么，那些与经验、语言和阅读相隔更远的"批评之批评""历史之历史"，等待它们的又是怎样的命运？对今日的中国读者来说，安托万·孔帕尼翁（Antoine Compagnon）所著之《从福楼拜到普鲁斯特：文学的第三共和国》（以下简称《文学的第三共和国》）不巧正是这样一部渐行渐远的"关于文学史的历史"。该书初版于1983年，其时作者年方三十三岁，虽已受教于罗兰·巴特和茱莉娅·克里斯蒂瓦等伟大理论时代的代表人物，但毕竟还是法国人文学界的一介新人。以作者本人的视点观之，当不悔其"少作"，然而近四十年后，面对该书姗姗来迟的汉译本，早已跨越不同学术范式和思想背景的中国读者是否还能为之停留？或许，依旧热衷"法国理论"的读者会嫌本书写

---

[1] 昂利·拜尔编：《方法、批评及文学史》，徐继曾译，中国社会科学出版社，1992年，"编者导言"，第1页。

得太早，倾心古典的人又会觉得"福楼拜"的时代太近，更何况，即便"不古不今之学"自有其价值，奈何本书既无心构建理论，也没有勾勒法国文坛生动情貌，甚至其主体部分难见作品细读……总之，迻译本书，所为何来？

或曰：无须预设这样的担忧，批评家的声名早已确保了理论文字的分量，就如同作家的文学史地位确保了作品的价值。此言不虚。在"法国理论"的时代逝去之后（或曰自"后罗兰·巴特时代"以来），孔帕尼翁的确是少数依然在文学和文化理论、文学和思想史、作家研究等多个领域持续产生影响的杰出人物。自20世纪80年代起，他先后任教于美国哥伦比亚大学和法国巴黎四大（现为索邦大学文学院），2006年至2021年在法兰西公学院（Le Collège de France）主持"法国现当代文学：历史、批评与理论"讲席。他早期和中期的著作偏重理论维度，后期则更加关注文学作品中的伦理思想和历史价值，并对蒙田、帕斯卡、波德莱尔、普鲁斯特等法国历史上的伟大作家进行了系统性的重释。2022年2月17日，七十一岁的孔帕尼翁当选法兰西学士院（l'Académie française）院士，对任何时代来说，列名"不朽者"之林无疑都是殊荣。而就在译者撰写这篇译者序的初春时节，他又出版了洋洋四百余页的巨著《普鲁斯特与犹太人问题》（*Proust du côté juif*）。与孔帕尼翁在法国之外的影响大体同步，本世纪以来，他的《理论的幽灵：文学与常识》《反现代派》《现代性的五个悖论》《与蒙田共度的夏天》等代表作也在中国人文学界得到广泛关注，甚至他在法兰西公学院开设的系列课程都拥有众多的中国听众。对这样一位全程深度参与了当代法国文学批评和文学理论进程的思想者，即便他早期的著作恐怕也难以等闲视之，这大概是我们在开卷之前便可以期望之事。

然而超过一代人的时间毕竟会带来不同的阅读感受。翻开本书的前言，读者很容易察觉它的"原初语境"与我们"当下"的距离。据作者开篇所述，本书最初的读者正在"辞别一个盛行对文学文本进行理论研究的时代,却无法确定是否已完全摆脱了它"。[1]在孔帕尼翁那一代人的青年时期,随着法国"新批评"的全面崛起,文学理论在知识逻辑和大学学术体制上都全面主导了职业化的文学研究,正如在19世纪末、20世纪初,以居斯塔夫·朗松为代表的文学史范式替代了圣勃夫、泰纳、法盖、布吕纳介等人的"老旧批评",成为20世纪前半叶法国文学研究的主流。"新批评"或曰"理论"之锐见卓识,前人论之详矣,它所以能登堂入室,其影响至今不绝,离不开20世纪以来广义的语言科学、文学科学的突破,也无法脱离现代文学成功确立自律的、审美的法则(对应布尔迪厄在社会学上所说的"文学场")这个历史前提。现代文学本身的自立和批评话语的自足虽然各有其理,但到20世纪中期,它们早已殊途同归,"理论"的建立在很大程度上就是为了把文学和文学研究从"历史"的外部拘束中解救出来:"为了确立文学研究的自主性,大部分的理论主张所采取的第一个,也是必不可少的步骤,就是厌弃历史。理论指责文学史将文学淹没在了无视它本身特性的历史性的过程里,它完全忽略了文学就其本性而言是要逸出历史的轨辙的。"[2]显然,和在思想论战中形成的很多立场一样,文学理论的姿态偏于僵硬的二元对立,一旦世易时移,它就迅速显出衰象:以孔帕尼翁本人为例,他中年以后从理论思辨重新转向对文学伦理、文学体制和经典作家的思考,已足见其学术取向与更新的时代氛围的契合。当然,我们完全相信"转变"的机缘早已埋藏在他早年的文字或者"性灵"之中。

"知识型"的更替为什么来得如此迅猛,这究竟是总体思想范式的演化使然,还是以"共识性""符号学""内部研究"标榜的理论模型带有无法自我修正的缺陷,孔帕尼翁在本书中未及明言,按照他喜

---

[1] 译者序中凡引述孔帕尼翁在《文学的第三共和国》中的话时不另加注。
[2] Antoine Compagnon, *Le Démon de la théorie*, Paris, Seuil, 1998, pp. 213-214.

援引的"年鉴学派"所主张的"长时段"视角来看，恐怕其间的因果会偏向前者。但有一点是明确无疑的：理论一旦衰微，文学批评就会向历史维度回摆，因为"谈论文学的方式只有两种，一是历史，二曰形式"。重新浮现的历史当然不会仅仅是作为"背景"出现的事件史、政治史，也不会是简单的"形式的历史"，在孔帕尼翁的设想中，它会是一种"新型的历史"，例如"文学体制"的历史或"吕西安·费弗尔式的序列性、社会性的历史"，其使命是"将文本之内的文学体制和个人之外的文学功能，如环境、公众及其文化构成、集体心态等因素纳入视野"。由此观之，在20世纪80年代初期批评范式再度更替的历史关口，孔帕尼翁之用心似乎如本书前言所述，是要考察既有各种批评方法及其理论根基的"思虑未及之处"，进而在此基础上，实现对"现代的文学史"（例如被片面理解的朗松）和"当代的理论"（例如同样被片面理解、固化的罗兰·巴特）的双向超越。借用张寅德教授当年对该书的评论，作者想"冷静、客观地分析第三共和国以及先前历史上批评与历史的对立关系，阐述当今这对矛盾的来龙去脉和利弊得失，进而寻觅突破两军对峙，最终将历史与批评融为一体的可能性和交叉点"。[1] 在这样的视点下，《文学的第三共和国》其实是一本遮掩在历史学著作外表下的"理论书"，它的问题意识当与后来声名更加显赫的《理论的幽灵》遥相呼应。

然而如果我们今天仍从上述理论视角来阅读本书，就会面临一个无法回避的尴尬：作者在四十年前提出的问题，今日即便不是完全消失，至少已丧失了现实的紧迫性。在这四十年间，我们到底经历了什么？简单地说，不仅"理论"逐步淡出，"历史"早已回归，而且理论与历史的对峙本身也失去了它的意义。已故的法籍保加利亚裔批评家

---

[1] 张寅德：《结构与历史对峙的突破——评安托尼·孔巴尼翁的〈文学的第三共和国〉》，《外国文学评论》，1988年第2期。

茨维坦·托多洛夫（Tzvetan Todorov）在晚岁所著之《危境中的文学》（*La littérature en péril*）中回顾了他们那一代人从背离历史的形式主义批评话语中挣扎而起，重新面对现实世界和历史世界的动人历程，这种自我否定的姿态在结构主义思潮的发起人身上就已经部分地实现。在中国，至迟从20世纪90年代初开始，批评活动的主流就从符号学、叙事学等各种文本细读模式转向与历史的重新结合。在所谓"新历史主义""文化研究""现代性研究"等诸多范式的推动下，中国文学批评极大地消除了单纯"内部研究"的盲区，从社会史、文化史、思想史、教育史、日常生活史、语言史等角度重启了文学的"历史化"。在今天的中国文学批评界，呼吁不要"厌弃历史"早已是对着风车和稻草人作战。因此，如果我们认为本书的要旨在于重新呼唤历史（这样的读法当然部分切中了孔帕尼翁在四十年前的问题感），那么它在2022年的中国就并无多少现实意义，它会沦为一本因时而作的、被禁锢在"1983年"的著作。

幸运的是，无论就实际内容还是就作者的完整意图而论，《文学的第三共和国》都并非一篇立场宣言。它并不趋时，因此也绝不会过时。这是一部以文献档案为基础，以史实钩沉为主旨的关于"文学史"的学科史研究。事实上，从进入本书正文的那一刻起，读者就会发现在前言部分里已经绷紧的理论张力陡然消失了，"新批评""文学的自主性""形式的历史""罗兰·巴特"等关键词从此无影无踪。作者仿佛顷刻间从采取第一人称言说的理论的质疑者化身为历史的书写者，而这书写又包含着隐、显两个层面。从表面上看，本书描绘的是从普法战争到20世纪二三十年代，即"从福楼拜到普鲁斯特"这段时期内，有关法国"教授共和国"的一幅具体而微的全景图。作者在上下六十年间浩如烟海的文献中爬梳剔抉，缝合、重组、对比难以尽数的细节断片，为我们呈现出法兰西第三共和治下大学体制的演化、法德知识界交织的恩怨、历史学和文学研究的分分合合、围绕德雷福斯事件展开的意识形态光谱,以及从斯塔尔夫人、圣勃夫、泰纳直至朗松及其弟子的历代批评家、文学史家的承继和差异……在某种意义上,《文学的第三共和国》甚至可以被当作一部理想的现代小说来读,其主题难以命名和归类,其内容则抗拒任何单一的阐释。我们甚至得承认它是一本专为法国人写的,对外国读者不甚友好的历史书,不熟悉法国近代史的读者难免会在如此庞杂的细节中晕头转向,倍感迷失。

或许,只有在第二遍、第三遍细读、慢读时,我们方能感受到某个焦点在书中渐次浮现。只有从这个时刻起,诸多历史事实和场景才会在远远近近层次各异的轨道上,围绕它疏疏落落地牵连起来。这个焦点,便是以"朗松主义"为标志的法国现代文学史模式的奠基史。不过即便如此,问题依然如故:百年已过,从理论和批评史角度讨论朗松主义的著作不知凡几,本书的价值又究竟何在?要回答这个问题,我们不妨同时关注本书的"写法"及其背后的理路,就像文学作品中的"如何言说"比"言说了什么"更加要紧一样:与韦勒克(René Wellek)《近代文学批评史》等著作不同,《文学的第三共和国》的重心不是对各种文学史话语本身的逻辑、形态进行共时的清理,或者对其源流和影响进行历时的描述;当然它也绝不像泰纳(如作者所说,泰纳的背后是黑格尔)设想的那样,企图在某种"时代精神"和特定批评模式之间建立由外而内的、单向的、决定论式的因果关联。以译者浅识,孔帕尼翁同时接受了所谓"话语考古学"和"知识社会学"的主张,或者说,他实践了朗松本人在20世纪初提出的把文学史(对本书而言自然是关于"文学史"的"学科史")和社会学、一般历史学整合起来的进路,从一种相对价值中立的、着眼于多元因果的视角,既入乎其内,又出乎其外,尽其所能呈现文学史学科在法国诞生、发展的完整生态,也点明了朗松模式"不得不如此"的苦心孤诣之处。作者把朗松主义标定为新批评或文学理论的反叛对象,但他特别告诉我们,朗松主义本身同样也是政治的、文化的、知识的"现代性"充分发展的结果。就像脱离了对中世纪的考察就无法在任何意义上理解"现代"一样,如果不能认知朗松式的"旧批评"及其与更早的、印象主义或独断式的"老旧批评"之间的不同,如果我们不去梳理现代文学史模式起源的极其复杂的历史进程,讨论"新批评"的意义及其限度也将是毫无意义的。

二

考虑到本书旁逸斜出的写法,译者在此尝试对其主体内容做一最基本的梳理。一般意义上的"文学的历史"(文学事实的汇总、考订)自近代以来源源不断,然而它们今天大多只有史料的或者学术史的意义。朗松一派的"文学史"模式则不然,它不仅长期主导19世纪末期以降的文学研究,甚至今日依然保有基本的有效性,因为我们依旧身处它所对应、呼唤、参与塑造的那个"现代"情境之中。极简略地讲,文学史模式是在浪漫主义奠定文学自律模式,历史主义和实证主义哲学成为现代思想的基本语法,大学知识体制取代文人印象式批评,法兰西民族国家推进国族意识重构,去宗教化和民主制背景下共和理念加强政治规训等等多种因素内外合力构建的结果。

作者首先言及,在19世纪中后期,历史学最终在方法论上完成了从启蒙时代以来的近代化转型,它用归纳和分析取代了体系性的、推演的论证,转向对"客观的事实"做周全的、个别的考察,并由此推动了人文科学内部学科边界的重新配置。由于历史学的意义不再由其研究对象来界定,而是取决于其"方法"(语文学)的优越性,于是它不仅独占了对古典文明的考察,还将中世纪的欧洲文学和近代的法国文学纳入了自己的视野:"当文学被放置到与历史和社会的关系中被加以观照时,它就从那些不思悔改的修辞学家的监管下解脱了出来,被托付给历史学者。……在过去,通过传授演说技艺,事实上是文学教师在讲授历史。而现在情况正好完全颠倒了过来：演说退出了中学教育，文学教师也随之遭遇冷眼；从此，反而轮到历史教师来讲授文学史。"历史学曾经依附于广义的"文学"（"文献学""文化""人文"……），但现在它将要在新兴的大学学术中吞噬后者，这就逼迫批评家们必须发展出一种新的话语，在方法论上重新支撑起濒临瓦解的文学研究。一方面，新的文学观必须立足浪漫主义以来对文学自律性的理解，需要在"文献"中剥离出后来被我们称为"文学性"的那种东西（朗松在1910年发表的《文学史的方法》一文区分了"历史学的陈迹"和专属文学的、以生气凛然的美学对象为依托的"今日依然存在的过去"。[1]这一区分不仅在时间上略早于俄国形式主义对"文学性"的提炼，在思想的深度和表述上也更加出色），从而保证文学批评有自己独立的对象和领域，确保自己作为一种知识体系不被历史学所勾销。但另一方面，历史主义早已上升为19世纪的思想主流，在斯塔尔夫人、司汤达和波德莱尔早已声明文学创作的"历史性"和"现代性"的前提下，任何关于文学的话语又必须在面对"时间"这个现代文化的基本问题时具备与历史学相似的解释力："（老旧的）文学批评的错误之一，或许在于它倾向于将过去时代的作品视为当代的，也即视为超时代的、永恒的东西，而不是将其放置到历史情境之中。"这样一来，文学研究别无选择，它只能把历史学率先采用的方法确立为自身最后的方向。转折的结果就是现代"文学史"的诞生，它是现代文学和现代学术的产物，从问世之时起，它不仅要在"文学性"问题上与一般的历史学区分开来，也要在价值取向和方法论上与"反历史"或者"超历史"，企图维持古代文学典范地位的传统修辞学势不两立。

然而近代的历史学从来不只是单纯的语文学、考据学和年表学，它还内在地包含着社会学的进路。孔帕尼翁后来在《理论的幽灵》中

---

[1]《方法、批评及文学史》，前揭，第4—5页。

说过,"历史"一词不仅意味着我们要在时间维度上考察文本间的差异和关联,还蕴指了历史背景对文本的作用力[1]。文学之所以演变,不仅因为它是历史性的,也是因为它是社会性的。按照朗松的设想,文学史只能在历史学(在法国以新一代的史学家朗格卢瓦和塞格诺博为代表)和社会学(以涂尔干为代表)之间若即若离地生长。在事实考证的层面,在对现代性、相对性的信仰的层面,文学史都与一般的历史学相近,它渴望把历史学的方法运用到文学作品中,以便摆脱批评的主观性和专断性,抑制批评家对作品的个人印象;但是,文学史的对象却因其"生动的现实性"而不同于一般历史学的对象(同样面对"过去",一般历史学只是研究"属于过去的过去",而文学史考虑的是"属于现在的过去")。文学史又试图把文学作品当作一种社会现象来解读,即使天才作者也需要被放到某种社会情境中加以观照,但它又需要提炼出文学世界中的个体性,以表明个体感性这种独一无二的、无法还原的和不可分解的特质(文学史需要回答"拉辛为什么是拉辛")。正是因为文学史的这种"居中性",它才得以成为一种自主的、与历史学和社会学鼎足而三的现代学科。

朗松式学派坚持从纯理智的角度去理解人类精神和文学创作,完整保留了泰纳提出的因果观念(尽管朗松一直强调历史中的因果是多元的),"一切理智行为的表现都可以分解为更大的原因,是这些原因支撑、解释了理智行为"。[2] 不过我们往往忽视一点:对文学史来说,以源流考察为中心,以建立因果关联为目标的历史学的、理性的方法绝非只有工具性的意义,它还有独立的意识形态功能。历史学方法不仅确保了文学研究在大学体制中的延续,也保证了"文学在现代民主

---

〔1〕 *Le Démon de la théorie, op.cit.*, p. 212.
〔2〕 P. Audiat, *La Bibliographie de l'œuvre littéraire, Esquisse d'une méthode critique*, Paris, Champion, 1924, p. 16.

社会中的生存",这意味着文学研究的历史化在"政治和科学"两个层面上都是不可回避的:"虽然在理论上,文学史并不比文学批评中的其他角度拥有更多的合法性,但在实践层面上——实践往往才是唯一重要的东西,而且仅此足矣——文学史才是唯一可以被教授的东西。"近代大学判定只有实证性的"知识"才是教学的对象,而"创造"和"鉴赏"并不是一种知识(正如我国大学也长期认为中文系的责任不在于"培养作家"),因此它们不得不游离于大学课堂之外。当然,朗松以语文学家、修辞学家的身份,从捍卫"文学性"的目的出发,要求文学史研究必须立足于"文本解读",他甚至反对在中学教育中过早引入文学史,"文学史是高等教育中的科目,在中学教育里是种灾难",[1]但归根到底,"唯有文学史的研究方法才合乎现代大学的要求"。原因无他:"文学研究的未来不可能再系于修辞学以及对鉴赏力的培育,因为只有极少数学生可望掌握它们。"修辞学和文学都离不开"慧根",但"学术"实乃天下之公器,也就是说,即便庸常之人,只要他成为"方法"和"事实"的信徒,那同样也可以在学问上用力:共和制下的大学必须打破一切等级区隔,民主的原则在于"把课堂教学的受众定位为所有的人,而不是所谓的优秀学生,它致力于提高所有人,而非选择少数精英"。

面向"所有人"的文学史教学不是没有代价的。在世纪之交,布吕纳介、佩吉等人强烈指责文学史为了"群众"而牺牲了古典的或者精英的文化理想,在鄙俗之中重复近代科学的傲慢与无知,"现代世界、现代精神,那世俗的、实证的、不信神的、民主的、政治和议会制的精神,各种现代方法和现代科学本身,以及现代人——他们都认为已经彻底摆脱了上帝"。[2]这样的指责是强有力的,因为第三共和实

---

［1］《方法、批评及文学史》,前揭,第 35 页。
［2］ Charles Pierre Péguy, Zangwill, Œuvres, t. I, p. 683.

现政教分离的思想前提，是我们设定近代科学与文化足以替代宗教和传统的权威（具体到文学教学中，这意味着审美的"历史性"将要取代古典的"超越性"），能担负起从总体上解释世界的重任。但如果历史主义仅仅意味着相对主义，而民主制下的教育又一心追求抹平差异的"平等"，那么世俗社会并不能使自己免受"毁灭价值"的判词[1]。不过，朗松一派显然从一开始就意识到了这场精神危机，他们为文学史做了如下声辩：首先，历史感并不等于相对主义和虚无主义（那只是对历史主义的极端化的理解）；恰恰相反，温和的历史主义鼓励我们向本时代的、新的经验开放："只要我们对已经消失的民族在遥远的时代对这些问题的解决办法从历史观点加以考察，我们就不难确有把握、无须胆怯地来研究当前的这些问题……对文学作品进行史的学习将使他们产生一种深刻的、有益的相对意识，也就是说在这随时都在变动中的世界上，我们永远都要做出努力。"[2] 其次，文学史从涂尔干那里接受的教益是，不仅"最具独创性的作家在很大程度上也保存了他之前的世代的遗产，同时他也汇聚着同时代的各种运动：在他身上，有四分之三的东西并不属于他自己"。[3] 与此相对应，文学史家也像作家一样超越了个体性的工作方式："社会分工是唯一合乎理性的组织形式，它也滋养着文学研究。每个文学研究者都应根据自己的性情和才力去选择相应的任务……人们要么看着蓝图上即将拔地而起的建筑，要么想着需要雇用的工人，社会分工总是必不可少的。文学史正是一门人人皆有用武之地的学科。有些人天性擅长考据，可以承担二

---

[1] 另参托克维尔对原子式的民主制的批评："民主不仅让每个人忘记了他的先祖，它还把每个人与其后辈和同时代的人分割了开来；它不停地把每个人引向他自己，带来将每个人完全封闭在其内心的孤独之中的危险。"（Alexis de Tocqueville, *De la démocratie en Amérique*, Paris, Gallimard, 1986, t. 2, 2e part., chap. 2, p. 145.）显然，简单地用"民主"原则来为文学史乃至一般历史学提供合法性论证是不够的。
[2]《方法、批评及文学史》，前揭，第37页。
[3] 同上书，第7页。

流作家的生平考证，或者开展对外省文学的社会调查；另外一些人则喜欢综合、专栏或者学术普及，各条道路都可以并行不悖。"在"集体主义"和"团结伦理"的鼓舞下，"资本主义的发展强加给社会的劳动分工这一负面现象被转换为正面的价值，并能够与民众大学、人权和社会合作运动的意识形态协调起来"。朗松相信，有了文学史的理想和实践，民主制下原子式的个体和脱离了文化根基的现代人就能够在横、纵两个维度上与工作共同体、与人类公共的文化遗产重新联系起来，文学史将成为"培育公民责任的课堂"。

文学史在方法论上追求真理，在价值尺度上体察变迁，但既然它宗奉伦理和审美上的历史主义，既然它在历史感之上再也找不到最高的、神圣的价值，那它亲手筑起的"万神殿"又能否推动法兰西民族国家甚至"人类共同体"的自我建构？文学是否包含着自身以外的目的？朗松主义对此的答复是，立足客观性、实证性的文学史仍旧需要在一个更高的层面上与政治教化和伦理教化连接起来。朗松本人试图把文学研究的目标引向人的共同体意识："科学工作的一项原则是知识的统一性。科学并没有国界，它总是属于全人类。不过，当它努力促进全人类在知识上的统一之时，科学同样也有助于维护、确立各个民族内部在学术上的协调一致。"朗松当然不止于袖手空谈，他和更年长的法国历史学家埃内斯特·拉维斯（Ernest Lavisse）一样，曾经长期致力于法国中学语文教材的编撰，通过密集的"经典重释"，他参与了第三共和对"文学的不朽性"的设置，参与了对法兰西公共文化遗产的重新估定。在他心目中，1895 年出版的《法国文学史》的使命就是为世俗文化提供教理，勾勒文化巨人的"集体圣徒像"："无论是依靠博须埃还是伏尔泰，我们寻求的都是道德伦理，至于它究竟基于基督教还是启蒙真理，那是第二位的问题……但不变的是这样一种信念：在我们所处的过渡时期，文学乃是唯一可能的伦理。"

在上帝退隐，世界祛魅，价值多元的现代世界，我们为什么认定文学才是"唯一可能的伦理"和民族身份唯一的守护者?针对前一个问题,朗松反问道:"鉴于宗教在许多人心中已是徒具形式,而正当的科学有自知之明,将自己无法解决的问题预先排除,鉴于生活的意义和存在的起源决定了伦理只能悬浮在已无力支持它的宗教和尚不能替代宗教的科学之间,那么谁能在人类的精神中维系对神秘之物的感知和对道德的牵挂(?)"[1]文学的不朽性系于科学相对于宗教的晚熟和落差。至于文学史书写与国族建构的深层关联,站在朗松之后百年的我们会看得更加清楚:文学相对宗教、伦理和历史话语的自觉和自立是浪漫主义时代的伟大成果之一,不过现代文学在历史主义、相对主义方向上的推进,并不意味着它从此就仅仅是个体取向的,因为现代民族国家的兴起为文学提供了另一条道路,将其部分地回收到"国别文学(民族文学)"这一超个体的框架中。第三共和时代的法国文史学者(勒南、莫诺、拉维斯等)极为推崇德国历史比较语言学,在再上一个世纪之交即浪漫主义勃兴的时代,正是日耳曼学者们的实证研究确认了每个民族的语言相对其他语言、其他文化的独特性。与作为各国公共遗产的欧洲古典文明相比,民族文化的价值一开始或许是孱弱而苍白的,但它恰恰是欧洲各国现代文学要去倾力守望、看护的东西。当古典传统逐渐隐去,干枯脆弱的个体取向的伦理学又不足以重整山河时,天降大任于"民族文学"的时刻就最终来临:唯有文学才能推动民族语言的成熟,唯有文学才能见证民族精神品格的生成,同时又替代宗教在文化上完成对民族这一"想象的共同体"的整合。这就是从浪漫主义到朗松文学史模式最终形成这上下百年间发生的事情。朗松从法国现代文学的自我意识的角度见证、表述了这一切,但同样的历史进程也发生在俄罗斯、英国等其他国家,特里·伊格尔顿(Terry Eagleton)在他关于19世纪"英国文学"建制的论述里就极好地说明

---

[1] Lanson, « La littérature et la science », *Hommes et Livres*, p. 363-364.

了这一点[1]。

三

上文沿袭《文学的第三共和国》的叙述，大致回顾了朗松文学史模式的缘起和意义。不过有一点应提醒读者：正如我们并未完整说明孔帕尼翁对"文学的第三共和国"的梳理一样，本书作者也不可能穷尽朗松主义在理论层面和"话语实践"上的影响。居斯塔夫·朗松在批评史上一般并不被认为是"文学理论家"，如韦勒克评价他为"名实相符"的"法国学术性文学史的标志"，承认他是"'实证派'法国文学学术研究的主将"，其地位介于更具"原创性"的伊波利特·泰纳和一众"法国次要批评家"之间[2]。孔帕尼翁也承认，"文学史是一个由各种理论上的悖论编织而成的扭结。……朗松也始终没有提出一个关于'文学事实'或者'文学性'的可被接受的定义，他只是通过历史学的和社会学的悖论迂回地接近文学的本质"。但读者如果细读朗松最好的理论文字，仍能察觉他在丰厚的学养、严谨、清晰而持之一贯的方法论意识之外，对文学的基本问题并不缺乏独到的直观，他对文学、历史与政治教化之间的复杂"扭结"也有相当平衡的认知。在此我们仅举一例："通过语文学的和历史学层面的解读，审美品位的培育并不会因为强调公民培育而被削弱……我们还可引用朗松在1903年讲的另外一段话……'当我们全力将文学还原为历史，全力通过文学研究来培育知识的、道德的和公民的意识之时，切不可认为审美层面的考察就因此遭到了忽视。'"

---

[1] "文学成了不仅仅是道德意识的一种陪衬：它本身就是现代的道德意识……我们'伟大的民族诗人'莎士比亚和密尔顿，通过研究他们的人道主义作品，可以重新认识那种'有机的'民族传统和统一性。"见特里·伊格尔顿，《当代西方文学理论》，王逢振译，中国社会科学出版社，1988年，"英国文学的兴起"一节。

[2] 《近代文学批评史》，第四卷，杨自伍译，上海译文出版社，1997年，第84页。

再次回到我们的疑惑上来：为什么本书的主体部分没有直接呼应前言部分提出的理论问题（"在理论之后，历史何为？我们如何重返历史？"），而是径直转向了"考古学"，转向了对文学史模式的沉默的历史叙事？现在我们可以更明确地回答说：同时超越朗松主义和新批评，这并不是作者在1983年真正想完成的任务，欲达此目的，他至少还需要对新批评做类似的工作。正是由于作者在本书主体部分的暂时沉默，那些意欲更进一步，揭示新批评的理论限度，或者希望了解孔帕尼翁本人文学思想的读者，应该同时关注他后期的著作。抛开《理论的幽灵》对"新批评"的思想梳理不谈，《现代性的五个悖论》和《反现代派》也在很大程度上构成了本书的"续集"，因为它们进一步剖析了"成熟的现代性"的文化逻辑，而《文学的第三共和国》大体上止步于现代文学体制的草创。本书前言部分提出的问题并未被作者遗忘，他只是把它托付给了时间。

当然，在任何话题上采取价值中立的"考古学"方法，也的确蕴含着这样一种风险：我们在逻辑上有可能最终放弃价值判断，因为选择立场就不得不面对那个致命的"现代—后现代"之问：上帝已死（政教分离），现在我们如何设想一种能够超越历史、超越意识形态，免于新的解构的立场？在不同知识型构、不同意识形态的起承转合之间，如果我们永远找不到那个"阿基米德支点"，就只能不停地回到"重新历史化"这个主题上来，而"考古学"也就无法变成新的"本体论"[1]。这当然是一个更加深层的、严肃的问题。但如果放弃上述形而上学的推演，单就《文学的第三共和国》现有的格局而言，本书在历史叙述上的贡献的确得益于"考古学"和"社会学"并重而又尽量价值中立的写法，舍

---

[1] 加拿大哲学家查尔斯·泰勒指出，"福柯（对真理）的分析看起来好像是要揭露恶，但是他又不愿意得出一个势所必然的结论，即否定或战胜这些恶是为了提倡一种善。"转引自陆建德：《破碎思想体系的残编》，北京大学出版社，2001年，第321页。

此，那些错杂喧响的历史事实就无法呈现在读者的眼前。朗松曾经提醒我们，文学史叙述要尽量抑制个人印象的介入，专注于事实本身："在可以建立认知的时候，就不必感受；当沉浸于感受中时，不要认为自己握有真知。"历史书写的困难，诚然部分来自书写者个人的眼界与浩繁文献之间的落差，但如何在不失去"感受力"，也不丢失历史文本自身的可理解性的前提下，尽量充分地表述如此复杂的现实，的确值得每一位作者艰辛地求索。至少到目前为止，在对复杂现实的表现方面，我们尚未见到比"考古学"和"社会学"更好的写作方式。

在本书法语版问世近四十年后的今天，我们早已能在汉语世界中读到同样精彩的历史叙事（译者首先想到的是洪子诚教授对中国当代文学及文学体制的杰出研究），但在中国的外国文学研究中，本土学者仍然不易在理论感、史料把握和叙述方式上同时取得突破。为此之故，译者希望本书汉译本的出版能够拓展我们对法国现代文学和文学研究的理解。就翻译过程而言，《文学的第三共和国》覆盖的学科范围和历史跨度远远超过了译者的学养，我虽尽力弥补一己之浅陋，但力所不逮之处是读者可以想象的。我衷心地感谢"法兰西思想文化丛书"主持者段映虹教授和本书编辑吴思博女士的热情鼓励，也期待日益专业、博学的读者对本书的翻译提出指正。另外有一点需要说明，本书法文原题为"文学的第三共和国：从福楼拜到普鲁斯特"，斟酌再三，我们将书名词序略做调整，以求更加符合汉语读者的语感。孔帕尼翁选择这样的书题或许是要提醒我们：文学史模式的形成也是 19、20 世纪之交政治史、社会史的结果，并在政治上、文化上反作用于法国历史上的这个"美好年代"（La Belle Époque），因此"第三共和"时期不仅是政治的，也是属于"文学"的；反过来说，文学既是审美的，也是"政治"的。

译者　谨识
2022 年 3 月

前言　双面人罗兰·巴特

回首过往百年乃至更久远的时光，大概自 1800 年，即斯塔尔夫人（Madame de Staël）[1]发表《论文学与社会制度的关系》（*De la littérature considérée dans ses rapports avec les institutions sociales*）一书以来，每隔长短不等的时间，总有人在惶惑中发出警报，声言文学批评和历史学的关系偏离了它理当遵循的正轨。现在，是否轮到我来发出这样的警报呢？

在像卡珊德拉（Cassandre）[2]一样具有预言能力的历代先贤中，我们可以列出如下大名：法国人伊波利特·泰纳（Hippolyte Taine）[3]、居斯塔夫·朗松（Gustave Lanson）[4]、吕西安·费弗尔（Lucien Febvre）[5]、罗兰·巴特（Roland Barthes）[6]，俄国形式主义者如罗曼·雅各布森（Roman Jakobson）[7]和尤里·特尼亚诺夫（Iouri Tynianov）[8]，德国的

---

[1] 斯塔尔夫人（1766—1817），法国小说家、文学理论家，法国浪漫主义运动的先驱者之一。——译者注
[2] 卡珊德拉，希腊神话中的特洛伊公主，被阿波罗赐予预知未来的能力，但她的预言却不会被世人相信。——译者注
[3] 伊波利特·泰纳（1828—1893），法国哲学家、历史学家、文学史家和批评家。——译者注
[4] 居斯塔夫·朗松（1857—1934），法国文学史家、文学批评家。——译者注
[5] 吕西安·费弗尔（1878—1956），法国历史学家，年鉴学派的创始人之一。——译者注
[6] 罗兰·巴特（1915—1980），法国哲学家、文学批评家和符号学家。——译者注
[7] 罗曼·雅各布森（1896—1982），俄罗斯和美国语言学家、文学理论家。——译者注
[8] 尤里·特尼亚诺夫（1894—1943），俄罗斯作家、文学理论家。——译者注

瓦尔特·本雅明（Walter Benjamin）[1]和汉斯·罗伯特·尧斯（Hans Robert Jauss）[2]等。这份名单还可以延续下去，要穷尽它只能是白费力气。

我们正在辞别一个盛行对文学文本进行理论研究的时代，却无法确定是否已完全摆脱了它。不过，又有什么理由盼望真的将它抛在身后呢？不管怎样，这个时代（或许可称之为"知识型"）已行将结束的感觉，正顽固地萦绕在我们四周：日光之下无新事，理论的盛世已经过去，每个人该好好耕种自己的花园，集体信仰正日渐枯萎。

这个属于文学理论的"大时代"，曾经终结了文学研究被历史学的方法长期垄断的局面，自1900年前后即朗松主义的鼎盛期以来，我们一直把历史研究称为"文学史"。借用被费尔迪南·德·索绪尔（Ferdinand de Saussure）[3]等人在世纪初重新阐发的那些生硬的二元对立或古老的两难情境来讲，它们之间是共时性"或"历时性、结构"或"历史的非此即彼的关系。而现在，钟摆重新摆回的时刻也许已经来临。

然而，即便在其最显赫的时期，我们也很难断言文学理论已真正动摇了文学史在学术体制中的支配地位。后者在历史长河中一如既往地保持了自己的面貌，哪怕在其他的地方，在别样的天空下，各种各样的形式论正以结构主义、诗学、符号学等的名义大行其道。现在，让我们来谈一谈"新批评"[4]。

---

[1] 瓦尔特·本雅明（1892—1940），德国哲学家、文学批评家和翻译家。——译者注
[2] 汉斯·罗伯特·尧斯（1921—1997），德国文学理论家，接受美学的创始人之一。——译者注
[3] 费尔迪南·德·索绪尔（1857—1913），瑞士语言学家，结构主义语言学乃至整个现代语言学和符号学的主要创始人。——译者注
[4] 法国的新批评晚于英美新批评，它不是一个具体的理论或流派，而是对二战后在法国出现的多种文学批评新方法的总称。新批评这个词也不是巴特的发明和自封，而是在新旧批评之争中，旧批评给新批评家们贴上的一个嘲讽性标签，首次出现在皮卡尔1964年发表的抨击性文章《巴特与新批评》。被归入这一名称下的新批评家，除了巴特，还有让·斯塔罗宾斯基、让-皮埃尔·理查尔、（转下页）

前言　双面人罗兰·巴特

下列现象即便称不上吊诡，至少也会让人感到惊奇：在20世纪60、70年代，文学理论这种以形式主义、系统化和严格性自居的方法，事实上是和某种更具个人特性、更主观、更体贴入微的批评交融在一起的，就像我们常说酒里掺水、水中有酒一样。我指出这个事实，并非想暗示说文学史理所当然经得起"新批评"的冲击，一定会永世长存，好像新批评不过是一堆含混、暧昧的东西，徒然四面树敌，却弄不清自己真正想要什么。可是，人们的确注意到问题的复杂性（对此持反对和同情态度的当然大有人在），比如，世上其实有两位罗兰·巴特：或固执或随和；或随心所欲或循理而行，这些相反的特质同时集于巴特一身。人们很容易把这两种倾向理解为巴特身上前后相继的不同阶段，然而，它们难道不是反映着文学史和文学理论起伏跌宕的命运，反映着理论的衰败（如果衰败并非虚言）和文学史的重生（如果重生乃是事实）？

在阿尔及利亚战争的末期，"新批评"全副武装地来到世间，并站到了文学史的对立面。二者之间的确爆发了一些公开而惨烈的冲突，如雷蒙·皮卡尔（Raymond Picard）[1]和罗兰·巴特在《论拉辛》（*Sur Racine*）[2]一书出版后的论战就是一例。说到底，这还是一些因争夺影响力而射出的明枪暗箭。而在我提到的例子中，首先开火的是传统派的代表人物。我想说的是，我们并不能确认（至少我自己无法确认）文学理论意欲挑起争端，在其诞生伊始就一心（论战最激烈的时刻或许是例外，但那总是短暂的瞬间）想拿文学史作为自身的祭品

（接上页）让-保罗·韦博、瑟尔日·杜布罗夫斯基、夏尔·莫隆，他们各自的批评方法其实区别很大，唯一的共同点就是在阐释文学作品时拒绝使用朗松创立的、已经蜕变为朗松主义的文学史方法。——译者注

[1] 雷蒙·皮卡尔（1917—1975），法国文学批评家、拉辛研究专家。——译者注
[2] Raymond Picard, *Nouvelle critique ou Nouvelle Imposture*, Paris, J.-J. Pauvert, 1965. Roland Barthes, *Critique et Vérité*, Paris, Éditions du Seuil, 1966.

（站到对立面，并不意味着把对立本身作为自己的立足点）。不，无论在理论还是在历史事实的层面，情况都不是这样。认真说起来，历史和理论仿佛宁肯选择漠视对方，仿佛，尽管它们都与文学相关——但文学本身除了是一个空洞的、除了自身则别无所指的概念，又是什么呢？——却是两个封闭的、没有公度和交集的世界。如此说来，理论和历史因互怀敌意而彼此隔绝的说法并不成立，因为所谓敌意根本无从谈起。

在这个问题上，我有如下假设：新批评中有一盲点、一未思之处，即它与文学史的关系。此未思之处犹如蛀空果实的虫子，新批评遭遇今日之衰落——假如衰象不虚的话——便恰恰由它而起。

（"新批评拒绝历史"，这话说来很容易。可它为何非得思考自身与历史的关系呢？是为了让对历史的拒绝不止于循环论证，而是一种有理据的、正面的论证。）

在德雷福斯事件的时代，文学史作为一门进步、现代的学科确立了自己的身份——它成为先锋派眼中吓唬人的稻草人只是日后的事情——此时它奋起反抗的对象，是以于勒·勒迈特（Jules Lemaître）[1]、阿纳托尔·法郎士（Anatole France）[2]、费尔迪南·布吕纳介（Ferdinand Brunetière）[3]和奥古斯特·埃米尔·法盖（Auguste Émile Faguet）[4]等人为代表的文学批评。面对这影响巨大的"老旧批评"（vieille vieille critique）[5]，新兴的文学史指责其陷入了独断论或印

---

[1] 于勒·勒迈特（1853—1914），法国作家、戏剧批评家。——译者注
[2] 阿纳托尔·法郎士（1844—1924），法国作家、文学评论家。——译者注
[3] 费尔迪南·布吕纳介（1849—1906），法国文学史家、批评家。——译者注
[4] 奥古斯特·埃米尔·法盖（1847—1916），法国文学批评家、文学史家。——译者注
[5] 与20世纪60年代的"新批评"相对，以朗松为代表的文学史是所谓"旧批评"；而所谓"老旧批评"，顾名思义，是指在朗松之前盛行的更早的文学批评模式。——译者注

象论的泥沼或者同时沾染了二者,声称在它科学主义色彩的背后,隐藏着的不过是羞羞答答不敢正视自己的主观主义而已。

这又是一处奇特的偶合:20世纪60年代新批评对文学史的指责,竟然也是后者在独断论和印象论之间的游移不定,然而新批评并未想到这里有什么矛盾。(罗兰·巴特的双面性或许就与此双重指责有关。)

奇特的偶合,古怪的悖论:世间有两种"老旧批评"(或者说,旧批评本身具有双重性),同样有两种新批评[新批评的双重性在于它是科学与文学的混合物:文学批评总是渴望让自己也成为一种写作;而在批评文字自身也具有文学性这一点上,从未有人质疑圣勃夫(Charles-Augustin Sainte-Beuve)[1]、布吕纳介或法盖]。而在这二者之间,在它们所处的历史时期之间,从总体上说,文学史却从未以文学本身自居,好像文学史越远离文学,就越能强化自己的历史性,好像历史正在展开针对文学的复仇。而如今,在这回返的脚步中,"老旧批评"又出人意料地借新批评之躯还魂重生,这不正好说明,文学理论思虑未及之处,恰恰是文学史,是文学史(尤其是与"老旧批评"对立的、体制化的文学史)本身的历史吗?

我无意暗示在巴特身上有布吕纳介和法盖的影子,好像他汇集了理论家的逻辑和文人的才智,也无意暗示喜欢结构分析或沉溺于文本的欢欣的两位巴特,可以分别代表在四分之三个世纪之后对独断论和印象论的重访。然而,"老旧批评"跨越文学史,与新批评在具有双重性这一点上重新契合,这个事实却只是强化了如下问题:为什么新批评从未谈及圣勃夫、泰纳、布吕纳介等人代表的"老旧批评",也从未谈论过朗松代表的"旧批评"是如何诞生的?这种沉默的代价是什么?

由此我便产生了写一部关于文学史的历史的念头。撰写这样的

---

[1] 圣勃夫(1804—1869),法国作家、文学批评家,浪漫主义文学批评的代表人物之一。——译者注

"小写的历史"本是理所当然之事，新批评却刻意忽视它。之所以要为历史本身撰史，是为了阻止历史的自动重复（如果能够做到的话），我指的是老旧批评在新批评中鬼鬼祟祟的复活，以及传统文学史的无限延续。我想以此避免对文学史不加反思，叉着双手听着它喋喋不休自说自话的做法；当然，我也并不认为断然拒斥历史就能万事大吉，好像历史一旦被逐出前门，它就再也不会从后窗重新溜进来。

人们或许会这么质疑你：没错，应该研究文学史，梳理它的问题意识，揭示它威信不再的原因。可是所有这些工作为什么非要采取历史学的方式呢？

对此的答复是：因为文学史，准确地说，除了历史本身之外，并无其他的规定性，因为它的存在无法脱离其起源时的种种境况，也因为文学史并不预设关于文学本体的任何概念，它专注于教学——不仅是旨在传播学科知识，引发专门研究的高等教育，而且也包括中等和初级教育——企图（为什么不这样做呢？从理论上说，没有任何东西在反对它）定义并普及某种神话和意识形态，具体地说，是负载着共和主义和爱国主义的神话与意识形态。还因为，文学史首先就是一种意识形态（即关于"民族文学"的观念），而任何意识形态都首先应以历史性的方式去理解。民族文学和文学史已将自身塑造为理所当然、天经地义的东西，对此我们别无他法，唯有着手将其相对化，即历史化。

此外，还有一个次要的理由：文学史的确在各个方面都不再受人垂青，但我们又怎能放弃思考历史与文学的关系（如果我们仍然希望把握自己的时代）？为文学史撰史，就是思考我们的今天和未来。尽管这个问题带有恋旧的色彩，它却恰恰充满了现实感。考察第三共和国的开端时期（尤其是其意识形态方面的表现），正是当务之急。

且容我极而言之：在新流派的支持者当中，并非所有人都对历史弃之不顾，有些人仍旧对它与批评的关系感兴趣，哪怕他们研究一番之后的结论只是这种关系最好不要存在。罗兰·巴特就是这些人中的一员，他曾有一次试图彻底解决这个问题。在他的《历史抑或文学？》（«Histoire ou littérature?»）一文中，尽管标题里使用了问号，但"抑或"一词显然是想强调排他性的"非此即彼"之义。从1960年开始，巴特不无狡黠地承认某种文学史有权存在，但他这么做只是为了在各种形式分析中摆脱它。对历史学的方法，他并不一概拒绝，而是在勾勒出其纲要（这些纲要看上去无懈可击）之后，又严格地、干净利落地将它与自己使用的方法隔绝开来："总的来说，在文学中有两种假设，一种是历史学的，它把文学视为一种体制，另一种是心理学的，它把文学视为创作。这样一来，文学研究中就出现了两种对象和方法都截然不同的学科。在第一种情况下，研究的对象是文学体制，其方法是日新月异的历史学方法；在第二种情况下，研究的对象是文学创作，运用的方法则是心理学的考察。"[1]一方面，写作《论拉辛》时的巴特，对带有心理批评倾向的精神分析十分敏感，他不愿谈论文学中的"个体性"一面。另一方面，《写作的零度》（*Le Degré zéro de l'écriture*）和《米什莱》（*Michelet par lui-même*）的作者无论如何不能被视作一个执意否认历史的人，巴特对传统文学史的抱怨，是它将文学的两个方面即体制和创造混为一谈，并且用渊源、影响这些实证主义历史的武器来处理创作问题。可是，现在出现了一种新型的历史，它明智地将战争、个人、作品等个别事件弃置一旁，转而研究那些反复出现的事实。但愿这种吕西安·费弗尔式的序列性、社会性的历史或曰历史社会学能够承担起研究文学中那些明显的"集体性"因素的使命，将文本之内的文学体制和个人之外的文学功能，如环境、公众及其文化构成、集体心态等因素纳入视野。但愿这一体

---

[1] Roland Barthes, «Histoire ou littérature?» (*Annales*, mai 1960), *Sur Racine*, Paris, Éditions du Seuil, 1963, p.149.

制的历史学像躲避瘟疫一样，避免让自己陷入作品和作者的关系之中。按照巴特的说法，文学史应当默默地重新拾起朗松在世纪初的规划（可惜！这一规划从未真正被付诸实施），"文学史只有在它成为社会学的一支，对行为和体制而非对个人感兴趣的时候，才可能真正建立起来"。[1] 对此说法，我们可立此存照。当然，新批评并不能和上述历史学画上等号，它带有马克思主义的色彩，也受到新历史学的影响，但它毕竟是别的东西。巴特总结道："把文学和个人分割开来！这简直是连根拔起，简直是悖论。可是唯有如此，才可能建立一种文学的历史，哪怕我们必须指出，文学史一旦被拉回到体制的层面，它就将成为历史自身。"新批评预见到文学史将会被整合进历史本身，在某种意义上它也的确处在历史的卵翼之下，于是它悠然自得，神游物外，埋头开始自己精雕细刻的工作：它将在对历史的参照而非对立中定义自己，无意就研究对象或方法展开争论，好像自己情愿停留在两种陌生话语的中间；它将心甘情愿地在法庭席位的另一边发言，把作品、文本和个体性都划入自己的领地（"作者"当然不在其列。自圣勃夫以来，作者便是历史和文学之间虚幻的中介，他是中心，是综合，是连接作品与社会的纽带。可随着历史与文学、体制和创作之间小心翼翼的分离，作者忽然坠入了深渊。这便是"作者之死"的全部含义：由于文学中社会性的一面被交付给历史，个体性的一面被留给理论，作者从此再无存身之地）。因此，当以体制和文学功能为对象的历史学获得了科学的客观性之时，在巴特心目中，批评（此时它的对象不再是作为历史产物的文学作品，而是形式和符号系统）却不能不是主观性和介入行为的领域，即批评家的个体性赖以展开的领域。

批评家，如果要和历史学家的工作合理地区分开来，按照巴特

---

[1] Roland Barthes, «Histoire ou littérature?» (*Annales*, mai 1960), *Sur Racine*, Paris, Éditions du Seuil, 1963, p.156.

的说法，就"应该从属于文学"。对此说法，新批评可谓心有戚戚焉，于是再三附议，却从未说明（至少就我所知是这样）在1890年之前，即在文学史的崛起冲击到作为文学体裁的批评之前，情形本就是这样；新批评似乎也没有意识到——除了巴特富有洞察力的文章之外——只要背对文学史的立场，就能跨越当年文学史制造的断裂，重新续上传统文学批评的血脉（我这么说不是要否认新批评的雄心中包含着新意，毕竟世上并无全然重复之事，而是想指出新批评对历史的拒绝中本来蕴含着某种理论和历史维度，这种历史厚度是新批评自己未曾意识到的）。

另一方面，当巴特试图通过对历史——体制的和客观的历史——的否定姿态来定义自身时，他接受并表达了两种批判性的观点，其矛头所指是布吕纳介和法盖的老旧批评以及60—70年代的新批评，这两种批判甚至可以作为批评家的徽章：在巴特看来，系统方法"和"主观主义，独断论"和"印象主义，表面矛盾而实则相通（例如布吕纳介的独断论背后就潜伏着印象主义和盲目的主观主义，至少在朗松看来是这样）。批评家，当他试图言说"个体性"，即作品"和"/"或"创作者的时候，必然是会介入到世界中间的，因此巴特认为，"必须看到，最谦恭的知识会突然变成系统性的，而最谨慎的批评家也会表现为一个充分主观的，即具有充分的历史性的存在"。[1] 此处的"系统的和主观的"一语值得强调。于是，面对历史，在法庭席位的另一边，即在文学的天地中，两位巴特现身了，他或系统，或主观，或全然独断，或一凭印象，或固执己见，或随和谦卑，或循理而行，或随心所欲，然而归根结底这只是同一个巴特。我们之所以认为，在种种相反的面相之下，他终归合而为一，是依据历史的观点而言——这

---

[1] Roland Barthes, «Histoire ou littérature?» (*Annales*, mai 1960), *Sur Racine*, Paris, Éditions du Seuil, 1963, p.166.

又是我们无法轻易摆脱历史的一个证明——也是"面向"历史而言（即"和历史相对"，此处的"和……相对"一语颇为含混，它既指和历史的趋近，也指和历史的对立）；换言之，巴特是一个"具有充分的历史性的存在"。

因此，我们又找到了一条为传统的、所谓以文学创作为中心的文学史撰史的理由，即我们的工作是一项介入式的批评，"具有充分的历史性"。分析文学史，意味着揭示它的系统的和主观性的因素，说明这二者的混合何以具有爆炸性的效应，也就是说，以历史学的方式去把握它。

我在此概述巴特在1960年的立场如下：新批评应该将文学的功能留给历史学家去处理，专注于文学形式的共时性的系统。然而如此截然的区分，尽管在理智层面上可行，实际上却很难站住脚。热拉尔·热奈特（Gérard Genette）[1]在一篇标题相近的论文《文学与历史》（«Littérature et histoire»，该文很难不被视作对巴特的一种回应）中重新思考了巴特排斥历史的主张，并将新批评的纲要扩大到整个历史，至少是历时问题的层面。[2]热奈特提出了一种让历史与文学相妥协的方案，他主张某种类似于理论史或历史结构主义的东西，也即"形式史"。总之，在热奈特看来，尽管批评应着眼于形式而非文学功能，尽管它在表面上抗拒历史，但终归"不能不在途中与历史相遇"。此前，早在俄国形式主义者那里，纯粹的共时性就已经被揭示为一种幻觉，他们已经把形式置于时间之中，把单独的作品置于文学演变和系

---

[1] 热拉尔·热奈特（1930—2018），法国文学理论家、批评家，叙述学的主要创始人之一。——译者注

[2] Gérard Genette, «Littérature et histoire», in S. Doubrovsky et T. Todorov, *L'Enseignement et la littérature*, Paris, Plon, 1971 (repris sous le titre «Poétique et histoire», *Figure III*, Paris, Éditions du Seuil, 1972).

统的更迭之中。[1]然而，说到底，历时性、更迭、演变，这些概念真的就足以造就一部历史吗？

此外，在表面上拒绝历史——这是它们表面的成就——之后，那些冠名为诗学的著作也缓慢地，但不可抵御地变得更"历史化"了。以热奈特、茨维坦·托多洛夫[2]为例，他们写出了象征的历史、拟声词的历史、戏拟仿作和其他类型的文学作品改写方式的历史，这些工作都与理论的范畴相关。[3]（我本人也研究过形式的历史，比如考察对其他作者用词的重复究竟有什么功能，这些功能是如何演变和更迭的。[4]借用他人的词语只是一种欺骗，因为真相并非如此。）不过，考察文学形式在历时层面的变化，将这种变化置于形式和历史两种视角的交汇处，这或许意味着撰写某种文学形式的历史；然而，这与在历史中正确地理解文学形式，与在文学史的序列和社会史的序列之间、在文学形式和社会功能之间建立联系，却绝不是一回事：它意味着把文学形式从历史中抽象出来，这么做比巴特更加狡黠，因为巴特至少不会把不同的问题混淆起来。

接下来，为了协调理论知识和历史知识，协调马克思主义和形式主义，又有人向前迈了一步，这个人就是尧斯。不过，他提出的不再是形式的历史（生产的诗学），而是对形式的接受的历史或曰形式产生的效果的历史（接受美学）。现在，是读者而非作者成了文学与社会之间的中介，读者本身就是文学史展开的空间。通过读者，形式将与历史建立辩证的联系：形式将不再被历史单向地决定（用惯常的术

---

[1] Voir J. Tynianov, «De l'évolution littéraire», in T. Todorov, *Théorie de la littérature. Textes des formalistes russes*, Paris, Éditions du Seuil, 1965.
[2] 茨维坦·托多洛夫（1939—2017），原籍保加利亚的法国文学理论家、批评家和思想史家。——译者注
[3] Gérard Genette, *Mimologiques et Palimpsestes*, Paris, Éditions du Seuil, 1976 et 1982. T. Todorov, *Théorie du symbole*, Paris, Éditions du Seuil, 1977.
[4] Antoine Compagnon, *La Seconde Main*, Paris, Éditions du Seuil, 1979.

语来说，作为历史的产物、镜像、文献），它将是主动的，足以影响和改变世界。[1]

然而这是不是仍在原地转圈呢？所谓形式的历史（热奈特意义上的，与历史学家意义上的功能的历史相对的形式史），指向的不就是布吕纳介的老旧批评吗？布吕纳介的声誉，部分地正来自他对文学体裁的演变史的考察。事实上，在作为历时性的诗学的形式史研究中，体裁无疑是最受青睐的主题，布吕纳介正是以这样的眼光看待体裁，认为它超越了作者，是连接体制与创作，沟通社会与作品的中间环节。至于尧斯开创的，与形形色色以文学生产为中心的历史相对的接受美学，在我们心中唤起的不正是泰纳提出的极为老套的"环境"概念吗？当然，这个概念需要做十分宽泛的、被扩充的理解，以便不仅仅意指环境对个人的影响，也可以表示作品与受众之间建立在同情心和社会关系基础上的辩证联系。至于尧斯所说的"读者"，在泰纳那里，也已经被列为第三项重要的因素。

哎！历史与文学的相互依赖简直剪不断理还乱（除非我们把文学作品还原为历史文献，可这无异于遗忘它身上最重要的悖论，即文学同时属于历史和艺术这两个千秋万代永世不泯的领域）。这百年来，尽管有不计其数的工作里里外外进进出出，到头来，人们在解决问题的方向上依然是寸步难行（至少在我看来是这样）。纵然预言家们喊破了嗓子，他们的警示仍旧落得一纸空文，而对文学批评家来说，历史依然是一个欺骗性的幌子（巴特说过，最明智的做法还是在文学和

---

[1] Voir H.R. Jauss, «L'histoire de la littérature: un défi à la théorie littéraire» (1967), *Pour une esthétique de la réception*, trad. fr., Paris, Gallimard, 1978. Voir aussi W. Benjamin, «Histoire littéraire et science de la littérature» (1931), *Poésie de Révolution*, trad.fr., Paris, Denoël, 1971; R. Wellek, «The Concept of Evolution in Litterary History», *Concepts of Criticism*, New Haven, Yale University Press, 1963; et «The Fall of Literary History», in R. Koselleck et W.D. Stempel, *Geschichte. Ereingnis und Erzählung*, München, W. Fink, 1973; A. Kibédi Varga, «L'histoire littéraire», in *Théorie de la littérature*, Paris, Picard, 1981.

历史之间划出楚河汉界；然而麻烦在于，这么做总是无济于事，因为历史比文学更强大）。

　　文学史，正如我们下文中将会看到的那样，是在1870年后法国大学被历史学家占据的背景下，应时而生的。在那个时代，文化的乃至政治的权力已被历史学家们所攫取。起初，在19、20世纪之交，对文学产生压倒性影响的是实证主义历史学，但此后年鉴学派逐渐取而代之，巴特与之妥协的正是后者。1960年的《历史抑或文学》是巴特在《年鉴》杂志（Annales）[1]上发表的不多的文章中的一篇，在该文中，他称赞了社会史的成就，宣称对文学体制的研究大可交付吕西安·费弗尔的传人们，而形式分析则是他保留给自己的天地。以此方式，他向历史进献了贡品，随后又优雅地转身而去。（热奈特同样在《年鉴》上发表了一篇题为《19世纪的教学与修辞学》的精彩绝伦的文章，这是少数论述修辞学的消亡的文章：修辞学的消亡正好契合了文学史的诞生，在我看来，这一事件表征出那个时代对我们的文化的特殊意义。[2]）在20世纪60年代，《年鉴》体现出历史学家的权力，就像1903年的朗松为《现代与当代历史期刊》（*Revue d'histoire moderne et contemporaine*）写作的意义一样。由于朗松借此表现出对历史学的效忠，他在次年获得了索邦（la Sorbonne）[3]的教席。

　　批评家的"充分的历史性"在很大程度上也体现为他在同时代历史学家们面前的自我规定性。正是通过历史学家的工作，批评家才接

---

〔1〕《年鉴》初名《经济与社会史年鉴》（*Annales d'histoire économique et sociale*），由马克·布洛赫和吕西安·费弗尔创办于1929年，现名《历史与社会科学年鉴》（*Annales. Histoire, Sciences sociales*）。20世纪法国历史学主要流派之一的"年鉴学派"（L'École des Annales）即由此得名。——译者注

〔2〕G. Genette, «Enseignement et rhétorique au XIXe siècle»(*Annales*, mars 1966), *Figures II*, Paris, Éditions du Seuil, 1969.

〔3〕索邦是中世纪以来的旧巴黎大学所在地，本书中视语境可指19世纪的巴黎文学院或1896年重建之后的新巴黎大学。——译者注

触到更广大的历史序列（我或许夸大其词了，但肯定也说出了部分真实的东西；我说过，我不相信历史会原封不动地重复自己。我曾经想向《年鉴》和《法国文学史学刊》（*Revue d'histoire littéraire de la France*），向吕西安·费弗尔和居斯塔夫·朗松的学术传承者们投稿，如果当初真的实现了，那一定有助于缔结与历史学的联系，但也会把文学研究的意义和范围转移到它与历史学的联结上去）。

对于我所设想的这种历史来说，有各种标题可以设想，我的头脑中就萦绕着多种选择。我首先想到的是一个偏于诗学的题目，"生命作品"（La vieuvre）。这是个缩写混成词，它直观地显示了文学史概念中很强的决定论和唯物论含义，因为文学史一直在探索考察作者的生命（la vie）与作品（œuvre）之间据说是因果性质的关系。第二个标题不妨借鉴心态史的模式，比如"一门学科的发明过程"。第三个题目是戏拟性的，"居斯塔夫·朗松，生命及其作品"，一切尽在不言之中了。然而，这三个题目都是不可接受的，因为它们表面上指向历史，却都漠视了真正的历史，这是历史学难以摆脱的积习。第四个标题显得十分详尽："对法国之文学体制，对其兴盛和衰落及其缘由，对该时代精神、道德和社会氛围的考察，兼论作为该时代起止的福楼拜和普鲁斯特"。这个题目当然冗长，好处是清晰明了。此外，它特别点出了两位作家，这样就不会显得完全属于历史学。从福楼拜（Gustave Flaubert）到普鲁斯特（Marcel Proust）意味着什么呢？它意味着失去阿尔萨斯和洛林以后的法国，意味着修辞学和古典人文学的死亡以及文学史的勃兴，同时在这个阶段，现代大学与文学和批评都分离了开来。从福楼拜到普鲁斯特，还意味着在20世纪60年代和新批评出现之前的那种文学研究在历史上制造的"断裂"。最后，考察福楼拜和普鲁斯特，不是为了捍卫和发扬另一种文学史，也不是为了再度尝试调和文学批评和历史学，而是为了揭示某种小说形式与某种政治选择之间的应和关系。

理论之外，也不妨讲几桩逸事。我是在伦敦开始研究这个法国色彩再浓厚不过的问题的。我们将看到第三共和国治下的世俗学校和政教分离，看到茹费理（Jules Ferry）[1]和埃米尔·孔布（Émile Combes）[2]领导的政府，看到对法国起源的历史回顾和"高卢人，我们的先祖"的口号。至于我们自己，则是二战之后的一代，这一代人经历过第四和第五共和国，经历过阿尔及利亚战争和1968年的5月风暴。然而长久以来法国的中学教育未曾改变，课本里始终讲述着同样的神话。安德烈·拉加德（André Lagarde）和洛朗·米沙尔（Laurent Michard）、阿尔贝·马莱（Albert Malet）和于勒·伊萨克（Jules Issac）[3]分别主编的两套中学文学史教材用了几代人，通过教育的力量，我们的文化从根基上就是历史性的，而新批评之"新"也正在于此。只有在我们这一代人之后，学校教育才失去了历史感，法国史——我们特指埃内斯特·拉维斯[4]塑造，在第三共和时代成形的法国史——也不再重要。

不过，选择"文学的第三共和国"这样一个带有爱国主义甚至沙文主义色彩的主题，仍然是不同寻常的——它好像是去国之后要追忆童年往事，在这片土地上重新寻根的结果。坦率地说，我把中学描述为真正的、深层的法国，塑造真实的法国人的"车间"，但

---

[1] 茹费理（1832—1893），法国共和派政治家，在第三共和国时代曾两次出任法国总理，是法国近代世俗化国民教育体系的主要创建人，任内也推行殖民主义政策，发动中法战争。——译者注
[2] 埃米尔·孔布（1835—1921），法国激进共和派政治家，1902年至1905年间任法国总理，是政教分离运动的主要发起者之一。——译者注
[3] 安德烈·拉加德（1912—2001）、洛朗·米沙尔（1915—1984）、阿尔贝·马莱（1864—1915）、于勒·伊萨克（1877—1963），这四位作者都是法国文学史家和中学教材编写者。——译者注
[4] 埃内斯特·拉维斯（1842—1922），法国历史学家、实证主义历史学的创建者之一，在第三共和国时期曾编写大量体现法兰西民族意识和共和理念的教材，对近代法国国民教育之形成有重大影响。——译者注

我不曾在法国普通高中读书，对它知之甚少。也许你们会说，这又是一个理由，应该促使你去发掘在那个中学生也被称作"小先生"的年代，法国中学生们留下过怎样的真实的童年记忆；只有他人的记忆才是让人向往的，而真实的法国人，他们其实会毫不在乎"文学的第三共和国"，因为法兰西的意识形态早已融入了他们的血肉，他们不会为自然而然的东西心醉神迷。我不想驳斥这种说法，但仍想指出，必要的边缘感和距离感有利于探究那些看上去纯属自然的东西，比如伟大的法国作家维克多·雨果（Victor Hugo）、拉辛（Jean Racine）、伏尔泰（Voltaire）、民族文学等，这些内容直到20世纪60年代末，对任何一个参加过中学毕业考试的法国人来说都是理所当然的。

应该跨过英吉利海峡，在对岸回首远望，返回我们的源头，思考我们和他们、此地与彼处、英国和法国两种毫不相干的文学研究的不同。我自发地——在直觉和自发这一点上，我仿佛是"文学的第三共和国"的一个好学生——认为，英法文学研究的不同，源于英国人对理论的抗拒，源于他们未曾像法国人一样在20世纪60年代归依结构主义。然而事情并非如此。英国的文学研究者们所未曾经历的是更早的一次转向，即19世纪90年代的变革，当时法国在它的推动下从文学批评走向了文学史。以下的事实能最清晰地证明这一点：在伦敦，即使今天也仍然存在着一个统一的文学公众，就像当年圣勃夫、泰纳和布吕纳介可以同时对大学教授和普通读者讲话一样，但他们在法国是最后一批可以这么做的人（应该承认罗兰·巴特在这一点上延续了他们的传统，他可以协调两种不同的受众，这是最高的亲和力）。当然，我把事情过分简化了，但置身伦敦，的确可以让我们发现文学史并非天经地义；旅行的经历可以让我们去除"文学的第三共和国"中的所谓自然之物，考察文学史赖以形成，但却被新批评忽视了的那场危机。

在圣勃夫已经失去现实影响的时代，普鲁斯特和他有过对话；奇怪的是，和保罗·布尔热（Paul Bourget）[1]一样，普鲁斯特大概是最后一位还把文学批评当作文学本身的作家，而此后批评就被托付给历史学（普鲁斯特对英国的热爱是出名的，他或许也是最后一位具有英国风格的法国作家）。而早在他之前，当福楼拜每月两次与圣勃夫这位批评家中的王子，还有泰纳、埃内斯特·勒南（Ernest Renan）[2]等人在玛尼餐馆聚会的时候，他已经明确地宣布了从文学批评向文学史的过渡。（我们能想象有谁比福楼拜更具天生的法国气质吗？）文学的第三共和国诞生于福楼拜与普鲁斯特之间，我甚至想说，其实是诞生在普鲁斯特和福楼拜之间，而本书也将呈现他们之间的相互交错。

（不用说，刚才的叙述是不全面的。普鲁斯特是一位深具多面性的作者，他是19世纪最后一位，也是20世纪的第一位作家，他既终结又开启。他忽视历史，但却开辟了一种形式主义的批评传统，后来的新批评便奉他为先驱和权威。而与泰纳和勒南结友相伴的福楼拜，我们也一直视他为现代派的先知。）

"如果重新向历史回归，那么您就偏离了文学批评，而批评是您迄今为止似乎一直坚持的东西。这么一来，您就否弃了理论、形式主义等。简单地说，您欺骗了您的先辈，靠了他们才有了今天的您。"

"并非如此。支配我们对文学史的'历史视角'的东西，是一种基于现代主义的信念：我们会阻止'老旧批评'越过文学史，在新批评的躯体中盲目地还魂重生；换句话说，我们是要思考这种重生、回归的意义，而不是彻底禁止它。"

"有这么多的悖论！"

---

[1] 保罗·布尔热（1852—1935），法国作家。——译者注
[2] 埃内斯特·勒南（1823—1892），法国作家、语文学家、历史学家和哲学家，尤以研究中东古代语言和文明著称。——译者注

"在写历史（关于文学史的历史）的时候，我写的是历史的历史（文学史的文学史）。还有什么能比它更忠实于现代性的基本规范呢？纹章的嵌套结构（la mise en abyme）、自指、对象和方法的相互指涉等，这都是在向现代性致敬，所谓背叛与我无缘。"

"您这是在诡辩，是前后不一！"

"如果只是这样，那我们见过其他太多的例子……"[1]

---

[1] 本书第一部分第 14、15、16 各节已经以"如何成为一位伟大的法国作家"（Comment on devient un grand écrivain français）为题预先发表，见：*Le Temps de la réflexion*, Paris, Gallimard, 1982。

第一部分

居斯塔夫·朗松，人与作品

引　子

在 1914 年之前的那段岁月里，夏尔·皮埃尔·佩吉（Charles Pierre Péguy）[1] 在《半月刊》（*Cahiers de la Quinzaine*）[2] 上连载发表了一系列措辞严厉的文字，对索邦大加挞伐。佩吉的一项主要的抱怨指向那些从世纪之交以来，在大学里掌握了绝对的权力的名教授们，因为这些顽固信奉历史，抑或信奉亨利·贝尔（Henri Berr）[3] 所说的"将一切历史化"的历史的人们，长久以来或身体力行，或开创风气，要在一切领域中展开、推动纤芥无遗的历史研究，却唯独将他们自己，将他们的王国的历史弃之不顾。佩吉指责说："他们不想看到人们搞出关于历史学家的历史。他们想要穷尽一切历史的细节，却无意进入关于历史学家的历史的细节。他们不想把自身置于历史的序列之中。这就好像医生不想成为病人，也不想面对死亡一样。"[4] 由此一来，以科学自居的历史学，仿佛已经远离了历史本身。

佩吉的抱怨是有根据的：在法国，与在其他国家比如英国不同，对大学历史的研究即便不是完全阙如，至少也是十分罕见的，更不

---

[1] 夏尔·皮埃尔·佩吉（1873—1914），法国作家、诗人、政论作者，早年持社会主义和反教权的政治立场，亦为积极的德雷福斯派成员，1908 年之后转向右翼的民族主义和天主教权派。——译者注
[2] 《半月刊》是一份存在于 1900—1914 年的时政和文学刊物，出版时间其实并不固定，创始人即佩吉，立场大抵倾向于共和派。——译者注
[3] 亨利·贝尔（1853—1964），法国哲学家。——译者注
[4] Péguy, *L'Argent suite* (1913), *Œuvres en prose*, Paris, Gallimard, coll, «Bibliothèque de la Pléiade», 1959-1961, 2 vol., t. II, p. 1197.

必提对时人所说的"高等教育"的历史所做的考察。[1]历史学,特别是以实证主义自命的历史学,即热情关注事实本身,或者干脆说基于"事实主义"的历史学,让佩吉为之神伤心忧的历史学,把一切都纳入了历史化的范畴,却恰恰遗漏了它自身的运作机制。以佩吉心中历史学家的典范夏尔·塞格诺博(Charles Seignobos)[2]为例,其洋洋大著《第三共和国的演变》(*L'Évolution de la troisième République*)虽有500页之巨,但对1875年至1914年间的"教育的转变"却吝于下笔,只用了不到5页的篇幅,其中关于高等教育的部分更仅有一段。在这本书里,塞格诺博限于提供若干数据,例如对高等学校的国家信贷从1870年的700万法郎增加到1893年的1500万法郎,大学生人数从1890年的16587人增加到1914年的42037人;此外,即便有了上述数据,其意义也相当有限,因为它们关涉的时间段并不一致。[3]要知道,从1875年到1914年,被建立起来的是法国的整个教育体

---

[1] J. Bonnerot 的两部著作(*La Sorbonne, sa vie, son rôle, son œuvre à travers les siècles*, Paris, PUF, 1927; et *L'Université de Paris du Moyen Âge à nos jours*, Paris, Larousse, 1933)只是对索邦建筑的导游指南。我们需要参考下列晚出的英国历史学家的著作才能了解法国高等教育本身:T. Zeldin, «Higher Education in France, 1848-1940», *Journal of Contemporary History*, novembre 1967(该书也只是概论), repris dans *France, 1848-1945*, Oxford, Clarendon Press, 1973-1977, 2 vol., t., II, *Intellectuel, Taste and Anxiety* (trad.fr., *Histoire des Passions françaises*, Paris, Éditions du Seuil, coll. «Points», 1980-1981, 5 vol)。关于更早的时期,可参考:R. D. Anderson, *Education in France, 1848-1970*, Oxford Press, 1975. 另可参考:M. Ozouf, *L'École, l'Église et la République, 1871-1914*, Paris, A. Colin, 1963; P. Gerbord, *La Condition universitaire en France au XIXe siècle*, Paris, PUF, 1965; P. Chevallier, B. Grosperrin et J. Maillet, *L'Enseignement français de la Révolution à nos jours*, Paris-La Haye, Mouton, 1968. 尤其应参考:A. Prost, *L'Enseignement en France, 1800-1867*, Paris, A. Colin, 1968. 不过在上述著作中,关于高等教育的部分依旧是薄弱的。

[2] 夏尔·塞格诺博(1854—1942),法国历史学家,和朗格卢瓦同为实证主义史学的代表人物之一。——译者注

[3] Seignobos, *L'Évolution de la troisième République*, in Lavisse et Seignobos, *Histoire de la France contemporaine*, t., VIII, Paris, Hachette, 1921, p.432.

系，包括初等、中等和高等教育，以及专门的和面向女性的教育。

和很多其他事物一样，文学史也诞生于1875年至1914年之间。在佩吉的影响下，他的支持者们也卷入了他所发起的针对那些权威大学教师的斗争之中。为了看清一百多年来作为"学科"——作为科学和教育的材料、研究和教学的对象（当然，这双重特征必然给我们带来困难）——作为权力争斗的赌注，简而言之，作为体制的文学史究竟是何物，同时，也为了理解今天仍然作为文学研究的主流模式的文学史在很大程度上依旧所处的那种状态，写出关于"文学史"自身的历史当然是有益的，甚至是必不可少的，而佩吉恰恰指责历史学家们回避了这段历史。历史学自身的历史之所以得以创立，信奉所谓实证历史的批评不无推动之力，而年鉴学派在这一创立过程中所起的作用又尤为关键。至于文学史自身的历史则依然有待探究。[1] 要写出一门学科的历史，必然会把制度史和思想史结合起来，正如一位立场和佩吉几乎同样激进的政论作者皮埃尔·勒盖（Pierre Leguay）在介绍他写的一部关于高等教育的简史时所明智地指出的那样，"说到索邦，这便是这个时代的精神史的一个章节"。[2] 不过，塞格诺博还是谨慎地将思想和事实两个层面区分开来：在他所著的当代史的末尾，对"思想运动"（这个说法在当时很流行）的长篇讨论丝毫没有触及教育领域中那些有数字可据的有形的演变。

在福楼拜为《布瓦尔与佩库歇》（*Bouvard et Pécuchet*）的第二卷

---

[1] 除散见于以下著作（P. Moreau, *La Critique en France*, Paris, A. Colin, 1960; R. Fayolle, *La Critique*, Paris, A.Colin, 1964; P. Brunel, *La Critique*, Paris, PUF, «Que sais-je?», 1977, etc.）中的若干段落之外，这方面最好的研究应参考：G. Delau, A. Roche, *Histoire, Littérature*, Paris, Éditions du Seuil, 1977. 另外，C. Cristin 所著 *Aux origines de l'histoire littéraire* (Grenoble, PUG, 1973) 主要讨论的是17、18世纪的文学体制的诞生和文人阶层的出现，其关注点主要是法国各个学士院（académie）的情况，和本书主题有年代距离。

[2] Leguay, *La Sorbonne*, Paris, Grasset, 1910, 3e éd., p.6.

《抄录》汇集的《蠢言录》中，已经显示出某种文学史意识的萌芽，当然这里所说的"文学史"是指即将到来的"思想运动"所赋予它的那种含义。福楼拜在这部小说中引用了剧作家欧仁·斯克里布（Eugène Scribe）[1] 1836年当选法兰西学士院院士时发表的就职演说中的一段话："莫里哀（Molière）的喜剧可曾告诉我们路易十四的世纪的重大事件？它们对这位伟大君王的弱点、过失可曾有一语道及？它们可曾提到过南特敕令的废除？"在这番引经据典之后，福楼拜只是狡黠地在括号中写了一句话："莫里哀死于1673年。南特敕令废除于1685年。"[2] 这倒不是说，作为斯塔尔夫人、波纳德（Louis de Bonald）[3]、维尔曼（Abel François Villemain）[4] 的热忱有加的信徒，当斯克里布把文学与社会突兀地并置起来，使其互为镜像的时候，当他要求文学作品能像档案一样反映社会的时候，他已经是开创文学史的一位先驱。同样，我们也无意仅仅因为福楼拜要求在此领域中要有更多的学识、更严谨的方法，就把这样的身份也赋予他。然而，无论是斯克里布还是福楼拜，即便只是以戏拟的方式，他们事实上都指出了从"文学的历史"——关于作家作品的序列和图表——向"文学史"的转变，而后者的着眼点在于文学与社会生活之间的勾连。此外还有一点同样深富意味：斯克里布的史实错误与福楼拜的批注都出现在后者目录单中的"历史"而非"文学批评"一栏，这显示出，斯克里布和福楼拜在其发端之处已经有所呼吁，或者至少有所预示的文学史，已经属于"历史"的领域，并已经与批评乃至文学本身分离开来了。

---

[1] 欧仁·斯克里布（1791—1861），法国剧作家。——译者注
[2] Flaubert, *Bouvard et Pécuchet*, Paris, Gallimard, coll. «Foliot», 1979, p.470.
[3] 路易·德·波纳德（1754—1840），法国政治家、作家、哲学家。——译者注
[4] 阿贝尔·弗朗索瓦·维尔曼（1790—1870），法国历史学家、文学史家和政治家，曾任高师和索邦教授及公共教育部长。——译者注

1 从作为文学体裁的历史走向作为历史学分支的文学史

文学史就这样得以创立,历史也由此脱离了文学。不过,更准确地说,这一结果并非一朝一夕所造成,因为文学研究中要出现向历史性研究的大规模转变尚需时日。就从作为文学体裁的历史向作为历史学分支的文学史的转折而言,斯克里布和福楼拜只是开了个头,整个过程需要几十年的时间才能够完成。这一过程最终的结果是:由于文学研究屈从于历史学,它从此不再属于文学,解脱了与文学的关联,或者从正面说,文学研究脱离了它原本的对象。当历史不再是一种文学体裁,当关涉文学的话语从此只是历史学的一个分支,那么这种话语,也即从此以历史学自居的文学批评,也就同样不再是一种文学体裁了。

在1850年抑或1870年,历史学依然从属于文学。这一时期,巴朗特(Prosper de Barante)[1]、蒂埃里(Amédée Thierry)[2]和米什莱(Jules Michelet)[3]在法国享有盛誉,麦考莱(Thomas Babington Macaulay)[4]和卡莱尔(Thomas Carlyle)[5]则统治了英国历史学界。

---

[1] 普罗斯珀·德·巴朗特(1782—1866),法国历史学家、作家和政治家。——译者注
[2] 阿梅代·蒂埃里(1797—1873),法国历史学家。——译者注
[3] 于勒·米什莱(1798—1874),法国大历史学家、作家。——译者注
[4] 托马斯·巴宾顿·麦考莱(1800—1859),英国历史学家、诗人和政治家。——译者注
[5] 托马斯·卡莱尔(1795—1881),英国作家、历史学家。——译者注

按照日后卡米耶·朱利安（Camille Jullian）[1]在其广为流传的《19世纪法国历史学家文选》（*Extraits des historiens français du XIXe siècle*）一书里的说法，"巴朗特的著作是把历史学与历史小说区别开来的最后的分界线"。[2]朗格卢瓦（Charles-Victor Langlois）[3]与塞格诺博在其合著的名作《历史研究导论》（*Introduction aux études historiques*）中也写道："直到1850年前后，对历史学家以及公众而言，历史仍旧是一种文学体裁。"[4]朱利安、朗格卢瓦和塞格诺博在1897—1898年前后提出了区分文、史的逻辑前提，不过对在他们这一代历史学家之前出现的文字则较为宽容，在历史小说和历史、瓦尔特·司各特（Walter Scott）[5]和巴朗特、泰纳和大仲马（Alexandre Dumas）之间不做区分。然而，在19世纪后半叶特别是其最后25年间，历史却成了一门科学，它从文学中抽身而出，上升到真正的科学之林。至少，新一代的历史学家们是这样要求的：这些学者首先包括在1876年创建《历史学刊》（*Revue historique*）的加布里埃尔·莫诺（Gabriel Monod）[6]，然后是莫诺之后的下一代学人如塞格诺博，更不用说以世所罕有的严格与方法论上的严谨著称，公开表达了对文学尤其是历史文学的反感的朗格卢瓦。按照朗格卢瓦在1900年的说法，历史文学在此前的30年里早已衰落，"它的衰落，是由于长期来看，历史'科学'的完善不可避免地会对历史学家们的'艺术'产生致命的冲击"[7]。在指斥文学浮夸不经的同时，他赞美了学术的严谨。准确地

---

[1] 卡米耶·朱利安（1859—1933），法国历史学家、语文学家。——译者注
[2] Jullian, *Extraits des historiens français du XIXe siècle*, Paris, Hachette, 1897, p.xxvi.
[3] 夏尔-维克多·朗格卢瓦（1863—1929），法国历史学家，专长于中世纪研究。——译者注
[4] Langlois et Seignobos, *Introduction aux études historiques*, Paris, Hachette, 1898, p.262.
[5] 瓦尔特·司各特（1771—1832），苏格兰著名历史小说家和诗人。——译者注
[6] 加布里埃尔·莫诺（1844—1912），法国历史学家。——译者注
[7] Langlois, «L'histoire aux XIXe siècle», *Questions d'histoire et d'enseignement*, t. I,（转下页）

说，在朗格卢瓦眼中，18世纪的法国有两种相互隔绝的历史学，其一是文学性的，另一种则以学术为根基，特别是本笃会式的学术。在大革命之后，索邦的历史学接受了文学性的风格，这也代表了巴黎高师（l'École normale supérieure）和浪漫主义者的倾向；反之，法兰西铭文与美文学术院（l'Académie des inscriptions et belles-lettres）以及稍后于1821年建立的国立文献学院（École nationale des chartes）则延续了修道院的科学传统，对言辞的华美动人并不关注。[1]当然，19世纪末期的大学重新恢复了与学术的联系，朗格卢瓦对此心知肚明，因为，作为文献学院而非高师的毕业生，他正是在大学学术急剧扩张，而具有实证主义学养的教师人手紧缺的背景下转到大学任教的。

本笃会学术遗产所蕴含的实证主义要求最终干净利落地解决了一个历史悠久，但从米什莱以来生命力已日益衰落的争论，即"艺术究竟是科学，还是艺术？"泰纳曾指责米什莱说："历史是一种艺术，这并不错，但它同时也是一种科学。"[2]然而同时泰纳又试图左右

（接上页）Paris, Hachette, 1902, p. 232. Cf. Louis Maigron, *Le Roman historique à l'époque romantique. Essai sur l'influence de Walter Scott*, Paris, Hachette, 1898. Louis Maigron是布吕纳介一位治学谨严的弟子，他认为梅里美（Prosper Mérimée）1829年的历史小说《查理九世时代逸事》（*Chronique de Charles IX*）是这种体裁的顶峰，而雨果两年后出版的《巴黎圣母院》（*Notre-Dame de Paris*）已经显出衰象。不过，Maigron在讨论他眼中历史小说对历史写作的决定性影响之外，还分析了历史小说对巴尔扎克、乔治·桑、福楼拜等人的现实主义小说的影响，他的看法是对朗格卢瓦和塞格诺博从历史学出发所设"禁令"的反拨，因为他从历史小说的来龙去脉出发，将它（甚至通过它扩展到整个历史写作）回收到文学的范围，从而赋予了历史小说真正的合法性。从布吕纳介的文学演变论视角来看，这一点是唯一要紧之处。

[1] Langlois, *Manuel de bibliographie historique*, Paris, Hachette, 1901-1904, 2 vol., t., II. p. 388 *sq*.
[2] Taine, «Michelet», *Essais de critique et d'histoire*, Paris, Hachette, 1904, 10e édition, p.95.

逢源:"历史毕竟是艺术,它绘制的画面应该像诗一样生动。"在朗格卢瓦看来,这种错误的冲动应该归咎于泰纳身上的"新浪漫主义的激情",[1]这是他须得反省自责的;不过,朗格卢瓦的批评是以对泰纳这位实证主义信徒的离奇的断章取义为前提的,因为后者的原话接下来是这样说的:"它绘制的画面应该像诗一样生动,可是它的文体应该是精确的,它对事实的划分应该清晰明了,它的法则应当是经过验证无误的,它的归纳法也应该像自然科学一样准确。"然而纵然如此,只要泰纳未曾完全排除历史中艺术性的一面,他就仍然难辞其咎。古朗士(Numa Denis Fustel de Coulanges)[2]对此的态度显然更加明确,他后来在谈论历史时说道:"它不是一种艺术,而是纯粹的科学。历史的目标不是追求叙述的愉悦或论述的深刻。和一切科学一样,它着眼于确定事实,分析事实,把事实对照起来,建立彼此之间的关联。"[3]古朗士离世前说的这番话强烈地宣示了他所秉持的实证主义信念,但即便是他,在更晚近的一代学者看来,其研究工作依然未臻圆满,例如其《古代城市》(La Cité antique)一书的注释就有诸多不足,作者对史料的运用也不尽严谨,塞格诺博就说过:"他费心建造起的众多巨构往往摇摇欲坠,因为他所使用的若干材料的出处是否可靠,并没有经过他的检验核实。"[4]

对朗格卢瓦、塞格诺博以及采用1900年前后典型的非个人化文体的职业历史学家而言,勒南是最后一位在历史写作中将艺术与科学结合在一起的作者,也是最后一位寻找,并且可能找到了史料和综合

---

[1] Langlois, «L'histoire au XIXe siècle», p.227.

[2] 努马·德尼·甫斯特尔·德·古朗士(1830—1889),法国历史学家。——译者注

[3] Fustel de Coulanges, *Histoire des institutions politiques de l'ancienne France*, t. III, *La Monarchie franque*, Paris, Hachette, 1888, p.32.

[4] Seignobos, «L'histoire», in Petit de Julleville, *Histoire de la langue et de la littérature française*, t. VIII, Paris, A. Colin, 1899, p.284.

性史识之间的恰当平衡的作者。他的历史学著作堪称艺术作品。不过这样的赞颂也是一把双刃剑，因为它凸显出勒南之后的历史学经历了怎样的变迁与革命。皮埃尔·拉塞尔（Pierre Lasserre）[1]是新索邦众多批评者中的一位，他讲得很清楚："勒南据说能把美妙的文体运用到他的历史研究所涉的那些高级的、严格的材料上，但我们认为这件事是可疑的。"[2]在如今的时代，这样的事情不可能再次发生，就好像——比较真是无处不在——在布封（Georges-Louis Leclerc de Buffon）[3]之后，在19世纪，不可能再写出文学性和学术性兼备的著作一样。曾引发与大学之间的争论的《写作技艺二十讲》(l'Art d'écrire enseigné en vingt leçons)一书的作者，多产的通俗作家安托万·阿尔巴拉（Antoine Albalat）[4]后来也讲过："不管怎样，也不论我们是否愿意，今天搞历史就意味着做学问。"[5]在1900年之后，只有一个作者在一套显然让人想到布吕纳介的名为"文学体裁及体裁的演变"(«Les genres littéraires, évolutions des genres»)的丛书中还将历史纳入其中，为之单独写了一本书，不过这种做法显然是与时

---

[1] 皮埃尔·拉塞尔（1867—1930），法国文学批评家、政论作家，曾任高等研究实践学院校长，一战之前，他是法兰西运动组织最重要的文学评论员。他反对大学的现代化，主张维护古典人文学的传统，其立场观点与阿加顿（马西斯和塔尔德）近似。——译者注
[2] Lasserre, *Les Chapelles littéraires*, Paris, Granier, 1920, p.160.
[3] 乔治-路易·勒克莱尔·布封伯爵（1707—1788），法国博物学家、数学家、生物学家，启蒙时代的著名作家。——译者注
[4] 安托万·阿尔巴拉（1856—1935），法国作家、文学批评家。——译者注
[5] Albalat, *Comment on devient écrivain*, Paris, Plon-Nourrit, 1925, p.142. 关于《写作技艺二十讲》(Paris, A. Colin, 1899)和阿尔巴拉所著下列其他著作（*La Formation du style par l'assimilation des auteurs*, Paris, A. Colin, 1901; et *Le Travail du style enseigné par les corrections manuscrites des grands écrivains*, Paris, A. Colin, 1903）引发的争论，可参见：*Les Ennemis de l'art d'écrire*, Paris; Librairie universelle, 1905.（阿尔巴拉在本书里回应的主要是Remy de Gourmont。）

代背道而驰的。[1]

从1875年至1900年是学科界限重新配置的时代,在这个时期,历史学作为一种"反文学"的科学,作为一种具有严密的方法,以严格重建事实为己任的专业,确定了自己的位置。[2]当然,历史学并未因此放弃其普世的、统摄性的雄心大志,毕竟此前在孔德(Auguste Comte)和泰纳的主导下,在其演进过程中那个被称为实证主义、黑格尔主义和自然主义的阶段,历史学早已规定了自己的使命。泰纳是一个真正无所不包的大师,他在把哲学和文学史作为本行的同时,也从事文学批评和历史研究,但其著述中一以贯之的主题仍然是文学,或者说是文体。保罗·拉孔布(Paul Lacombe)[3]是对这个时代文学和历史学研究的变迁最专注的观察者之一,他在《文学史导论》(*Introduction à l'histoire littéraire*)一书中开宗明义地提出了一个至今仍不失现实性的问题:"什么是文学?"而所谓"一个国家曾经留下的一切文字"的回复,今日也依然不失为一种答案。拉孔布注意到泰纳在其《英国文学史》(*Histoire de la littérature anglaise*)中为密尔(John Stuart Mill)[4]留有专章,他由此得出结论:布封、米什莱,再加上泰

---

[1] L. Levrault, *L'Histoire*, Paris, P. Delaplane, 1905. 作者1911年还在同一套丛书中出版了《文学批评》(*La Critique*),该书讨论的三位批评家是勒迈特、法盖和杜米克。

[2] 相对文学史的历史,史学史显然得到了更多的研究,不过奇怪的是,除了在论战的场合以外,史学史的研究往往也是由一些文学研究者完成的,这一点和夏尔·佩吉指明的情况有异曲同工之妙。可参见:Pierre Moreau, *L'Histoire en France au XIXe siècle*, Paris, Les Belles Lettres, 1935; J. Ehrard et G. Palmade, *L'Histoire*, Paris, A. Colin, 1971. 关于历史学家们自己的研究,数量较稀少,也不太符合主题,其中涉及1870—1900年的部分可参见:CH.-O. Carbonell, *Histoire et Historiens, une mutation idéologique des historiens français, 1865-1885*, Toulouse, Privat, 1976; et «L'Histoire dite positiviste en France», *Romantisme*, Juillet 1978; É. Coornaert, *Destins de Clio*, Paris, Éditions ouvrières, 1977. 亦参见:G. Lefebvre, *La Naissance de l'historiographie moderne*, Paris, Flammarion, 1971.

[3] 保罗·拉孔布(1834—1919),法国历史学家、文献学家。——译者注

[4] 约翰·斯图尔特·密尔(1806—1873),英国自由主义哲学家、政治经济学家、政治家。——译者注

纳，更不用说勒南，他们之所以属于文学家，并不在于写作的题材，而是凭借其文体的力量。[1]不过，尽管在上一个时代里，"文体"的确能够铸就"文学"，但如今铸就"历史学"的"方法"却终归要取而代之。因此，被"方法"所定义、所规范的历史学，就像被"文体"所专断地定义的文学，以及此前被哲学所定义的历史一样，如今要反过来包容文学和哲学。历史学所运用的方法超越了历史本身，通过语文学这门工具，它独占了对古典历史的考察，并将中世纪的文学和近代的法国文学纳入了自己的视野。[2]按照塞格诺博的观点，文学研究现在当属"历史学的若干分支"，而在整个人文学的天地里，唯有心理学堪称历史学的对手——塞格诺博指的是泰奥迪勒·里博（Théodule Armand Ribot）[3]的实验心理学。[4]朗格卢瓦在这个问题上是塞格诺博的同道，在他们二人的影响下，文学史从此沦为历史学中的一门"辅助性的科学"，甚至可以说，是最次要的、最可疑的、最难登堂入室的东西。他们宣布："一切所谓'辅助性的科学'都算不上真正的科学。例如，专门释读古代文书的文献学、文学史，都不过是事实的有系统的整理汇编。"[5]两位同道继续乘胜前进，把风格文体打入另册，因为它绝不能入一心追求非个人性、透明性、价值中立性的历史学家的法

---

[1] Lacombe, *De l'histoire considérée comme science*, t. II, *Introduction à l'histoire littéraire*, Paris, Hachette, 1898, p.1.

[2] Seignobos, *La Méthode historique appliquée aux sciences sociales*, Paris, Alcan, «Biblio. Générale des sciences sociales», 1901. 弗朗索瓦·西米安反对塞格诺博著作中过分严格和悲观的实证主义观念，他代表了年鉴学派在这个问题上最初的意见，可参见：François Simiand, «Méthode historique et science sociale. Etude critique d'après les ouvrages récentes de M. Lacombe et de M. Seignobos», *Revue de synthèses historique*, février 1903 et avril 1903. 另可参见本书第一部分第 24 节的讨论。

[3] 泰奥迪勒·阿尔芒·里博（1839—1916），法国哲学家、心理学家。——译者注

[4] Seignobos, *Le Régime de l'enseignement supérieur des lettres, analyse et critique*, Paris, Imprimerie nationale, 1904, p.7.

[5] Langlois et Seignobos, *Introduction*..., p.34.

眼。对事实的确定现在成了两位历史学家的全部纲领,在其晚年,朗格卢瓦完全满足于按照最严格的客观性来复原历史文献,他断言"历史学家的真正的作用,就是尽可能地在今人和原初的史料之间建立联系……只要有可能,就应该在实现这个目标后停顿下来"。[1]

阿纳托尔·法郎士总是喜欢引用自己那句启示了其小说《希尔维斯特·波纳尔的罪行》(le Crime de Sylvestre Bonnard)的名言:"历史不是一门科学,它是艺术,只有依靠想象力才能在历史的天地里取得成功。"[2]这句话尤其指向路易·布尔多(Louis Bourdeau)[3],因为后者狂热地主张在历史学中用统计学去替代重要人物的作用。[4]由此我们也可以看出法郎士身上那种反实证主义的、日后孕育了他的《当代史》(Histoire contemporaine)一书的观念,用他自己的话讲:"我们希望拥有那些我们愿意相信的故事,比如关于法国大革命的故事。请为我们保留历史小说的位置。"[5]然而,尽管法郎士始终立场坚定,在不可动摇的大势面前依然无济于事。到20世纪初,只有阿尔贝·索雷尔(Albert Sorel)[6]和埃内斯特·拉维斯这两位坚持追求文体的历史学家还享有"文学家"的声名,然而,这种声名是如此可疑,以至于他们徒有雄辩的才能,也仿佛是两位从史前时代脱逃到现代的不合时宜的人。[7]

---

[1] Langlois, *La Vie en France au Moyen Âge d'après quelques moralistes du temps*, Paris, Hachette, 1908, p.111.
[2] A. France, «Taine et Napoléon» (*Le Temps*, 13 mars 1887), *La Vie littéraire*, 5ᵉ série, Paris, Calmann-Lévy, 1949, p.47. Et «Les torts de l'histoire» (*Le Temps*, 13 mars 1888), *La Vie littéraire*, 2ᵉ série, *Œuvres complètes*, t. VI, Paris, Calmann-Lévy, 1926, p.439.
[3] 路易·布尔多(1824—1900),法国社会学家和哲学家。——译者注
[4] L. Bourdeau, *L'Histoire et les Historiens*, Paris, Alcan, 1888.
[5] A. France, «Les torts de l'histoire», p.444.
[6] 阿尔贝·索雷尔(1842—1906),法国历史学家,法国外交史的创始人之一。——译者注
[7] D'après Georges Pellsier, *Le Mouvement littéraire contemporain*, Paris, Hachette, 1901, p.288.

2 新兴的大学

众所周知,历史学在19世纪末经历了广泛的转变,如方法论造就的影响力的扩张、与小说的分离、科学精神的约束等。不过,这种转变不限于思想层面,也不只是一次纯粹理论的和认识论的革命,它还有一个真实的、重大的、与精神层面不可分离的结果,即大学体制的崛起。正如佩吉不无理由地批评的那样,由于缺少了一部关于历史学自身的历史,精神权力和世俗权力在新的历史学中的结合与同谋被掩盖起来了。

众所周知,在1870年,法国可以说并不存在真正的综合大学(université)。按照时任第二帝国教育部长维克多·迪吕伊(Victor Duruy)[1]在1868年所做的统计,1865年,全国的16个学院(Faculté)总共只授予了90个文学学士和100个理学学士学位,其中三分之一是由位于巴黎的各个学院授出的;不过,迪吕伊在其任内显然没有时间再来改变这一局面。那个时代的传说众口一词地讲述着这样的故事:克洛德·贝尔纳(Claude Bernard)[2]没有实验室,只能在自己的宿舍里做研究,并且不得不亲自涮洗试管,还有路易·巴斯德(Louis Pasteur)[3]的警报……关于当时法国高等教育所处的窘境,所

---

[1] 维克多·迪吕伊(1811—1894),法国历史学家、政治家。——译者注
[2] 克洛德·贝尔纳(1813—1878),法国医生、著名生理学家。——译者注
[3] 路易·巴斯德(1822—1895),法国著名微生物学家、化学家。——译者注

有的记述者无不留下了同样的见证。[1]在日后许多人看来，普法战争中法国的惨败应该归结于德国在学术上的优势，特别是勒南认为，打赢这场战争的是德国的大学，而德国的小学教员们也成就了德国在色当的胜利，就像他们此前在普奥战争中促成了萨多瓦（Sadowa）[2]的大捷一样。[3]

  法国的高等教育之所以落后于德国，是因为自第一帝国以来，法国的各类学院除了颁发文凭，组建授予中学毕业生业士文凭（baccalauréat）的委员会之外，并无实际的教学功能。在这种体制下，所谓学士（licence）和教师资格文凭（agrégation）都不过是更高一级的业士，并无独立于后者之外的课纲；事实上申请学士和教师资格之人也并不在学校里上课，他们的真实身份往往是寄宿学校的教师、中学的助教或者私人教师——别忘了保罗·布尔热的小说《弟子》（Le Disciple）里的主人公就是私人教师——因此，在1870年之前，各类学院中既没有高等教育，也没有科学研究可言，只有一些所谓的"公开课"，其实不过是一些面向贵妇、退休官员的讲座，教授们在这些听众面前夸夸其谈，聊以自娱，就像塞格诺博生动地形容的那样，"文学院不过是为中等教育服务的考试机构和为

---

[1] 除"引子"部分关于高等教育问题的注释所介绍的文献之外，还有各位现代学者亲身的见证，可参见以下文献：Pasteur, *Le Budget de la science*, Paris, Gautier-Villars, 1868; et *Quelques réflexions sur la science en France*, Paris, Gautier-Villars, 1871; Renan, «L'instruction supérieure en France» (*Revue des Deux Mondes*, 1er mai 1864), *Questions contemporaines*, Paris, M. Lévy, 1868, et *Œuvres complètes*, t, I, Paris, Calmann-Lévy, 1947; *La Réforme intellectuelle et morale*, Paris, M. Lévy, 1871, et *Œuvres complètes*, t. I. 此外还可见第3节中1870年之后的改革者们的证词。

[2] 萨多瓦，地名，在今捷克赫拉德茨－克拉洛韦州，1866年在此地爆发的战役决定了普奥战争的走势。——译者注

[3] Voir M. Mohrt, *Les Intellectuels devant la défaite*, 1870, Paris, Corrêa, 1942; 尤其推荐Claude Digeon 杰出的著作：*La Crise allemande de la pensée française, 1870-1914*, Paris, PUF, 1959。

资产者服务的社会学校"。[1]

每个学区的文学院均设立5个教席。[2]巴黎虽然以11个教席而成为例外,但其实也并无更多的货真价实的学生与之相配。今天,法兰西公学院因其有专聘教师却无注册学生的制度而成为教育制度中的例外情形,但在当时,整个大学体制却普遍基于这一模式。基佐(François Guizot)[3]、维尔曼、库赞(Victor Cousin)[4],这些杰出的饱学之士都擅长于此。雄辩术才是真正关键的东西,人人都想成为话术大师。真正拥有学生的只是大学校(les grandes écoles),而1868年由迪吕伊——其背景是他无法掌握对综合大学进行改革的权力,于是转而用力于此——创立的高等研究实践学院(École pratique des hautes études)也从事某种研究工作。

普法战争惨败后,特别是在1877年及第三共和国稳定下来以后,在茹费理等多届内阁治下,法国的综合大学用了不到20年的时间完成了重建。朗格卢瓦提供了下列有说服力的数字:1877年巴黎学区的文学院只有6名学生和11名教授,到了1900年,巴黎大学文学院的这两个数字变成了1637和52。[5]我们可以把这些数据和1870年之后由普鲁士重建的新斯特拉斯堡大学进行比较,后者在建校之后仅仅5年已经拥有32名教授和一座藏书达40万卷的图书馆。[6]法国

---

[1] Seignobos, *Le Régime de l'enseignement supérieur des lettres*, p.3.
[2] 根据1808年3月设立帝国大学以及各地文学院、理学院的法令,文学院的5个教席分别是哲学、古典文学、法国文学、外国文学以及历史。
[3] 弗朗索瓦·基佐(1787—1874)法国著名历史学家和政治家,曾任七月王朝时期的首相。——译者注
[4] 维克多·库赞(1792—1867),法国哲学家、政治家,是法国哲学史学科的主要奠基人,也推动了法国中学的哲学教育。——译者注
[5] Langlois, «L'université de Paris en 1900», *Questions d'histoire et d'enseignement*, t. I, p.143.
[6] 关于法国高等教育改革问题,可参见: Lavisse, *La Fondation de l'Université de Berlin*(特别是其中关于德国的斯特拉斯堡大学的注释), Paris, Hachette, 1876.(转下页)

从1877年开始设立大学奖学金以资助"真正的"大学生,仅仅面向校内学生开设的专业课程逐渐取代了公开的社会讲座,从1885年至1896年,国家还通过了一系列法律和政令,规范了众多新建学院和大学的地位。从这时开始,大学成了名副其实的高等教育机构,用塞格诺博的话讲,现在大学既是学校,也是科研机构,即"生产科学知识的车间"。[1]

(接上页)拉维斯指出:"一份关于斯特拉斯堡大学的普鲁士小册子宣称,在德国,人们很在意让全世界认识到德国最近的成功并不只源于它在军事上的优势,而是在更大程度上来自它在科学领域中所处的地位。"(第44页)这样看来,在战争胜负究竟说明了什么这个问题上,德国人和法国人的看法是一致的,他们也都同意斯特拉斯堡大学会成为新的"德意志精神的前哨"(第45页)。拉维斯的著作很好地说明了法国大学将要卷入怎样的科学竞争。

[1] Seignobos, *Le Régime*..., p. 10.

3 大权在握的历史学家

是谁推动了19世纪末高等教育的快速改革，促成了法国综合大学的建立呢？这绝非一人之力所能办到，而是若干从1881年开始，团结在"高等教育协会"（la Société de l'enseignement supérieur）及其社团刊物《国际教育评论》（*Revue internationale de l'enseignement*）周围的政治人物、有名望的大学学者齐心合力的结果。这些人士包括在1879—1902年间担任巴黎学区副区长的奥克塔夫·格雷亚尔（Octave Gréard）[1]、公共教育部负责高等教育的督学阿尔芒·迪梅尼（Armand Du Mesnil）；我们尤其要提到迪梅尼的后继者们，比如于1879—1884年担任该职的阿尔贝·迪蒙（Albert Dumont），以及1884—1902年间的督学路易·利亚尔（Louis Liard）[2]，后者卸任之后又接替了格雷亚尔在巴黎学区的职务。[3] 格雷亚尔和利亚尔的任职年限之长十分罕见，他们二人都与茹费理的教育政策密切相关。然而，向上述官员提出教育改革的理念，推动这些改革具体实施的人仍旧是一些大学教授，其中很多人曾在高师与他们有过同窗之谊。这些教授们包括语法学家米歇尔·布雷亚尔

---

[1] 奥克塔夫·格雷亚尔（1828—1904），法国教育家，曾广泛参与第三共和时期的教育改革。——译者注
[2] 路易·利亚尔（1846—1917），法国哲学家、教育行政官员，曾广泛参与高等教育改革。——译者注
[3] P. Gerbod, «Un directeur de l'enseignement supérieur: Louis Liard», in *Les Directeurs de ministère en France, XIXe-XXe siècles*, Genève, Droz, Paris, Minard, 1976.

（Michel Jules Alfred Bréal）[1]、古希腊文明专家克罗塞兄弟（Alfred Croiset et Maurice Croiset）[2]、心理学家雅内（Jules Janet）[3]、政治科学自由学院（l'École libre des sciences politiques）的创立者布特米（Émile Boutmy）[4]、法学家埃斯曼（Jean Hippolyte Emmanuel Esmein）[5]等，不过，起到最关键作用的还是一些历史学者，佩吉把他们称为"一群组织严密的人"。因此，高等教育的建立，归根到底还是出自历史学家之手，其中有两人更是值得大书特书，即加布里埃尔·莫诺和埃内斯特·拉维斯，他们两人都是巴黎高师的同届同学，也都是日耳曼学家。应该说，他们两人在很大程度上决定了法国各所文学院日后演变的路径。[6]

---

[1] 米歇尔·布雷亚尔（1832—1915），法国语言学家，语义学的奠基人之一。——译者注
[2] 阿尔弗雷德·克罗塞（1845—1923），莫里斯·克罗塞（1846—1935），均为法国古典学家、语文学家。——译者注
[3] 于勒·雅内（1861—1945），法国医生、心理学家。——译者注
[4] 埃米尔·布特米（1835—1906），法国作家、政治学家。——译者注
[5] 让·伊波利特·埃玛纽埃尔·埃斯曼（1848—1913），法国法学家，专长于法学史和宪法学。——译者注
[6] 可参考所有教育改革者的宣言和回忆：Gréard, *Éducation et Instruction*, t. III, *Enseignement supérieur*, Paris, Hachette, 1887; Liard, *L'Enseignement supérieur en France, 1789-1889*, Paris, A. Colin, 1884-1894, 2 vol.; *Universités et Facultés*, Paris, A. Colin, 1889; E. Dreyfus-Brisac(directeur de la *Revue internationale de l'enseignement*), *L'Éducation nouvelle*, Paris, G. Masson, 1882-1888, 3 vol.; et surtout Lavisse, *Questions d'enseignement national*, Paris, A. Colin, 1890; *A propos de nos écoles*, Paris, A. Colin, 1895; *Souvenirs*, Paris, Calmann-Lévy, 1912, etc., Monod, *De la possibilité d'une réforme de l'enseignement supérieur*, Paris, Leroux, 1876, l'un des projets les plus anciens; et *Portraits et Souvenirs*, Paris, Calmann-Lévy, 1897. 关于总体回顾，可参见：Langlois, *Questions d'histoire et d'enseignement*, Paris, Hachette, 1902-1906, 2 vol., et Seignobos, *Le Régime de l'enseignement supérieur dans les lettres*. 关于更具批判性视角的文献可参考：P. Leguay, *La Sorbonne*. 最后还可参见：G. Weisz, «Le corps professoral de l'enseignement supérieur et l'idéologie de la réforme universitaire en France, 1860-1865», *Revue française de sociologie*, avril 1977; et P. Ory, «La Sorbonne, cathédrale de la science républicaine», *L'Histoire*, mai 1979.

莫诺是一位中世纪专家，是米什莱的友人，1867—1868年他曾在德国访学并深受影响，回国时满怀热情。1876年，他创建了《历史学刊》，这份刊物替代了1866年由语言学家加斯东·帕里斯（Gaston Paris）[1]和保罗·梅耶（Paul Meyer）[2]创办的《历史与文学批评学刊》（*Revue critique d'histoire et de littérature*）在学术界的地位，后者的办刊思路限于校勘，也细大不捐地汇编各学科的成果，目的是与同年问世的带有天主教倾向的《历史问题学刊》（*Revue des questions historiques*）竞争。创刊之初，莫诺在《历史学刊》上发表了一篇很重要的宣言，详细地阐明了未来30年历史学界的雄心大志："在学者和哲学家的贡献之后，现在历史学成了一切科学的基础、中心和目的。"[3]他在这里所说的是指实证主义的历史学，是由孔德、泰纳、勒南开创并且继续延续着他们的传统的实证史学。不过，尽管只是前辈的继承人，作为古朗士日后的论辩对手，莫诺却是第一个明白无误地指明了实证学术的方法和理论之必要性的历史学家："如今，别出心裁的沉思已经日渐稀少，对著作的纯粹审美性的观照也越来越不受重视，取而代之的是历史学的研究……我们的世纪是历史学的世纪。"[4]直到1903年巴黎高师推行改革，莫诺长期在这所学校担任讲师（maître de conférences），同时也担任高等研究实践学院的第四部即"历史学组"的负责人，他堪称历史学领域中新精神的最重要的倡导者。他对德国历史学的推崇是如此不遗余力，

---

[1] 加斯东·帕里斯（1839—1903），法国中世纪历史学家和罗曼语语文学家。——译者注

[2] 保罗·梅耶（1840—1917），法国罗曼语语文学家。——译者注

[3] Monod, «Du progrès des études historiques en France», introduction au premier numéro de la *Revue historique*, janvier 1876. C.-O. Carbonell, «La naissance de la *Revue historique*, une revue de combat (1876-1885)», *Revue historique*, avril 1976（该期为创刊百年纪念刊，重新刊载了莫诺当年的宣言）。

[4] Monod, *art. cit.*, pp.26-27.

反而过犹不及,以至于1881年和1885年塞格诺博和吕西安·埃尔(Lucien Herr)[1]分别去德国访学归来时,却从德国崇拜论的幻觉中幡然醒悟,在《国际教育评论》上撰文表示法国学界的风气其实更胜一筹。[2]莫诺堪称前后几任部长身边的灰衣主教,他发挥影响力的方式之一是在《历史学刊》上刊载博士论文答辩的记录。人们相信,罗曼·罗兰(Romain Roland)1895年6月获得博士学位之后,能够立即在巴黎高师获得艺术史讲座的教职,随后又在索邦得到音乐史教席,便是得益于莫诺相助之力。莫诺这位方法论大师的人生履历还不止于此,他是私立中学阿尔萨斯学校(l'école alsacienne)的创办者之一,并在此长期任课;作为米什莱的密友和在巴黎同居一楼的邻居,他还是后者的遗嘱执行人;当高师被并入索邦之后,他把人生最后的岁月都献给了这位浪漫主义历史学家,于1905—1910年间在法兰西公学院开设了关于米什莱的课程。最后,莫诺是德雷福斯(Alfred Dreyfus)[3]最早,也最有力的辩护者之一,也是最早通过对笔迹的鉴定确信德雷福斯上尉无罪的人。[4]后来,他还在自己的刊物上发表了好几篇德雷福斯评论皮卡尔(Marie-Georges Picquart)上校[5]等人的军事史著作的文章。巴黎高师和索邦之所以站在德雷福斯

---

[1] 吕西安·埃尔(1864—1926),法国文献学者、社会主义者,终身在巴黎高师图书馆任职,积极的德雷福斯派知识分子,曾引导几代法国社会主义者接触马克思主义经典作家。——译者注

[2] Digeon, *La Crise française de la pensée allemande*, pp.377 et 384.

[3] 阿尔弗雷德·德雷福斯(1859—1935),法国犹太裔军官,德雷福斯事件中的主要受害人,此事件导致19世纪末和20世纪初法国知识分子和法国社会的分裂。——译者注

[4] J. Reinach, *Histoire de l'affaire Dreyfus*, Paris, Éditions de la Revue Blanche et Fasquelle, 1901-1911, 7 vol., t. II, p.500.

[5] 玛丽-乔治·皮卡尔(1854—1914),法国军官,曾试图为德雷福斯昭雪并因此遭受迫害,1906年与德雷福斯本人一起获得平反,后在克雷孟梭内阁出任战争部长。——译者注

派一边,莫诺和吕西安·埃尔功不可没。另一方面,当加斯东·德尚(Gaston Deschamps)[1]在1900年9月9日的《时代报》(Le Temps)上攻击德雷福斯派,指责19世纪70年代德国在法国社会的影响力时,他的矛头所指正是自己在高师的老师莫诺。另一位与莫诺有关的对立阵营的大将是右派政治人物加布里埃尔·西弗东(Gabriel Syveton)[2],他参与建立了反德雷福斯派和反"知识分子"派的组织"法兰西祖国联盟"(Ligue de la Patrie française);1899年,他指责莫诺当年之所以选择到护士队里服兵役,是"不想在战场上冒杀害伟大的德意志民族的儿子的风险"。[3]对莫诺的这段军旅生涯,罗曼·罗兰则提供了另一个版本,按照他的说法,在高师学生的一次野外考古中,"那个傍晚,加布里埃尔·莫诺坐在床上……对我们讲起他作为一名志愿从军的护士对1870年战争的回忆,他用庄重的口吻谈起受伤的德国人(那是一位德军上尉临终前的庄严场景,他躺在战场上,四周是和他一样的伤兵,他一一向自己的同袍告别,言辞间充满兄弟般的友爱之情)"。[4]罗曼·罗兰的文字十分质朴,但对攻击莫诺和索邦"亲德倾向"的"战斗"来说,只能是火上浇油。[5]

拉维斯的人格特质则与莫诺截然不同。莫诺的性格中具有资产阶级和新教徒式的谨慎,罗曼·罗兰曾写道:"他为人亲切和善,但带着距离感。他的好意仿佛是客观的,缺乏纯粹个人的情感……我

---

[1] 加斯东·德尚(1861—1931),法国考古学家、作家和记者。——译者注
[2] 加布里埃尔·西弗东(1804—1904),法国历史学者、国会议员,反德雷福斯派成员。——译者注
[3] G. Syveton, *L'Université et la Nation*, Paris, La Patrie française, 1899. 该书附有莫诺的答复和西弗东对此的回应,见第15和29页。
[4] Romain Rolland, *Le Cloître de la rue d'Ulm. Journal de Romain Rolland à l'École normale (1886-1889)*, «Cahiers Romain Rolland», 4, Paris, Albin Michel, 1952, p.306.
[5] 参见莫诺的讣告,见 *Revue historique*, mai 1912。

想，莫诺在热爱一切的同时，也超脱了这个世界。"[1]相比之下，拉维斯即便称不上暧昧，至少也显得更加模棱两可——他身兼学者和政治人物的双重性格，是大学从讲究辩才无碍转变为追求学问根底这个过程中最典型的一类人物。曾经与吕西安·埃尔一起在《巴黎杂志》(Revue de Paris)编辑部担任秘书职务的费尔南·格雷格（Fernand Gregh）[2]曾这样形容他："他长得漂亮，强壮，又精力弥漫，已经灰白的头发留着中分，胡须是军人样式，双目炯炯，分明透出男子汉式的慷慨大度……他经常让我想到博须埃（Jacques-Bénigne Bossuet）[3]，不过不是因为思想……而是作为个人……因为与慵懒忧郁的费奈隆（François de Salignac de La Mothe-Fénelon）[4]及同辈相比，博须埃可以说带着几分暴烈。"[5]从1865年开始，这位刚刚获得教师资格文凭的年轻人就放弃了教学活动，进入了迪吕伊领导下的教育部机关。那个时代，高等研究实践学院和统计调查制度刚刚建立，预示着1875年之后的重大改革已经为期不远。直到第二帝国战败覆亡，拉维斯一直担任皇太子的私人教师。战后，他到德国求学，获得博士学位后回国参加了索邦的具体组建工作。[6]从1872年开始，他在大学改革中既大力宣传学校内部专业课程的必要性，又负责向大学引荐教师、招

---

[1] Romain Rolland, *Le Cloître de la rue d'Ulm,* p.242.
[2] 费尔南·格雷格（1873—1960），法国诗人和文学批评家。——译者注
[3] 雅克-贝尼涅·博须埃（1627—1704），法国著名教士、作家、历史学者，也被认为是法国史上最伟大的演说家之一。他是路易十四的宫廷布道师和太子的师傅，主张君权神授学说与维护国王的绝对统治权力。——译者注
[4] 费奈隆（1651—1715），法国教士、神学家、教育家和作家，曾跟随博须埃，后来在路易十四的宫廷中成为博须埃的对手，因撰写反对路易十四政策的小说等原因而失宠。——译者注
[5] F.Gregh, *L'Âge d'or,* Paris, Grasset, 1947, p.137. 关于提到博须埃的文字的语境，请参考第14节的叙述。
[6] Lavisse, *Études sur l'une des origines de la monarchie prussienne, ou la Marche de Brandeboug sous la dynastie ascacienne,* Paris, Hachette, 1875.

揽学生。作为新时代精神的最好代表,他成为第三共和国治下理想官员的模板,也因此一路青云直上。1876年,他担任巴黎高师的高级讲师,1880年又接替古朗士在索邦的教席,尽管他学不配位,但也获得了中世纪专家的身份。1888年起,他担任索邦现代历史教授,并于1894年进入法兰西学士院。尽管他较晚才真正认同和归依共和原则,并且直到拿破仑三世的皇太子去世前一直保持着与他的紧密联系,但在第三共和国时期,拉维斯终究成为法兰西民族的精神导师,爱国主义的倡导者和普及者。拉维斯曾发起、主持编撰多套卷帙浩繁的历史学丛书,如阿歇特(Hachette)出版社的18卷本《法国史》(*Histoire de France*)、与公共教育部长阿尔弗雷德·朗博(Alfred Rambaud)[1]合作并由阿尔芒·科兰(Armand Colin)出版社推出的12卷本《4世纪以来的通史》(*Histoire générale du IVe siècle jusqu'à nos jours*),以及最终由塞格诺博完成,由阿歇特出版社推出的10卷本《法国当代史》(*Histoire de France contemporaine*)。[2]拉维斯还在1894年参与创办了《巴黎杂志》,以便与更加保守的,自1879年起已由布吕纳介接手的刊物《两世界》(*Revue des Deux Mondes*)竞争。不过,在所有的成就中,尤须提及的是拉维斯曾撰写了一系列在第三共和国时期广为流行的历史教科书,他也因此饱受尊敬;他还以皮埃尔·拉卢瓦(Pierre Lalois)为笔名撰写过许多公民教材,"高卢人,我们的先祖"的口号便源自他。由于在教学组织者的身份之外,拉维斯还是肩负国家使命的共和国意识形态代言人,他在德雷福斯事件中

---

[1] 阿尔弗雷德·朗博(1842—1905),法国历史学家、政治家,拉维斯的主要合作者之一。——译者注

[2] Lavisse et Rambaud, *Histoire générale du IVe siècle jusqu'à nos jours*, A. Colin, 1892-1901, 12 vol.; Lavisse, *Histoire de France, depuis les origines jusqu'à la Révolution*, Paris, Hachette, 1903-1911, 18 vol.; Lavisse et Seignobos, *Histoire de France contemporaine, depuis la Révolution jusqu'à la paix de 1919*, Paris, Hachette, 1921-1922, 10 vol.

无法像莫诺一样自由行事,为此之故,为人谨慎、节制的他只是在雷恩军事法庭重审案件之际,在 1899 年 10 月的《巴黎杂志》上撰文呼吁"全国和解"。拉维斯的兄弟是将军,他自 1870 年以来,一直认为军官和小学教师应该成为国家的两大支柱。为了在政治风云中保持自己的自由,他很晚才辞去在圣西尔军校所兼的历史学与文学教职,而他在综合理工学院(L'École polytechnique)的同事,化学教授爱德华·格里莫(Édouard Grimaux)[1] 却因为支持德雷福斯而在服役 22 年之后仍被解除职务。[2] 由于拉维斯威望卓著,即使民族主义和极右派的组织如法兰西祖国联盟、法兰西运动(l'Action Française)乃至极右派理论家夏尔·莫拉斯(Charles Maurras)[3] 本人都不敢正面攻击他。在其晚年,他于 1904—1919 年担任巴黎高师校长。1913 年是他进入高师 50 周年,这甚至成为共和国隆重庆祝的一个事件,普恩加莱(Raymond Poincaré)总统[4] 亲自在索邦主持了庆典。唯有佩吉曾强硬地批评这位大人物,但佩吉的敌意不仅是因为他不满于拉维斯对德雷福斯派过于冷淡、若即若离的态度,他与吕西安·埃尔之间可疑的关系以及他对高师的破坏,也和拉维斯的过往历史有关:"需要追溯到他早年对那位不幸的王子的教导,那真是一场灾难;也不该轮到由过去的皇太子的私人教师来为我们讲授什么是共和的传统。"[5]

---

[1] 爱德华·格里莫(1835—1900),法国化学家、药物学家,曾参与支持德雷福斯的介入行动。——译者注

[2] J. Reinach, *Histoire de l'affaire Dreyfus*, t. III, p.407, et t. IV, p.499.

[3] 夏尔·莫拉斯(1868—1952),法国作家、诗人、评论家和政治人物。他是法国民族主义、君主主义、反犹主义的思想代言人,是法兰西运动组织的组织者之一,对法国极右翼意识形态有长期和广泛的影响。——译者注

[4] 雷蒙·普恩加莱(1860—1934),法国政治家,曾于 1913—1920 年任第三共和国总统,并曾多次出任政府总理。——译者注

[5] Péguy, «[Il me plaît...]» (1911), *Œuvres*, t. II, p.888. 这些对拉维斯极其无礼的文字在最后一刻从《夏尔·佩吉文选》(*Œuvres choisies de Charles Péguy, 1900-1910*, Paris, Grasset, 1911)上被撤了下来。不过拉维斯在 1913 年的 *Argent suite*(转下页)

历史学的发展进程需要新的方法，需要教学与科研的协作推动，在传播这种新的理念方面，没有人比拉维斯、莫诺以及他们的老同学路易·利亚尔贡献更多。然而奇怪的是，拉维斯和莫诺尽管和自己的前辈有许多区别，但他们始终带有老派的作风。莫诺从未否定过米什莱的贡献，他把自己的暮年重新奉献给了米什莱，这种热情甚至让他忽视了自己的中世纪研究：尽管他一直以他人博士论文的汇编者著称，但却从未完成自己的博士论文，甚至他晚年的著作也只是若干散漫的文字，未能成书。他曾致力于重建法国的大学，不过自己却一直留在高师任教；他反对自己培养的学生肢解高师，也拒绝出任高师校长，而拉维斯倒是在生前的最后一次"转身"中欣然接受此职。更糟的一点是，他居然对泰纳抱有温情，而泰纳恰恰是聚集在阿方斯·奥拉尔（Alphonse Aulard）[1]身后的新一代历史学家眼中的替罪羊。[2] 不过，莫诺是一位真正的博学之士，而拉维斯却并非如此。拉维斯看重的是演讲术、辩论术和修辞学，他终其一生都在公开讲演，尽管他促成了公开课程的终结，为大学内部专业课程的设立开辟了道路。他是一个真正的演讲者，是第三共和国时期的基佐或维尔曼，其主要著述

（接上页）一书中，继续遭受佩吉的攻击。对佩吉狂怒的原因的解释，可参见本部分第18节。关于拉维斯，除所有对他的回忆文字及他对学生的众多讲话的辑录之外，可参见下列文献：Doumic, *Écrivains d'aujourd'hui*, Paris, Perrin, 1894（该书把拉维斯和布尔热、莫泊桑、洛蒂、勒迈特、布吕纳介和法盖等人并列）; Leguay, *Universitaires d'aujourd'hui*, Paris, Grasset, 1912;《逝者传略》, *Revue universitaire, Revue historique, Revue de France*, 1922, et *Revue internationale d'enseignement, Revue de Paris*, 1923. 最后可参见 P. Nora 精彩的分析: «Ernest Lavisse: son rôle dans la formation du sentiment national», *Revue historique*, juillet 1962.

[1] 阿方斯·奥拉尔（1849—1928），法国历史学家，法国大革命史学的先驱之一，也是一位激进社会主义者，曾参与创建保卫人权联盟。——译者注
[2] Voir Monod, «La réforme de l'École normale», *Revue historique*, janvier et mars 1904; *Les maîtres de l'histoire : Renan, Taine, Michelet*, Paris, C. Lévy, 1894; *Jules Michelet, études sur sa vie et ses œuvres*, Paris, Hachette, 1905. 另与此同时，奥拉尔正在他的书中攻击泰纳（*Taine, historien de la Révolution française*, Paris, A. Colin, 1907）。

是发表在期刊上的长篇大论和对德国的宏大的综述。在他身上,历史学家和教育家的角色融于一体,而这里的教育家又主要是指面向大众的普及者,特别是小学教育的组织者,这样的规划显然和立足档案史料做研究的历史学家很难协调。拉维斯是一个怪人,用佩吉日后的话讲是一个"弱者":他长期是一位波拿巴主义者,很晚才归附共和理念,可又成了共和国的"传令官";他倡导以博学为根基的学术,可自己却难称博学;他与其说是一位真正的大学学者,不如说是一个善于组织活动的学术官员。尼采(Friedrich Wilhelm Nietzsche)曾这样形容米什莱:"热情!他仿佛就是热情本身,脱下了外套站在我们面前。"而皮埃尔·勒盖后来对拉维斯的评价正好可以和尼采的话相映成趣:"我们看到的是热情穿上了礼服,扎上了领带,化身为荣誉军团里的一员。"[1]

莫诺和拉维斯都是慷慨豪迈的传道者,他们以同样的热情勾画了高等教育的改革,促成了历史研究的复兴。他们的丰富含混,他们无处不在的身影,造就了其绝大的魅力。他们都是生动别致的人物,就像他们所研究的历史一样。对未经历普法战争失败,也未体会过德国带来的迫人的恐慌的下一代人而言,历史学家本来就是冷静的、对世界无动于衷的职业学人,在其极端化的职业立场中,没有任何隐藏的瑕疵和阴影。新一代历史学家中的典范是朗格卢瓦和塞格诺博,莫诺和拉维斯把这两位热忱的"工人"推上了工作台,而他们则很快超越了前辈的期望。正是在朗格卢瓦和塞格诺博手中,博学替代了文学;他们对口语演讲带有极深的蔑视,以至于塞格诺博甚至以口吃为

---

[1] Leguay, *Universitaires d'aujourd'hui*, p.40. 拉维斯尤其喜欢发表论德国的长篇期刊论文,然后将其汇编成书,如:*Études sur l'histoire de Prusse*, Paris, Hachette, 1879; *Essai sur l'Allemagne impériale*, Paris, Hachette, 1888; *La jeunesse du Grand Frédéric*, Paris, Hachette, 1891; *Le Grand Frédéric avant l'avènement*, Paris, Hachette, 1893.

荣。佩吉说得不错,"我们这一代人看到了方法论的降临,在我们中间,有两个名字是特别的,是他们引入了方法……这两个人就是安德莱(Charles Philippe Théodore Andler)[1]先生和朗格卢瓦先生",即一位日耳曼学家和一位档案学者。[2] 朗格卢瓦和塞格诺博这两位性情忧郁的绅士,把方法论以及历史学中的辅助科学转化为一门真正的专业,他们也因此成为历史科学中的审查官和检验者。[3] 一言以蔽之,这两位先生堪称"反布瓦尔与佩库歇者",因为在他们眼中,前辈学者——包括古朗士,大概也包括拉维斯,不过他们大概不会这么谈论后者——都不过是像福楼拜笔下的布瓦尔和佩库歇一样,只知道埋头工作,却毫无章法头绪可言。他们两人合著的《历史研究导论》

---

[1] 夏尔·菲利普·泰奥多尔·安德莱(1866—1933),法国日耳曼学家,是日耳曼学在法国成为大学学科的重要推动者;他还是《共产党宣言》继拉法格夫妇之后的另一位法译者。——译者注

[2] Péguy, *L'Argent suite, Œuvres*, t. II, p. 1171.

[3] 夏尔-维克多·朗格卢瓦出身国立文献学院,在1884年通过历史学教师资格考试,并立即被任命为杜埃(Douai)文学院的讲师,次年到蒙彼利埃(Montpellier)任教。在其博士论文(*Le Règne de Philippe II le Hardi*, Paris, Hachette, 1887)通过答辩后回到索邦任教(时年25岁),起初担任历史学辅助学科的代课教师。朗格卢瓦是一位博学的中世纪专家,除此之外他还对教育学有兴趣,担任过《大百科全书》编辑委员会委员、教育博物馆主任,并在1906年创办了《大众图书馆书目简报》(*Bulletin des bibliothèques populaires*)。1913年他离开索邦,出任国立文献学院院长一职。朗格卢瓦治学极其严谨,到期甚至逐渐放弃阐释性的研究,完全专注于对纯史料的整理,勒盖评论他是"我们这个时代最美好睿智的心灵之一"(Leguay, *Universitaires d'aujourd'hui*, p.252)。

夏尔·塞格诺博(1854—1942)毕业于高师,是古朗士和拉维斯的学生,他的博士论文(*Le Régime féodal en Bourgogne jusqu'en 1360*, Paris, A. Thorin, 1882)也是题献给这两人的。他早年曾在德国访学,回国后担任第戎文学院的讲师(1879—1882),1883年到索邦教授历史方法论方面的课程。他后来放弃了实学和中世纪研究的方向,转向通史研究和当代问题,代表作是名著《现代欧洲的政治历史》(*Histoire politique de l'Europe contemporaine*, Paris. A. Colin, 1897)。该书把历史受偶发性支配的观念推到很深的程度。塞格诺博同样关注教育问题,他参与推动了1902年的中学课纲改革,在阿尔芒·科兰出版过众多教材(参见 *L'Histoire dans l'enseignement secondaire*, Paris, A. Colin, 1906)。

成为新一代学者的必备参考,它就是方法本身,是福楼拜小说的主人公从未拥有的书中之书。其实,正是朗格卢瓦和塞格诺博自己在他们与福楼拜的作品之间建立了联系,他们的书里充满了对《布瓦尔与佩库歇》的影射,认真说起来,那两位小说主人公正是现实世界中蹩脚的历史学家的影子,这些人前赴后继,却因为缺乏良好的方法而终归一事无成。

在《历史研究导论》中,朗格卢瓦和塞格诺博从序言部分就开始列举过往的历史学家的种种错误,感叹他们缺乏本可以用以指引研究的批评教程:"对比一下福楼拜的《布瓦尔与佩库歇》吧,这本书讲的是两位白痴的故事,他们有各种想法,包括写历史的计划。"[1]人们向小说两位主人公推荐了查理十世时代法兰西公学院教授多努(Pierre Claude François Daunou)[2]的课程讲义,福楼拜也当真从中择选出若干条历史批评的所谓法则,[3]而朗格卢瓦和塞格诺博又借此向多努展开抨击:"多努的著作中充满了各种陈词滥调,它们与这些法则一样显眼,并且更加可笑。"在下文部分,当朗格卢瓦和塞格诺博试图举例说明什么是灾难性的研究时,《布瓦尔与佩库歇》继续成为攻击的靶子:当他们频繁光顾卡昂城的图书馆搜集资料时,"他们向公务员们求助,这些人替代他们爬梳剔抉,于是他们借机免去了自己从事个人研究的任务"[4]。要知道,两位作者和奥拉尔日后指责泰纳时,用的是一模一样的口气:在他们看来,当泰纳每天早晨在档案馆里为《现代法国的起源》(*Les Origines de la France contemporaine*)一书搜

---

[1] Langlois et Seignobos, *Introduction aux études historiques*, p.ix.
[2] 皮埃尔·克洛德·弗朗索瓦·多努(1761—1840),法国历史学家、文献学家,曾任法兰西铭文与美文学术院终身秘书。——译者注
[3] Flaubert, *Bouvard et Pécuchet*, p.191. Voir Daunou, *Cours d'études historiques*(法兰西公学讲稿,1819—1830), Paris, F. Didot, 1844.
[4] Langlois et Seignobos, *Introduction aux études historiques*, p.16.

集材料时,他找到的不过是一堆按照他的意图被整理好的东西。至于什么是糟糕的选题,布瓦尔和佩库歇两位先生同样也难逃笔伐,因为他们居然想写昂古莱姆公爵(le duc d'Angoulême),一位智力低下、无足轻重的二流人物传记:"在历史学中,就像和一切科学中一样,总是有一些论著的选题非常愚蠢。"[1]朗格卢瓦和塞格诺博非常严肃地对待《布瓦尔与佩库歇》中关于历史的章节,将其视为反映1870年之前法国历史编纂学的一出生动的图景:当福楼拜在战后着手写这部小说时,其实他本可以加上一个副标题,即"论一切科学中方法的缺失"。不过,福楼拜是否与莫诺和拉维斯一样,会把法国战败的责任归咎于法国科学界相对于德国的劣势呢?对这个问题,福楼拜的态度大概比较复杂,不会简单地导向对德国的推崇,因为普鲁士军人占领他长期居住的克瓦塞村(Croisset)时发生的一切反倒让人质疑科学的可靠性:"科学有什么用处呢?这个民族不乏才智之士,可行事之可憎却与匈人无异,甚至比他们还要野蛮。"[2]可在朗格卢瓦和塞格诺博看来,福楼拜曾经设想的小说副标题的含义倒是十分清晰的,没有任何可让批评界议论的暧昧。在这个时代之前,科学研究的确是缺少方法的,泰纳、米什莱、勒南和古朗士概莫能外,他们本质上和福楼拜的两位主人公并无二致。然而自朗格卢瓦和塞格诺博开始,由于他们合著的研究手册的问世,方法便不再缺失,而新的方法尤其青睐历史学家,并在新兴的大学体制中赋予历史学家最多的权力。

吕西安·费弗尔后来在其严厉批评塞格诺博和所谓实证主义史学的《为了历史学而战斗》(*Combats pour l'histoire*)一书中写道:"1892年,人们构想的新史学已经介入游戏并且赢得了比赛……

---

[1] Langlois et Seignobos, *Introduction aux études historiques*, p. 262. *Bouvard et Pécuchet*, p. 192.

[2] Flaubert, *Correspondance*, t. III, *Œuvres complètes*, t. XIV, Paris, Club de l'honnête homme, 1975, p.609.

它在世俗时间中充满强力和骄傲,在永恒精神的维度上确认了自身。"[1] 佩吉则在他 1904—1913 年重点抨击所谓知识分子帮（le parti intellectuel）时,用与费弗尔相同的语言揭露了新史学的世俗成功,而他的命名也预示了后来蒂博代（Albert Thibaudet）[2] 提出的"教授共和国"。新史学的霸权是意味深长的,因为,其实早在这种知识作为权力出现在公共空间之前,年轻的、刚刚考取巴黎高师的罗曼·罗兰已经发出了这样的证词——彼时他说这番话并无丝毫论争之心,只是一心跟随莫诺和拉维斯开辟的道路而已——"这就是为何我将自己的哲学禀赋弃之不顾,决意选择历史学的原因。至于纯文学,我不会再谈论它们。文学不过是空疏无益的食粮,而我需要有意义的、更丰富的营养。"[3] 这番话说于 1887 年,对文学而言,它绝非吉兆。

---

[1] Febvre, *Combats pour l'histoire*, Paris, A. Colin, 1953, p.4.
[2] 阿尔贝·蒂博代（1874—1936）,法国文学批评家、文学史家,在两次世界大战之间这段时间享有巨大的学术影响力。——译者注
[3] Romain Rolland, *Le Cloître de la rue d'Ulm*, p.124.

4 历史学家与修辞学家：在所有层面的死敌

面对历史学家的崛起，文学研究者们又作何回应呢？在前者围绕着对"方法"的绝对信念而组成的社团面前，他们显得是一盘散沙，不断丢城失地。大学里分配给文学的教席也少得可怜。这么说其实还不够，事实上，从1877年到1900年，巴黎文学院的教授职位从11个增加到52个，但其中法国文学的教授却仅仅增加了一名，这当然是为中世纪文学增设的：莫诺和拉维斯、朗格卢瓦和塞格诺博的中世纪研究穿越了学科的界限，在所有相关领域里都奠定了自己的权威，中世纪由此变成文学研究中必不可少的参照，以便为科学和方法的运用提供担保。1883年，索邦专为和拉维斯一起创办《巴黎杂志》的雅姆·达梅斯特泰（James Darmesteter）的兄长，语文学家阿尔塞纳·达梅斯特泰（Arsène Darmesteter）[1]设立了中世纪法国文学教席。1888—1890年，路易·珀蒂·德·朱勒维尔（Louis Petit de Julleville）[2]接任此职，在众多合作者的支持下，他后来发起编纂了八卷本的《法国语言与文学史》（*Histoire de la langue et de la littérature française*）；[3]不过，除了语言学家费尔迪南·布吕诺（Ferdinand

---

[1] 雅姆·达梅斯特泰（1849—1894），法国语言学家，古波斯语专家；阿尔塞纳·达梅斯特泰（1846—1888），古法语语言学家。——译者注

[2] 路易·珀蒂·德·朱勒维尔（1841—1900），法国历史学家、文学史家、法国戏剧专家。——译者注

[3] Petit de Julleville, *Histoire de la langue et de la littérature française, des origines à 1900*, Paris, A. Colin, 1896-1899, 8 vol.

Brunot)[1]为收束每卷而撰写的关于语言史的章节之外,此书缺乏内在的一致性,它当然也不能产生如拉维斯(拉维斯与朗博,或者与塞格诺博合作……)那高效的"生产线"一样的影响力。1900年,中世纪文学教席被取消,取而代之的是历史学这门真正具有"科学性"的专业,主讲人正是布吕诺,而所授内容是关于法国语言而非文学。法国诗歌和法语修辞学自1808年帝国大学(L'Université impériale)[2]设置以来一直拥有两个教席。这一时期,诗歌教席由夏尔·勒尼安(Charles Lenient)[3]主持(1873—1896),他的继任者是法盖;法语演讲术教授由莱昂·克鲁莱(Léon Crouslé)[4]担任(1879—1900),其前任包括维尔曼和德西雷·尼扎尔(Désiré Nisard)[5]。在历史前行的队伍中,这个保守的团队显然属于"后卫"而非"先锋",例如克鲁莱一直强烈维护向外界公开课程的传统,他也是拉维斯教学改革和内部课程设置的最

---

[1] 费尔迪南·布吕诺(1860—1938),法国著名语言学家,是里程碑式的语言史巨著《法语史》(*L'Histoire de la langue française, des origines à 1900*)的作者。——译者注

[2] 法国中世纪以来的大学(如旧制度下的巴黎大学)在大革命时期被废除。1806年拿破仑创立"法兰西大学(院)"[l'université de France,帝国时期又称"帝国大学"(l'université impériale)],但它并非真正的高等教育组织,而是统管法国教育的管理机构(类似后来的教育部),各地原有大学的教学机构则在各个学区下以独立存在的"学院"(faculté)的形式继续运作,如巴黎文学院(la faculté des lettres de Paris,地点仍在索邦)。1896年,各学院重新被整合为具有独立法人地位的综合大学,如巴黎文学院就和巴黎学区的理学院、法学院、医学院、神学院等合并,组建新的巴黎大学(l'université de Paris),直至1970年巴黎大学被再度分拆。因此,19世纪末才是严格意义上的法国近代综合大学的开端,就此而言法国显著落后于近代德国大学的发展。不过另一方面,大革命以来,法国的各类"大学校"(les grandes écoles)如巴黎高师、综合理工学院、国立文献学院等一直在正常运作,为现代法国培养了大批英才。——译者注

[3] 夏尔·勒尼安(1826—1908),法国文学批评家。——译者注

[4] 莱昂·克鲁莱(1830—1903),法国修辞学家、文学史家,专长于研究博须埃、费奈隆和伏尔泰,在教育改革领域立场保守。——译者注

[5] 德西雷·尼扎尔(1806—1888),法国政治家、作家、文学批评家和文学史家。——译者注

后的反对者之一,而勒尼安则是一位非常传统的修辞学信徒。[1]在高等教育大变动时期,这两个教席一直保持着自己过时的名称,教授任职时间也很长,勒尼安和克鲁莱成为拉维斯和莫诺这个"组织严密的帮派"的长期反对者,其引发的结果也就顺理成章了。[2]

与索邦相比,在法兰西公学,由于有加斯东·帕里斯的存在,也由于他的学生约瑟夫·贝迪耶(Charles Marie Joseph Bédier)[3]1893年的加盟,文学的地位要高一些,但受益的范围也仅限于贝迪耶的研究领域——中世纪文学。[4]由于泰纳在1893年去世,且他早自巴黎公社时代以来就一直只研究历史,因此布吕纳介已成为这个时代文学批评的领军人物;不过,这位中学毕业生只有业士学位,从未在大学求学。拉维斯及其同道们一致认为,在大学重建之初,为了

---

[1] 关于拉维斯和克鲁莱之间的论争,可参阅:Lavisse, «Cours publics et cours fermés à la faculté des lettres de Paris» (*Revue internationale de l'enseignement*, 15 avril 1884), *Questions d'enseignement national*. 克鲁莱先在1877年代理圣-勒内·塔扬迪耶(Saint-René Taillandier)的课程,1879年正式接掌塔扬迪耶法语演讲术的教席。他是唯灵论的信徒,也是反历史进步论和反伏尔泰派中的大将(*La Vie et les Œuvres de Voltaire*, Paris, Champion, 1899, 2 vol.),也是博须埃的鼎力支持者(*Bossuet et le Protestantisme*, Paris, Champion, 1901)。另可参见:abbé A. Chauvin, *Un professeur d'éloquence française à la Sorbonne: Léon Crouslé*, Paris, Champion, 1903; abbé Th. Delmont, «Le Voltaire de M. Crouslé», *Revue de Lille*, janvier 1904; Georges Lafaye, *Notice sur Fr.-Léon Crouslé*, Versailles, Imprimerie de Cerf.

至于夏尔·勒尼安,他主持的法语诗歌教席专注于那些充满爱国主义热情的诗篇(*La Poésie patriotique*, Paris, Hachette, 1891-1894, 2 vol.),可参考:J. Bellanger, *Charles Lenient, sa vie, son œuvre*, Paris, A. Lemerre, 1908; É. Faguet, *Leçon d'inauguration, Cours de poésie française de l'université de Paris*, Société française d'imprimerie et de librairie, 1897.

[2] Voir A. Guigue, «secrétaire de la faculté», *La Faculté des lettres de l'Université de Paris depuis sa fondation (1808-1935)*, Paris, Alcan, 1935.

[3] 夏尔·玛丽·约瑟夫·贝迪耶(1864—1938),法国中世纪语言文学专家。——译者注

[4] Voir G. Paris, «Le haut enseignement historique et philologique en France», *Journal des débats*, 15, 24 septembre et 3 octobre 1893, *Revue internationale de l'enseignement*, 15 novembre 1893.

促进学校发展,完全可以招聘一些不具备国家博士学位的学者前来任教。然而布吕纳介却走得更远,他在1880年发起了一场针对博学的绝望的斗争,指责那些一心埋头故纸堆的人分不清什么是学术的目标,什么是手段;当然,他的指责不能说全无道理:"寻章摘句的功夫,过去在中学古典语文教育中具有首要的位置,可如今,语言学和哲学倒不顾身份,也要来窃取这种优先性……我们现在看到一些欧洲学者,依靠对一首武功歌的解读或者翻译就建立起自己的名望……这是一种'德国病'。"[1] 1886年,布吕纳介被利亚尔任命为高师的高级讲师,和他一样学历不高的圣勃夫也曾经得到这个职位,与圣勃夫一样,布吕纳介得到的教职也不属于历史学。在几乎所有人看来,布吕纳介关于文学体裁演变的课程,以及他在趋近科学的心态下对达尔文理论过于操切的借鉴,都使这位对科学存在许多误解的教授显得滑稽可笑。[2] 在1894年拜访教皇利奥十三世(Léon XIII)之后,布吕纳介皈依了天主教。他在政治上属于反德雷福斯派,因而也站在总体上持世俗化立场且支持德雷福斯的高师及索邦的对立面。此后,他参与创建了法兰西祖国联盟,和法兰西学士院的若干院士一起反对左派知识分子及保卫人权联盟(la Ligue des droits de l'homme)。他以一种专断的道学精神主持《两世界》杂志,而高师图书馆馆员,曾将让·饶勒斯(Jean Jaurès)[3] 引向

---

[1] Brunetière, «L'érudition contemporaine et la littérature française au Moyen Age», *Revue des Deux Mondes*, 1er juin 1879, pp.621-622. 另可参见由 A. Boucherie 激发的论战:«La langue et la littérature française au Moyen Age», *Revue des langues romanes*, janvier 1880, suivie d'une réponse de Brunetière, avril 1880, et d'une réponse de Boucherie, novembre 1880.

[2] Brunetière, *L'Évolution des genres dans l'histoire de la littérature*, t. I, *L'Évolution de la critique depuis la Renaissance jusqu'à nos jours*, Paris, Hachette, 1890.

[3] 让·饶勒斯(1859—1914),法国左派政治家、著名的社会主义者、《人道报》的创始人。——译者注

社会主义之路的吕西安·埃尔这时却在《两世界》的竞争对手，由拉维斯和冈德拉（Charles Étienne Louis Ganderax）[1]主编的《巴黎杂志》担任编辑部主任。布吕纳介并不适应大学体制中的生活，从1895年起他辞去了教职。事实上，大学教师们也瞧不起他，当布吕纳介获得荣誉军团骑士勋章的时候，年轻的罗曼·罗兰说了一番不无恶意的话，将众人对他的轻蔑之意表露无遗："大家觉得，这位新进之人如此看重这些荣誉，无非是因为他全是凭了手腕才获得它们。"[2]言下之意，布吕纳介当年未能考入高师等名校，缺少正途出身。当1904年高师在教制改革中失去独立的法人地位，教师团队整体并入索邦时，只有布吕纳介一人被排除在外，对此事件佩吉写道："这真是一个不可思议的花招，布吕纳介就这样被扔在了高师的门外。他一直在这里担任讲师，而且是所有讲师中最合法、最正当、最有益、最合规、最无可挑剔的那一位。"[3]在离开高师之后，布吕纳介到法兰西公学求职，却在竞争中败于对手阿贝尔·勒弗朗（Abel Jules Maurice Lefranc）[4]。佩吉同样有过专门评论："这一天，人们试图让我们相信布吕纳介根本没有资格在法兰西公学讲授法国文学史。如果这个故事不是透着凄凉和悲惨，好像死神在这位伟大、坚韧的斯多葛主义者头上飞翔的话，那它倒可以让人一哂……法兰西公学，它经历过许多，它的德性经历过许多更严苛的事件的考验，但在这一天，它简直就像个少不经事的童子。"[5]佩吉的愤激之词或许是先入为主的，毕竟，在他对新索邦大加怨怼的时候，他

---

[1] 夏尔·艾蒂安·路易·冈德拉（1855—1940），法国记者、戏剧文学批评家。——译者注
[2] Romain Rolland, *Le Cloître de la rue d'Ulm*, p. 171.
[3] Péguy, *L'Argent suite, Œuvres*, t. II, p. 1178.
[4] 阿贝尔·于勒·莫里斯·勒弗朗（1863—1952），法国文学史家，尤长于对文艺复兴时期法国文学的研究。——译者注
[5] Péguy, *L'Argent suite, Œuvres*, t. II, p. 1177.

必然是布吕纳介的捍卫者。不过，有人挺身捍卫又如何呢？布吕纳介批评生涯的末期既不幸福，更无荣耀。我们免不了把他和晚年获得无上声名的拉维斯进行比较。普恩加莱1913年以新总统之尊亲莅索邦，参加拉维斯学术生涯50周年大庆，佩吉写道，"人们请来了普恩加莱先生，好让这出盛典，也让那位庆祝50年华诞的人披上国家庆典的光芒"。[1]当然，文学影响力的衰退和由此引发的恐慌局面，绝非由布吕纳介一人造成，但他的职业生涯却能最好地印证这一点，他犯下的错误也是历史性的。事实上，布吕纳介是19世纪最后一位坚持演说传统，拥有雄辩才力的大学教授。他曾经与克鲁莱的后任，于1900—1903年在索邦主持法语演讲术教席的居斯塔夫·拉鲁梅（Gustave Larroumet）[2]一起，参加在奥德翁剧院举办的公开讲座（les conférences de l'Odéon），这些讲座延续了索邦早年面向社交界公开课程的传统，而不是像新兴大学在新的方法指引下要求的那样，将自身的活动限定为大学内部的研修以及通过科研生产知识。罗曼·罗兰一向不屑于公开讲座的老套，他提到过布吕纳介1888年在奥德翁剧院的一次讲座上口舌生莲、妙语连珠的情景，可是他的总结却是这样的："布吕纳介的讲座，我越听下去，就越感到对我们——他，还有我们自己——为文学批评这个行当树立的任务有多么厌憎。我们不过是操弄着种种诡辩，让自己怡然自得，以此证明摇唇弄舌倒也不是全无用处。说到用处，我想起了厨师的行当，厨师倒是有用的，至少他能滋养我们的身体。"[3]在布吕纳介和拉鲁梅之后，到奥德翁剧院演讲的人就只剩下文人、记者；大学学者再不肯和他们掺和在一起。文学演讲的时代结束了，世上

---

[1] Péguy, *L'Argent suite, Œuvres*, t. II, p.1203.
[2] 路易·巴泰勒米·居斯塔夫·保罗·拉鲁梅（1852—1903），法国艺术史家、作家和官员，曾在公共教育部主管美术教育。——译者注
[3] Romain Rolland, *op.cit.*, p.194.

再无修辞学的存身之地。[1]

　　历史学权力的上升不仅限于高等教育界，它也同样扩展到了中等教育之中，尽管相对于小学和大学学院，历史学家们要控制中学并不那么容易。由于在这个时代，大学生的数量依旧十分稀少，因此无论从政治还是社会的角度看，小学和中学教育所起的作用都比大学更为关键。从1881年茹费理教育法案通过之时起，所有的法国孩子都必须托付给拉维斯主持的国民教育体系，接受爱国主义教育。不过，拉维斯本人关注的重心并不在中等教育，因而中学面临的任务就相对艰巨。至于莫诺，他的《历史学刊》也只用寥寥几期的教育问题专栏来讨论中学。对高中，拉维斯和莫诺都并不了解，朗格卢瓦和塞格诺博也同样如此。从1870年直至1902年的大改革，中学教育始终处在危机之中，1880年、1885年和1890年的历次改革都饱受质疑，其效应也逐渐消磨。不过，由于公立学校改革的趋势是削弱古典教育的分量，它们还是反过来推动了资产阶级把自己的子弟送往私立学校念书。众议院教育委员会主席亚历山大·里博（Alexandre Ribot）[2]为准备1902年的教育改革，曾经主持过一次重要的国会调查，他认为"初中和高中学生的数量都在停滞状态"。[3]来自教会学校的竞争十分激烈，直到1905年法国实现政教分离，它们的影响力一直十分强大。塞格诺博在20世纪初写道："我们的中学教育保存了最多的旧

---

[1] 关于布吕纳介，可参见：G. Renard, *Les princes de la jeune critique (Brunetière, France, Ganderax, Bourget)*, Paris, Librairie de la nouvelle revue, 1890; Doumic, *Écrivains d'aujourd'hui*; A. Belis, *La Critique française à la fin du XIXe siècle (Brunetière, Lemaître, Faguet, France)*, Paris, J. Gamber, 1926; E. Caramaschi, *Critiques scientistes et critiques impressionnistes (Taine, Brunetière, Gourmont)*, Pise, Librairia Goliardica, 1963; et surtout V. Giraud, F. *Brunetière*, Paris, Bloud, 1907.

[2] 亚历山大·里博（1842—1923），法国政治家，曾任财政和外交部长，四次出任政府总理。——译者注

[3] Alexandre Ribot, *La Réforme de l'enseignement secondaire*, Paris, A. Colin, 1900, p.115.

制度残余。"[1]这个判断是所有激进派的大学教师的共识。因此，历史学家们希望让已经被共和理念主导的高等教育和初等教育联合起来，携手对抗保守的中学教育。不过，尽管他们长袖善舞，多方斡旋，却未能推动教育部实现他们的目标，[2]既没有像他们长期以来希望的那样，成功压缩中学的学制，也未能让法国所有的年轻人——包括女孩在内，因为根据1880年通过的卡米耶·塞教育法案（la loi Camille Sée），女子高中此时已经创建——在获得业士学位时都经过大学学院的确认。总体而言，和其他领域相比，中学教育所处的环境的确更为复杂暧昧。[3]

但即便如此，文学研究者在历史学家们面前依然难改颓势。各种大小改革尽管起起伏伏，几度更易，但趋势终归指向这些在时人眼中除了摆弄词藻一无所长的文人：当塞格诺博把中学教育与旧制度联系起来的时候，主宰他的头脑的正是这样的观念。1880年的中学课纲改革取消了中学毕业会考中的拉丁文写作，代之以法语作文；在会考中，修辞班的优胜奖专为法语而非拉丁语演讲而设，而颁奖时的演说也从此采用法语；同样是在1880年，索邦举行了最后一次拉丁语的

---

[1] Seignobos, «L'Organisation des divers types d'enseignement», in *L'Éducation de la démocratie*, conférences à l'École de Hautes Études sociales, Paris, Alcan, 1903, p.116.

[2] Voir Agathon, *L'Esprit de la nouvelle Sorbonne*, Paris, Mercure de France, 1911（作者反对1910年4月28日通过的取消小学和中学文凭差别的法令）。另可参阅：Péguy, *L'Argent suite, Œuvres*, t. II, p. 1211. 佩吉1913年仍然在指责拉维斯试图"删减一年的中学学制"。中学教育和初等及高等教育不同，按照佩吉的说法，"它是比较自由的……它还能独立于他们的控制……自由的年轻人还能在这里听到自由的教师的声音"（pp.1211-1212）。总而言之，中学长期以来在激进派眼中都是"反动"的。

[3] 除p.22注释[1]引用过的文献之外，还可参考以下著作：G. Weill, *Histoire de l'enseignement secondaire en France*, Paris, Payot, 1921; J.-B. Piobetta, *Le Baccalauréat*, Paris, J.-B. Baillière, 1937; C. Falcucci, *L'Humanisme dans l'enseignement secondaire en France au XIXe siècle*, Toulouse, Privat, 1939（该书提供了1902年教学改革之前的政府教育训令和课纲）。

演讲。[1]在中学，拉丁诗从此不再是必修课，而即便作为选修课，其教学也多采取拉译法而非法译拉的形式，因为根据新的教学理念，重要的不是记忆，而是观察和经验。

在1870年之前不久，路易·珀蒂·德·朱勒维尔在一本教材中指出，法国中学在哲学班（classe de philosophie）之前都没有引入论述文练习，"绝大多数情况下，论述文在中学毕业会考这个环节被归于哲学和伦理学的范畴，在学士和教师资格考试这个层次，它才属于文学"。[2]换句话说，在1870年之前，在学生进入教师资格考试之前，他们都接触不到文学论述文这种文体。十多年后，论述文却以法语作文的名义，替代了演讲术，成为中学教育中最高层次的练习，甚至成为中学教育的目的。

这也就是对修辞学之死的见证，尽管它那被抽空了意义的名字一直残留到1902年才最终被划去——直到那时为止，"修辞学"依旧用来给高中程度最高的班级命名。另一方面，在修辞学消亡之后，为了给论述文提供实质支撑，文学史进入了古典教育的课纲，用埃德加·泽沃（Edgar Zévort）[3]的话，这是"关于法国文学史的一门简要的课程"。[4]布吕纳介则讲得更加明白："在几年以前，我们已经在中学教学中取消了修辞学，取代其地位的是若干模糊的'文学史概念'。"[5]当然，布吕纳介是反对废除修辞学的，尽管他声称自己绝不

---

[1] 参见 E. Zévort（Charles Zévort之子，曾任大学学区区长，1880年教育改革时茹费理政府中主管中学教育的官员）所著：*L'Enseignement secondaire de 1880-1890*, Paris, P. Dupont, 1890, p.55.

[2] Petit de Julleville, *Le Discours français et la Dissertation française*, Paris, E. Belin, 1868, pp.21-22.

[3] 埃德加·泽沃（1842—1908），法国教育学家、历史学家。——译者注

[4] E.Zévort, *L'Enseignement secondaire de 1880-1890*, p.44.

[5] Brunetière, «Apologie pour la rhétorique», *Revue des Deux Mondes*, 1er décembre 1890, p.697.

反对文学史:"修辞学是一个好东西,而历史年表也是,我得说它是我最热爱的东西之一。"[1]当布吕纳介把新型的文学史归结为"历史年表"时,他大概是犯下了错误,不过他对修辞学的辩护之词的确是有理据的,我们不能轻易地无视这种辩护:"我们的古典文学……它在很大程度上属于演说传统。"因此,如果欠缺修辞学的知识,我们就割裂了自己与整个"演说文学"的关联,而布吕纳介说得很中肯,福楼拜之前的整个法国文学都带有演说的性质。[2]

然而,布吕纳介的干预终究还是无济于事,文学史在中学教育里终于完全替代了修辞学:按照1880年的课纲,高中一年级设有15次文学史课,每次一小时,内容从文学史的开端讲到亨利四世;二年级课时相同,从1610年讲到1830年。[3]这一改革在1885年被部分取消,1890年又重新恢复,取消的原因是修辞学教师们不懂得该如何顺应时势。官方对课纲有形式上的规定:"对那些学生尚不了解的文章,不要向他们过早传授相关的文学知识。高中阶段文学史课程的目标应该更适度,更实用,也就是说,把学生在阅读和文章解释环节中个别地、非系统学习到的概念,按照历史的和逻辑的顺序组合起来,使其成为整体。"[4]文学史的目标不在于用权威作者的样板去规范论述文的写作,如果这样做,那就和千方百计想要复活的旧式修辞学无异了;相反,它应该允许把作品视为历史资料,促进对文本的解释——文本解读是一种新的练习,它是对论述文写作的补充,同时也建立在

---

[1] Brunetière, «Apologie pour la rhétorique», *Revue des Deux Mondes*, 1er décembre 1890, p.698.

[2] Voir G. Genette, «Enseignement et rhétorique»(Annales, mars 1966), *Figures II*, Paris, Éditions du Seuil, 1969.

[3] Voir Adrien Dupuy, *L'État et l'Université, ou la Vraie Réforme de l'enseignement secondaire*, Paris, L. Cerf, 1890, p.105.

[4] *Instructions, programmes et règlements*, 1890, p.25. Cité par A. Dupuy, *op.cit.*, pp.104-105.

实验方法的基础上面。由于文学研究者无力使用历史方法去谈论文学，1890年颁布的《教育训令、课纲和规定》将此任务托付给历史学教师们，大局就此底定。一位无法再保留教职，但依然担任督学的修辞学教师不由得感叹道："文学教师们是多么不幸！他们现在是多么羡慕那些鸿运当头的同事啊，哲学家们享有可以谈论一切的特权，历史学家们更是受到大学的完全信任。"[1] 说这番话的阿德里安·迪皮伊（Adrien Dupuy）[2] 极好地概括了历史学家在大学里享有优越性的原因："中学有许多大门通往这个世界，而大学使历史学家成为其中一个通道的看门员。"正是凭借这样的身份，历史学家具备了谈论文学的资格。

从此，当文学被放置到与历史和社会的关系中被加以观照时，它就从那些不思悔改的修辞学家的监管下解脱了出来，被托付给历史学者。根据《教育训令、课纲和规定》，历史学教师应该"精减对路易十四（Louis XIV）的历次战役的描述，花费必要的教学时间让学生们爱上杜伦尼子爵（Henri de La Tour d'Auvergne, vicomte de Turenne）和沃邦元帅（Sébastien Le Prestre de Vauban）[3]，爱上高乃依（Pierre Corneille）和莫里哀"。[4] 新的历史观念之所以在公共教育部得势，是依靠了莫诺特别是拉维斯的推动，拉维斯一向以尊崇伟大历史人物而著称，出于对太阳王的特殊喜爱，他主编的《法国史》中唯有路易十四这一卷为其亲手撰写。然而，新历史观自身的暧昧之处已经在《教育训令、课纲和规定》中显露出

---

[1] A. Dupuy, *op.cit.*, p.108.
[2] 阿德里安·迪皮伊（1854—1906），法国中学教师，也曾在高师任教并担任过巴黎学区和公共教育部的督学。其兄夏尔·迪皮伊（1851—1923）是哲学教师出身，曾任教育部长并三次出任政府总理。——译者注
[3] 杜伦尼子爵（1611—1675），塞巴斯蒂安·勒普雷斯特·德·沃邦（1633—1707），以上两人均为路易十四时期的法国元帅。——译者注
[4] Cité par A. Dupuy, *op.cit.*, p.110.

来：一方面，它反对把政治史和军事史作为历史的全部，反对"历史就是一连串的战役"的观念，声称自己从德国传入的"文化史"（culturgeschichte）观念中得到启发，而文学是文明的一个面相；但另一方面，新历史观不得不继续尊崇那些为共和国纪念的"大人物"，于是杜伦尼子爵、沃邦元帅便和高乃依、莫里哀搅和在一起，都被视为"文明"。

在这样的情势下文学教师们已无栖身之所。修辞教学的终结让他们从此失去了用武之地，他们孤立无援，再难重整旗鼓。在此之前，修辞学教师对高中教学的影响可谓一手遮天，他们引导学生掌握演说的最高技艺，而演说大多取材于历史，根据路易·珀蒂·德·朱勒维尔在他的课本里所做的统计，会考的大部分题目都来自古代、中世纪和现代历史。因此，在过去，通过传授演说技艺，事实上是文学教师在讲授历史。而现在情况正好完全颠倒了过来：演说退出了中学教育，文学教师也随之遭遇冷眼；从此，反而轮到历史教师来讲授文学史。当然，这么做唯一的前提是文本解读和论说文写作练习能够符合历史学"研究方法"的严格要求。

此外，当修辞学教师负责文学史教学时，他们不过是在囫囵吞枣地背诵泰纳和布吕纳介，不敢越雷池一步，遑论培育学生的严谨与博学。1890年的《教育训令、课纲和规定》严厉地告诫他们，"在高中一年级和修辞班学生面前没有分寸、自娱自乐地讲授大学课程，这是年轻、缺乏经验的做法"。[1] 不过，终究还是有人明明白白地讲述了可怜的修辞学教师们的遭遇："把法国文学史纳入课纲的那一天终于来到了……初级和高级中学里到处都是小布吕纳介，他们把我们四个世纪的现代文学切成一个个片段，在那些无动于衷、死气沉沉的学生面前讲个不停……像这样的文学史课程，要么被取消，要么就得被大

---

[1] Cité par A. Dupuy, *op.cit.*, p.105.

大削减。"[1] 就这样，无论是在大学课堂还是在中学教室，文学教师们在所有战线上都溃不成军，或许只有在私立学校里，修辞教学还能有些风光的时日，毕竟资产阶级还是会阅读《两世界》杂志，光顾奥德翁剧院，但吸引他们的主要是阿纳托尔·法郎士博而不专的讲座和于勒·勒迈特的印象派风格。一种有根有据的、要把所有人文学科都根据历史学的原则加以重塑的巨大的期盼，现在压倒了传统的文学研究，敲响了它的丧钟……文学研究仿佛已经无力回天，除非天降救星，能够把它重新带到历史学的大道上去。这个人将要出现，这个人的确出现了，他就是那位不仅嘲弄密布校园的"小布吕纳介们"——当然这番形容也是后见之明——还敢于如此完美地呈现文学面临的困境的人。他在1895年出版了《法国文学史》(*Histoire de la littérature française*)一书，我们完全有理由假设，这部著作之所以大获成功，其原因之一（绝非最不重要的原因）就在于它重新塑造了文学教学，让文学教师们看到了这个学科起死回生的希望。这个人就是居斯塔夫·朗松。[2]

---

[1] Lanson, «Quelques mots sur l'explication de textes» (*Bulletin de la Maison française de l'Université Columbia*, janvier 1919), *Méthodes de l'histoire littéraire* (*Études françaises*, 1ᵉʳ janvier 1925), Paris, Les Belles Lettres, 1925, p.55(Rééd., Paris-Genève, Slatkine, 1979).

[2] Lanson, *Histoire de la littérature française*, Paris, Hachette, 1895.

5　来自文学史的拯救

1895年，这意味着什么呢？"我把这一年视为文学史在法国进行自我反省的日子。"[1]说这句话的人是皮埃尔·莫罗（Pierre Moreau）[2]，在再下一代文学史家中间，莫罗是一位相当重要的人物，他是少数能够对历史学自身的历史进行反思的学者，也是文学批评史领域中最警觉的观察者之一。[3]莫罗对历史时间的推断是准确的，同时也是审慎的："自我反省"一语用得恰如其分，正好让我们理解是怎样的奇迹使已经陷入绝路的文学研究得到了拯救。

在此之前一年，1894年，一份名为《法国文学史学刊》的杂志问世了，主办者是法国文学史学会。倘若以今日的视角来看，这份期刊的名字好像是对法国文学史的一种"检视"，是一个行动的纲领。可事实上，期刊本身却名不副实。1876年，莫诺在创办《历史学刊》时曾撰有一篇很长的、至今价值不衰的发刊词，他在文中总结了历史学研究的状况，并为未来长时间段里历史学的发展规定了

---

[1] P. Moreau, «A propos d'une lettre de Gustave Lanson», *Orbis Litterarum*, Supplementum, II, Copenhague, 1958, p.118.

[2] 皮埃尔·莫罗（1895—1972），法国中世纪罗曼语文学和比较文学学者。——译者注

[3] *L'Histoire en France au XIXe siècle*, Paris, Les Belles Lettres, 1935; et *La Critique littéraire en France*, Paris, A. Colin, 1960. 除此之外还有若干较早期的著作：*Le Victorieux XXe siècle*, Paris, 1925（该书有一章专论文学史论战即将爆发之时的朗松）；另可参考：«Taine et Brunetière d'après des documents inédits», *Revue générale*, Bruxelles, 1er avril 1925.

目标；然而，20年后，当其他学科都早已经围绕着《哲学学刊》《地理学刊》等刊物——它们都以莫诺的《历史学刊》为样板——发展起来的时候，文学研究界的情况却完全不同，这里甚至没有人能恰当地总结文学研究的现状并提出未来的目标。《法国文学史学刊》的编辑委员会的组成倒和《历史学刊》类似，兼收并蓄，一无门户之见；不过，《历史学刊》还要考虑到不同世代的历史学家的微妙的组合，还要精心计算如何在高师和国立文献学院的不同学术传统之间达成平衡，而《法国文学史学刊》除了布吕纳介一人的缺席引人注目之外，就是一个无所不包的大杂烩。[1]对历史学界来说，老一辈学者有感于法国的战败和科学的进步，不得不采纳新的研究方法，而文学研究界则不然，随处可见犹豫不决、踌躇不定的局面。在和当年莫诺的发刊词对应的位置，《法国文学史学刊》的首期开卷之文是出自勒内·杜米克（René Doumic）[2]之手的一篇平常之作。这到底是出于战术和密谋，还是由鬼神驱使的偶然呢？谁是杜米克？他是斯坦尼斯拉斯私立学校（le collège Stanislas）的教师，曾在这一年出版了一本名为《今日作家》的书，以讨人欢心的恭维笔法勾勒出布尔热、莫泊桑、洛蒂（Pierre Loti）[3]、勒迈特、布吕纳介、法盖、拉维斯等当代文人的群像。杜米克也是朗松的竞争者，是布吕纳介的另一位学生，但与朗松不同，他从未否定布吕纳介。他的《法国文学史》的发行量

---

[1]《历史学刊》首期即发表了53位期刊顾问的完整名单，可谓将历史学界时贤尽皆纳入，如迪皮伊、古朗士、拉维斯、利特雷、梅耶尔、帕里斯、朗博、勒南、索雷尔、泰纳等。《法国文学史学刊》由加斯东·布瓦西耶担任主编，朱勒维尔和布吕诺任副主编，编辑委员会包括克鲁莱、杜米克、法盖、拉维斯、勒迈特、勒尼安、莫诺、帕里斯、勒贝里沃等。拉维斯和莫诺是名单中仅有的两位历史学家，也是对政府具有影响的重要人士，将他们纳入编辑部，显示了文学史学会在体制层面上的雄心。

[2] 勒内·杜米克（1860—1937），法国著名文学批评家、文学史家。——译者注

[3] 皮埃尔·洛蒂（1850—1923），法国海军军官和著名作家。——译者注

远超朗松的同名著作，但观点显得正统而保守。在社会活动方面，杜米克继布吕纳介之后担任过《两世界》的主编，后来还担任了法兰西学士院的终身秘书。就学术思想而言，他代表了此时尚未形成的文学史的反面——布吕纳介思想中所包含的两个相互矛盾的倾向，杜米克只继承了其中的一个。1893年前后，布吕纳介召唤他参加《两世界》的编辑工作，然而第二年，他在高师的教职却被朗松顶替。杜米克当然不会因为这些背景而对有教养的资产阶级产生吸引力。普鲁斯特的友人，迷恋杜米克的罗贝尔·德·孟德斯鸠（Robert de Montesquiou）[1]在其诗集《蓝色绣球花》(les Hortensias bleus) 中提到过他，普鲁斯特写信告诉孟德斯鸠："我唯一感到遗憾的是，在您的诗集的前言中提到了这个名字；由于您的反讽，它会长存下去，就像附着在大理石雕像底座上的一条小虫，可它并不配成为不朽的化石。"[2]在走上另一条道路之前，青年时代的杜米克是否也曾经对研究方法产生过兴趣呢？《法国文学史学刊》创刊后很快就以严谨、朴实和讲究博学而闻名，它的首期第一篇文章题为"当代风俗喜剧历史之浅论"（«La comédie des mœurs contemporaine. Esquisse de l'histoire d'un genre»）：这篇文章讨论了一众剧作家，包括斯克里布、埃米尔·奥日埃（Émile Augier）[3]、小仲马（Alexandre Dumas fils）、欧仁·拉比什（Eugène Labiche）[4]、维克托里安·萨尔杜（Victorien

---

[1] 罗贝尔·德·孟德斯鸠（1855—1921），法国诗人和文艺评论家，普鲁斯特的朋友。——译者注
[2] Proust, *Correspondance*, t. II, 1896-1901, Paris, Plon, 1976, p. 71. 普鲁斯特在致母亲的信中还写道："不过以这样的方式来显式他的独特，并不会让我觉得杜米克是一位大批评家。"
[3] 纪尧姆·维克多·埃米尔·奥日埃（1820—1889），法国诗人和剧作家。——译者注
[4] 欧仁·拉比什（1815—1888），法国剧作家，尤其擅长轻喜剧。——译者注

Sardou）[1]、亨利·梅亚克（Henri Meilhac）[2]和卢多维克·阿莱维（Ludovic Halévy）[3]，提到了《漂亮的埃莱娜》(la Belle Hélène)、《放肆太太》(Madame Sans-Gêne)、《普瓦里埃先生的女婿》(le Gendre de monsieur Poirier) 等许多剧作。作者的宏论大抵可以归结为此类真理："拉比什是滑稽史诗的荷马。"[4] 行文至此，关于文学史这门学科在其创设之初，究竟有多么缺乏成形的主张，我们实在也不必再多花笔墨去论证了。

一份要把文学史的地位神圣化，为这个学科奠定方法论基础的厚重的刊物，却将自身置于杜米克的轨迹之下，而此人的职业生涯却与文学史的逻辑南辕北辙：这个现象仿佛是一个症候，显示出历史无以复加的诡异和反讽。杜米克从未进入任何文学院任教，他始终是旧传统的捍卫者和19世纪文学批评的最后代表，期刊、沙龙、公开讲座和聚餐会是他们活动的天地。[5] 在他之后，安德烈·博尼耶（André Beaunier）[6]、安德烈·贝莱索尔（André Bellessort）[7] 以及和他们相近的诸色人等的形象都是一些恐龙式的老旧知识权威，这些人在政治上也明确地倾向于右派保王党的

---

[1] 维克托里安·萨尔杜（1831—1908），法国剧作家、画家。——译者注
[2] 亨利·梅亚克（1830—1897），法国剧作家、歌剧作者。——译者注
[3] 卢克维多·阿莱维（1834—1908），法国剧作家、小说家。——译者注
[4] Doumic, «La comédie des mœurs contemporaine. Esquisse de l'histoire d'un genre», Revue d'histoire littéraire de la France, janvier 1894, p.5.
[5] 关于杜米克，可参见：M. Éloy, Critiques d'aujourd'hui (Faguet, Lemaître, Doumic), Paris, Société française d'imprimerie et de librairie, 1908. É. Beaufils, René Doumic, Paris, E. Sansot, 1909. L. Levrault, La Critique littéraire, Paris, P. Delaplane, 1911（该书也认为，在布吕纳介故去之后，文学批评家中勒迈特、法盖和杜米克乃是三位翘楚）。
[6] 安德烈·博尼耶（1869—1925），法国小说家、文学批评家。——译者注
[7] 安德烈·贝莱索尔（1866—1942），法国诗人、随笔作者。——译者注

"法兰西运动"。[1] 当杜米克在《法国文学史学刊》编辑部里大权在握、装腔作势之时，他的同龄人和对手，查理曼高中的修辞学教师朗松，却不过是这份期刊的一位普通作者，法国文学史学会的一位不起眼的会员。[2]

10年之后，1904年，有一个人逆势而上，担任了法国文学史学会的副主席。此人在高师接替了布吕纳介的教职，同时又被任命为索邦的教授，继拉鲁梅之后主持法语演讲术的教席，而此时布吕纳介却在法兰西公学的教职竞争中败走麦城——别忘了布吕纳介和拉鲁梅是奥德翁剧院公开讲座的最后两位演说者——这个人，这个无处不在的人，就是居斯塔夫·朗松。

文学史从此与朗松的声名难舍难分。1924年，皮埃尔·奥迪亚（Pierre Audiat）[3]在一本冠以反抗式的书名——《文学作品的传记》（la Biographie de l'œuvre littéraire）的著作中写道："朗松先生的名字，已经和文学史的科学方法如此紧密地联系在一起，二者几乎已经难以分离。"[4] 在短短10年中，朗松仿佛已在大学中成为法国文学的

---

[1] 安德烈·博尼耶高师出身，从1912年起是《两世界》杂志文学专栏的撰稿人，同时还主持《费加罗报》和《巴黎回声报》的评论栏目。安德烈·贝莱索尔是《论战报》（Journal des débats）的书评作家，继布吕纳介和杜米克之后任《两世界》杂志的秘书。这两位政治立场右倾、深受法兰西运动组织影响的作者的文字颇值得关注：A. Beaunier, *Pour la défense française. Les plus détestables Bonshommes*, Paris, Plon, 1912; A. Bellesort, *Les Intellectuels et l'Avènement de la Troisième République*, Paris, Grasset, 1931. 他们两人都反对知识分子群体和民主制，也反对1870年之后法国思想家的"日耳曼化"。关于文学研究中的日耳曼化倾向，可参阅杜米克在负责中学教学改革的委员会面前的证词：*Enquête sur l'enseignement secondaire,* t. I, *Procès-verbaux des dépositions*, Paris, Imprimerie de la Chambre des députés, 1899, p. 61.

[2] 朗松第一次发表在《法国文学史学刊》上的文章是：«Le héros comélien et le 'généreux' selon Descartes», juillet 1894, repris dans *Hommes et livres, Études morales et littéraires*, Paris, Lecène et Oudin, 1895(rééd., Paris-Genève, Slatkine, 1979).

[3] 皮埃尔·奥迪亚（1891—1961），法国记者、罗曼语文学研究者。——译者注

[4] P. Audiat, *La Bibliographie de l'œuvre littéraire. Esquisse d'une méthode critique*, Paris, Champion, 1924, p. 14.

象征，用佩吉的话讲，他成了"法国语言的守护神"，其地位犹如涂尔干（Émile Durkheim）[1]之于社会学，塞格诺博和朗格卢瓦（继拉维斯和莫诺之后）之于历史学，布吕诺之于语言学，以及安德莱之于日耳曼学。这种学科存在寄于一人之身的情形，在朗松有生之年即始终伴随着争议，而他的倾慕者们过度的恭维更使争议愈演愈烈；在他身后，1958年，让·波米耶（Jean Pommier）[2]干脆用时代需求和个人禀赋的合力解释了这个非凡的现象。[3]朗松是一位精明的战略家。在那个时代，文学的需求究竟是什么，朗松的贡献又究竟何在？他为何可以在10年的时间里获得权力，并且将其传递给后人？从客观的情势与主观的才能以及时代与个人的关系出发，波米耶提供了一种历史学乃至社会学的初步分析，如果我们沿着这个思路继续发掘下去，科学的结论终将呈现。不过，我们首先需要澄清的是，与朗松的名字紧紧相连，使文学研究走出颓势的"文学史的科学方法"，究竟是指什么？

就像塞格诺博和朗格卢瓦在《历史研究导论》里的做法一样，朗松也从未声称自己有所发明。的确，考虑到在18世纪的本笃会等机构中，讲究博学已经成为风尚，那么这一传统并非自他们而始，但他们的确赋予博学以新的运用领域，即使那算不上学术的新的目的，也称得上是一种前所未有的扩展。阿尔贝·蒂博代非常严谨地评价了先驱者的贡献："朗松先生拥有果敢、积极和开放的才智，他通过漫长的教学活动，塑造了一些被众多当代学者沿用至今的文学史研

---

[1] 埃米尔·涂尔干（1858—1917），具有世界影响的法国社会学家，社会学的创始人之一。
[2] 让·波米耶（1893—1973），法国文学史家，先后任巴黎大学文学院和法兰西公学教授。——译者注。
[3] Jean Pommier, in *Gustave Lanson*, Paris, Société des amis de l'École normale supérieure, 1958, p. 30.

究方法；这种塑造，即便不算完全的开创，至少也是一种普及。"[1]蒂博代的赞赏与亨利·马西斯（Henri Massis）、阿尔弗雷德·德·塔尔德（Alfred de Tarde）[2]的态度不约而同，这两位批评家曾以阿加顿（Agathon）的笔名著文，称朗松为"新的文学研究方法的倡导者"。[3]作为"普及者"和"倡导者"的朗松，在时人眼中更多的是一位披荆斩棘的斗士而非纯然的发明家，是实践者而非理论家，尽管他付出了巨大的努力，逐渐澄清了新方法的内涵。1924年，奥迪亚也谨慎地表示，历史方法之所以获得成功，既来自朗松在理论上的坚实，也和他把方法建筑在若干哲学基础上有关，同时也是因为他对自己方法的卓越实践。[4]

从实践的角度看，朗松所做的事情，其实只是把那些在古典文学、中世纪文学中已经得到验证的语文学方法，推广到法国现代文学的领域中去。中世纪研究毫无争议的是加斯东·帕里斯的"采邑"，朗松经常向他致敬，以他为傲：在自己职业生涯的颠覆时刻，朗松仍然认为，"这位伟大的人物把自己令人振奋的影响力从罗曼语文学和中世纪文学扩展到了对古典文学和当代文学的研究中"。[5]通过加斯东·帕里斯，朗松成功建立起与17、18世纪的修道院博学之风的联系。尽管在1892年前后，"博学"尚未在朗松身上激发出足够的热情，但他已经在同年发表的一篇论文中赞颂了这种传统，他感慨文学

---

[1] A. Thibaudet, «La querelle des sources» (1923), *Réflexions sur la critique*, Paris, Gallimard, 1939, 2ᵉ éd., p. 146.
[2] 阿尔弗雷德·德·塔尔德（1880—1925），法国经济学家、记者、作家、政治人物，曾和亨利·马西斯一起用社会学方法考察法国教育和大学生的状况。——译者注
[3] Agathon, *L'Esprit de la nouvelle Sorbonne*, p. 28.
[4] P. Audiat, *op.cit.*, p. 14.
[5] Lanson, «L'esprit scientifique et la méthode de l'histoire littéraire» (*Revue de l'Université de Bruxelles*, décembre 1909), *Méthodes de l'histoire littéraire*, p. 24. 除加斯东·帕里斯之外，朗松还经常向加斯东·布瓦西耶致敬。

研究中博学的缺席,同时也谨慎地指责社交活动和演讲术主宰了文学研究,因而它还称不上是一种真正的学术。[1]

倘若我们沿用奥迪亚对"哲学"和"理论"的区分,仅从"哲学"的角度看问题,那么可以说,朗松始终坚持由语文学方法赋予文学研究的合法性;这是一种"科学"的非法性,朗松乐于反复强调"科学"这个词,仿佛"芝麻,开门吧"这样的咒语也可用于实证主义时代。在一篇名为《文学与科学》(«La littérature et la science»)的旧文中——该文和那篇论述修道院博学传统的文章一样,被收入1895年出版的《人与书》(Hommes et Livres),而此时朗松还远远没有成为"方法的教皇"——朗松宣称:"当任何一门科学拥有它自己的方法论武器,它就脱离了文学的范畴。"[2]继勒南之后,朗松对文学和科学的未来进行了思考。对古希腊人来说,除数学之外的一切都是文学,而从那之后,"当一门科学的研究对象不再是诗或者叙事要处理的对象,或者简单地说,不是演说语言要陈述的对象,那么我们就可以把这一天断定为这门科学诞生的时间"。以下的看法早已是历史学家的老生常谈:布封写的东西依然算文学,他是"卢克莱修(Lucrèce)的后嗣,是卢梭(Jean-Jacques Rousseau)的竞争对手和夏多布里昂(François-René de Chateaubriand)的师傅";[3]米什莱是位伟大的诗人,而古朗士作为诗人的成就也不在米什莱之下:前者的风格近似莎士比亚(William Shakespeare),而后者则近于卢克莱修。[4]然而,"在我们这个时代,历史却与文学决绝了,至少历史学家们的

---

[1] Lanson, «L'érudition monastique aux XVIIe et XVIIIe siècles» (*Revue bleue*, 2 juillet 1892), *Hommes et Livres*.
[2] Lanson, «La littérature et la science» (*Revue bleue*, 24 septembre et 1er octobre 1892), *Hommes et Livres*, p. 350.
[3] *Ibid.*, p. 352.
[4] *Ibid.*, p. 354.

抱负仅限于做'学人'"。[1]朗松很好地记住了莫诺和朗格卢瓦的教训，他带着几分狡黠所使用的限定式表达（"仅限于"），显示出他并不为科学如今的威望所惑，也没有在科学的旗帜赋予历史学家的策略面前顶礼膜拜。朗松已经做好准备，他要跳过这一步。

继历史之后，现在轮到区分文学和文学，不过朗松并未明确地肯定这一点，他还缺乏勇气这么做；他的思考围绕着布吕纳介展开——布吕纳介的确倚仗科学，而朗松在这一点上也的确是他的信徒："文学批评试图把自己树立为一门科学，它的努力表现为废弃对形式的追寻，而代之以对方法的运用，这种替代会带来巨大的收益。"[2]这句话又是我们已经熟知的老调："方法"要抛弃"风格"，当不再关注风格时，文学批评就会上升到科学的高度。不过，朗松总是选择偏斜和迂回。《文学与科学》一文的结尾处批评了自然主义小说，在朗松看来，它试图使自己成为科学，这就错误地理解了文学本身。布吕纳介的批评和左拉（Émile Zola）的小说，尽管它们互相敌对，却并无正误之分，因为它们都走在错误的道路上：[3]它们都想从科学中直接借用某种方法，而不是借鉴科学的精神。至于朗松自己，他很快就不会再犹豫，他会通过自己的言和行证明这一点。

---

[1] Lanson, «La littérature et la science» (*Revue bleue*, 24 septembre et 1er octobre 1892), *Hommes et Livres*, p. 350.

[2] *Ibid.,* pp. 350-351.

[3] 朗松的文章是针对布吕纳介的旧著（*Le Roman naturaliste*, Calmann-Lévy, 1882）的重印版写的书评。

6 批评蒙受的耻辱

现在轮到我们去区分文学与文学,让"关于文学的话语"与文学体裁脱钩。历史学刚刚经历了这样的变迁,"文学化"的历史从文学中解脱了出来,被构建为一个独立于文学之外的学科。当然,关于文学的话语本身如果不再被视为文学,那它就将与历史学挂钩,它将依附于历史,或者说被还原为历史,而这也正是人们日后对朗松的指责。如果我们拿他与布吕纳介做一番比较,那二者的差异是很鲜明的。布吕纳介在考察文学的流变时,他的第一个着手点是他自己写作时所采用的体裁,并且他停留在这个层面。[1] 文学批评在布吕纳介手中达到了高峰,在他之后则不可避免地走向衰退。在他身后的 1926 年,有一本对文学批评极具善意的书这么评价道:"细致地考察 19 世纪末的法国文学批评是一桩极有意思的工作。这是一个在法国文学史上值得被铭记的时刻。由于获得了多方面的、充实的经验,且涌现出了像布吕纳介、法盖、勒迈特、法郎士这样的巨擘,批评达到了繁盛的境界,我甚至可以说,它已臻于完美,它现在享有的美誉在此前的历史上是罕有其匹的。"[2] 在 1900 年之后,只有那些持极端立场的人,例如杜米克的忠实信徒们,还会坚持认为文学批评本身就是一种文学体裁。[3]

---

[1] Brunetière, *L'Évolution des genres dans l'histoire de la littérature*, t. I, *L'Évolution de la critique depuis la Renaissance jusqu'à nos jours*, Paris, Hachette, 1890.

[2] A. Belis, *La Critique française à la fin du XIXe siècle,* pp. ix-x.

[3] L. Levrault, *La Critique littéraire*, Paris, P. Delaplane, 1911.

在 19 世纪 90 年代，文学史的意图是把自己与文学批评区隔开来，更不用说要与文学本身区隔开来；它希望否定批评的地位，而从某种意义上讲，它也的确完美地实现了这个目标。朗松在 1894 年就指出："一般来说，文学批评的道路不会通往永恒。所谓批评家不过是一位教授，他一旦离开讲坛，其作品就告终结，没有什么能让这份事业在他身后延续下去。"[1] 朗松的这个说法，无异于粗暴地将批评的雄心贬斥为舞文弄墨的把戏，尽管在他眼中存在一个例外，他在谈到这位批评家中的小王子时，语言也变得模棱两可起来："我确信，布吕纳介先生决不会被人遗忘，至于他的见解究竟是对还是错，那倒无关紧要。他的普遍性、他与精神历史的某个时刻的紧密关联，会让时间记住他的见解。"[2] 不过，批评家中的例外者也就仅他一人而已，余者不过是公务员和仆人，其作用只是"努力让大众知晓他人的才能"。朗松把自己归入普通批评家的行列，并且把他心目中理想的谦虚风范推荐给这个职业："我们的工作唯有在抹去自己的人格时才有几分意义。"达尼埃尔·莫尔内（Daniel Mornet）[3]，朗松诸弟子中与他最友善之人，后来也这么说，不过他的口气简直强硬到了极点："即使在文学中，人们也没有证明有谁是不可或缺的。"[4] 莫尔内显然走得有点太远了，在他看来，不仅在批评领域，就算在整个文学的天地里，"个人"都是不必加以考虑的。

让文学史与文学批评脱钩。在 1902 年面世的《法国文学史》第七版序言中，朗松重温了该书最后几章关于当代文学史的部分，然

---

[1] Lanson, «L'immortalité littéraire» (*Revue bleue*, 1er septembre 1894), *Hommes et Livres*, p. 308.

[2] *Ibid.*, p.309.

[3] 达尼埃尔·莫尔内（1878—1954），法国文学史家、文学批评家。——译者注

[4] D. Mornet, *Histoire de la littérature classique, 1600-1700, ses caractères véritables et ses aspects méconnus*, Paris, A. Colin, 1940, p. 7.

后明确地宣称,"批评这种体裁目前遭受了严重的危机。布吕纳介先生、法盖先生和勒迈特先生,都变得与这个时代格格不入了"。[1]在1902年,他们已经显得是从史前时代幸存下来的顽冥不化之辈,虽然还在好奇地观察这个世界,但其实眼中只能看到他们自己。至于往日以报纸上的著名专栏和杂志为载体,以圣勃夫为样板的文学批评,那些声名卓著,品格高妙,让人在沙龙里传诵纷纷的文学批评,如今已经让位于各类小报上朝三暮四的评论和报道。确认这个事实是残酷的。然而朗松继续评论说,从另一方面看,批评本身也在遭受各种骚扰,它"同样也受到当前文学研究走势的威胁"。[2]由于遭到来自新闻界和大学体制的两面夹击,批评面临生死威胁,甚至有彻底消失之虞。不过,哪怕它已经气息奄奄,加斯东·德尚这位大学教授和阿纳托尔·法郎士在《时代报》文学专栏的接班人,依然迟迟不能出手救援,用后来蒂博代的话讲,"高师本想通过加斯东·德尚接管《时代报》,事情却办得一团糟"。[3]结果,为了替换德尚,人们选择了保罗·苏代(Paul Souday)[4]这位足不出户的记者,他在竞争中胜过了众多有教师资格考试文凭的人。

朗松进一步分析说,"就在批评衰微之际,文学史却应运而生,它的事业是伟大的,而其成就也是卓越的。旧日辉煌的批评由于同时受到报刊评论和文学史的冲击,如今已很难再作为一种独立的文体存在下去"。[5]对他的前辈们而言,朗松严酷的结论绝非福音,甚至就在这些前辈的有生之年,朗松已将他们判定为不合时宜,而且亲手

---

[1] Lanson, *Histoire de la littérature française*, 1902, 7ᵉ éd., p.1097.
[2] *Ibid.*, p.1098.
[3] A. Thibaudet; «Le maurrassisme et la retraite de la critique universitaire» (1933), *Réflexions sur la critique*, p.220.
[4] 保罗·苏代(1869—1929),法国文学批评家、随笔作者。——译者注
[5] Lanson, *Histoire*..., p.1098.

埋葬了他们，仿佛他对这些长者已经别无期待，对他们的温情和宽容也已经失去意义。这也就是为什么后来佩吉指责朗松背叛了他的师长："只要布吕纳介先生还保持着强有力的影响，朗松先生在迟钝无知的公众面前就总会表达他对布吕纳介先生的仰慕、尊崇和感激。"[1] 不错，在1895年的《法国文学史》第一版中，朗松的态度要和缓谨慎得多，他特别感谢了布吕纳介在他撰写该书过程中慨然出借的文献。佩吉的话可谓直言不讳："朗松先生是受过布吕纳介哺乳之恩的婴孩之一。"费尔南·汪德朗（Fernand Vandérem）[2] 是为《巴黎杂志》撰稿的批评家，在两次世界大战之间又是《法兰西杂志》（Revue de France）的作者，他后来通过许多证据，得出这样的结论：在1922年，市场上所有文学史教科书（杜米克和朗松的著作是其中最流行的两种）里的大部分观点都来自布吕纳介和法盖，例如对波德莱尔（Charles Baudelaire）的一致谴责等（当时到处都采用这些教科书，不过私立学校例外），"无论那些书里写了什么，观点倾向如何，所有的教材都以两部著作为底本，或者说原始的'模子'，那便是布吕纳介的《法国文学史教程》（Manuel de l'histoire de la littérature française）与法盖的《法国文学史》"。[3]

不过，我们还是应该为朗松辩护说，他从来没有完全落入布吕纳介的窠臼。早在1890年，在一篇关于布吕纳介的《文学批评演进史》（Évolution de la critique）的书评中，朗松就盛情称赞了作者的贡献，指出他和泰纳不同，对作家的个体性和作品本身的美给予了足够的关注，而不是将作家们的禀赋还原到种族、环境、时代的决定论链条中去；但就在这篇文章中，朗松已经率先质疑了文学演进这个概念的实

---

[1] Péguy, L'Argent suite, Œuvres, t. II, p. 1180.
[2] 费尔南·汪德朗（1864—1939），法国戏剧家、小说家和文学批评家。
[3] F. Vandérem, Nos manuels d'histoire littéraire, Paris, La Renaissance du livre, p.9. 另外，汪德朗引发的争论可见下文第13节的叙述。

在性:"所谓演变的学说到底是真切地表现了文学运动的本质,抑或只是用隐喻的方式指涉了这种运动,在我看来并不那么重要。"[1]这番话看上去像是一个纯粹的否定,但如果细加分析,它其实是暗示说,在文学领域中,关于"演变"的理论尚非一门真正有根据的科学,它更像是一部小说,像一种文学性的想象。因此,朗松的言论中有褒贬两层含义,事实上,他的确也等到布吕纳介去世之后,才公开发表了这一颂词,而且其中处处可见含混和保留:"和所有人一样,布吕纳介也有他的局限、弱点和错误……然而刻薄和粗鲁并不会减低他的魅力;尽管发生过各种性格冲突,尽管有过立场差异,但人们总是对他抱有善意,很多人最终都离开了他,但分别之后他们才意识到自己对他的感情。"[2]

至于法盖,朗松长久以来对他缺少尊敬,至于勒迈特、法郎士或者弗朗西斯科·萨尔塞(Francisque Sarcey)[3]等人就更不必提起,这些人甚至不处在批评和文学史、文学式评论和大学学术对峙的新的分界线上,因此朗松和他们谈不上有什么争论;不过,也正因为如此,他反而可以对他们献上几句明褒暗贬的赞词:"批评的真实的立场就是萨尔塞先生的态度,他从未想过把自己的评论专栏和发表它的报纸分开,也从未想过把这些文字变成一本书,一座永恒的纪念碑。"[4]通过1894年发表于《蓝色期刊》(*Revue bleue*)的一篇题为《今日的批评家:埃米尔·法盖先生》(«Critique d'aujourd'hui: M. Émile Faguet»)的文章,朗松给他10年后在索邦的同事贴上了标签,而且

---

[1] Lanson, «Un nouveau genre de critique: la critique évolutionniste», *Revue de l'enseignement secondaire et de l'enseignement supérieur*, 15 août 1890, p. 123.

[2] *Revue universitaire*, 15 juin 1908, p.55(Victor Giraud 的评论),见: Giraud, *Ferdinand Brunetière*, Paris, Bloud, 1907.

[3] 弗朗西斯科·萨尔塞(1827—1899),法国戏剧评论家、记者。——译者注

[4] Lanson, «L'immortalité littéraire», *Hommes et Livres*, p.310.

过程很狡猾：文章通过一种看似坚定的口吻，一一列举出法盖所不具备的身份——他不独断，不博学，不主观，也不讲求文体。那么，这位并不在意文笔的批评家身上，究竟还剩下什么品质呢？于是朗松把自己嘲讽的矛头集中指向了法盖在学识上的欠缺："今天，所有还有声誉可言的批评家，都多多少少得是一个学识渊博的人；他们要么出于个人的口味和对学术的尊敬，要么出于迷信，或者在最糟糕的情况下，出于恐惧，总是会竭力在自己的笔下展示实实在在的或者伪装的学问。然而法盖先生的独特之处在于，他对学问完全无动于衷。"[1]这段话意味着公开宣布法盖的名望是窃取而来，名不副实的，而他的公众声誉也是荒谬无据的。

到1902年，朗松则改变了自己的行事策略。他针对布吕纳介、法盖、勒迈特这些已经过气的大人物，将两位治学严谨，成功设立了"文学科学"的前提的学者作为对立的参照，得到他青睐的是乔治·勒纳尔（Georges Renard）[2]和朗松自己。勒纳尔曾经参加过巴黎公社运动，是一位独立的社会主义者和饶勒斯的友人，在共和派主办的《小共和国日报》（la Petite République）上开设过文学专栏，[3]后来担任法兰西公学的教授，他还是一位劳工问题专家。1900年，他出版了《论文学史的科学方法》（La méthode scientifique de l'histoire littéraire）一书。[4]该书的标题固然雄心十足，但其具体论述却缺乏连贯性，仅仅强调了文学史与社会生活的关联，因此，它与拉孔布两年后发表的《文学史导论》一样，并不足以创建一个真正的学术

---

[1] Lanson, «Critique d'aujourd'hui: M. Émile Faguet», *Revue bleue*, 27 janvier 1894, p.99.
[2] 乔治·勒纳尔（1847—1930），法国历史学家、诗人、政论作者、文学教授。——译者注
[3] G. Renard, *Critiques de combat*, Paris, E. Dentu, 1894: 2ᵉ série, Paris, V. Giard et E. Brière; 3ᵉ série, Paris, Société libre d'édition des genres des lettres, 1897.
[4] G. Renard, *La méthode scientifique de l'histoire littéraire*, Paris, Alcan, 1900.

流派，因此它们始终未能把对方法的理论主张转化为具体的研究实践。对社会主义的文学批评而言，勒纳尔是一位重要人物，[1]他对朗松产生过影响是可以想象的。另一方面，他也经历过和朗松近似的学术思想演变：1890年他发表过《新批评的英才》(*Les Princes de la jeune critique*)一书，讨论的对象正是布吕纳介、法郎士、冈德拉和保罗·布尔热等人。[2]

如果说朗松提到勒纳尔的书只是为了举一反三，那么，关于他本人对"方法"的贡献，他也仅仅举出一篇短文的例子。事实上，这篇文章都谈不上是真正的论文，它是一篇综述，汇集了有关"文学史及法国现代文学方面的近期成果和面临的问题"的各种文献。不过，尽管这篇综述只是对现有工作的概括，但它对朗松整个职业生涯却起到了决定性的意义，甚至可以说，它通过影响朗松本人，间接影响到了整个文学史学科的未来，其意义远远超过勒纳尔的长篇大论。这篇文章发表在1900年由亨利·贝尔创办的《历史综合评论》(*Revue de synthèse historique*)的第一期上。该刊的创办宗旨，用埃米尔·布特鲁(Émile Boutroux)[3]所撰写的发刊词的标题来说，是为了将"历史与综合"融会贯通起来，也就是说，要融通史料与社会学——讲得更清楚一点，就是要打通塞格诺博和涂尔干。吕西安·费弗尔与马克·布洛赫(Marc Bloch)[4]在1929年创办的《经济与社会史年鉴》是对这种工作的延续，也是对当时依旧由塞格诺博主持的《历史学刊》所代表的实证主义的一种批判。不过话说回来，从1903年

---

[1] 可参考：M. Rebérioux, *Le Mouvement social*, avril 1967, présentation du numéro «Critique littéraire et socialisme au tournant du siècle». 不过该刊这一期对法国的论述较少。

[2] G. Renard, *Les Princes de la jeune critique*, Paris, Librairie de la nouvelle Revue, 1890.

[3] 埃米尔·布特鲁(1845—1921)，法国哲学家、哲学史家。——译者注

[4] 马克·布洛赫(1886—1944)，法国著名历史学家，年鉴学派的创始人之一。——译者注

起,《历史综合评论》就一直是"将一切历史化的历史"与"将一切社会学化的历史"这两种倾向激烈对抗的场所。[1] 该刊的第一期已经提出了一个普遍性的宗旨,即"不具备良好方法之人不得入内";[2] 它试图通过清点不同历史科学所使用的方法,在这些学科之间建立联系,应该说与只关注史料整理的博学传统相比,这个目标是高远而庄重的。在各种历史科学中,文学史,或者说居斯塔夫·朗松个人,有幸成为这种方法论探索的起点。与他两年后的意见相比,朗松1900年发表的这篇文章面对的是不那么专业化的读者,文中的立场相较1902年也更严厉一些,不过其基本的论点是一贯的:最近20年来,文学研究所使用的方法已经改变,"批评已经让位于文学史",[3] 尽管批评本身并不会寿终正寝,并且它"还拥有一些像法盖先生这么优秀的、强有力的代表"。从1900年开始,朗松还经常在此类战略战术性的文本中引用他心目中几乎唯一的参照作者,其用心在于指明文学研究到底应该向科学借鉴什么(显然,应该借鉴的是某种原则或者说精神,而不是某种特定的、已经建构起来的科学所运用的特殊方法)。这位蒙他青睐的作者是与朗松同时代的哲学家弗雷德里克·罗(Frédéric Rauh)[4],其代表作是当时刚出版不久的《论对情感的心理学分析中使用的方法》(*De la méthode dans la psychologie des*

---

[1] 通过与亨利·贝尔的合作,保罗·拉孔布成了《历史综合评论》的主要参与者之一。他在该刊首期上发表了一篇评论 A. D. Xénopol 所著《历史学的基本原则》(*Les Principes fondamentaux de l'histoire*, Paris, E. Leroux, 1899)的文章。

[2] *Revue de synthèse historique*, juillet 1900, p.8.

[3] Lanson, «Histoire littéraire. Littérature française (époque moderne). Résultats récents et problèmes actuels», *Revue de synthèse historique*, juillet 1900, p.53. 朗松已经提到乔治·勒纳尔不久前出版的著作。拉孔布在1901年4月的《历史综合评论》上发表了关于勒纳尔的书评。

[4] 弗雷德里克·罗(1861—1909),法国哲学家。——译者注

sentiments)。[1]

关于文学史与文学批评依据什么标准来区分彼此的问题，从此变得非常简单，朗松1909年在布鲁塞尔发表的一场演讲中简明扼要地指出："需要区分'认知'和'感受'……我相信，关于文学史的科学方法，其精义就在于此。"由此带来的后果是："在可以建立认知的时候，就不必感受；当沉浸于感受中时，不要认为自己握有真知。"[2]这一区分出自历史学家之手，至少可以说是经由历史学家而变得广为人知。在《文学与科学》一文中——朗松在这篇文章里尚未正式定义什么是文学史，也没有宣示它的存在，但已经为其留出了空间——作者在宣称"唯有真才堪称作美"的布瓦洛（Nicolas Boileau）[3]身上已经发现了认知和感受的对立，而这句话也体现出法国古典主义中最初的实证主义倾向已经受到了科学精神的影响。[4]到了更近的时代，朗格卢瓦则进一步强调了感觉和认知的差异，米什莱就因为混淆了科学和主观性而受到他的指责。[5]

凭借这些同样的武器，当朗松借助历史来驱除布吕纳介的科学

---

[1] F. Rauh, *De la méthode dans la psychologie des sentiments,* Paris, Alcan, 1899. 弗雷德里克·罗建立了一种实证倾向的道德理论（*L'Expérience morale*, Paris, Alcan, 1903），他也是最早关注教育学理论的人之一（参看其博士论文：*Psychologie appliquée à la morale et à l'application*, Paris, Hachette, 1900）。可惜他过早去世，在他辞世前后，朗松开始在其方法论著作中反复提到他。

[2] Lanson, «L'esprit scientifique et la méthode de l'histoire littéraire», *Méthodes de l'histoire littéraire*, p.30.

[3] 尼古拉·布瓦洛（1636—1711），法国诗人、古典主义文学理论的大家。——译者注

[4] Lanson, «La littérature et la science», *Hommes et Livres*, pp. 318-319.

[5] Langlois, «L'histoire aux XIXe siècle», *Questions d'histoire et d'enseignement*. 也可参见朗松关于米什莱的调和性的长文（该文主要是在莫诺而非朗格卢瓦和塞格诺博的启示下写出的）：«La formation de la méthode historique de Michelet», *Revue d'histoire moderne*, octobre 1905. 朗格卢瓦后来在美国费城的一次演讲中隐瞒了自己对米什莱的保留意见，对这位法国大作家持大加称赞的态度，并长篇引用莫诺和朗松对米什莱的看法，参见：«Michelet», *Questions*..., t. II, Paris, Hachette, 1906.

主义时，他也在抵制法盖的印象主义。他在布鲁塞尔的那场演讲中宣布："我们开展的是历史学的研究，我们运用的方法是历史学的方法。"[1] 朗松同样也反对一切独断论的诱惑："我们的结论只有历史学所提供的那种确切性，而历史学是一门关于'可能性'的谦逊的科学。"不过，这句话的最后几个词所包含的幽默和疏离感也说明，朗松无意将他所设想的文学史与塞格诺博的历史学混为一谈，因为后者只相信确定发生过的"事件"，他常把"历史学是关于只发生一次的事情的科学"这句话挂在嘴边；此外，朗松与西米安（François Joseph Charles Simiand）[2] 和拉孔布的争论，也与历史学是否包含"可能性"这个问题相关。

文学史的立足点是归纳而非建构，它选择的是分析而非系统整合，尽管如此，它并不想自限于恒饤之学中，也不愿意（至少在理想的层面不愿意）放弃一切综合的、整体性的尝试。虽然朗松很快就将所有沉浸于批评的直接前辈们置之脑后，他却将斯塔尔夫人和维尔曼作为自己的后盾，因为这两位作者和哲学家波纳德一样，在历史上率先考察了文学与社会的关系。斯塔尔夫人出版于1800年的著作题为"论文学与社会制度的关系"，该书开宗明义就讲："我打算考察宗教、习俗和法律对文学有怎样的影响，而文学又是怎样影响了宗教、习俗和法律。"[3] 维尔曼则在索邦的课程中分析了各个文学时代与社会环境的关联，朗松越过圣勃夫以降的文学批评和尼扎尔以来的文

---

[1] Lanson, «L'esprit scientifique et la méthode de l'histoire littéraire», *Méthodes de l'histoire littéraire*, p.28.
[2] 弗朗索瓦·西米安（1873—1935），法国社会学家、历史学家和经济学家。——译者注
[3] Madame de Staël, *De la littérature...*, *Œuvres complètes*, Paris, F. Didot, 1861 (rééd., Genève: Slatkine reprints, 1967), 2 vol., t. I, «Discours préliminaire», p.199. 斯塔尔夫人接下来写道："我认为人们还没有对改变文学气质的道德和政治原因进行充分的分析。"这就解释了为什么她被视为文学史的先驱者之一。

学品位，他这么做接续的正是维尔曼的思路，用朗松自己的话讲——马克思主义显然也不会拒绝他的用语——其目的是揭示"文学作品生产的社会条件"。[1] 作为《历史综合评论》自创刊起的撰稿人，朗松从不愿意把自己的研究局限于文本校勘、佚文考订、书目和作者传记汇编以及源流影响考释等领域。他对普遍性的问题绝非漠不关心，1904 年，他应涂尔干之邀，在高等社会研究学校（l'École des Hautes Études sociales）就"文学史与社会学"之关系做了一次演讲，讲稿后来发表在《形而上学与伦理学学刊》（*La Revue d'histoire littéraire de la France*）上，该刊和与《历史学刊》对抗的《历史综合评论》一样，试图抑制《哲学学刊》所代表的将一切历史化的倾向。[2] 不过，更值得一提的是《法国外省文学生活史研究计划》（«Programme d'études sur l'histoire provinciale de la vie littéraire en France»）——这篇文章后来让吕西安·费弗尔激动不已，他一直为朗松的弟子们未能继续开展这一研究而深感遗憾。[3] 朗松在此文中，针对在推出作品校勘本之后文学史研究的第二个"综合阶段"的目标，提出了最精彩的设想："在'法国文学史'（即文学作品的历史，这我们已经有了许多部了）之外，另外写出一部'法国的文学历史'，这是至今我们还没

---

[1] Lanson, «Les études sur la littérature française moderne», *La Science française*, Paris, ministère de l'Instruction publique et des Beaux-Arts, 1915, t. II., p.229. 关于维尔曼的相关著作，参见其 1828—1829 年在索邦的法国文学史（Cours de littérature française）讲稿，特别应参考：*Tableau du XVIIIe siècle*, Paris, Pichon et Didier, 1828-1838, 4 vol. 关于从斯塔尔夫人和波纳德以来对文学进行的社会学分析，参见：H.A. Needham, *Le Développement de l'esthétique sociologique en France et en Angleterre au XIXe siècle*, Paris, Champion, 1926.

[2] Lanson, «L'histoire littéraire et la sociologie»（1904 年 1 月 24 日在高等社会研究学校的演讲）, *Revue de métaphysique et de morale*, juillet 1904, repris dans *Essais de méthode, de critique et d'histoire littéraire*, édités et présentés par H. Peyre, Paris, Hachette, 1965.

[3] L. Febvre, «De Lanson à Mornet: un renoncement ?»(*Annales*, juillet 1941), *Combats pour l'histoire,* Paris, A. Colin, 1953.

有的,它甚至是今天几乎还不可能尝试写出的著作。后面一种书,我指的不是描写性的目录或者专论文集……而是指对这个国家的文学生活的描写,这幅图景不仅包括那些著书立说的名人,还将呈现那些无名的大众读者的修养和行为的历史。"[1]

此外,朗松也提醒我们,不要将文学作品等同于历史档案和资料,这是文学史和一般历史学的第二个微妙差别。早在1900年,他在《历史综合评论》上撰文考察文学史研究现状,文末的结论是,"所有已经完成和有待完成的研究,都不能免去我们阅读作品的责任"。[2] 因为,作品中保存的悖论和独一无二的禀赋始终是活生生的。文学批评的错误之一,或许在于它倾向于将过去时代的作品视为当代的,也即视为超时代的、永恒的东西,而不是将其放置到历史情境之中。这方面明显的例子是继承了维尔曼索邦演讲术教席的尼扎尔,他本人及其关于文学风格的学说之所以遭到批评,正是因为他无视斯塔尔夫人和维尔曼一直强调的历史和社会维度的研究方法,把主观性树立为一种虚幻的普遍性和永恒的本质。然而,无论我们多么关注时间性问题,也无论多么体察历史中的相对性,我们终归不能排除感性和美引发的情感。朗松总是不厌其烦地说:"在我们的研究中,印象主义永远有它不可或缺的、合法的地位。"[3] 文学史研究方法所针对的目标,恰恰就是驯服感性,使作品中的"美"经受"真"的考验和约束,这么做的目的不是别的,仅仅是为了"在赋予个人感受以其全部价值,承认它的必要性和合法性的同时,将它在我们的知识中的地位

---

[1] Lanson, «Programme d'études sur l'histoire provinciale de la vie littéraire en France», conférence, faite le 7 février 1903 à la Société d'histoire moderne, *Revue d'histoire moderne et contemporaine*, 1903, repris dans *Études d'histoire littéraire*, Paris, Champion, 1929, et dans *Éssais...*, pp.86-87.

[2] Lanson, *Revue de synthèse historiques*, juillet 1900, p.83.

[3] Lanson, «L'esprit scientifique...», *Méthodes...*, p.29.

降低到最低程度"。[1]

简而言之,一切看上去都变得合理了。文学研究现在臣服于历史学,将自己从文学批评以及文学本身里面解脱了出来,但它无意断绝与社会学和美学的关联。在历史性考察的全部过程里,文学研究自始至终都不忘培育文本激发的感性或愉悦,赋予它相应的功能。至于综合文学和社会生活的任务,文学研究把它作为自己开展过程的第二个阶段。那么,究竟在多大的程度上,上述目标得到了实现呢?朗松采取的谨慎态度会不会终归是一种理想,而身处美学和社会学、自我与世界、读者和社会之间,想要协调、综合这一切的文学史,会不会却终究只能自我封闭呢?这正是我们将要考虑的问题。

---

[1] Lanson, «L'esprit scientifique...», *Méthodes*..., p. 35. 朗松在《历史综合评论》1900年7月刊第83页已经说过:我们的研究"并不能阻止文学作品依照气质和环境的不同,在读者身上产生不同的反应。但我们的研究将采取客观化的阐释,把对作品的主观印象限制在足够狭小的范围内,从而把读者反应的差异减小到最低的程度"。对"共识"的追求一直是文学史的目标之一。

7 大学中的文学

朗松本人并未专门著文，就自己提倡的研究方法提供一套系统的、可供追随者遵循的法则。在文学史领域，我们还需要等待很长时间，才能看到与塞格诺博和朗格卢瓦的《历史研究导论》类似的"手册"出现。事实上，第一部此类著作是安德烈·莫里泽（André Morize）[1]的《文学史中的问题与方法》（Problems and Methods of Literary History），不过该书是用英语撰写，而且是在美国出版的。[2]第二部同类著作是居斯塔夫·吕德莱（Gustave Rudler）[3]所著之《批评与文学史中的技巧》（Les Techniques de la critique et de l'histoire littéraire）；用皮埃尔·拉塞尔的话说，吕德莱是朗松的"第一副官"，他的书倒是用法语写成的，不过却由牛津大学出版社出版。[4]上述两本书的用意都是向普通读者宣传文学研究的一般方法。然而具体到法国国内，学者面临的任务却不是普及，而是投入论战。1900年前后，在由新方法引发的争论最激烈的那个时期，被视为现代主义者，甚至被怀疑为反人文主义者的朗松多次阐明，他的研究方法背后的思想基础是相信必须把历史学的精神引入文学研究之中。朗松利用各种机

---

[1] 安德烈·莫里泽（1883—1957），美国哈佛大学的法国文学教授。——译者注
[2] André Morize, *Problems and Methods of Literary History, with Special reference to Modern French Litterary, a Guide for Graduate Students,* Boston et New York, Grinn, 1922.
[3] 居斯塔夫·吕德莱（1872—1957），英国牛津大学的法国文学教授。——译者注
[4] Gustave Rudler, *Les Techniques de la critique et de l'histoire littéraire*, Oxford, University Press, 1923(réed., Genève, Slatkine, 1979.

会反复强调这个道理，例如1909年他在布鲁塞尔发表名为"文学史中的科学精神和方法"（«l'Esprit scientifique et la méthode de l'histoire littéraire»）的专题演讲，[1]次年又在《每月评论》（Revue du mois）上发表《文学史的方法》（«La Méthode de l'histoire littéraire»），[2]该文略加修改后，被收入埃米尔·博雷尔（Émile Borel）[3]1911年主编的《论科学中的方法》（De la méthode dans les sciences），这本书具体说明了各门新科学的边界和彼此之间的关联。[4]

数年之后，在1915年，当一战正酣之时，朗松沿着这条思路，又撰写了《对现代法国文学的研究之综述》（«Les études sur la littérature française moderne»）一文，收入《法国的科学》（la Science française）一书。该书由普恩加莱亲自作序，目的是在旧金山世界博览会上介绍法国的成就，其上下两卷后于1933年修订再版。[5]朗松提供的是一份文献汇编，它扩展、充实了1900年发表于《历史综合评论》上的文章，前后15年间两篇文章的对比足证文学研究在世纪之初所取得的进展。

考虑到《历史综合评论》上的文章毕竟只是文献汇编，我们还需

---

[1] Revue de l'Université de Bruxelles, décembre 1909, et La Méthodes de l'histoire littéraire.
[2] Revue du mois, 10 octobre 1910, et «La Méthode en histoire littéraire, réponse à Ch. Salomon», Revue du mois, 10 avril 1911.
[3] 埃米尔·博雷尔（1871—1956），法国数学家和政治家，专长概率论和博弈论，曾任巴黎大学理学院教授和国会议员、政府部长。——译者注
[4] De la méthode dans les sciences, Paris, Alcan, 1911.
[5] La Science française, Paris, ministère de l'Instruction publique et des Beaux-Arts, 1915 et 1933, 2 vol. 在1915年的第一版中，是由朗格卢瓦来论述法国的"历史学研究"的。1933年第二版的一个引人注目的变化是历史学部分的作者换成了G. Pagès、A. Piganiol和L. Halphen，他们告诉读者，历史究竟是艺术还是科学，围绕此问题过去的确存在着争论，但"争论现在已经结束"：朗格卢瓦、塞格诺博以及关于历史的偶然性的理论已经过时。从1915年到1933年，对历史学家们而言车轮已经向前行驶了，而朗松的文章却没有变化，看来文学史的观念要更加稳定（t II., p.231）。

关注朗松早期另外一些关于方法问题的论述,从学科建构战略的角度看,后者与前者的重要性至少旗鼓相当。我们指的是朗松1901年9月8日新学期开学之际,在巴黎文学院系列讲座开始时的演讲,此前一年,他刚刚被索邦任命为讲师。说起来,索邦的开学仪式能够成为极为隆重的典礼,还拜拉维斯之赐,每当大学招收到新生时,他都会在开学仪式上用友好而不乏威严的口吻,像家长一样劝诫学生们努力上进,[1] 久而久之,各院系的负责人和全体教师也都会集体出席这一日渐礼仪化的活动。朗松的演讲在创办不久的《历史综合评论》上得到了高度评价:"对这样一种不再依据自然科学的样板,而是根据历史学方法的具体实践去建立文学科学的努力,我们要献上无上的掌声。"[2] 享有广泛影响力的《国际教育评论》全文收录了朗松的演说内容,该刊创办于1879年,在法国大学重建时期,它在埃德蒙·德雷福斯-布里萨克(Edmond Dreyfus-Brisac)[3] 的主持下,对高等教育问题进行了最深入的思考,并且对法国历届教育部长的决策产生了影响。[4] 朗松演说的具体情境不是无关轻重的,因为正是在这样的场合下,他才得以揭示文学史与大学体制的关联,阐明在文学史学科的创设过程里,那些关于教学和科研、关于权力与科学机制的观点,是如何被确立为共识的;必须承认,没有任何其他的方法论著作比朗松的这次演说更加深入。从此,把历史学的精神引入文学研究中去,就在政治和科学两个层面上都成为必需的了,尽管人们还难以分辨在这两个因素之中究竟谁起到了更大的作用。

---

[1] Lavisse, *Études et Étudiants*, Paris, A. Colin, 1890, p.xix.
[2] «La méthode en l'histoire littéraire», *Revue de synthèse historique*, décembre 1901, p.358.
[3] 埃德蒙·德雷福斯-布里萨克(1850—1921),法国文学史家、教育学家。——译者注
[4] *Revue internationale de l'enseignement*, 13 novembre 1901.

面对着文学院院长、各位同事和众多学生，朗松首先提到，法国文学的教学中缺乏一种"对方法的共识"。[1]他接着指出，当代那三四位大师级人物，如今无不各行其是。我们很容易猜到，这几位大师首先是在索邦拥有教席的人，如诗歌和演讲术教席的主持人法盖与拉鲁梅，再加上在高师任教的布吕纳介。不过，考虑到布吕诺从事的是语言学研究，贝迪耶是中世纪专家，他们都不应该被牵涉进批评的圈子，那么，谁是朗松心目中的第四人，倒还颇费思量。不管怎样，单一的文学研究体制是不存在的，它四分五裂，我们只能看到一群作为个体的研究者。1870年之前的学术传统尚未死亡，没有任何统一的步调在指引大学的教学和科研，演说、雄辩和考试制度也依然存在。从斯塔尔夫人以来的一百年里，文学批评经历了众多历险——朗松故意不把这些历险视为"演变"或者"进步"——因此，一切在某个历史时刻得到辩护的批评立场，如今都尚未烟消云散，它们依然拥有各自的信徒。这样的无政府状态就像一个售卖各类学说的集市，而学生们也无可避免地会不知所措。

由于"缺乏一种普遍适用且被普遍承认的方法"，学生们也谈不上真正治学，他们只会在考试之前临时抱佛脚，"捧着25个苏或者25生丁买来的教材，草草读一遍了事，要不干脆就不碰课纲上的任何作家"。至于平时的作业，到了约定的时日，他们也不过是背诵囫囵吞枣记下的"泰纳、布吕纳介、勒迈特和法盖的作品片段"。[2]

朗松挺身反对的正是这样的混乱，这样的批评话语大杂烩，或者用他自己最清楚不过的语言讲，他"反对印象主义式的心血来潮，以及系统的独断主义"。这两种危险的倾向犹如两座暗礁，又如希腊神话中吞噬一切的海妖卡律布狄斯（Charybde）和斯库拉（Scylla），布

---

[1] *Revue internationale de l'enseignement,* 13 novembre 1901, p.385.
[2] *Ibid.*, p.388.

吕纳介和法盖这两位最负盛名的大师就是各自的代表。为了让在两种倾向中进退维谷的人同时避免折中主义的陷阱，文学研究应该"归顺"于它们的对象。朗松特别告诫说："你们的中学老师引导你们为了自己而学习法国文学，这是好事，可是现在，我们应该为了法国文学本身而学习它。"对"为己之学"的指责或许埋藏着对旧制度下的中学教育的不信任，因此，为了突出高等教育与中等教育的不同，应该指明大学的目标既不是培养一种文学鉴赏力，也不是从事哲学思考，而在于求知和求真。朗松特意引用了弗雷德里克·罗的话来说明这一点："与其向那些研究对象与我们自己的学科迥然不同的科学借取方法，倒不如叩问我们自己的研究对象，它会告诉我们应当采取怎样的方法。"[1] 从对象本身之中得来的正确方法，可以抑制个人印象和所谓系统构建带来的谵妄幻觉，将我们引向事实本身。

印象主义、主观性，这些都是朗松眼中极可厌憎之事。不过，在这次开讲演说中，重要的并不在于朗松一如既往地要求抑制主观性，以此作为运用"方法"的落脚点（当然这一次是在教学而不是科研活动中），而是他在这种理论主张之外，提出了另外一个实用主义的、战术性的建议，而且这个建议还是居于首位的："如果我刚刚定义的那些方法不是文学史的唯一选择，那么，要运用人们所鼓吹的那些其他的方法，就需要满足一个前提，即它们至少要符合在大学体制中展开的对法国文学的研究。"[2] 承认"其他的方法"的空间，这当然是一个奇怪的妥协，然而这句话看上去又很像是在透露如下的实情：虽然在理论上，文学史并不比文学批评中的其他角度拥有更多的合法性，但在实践层面上——实践往往才是唯一重要的东西，而且仅此足矣——文学史才是唯一可以被教授的东西。归根结底，对研究方法

---

[1] *Revue internationale de l'enseignement*, 13 novembre 1901, p.391.
[2] *Ibid.*, p.395.

的运用需要落实到大学体制之中，或者我们可以更明白地讲，事实上唯有文学史的研究方法才合乎现代大学的要求。朗松进一步明确说："通过这种方法，文学就不再是大学体制中一个无用的器官，如某些人所说的装饰品或累赘；它从此可以与大学的本质目的和总体格局协调起来。"朗松是在针对谁而为文学辩护呢？又是谁断定文学是无用的器官，是饰物或累赘的呢？显然，是莫诺、拉维斯以及他们的后继者朗格卢瓦和塞格诺博，是历史学家这个群体。不过话说回来，历史学家的压迫也恰恰是一个充足的理由，能够解释面临瓦解危机的文学研究为什么会选择历史学的方法作为最后的方向。

在朗松出现之前，文学在大学体制中的位置并不坚实，它甚至是岌岌可危的。在各种据信真理在握的新兴历史学科面前，将自己与修辞学和批评混为一谈的文学研究已是声名狼藉，其地位大抵不出"无用的器官、饰物和累赘"的范围。如果不能服从于"大学的本质目的和总体格局"，文学研究残余的时日其实已是屈指可数。其实，关于大学的本质目的究竟是什么，朗松一直深为关注，但他在这个问题上停住了脚步。至于未来，涂尔干很快就要进入索邦，历史学家们也将丧失至高无上的权力，朗松在新的学术格局和组合中又会走向何方呢？但不管怎样，朗松主义终究是文学研究在20世纪的法国大学中存在下去的最后依靠。

朗松主义并没有收获多少赞美之声。阿纳托尔·法郎士和安托万·阿尔巴拉把朗松派分子形容为"卡片癖患者"和"卡片匠人"，蒂博代干脆说他们得了"卡片蛀虫病"。尽管如此，和任何其他学科分支相比，朗松主义的确更好地融入了大学体制，它甚至很快就成为这种大学传统本身的象征。当然，这也就解释了为什么在朗松主义大功告成之际，文学本身却变得气息奄奄了——如果文学研究不想在大学中彻底死亡，那么这就是它需要付出的代价。

8 朗松先生不可思议的成就

面对着朗松这样以一己之身，罕有地实现了学科和人、时代与个体的幸运结合的学者，我们应该认真地思考如下问题：他（作为个人，同时也作为学科）是如何成功扭转了文学即将被逐出大学的危局的？这位1894年还在《法国文学史学刊》旗下奔走的小角色，又是如何在10年内掌控了这份期刊，并成为法国文学史学会的副会长且主持索邦的演讲术教席，乃至化身为法国文学研究的象征的？我当然不是唯一提出上述问题之人，早在1912年，就有人宣称"在不到10年的时间里，他就颠转了法国文学研究的局面……他建立了对文学的科学研究"。[1] 此言出自皮埃尔·勒盖，要知道，这位"法兰西运动"的成员可不会是一位友好的证人。

和拉维斯、莫诺、朗格卢瓦和塞格诺博等人相比，朗松的职业历程绝谈不上一帆风顺，不过他相对缓慢的晋升之路对文学研究者而言

---

[1] P. Leguay, *Universitaires d'aujourd'hui* (Lavisse, Lanson, Seignobos, Lichitenberger, Langlois, Durkheim),Paris, Grasset, 1912, p.104. 勒盖的著作是最早和最有教益的朗松画像之一，除此之外，大部分关于朗松的文字要么为溢美之词，要么立意在于论争，特别是朗松逝世后的纪念文字更是如此。可参考：A. Cohen, «Gustave Lanson: la carrière et l'œuvre», *Revue universitaire*, mars 1935; E. Heriot, «La méthode de Gustave Lanson», *Le Temps*, 1er janvier 1935 et *Revue internationale de l'enseignement*, 15 avril 1935; A. Morize, «Reconnaissance à Gustave Lanson», *The French Review*, New York, mars 1936; G. Cohen, «Un grand historien des lettres françaises, Gustave Lanson», *Revue des cours et conférences*, 30 mars 1935. 另外 Cohen 所著 *Ceux que j'ai connus* 一书（Montréal, L'Arbre, 1946）中有一章，很感人，但内容稍显单薄。（转下页）

也很正常，因为他们本来就难以像历史学家一样受到时代的偏重。高师出身的朗松在1879年获得教师资格文凭，在巴约讷（Bayonne）、穆兰（Moulins）、雷恩（Rennes）、图卢兹（Toulouse）等外省城市的中学前后任教7年，此后又前往俄罗斯担任沙皇的孩子们的家庭教师，[1]随即又回到巴黎，凭资历获得在米什莱、查理曼和路易大帝中学教修辞班的机会，此外，他还在位于圣德尼和费奈隆女中的法国荣誉军团勋章女校（Les maisons d'éducation de la Légion d'honneur）任课。

　　1887年，朗松通过了自己的博士论文答辩，并且顺理成章地很快结婚。他的论文名为"尼维勒·德·拉·肖塞与伤感剧"（*Nivelle de La Chaussée et la comédie larmoyante*），[2]不过，和他未来在索邦法语演讲术教席的前任居斯塔夫·拉鲁梅5年前答辩的关于马里沃（Marivaux）[3]的博士论文相比，该文缺乏那种传奇的、丰碑式的细腻与博学。拉鲁梅640页的论文过犹不及，长到令人诟病的程度，以至于有"将大象送上蝴蝶翅膀"之说，[4]它倒也因此比《尼维

（接上页）下列著作出版较晚，与同时代人的批评视角拉开了距离：Gustave Lanson, 1857-1934, Société des amis de l'École normale supérieure, Paris, 1958 (P. Clarac 和 J. Pommier 为纪念朗松诞辰百年而做的演讲); H. Peyer, *Présentation des Essais*..., Paris, Hachette, 1965; P. Clarac, «Sur Gustave Lanson», *Revue d'histoire littéraire de la France*, janvier 1967. 另外下列著作对朗松更严厉，但也有简单化的倾向（类似阿尔都塞式的风格）：J.-R. Seba, «Critique des catégories de l'histoire de la littérature: téologie et réalisme Chez Lanson», *Littérature*, décembre 1974. 最后，除了 G. Delfau 和 A. Roche 简练的著作（*Histoire, Littérature*, Paris, Éditions du Seuil, 1977）之外，最好的文章是：R. Ponton, «Le positivisme de Lanson», Scolies, 1972.

[1] Voir Lanson, «La famille impériale de Russie en 1886», *Revue bleue*, 9, 16, 23, 30 mai 1896.
[2] Lanson, *Nivelle de La Chaussée et la comédie larmoyante*, Paris, Hachette, 1887.
[3] 马里沃（1688—1763），法国小说家、剧作家。——译者注
[4] Lanson, «Leçon d'ouverture du cours d'éloquence française faite à l'Université de Paris le samedi 9 janvier 1904» (*Revue universitaire*, 9 mars 1904), *Méthodes de l'histoire littéraire*, p.9. Voir G. Larroumet, *Marivaux, sa vie et ses œuvres, d'après de nouveaux documents*, Paris, Hachette, 1882.

勒·德·拉·肖塞与伤感剧》更能预示未来采用历史学方法的文学论文是什么模样——比如，文章一定要有密集如蚁聚的注释。相比之下，朗松采用的是一种布吕纳介式的文体，我们也得承认它是恰如其分的。和经历了才情向学术的转化，或者说其贡献在于将后人引向学术的拉维斯一样，朗松并没有那种仿佛天赐般的博学，他的《博须埃》（1891）和《布瓦洛》（1892）两本书都是供有教养的公众消遣之用的作家传记，谈不上专门的学术论述。《人与书》（1895）中汇集的文章起初发表在若干一般性的刊物（《蓝色期刊》《两世界》《大学期刊》等）上面，当然也包括了《法国文学史学刊》，不过，该刊在创办的第一年里，还称不上是严格意义上的专门学术刊物，它还在杜米克及其《当代风俗喜剧历史之浅论》的影响之下。事实上，杜米克的文章和朗松博士论文的题目很相似，这也体现出那个时代的风气。[1]

  1894年，朗松开始代替布吕纳介在高师开课，其时佩吉正好在高师就读，日后他还专门回忆了朗松初登高师讲坛第一年的情形。1895年，阿歇特出版社印行了让朗松青史留名的《法国文学史》一书。1898年，他又出版了关于阿纳托尔·法郎士的《选文》（*Pages Choisies*），所选文字如实反映了小说家和批评家之间的论争，他在这个问题上的立场近于布吕纳介：在《选文》的序言里，朗松指责了法郎士的业余主义、个人主义、怀疑论甚至他的无所事事；而布吕纳介在其《艺术与伦理》（*L'Art et la Morale*）一书中也有近似的揭露，他认为艺术有其社会性的目的，应该为收拾道德人心服务。[2] 后来布

---

[1] Lanson, *Bossuet*, Paris, Lecène et Oudin, 1891; *Boileau*, Paris, Hachette, 1892; *Corneille*, Paris, Hachette, 1896: 后面两本书都属于"法国大作家"丛书，拉鲁梅也为该丛书撰写了《拉辛》。

[2] Brunetière, *L'Art et la Morale*, Paris, J. Hetzel, 1898, 2ᵉ éd. 关于布吕纳介和法郎士之间的争论，可参见：«A propos du Disciple», *Revue des Deux Mondes*, 1ᵉʳ juillet（转下页）

吕纳介在与法郎士围绕布尔热的《弟子》展开的争论中还进一步申述了自己的主张。回到朗松身上来，他只是在"批评家式的精确"这一点上出言为法郎士声辩，这倒是他自己天性的流露，并且预示了他未来的发展："法郎士有一种历史学家的脾性，他对事物之间的差别具有感知力，人们认为这是造就历史学家的一种主要的禀赋。"[1]日后，朗松又会和法郎士站在一条船上，对布吕纳介反戈一击。从这个阶段开始，朗松的地位不可遏制地一路上升，其飞腾之势，当然不是他在高师的代理教职足以解释的——恰恰相反，高师任教的经历倒是可能加强了他和布吕纳介的联系——当然，《法国文学史》的成功同样也无法解释，毕竟这本书的发行量还远远不及杜米克的同名著作。

1900年，朗松还是高师的讲师，1904年他成为索邦教授。路易·珀蒂·德·朱勒维尔在1901年去世，朗松接替了他在法国文学史学会理事会的职务。1902年，他担任了学会的助理秘书，负责《法国文学史学刊》的书评和批评版块。如果我们想想莫诺的情形，就会明白讲坛是奠基权力的空间。自1896年起，朗松还一直主持非常正式的《大学学刊》(*Revue universitaire*)的书目文献专栏。然而，真正属于朗松的时刻还是1903年。加斯东·帕里斯在这一年辞

（接上页）1889: «Questions de morale», Revue de Deux Mondes, 1er septembre 1889; 以及布吕纳介直接指责法郎士的文章 «La critique impressionniste», *Revue des Deux Mondes*, 1er janvier 1891。法郎士的《文学生活》(Anatole France, *La Vie littéraire*, Paris, Calmann-Lévy, 1888-1892, 4 vol., t. III) 一书收入了三篇论《弟子》的文章，该书序言还概述了他在《时代报》上发表的另外两篇文章对主观性文学批评的解释。关于1889—1892年法郎士和布吕纳介的论战，还可参考：M.-F. Bancquart, *Anatole France le polémiste*, Paris, Nizet, 1962。关于《弟子》的文章由 A. Autin 汇集（*Le Disciple* de Paul Bourget, Paris, E. Malgre, 1930）。奇怪的是，朗松直到1898年都忠实于布吕纳介，但他却为法郎士编选了文集，并且又重复了布吕纳介的抱怨，这就更殊不可解。德雷福斯事件使布吕纳介和法郎士的关系最终不可逆转地破裂，也因此使朗松的态度不能再有任何含混之处。

[1] Lanson, *Pages choisies d'Anatole France*, Paris, A. Colin, 1897, Calmann-Lévy, p.xv.

世，同样故去的还有拉鲁梅，所有这些告别对年轻的一代来说都是契机。在《法国文学史学刊》首期目录部分，朗松被注明的身份还是巴黎大学的讲师；第二期上他的身份是代课教师；第三期则是副教授（professeur adjoint），且此时他已经接替加斯东·帕里斯担任法国文学史学会的副会长（会长是名誉性的）；到了第四期即最后一期，他已经接替了拉鲁梅的教席。这真是朗松生涯中的大吉之年。不过，他继维尔曼、尼扎尔、圣-勒内·塔扬迪耶[1]之后拥有索邦的法语演讲术教席，这个事实又是经过多少阴差阳错才铸成的结果啊！作为修辞学的揭露者、批评者，朗松在他的课程开始时就明确宣布："'法语演讲术教席'这个老旧的名词绝不能强迫我在诸位面前谈论如何操演口头表达，从今以后，这门课程对我只能意味着一件事情，即在我们文学史的丰厚的材料中，专心地研究散文作家。"[2]这番表态当然意味着此课程的转向，尽管法盖这位上一时代的幸存者一直保留了自己的诗歌教席直至1913年，并且他的继任者也是新一代学人中最不具有朗松色彩的，[3]以从不凭借卡片治学而闻名的奥古斯丁·加齐耶（Augustin Gazier）[4]。朗松本人担任演讲术教授直至1923年；这一年，一个新的讲席为他而设立，即18世纪文学史讲座，他担任该教职直到1928年退休。在他荣誉的巅峰岁月，从1919年至1927年，朗松还担任巴黎高师校长，他的前任正是拉维斯。不过，这就是另外一段故事了。

---

[1] 圣-勒内·塔扬迪耶（1817—1879），法国历史学家、文学批评家，被认为是文学史学科的开创者之一，在第三共和国初期曾出任教育部长。——译者注

[2] Lanson, «Leçon d'ouverture du cours d'éloquence française», *Revue universitaire*, 9 mars 1904, p.207.

[3] Voir R. Benjamin, *La Farce de la Sorbonne*, Paris, M. Rivière, 1911, p.23. Et P. Leguay, *La Sorbonne*, p.90（勒盖将法盖和加齐耶排除在朗松主义者的阵营之外）。

[4] 奥古斯丁·加齐耶（1844—1922），法国历史学家、文学史家，专长17世纪宗教史和文学史，长期在索邦文学院任教。——译者注

1894 至 1904——我们甚至还可以把这段时间继续压缩——朗松在短短数年间一举奠定了自己的荣光。那么，到底是什么动力在推动这股不可遏制的上升之势呢？

9 德雷福斯的恩泽

毫无疑问,朗松所获荣耀的首要推动力来自德雷福斯事件。我们在此先举费尔南·巴尔当斯佩热(Fernand Baldensperger)[1]的说法为例。巴尔当斯佩热是朗松的"好学生",也是最早系统研究歌德对法国文学的影响的学者之一,[2]1925年索邦设立的第一个现代比较文学讲席也是由他主持的,由于他与朗松的亲近,皮埃尔·拉塞尔在1912年的笔伐文章中,干脆把他与达尼埃尔·莫尔内的著作当作朗松观点的替罪羊。[3]巴尔当斯佩热在名不副实的著作《19及20世纪初法国的文学批评与文学史》(*La Critique et l'Histoire littéraire en France au XIXe et au début du XXe siècles*)中,声称朗松对真实性的追求,对史料的热忱考证,乃至他对资料卡片的癖好,都是被德雷福斯事件激发的结果。[4]更意味深长的是蒂博代的态度,1923年在所谓源流之争[5](此事将朗松置于聚光灯下)中,他同样把朗松和德

---

[1] 费尔南·巴尔当斯佩热(1871—1958),法国文学批评家、文学史家,比较文学的开创者之一,曾任索邦及斯特拉斯堡大学现代文学和比较文学教授。——译者注
[2] Fernand Baldensperger, *Goethe en France, Études de littérature comparée*, Paris, Hachette, 1904.
[3] P. Lasserre, *La Doctrine officielle de l'Université*, Paris, Garnier, 1912, p.258 *sq*.
[4] Fernand Baldensperger, *La Critique et l'Histoire littéraire en France au XIXe et au début du XXe siècles*, en collaboration avec H.S Craig Jr., New York, Brentano's, 1945, p.186.
[5] 1923年发生的所谓源流之争(La querelle des sources),核心问题在于两种文学研究观之间的张力:其一是把历史主义的方法定为文学(特别是当代文学)研究的首要原则;其二认为文学作品包蕴着个体独一无二的灵性,无法被还原(转下页)

雷福斯事件进行了一番比较:"朗松先生刻画一个人的方法近似贝蒂荣(Alphonse Bertillon)[1]。贝蒂荣发现间谍案中的密信笔迹与德雷福斯不符,但他相信这更加说明密信出自德雷福斯之手,是欲盖弥彰,因为字迹是德雷福斯一笔一画刻意造假的结果。"[2]至于皮埃尔·勒盖——他当然也不是值得信任的见证人——更直白地提到朗松大概获得了"德雷福斯的恩泽",而这很可能给他的职业生涯带来了极大的助益。[3]

即便我们不要如此夸大其词,但下列事实却是确凿无疑的:朗松在1889年和1891年已经开始为《两世界》撰文,但此后长期中断,直到1917年之后才恢复;他疏远了布吕纳介,在1903年为《两世界》的竞争对手,拉维斯主持的《巴黎杂志》撰写了关于高师改革的文章,此后1904年和1908年还在这份期刊上发表长文,向大众介绍他对伏尔泰的《哲学通信》(*Lettres philosophiques*)的博学的研究成果。难以否认的是,在朗松的生涯中存在着一个断裂。用佩吉后来的话讲,"朗松先生很像拉斐尔(Raphaël)[4],有很强的多面性"。[5]更有甚者,"我不得不说,朗松先生赖以初次发迹的那个身份,倒是会被今日的朗松先生以反动派视之的"。[6]

(接上页)为历史(包括文学自身的历史和外部的社会文化史),因此读者和批评家应该采取审美直观的态度。按照蒂博代的说法,"左派"批评是把历史主义运用到当代文学中,同时把审美直观运用到古典文学里,"如果这两个精神家族仅存其一,那么文学批评就只能用一条腿走路了"。(见《对批评的反思》第148页)——译者注

[1] 阿方斯·贝蒂荣(1853—1914),法国警官、犯罪鉴识技术专家,在德雷福斯事件中曾应招鉴别法国情报部门在德国驻法武官办公室发现的致德方的密信,并在当局压力下做出了不利于德雷福斯的结论。——译者注

[2] A.Thibaudet, «La querelle des sources», *Réflexions sur la critique*, p. 150.

[3] Leguay, *Universitaires aujourd'hui*, p. 100.

[4] 此处疑指被夏尔·佩吉爱恋的布朗什·拉斐尔(Blanche Raphaël)。——译者注

[5] Péguy, *L'Argent suite, Œuvres*, t. II, p. 1173.

[6] *Ibid.*, p.1181.

德雷福斯事件爆发之时，朗松刚开始在高师任教。加布里埃尔·莫诺、吕西安·埃尔、夏尔·安德莱和总学监保罗·迪皮伊（Paul Dupuy）[1]等人在师生们中间发起了支持运动，在他们的影响下，高师在总体上是支持德雷福斯的，而且很快还转向了社会主义。[2]勒盖后来写道："德雷福斯事件几乎与法国大学的重建同时，对大学来说，这是一个申明其政治倾向的机会。"[3]文学院很深地涉入事件的各个环节。费尔迪南·比松（Ferdinand Buisson）[4]曾在茹费理政府中负责过初等教育事务，后来任索邦的教育科学教授，他的课堂是学生们激烈争斗的战场之一。[5]佩吉担任过德雷福斯一派学生的武斗队长，他讲过自己是如何救下塞格诺博的："塞格诺博先生那天没

---

[1] 保罗·迪皮伊（1856—1948），历史学家，曾任巴黎高师总学监达40年之久。——译者注
[2] Voir Ch. Andler, *Vie de Lucien Herr*, Paris, Rieder, 1932. Hubert Bourgin, *De Jaurès à Léon Blum. L'École normale et la Politique*, Paris, Fayard, 1938 (rééd., New York et Paris, Gordon and Breach, 1870). 佩吉认为安德莱和朗格卢瓦一样，都是方法的创始人（*op.cit.*, p.1171）。Hubert Bourgin 年轻时是社会学学者和社会主义者，和涂尔干、朗松关系亲近 [Voir «Littérature et sociologie», in *Mélanges offerts à M. Lanson*, Paris, Hachette, 1922(rééd. Genève, Slatkine, 1972)。该书是在1914年之前写成的]，他是《大学学刊》长期的撰稿人，1918年停刊后转向法兰西运动组织，立场日益右倾，二战中甚至成为支持维希政权的反犹主义理论家（Voir *Le Socialisme universitaire*, Paris, Delamain et Boutelleau, 1942）。

关于德雷福斯事件与知识分子问题，另可参见：R.J. Smith, «L'atmosphère politique à l'école normale supérieure à la fin du XIXe siècle», *Revue d'histoire moderne et contemporaine*, avril 1973; M. Rebérioux, «Histoire, historiens et dreyfusisme», *Revue historique*, avril 1976; et D. Lindenberg et P.-A. Meyer, *Lucien Herr: le socialisme et son destin*, Paris, Calmann-Lévy, 1977.

[3] Leguay, *La Sorbonne*, p.167.
[4] 费尔迪南·比松（1841—1932），法国哲学家、教育家、政治家，曾在政教分离运动中扮演重要角色，并参与创建和领导卫人权联盟。1927年被授予诺贝尔和平奖。——译者注
[5] 比松是第三共和主流意识形态最重要的辩护者之一，也是教育学的倡导者。1887年，索邦为H. Marion首次设立教育科学教席，比松在1896年接掌，接下来是1906年的涂尔干。关于教育学和社会学的结盟，可参看后文第12节的叙述。

有命丧反犹分子之手，他今天还活着就是证明。这是一个历史性的证明，但也可能没有证明。不，他没有被杀死，因为我守护着他。"[1] 勒盖在讲述莫诺的遭遇时同样缺乏恭敬："在奥古斯特·舍雷-凯斯特内（Auguste Scheurer-Kestner）[2]之后，是一位大学教师，当时是高师的教授，现在在索邦任教，可在索邦他总是被人顶替——这就是莫诺先生，一个总想点燃火药桶的危险人士。"[3]莫诺在1899年夏天为应对雷恩军事法庭的审判而化名皮埃尔·莫莱（Pierre Molé）出版的小册子《对德雷福斯案件的客观报告》（*Exposé impartial de l'affaire Dreyfus*），尽管和审判本身没有拉开时间距离，但仍然是关于这个事件的最公正的叙述之一。[4]不过，"知识分子"（这个称呼当时已经出现）被大规模地发动起来，主要还是在左拉受审的时刻。[5]1898年1月13日，左拉在克雷孟梭（Georges Clemenceau）[6]主办的《震旦报》（*l'Aurore*）头版上发表了致总统的公开信《我控诉》（«J'accuse...»）。次日，第一份集体签署的抗议书也随之出现了："我们签署人抗议在1894年对德雷福斯的审判中出现的违背司法程序的情形，也抗议围

---

[1] Péguy, *L'Argent suite, Œuvres*, t. II, p.1225.

[2] 奥古斯特·舍雷-凯斯特内（1833—1899），法国化学家、实业家、政治家，曾任国会议员。——译者注

[3] Leguay, *La Sorbonne*, p.166. Voir *Les Défenseurs de la justice, Affaire Dreyfus*, 150 portraits, Paris, Stock, 1899（书中有一页是知识分子们的照片）。Voir aussi E.de Haime, *Les fais acquis à l'histoire*, Paris, Stock, 1898.

[4] Pierre Molé, *Exposé impartial de l'affaire Dreyfus*, Paris, Stock, 1899. Voir L. Lipschutz, Une bibliothèque dreyfusienne, Paris, Fasquelle, 1970（该书在第318条和第90条下把《对德雷福斯案件的客观报告》归于莫诺名下）。J. Reinach 的著作里也提及莫诺在德雷福斯事件中的众多介入行为。

[5] Voir J. Reinach, *Histoire de l'affaire Dreyfus*, t. III, p.246. Et *Revue française de science politique*, «Les intellectuels dans la société française contemporaine», décembre 1959.

[6] 乔治·克雷孟梭（1841—1929），法国现代著名政治家，在德雷福斯事件、政教分离、反殖民主义等一系列事件中坚定地持进步立场，后强烈主张对德复仇。曾两次出任法国总理，1919年主持巴黎和会。——译者注

绕埃斯特哈齐（Marie Charles Ferdinand Walsin Esterhazy）[1]事件出现的层层迷雾，我们坚决要求重新审理此案。"在众多署名者中，左拉位列第一，第二位则是阿纳托尔·法郎士。这封请愿书是普鲁斯特与他在《白色期刊》（Revue blanche）的友人们联合发起的，即所谓"104人宣言书"，第一期的参与者还包括雅克·比才（Jacques Bizet）、达尼埃尔·阿莱维（Daniel Halévy）、费尔南·格雷格、罗贝尔·德·弗莱尔（Robert de Flers）和莱昂·耶特曼[2]（Léon Yeatman）。[3]按照格雷格的说法，尽管阿尔芒夫人（Léontine Lippmann, dite madame Arman de Caillavet）[4]反对，担心这样做会损坏与菲利克斯·富尔（Félix Faure）[5]总统的关系，[6]他们还是设法取得了法郎士的签名。签署人中还有如下的大学教师：维克多·贝拉尔（Victor Bérard）[7]、吕西安·埃尔、夏尔·安德莱、塞莱斯坦·布格莱（Céléstin Bouglé）[8]和布吕诺。在第一期之后，请愿书的署名人继续像滚雪球一样增加，到1月底已经超过三千人。从《震旦报》1月16日周日刊载的第三份请愿书开始，居斯塔夫·朗松的名字就开始出现，并附有他的职

---

[1] 埃斯特哈齐（1847—1923），法国军官，德雷福斯事件中致德方密信的实际作者，后逃亡英国。——译者注
[2] 雅克·比才（1872—1922），法国医生，大音乐家乔治·比才之子，普鲁斯特年少时的朋友；达尼埃尔·阿莱维（1872—1962），法国历史学家、随笔作家；罗贝尔·德·弗莱尔（1872—1927），法国剧作家；莱昂·耶特曼，在巴黎生活的美国人，普鲁斯特青年时的朋友。——译者注
[3] J. Reinach, *Histoire de l'affaire Dreyfus*, t. III, p.244.
[4] 阿尔芒夫人（1844—1910），著名的沙龙主持人，亦为普鲁斯特笔下人物维尔杜林夫人的原型之一。——译者注
[5] 菲利克斯·富尔（1841—1899），法国政治家，1895—1899年任第三共和国总统。——译者注
[6] F. Gregh, *L'Âge d'or*, Paris, Grasset, 1947, p.291.
[7] 维克多·贝拉尔（1864—1931），法国古典学者、外交官，曾翻译《奥德修纪》。——译者注
[8] 塞莱斯坦·布格莱（1870—1940），法国哲学家、社会学家。——译者注

务、教师称号和博士头衔。在这一期上出现的人名还有高师总学监保罗·迪皮伊以及普鲁斯特在孔多塞中学就读时的哲学老师,对整整一代哲学家产生了影响的阿方斯·达吕[1](Alphonse Darlu),[2]达吕还是皮卡尔上校的朋友,他后来还著文回击过布吕纳介一篇反对"知识分子"的文章。[3]在签名者这个群体中,尽管另外一些人制造的声音更大(例如1月21日才在请愿书上现身的佩吉),但朗松属于最早表态的一批人。不过,他大概并不属于时人所说的如莫诺和埃尔那样的"保持警觉的德雷福斯派":1897年,埃尔拟定了一份知识分子的名单,如果这些人都被真正动员起来,那第一份要求重新审理德雷福斯案的请愿书还会提前出现,但无论如何,朗松的名字并不在这份名单中。[4]

保卫人权联盟创建于1898年2月,其发起人都是一些"知识分子",如巴斯德研究院在创办人路易·巴斯德1895年去世后的继任院长埃米尔·迪克洛[5](Émile Duclaux)、因支持德雷福斯而遭解职的

---

[1] 阿方斯·达吕(1849—1921),第三共和国时期著名的中学哲学教师,曾执教过普鲁斯特等人。——译者注
[2] 达吕曾参与创建与泰奥迪勒·里博主持的《哲学学刊》相对抗的《形而上学与伦理学学刊》。关于达吕的人格特质及其影响力,可参见:H. Bonnet, *Alphonse Darlu, le maître de philosophie de Marcel Proust*, Paris, Nizet, 1961(该书对达吕称颂有加);et A. Henry, *Marcel Proust, théories pour une esthétique*, Paris, Klincksieck, 1981(该书却相反地贬抑了达吕的影响)。
[3] A. Darlu, *M. Brunetière et l'Individualisme*, Paris, A. Colin, 1898. 这本小册子收入了两篇发表在《形而上学与伦理学学刊》上的文章。其中第一篇载于《学刊》1895年3月期,是对布吕纳介《梵蒂冈归来》一文的回击(Brunetière, «Après une visite au Vatican», *Revue des Deux Mondes*, 1er janvier 1895. 该文发表的背景是布吕纳介在会见教皇利奥十三世之后皈依天主教,并谴责科学徒劳地试图替代宗教)。另一篇发表时间很近(1898年5月),回应的对象是布吕纳介1898年3月15日在《两世界》发表的文章《审判之后》。
[4] D. Lindenberg et P.-A. Meyer, *Lucien Herr: le socialisme et son destin*, p.207.
[5] 埃米尔·迪克洛(1840—1904),法国物理学家、化学家和生物学家。——译者注

综合理工学院化学教授爱德华·格里莫、国立文献学院校长保罗·梅耶尔、莫诺及其学生埃米尔·布尔儒瓦（Émile Bourgeois）[1]、吕西安·埃尔、哲学家加布里埃尔·赛亚耶（Gabriel Séailles）[2]，以及波尔多文学院院长保罗·斯塔普费（Paul Stapfer）[3]——此时，他因为在参议员卢多维克·特拉里厄（Jacques Ludovic Trarieux）[4]和费尔迪南·比松的鼓动下，在一位同事的丧礼上发表了支持德雷福斯的演说，而被公共教育部长莱昂·布尔儒瓦（Léon Bourgeois）[5]停职。朗松似乎并不在联盟发起人的名单里。1898年11月25日，《震旦报》上刊载了一份声明，声援正在军事法庭受审的皮卡尔上校，签署这份声明的人有吕西安·埃尔、保罗·梅耶尔、《时代报》的撰稿人弗朗西斯·普雷桑塞（Francis Charles Dehault de Pressensé）、勒南的女婿普西卡里（Jean Psichari）以及塞格诺博。26日，阿纳托尔·法郎士的名字被置于声明的首位。人们可以通过《震旦报》和保卫人权联盟署名，大批大学教师加入了这个行列，他们中包括夏尔·安德莱、历史学家费尔迪南·洛特（Ferdinand Lot）[6]、莫诺、佩吉、布尔儒瓦、于贝尔·布尔然（Hubert Bourgin）[7]和布吕诺。27日增加了阿方斯·奥拉尔和涂尔干。28日有比松，以及和米什莱夫人（Mme Vve Michelet）一起表态的朗格卢瓦。1898—1899年的那个冬天，朗格卢

---

[1] 埃米尔·布尔儒瓦（1857—1934），法国历史学家。——译者注
[2] 加布里埃尔·赛亚耶（1852—1923），法国哲学史家。——译者注
[3] 保罗·斯塔普费（1840—1917），法国作家、文学批评家。——译者注
[4] 卢多维克·特拉里厄（1840—1904），法国律师、政治家，保卫人权联盟的首任主席。——译者注
[5] 莱昂·布尔儒瓦（1851—1925），第三共和国时期政治人物，曾多次出任政府部长，担任过国会两院议长。——译者注
[6] 费尔迪南·洛特（1866—1952），法国历史学家，专长中世纪历史研究。——译者注
[7] 于贝尔·布尔然（1874—1955），法国作家、中学教师，早年为社会主义者，一战后政治立场转向极右翼。——译者注

瓦和塞格诺博非常积极地参加了众多声援皮卡尔上校的集会,与会者中还有法郎士、比松、奥克塔夫·米尔博(Octave Mirbeau)[1]、第一位公开的德雷福斯支持者贝尔纳·拉扎尔(Bernard Lazare)[2],以及普雷桑塞。不过,朗松似乎仍然没有出现在这些人的行列里。

不过我们不可因此而质疑朗松的立场,在1898年1月16日请愿书上的签名已经足以证明他对德雷福斯的支持。另一方面,左拉和《震旦报》在2月24日被判刑,布吕纳介随即写出《审判之后》一文,发表于1898年3月15日的《两世界》上,这件事反过来让整个事件的逻辑显现得更加清楚。在布吕纳介看来,"知识分子"诚然拥有学识,但称不上真正的学者,他们也没有任何资格来对法国军队进行道德审判。布吕纳介同时指责大学教师们一心要从特定立场出发介入此事,并且拥有以科学之名垄断真理的野心,但他二者并举的质疑方式,仿佛假定"尊崇科学"和"支持德雷福斯"这两件事难以分割,仿佛正是对科学的倚靠给德雷福斯的支持者们带来了正当性。因此,在布吕纳介的逻辑中,他首先要质疑的正是"知识分子"们所倚仗的知识权威:语言学和语文学"不能等同于自然科学的诸学科,它们甚至不能被划入'科学'名下"。"至于所谓科学精神,我甚至都不知道它究竟指什么,我也不知道一位批评家或历史学家如何能将科学精神归于自己的掌握。"[3]布吕纳介的眼光的确犀利,透过其偏见,他敏锐地察觉到德雷福斯派的立场与某种科学主义的意识形态是同时出现的,这种共生性意味着社会学和历史学的结盟,而它们将要席卷大学体制,并将摧毁布吕纳介本人在知识生活中的形象。最后,布吕纳介还谴责了知识分子们的个人主义:个人主义对他而言

---

[1] 奥克塔夫·米尔博(1848—1917),法国著名作家、艺术评论家。——译者注
[2] 贝尔纳·拉扎尔(1865—1903),法国作家、文学评论家、政治记者,政治上为无政府主义者和持绝对自由立场的犹太复国主义者。——译者注
[3] Brunetière, «Après le procès», *Revue des Deux Mondes*, 15 mars 1898, p.444.

意味着爱国主义的缺失,意味着驱使他们攻击法国军队是所谓的国际主义立场。对于布吕纳介的指责和对军队的辩护,知识分子们给予激烈的回击,发声的人包括迪克洛、前任内阁部长和《世纪报》主编伊夫·居约(Yves Guyot)[1]、达吕以及涂尔干。[2]

保守派采取的下一个步骤是创立法兰西祖国联盟以对抗保卫人权联盟,同时也彰显包括"知识分子"在内的法国社会的两极分裂。在经过一次泄密事件之后,1899年1月1日的《时代报》上刊载了该联盟的首批成员名单,其中包括加斯东·布瓦西耶(Gaston Boissier)、布吕纳介、维克多·谢尔比列(Victor Cherbuliez)、弗朗索瓦·科佩(François Coppée)、何塞-马里亚·德·埃雷迪亚(José-Maria de Heredia)、曼(Adrien Albert Marie, comte de Mun)[3]、阿尔贝·索雷尔、保罗·布尔热等人。这个名单显示的是法兰西学士院对索邦的反击,它的公开刊载是为了告知公众,知识分子并非铁板一块。[4] 不过,索邦内部也有人和学士院院士们同气连声,加入了联盟,如拉鲁梅、克鲁莱、路易·珀蒂·德·朱勒维尔和法盖——这几位教授的联手是不同寻常的,因为他们在索邦教授的都是文学,因此我们可以说,文学教授们全体站到了反德雷福斯派一边,而历史学和哲

---

[1] 伊夫·居约(1843—1928),法国政治家、记者、经济学家和随笔作家,自由主义者。曾出任国会议员和政府部长。——译者注
[2] E. Duclaux, *Avant le procès*, Paris, Stock, 1898. Y. Guyot, *L'Affaire Dreyfus. Les Raison de Basile*, Paris, Stock, 1899. A. Darlu, *M. Brunetière et l'Individualisme*, Paris, A. Colin, 1898. E. Durkheim, «L'individualisme et les intellectuels», *Revue bleue*, 2 juillet, 1898. 布吕纳介则把自己的同名文章重新出版,作为对知识分子们的回应:*Après le procès*, Perrin, 1898.
[3] 加斯东·布瓦西耶(1823—1908),法国历史学家、语文学家;维克多·谢尔比列(1829—1899),法国小说家、剧作家、随笔作家和评论家;弗朗索瓦·科佩(1842—1908),法国诗人、剧作家和小说家;何塞-马里亚·德·埃雷迪亚(1842—1905),原籍西班牙的法国诗人;曼(1841—1914),法国保守派政治人物,曾为正统派保王党,后来是政教分离运动的激烈反对者。——译者注
[4] 在当时法兰西学士院的40名院士中,有25人属于法兰西祖国联盟。

学教授则大多支持保卫人权联盟。由于法盖、克鲁莱和朱勒维尔此时分掌诗歌、演讲术与中世纪文学教席，德雷福斯事件显然就成了文学与历史之争中的最新场景，相比之下，朗松的立场却显得独一无二，他是唯一支持德雷福斯的文学教师。回到法兰西祖国联盟一边，勒迈特、科佩、莫里斯·巴雷斯（Maurice Barrès）[1]、布吕纳介和杜米克成为首批报告人，加布里埃尔·西弗东则担任了联盟的财务主管，不过他未得善终：作为一位误入歧途的文人，他在1902年当选议员；1904年11月4日，在激进共和派政府针对天主教军官的"卡片事件"（l'affaire des fiches）中，他在众议院会场上当众打了埃米尔·孔布政府的战争部长安德烈（Louis Joseph Nicolas André）[2]将军一记耳光，一个月之后他自杀身亡，而他挪用祖国联盟基金中十万法郎和他引诱继女的事实同时公布。[3]拉鲁梅在1899年1月5日的《时代报》上宣布辞去联盟的职务，次年，他当选索邦法语演讲术教授，接替了莱昂·克鲁莱的教席。奥古斯丁·加齐耶的名字则出现在1月6日《时代报》刊载的祖国联盟成员的正式名单上，他后来在1913年成为法盖在索邦诗歌教席的继任者，不过以他的作风，在那时的索邦已经可算"另立山头"——正如1911年的一本批评小册子所说，加齐耶治学既不用资料卡片，也没有方法可言，简而言之他并非"朗松主义者"。[4]

在学术领域里，在修辞和文学批评问题中，所有反德雷福斯派的文人都持后卫的立场，20年来，这种保守主义在中学和文学院中都

---

[1] 莫里斯·巴雷斯（1862—1923），法国作家，法国民族主义在文学领域里最重要的代表人物之一。——译者注

[2] 路易·约瑟夫·尼古拉·安德烈（1838—1913），法国高级将领，曾支持为德雷福斯平反。——译者注

[3] Voir J. Reinach, *Histoire de l'affaire Dreyfus*, t.VI, pp. 420-422. Cf. Daudel, *Le Stupide XIXe Siècle*, Paris, Grasset, 1929, 2e édition（该书捍卫了西弗东死后的名誉）。

[4] R. Benjamin, *La Farce de la Sorbonne*, p.23.

已经丧失了活力。唯有朗松孤身一人，不顾众意汹汹，站在德雷福斯一边，这是他在接过法国大学文学教育的大旗之前就已经做到了的事情。文学世界中的德雷福斯派就是孕育之中的朗松主义。得出这样的结论距离勒盖所说的"德雷福斯的恩泽"只有一步之遥。即便说天道好还，酬报和风险总是相称——政治介入总会赢得巨大的声名——我们也不可因此低估一位教授在选择支持德雷福斯时所要承担的风险。费尔迪南·洛特在1906年的《论法国高等教育面临的局势》(«De la situation faite à l'enseignement supérieur en France»，该文发表于《半月刊》，通过与德国大学的逐条对比，严厉批评了法国的大学）一文中提醒说，高师所有德雷福斯派的讲师当年都曾面临着危险，因为他们的教职是由教育部长逐年任命的，而且他们可能随时被解聘。不过洛特也补充说，仿佛是出于命运的嘲弄，现实中事件的走势是在与布吕纳介为敌：1904年高师改革时，布吕纳介被排除在外，也就是说，当高师教学团队解散，被索邦整体接收时，他却成了一个局外人。[1] 以上的情况便是朗松的政治介入对莫诺和吕西安·埃尔的团体的重要性所在。

---

[1] F. Lot, *De la situation faite à l'enseignement supérieure en France, Cahiers de la Quinzaine*, 1906, p.22. Cf. J. Reinach, *Histoire de l'affaire Dreyfus*, t. III, pp.247-248: "许多中学教师也希望能像他们在文学院的同行那样更自由地发声，但由于担心官方的干预只好噤声。否则，教育部长朗博就会把他们'发遣到布列塔尼偏远地面去'。"(«Confession d'un universitaire à Clemenceau», *L'Aurore* du 18 janvier 1898.)

10 从德雷福斯到孔布"小父亲"

朗松是德雷福斯主义在文学界的代表,但他的"德雷福斯主义"并不像莫诺、朗格卢瓦、塞格诺博、奥拉尔或者埃米尔·布尔儒瓦等历史学家一样炽烈,他那独特的态度使其更接近拉维斯而非任何其他人。说起朗松和拉维斯的相似性,倒不是因为他们两人拥有共同的命运,在取得了改革的共识之后,从1904年到1927年间相继担任高师校长;也不是因为他们早年都做过王室的家庭教师,此后才成为坚定的共和派;当然,更不是因为他们都是佩吉那本攻击索邦的小册子里指责的对象。拉维斯不是一位公开的德雷福斯派,他没有在左拉发表《我控诉》一文后签署那份"知识分子"的请愿书,不过,他列名参与了声援皮卡尔上校的抗议运动。[1]当爱德华·格里莫因为左拉在受审时把他列为证人而受到牵连,被他任教长达20年的综合理工学院解聘,随即在参与保卫人权联盟的创建时,拉维斯却保留了自己在圣西尔军校的教职,后来之所以最终去职,是因为他准备在1899年10月的《巴黎杂志》上呼吁民族和解,需要有自由的空间。佩吉如此评论拉维斯的态度:"在我们的公民斗争中,我们看到他总是瞻前顾后,犹豫不决,缺乏勇气。"[2]布吕纳介在保卫人权联盟创立时则在《时代报》上发表文章,把拉维斯排除在他所批评的"知识分子"阵营之外,因为后者的爱国主义毕竟是不容置疑的,何况拉维斯在1899年

---

[1] Voir J. Reinach, *Histoire de l'affaire Dreyfus*, t.VI, p.499.
[2] Péguy, «Il me plaît...», *Œuvres*, t. II, p.884.

1月4日致《时代报》的信中,已经称赞了布吕纳介的立场,并且继这位批评家之后重申了对民族和解的呼吁。但佩吉对拉维斯却毫不留情:"在这场把整个国家一分为二,让所有当代人都经受最大考验的致命的危机中,那位胜利者究竟在哪里?他既不在这个阵营,也不属于另一半。他总是赢家。可是他没有勇气,这位20年,不,他开始得太早,这位30年来一直以民众导师为业的人,却没有勇气选择跟谁站在一起。他首鼠两端,到处都是他的盟友,可是他总是胆战心惊,所有的人也都会被他出卖。"[1]佩吉的指责并非没有道理,不过,站在拉维斯的角度来看,这个将国家置于一切之上的人,这位在20年前就以民族团结的名义归附共和的人,他又能如何抉择呢?毕竟,祖国是拉维斯心中的缪斯女神,他断难接受国家分裂的局面。[2]至于朗松,他是拉维斯的晚辈,是德雷福斯事件而非未曾亲历的普法战争塑造了他这一代人;何况即便他在1898年的态度不像拉维斯那样优柔寡断,他也并没有更深地介入。不过,真正让朗松和拉维斯立场相近,甚至使他成为"文学界的拉维斯"的东西,还是佩吉所说的"多面性"。正是这种多面性决定了朗松也是一个过渡性的人物,只不过这种过渡不是发生在历史学领域,而是20年后发生在文学界,而且这一过渡是由德雷福斯事件而非1870年法国的惨败造就的。

为什么拉维斯选择超越各种纷争,他的声名倒也并不因此受损,而朗松尽管立场温和,但终究有所决断,成了德雷福斯派的一员呢?事实上,普鲁斯特就曾试图说明类似的选择是多么难以臆测。他笔下的盖尔芒特亲王(prince de Guermantes)去温泉疗养时还是一位"疯狂的反德雷福斯分子",回来时就成了"狂热的德雷福斯派",原因无

---

[1] Péguy, «Il me plaît...», Œuvres, t. II, p.889.
[2] Voir D. Maingueneau, *Les Livres d'école de la République, 1870-1914: discours et idéologie*, Paris, Le Sycomore, 1979.

他，只因为他在温泉疗养地结识了"三位迷人的女士"，她们才智超群，如亲王自己所说，"他根本不是她们的对手"。[1] 普鲁斯特自己是德雷福斯派，而他的弟弟的立场比他更加坚定，至于个中缘由，大家可以自己去了解。

不管怎样，朗松的职业生涯的确从他德雷福斯派的身份中获益，而且他既不是唯一获益的学者，获益的程度也不是最令人吃惊的。我们且以涂尔干为例。起初，涂尔干的早期著作无论在哲学家还是在历史学家眼中都乏善可陈，但德雷福斯事件却使他与主流的大学教授们建立了联系，得到了他们的认可，从而使他从波尔多大学一举进入了巴黎学界。涂尔干的博士论文答辩其实风波不断，正如他最亲近的弟子之一塞莱斯坦·布格莱所承认的那样，"《社会分工论》（*De la Division du travail social*）引发了很多争论"。[2] 勒迈特和奥拉尔等人都反对建立这样一种试图在哲学思辨和历史研究之间，或者仍旧用布格莱的话说，在"空话连篇"和"专业操作"之间开辟空间的学科。布格莱站在社会学家的立场，固然为"我们已经占领了城池"而感到庆幸，可也感叹"开端绝不是幸福的"，[3] 因为无论是鲁维耶（Charles Bernard Renouvier）[4] 的唯灵论传统，还是莫诺和拉维斯的新实证主义，它们都认为把社会行为视为个人之外和之上的现实性的存在，将其当作"物"来看待的做法是不值得信任的。吕西安·埃尔也发表了

---

[1] Proust, *A la recherche du temps perdu*, Paris, Gallimard, coll. «Bibliothèque de la Pléiade», 1954, t. II, pp.739-740.

[2] C. Bouglé, *Les Pages libres*, 5 Octobre 1907, p.339. 应刊物要求，布格莱描述了"社会学之年"社团的历史。另参：G. Weisz, «L'idéologie républicaine et les sciences sociales. Les durkheimiens et la chaire d'économie sociale à la Sorbonne», *Revue française de sociologie*, janvier 1979, «Les durkheimiens».

[3] Bouglé, *art.cit.*, p.345.

[4] 夏尔·贝尔纳·鲁维耶（1815—1903），法国哲学家，在思想上试图整合康德主义、实证主义和唯灵论。——译者注

自己的看法，他在《大学学刊》上撰文对比评述了涂尔干的《社会学方法的规则》(Règles de la méthode sociologique)与让－加布里埃尔·塔尔德(Jean-Gabriel Tarde)[1]的《社会逻辑》(la logique sociale)这两本书，断定社会学这门可疑的科学充满了空洞的言辞，它把社会现象看作独立的事实，因而"令陈旧的唯实论形而上学的鬼魂得以复活"；[2]此外，他还从社会学身上看到了"最坏的形而上学，即法学家们的形而上学的最坏的体系"。[3]夏尔·安德莱同样不甘寂寞，他在《形而上学与伦理学学刊》上批评了社会学中的自然主义倾向，在他看来，这种倾向与民主制，与社会主义和干涉主义都无法相容，因为它们都主张社会现象是可以改变的，因此不能像社会学所主张的那样被实体化。[4]不过，在被布格莱喻为"大爆炸后的冲击波"的德雷福斯事件面前，[5]这些鸡虫之争般的琐事都被一举驱除了。布格莱坦率地说道："那些曾经责备我们的人，如今大部分都对我们表现出足够的善意。这些变化与政治是不无关系的，德雷福斯事件带来了许多震动。社会学家和反社会学的人，如今都在一条船上……面对着共同的对手，人们意识到大家其实都被同一个理想所驱策。"[6]是什么理想呢？它是一个世俗性的、社会性的、为社会学者们组成的"党派"提供启示的理想，它是"大学教席中的社会主义"，也是激进理想派手中的武器。布格莱总结说："伦理上和政治上的同情心，支持着社会

---

[1] 让－加布里埃尔·塔尔德(1843—1904)，法国著名社会学家、社会心理学家。——译者注
[2] Herr, *Revue universitaire*, 15 décembre 1894, p.487. Voir Lasserre, *La Doctrine officielle de l'Université*, p.178; et Agathon, *L'Esprit de la nouvelle Sorbonne*, p.107.
[3] Herr, *art. cit.*, p.488.
[4] Andler, «Sociologie et démocratie», *Revue de métaphysique et de morale*, mars 1896. 安德莱的这篇文章是对布格莱1896年1月发表的同名文章的回应，两人在同年5月出版的期刊上继续争论。
[5] Bouglé, *art. cit.*, p.346.
[6] *Ibid.*, p.347.

科学的事业，这种善意在它的脚下铺开了柔软的地毯。"[1]正是在这样的氛围中，涂尔干来到巴黎，获得了索邦的教育科学教席。

涂尔干对布吕纳介的《审判之后》一文进行了回应，这个回应也澄清了社会学受到新时代欢迎的情由。当布吕纳介指责知识分子犯下个人主义的错误时，他指的是知识分子们主张要超越体制、军队和司法："科学方法、知识的统治、对真相的尊重，所有这些伟大的词语都不过是用来遮掩个人主义的野心，而个人主义正是我们这个时代的重大的疾病，这一点，我们重复多少次都不为过。"[2]所谓疾病，指的是道德意识的沦丧："我只想提醒人们看到，当对知识的推崇与个人主义发展到严重自负的程度时，它们就已经变成，或者即将变成一种无政府状态……"这正是布吕纳介从德雷福斯事件中总结出的教训，他断定危险莫过于知识分子的反社会属性，莫过于智力至上与民主原则之间的冲突："在民主制下，知识的精英统治是所有的精英统治中最难以接受的一种形式，因为它是最难被证明的……"[3]布吕纳介的这番言论给了涂尔干一个契机，促使他在《蓝色期刊》上撰文阐明社会学蕴含的民主德性。涂尔干从哲学上对布吕纳介进行了反驳，他指出后者混淆了两种不同的个人主义：一种是赫伯特·斯宾塞（Herbert Spencer）[4]和经济学家们所主张的以功利为导向的利己态度，它将个体利益视为至高无上的原则；而另一种个人主义则属于18世纪，由康德和卢梭所主张。根据这第二种思想，个体的宗教其实趋向社会的建构，它尤其反对道德领域的无政府状态。不过，这种高贵的个体主

---

[1] Bouglé, *art. cit.*, p.348.
[2] Brunetière, «Après le procès», *Revue des Deux Mondes*, 15 mars 1898, p.445.
[3] *Ibid.*, p.446. 从这句话中，我们可以看到布吕纳介与自由主义的信徒和知识精英的追随者（勒南、泰纳、福楼拜等人）之间的距离有多大，不过，布吕纳介显然把这些人和他同时代的知识分子混为一谈了。
[4] 赫伯特·斯宾塞（1820—1903），英国哲学家、社会学家，被称为社会达尔文主义之父。——译者注

义现在已经抵达了一个拐点：此前，它的立论基础是对"自由"的反面定义，用意是把人从限制其发展的各种束缚中解放出来；而现在，"自由"应该被视为手段而非目标，它应当得到一种"正面"的定义，即每个人的自由应该在众人的协作中实现。[1]涂尔干的上述论证隐含着下面陈述的结论：布吕纳介在其梵蒂冈之行后宣布科学已经破产，[2]但现在，社会学恰恰是要服从于一种社会理念，服从一种以团结为基础的新的伦理；社会学绝不是现实主义和墨守成规的代名词，它提出了基于集体劳动的政治性的、伦理性的理想，这也是对涂尔干饱受争议的博士论文中客观描述的社会分工的价值补偿。这样一来，社会性的、世俗性的理念与德雷福斯事件所激发的热情也就在社会学研究中得到了融合。[3]

一旦社会学与民主制在德雷福斯面前实现了和解，就没有什么再能限制涂尔干的成就。朗松的荣耀之路——至少是通过索邦的荣耀之路——也同样如此，而文学史也在效法社会学，试图在"空言"和"专业话语"之间，在文学和历史之间打下楔子，为自己开辟空间。有人曾指责朗松的机会主义，例如佩吉就说，朗松和大多数人一样，在学术界起步缓慢，可一旦他批判布吕纳介，就在大学圈子里迅速开启了第二段职业生涯："朗松先生赖以初次发迹的那个身份，倒是会被今日的朗松先生以反动派视之……而一旦有必要出手，也就

---

[1] Durkheim, «L'individualisme et les intellectuels», *Revue bleue*, 2 juillet, 1898. 涂尔干试图准确地描述一种既非自由派，也不持精英论立场的个人主义。达吕在回击布吕纳介时也承认，个人主义可能是一种恶，但这里的个人主义是指自我崇拜和利己主义。
[2] Brunetière, «Après une visite au Vatican», *Revue des Deux Mondes*, 1ᵉʳ janvier 1895.
[3] 准确地说，《形而上学与伦理学学刊》在1897年发表的关于涂尔干《自杀论》的匿名书评中，已经开始重新评价社会学："这样的工作如能早日面世，或能使世人避免对《社会学方法的规则》一书令人遗憾的误解，也能让涂尔干先生及其批评者免去一场始于误解的争论。"(*Revue de métaphysique et de morale*, novembre 1897, supplément, p.2, compte rendu de Durkheim, *Le Suicide*, Paris, Alcan, 1897.)

是说，只要危险的确已经消失，他就重新抛头露面，在保卫共和的操作中实现了第二次的发迹。"[1]佩吉并未质疑朗松在德雷福斯事件中的表现，也没有特别强调它。看问题一向比较准确的皮埃尔·拉塞尔则指出，朗松在思想上的演变和他的政治兴趣是契合的，他认为朗松"显然是一个二流人物，他只有在被人指挥、被人控制和掌握时，才有自己的作用"。[2]不过德雷福斯事件的确使他摆脱了对布吕纳介的依赖，"朗松先生的不幸正在于他获得了解放"。为了顺应左派集团（Bloc des gauches）[3]的政治，他特意展示出"更多的热情，因为他需要让人遗忘那'反动的'，甚至和教权派关联的过往"。[4]这番描写当然不无漫画色彩，但它的确道出了朗松与历史学家们的深刻勾连，他在哲学和政治两个层面的抉择在这种勾连中交织了起来：朗松对德雷福斯的支持，甚至他对埃米尔·孔布的支持，都与他对某种历史主义观念（其间还混杂着社会学思想）的信念难解难分。另一方面，反对者们常常也确实把德雷福斯派和大学教师们不加分析地混为一谈，比如皮埃尔·拉塞尔后来还说过这样的话："昨天我们从法兰西运动组织回来，那是一个反犹、反索邦的联盟。"[5]

和社会学不同，文学史领域中并没有哪位人物能像塞莱斯坦·布格莱一样直言不讳。朗松本人在德雷福斯事件中谨慎有加，而且他似乎有意避免下笔介入。事后，他在回忆、重审1898—1899年的历史时，也仍然高度克制。在1902年问世的《法国文学史》第7版论述当代史的章节中，他把德雷福斯事件置于时代的总体框架内，以便更

---

[1] Péguy, *L'Argent suite*, *Œuvres*, t. II, p. 1181.
[2] P. Lasserre, *La Doctrine officielle de l'Université*, p.249.
[3] 1899年成立的反教权的进步主义者、激进共和派、独立社会主义者的政治联盟，它的组成使法国左派政治力量在20世纪初获得了执政权，从而成功实现了政教分离，推动了世俗化运动。——译者注
[4] P. Lasserre, *La Doctrine officielle de l'Université*, p.250.
[5] Pierre Leguay, *La Sorbonne*, p.19.

好地说明文学的状况、批评的危机、文学史对文学批评的替代，同时描述布吕纳介、法盖和勒梅特等人由于意识形态和政治原因被其他"知识分子"加以"孤立"的情形。这也是朗松对布吕纳介指责德雷福斯派陷入"个人主义"的回击。朗松始终避免直接称呼德雷福斯事件，而把它称为"那个在两年时间里使国家持续陷入内战，让真相得以澄清，让各种含混立场无存身之地的危机"。[1] 尽管他没有谈论具体的事实，但很明显是以共和主义者乃至社会主义者和反教权主义者的立场在重新阐释这一事件。拉维斯的态度则与朗松相去甚远，虽然他也承认事件导致了"两种截然不同的理解我们民族生活的方式"，[2] 令"同一疆界之内的法国分裂为二"，[3] 用他的话讲，对立的两派犹如"圣水"和"石油"一样彼此难容，[4] 但他的用意始终是呼吁民族和解和妥协，其落脚点总是要求众人回归爱国主义："请你们抱着'我们万众一体，就是法兰西'的情怀，找回平静吧。"[5] 朗松则不同，他从正面来理解德雷福斯事件带来的分裂局面，因为这标志着政治意识的形成："我可以说，每个团体，每个个人，都将亮出他的底牌和他内心的倾向。"[6] 这种从1902年起就完全明确了的，把德雷福斯事件作为历史启示的解读方式值得我们高度关注，朗松甚至用"倾囊托出"这样的语言来形容每个人身上那难以抑制的介入冲动。至于布吕纳介和整个文学体制，他们在第7版《法国文学史》的下一页上会显示其真实面目。

朗松同时评论了几乎所有人的思想演变，从君主派、自由派再到

---

[1] Lanson, *Histoire de la littérature française*, 1902, 7e éd., p.1091.
[2] Lavisse, «La Réconciliation nationale», *Revue de Paris*, 1er octobre 1899, p.650.
[3] *Ibid.*, p.659.
[4] *Ibid.*, p.654.
[5] *Ibid.*, p.668.
[6] Lanson, *Histoire de la littérature française*, 1902, 7e éd., p.1091.

共和派，都在他的分析范围之内。在共和派中，一些人选择了回归天主教会，对另一些人（在这群人中，怎么可能没有朗松本人呢？），他的评价是："另外一些更倾向民主，相信在制度和人的思想中只有相对的、有条件的东西的共和派成员走向了社会主义，他们甚至与社会主义者并肩作战，并且事实上在为社会主义的目标服务，尽管并未公开加入社会主义者的组织"。朗松此处描述的正是他自己以及其他教授们，他们在1898年前后走过相同的路程，在世纪初又一起成为社会主义和饶勒斯的同路人；他们一起经历了左派集团政治，经历了孔布政府时期和政教分离这一重大事件。朗松对社会主义采取"服务但不加入"的态度，自《人道报》（Humanité）[1]1904年创刊之日起，他就成为该报杰出的撰稿人阵营中的一员，负责其中的教育专栏。[2]从1905年开始，他又主持了《蓝色期刊》上的"大学问题"专栏。不过，在1905年4月工人国际法国支部（SFIO）[3]成立之后，他的社会主义信念明显减弱，而以吕西安·埃尔为代表的很多其他知识分子对工人国际也抱着同样疏远的态度，他们选择了后退和沉默。[4]

不过在1902年，热情依然支配着一切，朗松在他的著作里解释了世纪之交社会主义者的政治介入，而他使用的语言是1940年的"同路人"们也会赞同的："现在事实上只剩下两大对峙着的党派，一个主张保守社会的传统价值，一个主张社会革命，它们分别是资产

---

[1]《人道报》，法国左派报纸，1904年由饶勒斯创办，曾长期作为工人国际法国支部和法国共产党的喉舌而存在，目前仍与法共保持深刻的联系。——译者注

[2] Voir Lanson, «L'enseignement et la politique», *L'Humanité*, 31 août, 6, 13, 19 septembre 1904, et Paris, E. Cornély, 1905.

[3] 工人国际法国支部，法国社会主义政党，成立于1905年，1969年改组为法国社会党。前期为第二国际在法国的分支，法国共产党也是一战之后从这个组织中分化出来的。——译者注

[4] Voir D. Lindenberg et P.-A. Meyer, *Lucien Herr. Et G. Lefranc, Jaurès et le socialisme des intellectuels*, Paris, Aubier-Montaigne, 1968.

者和集体主义者的党派。"[1]有了这样的信念宣示，我们就能够理解，《法国文学史》这本包含着明确的、再清晰不过的政治抉择的著作，为什么会吸引像普列汉诺夫（Gueorgui Valentinovitch Plekhanov）这样的革命者。[2]对于朗松本人的历史，或者至少对于"朗松主义"的历史来说，我们尤其应该关注他从包括他本人在内的共和派（他们都是德雷福斯派而非教权主义者）身上提取出来的政治动机。在朗松看来，共和派的思想既来自对民主的情感认同，也来自这样一种信念，即一切观念都是相对的，它们是社会的产物。这两个动机，前者体现了人民主权的原则，后者体现了文学史的立场，即重视社会生活与意识形态的关系，同时认为这种关系决定了文学本身是一种"体制"。这也就是保罗·拉孔布在其《文学史导论》一书中已经宣示过的文学史的原理：我们应该把文学作品作为制度而非事件来看待；[3]朗松自己后来则把这个原理与斯塔尔夫人和维尔曼的思想联系起来。不过，在1902年前后，这个原理在理论上还没有完全成熟，朗松之所以阐发它，首先还是为了解释德雷福斯事件在文学，特别是在文学批评和文学史领域中的回响（这种回响一直持续到文学批评与文学史的分离）。朗松《法国文学史》的初版（1894）是在德雷福斯事件爆发之前问世的，它同样早于文学史这门学科的产生——之所以这么说，是因为如果我们把"文学史"理解为以论述文学作品的渊源和相互影响为主，且日后被归入朗松名下的那种较为严格的、狭义的模式，那么它的定型的确是更晚的事情。但在世纪之初这个时间节点上，由于德雷福斯事件的存在，朗松却赋予这本书一种最宽广的视野，他在《法国文学史》的新版与民主制、现代社会的团结原则之间建立了关

---

[1] Lanson, *Histoire de la littérature française*, 1902, 7ᵉ éd., p.1091.
[2] Plekhanov, «Notes sur l'*Histoire de la littérature française* de Lanson» (1897), *L'Art et la Vie sociale*, Paris, Éditions sociales, 1950.
[3] Lacombe, *Introduction à l'histoire littéraire*, Paris, Hachette, 1898, p.29 *sq*.

联，使它们紧紧地融为一体。

数年之后，1906年，在一次面向小学教师的演说里（此时法国议会两院已经投票通过政教分离法案，激进派已经掌握了政权），已经和德雷福斯事件拉开了时间距离的朗松终于正面提到了它。这次座谈的名称"批评精神与宽容"让人想到文学史精神和民主精神的又一次结合。座谈的内容是总结德雷福斯事件的教训，但和以往不同，演说不再仅仅从社会主义者的立场出发。朗松提道："依靠公民精神的训练，我们不能再仅仅满足于安全……在不久前的德雷福斯事件中，我们看到了多少正人君子，他们拒绝细读案件的资料，拒绝了解真相，拒绝探究事实，就因为畏惧宁静的信念被扰动？"[1] 可贵的批评精神体现为对现实问题的警觉，也意味着方法论和历史主义观念，意味着对未经查考的文献要保持警觉，而这种警觉意识，古朗士在事实建构这个环节中是有所缺失的。和批评精神不可分离的还有宽容原则，朗松在18世纪思想中看到了它的模范。不过，在启蒙时代，伏尔泰是针对教会要求实行宽容，而在政教分离之后，情形却颠倒了过来：此时民族团结的时代已经来临，朗松挺身反对的是新的不宽容形式，他也指明了新的不宽容下的各种矛盾现象："我们要抵制……德雷福斯事件中真正向德国人提供文件的人……把布吕纳介排除在大学教师队伍之外的部长，也可以将秉持集体主义信念的教师停职或者开除。"[2] 此处朗松同时谈及德雷福斯案中真正的叛国者和布吕纳介被逐一事，足以说明他的批判对象并不限于特定的阵营。自1902年之后，随着资历渐深，朗松也逐渐学到了拉维斯的口吻，开始宣讲中庸之道。佩吉在1913年指责"某些大学里的政客背叛了集体的事业，将

---

[1] Lanson, «L'esprit critique et la tolérance», in *Pour les instituteurs. Conférences d'Auteuil* (Gasquet, Wagner, Lanson, Croiset et Liard), Paris, Delagrave, 1907, p.76.
[2] *Ibid.*, p.85.

德雷福斯派的大旗连同信仰一起交付给饶勒斯以及其他玩弄政治的人"。[1]可在此之前多年，朗松已经走到了这一步，他已经用宽容和民主的名义为布吕纳介进行了辩护：不要忘记，此时还是1906年，布吕纳介正在被孤立、被打击，正处在四面楚歌之中；他在这一年离世，而此时地位已经十分显赫的朗松，仍然保有谦逊之心，他并不要求到处都冠以自己的名头，重要的是，此时的朗松毅然站了出来，在那些将要为民主制下的孩子们讲授爱国之道的未来的教师面前，为此刻刚刚长辞人世的布吕纳介做出了声辩。

勒盖承认，当朗松得到"德雷福斯的恩泽"之时，他的头脑里的确有基于公民社会的功用考量。当时，这一政治事件虽已平息，但德雷福斯派的成员们成立了众多社会组织来继续推行他们心中未熄的理想，而朗松正是这些组织中的一员干将。所谓"大学教席中的社会主义"始终相信人民是可以被教化的，布格莱对这种思想逻辑有精到的概括："在德雷福斯事件之后，所有人都想向世人展示他们已经把握了问题的全部内容，也预感到了如何对社会进行必要的重建。大多数人都在民众大学中投入了他们的教授职业……允许他们投入的一切时间和资源。"[2]在这些身体力行的左派知识分子中间，涂尔干等投身于保卫人权联盟的各个分部的工作，另一部分人如马塞尔·莫斯（Marcel Mauss）[3]等则更加重视组织合作社，但鼓舞他们所有人的却是同一个"社会理想"。朗松本人积极参加了"民众大学"（les universités populaires）以及高等社会研究学校的活动。1899—1902年，"民众大学"在法国如火如荼地发展了起来，知识分子们希望通过这种面向民众的教育形式，让人民接受文化的武装，把他们从教权

---

[1] Péguy, «Il me plaît...», Œuvres, t. II, p. 881.
[2] Bouglé, art.cit., p.347.
[3] 马塞尔·莫斯（1872—1950），法国社会学家、人类学家，法国人类学的开创者之一，他还是涂尔干的外甥。——译者注

主义的桎梏中解放出来。[1]上述这些都是经过德雷福斯事件之后的社会动员所留下的珍贵而短暂的遗产。当佩吉尚未把"知识分子帮"列为自己的头号敌人之时,他对朗松在开启民智方面的活动也不吝赞美之词:"当我们想对人民讲话时,准备工作是必不可少的,因为人民是我们从未遇到过的听众……无论在哪一所民众大学,居斯塔夫·朗松先生都不会讲高乃依,加布里埃尔·莫诺先生不会讲十字军,迪克洛先生也不会讲狂犬病,对这些东西他们甚至想都不会想。"[2]这些教授们努力面对他们前所未有的听众。"朗松先生讲得很缓慢,很温和;加布里埃尔·莫诺先生同样讲得很慢,还很庄重。"[3]民众大学是在左拉受审一案之后,在1898年3月创建的,它们的目标是通过普及教育来反对教权,在这个意义上,它们有意接续索邦旧式公开课程的传统,尽管如塞格诺博所说,索邦只是"一所面向资产阶级的民众大学"。[4]同样,民众大学希望通过普及教育,使文化不再是少数人享有的奢侈品,不再是大革命前旧制度的残留物;另一方面,它们也希望抵制麦考莱所说的"内在的野蛮化",让文化之光不致在现代世界和新的民主条件下熄灭。至于高等社会研究学校,它在这段时期为民众大学培养了很多主持人,这所学校几乎是巴黎大学文学院的附属机构,而且地点就设在索邦街16号,1900—1901年,《半月刊》的编辑部也设在这里。所有德雷福斯派的教授们都与高等社会研究学校进行合作。该校接收、整合了1896年创建,后又于1899年11月分立为新闻和伦理学两所学校的社会科学自由学院(Collège libre des Sciences sociales)的机构遗产,并且在1900年增设了社会与艺术这两个分部。朗松承担过民众大学的教学准备工作,因此,他也认真思

---

[1] Voir *Le Mouvement social*, «Le mouvement des universités populaires», avril 1961.
[2] Péguy, «Lettre à M.Ch. Guieysse» (1901), *Œuvres*, t. I, p.431.
[3] *Ibid.*, p.432.
[4] Seignobos, *Le Régime de l'enseignement supérieur des lettres*, p.3.

考过民主制与文化之间的关系,他在这个问题上的结论是:为了适应现代世界的需求,或者哪怕为了在这个时代生存下去,文学都必须采取科学性的形式。

激情总难免是短暂的,而民众大学运动的实际受益人也主要是激进派的政治。很快,佩吉就开始对知识分子在这一运动中掌握的权力感到不安,尽管直到1907年,他依然承认"对于政治体制的稳定来说,像安德莱和朗松这样的人成为坚定的共和派,总是一件好事"。[1] 不过,时间再往后,佩吉就会完全放弃他对骤然得道的知识分子的一切幻想,他会埋怨参与运动的人都心术机巧,懂得为自己攫取利益,就像那些"25岁就获得教职的小厮,一朝升天,只因为他们在这里讲授那些被他们称为'社会学'的东西"。[2]

---

[1] Péguy, *De la situation faite au parti intellectuel dans le monde moderne devant les accidents de la gloire temporelle* (1907), *Œuvres*, t. I, p. 1119.

[2] Péguy, *Un nouveau théologien, M. Fernand Laudet* (1911), *Œuvres*, t. II, p. 990.

11　中学教育的教皇

在德雷福斯事件爆发后的那些年里,朗松由于参与站在德雷福斯派一边的"教席中的社会主义",不仅其个人地位显著提升,也促成了1904年法国文学史盛世的降临。如果我们认真关注朗松世纪之交在"后德雷福斯"的索邦及依附于它的高等社会研究学校的独特处境,那么对其政治参与的决定性作用还会看得更清楚一些。朗松于1900年来到索邦任教,在1901年那次重要的开学演说中,他把文学史与文学教学二者的命运直接联系在一起,同时宣称只有按照历史学的方法去教授文学,才符合大学的使命。这份演说词被收入当年11月的《国际教育评论》。此前数月,在当年6月刊上,朗松发表了他在该刊上的第一篇文章,题为《论中学教育之改革:真正的现代人文学》,此文连同另外7篇较为精简的文章,当年冬天一起被《费加罗报》(*Le Figaro*)转载,后来又被收入第二年出版的《大学与现代社会》(*l'Université et la Société moderne*)一书。[1] 从1895年的《人与书》之后,朗松从未将他论述文学史的文章汇编成书;事实上,直到1929年他的弟子们将这些论文汇编为《文学史研究》(*Études d'histoire littéraire*)之前,他的学术论文仅散见于各处报刊。与之对照的是,他关于教育的文章一经发表,就会很快汇集成册。

---

[1] Lanson, «La réforme de l'enseignement secondaire. Les véritables sciences humaines», *Revue internationale de l'enseignement,* 15 juillet 1901, repris dans *L'Université et la Société moderne,* Paris, A. Colin, 1902(该书前附7篇从1900年12月22日到1901年3月22日刊载于《费加罗报》的文章)。

1903年和1905年这两年，朗松还参与编纂了若干集体著作，诸如《民主制下的教育》(*L'Éducation de la démocratie*)、《教学行为与民主制度》(*Enseignement et démocratie*) 等，此类书名与他独立写作的《大学与现代社会》一样，近似醒目的宣传口号。这几部著作收入了他在高等社会研究学校的若干讲稿，并成为阿尔康出版社（la Librairie Félix Alcan）的工程浩大的"社会科学文献集成"（«Bibliothèque générale des sciences sociales»）的一部分。和朗松一起合作的还是那些老熟人，如1903年的拉维斯、克罗塞、塞格诺博，以及1905年的克罗塞、朗格卢瓦、塞格诺博。[1] 朗格卢瓦和塞格诺博仍然是领头羊。

在"知识分子帮"连绵不绝的各种活动中，世纪之初正在迅速上升轨迹中的朗松，究竟选择了哪个领域作为自己的开拓重点呢？并非是高等教育，要知道，连大学教龄超过20年的朗格卢瓦和塞格诺博，要谈论这个问题也显得十分谨慎；也不是文学史，因为这个学科还在奠基的过程之中；[2] 同样，也不是各种学术论坛。事实

---

[1] *L'Éducation de la démocratie*, Paris, Alcan, 1903. *Enseignement et démocratie*, Paris, Alcan, 1905.

[2] Voir Pierre Leguay, *La Sorbonne*, pp.86-87; et *Revue universitaire*, 15 avril 1899, p.394 [朗松对 Henry Guy 的博士论文（*Essai sur la vie et les œuvres du trouvère Adan de la Hale*, Paris, Hachette, 1898）的书评］。朗松在这篇评论中，对 Henry Guy 论文洋洋700页的篇幅，乃至对20年来博士论文篇幅快速增长的必要性提出了质疑："如果照此下去，不出10年，一个学者即便投入一生的时间，也无法了解学术界对我们法国作家究竟进行了哪些主要的研究。这样一来，那些还想继续研究、陈述我们的文学历史的人就会非常不幸了，除非他们把自己的关注面限制在文学作品本身上面。毫无疑问，这样的情况必然会出现。或者，未来可能会产生两种不同类型的研究：在第一种情况下，学者们将借助已有的研究成果，写出一部关于文学作品的外围的历史；第二种情况下，文人们只写出他们自己对文学作品的感受。"关于朗松主义的未来以及它将激发的回应，朗松在此预先绘出了一幅极有先见之明的画面：文学研究将分离为两种不同的学科，即文学史和文学批评。巴特以最直接的方式记录了这一分离（«Histoire ou la littérature ?», *Annales*, mai 1960）。如何面对这种分离？朗松开的药方是无效的，他在1899年提出的（转下页）

上,1900年初登索邦讲坛的朗松把工作重心放在了中学教育上,这才是他有别于同侪之处。中学是朗松的王国,他那无所不能的"学术主权",甚至他在大学中的巨大影响力,也首先来自他中学教育巨匠的地位。某种意义上,中学教育之于朗松,其意义比德雷福斯、民众大学和《人道报》还要更加重要,不过它们彼此之间也是互相关联的。

《论中学教育之改革:真正的现代人文学》、《中学教育中的现代研究》(«Les études modernes dans l'enseignement secondaire»)、《中学教育》(«L'enseignement secondaire»)……朗松于1901年、1903年和1905年发表的这些论中等教育的文章,逐步显示出他在这个问题上日益清晰的专业性,以及他对这一政治辩题的控制力。朗松在中学教育方面获得的"定期收益"很容易理解,因为在所谓"知识分子帮"中,没有人像他一样了解中学。朗格卢瓦和塞格诺博很早就径直到了杜埃和第戎(Dijon),很快又到了巴黎的文学院任教,那个时期高等教育正在草创阶段,而历史学已经占据首要的位置。拉维斯和其他影响力巨大的历史学家对中等教育既缺乏兴趣,也一无所知,他们无法掌控中学,历次改革也无法让中学教育脱离原有教师团队的控制。19世纪最后20年,教育改革的优先方向是转变初等教育,重建高等教育,而中等教育被弃之不顾。朗松则不同,他在外省执教近10年,还有近20年中学任教的经验,亲身经历过1880年、1885年和1890年的历次课纲改革。他

(接上页)方案也只是一纸空文:"我们何时能看到200页上下的简明扼要、直指要害的论文呢?能否期待它们言之有物,呈现实质的成果,而不必让我们跟论文作者一起跋山涉水历经坎坷呢?如果作者不能作短文,非得写上600或者700页才肯罢休,那么索性就请他再宽厚地补充20页,以便浓缩交代他的结论,简洁说明他究竟为文学史补充了哪些新的观点。不过,不管怎样,还是请他们大发慈悲,善待我们以及未来时代的学者吧。"(*Ibid.*, p.395.)

还为中学生编写过大量经典作品简本及选文。[1] 1893年起，他开始在《国际教育评论》上评述教学问题。佩吉后来在攻击朗松的"多面性"时说得不错："直到40岁的光景，朗松先生都不为人知，他只是一位中学教师……他或许是一位糟糕的中学教师，但他毕竟是中学教师。对方法的由衷的热爱只会在他40岁时才产生。他有足够的耐心等到那一天，来迎合对方法的热爱。"[2] 不过无论怎样，20年中学教师的经历现在给朗松带来了好运。就像他在做自我介绍时喜欢说的那样，他是"一个老资格的修辞学教师"，这个身份令他熟知中学的一切，也了解文学教师的弱点和历史教师的长处。早在1893年，他在一篇早期文章中就要求取消修辞班中的法国文学史课程，理由是文学史的方法问题尚未解决，不足以解脱困境。[3] 总之，在1900年，"大学教席中的社会主义者"中间没有任何人比朗松更能胜任中学教育问题的讨论，而且，正面讨论这个问题的时机已经到来。

和小学教育的各项重大改革联系在一起的人物是茹费理政府的初等教育主管费尔迪南·比松，他担任该职务直至1896年。高等教育的重组则在1880年左右启动，到1896年，以议会立法将各个学院整合为综合大学为标志，重组过程已告完成。曾在前后11届政府中主管高等教育的路易·利亚尔是这一改革的主要推手。相比之下，在第三共和国初期，还没有哪个人的名字能够在同等程度上代表中等教育。1879—1887年在茹费理政府中负责中等教育的夏尔·泽沃

---

[1] 1886—1896年，朗松在阿歇特出版社几乎为中学生编订过拉辛的全部作品：*Esther, Iphigénie, Britianicus, Mithridate, Andromaque, Athalie, Les Plaideurs*. 从1900年到1905年，又编订了莫里哀的代表作：*Les Précieuses ridicules, Les Femmes savantes, L'Avare, Le Misanthrope, Tartuffe, Le Bourgeois gentilhomme*.

[2] Péguy, *L'Argent suite, Œuvres*, t. II, p. 1173.

[3] *Revue universitaire*, 15 octobre 1893.

（Charles Zévort）[1]主持了1880年的课程改革、女子走读学校的创建，也主导建立了后来改称"现代教育"的特殊教育，但这些措施也只是让宗教学校在1880年暂时后退而已。古典人文学的危机在这个时期从未停止。1899年1月至3月，在亚历山大·里博的主持下，众议院就中等教育问题成立了一个大规模的调查委员会，以便为1902年的教育大改革做准备。[2]委员会收集了196份证词，所有可能发表意见的人士都接受了询问。[3]

朗松不在接受询问者之列，大概这时的他还算不上相关"人士"。不过，通过致《蓝色期刊》的书信或1901年发表的《论中学教育之改革：真正的现代人文学》一文，他仍然积极参与到改革的预备讨论中。在1900—1901年冬天发表在《费加罗报》上的7篇文章里，朗松热情支持了公共教育决策委员会提出的改革方案，根据这一方案，

---

[1] 夏尔·泽沃（1816—1887），法国哲学教师和教育行政官员，曾参与中学和大学改革。——译者注

[2] 关于1902年中学教学改革及其准备工作，除第4节注释提到的 C. Falcucci 的著作（*L'Humanisme...*）等已经引证的文献，还可参考国会调查委员会主席亚历山大·里博发布的报告：*Enquête sur l'enseignement secondaire, Impressions parlementaires, Chambre des députés*, 7e législature, session de 1899, n.886(5 vol.), n.1196(t.VI, rapport général de M. Ribot), et n.2595(rapport complémentaire), Paris, Imprimeries de la Chambre des députés, 1899. 另可查阅：A. Ribot, *La Réforme de l'enseignement secondaire*, Paris, A. Colin, 1900（该书汇编了很多向调查委员会提交的证词）。关于部长的证词，可查阅：G. Leygues, *L'École et la Vie*, Paris, Calmann-Lévy, 1903. 最后，朗格卢瓦的小书（*La Question de l'enseignement secondaire en France et à l'étranger*, Paris, A. Colin, 1900）是对现实情况描述最清晰的文献之一。

[3] *Enquête sur l'enseignement secondaire*, t. I et II., *Procès-verbaux des dépositions*. 为调查委员会提供证词的人士有 Gréard, Berthelot, Wallon, Lavisse, Picot, Boissier, Bréal, Paris, Croiset, Monod, Combes, Perrot, Doumic, Brunetière, Lemaître, Boutmy, Seignobos, Rambaud, Séailles, Bérard, Boutroux, Brunot, E. Bourgeois, Manuel（总督学、曾任于勒·西蒙内阁办公室主任），Langlois, Buisson, Aulard, Bérenger, Dreyfus-Brisac. 提供证词的还有若干高中校长，以及 Jaurès, Andler, 中学教师 Darlu, Hanotaux, Picavet; 最后还有公共教育部各位前任部长……

此前一直作为中等教育基石的古典文学的比重将会被削减，另行创设A、B、C、D四个可供学生选择的科目组，它们分别对应"希腊-拉丁语""拉丁语-现代语文""拉丁语-自然科学"和"自然科学-现代语文"四种导向。这项改革在总体上决定了法国中学历史上持续时间最长的组织形态，除"拉丁语-自然科学"科目组于1925年被取消之外，其基本原则一直沿用到第五共和国时期，没有再遇到重大改变。在文集《大学与现代社会》的序言部分，朗松总结了这个时代对古典文学的惯常抱怨，还特别定义了改革的精神："文学教育极好地实现了自己的目标——除了培养出大量一无是处的庸才，它造就的只是少数以其任性怪诞的想象力去哗众取宠的精英；唯有科学教育能够改变这个国家的青年，赋予他们精确的精神、严谨的方法，以及对集体事业来说必不可少的纪律感。"[1]这番话里交织着几个不同的主题，如对布吕纳介和法盖等杰出的"被孤立者"的攻击、对民主条件下集体事业成败的关切等。很明显，古典学术之所以遭到排斥，既因为它的功能是遴选少数社会精英而非教化大众，也和其价值本身相关：这样，古典学术就在双重的意义下不容于真正的民主制。

至于方法论的重要性，不仅在于它能够确保文学研究可与历史学并存于大学体制中，也在于它可以保证文学在现代民主社会中的生存。文学在法国的未来也系于方法论，而首要的一步就在于完全废除修辞学的地位。朗松对文学史的最珍贵的贡献，也是使他在1904年获得索邦法语演讲术教席的主要原因，就在于这个悖论般的事实：他是1902年教学改革的最主要的操作者之一，而改革却取消了中学课纲中的修辞学课程。

---

[1] Lanson, *L'Université et la Société moderne*, pp. viii-ix. 另可参考对该书的一篇书评：J.Ernest-Charles, «Notes sur l'enseignement» (*Revue bleue*, 21 décembre 1901), *Les samedis littéraires*, t. I, Paris, Perrin, 1903.

方法论问题的立论基础显得无可动摇，用朗松的话说，"我们今日需要的是具备科学形式的精神，关于这一点，难道还有必要去论证吗？"[1]有鉴于此，中学教育的目标也是不容讨论的，它只能是培养学生"有方法地寻求真理"，不过由此一来，朗松和其他文学教师也必须面对一个迫切的问题：文学研究究竟在何种意义上有助于我们获得好的方法和科学精神？在这个问题上，朗松真正的贡献和他的独特性，恰恰在于他把握住了历史机遇，正面迎接了这一挑战。在他看来，文学研究的未来不可能再系于修辞学以及对鉴赏力的培育，因为只有极少数学生可望掌握它们。在拉丁语教学中，朗松既反对演说术，也反对训练学生用拉丁语写作文，后者从来都只是"对语文技艺的可怜的操演"。对以拉丁语为目标语的翻译，安排入门练习即可，他更看重的是从拉丁语译为法语的练习以及口头解释——众所周知，所有这些观念后来都被付诸实施。[2]就法语教学而言，朗松大力倡导以观察、分析而非记忆、模仿为导向的新教学法中的各种基础练习。他很看重法语作文的教学价值，不过在动笔之前，有一项准备工作更加重要，也是实验方法在教学中用以替代修辞规则的东西，即"文本解读"；有了这一步工作，学生才能更好地学习写作。欧仁·曼努埃尔（Eugène Manuel）[3]在其1880年与埃德加·泽沃合著的一部教学法著作里阐述了新课纲的立意，他认为文本解读是"我们的选拔考试中最关键的测试……是文学研究的试金石"。[4]作为曼努埃尔的友人，朗松从1892年起就开始思考文本解读的意义，这也说明他的理论思考有连贯性，并不受一时一地各种事

---

[1] «Les véritables humanités modernes», p.505.
[2] *Ibid.*, p.509.
[3] 欧仁·曼努埃尔（1823—1901），法国诗人、教师和行政官员。——译者注
[4] E. Manuel, *Rapport sur le concours d'agrégation pour l'enseignement secondaire des jeunes filles, lettres, en 1890*, Paris, A. Colin, 1891, p.13.

件的左右。朗松非常关注小学教育，1892年4月，他在《初等教育指南周刊》(*Manuel générale de l'instruction primaire*)这份"小学男女教师的必读物"上发表了《法语文章解读的一般规则》(«Le cadre général d'une explication française»)一文。[1]其后，在将近两年的时间里（直到1893年年末为止），他坚持为每期《初等教育指南周刊》撰写一篇"法语作文解读示例"。朗松对小学教育刊物的贡献颇有深意："对某位法语作家的解释性阅读"是针对"获取高级文凭的考试的口试环节"而做的准备，因此，这种阅读再次确认小学教育的高级阶段（它类似"特殊教育"以及与之相近的"女性教育"）是新的实验教育方法的"验证平台"。与之相对的是，以修辞学为主的、保守的中学教育却长期抵制这种新思路，不愿与之配合，事实上，只有到1902年的教学改革之后，"文本解读"才成为中学语文教学的基础；另一方面，正如让达姆·德·贝沃特（Gendarme de Bévotte）[2]在其《大学琐忆》(*Souvenirs d'un universitaire*)中提到的那样，改革的焦点是法语文本解读的方法和书面作业的性质问题，而担任过修辞学教师和总督学的贝沃特特别注目于此，这本身也很说明问题。[3]同样在1892年，一向与朗松交好，后来于1923年出版了文学史方法通则的"忠实的居斯塔夫·吕德莱"，推出了《法语文本解读：原理与实践》(*L'Explication française. Principes et applications*)一书，[4]这本书的出版是一个新的讯息，它预示着朗松派对中学教育的控制也将渗透到高等教育领域。

---

[1] Lanson, «Le cadre général d'une explication française», *Manuel générale de l'instruction primaire,* 9 avril 1892(supplément, partie scolaire). 该文刊载之后，后续附有法语文本解读的模板，时间是从1892年4月23日至1893年6月17日，另自1893年7月15日至当年12月16日。
[2] 让达姆·德·贝沃特（1867—1938），法国作家、教师、文学批评家。——译者注
[3] Gendarme de Bévotte, *Souvenirs d'un universitaire*, Paris, Perrin, 1938, p.212.
[4] G. Rudler, *L'Explication française. Principes et applications*, Paris, A. Colin, 1902.

从 1880 年到 1902 年，法国在各级考试中废除了通常以历史和政治为主题的演说测试，取而代之的是优先强调文学性的法语作文或论述文，但调整后的教学体系仍未达到理想的状态。在包括朗松在内的众多教师看来，改革之后的局面并不比修辞学一统天下时更好，它不过是泰纳和布吕纳介的模式的翻版。新的文学史教学难言成功，朗松就此批评说，"现在在法语作文中占支配地位的是文学史和文学批评。"[1]此言何意呢？时任斯坦尼斯拉斯私立学校教师的杜米克把问题讲得更清楚，1899 年，他在议会中等教育问题调查委员会作证时这样描述将文学史引进中学课堂的后果："我们用对文学史的研究替代了对文学自身的研究，这样一来，学生们对拉罗什富科（François de La Rochefoucauld）[2]《箴言录》（Maximes）不同版本的差别倒是熟记于心，可他们却并不知道拉罗什富科的主要箴言里究竟包含了哪些内容。"[3]杜米克是古典教育的捍卫者，他在这里对日后成为"朗松主义"内核的某些缺陷的指责，切中了自有文学史模式以来人们对它发出的最古老、最长久的批评，很显然，中学教育无法自外于这些批评。朗松本人也反对被引入中学教学的这种文学史，甚至早在 1893 年，即当他在高级小学试验"文本解读"的时期就已经提出，必须在中学教学中停止对文学史的不合理的运用——把文学史作为一种与法语作文互补的、面向未来的知识训练，这种做法是行不通的。到 1901 年，他的态度变得更加坚定："文学研究应该通过文本来进行。文学史诚然是高等教育的内容，但对中等教育来说，它就是大患。"[4]亚历山大·里博在他的议

---

[1] Lanson, «Les études modernes dans l'enseignement secondaire», in *L'Éducation de la démocratie*, p.173.
[2] 拉罗什富科（1613—1680），法国箴言作家。——译者注
[3] *Enquête sur l'enseignement secondaire*, *Procès-verbaux des dépositions*. t. I, p.172.
[4] «Les véritables humanités modernes», p.510.

会调查总结报告里，固然批评了古典教育的害处，但也几乎用同样的语言批评了一味推崇学问的做派，而且他提醒说，1890年的《教育训令、课纲和规定》对此早有先见之明："博学就其自身而言诚为善事，但如果它摧毁了事物的直接和单纯，那么对中等教育来说它就会制造祸患。"[1]由此可见，1902年推行教育改革时，人们在这个问题上并不缺乏共识。不过，当朗松反过来又在文学史中看到某种"高级的东西"之时，他就脱离了现实，沉浸在自己的理想世界中了，他在索邦的开学演说中的立场就证明了这一点。要知道，这次演说比他指责中学课堂引入文学史只晚6个月，可他彼时的关注点全是大学的文学史研究有多少广阔前景。于是，我们又一次看到，朗松对高等教育的设想，是由他对中等教育的经验从反面来塑造的。

在中学阶段，文本解读的任务是学习阅读。"小学教师教人识字，中学或大学教师教人阅读文学……带着思考去阅读……这是一项需要学习的事情，我们正是通过文本解读的训练来学习它。"[2]20年后，在一次赴美访学时，有反对者问朗松"谁是发明文本解读的始作俑者"，他重复了上述回答。朗松和欧仁·曼努埃尔一样，都在替代老旧的修辞学的动机下，参与创设了文本解读这种最具法国特色（与论述文一样）的作文形式，而被文本解读引入教学活动的是一种和修辞学一样具有规范性的机制。朗松对此有清晰的说明：文本解读是在语文学的注释体制下发展起来的——当待释读的法语文本与当代人拉开了距离，无法得到直观性的理解时，它就成为一种研究对象，而文本解读这样的活动也就必不可少了。解读行为分为两个步骤：首先，针对文本的字面意义，主要从语文层面进行解释；其次，主要从历史

---

[1] *Instructions concernant les plans d'études de l'enseignement secondaire classique*, 1890, p.12(Cité par Ribot, *La Réforme...*, p.77).

[2] Lanson, «Quelques mots sur l'explication de textes», *Méthodes de l'histoire littéraire*, pp.39 et 45.

层面解释文本的文学意义。与大学里教授的文学史一样，法国式的文本解读从语文学和历史学那里借取必要的方法，以便在"个人印象"和"系统知识"之间建立一种辩证关系。归根到底，文学史是一种"高等教育的对象"，毕竟是它在大学层面上培养、训练了那些将要在中学里传授文本解读技能的人，这就是朗松所主张的文本解读与文学史、中学教育与大学教育之间的必要的、有机的联系。

文本解读因此从未放弃过历史。1892年，朗松在《初等教育指南周刊》的文章里无情地宣布，"不用说，我总是假定教师候选人了解文学史，了解作家们的生平"。[1]1890年的《教育训令、课纲和规定》倒是显示出较大的灵活性，相比之下，朗松对历史学养的不妥协的要求倒是验证了教师们身上的教条主义倾向：文学史不应该成为一门单独的、与其他科目无关的课程，它意味着一种努力，以便"把在文本解释和阅读环节中只能断断续续讲到的内容，在历史的和逻辑的层面上协调连接起来……如果走得更远，那就会过犹不及"。[2]在1901年，朗松予以重申的也正是这种对文本解读和历史之间关系的相对灵活的理解。二者之间的关联体现在各个层面。对文本字面意义的语文性解读需要参照语言史，这是布吕诺的专业。至于文本解读的第二个层面，"文学性的评论、道德评论，总之，一切对文本内容的解释都应该采取历史学解读的形式"。[3]因此，从斯塔尔夫人和维尔曼那里借鉴而来的雄心大志，就作为法语文本解读的使命得以回归：我们不能向学生灌输虚幻的"关于良好鉴赏力的各种永恒不变的箴言"，因为它们事实上只是历史性的、相对的选择；"我们需要让学生

---

[1] Lanson, «Le cadre général d'une explication française», p.117.
[2] *Instructions, Programmes, et Règlements*, 1890, p.445(cité par C. Falcucci, *op.cit.*, p.423).
[3] Lanson, «Les véritables humanités modernes», p.511.

理解，一部希腊悲剧是它所从属的文明的产物和镜子"。[1]面对这样一种构想，历史学家和社会学家们如何可能不为之深深吸引呢？朗松继续强调说："我们不再有关于鉴赏力的学说。"两年后他又再次指出，这就是为什么文学提供的教益不能再立足于任何已有的法则，相反，它必须从文本中直接提取出来，一切情势都要求文学的教益只能来自归纳而非演绎。"一部文学作品是人文精神的一个方面，是文明的某个瞬间"，[2]朗松在写下这句话的同时还希望"可以和托尔斯泰（Lev Nikolaïevitch Tolstoï）一起，在艺术中看出一种语言";[3]不过，和同时代围绕着索绪尔展开的关于语言的系统性、共时性的构想不同，他的着眼点是对这种语言进行历史性的阐释。总之，在1902年教学改革之际，正是借助朗松对中学教育的思考，同时凭借法语文本解读的发明，文学史才成为教师的"参考手册"，也获取了它最宽广、最高贵的含义。而我们也在这种含义中看到了封闭的、作为文学事件和作家作品序列图的"文学的历史"与向生活开放的"文学史"二者之间的差异，正如朗松本人所说的那样，"我有多么畏惧那种把自己缩减为体裁演变史的文学史，我就有多么敬重对文学的真正的历史性的研究，后者孜孜不忘的是观察文学形式中表现出来的人类生活"。[4]

---

[1] Lanson, «Les véritables humanités modernes», p.511. 这是典型的泰纳式的表述，朗松一直沿用这种语言，不过在修辞上较为和缓。他在20年之后说道："文学史的目标是让我们更好地理解我们的作家以及各种文学运动，作家是这些运动的具体表现。"（«La vie morale selon les Essais de Montaigne», *Revue des Deux Mondes*, 1er février 1924, p.604）

[2] Lanson, «Les études modernes dans l'enseignement secondaire», p.168.

[3] *Ibid.*, p.169.

[4] *Ibid.*, p.179.

12 大学的教学法

在朗松故去之时,他的弟子居斯塔夫·科昂(Gustave Cohen)[1]在悼词中写道:"有一天他对我讲:'我的朋友,你不知道在我那个年代,文本解读是怎么一回事。那时,它不过是一些浅尝辄止的阅读,夹杂着"啊,先生们,这是怎样的天才!"之类的赞叹。'"[2]从那以后,大家感到一切都起了变化,朗松式的法语文本解读终究获得了胜利。什么是这种解读方式呢?它反对尼扎尔倡导的那种事件列表式的文学历史,但也不因此陷入琐碎的博学论述;它把文学史放在社会史的背景下,为第三共和国的各种最高价值服务——简而言之,法语文本解读将自己视为培育公民责任的课堂。

在文本解读的各种目标中,朗松从不忘提到"对被研究作品的用途、现实应用的探讨"。[3]在另一处地方,尽管讨论的对象是较难从中提取当代寓意的古典作品,他却把话讲得更加清楚:"在对主要的古典作品的审读中,所有与道德和社会相关的问题都会相继出现。"[4]这样看来,语文学和历史学这两个解读步骤其实都是一种"准备工作",它们的作用其实是为公民教育这个第三层次,也是最重要的层

---

[1] 居斯塔夫·科昂(1879—1958),法国文学史家,中世纪文学专家。——译者注
[2] G. Cohen, «Un grand historien des lettres françaises, Gustave Lanson», *Revue des cours et conférences*, 30 mars 1935, p.764.
[3] Lanson, «Quelques mots sur l'explication de textes», *Méthodes de l'histoire littéraire*, p.49.
[4] Lanson, «Les véritables humanités modernes», p.512.

次提供"支撑点"。[1]"年轻一代应该熟悉所有心灵和整个社会所面对的重大问题",[2]与此同时,在语文学和历史学两个环节中又要绝对尊重"学校教育的中立性"。[3]文学教学应当具备公民教育这种直接的功利性,这一点看上去是自然的、不言自明的,我们也无须为此感到惊讶:须知拉维斯在其众多历史学教材中树立的目标与此并无二致,而他以皮埃尔·拉卢瓦笔名推出的公民教材不过是将历史书中隐晦的意旨加以彰显罢了。至于塞格诺博和奥拉尔主编的学校教材,它们塑造公民性的意图表现得更加直接。学校存在的目的归根结底在于对"自由公民"的培养,而朗松通过文本解读式的文学教育,为这个目标提供了一种"现代性"的路径。当然,为了尊重学术的神圣的中立性,他在连接文学和公民精神时显得比较谨慎:"对文学作品的历史性研究将向他们传递关于相对性问题的深层的、有益的观念,换言之,向他们揭示在这个一切都变动不居的世界上应当如何行事。"[4]

法语文本解读于是似乎成了无往而不胜的灵丹妙药。"我们可以把它只看成一种准备工作,只把它当作支撑点,为研究鉴赏力也即分析审美感受服务,或者为讨论被研究作品的用途、现实应用服务。"[5]朗松说这番话是在1919年,此时,他的立场与其说是共和派,不如说已经倾向于包容一切。对朗松此时的立场而言,公民的、社会的和政治的教育已经不再是文本解读的终极目的,而文本解读也因此不会激起那些推崇审美感悟的人的反感,因为,通过语文学和历史学层面的解读,审美品位的培育并不会因为强调公民培育而被削弱,二者并

---

[1] Lanson, «Quelques mots sur l'explication de textes», p.49.
[2] Lanson, «Les véritables humanités modernes», p.512.
[3] Voir Lanson, «La neutralité scolaire», in *Neutralité et Monopole de l'enseignement*, leçons professées à l'École des Hautes Études sociales, Paris, Alcan, 1912.
[4] Lanson, *L'Université et la Société moderne*, p.120.
[5] Lanson, «Quelques mots sur l'explication de textes», p.49.

行不悖，众人皆大欢喜。或者，我们还可引用朗松在1903年讲的另外一段话，彼时他作为饶勒斯的同路人，心满意足地表达了自己的观点，却不幸受到几代古典学者的强烈指责："当我们全力将文学还原为历史，全力通过文学研究来培育知识的、道德的和公民的意识之时，切不可认为审美层面的考察就因此遭到了忽视。"[1]把文学还原为历史，通过文学研究来培育公民意识，朗松出语显得夸张，不过这是因为他确实发自内心地相信文本解读的意义和依据。

朗松与他的大部分同行共同信奉的是科学主义的结论，是一种实证主义，其在文学领域里的公设可概述如下："在文学研究中，存在着一种可获知的真理，文学研究因此变得高贵而神圣。"[2]保罗·拉孔布也曾说过："求真之人，无须专意遵循伦理，行事却自然合乎道德。"[3]对那些心中怀有理想，因而始终不渝坚守信念的教师来说，学术上的中立性是一种更高层面的原则。朗松早期是反圣勃夫的，还在《人与书》的序言部分对他进行了批评，但后来他却转而赞颂这位批评家，在圣勃夫的身上，朗松看到了一种与共和派主张的实证主义相吻合的理念："如果我需要一个座右铭，那就是真，真就是全部。至于美和善，它们可以从真里面引申出来。"[4]库赞式的"真善美三位一体"在此出现了变体，它让我们想到了狄德罗（Denis Diderot）在《拉摩的侄儿》（*Le Neveu de Rameau*）一书中的话："真是父，善是子，美则是圣灵。"[5]我们如果明白了这种"知识分子帮"的新教理的含义，也就能理解为什么朗松很快会对18世纪而非17世

---

[1] Lanson, «Les études modernes dans l'enseignement secondaire», in *L'Éducation de la démocratie*, p.187.

[2] Lanson, «Quelques mots sur l'explication de textes», p.43.

[3] Lacombe, *Introduction à l'histoire littéraire*, p.344.

[4] Lanson, «Sainte-Beuve»(conférence faite à Liège le 18 décembre 1904, *Revue de Belgique*, 15 janvier 1905; *Revue universitaire,* 15 février 1905), *Essais*..., p.431.

[5] Diderot, *Le Neveu de Rameau, Œuvres romanesques,* Paris, Garnier, 1951, p.467.

纪产生热情，由于这种情感，他甚至把孔狄亚克（Étienne Bonnot de Condillac）[1]的《写作的技艺》（*l'Art d'écrire*）和伏尔泰的《论高乃依》（*Commentaires sur Corneille*）这两本书看成法语文本解读的先驱，而文本解读也回应着启蒙的精神。[2]

依靠文本解读，文学教育从此可以用两条腿走路。朗松在美国访问时讲道："可以说，今天在法国，对我们国家语言和文学的研究是靠了两根支柱，它们是法语作文和法语文本解读……这两种练习是互补性的，它们共同铸就了一种教养。"[3]法语论述文长期以来沦为蹩脚的文学批评，在1902年之前已经饱受指责，但在运用历史方法的文本解读的滋养下，它也改头换面，不再是软弱无力的综述。朗松本人以及朗松主义的存在价值还在于，通过制定1902年版的法语文本解读的课纲——该课纲在1909年受到《教育训令》的确认——高中阶段全部法语课程的基础得以奠定。新的法语课程更好地适应了大权在握的历史学提出的各种要求，甚至满足了在朗格卢瓦和塞格诺博的设想中应该由历史学来承担的政治和公民教育目标。[4]这当然是很高的标准，要知道，塞格诺博把他1907年在教育博物馆（le musée pédagogique）所做的一次演讲命名为"作为政治教育载体的历史学教学"（«L'enseignement de l'histoire comme instrument d'éducation politique»），[5]而此前他已经将人文教育的总目标定为"为民主制度

---

[1] 艾蒂安·博诺·德·孔狄亚克（1714—1780），法国启蒙哲学家、政治经济学家。——译者注

[2] Lanson, «Quelques mots sur l'explication de textes», p.53.

[3] *Ibid.*, p.57.

[4] Langlois et Seignobos, *Introduction aux études historiques*, p.289（此处两位作者正试图回答"历史何用"这个问题，他们拒绝古朗士"历史毫无用处"的观点）。

[5] Seignobos, «L'enseignement de l'histoire comme instrument d'éducation politique», in *L'Enseignement de l'histoire*, conférence du Musée pédagogique, Paris, Imprimerie nationale, 1907.

培养聪慧的忠仆"。[1]就这样，文本解读作为共和理念主导下集体斗争的一部分，不仅赋予文学研究一种新的、积极的理念，也使其服务于一种已将修辞学彻底去除的教学法，从而使1880年以来一直处在守势、萎靡不振的文学研究得到了拯救。[2]

朗松一直主导着法语文本解读的规划设计，也因此长期保持从他1892年参与编写《初等教育指南周刊》以来对法国中等教育的影响力。1902年，也即教育改革的同一年，居斯塔夫·吕德莱发表了《法语文本解读：原理与实践》，这也是本该由朗松着笔，但他克制自己未曾写出的教材。就像朗松的权力发端自中学教育一样，吕德莱的影响也源于此，事实上，人们常指责朗松把中学交付给了吕德莱。1909年，朗松汇编的在教育博物馆的演讲录《法语教学》(*L'Enseignement du français*)总结了当时的形势，该书收录了四篇讲稿，其中第一篇出自朗松本人，讨论了1902年改革尚未解决的"方法论危机"：在古典学者们眼中，这次改革反倒降低了古典学教学的水准。该书的共同作者还有吕德莱，这一次他把自己的才干用于讨论"文化的另一根支柱"，即法语作文上面；另一位作者是后来担任过公共教育部总督学的阿尔贝·卡昂（Albert Cahen）[3]，他的演讲针对的是法语文本解读；最后还有朱利安·贝扎尔（Julien Bezard）[4]，他的题目是

---

[1] Seignobos, *Le Régime de l'enseignement supérieur des lettres*, p.10.
[2] 关于修辞学与"方法"之间的对立，仍可参看《大学与现代社会》第102页："人文学将会不断更新，它将从修辞学的束缚中解放出来，时刻对精神进行科学训练。"早在朗松之前，也早在废除中学的修辞课程之前，共和三年创建的师范学校们就已经把修辞课缩减到尽可能低的程度，并且在历史上第一次将"文学"的名称赋予国立学校中的一门课程。参见：C. Désirat et T. Horde, «Les écoles normales: une liquidation de la rhétorique ?», *Littérature*, mai 1975.
[3] 阿尔贝·卡昂（1857—1937），法国修辞学教师、法国文学研究者，曾任公共教育部总督学。——译者注
[4] 朱利安·贝扎尔（1867—1933），法国著名中学语文教师、教育学和教学法专家。——译者注

"论文学史在中学的地位"（«De la part à faire à l'histoire littéraire au lycée»）。[1] 此后，各种讨论也从未停止，甚至到1931年，在赛弗尔女子师范学校（L'école normale féminine de Sèvres）创立50周年之际，朗松作为最早在该校任教的教师之一，还特意撰文讨论了文本解读，显示出他对这个问题一以贯之的重视。[2]

不过，如果说文本解读堪称朗松真正的历史贡献，那么，就像佩吉在1913年的提问一样，我们也有理由问，为何这样的功绩不能为他赢得督学的职位呢？佩吉提到了朗松漫长的中学教师生涯："他希望通过在高校任教走出中学，也希望通过从政之路做到这一点，我是指他希望能出任总督学一职。这是未来历史上一定会聚讼不已的一个问题。"[3] 为什么这位伟大的中学教育改革家会到索邦任教？佩吉提到了当年他在讲师朗松的课堂上学习文献书目时的场景，他那缺乏宽厚的忆旧文字也暗示了某种答案："当朗松先生到高师来教书的时候，我正好在那里。"[4] 佩吉忆及的朗松还处在他职业生涯的初期，正在高师开设法国戏剧史方面的课程，而佩吉的描述显然语带偏见："这段历史讲得像一笔流水账，他裁剪一个事件，仿佛将一个人身体四肢都

---

[1] *L'Enseignement du français*, Conférences du Musée pédagogique, Paris, Imprimerie nationale, 1909. 教育博物馆是后德雷福斯时代从索邦分立出来的一个机构，主持人是朗格卢瓦。请参阅下列同名文献：*L'Enseignement du français*, conférence à l'École des Hautes Études sociales (Bourgin, Croiset, Lanson, Rudler, etc.), Paris, Alcan, 1911. Et D. Mornet, «Les méthodes de l'histoire littéraire dans l'enseignement secondaire», *Revue internationale de l'enseignement*, 15 février 1906.

[2] 在文学史学科地位不断提高的时期，朗松1901—1908年担任赛弗尔女子师范学校的讲师，参见 *Le Cinquantenaire de l'École de Sèvres, 1881-1931*, Paris, 1932, p.232："当时我需要指导法语文本解读及论述文写作……主要的工作仍是文本解读。"文本解读在赛弗尔女子师范学校的地位很高，当时索邦也在挑选最有治学潜力，最博学的学生，"而赛弗尔的女学生们毕业后则会全部担任中学教师"（p.238）。这再一次说明在朗松眼中，中学教育和文本解读之间存在着严密的关联。

[3] Péguy, *L'Argent suite, Œuvres*, t. II, p. 1173.

[4] *Ibid.*, p.1174.

五花大绑，令他一动也不能动。"[1]尽管佩吉指责朗松在年表梳理式的讲述中未能紧紧扣住高乃依，呈现出他鲜活的形象——"年表"一词让人更多想到布吕纳介和各种线性的文学史，而不是此时尚未出现的那种巨细靡遗的注重博学的文学史——但朗松为高等教育所定的目标毕竟显示了出来：对朗松而言，在高师以及后来在索邦的教学都是为了培养不必再受修辞学和文学批评影响的新一代的中学教师。中等教育事关重大，而在这场要将中学教育从旧制度推进到共和时代的改革中，索邦的战略意义绝不会低于一个总督学的职位。在总督学任上退休的让达姆·德·贝沃特就直接把关于中学写作的各种争论（在他看来这就是1902年改革的要害）与高等教育中新方法的推行联系起来，在他眼中它们根本就是一件事："朗松先生在索邦更新了，或者更准确地说，建立了法语语文教学的新模式，一个新的流派就此产生了，尽管不无争论，但的确给大学带来了一种科学的、严密的、精确的方法。"[2]——我们可以补充一句：朗松也将这种方法传播到了中学。

皮埃尔·拉塞尔在1912年揭示了自1902年改革以来"索邦对中等教育的控制"，事实上，在改革之后的几年里，由于政教分离削弱了教会的影响力，索邦的权威甚至还继续得到加强。当拉塞尔宣称"我们将要谈论的几位教授在索邦立法"时，指的是他准备描绘的涂尔干、朗格卢瓦、塞格诺博和朗松等人。[3]这几位学者之所以成为立法者，之所以在高等教育中握有至高无上的权力，并不是因为他们是各自学科中的大师——尽管这的确是一个必要条件——而是因为他们共同定义了大学研究的目标和大学本身的目的。新的大学组织

---

[1] Péguy, *L'Argent suite, Œuvres*, t. II, p.1175.
[2] Gendarme de Bévotte, *Souvenirs d'un universitaire*, p.213.
[3] P. Lasserre, *La Doctrine officielle de l'Université*, p.171.

形式使原先的各个学院成为研究和教学的处所，而不仅仅是主持中学毕业考试的机构（尽管改革以后大学教授并未停止参与中学毕业会考的答辩委员会）；不过，真正的掌舵人是那些决定大学招生选拔考试形式的人，因为选拔考试才真正标志着中学学习的终结。拉塞尔解释说："在那些分科开展的专门的教学之上，还存在着这些研究的综合组织，它的目标是保证各个专业的协作和融通。在本书里将要出场的大师，正是那些确实掌握了这种更高的权威的通人。"和拉塞尔一样，皮埃尔·勒盖在同年出版的《今日大学教师》（*Universitaires d'aujourd'hui*）中也描绘了这一批学者，他笔下群像的中心人物还是拉维斯，不过从此以后他已经是一位前辈大人物。至于涂尔干、朗格卢瓦、塞格诺博以及朗松，他们牢牢地掌握着中等教育，因为他们的雄心超越了社会学、历史学和文学史：在他们各自学科之外，他们还拥有一个共同的目标，这使他们上升为一个机制，而不再是孤立的个人——这个机制不是别的，它是新兴的"学科中的学科"和新索邦的神学，即教育科学或曰教学法。

费尔迪南·比松从1896年起一直占有索邦教育科学的教席。[1]他曾是初等教育改革的主持者，是私立世俗学校的保护者；他从政府初等教育主管职位上转任大学教授，从公共教育部来到索邦，这本身就说明初等教育的重组工作已经完成，事实上，小学体制直到第五共和国时期也未曾再有变动。10年之后，中等教育改革也以近似的方式完成，其标志是新教学法的建立。费尔迪南·比松在索邦的继任者是涂尔干。在他名为"法国中学教育的演变和使命"（L'évolution et le rôle de l'enseignement secondaire en France）的教育学开课演说中，

---

[1] F. Buisson, «Leçon d'ouverture, cours de science de l'éducation, 3 décembre 1896», *Revue pédagogique*, décembre 1896.

涂尔干论证了为什么教育学应该是社会学家关注的对象：[1]法国的社会学事实上是围绕着社会分工这个概念发展起来的，这也是涂尔干本人博士论文的研究主题；而社会分工恰恰是未来的中学教师将会在职场上遭遇到的情形，因为和小学中一人多科的授课模式不同，中学里每一门科目都是由不同的教师来讲授的。因此，教育学课程的目标就是预先防止中学里基于分工不同造成的各门课程之间的紧张关系，在涂尔干看来，它为解决问题提供了答案。按照他的设想，未来的中学教师们在分散到各省从教之前，需要在他本人的指引下，一起思考他们将要讲授的课程的内在一致性，把这些不同的学科内容综合起来。这样一来，最后的结论也就呼之欲出了：涂尔干的教育学课程的受众是所有将要参加教师资格考试的大学生，它也是索邦唯一所有学生都必须修读的课程。化名"阿加顿"的两位作者为他们称之为"学业警监"和"索邦摄政"[2]的暴政愤恨不已："涂尔干先生用教育学课程建立了他的知识专制。"[3]皮埃尔·拉塞尔对教育学和社会学本身无感，但也深感愤怒："国家的权威为这些乱七八糟的内容设立专门教席，我能说什么呢，何况还是教席中的教席，像教皇一般的教席？所有的索邦学生，无论他们学什么专业，无论是哲学、文学、语法、历史，都必须上埃米尔·涂尔干的课。"[4]对这位早期著作遭人轻视的学者来说，现在的局面堪称他漂亮的回击：那些反对他的人现在恰恰证明了他的权威是多么合理，教育学课程的的确确就是针对社会分工的不二良药，而德雷福斯事件赋予他更多的合法性，犹如一张柔软的地毯减

---

[1] Durkheim, «L'évolution et le rôle de l'enseignement secondaire en France, leçon d'ouverture du cours de pédagogie», *Revue bleue*, 20 janvier 1906. 涂尔干是1902年到索邦接任比松的教职的，比松当时已当选众议员。

[2] Agathon, *L'Esprit de la nouvelle Sorbonne*, p.98.

[3] *Ibid.*, p.100.

[4] P. Lasserre, *Les chapelles littéraires*, Paris, Garnier,1920, p.201.

缓了过渡期遭遇的阻力。

  正是依靠在索邦开设的教育学课程，涂尔干及其同道们赢得了对中学教育的深度控制。出身于国立文献学院，缺乏教育学训练，也没有在大学之外的地方授过课的朗格卢瓦被任命为新的教育博物馆的主任。教育学仿佛摇身一变化为魔法，当初被1899年众议院调查委员会咨询的各路人士已经纷纷援引它的权威，好像它应该为中学的古典课程重添活力，还可以增加中学数量。[1]至于那些在大学重建以后仍然坚持反对它的人，则把对教育学的尊崇视为左派集团统治下反人文主义教育政策的一个遮掩面具。在皮埃尔·拉塞尔看来，朗松正是这种政策的重要推手之一："这位布吕纳介当年的诚实的下属，如今不顾声誉，同时扮演起了他最擅长和最不擅长的角色；他根据埃米尔·孔布的支持者和左派集团的意愿，可以随时担任学校的领袖，也可以随时破坏大学的文学教育。"[2]在中学教育改革完成，涂尔干成为教育学权威之后，按照当初在1899年议会调查委员会那里已经显露出来的愿望，[3]下一步就是把高师改造为索邦的教育学分部，这便是1903年改革的内容，也是佩吉从此止步不前的地方。

---

[1] Alexandre Ribot, *La Réforme de l'enseignement secondaire*, p.115.
[2] P. Lasserre, *La Doctrine officielle de l'Université*, p.250.
[3] Alexandre Ribot, *op.cit.*, p.174.

13　一位修辞学老教师

作为高等教育内容的文学史，与属于中等教育的法语文本解读之间可谓自然的互补关系；另一方面，自修辞课程取消之后，论述文写作成为语文教学的核心，而文学史与文本解读正好协调一致地为论述文提供了支持和准备。上述关联是至关重要的，失之则朗松主义的基础不复存在，因为真正决定公共教育政策的是那些超越了自身学科的限制、管理大学教育科学的人。朗松致力于规范中学教育，因此也获得了在大学学院中的权威。不可否认，无论是德雷福斯事件还是政教分离，无论是左派集团政治还是以反教权为核心诉求的"孔布主义"，都是有利于朗松主义的发展的，在这一系列事件之后，法语文本解读在它的创立者的人生和作品之间也建立了连续性：从1892年开始，朗松就开始设计和推进文本解读，他最初面向的对象是高年级小学教师，因为当时中学教师们依然普遍过于保守。当朗松《法国文学史》问世之际，他自己恰恰在主张废除中学的文学史课程，在这个意义上，该书仿佛是园丁在土地上新插的一根枝条，好让原来讲授修辞课程的教师们借此获得新生，让新兴的文本解读经过他们的手，历史性地生根发芽。

理解了朗松对修辞学教师命运的关注，也就能懂得为什么他并不愿意夸耀政治上一直支持他的德雷福斯派和孔布主义，反倒屡屡向当道者提起他最初的身份——这不是指别的，恰恰是指在他那带有两面性的职业生涯（佩吉后来揭露了这一点）的早期担任中学教师的经历，以及他"反动"的过往。1903年，朗松在高等社会研究学校开设名为"中学教育中的现代研究"课程,他在课上首先声明,"我是一个修辞学老教师";显然,这么做是为了从过来人,从信仰转变者的角度给他此时厚今薄古的宣传增加分量。朗松说道:"我是一个修辞学老教师,可是我要承认,我所设想的是以科学为基础的国民性教育。我们的民主将势不可当地走向科学和国民的时代,对此我毫不惊讶,而且我看到了这个趋势背后的众多理由。"[1]同样,在1906年,朗松在向一批历史学家介绍文学研究的新取向时,进一步发挥了他的观点:"我很羞愧……因为我要在诸位面前谈论历史学的工作和方法,而你们中间的所有人,无一例外,都是可以让我这位修辞学教师和文学研究者在历史学上深深获益的。"[2]然而,朗松的羞愧与自陈也不过是一位老练的修辞家的旧把戏,放低姿态是为了博取对方的善意和认同。他一向精于此道,他的亲密的同事阿方斯·奥拉尔在重建后的新索邦的讲台上感到自己负有原罪,朗松也在致他的颂词中熟练表现了类似的技巧,宽慰彼此是背教者投向同行者的会心的眼神。

"奥拉尔先生从前是修辞学教师",朗松继续说道。在奥拉尔成为著名的法国大革命研究者之前,他走过极为曲折的道路。这位历史学家比朗松年长一些,早年以研究意大利诗人莱奥帕尔迪(Giacomo Leopardi)[3]的博士论文在学界起步。作为一位坚定的、不思悔改的修辞学者,他从1879年起开始关注大革命时期的议会演讲,先后研究过雅各宾党人、吉伦特派和丹东,然而这一时期他并未采用历史学方法提供的工具去考察历史事件。尽管如此,巴黎市政府仍然在1885

---

[1] Lanson, «Les études modernes dans l'enseignement secondaire», in *L'Éducation de la démocratie*, p.159.
[2] *La Révolution française*, 14 mai 1906, p.480. 这是朗松以现代历史学会的名义所作的祝酒词。
[3] 贾科莫·莱奥帕尔迪(1798—1837),意大利诗人、作家、思想家,浪漫主义者,被认为是继但丁之后的又一位伟大的意大利文学家。——译者注

年为他在索邦设立了大革命历史研究的教席。此后，他成为最注重历史事实和史料的学者之一，但学界对其评价依然不一。在其学生阿尔贝·马蒂耶（Albert Mathiez）[1]眼里，他与其说是一位历史学家，倒不如说是个"记者"；而在其身后，《历史学刊》则质疑了他那等身著作的分量："作品数量如此庞大，也需要付出代价，那便是不免遭人指责落笔轻浮，甚至让人觉得出版商对他的作者们把关不严。"更有甚者，对奥拉尔的微词还发展为对其学术不纯的公然指责，指斥之重，是其他巨子鸿儒所未曾蒙受的："奥拉尔让人不由自主想到他身属的政党的影响力。"[2]奥拉尔的活动的确带有很强的政治性，他的全部教学都是以公民教育为指归的。他曾在一本小书中着手拆毁泰纳的"神话"，揭露泰纳所著《现代法国》（la France contemporaine）一书的内容及作者对历史写作方式的影响偏于保守主义；[3]他本人从共和价值观出发，为学校撰写了许多历史和公民教育课本，但与拉维斯调和式、长老式的共和主义不同，他持激进的、战斗性的反教权立场；[4]他还参与创建、组织了保卫人权联盟并担任过联盟主席一职。有鉴于此，奥拉尔堪称"法兰西运动"的眼中钉，更是莫里斯·巴雷斯口中的"糟糕的教师"的典型。在所有索邦的教授中，他是最接近孔布主义的立场的，但这并不妨碍他坚守修辞学教师的本分。朗松这样结束他对奥拉尔的赞词："先生们，这对修辞学教师的声誉是多好的恢复，这是怎样的一堂课啊！"

朗松显得激情洋溢。颂词的文体特征要求他投入激情，他在演说

---

[1] 阿尔贝·马蒂耶（1874—1932），法国历史学家，专长大革命研究。——译者注
[2] *Revue historique*, septembre 1928, p.214.
[3] Aulard, *Taine, historien, de la Révolution française*, Paris, A. Colin, 1907. 也应参阅从相反的、支持泰纳的视角出发写出的著作：A. Cochin, *La Crise de l'histoire révolutionnaire, Taine et M. Aulard*, Paris, Champion, 1909.
[4] 关于奥拉尔和拉维斯的比较，请参考：P. Nora, «Ernest Lavisse: son rôle dans la formation du sentiment national», *Revue historique*, juillet 1962.

中也提到了他自己的"归依",提到了他本人名誉恢复的过程和经历。用他对奥拉尔讲的话说,"我们都是感到懊悔的修辞家"。修辞家,这是朗松的荣誉称号,也的确符合历史事实,他的处女作就准确反映了其早年的身份:朗松的第一本书《写作及文体原理》(*Principes de composition et de style*)作于1887年,作者时年30岁,该书是在女子中等教育初兴的背景下,为女中学生们而作的。1880年12月21日通过的卡米耶·塞教育法案决定创办女子走读学校,赛弗尔女子师范学校很快成立,紧接着在1883年举办了女教师资格考试。女学的创办是第三共和国以来中学教育中第一个得到实施的重大改革项目,[1]而朗松的一本小书也被列入"由公共教育部总督学欧仁·曼努埃尔主编的专供女学生使用的文学作品选读系列教材"。[2]

我们在此提到曼努埃尔,并非无的放矢,因为多年以后他还会作为一个隐秘的人物,在朗松的生涯中再次出现。在20世纪20年代初期,朗松已是声望卓著的高师校长,此时却发生了一桩令知识公众为之分裂的丑闻,而且其间的缘由非只一桩,这就是蒂博代所称的"教科书事件"。[3]事情的起因是,曾先后与《巴黎杂志》和《法兰西杂志》文学专栏合作的杰出的撰稿人费尔南·汪德朗(此时他的政治倾向正向右派转变)有意考察法国学校当时使用的文学史教材的情况,他的评述报告发表在1922年夏天的三期《法兰西杂志》上,[4]其关注重点是各类教材究竟如何评价现代文学,而他轰动一时的结论是,所

---

[1] Voir F. Mayeur, *L'Enseignement secondaire des jeunes filles sous la Troisième République*, Paris, Presses de la Fondation nationale des Sciences politiques, 1977(以及该书参考的更早的文献)。

[2] Lanson, *Principes de composition et de style*, Paris, Hachette, 1887.

[3] A. Thibaudet, «Les trois critiques»(1922), *Réflexions sur la critique*, p.125.

[4] F.Vandérem, *Nos manuels d'histoire littéraire* (Revue de France, 15 août, 15 septembre, 1er octobre 1922), Paris, La Renaissance du livre(该书附有众议院1922年12月6—7日的辩论,以及《不屈报》(*L'Intransigeant*)的请愿书)。

有这些教材的作者都完全缺乏文学上的判断力。在汪德朗看来,现有文学史陈陈相因,选文褊狭,趣味怪诞,眼光狭隘,甚至缺乏对作品本身的基本关注,这种现状应归咎于布吕纳介[1]和法盖[2]二人。在现代作家中,布吕纳介青睐泰奥菲尔·戈蒂耶(Théophile Gautier)、乔治·桑(George Sand)、乔治·艾略特(George Eliot)[3]和都德(Alphonse Daudet)等人,而在汪德朗眼中,上述作者到19世纪末已经声誉日衰。[4]法盖也推崇戈蒂耶和乔治·桑,他们是普鲁斯特幼年时喜爱的作家,普鲁斯特后来一直对他们抱有好感,而对一向跟随《两世界》杂志和索邦的评论口味的巴黎上流社会来说,他们也同样扮演着指路人的角色——这也意味着,在朗松带来分裂之前,只有一个统一的文化公众。另一方面,布吕纳介和法盖都蔑视波德莱尔和魏尔伦(Paul Verlaine),不过对这两位诗人,他们好歹还愿意说出贬抑之辞,而对兰波(Arthur Rimbaud)、马拉美(Stéphane Mallarmé)、于勒·巴尔贝·多尔维利(Jules Barbey d'Aurevilly)[5]等人,他们甚至不置一词。接下来,我们还看到路易·珀蒂·德·朱勒维尔兴师动众发起编写的八卷本《法国语言与文学史》、杜米克和朗松发行量巨大的文学史教程,以及再下一代作者——不要忘记爱德华·赫里欧(Édouard Herriot)[6],这位未来的"教授共和国"里的大人物早年

---

[1] Brunetière, *Manuel de l'histoire de la littérature française*, Paris, Delagrave, 1898.
[2] Faguet, *L'Histoire de la littérature française*, Paris, Plon et Nourrit, 1901, 2 vol.
[3] 乔治·艾略特(1819—1880),英国著名女小说家。——译者注
[4] Vandérem, *Nos manuels d'histoire littéraire*, pp.12-13. 勒盖喜欢提起朗格卢瓦对乔治·艾略特的公开的仰慕,他还为《大百科全书》撰写过艾略特的条目(*Universitaires d'aujourd'hui*, p.250)。
[5] 于勒·巴尔贝·多尔维利(1808—1889),法国小说家、诗人、文学评论家。——译者注
[6] 爱德华·赫里欧(1872—1957),法国著名政治家,激进党人,第三共和国时期三次出任政府总理,第四共和国时期任国民议会议长。——译者注

也写过教材[1]——所有这些文学史作者都不肯重新评估已有的结论，仅仅满足于沿袭那两位19世纪大批评家的旧说。汪德朗的批判矛头尤其指向杜米克和朗松这两位互相敌对的同门，他们此时都身居要职，分别担任法兰西学士院终身秘书和高师校长，他们代表了公众眼中的文学权威，又都是布吕纳介的传人；在坊间各类教材中，数他们两人的著作传播最广，尽管朗松版文学史在1922年刊印的18万册还远远不及杜米克的47万册。然而印数最大的杜米克版本观点究竟如何呢？令人吃惊的是，他在书中坚决抹去了巴尔贝·多尔维利、马拉美、兰波、于斯曼（Joris-Karl Huysmans）[2]、热拉尔·德·奈瓦尔（Gérard de Nerval）[3]的名字，而最不可思议的是，杜米克还是唯一敢于遗忘波德莱尔的文学史作者——他的做法并非是开辟专节，声讨波德莱尔的种种无德之行，而是干脆将诗人的存在彻底抹杀。汪德朗揭发的"教科书事件"引发了轩然大波。公共教育部长莱昂·贝拉尔（Léon Bérard）[4]在众议院讨论预算问题时，甚至因此受到议员格扎维埃·德·马加隆（Xavier de Magallon）[5]的质询。爱德华·赫里欧在此事上拒绝表态，倒是有几位曾求学于朗松门下的议员站出来为朗松进行了辩护。[6]

---

[1] E. Herriot, *Précis de l'histoire des lettres françaises*, Paris, E. Cornély, 1904.
[2] 若利斯-卡尔·于斯曼（1848—1907），法国作家、艺术评论家。——译者注
[3] 热拉尔·德·奈瓦尔（1808—1855），法国浪漫主义诗人、随笔作家和文学翻译家。——译者注
[4] 莱昂·贝拉尔（1876—1960），法国政治人物，第三共和国时期长期任国会两院议员和政府部长。——译者注
[5] 格扎维埃·德·马加隆（1866—1956），法国作家、翻译家、右翼政治人物。——译者注
[6] 朗松得到众议员André Fribourg的辩护，但也遭到右派众议员Léon Daudet的攻击："这本文学史写得很糟糕……这个人不懂文学。"（Voir Vandérem, *op.cit.*，）只有一部教材能够免遭汪德朗的批评，其作者是斯坦尼斯拉斯学校的文学部主任J. Calvet神父（*Manuel illustré d'histoire de la littérature française*, Paris, Levé, 1923, 2e éd.）。这本教材的确谈论了波德莱尔、魏尔伦等人。

朗松本人，由于过分自信的缘故，竟采取了致信汪德朗正面回击的下策。他声明自己的教材在出版日期上要早于布吕纳介和法盖的著作，因此沿用他们的观点是不可能的，他没有从布吕纳介和法盖那里抄袭任何东西。[1] 但汪德朗机敏地展示了问题的要害：观点被沿袭的"布吕纳介"和"法盖"并非指是他们署名的文学史，而是指更早发表的一批文章，而朗松在写他的教程时，还自称是他们的学生，因此在文献目录中点明自己参考了这些论文。1923年，出于一种奇怪的巧合，朗松在修订新一版的《法国文学史》时，用脚注形式重新评价了汪德朗指出的那些被旧版忽视、低估的作家们，如波德莱尔、兰波、马拉美等人。在此之前多年，普鲁斯特已经在《驳圣勃夫》（Contre Sainte-Beuve）中指责这位批评界的巨擘没有给当代作家公正的评判。蒂博代的情况则又是一番情形。此前，若干右派议员要求公共教育决策委员会干预学校教材事务，而左翼激进派则围绕着相关的教授们形成了联盟，在此情况下，为了使自己不陷入这种令人不快的政治局势，蒂博代区分了两种不同的批评：一种是"作家批评"，它通常对当代作者持同情友好的态度；另一种是"教授们的批评"，通常更看重过往的传统。[2] 蒂博代的《斯特凡·马拉美的诗歌》（la Poésie de Stéphane Mallarmé）是历史上关于这位诗人最早的一部有分量的研究作品，[3] 该书慷慨大度地谅解了朗松早年对马拉美的轻率评价——朗松在1893年的一篇论文里，附和时人的观点，难以开脱地展示出对马拉美的恶意，甚至蔑称诗人为"小小的英语教师"。[4]

---

[1] *Revue de France*, 15 février, 1923, pp.857-863.
[2] A. Thibaudet, «Les trois critiques» (1922), *Réflexions sur la critique*. 蒂博代还分出第三种批评，称其为"口头批评"，指公众自发的评论。
[3] Thibaudet, *la Poésie de Stéphane Mallarmé*, Paris, M. Rivière, 1912.
[4] Lanson, «La poésie contemporaine: M. Stéphane Mallarmé», *Revue universitaire*, 15 juillet 1893, repris dans Essais…

不过，尽管蒂博代区分了批评的不同类型，在必要时他也能理解为什么一部分教材时至 1920 年依然非议波德莱尔，甚至对这位诗人一味恶语相加，但他的区分依然不足以说明为什么某位作者会受到所有文学史作者众口一词的贬抑，更难解释为什么这些教材会一致赞颂某人。以下的情况就颇费思量：所有教材不满足于排斥魏尔伦，还竞相夸赞他们推出的"新人"；法盖、杜米克和朗松都对一位法语"大诗人"赞赏不已，赫里欧后来还会以"教科书事件"之后需要拨乱反正为借口引用他的作品，可是，汪德朗本人既没有读过他的一行诗句，甚至未曾听说过他的名字。这位大诗人便是欧仁·曼努埃尔。谁是曼努埃尔？《法兰西杂志》的一位好心的读者澄清了事情的原委：原来，除诗人的身份之外，曼努埃尔还是公共教育部的一位权势显赫的总督学！无怪乎朗松在 1909 年版的《法国文学史》第 1064 页上盛赞了他的不朽："和自然主义小说平行发展的还有自然主义的诗歌，后者致力于表现家庭生活的方方面面，表现通俗、鄙俗甚至丑陋的现实生活（这条道路显然是由欧仁·曼努埃尔先生开辟出来的）。"[1]

朗松 1887 年发表的处女作《写作及文体原理》能够入选成为女子学校教材，要得力于曼努埃尔这位总督学之力。后来朗松还编写过众多学校用书、选文、古典作品简本和练习手册，这些都显示出他在中学教育方面的影响力，不过第一本书的意义总是别具一格的。事实上，在朗松心目中，该书并非专为女学生而作，这一点他在《告读者》中已有明言："我写作的直接目的是满足女学生们的需求，但它也为所有人而写。"该书 1890 年之后的修订版更名为《写作技艺指南》(Conseils sur l'art d'écrire)，不再区分读者的性别，在 20 世纪

---

[1] Lanson, *Histoire de la littérature française*, 1909, 11ᵉ éd., p.1064. Voir E. Manuel, *En tournée d'inspection*, Paris, Éditions de la «Revue bleue», 1910.

继续取得可观的销量。[1]从《原理》到《指南》，该书标题逐渐增长的自由主义色彩诚然意味深长，但究其根本，它依旧是一本相当传统的修辞学著作，其内容仍然按照修辞学规范的三大主题"立意、布局、遣词用句"来展开——要知道，即便路易·珀蒂·德·朱勒维尔在1868年出版的《法语演说文与论述文》(le Discours français et la Dissertation française)中也对修辞学做了更大幅度的更新，其对应的三章标题已改名为"题材、格局和文体"。当然，朗松也陈述了教条主义在教学中的弊端，也提出了自己更具现代风格的教学法主张："我们今日适宜采用的方法正是曼特农夫人（Madame de Maintenon）[2]的方法，她从不为理论和一般原则所困。"[3]不过，朗松对曼特农夫人的引述有虚张声势之嫌，我们后文会解释其中的缘故。

作为"感到懊悔的修辞家"，朗松急切地将世界特别是法国的种种罪愆都归责到修辞学头上。不独19世纪法国大学的衰微不振和1870年普法战争的惨败要由修辞学负责，甚至18世纪法国丢失加拿大也是如此，因为当时主其事者乃是耶稣会中的修辞学者。[4]"从那时起，我们开始为自己美丽然而因循的文化付出惨重的代价。"[5]这番推理自然显得生硬勉强，但绝非朗松一人的感觉，他门下那些视"修辞学者""美丽心灵""古典学者"为侮辱性称号的弟子萧规曹随，后来把对演说术的敌意发展到夸张的地步，在他们眼中修辞就是用语言

---

[1] Lanson, *Conseils sur l'art d'écrire*, Paris, Hachette, 1890. 该书"为初、高中学生及高小教师而作"。它先后拥有两个书名，20世纪20年代后的重版多采用第二个书名。

[2] 曼特农夫人（1635—1719），路易十四的第二任妻子，圣路易王家女子学校的创始人，她对路易十四具有重要的影响力。——译者注

[3] Lanson, *Principes...*, avertissement, p. vii.

[4] Lanson, *Trois Mois d'enseignement aux États-Unis. Notes et impressions d'un professeur français*, Paris, Hachette, 1912, p.52.

[5] *Ibid.*, p.51.

的力量进行欺骗。[1]当然，与告诫门徒宁拙勿巧，不可留心于言辞的朗格卢瓦和塞格诺博不同，朗松从未放弃"更好地言说"这一理想。他后来严厉地抨击安托万·阿尔巴拉的《写作技艺二十讲》，[2]认为读者"搞不清这本书究竟为谁而著……阿尔巴拉先生把附属于'更好地写作'这个暧昧口号下的两种不同的目标完全混为一谈"；[3]在他看来，阿尔巴拉所倡导的技艺性的、修辞性的文体只能导致对前人的模仿，而真正值得传授的却是另外一种写作技艺，它更实用，更能服务于现实，也更加准确并且合乎逻辑。但是，朗松从来没有拒绝再版他的第一本修辞学著作（这当然又是他身上众多暧昧的一次表现），他只是在1908年增补《写作技艺指南》时另外写了一本《散文艺术》（*L'Art de la prose*），以强调要采用新兴的历史学研究方法。[4]

---

[1] Voir Pierre Moreau, *Le Victorieux XXe siècle*, p.119.
[2] Albalat, *L'Art d'écrire enseigné en vingt leçons.* 亦参见前文第1节关于阿尔巴拉的注释。
[3] *Revue Universitaire*, 15 avril 1899, pp.397 et 398.
[4] Lanson, *L'Art de la prose*［部分发表于《政治与文学年鉴》(*Annales politiques et littéraires, 1905-1907*)］, Paris, Librairie des Annales, 1909.

14　如何成为一位法国大作家

朗松写过一篇文章，标题很简单，叫作《文学的不朽》（«L'immortalité littéraire»）。何谓不朽？对这个问题，他在文中表达的观点可以概括为"实际""现实主义"和"唯物主义"。他的意见如此明确率直，以至于他觉得还必须向读者补充说明，文章的意思其实并不像表面上那样粗俗。接下来，朗松在文章里马上又说，文学的不朽性问题是和意识形态（这个词此处是在消极的意义上使用，指流于陈词滥调的空言）牵连在一起的："作家和书籍的命运总是值得我们深思：如果不是为了追求不朽，我们为何写作？在追逐不朽的人中，有多少是成功者？成功为何属于特定的人？文人们在茶余饭后，在做完了每日实际的活计，又无意谈论政治的时候，常常围绕这些问题翻来覆去地讨论，聊以自遣，这时候，你们就能把这三个问题看得十分清楚。"[1]

话题显得十分无聊，尽管如此，朗松坚持从各个方面去讨论它，呈现它的荒诞之处。天才是成功的原因吗？还是成功取决于环境？可是什么是天才，假如它不是成功本身的代名词？永生的究竟是书还是人？可是，抛开其隐喻义，"永生"又是什么意思？种种问题犹如"先有鸡还是先有蛋"，永远得不到回答：拉辛被视为大作家，是因为他写了悲剧《亚他利雅》（*Athalie*）吗？还是因为他是大作家，所

---

[1] Lanson, «L'immortalité littéraire»(*Revue bleue*, 1er septembre 1894), *Hommes et livres*, pp. 296-297.

以才写得出《亚他利雅》？朗松当然反对此类形而上学的鬼话，他宁可用供需法则来解释这一切，如公众潜在的需求、出版社的运作、批评家的影响、广告日益增长的作用等。这几乎就是世纪之交的一种微型的社会学，一堂尚无其名已有其实的市场营销课。朗松的用语显示出他更相信金钱而非荣誉的作用，也相信是经济动机推动了文学，促进了写作的雄心。对不朽的向往不过是宗教情怀的虚妄的残留物，是对永生和灵魂不灭的信念的变体，在朗松眼里这些观念都是怪诞可笑的，他声称人总是需要做出决断，不能又要世俗功名又要精神不朽："没有什么东西可以替代上帝，没有什么能够填补上帝退场之前发挥的作用。人试图找寻的所有的上帝的替代品都是可怜的空想或者滑稽愚蠢的东西，而一项最幼稚的迷信便是想把人的永生的希望寄托在立言传世之上。"[1]

朗松的判词几乎是终极的、不容驳回的。在这个实证主义的时代，在这个只相信"事实"的年代，追求不朽简直是不知今夕何夕。是什么让朗松只信任事实，是什么让他在解释人写作的动机和对作品的热爱时，总是抱持极度的怀疑主义？作于1894年的《文学的不朽》是对波尔多文学院院长斯塔普费矫揉造作的散文集《文学的声誉》(*Des réputations littéraires*) 的评论，朗松兴高采烈地对该书大加讥讽，词锋所向，对手几乎体无完肤："保罗·斯塔普费先生跟不上形势……说到底斯塔普费先生有一颗信仰宗教的心灵……他可以危险地一跃……他可以信仰、赞美；他可以去天主教堂，也可以进路德宗的庙宇，或者进卫斯理宗的教堂，一切都随他自己。"[2]

也正是在1894年，朗松写完了他那著名的《法国文学史》的最

---

[1] Lanson, «L'immortalité littéraire»(*Revue bleue*, 1er septembre 1894), *Hommes et livres*, p.314.

[2] *Ibid.*, pp.295, 314, 315. 不过斯塔普费不会就此改变他的观点：*Des réputations littéraires. Essais de morale et d'histoire*, Paris, Hachette, 1893-1901, 2 vol.

后一笔，这本书第二年就将面世。值此时刻，某个问题难道不正围绕着那篇狡诈的文章，若隐若现，若即若离，仿佛冰山的一角？"那些被奉为不朽的作品和人物，它们是经过怎样的汰选而产生的？"[1]这个问题在《文学的不朽》中占据了一个段落，但似乎并没有得到解答。《法国文学史》的作者能够轻易地规避这个问题吗？经过一番嬉笑怒骂，朗松终于将其湮没在他笔下滔滔不绝的诡辩之中。可怜的斯塔普费成了替罪羊，让朗松得以不无狡诈地驱散那个关于"历史"的问题，哪怕"历史"将会成为千百万法国人心中文学的万神殿。不过，"历史"终归是一个现实的、政治性的问题，它完全属于尘世而非神国，而尘世会不断地将其世俗化。

1870年法国战败之后，阿歇特出版社推出了一套名为"法国大作家"（Les grands écrivains français）的著名丛书，其背景自不待言：借助对民族文学的尊崇，国家可以部分恢复元气。这套丛书拥有诸多同题材的竞争者，但它无疑是流传最广的那部，在第三共和国治下，它的地位近似"永恒的作家"（Écrivains de toujours）丛书之于20世纪。不过，19世纪并不像我们今天这样强调作家可望"获得"某种永恒性，因为在那个时代，这种永恒性是自然的、现成的和无须解释的；重要的不是未来的历史评价，而是此时与此地的时空，更直接地说，重要的是失去阿尔萨斯和洛林以后的法国。因此，对民族传统的赞颂乃是近在眼前、伸手可触之事。"法国大作家"的作者们的身份就可以直观地证明这一点，例如，丛书的第一本乃是1887年出版的前总理于勒·西蒙（Jules Simon）[2]所著之《维克多·库赞》。斯塔普费在1895年著有《蒙田》，朗松也为丛书写了《布瓦洛》、《高乃依》

---

[1] Lanson, «L'immortalité littéraire»(*Revue bleue*, 1er septembre 1894), *Hommes et livres*, p.303.
[2] 于勒·西蒙（1814—1896），法国哲学家、政治家，1876—1877年曾任第三共和国政府总理。——译者注

(1898)和《伏尔泰》(1906)。

在更早一些时候,阿歇特出版社已经开始策划一套名为"伟大的法兰西作家"(Les grands écrivains de la France)的批评版文选。此时尚在普法战争之前,不过策划者已经在追随日耳曼学术传统,并且已经是对德国的某种回应。两套丛书题名相近,也显示出相似的用心。第一套书于1862年推出的首位作者是马勒布(François de Malherbe)[1],接下来的也和马勒布一样是17世纪作家,直到1915年朗松再次出马论述拉马丁(Alphonse de Lamartine)的《沉思集》(Méditations),从而开启了这套丛书的第二个序列,即关于18世纪和19世纪文学的序列。

不过,19世纪末期人们所称颂的"大作家"究竟是指什么呢?这个概念本身完全是现代的产物。布瓦洛谈论过"杰出作家",拉马丁赞美过"绝世的作家",菲勒蒂埃(Antoine Furetière)[2]编订的文选里会提到"著名作家"或者"好作家"。"大作家"总是以单数的形式存在,如埃米尔·利特雷(Émile Littré)[3]在他的词典中会引用这样的句子:"拉辛是一位大作家。"复数的"大作家(们)"(借用"伟人们""致伟人们"等表达方式)完全是浪漫主义运动和民族意识勃兴的产物。保罗·贝尼舒(Paul Bénichou)[4]说过:"作家"是浪漫主义的结果;而"大作家",或者更准确地说,"大作家们",则是爱国主义的结果。我们还可以援引泰纳,在他看来,"大作家们"的加冕典礼,也是他们与众多"小作家""次要作家"分离的过程,后者无权在阿歇特的纪念碑上占有一席之地。"法兰西的伟大作家们"是英雄

---

[1] 弗朗索瓦·德·马勒布(1555—1628),文艺复习晚期的法国诗人。——译者注
[2] 安托万·菲勒蒂埃(1619—1688),法国诗人、寓言作者、小说家。——译者注
[3] 埃米尔·利特雷(1801—1881),法国哲学家、词典编纂家,著名的《利特雷词典》的作者。——译者注
[4] 保罗·贝尼舒(1908—2001),法国当代文学史家。——译者注

部落，是诸神，是第三共和国的建国之父，而第三共和国则会在赫里欧总理领导下成为教授们的共和国［赫里欧在其所著的《法国文学简史》(*Précis de l'histoire des lettres françaises*) 中宣布，他的这本书只会汇集有权威的作者如布吕纳介、法盖、朗松、杜米克等人的著作］：普鲁斯特、他的亲友和引路人就活在这样的世界里，从他们身上，我们可以看到法国的上层阶级是怎样通过爱恋拉辛、塞维涅夫人（Madame de Sévigné）[1]、圣西门公爵（Louis de Rouvroy de Saint-Simon）[2] 和其他17世纪古典作家，一步步定义自身的。

有两位主神雄踞于文学的奥林匹斯山山巅，有两颗群星环绕的主星闪耀在天顶，那就是博须埃和伏尔泰，他们分别象征着17世纪和18世纪。这也说明世上并无一个统一的文坛。朗松在《文学的不朽》中明确地指出，能够永生的有时是作品，例如已具备神话性的《曼侬·莱斯戈》(*Manon Lescaut*) 和《哈姆莱特》(*Hamlet*)，有时则是可以与其作品完全分开看待的作家本人——"与伏尔泰自己相比，《梅罗珀》(*Mérope*)、《路易十四的世纪》(*le Siècle de Louis XIV*) 甚至《天真汉》(*Candide*) 又算得了什么呢。"——作家可以成为真正的历史人物，甚至进入神话和传说的殿堂："因此，博须埃在传说中代表着专断的绝对君主制和不宽容的天主教会……而伏尔泰、狄德罗和卢梭，则象征着革命的、民主的信仰的表达。"[3] 对矛盾两极的最好呈现是朗松分别在1891年和1906年为博须埃、伏尔泰这一对超级大作家撰写的两部专论（对于朗松本人的未来，以及朗松主义的历史而言，这两本书的重要性还要超过修辞学的原罪和他的信仰声明）。在

---

[1] 塞维涅夫人（1626—1696），法国著名书简作家。——译者注
[2] 圣西门公爵（1675—1755），法国贵族、作家，他的名著《回忆录》记录了路易十四晚期及摄政时期法国上流社会的往事，其风格对后世法国文学有深远影响。——译者注
[3] Lanson, «L'immortalité littéraire» (*Revue bleue*, 1er septembre 1894), *Hommes et livres*, p.300.

这两本专论之间横亘着世纪之交15年的时光，德雷福斯事件、左派政治集团的胜利、政教分离法案的制定和朗松归依激进共和主义都发生在这个时期。博须埃和伏尔泰，与其说他们是不同的文学选择，毋宁说是不可避免的政治和意识形态抉择，这种抉择仿佛复现了古今之争时阵垒分明的格局，只不过代之以天主教与共和派之争。

朗松说过，"文学名作会不断演化、转变，它们随社会本身而改变，它们的价值、意义和色彩都会变化"。[1]这是他拒绝讨论文学不朽性的理据之一。此类讨论已让他深深地厌倦。经验早就让他明了每个时代是如何重建自己的万神殿，又是如何重新绘制诸神的星空的。从1870年到1914年，发生了太多激烈的争斗，足以将此辈贬黜到底，又将彼辈抬上神坛。到底是博须埃还是伏尔泰，这是众星诸神之争，是提坦巨人之战。在争斗中，有一颗彗星划过天空，它的光芒并没有持续很久——但曼特农夫人短暂的辉煌仍旧让圣西门公爵黯然失色。在这样纷争不绝的时空中，要成为一位法国大作家，又如何才能实现呢？

毫无疑问，在1894年与教皇利奥十三会晤之前，布吕纳介就是反伏尔泰主义者，他一直站在17世纪这边反对18世纪，博须埃对他来说是"我们的作家中最伟大的一位，又是文人中最渺小的一位"。[2]比较当然是以伏尔泰为参照的，褒一人即为贬一人。布吕纳介的精

---

[1] Lanson, «L'immortalité littéraire»(*Revue bleue*, 1er septembre 1894), *Hommes et livres*, p.301.

[2] Brunetière, *Études critiques sur l'histoire de la littérature française*, 6e série, Paris, Hachette, 1899, p.234. 布吕纳介认为，博须埃的优越之处在于他的笔法毫无人工做作的痕迹，真正做到了心口如一："只有伏尔泰在这方面能够与他相提并论。"不过，这里指的是作为书信作者的伏尔泰，而且前提是"如果哗众取宠的欲望没有太明显地渗入他的语言，否则，即便不会扭曲自己的原意，至少也会丧失自然的风格"(*Ibid.*, p.233)。在这里我们依然能读出布吕纳介对伏尔泰的指控：作为历史上第一个职业文人，他不够自然和真诚。

神遗嘱是一本在他身后才出版的关于"莫城之鹰"[1]的文集,[2]可早在 1878 年的时候——这一年是伏尔泰逝世一百周年,为此举行的纪念活动,成为围绕共和制建立问题而展开的一次政治论辩——他就已经把矛头指向了"费内教长"[3]:"伏尔泰和博须埃的相似之处不止一点,而他们的差别也正如 18 世纪和 17 世纪之间的差异……博须埃为之战斗的,仅仅是那些能够为社会增添荣耀的东西,宗教、权威、尊重;而伏尔泰则相反,除了两三次例外,他仅仅为他自己而行动,在 60 年的光阴里,他只为自己的财富、成功和声明而战斗。"[4]需要指出,在布吕纳介的评价里,作品是不存在的,我们只能看到相互抵牾的人格,而伏尔泰遭人诟病之处就在于他对荣耀的追求,对不朽性的向往。不过布吕纳介的结论很有意思,它恰恰证明了朗松所谓不朽的作家只不过是肖像或象征的判断是多么正确。亚森特·里戈(Hyacinthe Rigaud)[5]用画笔表现了一个世纪,让-安托万·乌东(Jean-Antoine Houdon)[6]则用人物胸像塑造了另一个时代:"看一看这幅画像和这尊塑像,请认真地、慢慢地观看它们。这不仅仅是两个人物,也是我们历史中的两个世纪,是法国精神的两种体现;靠了人物原型的伟大意义,乌东的大理石和里戈的画布还表现出了人类精神

---

[1] 博须埃 1681 年起任莫城主教(évêque de Meaux),"莫城之鹰"(l'Aigle de Meaux)是他的绰号。——译者注
[2] Brunetière, *Bossuet*, préface de Victor Giraud, Paris, Hachette, 1913.
[3] 伏尔泰 1755 年起退隐法国瑞士边境的费内(Ferney)小镇,故有"费内教长"之称。——译者注
[4] Brunetière, «Voltaire d'après les travaux récents», *Revue des Deux Mondes*, 15 mai 1878, pp.386-387.
[5] 亚森特·里戈(1659—1743),法国著名肖像画家,最著名的代表作为《路易十四》。——译者注
[6] 让-安托万·乌东(1741—1828),法国著名雕塑家,曾创作过莫里哀、卢梭、狄德罗、华盛顿、拿破仑等人的雕像,最著名的代表作是老年伏尔泰的坐像。——译者注

的两幅面孔，艺术将它们永远地凝固了下来。"

事实上，伏尔泰逝世百年的纪念文字中也有诸多地方失之过简。百年后的追忆者将伏尔泰视为启蒙和理性的象征，但这次活动却没有考虑同一年去世的卢梭，将他排除在纪念之外。究其原因，写过《萨瓦神父的信仰告白》(*Profession de foi du vicaire savoyard*)的卢梭不适于为反对教权的战斗提供资源，而作为主张人民主权、普选制以及平等和社会主义的先知，他的名字又无助于建立一种统一的尊崇。伏尔泰则正好相反，雨果在他身上同时看到了基督的继承者和宗教的最好对手这双重形象："伟人，请享受永远的祝福！"[1]伏尔泰得享之荣耀并非新事，它会定期从遗忘的灰烬中重生，缪塞（Alfred de Musset）不朽的诗句是可以常吟常新的："伏尔泰，你是否带着满足安睡，而你丑陋的微笑／是否依然在你的枯骨上回翔？"

博须埃和伏尔泰的对峙并不仅限于与宗教问题相关的陈词俗套上。一个神话总是会遮蔽另一个，这两位对手的文字还关系到另一个对这个世纪至关重要的问题，即历史。属于历史的世纪，到底继承的是博须埃的《论普遍历史》(*Discours sur l'histoire universelle*)，还是伏尔泰《论风俗》(*Essai sur les mœurs*)的观念？这一提问显然带有

---

[1] Hugo, «Le centenaire de Voltaire» (30 mai 1878), *Œuvres complètes, Actes et paroles*, t. III, Paris, Albin Michel, 1940, p.300. 雨果说道："距今天一百年之前，一个人死了。他死而不朽……他不仅仅是一个人，还是一个世纪。"(*Ibid.*, p298)这里对卢梭的排斥是很明显的："在伏尔泰周围有一片才智之士组成的森林，这片森林就是18世纪。"如果说卢梭只是代表人民，那么伏尔泰就足以代表人本身(*Ibid.*, p.303)。这就是为什么他发出的讯息是万世不灭的，在所有的伟人中间，唯独将他与基督联系在一起："耶稣哭泣，而伏尔泰微笑。"(*Ibid.*, p.302) 关于1878年的纪念活动，可参见：L. Mohr, *Les centenaires de Voltaire et de J.-J. Rousseau, aperçu bibliographique*, Bâle, 1880. Et G. Benrekassa, J. Bidou, M. Delon, J.-M. Goulemot, J. Sgard, E. Walter, «Le premier centenaire de la mort de Voltaire et de Rousseau: significations d'une commémoration», *Revue d'histoire littéraire de la France*, mars 1979.

更强的思想意味。

在 1870 年之后，奉行方法至上的新一代历史学家把伏尔泰看成是他们这个"行会"的教主。莫诺 1876 年在《历史学刊》的发刊宣言《论 16 世纪以来法国历史研究的进步》(«Du progrès des études historiques en France depuis le XVIe siècle»)中称颂了伏尔泰，当然也批评了博须埃。伏尔泰被视为历史研究的转折点，也是我们这个时代的模范。莫诺总结说："在博须埃那里，普遍历史依然被囚禁在神学的狭小框架内。但在伏尔泰那里，靠了他锐智深刻的眼光，《论风俗》将普遍历史转化为以科学为依据的思考的对象，这种科学有时是脆弱的，但它的准确和深刻经常像先知的预言一样，这是我们今天也不能不为之惊讶的。"[1] 在莫诺一派眼中，伏尔泰固然治学略感粗简散漫，但仍不失实证主义史学开创者之身份，为了尊奉他的崇高地位，《历史学刊》的严谨的档案学家们（他们对浪漫主义史学家的抱怨可是超过对任何人）不得不把伏尔泰抬到先知的地位。可是这样一来，说伏尔泰与博须埃的"神学"一刀两断又有什么意义呢？伏尔泰和博须埃这两位历史学家之争，本身就已经成为一种宗教抉择，人们无非是要在天主教的教理和理性主义的教理之间择一而从罢了。

1898 年，朗格卢瓦和塞格诺博在《历史研究导论》中用众人已耳熟能详的言辞再次颂扬了这位历史学的开创者。伏尔泰的功绩在于写出了新的历史，它"不再停留于事件本身，而是人的风俗习惯的历史"。"对如今我们设想的那种历史学而言，《论风俗》是第一步开创之作，在诸多方面也是一部杰作。"[2] 开创之作和杰作：伏尔泰从先知又变为主旋律的谱写者。不过，世事难测，从 1876 年到 1898 年，从

---

[1] Monod, «Du progrès des études historiques en France depuis le XVIe siècle», *Revue historique*, janvier 1876, p.25.

[2] Langlois et Seignobos, *Introduction aux études historiques*, p.259.

莫诺撰写发刊词到发表被奉为必读手册的《历史研究导论》的20多年里，伏尔泰却几乎销声匿迹了。诚然，他的声誉在1878年共和派纪念他去世百年之时达到了顶点。这一年因第三共和国的最终稳定而被载入历史，当年1月，共和派在市政选举中获得多数席位，次年1月又取得了参议院的多数，从而导致麦克马洪（Patrice de Mac Mahon）[1]总统在1879年去职。伏尔泰在共和派的胜利进军中的确发挥了作用。然而，一旦君主制和极端教权势力迫在眉睫的危险得以排除，在一个越来越被资产者和宗教掌控的体制下——阿纳托尔·法郎士将其称为"雅典共和国"——18世纪又被重新束之高阁。法盖和布吕纳介此时都开始声讨一个失去信仰的时代，[2]启蒙和大革命已无人过问，泰纳的《现代法国的起源》一书也跟着他们一起揭露大革命的面目。在激进派思想主导下，通过立法在1880年建立了女子中学的卡米耶·塞（Camille Sée）[3]此时也承认他的事业已经不复往日光景，他在1894年写道："如今博须埃又成了领路的人"。[4]

---

[1] 帕特里斯·德·麦克马洪（1808—1893），法国军人和政治人物，元帅，第三共和国第二任总统。——译者注

[2] 自尼扎尔以来，索邦文学院一直持强烈的反伏尔泰立场：Voir Faguet, *XVIIIe siècle, études littéraires*, Paris, Lecène et Oudin, 1890, et surtout *Voltaire*, Lecène et Oudin, 1895. 索邦法语演讲术教授、朗松的前任克鲁莱的态度则更加激烈：Crouslé, *La Vie et les Œuvres de Voltaire*, Paris, Champion, 1899, 2 vol. 哲学家努里松（Jean-Félix Nourrisson）的攻击则超越了界限（*Voltaire et le voltairianisme*, Paris, Lethielleux, 1896），他实际上是在追随伏尔泰的语言中最糟糕的东西："从1778年以来，伏尔泰的名字犹如战场的呼喊和集结号声。"（p.41）可实际上，"就其全局和根底来看，伏尔泰的哲学或曰伏尔泰主义不过是一种唯物主义、利己主义的学说，充满对他人的嘲讽。"（*Ibid.*, pp.669-670）除伏尔泰之外，努里松的攻击矛头还会指向卢梭：*Rousseau et le Rousseauisme*, Paris, A. Fontemoing, 1903. 如需了解更多对伏尔泰的看法，还可参见：Edme Champion, *Voltaire, études critiques*, Paris, Flammarion, 1893.

[3] 卡米耶·塞（1847—1919），法国共和派政治家，国会议员，卡米耶·塞教育法案的提出人。——译者注

[4] Sée, *L'Université et Mme de Maintenon*, Paris, L. Cerf, 1894, p.174.

此时朗松在做什么？此时的他，已经在1887年完成博士答辩并结婚，他欠总督学欧仁·曼努埃尔的人情也已经还清，于是他开始放手为大众写作，而此时他笔下的天平更倾向17世纪而非18世纪。1891年，他论述了博须埃这位伏尔泰的对手，1892年出版了《布瓦洛》，他视其为"古典作家中最学院派的一位"。[1] 这些著作都深具修辞学的色彩。关于博须埃，朗松笔下展开了他生平和著述的诸多侧面，却未附加注释和参考书目。至于博须埃对后世的影响——"作家影响"很快就会成为文学史著作中有名的栏目——他却不置一词。布吕纳介甚至尼扎尔都应他之邀为该书作序。简单地说，在成为真正的朗松之前的朗松，正忙于保护一位属于法国修辞和演说传统的作家不受渎神者（当然是指伏尔泰的拥戴者）的攻讦，后者把这位作家斥为"能说会道的神父"和"夸夸其谈的修辞家"。[2] 现在，国家和教会正手携着手，情势不由人，就像这本让人震惊的《博须埃》的前言里所说的那样："人们为'伏尔泰派'的称号而脸红，好似从前会因为被视为'耶稣会士'而感到羞愧。"[3]

关于如何阅读博须埃，朗松推荐的正是日后遭到他最严厉批评的那种模式："面对谈论博须埃的责任，我重新让自己直面他的作品，我想关注的仅仅是他的作品本身；因此，本书读者在这里看到的是批评家在阅读过程中的真实印象。"[4] 这番话言出之后不久，文学史就会开始厌憎印象主义，或者说，厌憎那种把作品与语境、知识、时代、社会相割裂，仅仅关注它自身的做法。然而此时此刻，朗松尚未开始钟情于历史，他只用短短一章来讨论博须埃的历史著作，目的还是批

---

[1] Lanson, *Bossuet*, Paris, Lecène et Oudin, 1891（与法盖反伏尔泰的《伏尔泰》一书是同一家出版社）；*Boileau*, Paris, Hachette, «Les grands écrivains français», 1892.

[2] *Ibid.*, pp.v. et xi.

[3] *Ibid.*, p.vii.

[4] *Ibid.*, pp.xi-xii.

评伏尔泰的不足，因为钟摆的周期摆动现在就要求他如此行事。朗松指出，博须埃本来为他的《论普遍历史》规划了三个部分，但只写出了其中的一个："他的宏图需要另一个心灵的接续，他未尽的计划，只能由伏尔泰来完成。不过，尽管《论风俗》有其成就，但我们怎么不为博须埃感到遗憾呢？他写出了犹太人和异教民族的古代，却未能以同样的方式写出基督教的中世纪！"[1]朗松对博须埃的认同是一目了然的，尽管他自称是怀疑主义者，他的心灵却倾向宗教，他希望用基督教的道德来对抗业余主义、自然主义和印象主义鼓动下的信仰丧失。时间回溯到1889年，布吕纳介在与阿纳托尔·法郎士展开的关于布尔热的《弟子》的论争中，就表现出严格的道德家的立场，而朗松是站在他这一边的。

朗松此后在《法国文学史》中同样表现出对17世纪的偏爱，其中博须埃仍最受青睐。相反，在论伏尔泰历史著作的章节的末尾，他下了这样的判词："尽管他很勤勉，也富有写作才华，但其作品依然立足于偏见，也是错误和令人不快的。"[2]不过真正把博须埃和伏尔泰的对立推到极致的，还是他的对手勒内·杜米克。杜米克眼中的博须埃犹如朱庇特，"博须埃可以被看作我们这个民族所能拥有的各种品质的最完整的代表"；[3]而伏尔泰就只能自作自受，好自为之了，他在"所有文体中都是第二流的"，是"凡夫俗子里的大人物""通俗化作家里最聪明和最有力的角色"。[4]但归根结底，比起在博须埃和伏尔泰之间生硬地做选择，更有意义的是关注下面这个事实：众多文学史家不由分说将不朽的文学声名赋予另一位历史人物，而这种不朽性中也蕴含着政治寓意：这位名人就是曼特农夫人。

---

[1] Lanson, *Bossuet*, Paris, Lecène et Oudin, 1891, p.283.

[2] Lanson, *Histoire...*, 1895, p.693.

[3] Doumic, *Histoire de la littérature française*, Paris, Delaplane, 1900, 16e éd. p.312.

[4] *Ibid.*, p.445.

15 "双腿残疾者斯卡龙之遗孀被列真福品"

1887年出版的《写作及文体原理》依然属于旧修辞学传统，在这本书的卷首，朗松援引的唯一一位权威人物便是"从不为理论和一般原则所困"[1]的曼特农夫人。朗松把她视为新教学法力主采用的实验方法的先驱，而这种方法正在女子教育和专门教育中接受检验。不过，向曼特农夫人乞援毕竟是相当幼稚的行为。在德雷福斯事件爆发之前，再也没有哪个人——除了圣女贞德或者修女贝尔纳黛特·苏比鲁（Bernadette Soubirous）[2]——能像诗人泰奥多尔·阿格里帕·多比涅（Théodore Agrippa d'Aubigné）的孙女，保罗·斯卡龙（Paul Scarron）的遗孀，蒙特斯潘夫人（Madame de Montespan）[3]的子女的家庭教师，最后成为路易十四秘密成婚的妻子的曼特农夫人一样，在法国人中间制造这么多的分裂了。当卡米耶·塞抱怨自己创建女子走读学校的法案执行中遭受挫折时，他猛烈地抨击了曼特农夫人这位改宗天主教的前新教徒，认为今人迅速把她奉为共和制下女子中学的先行者，未免过于轻率。他宣称，曼特农夫人如今已被捧入云端，不仅

---

[1] Lanson, *Principes de composition et de style*, p.vii.
[2] 贝尔纳黛特·苏比鲁（1844—1879），法国天主教圣徒，修女，曾十八次见证"圣母显灵"，1933年被罗马天主教会封圣。——译者注
[3] 泰奥多尔·阿格里帕·多比涅（1552—1630），法国诗人，加尔文宗新教徒，曼特农夫人的祖父；保罗·斯卡龙（1610—1660），法国著名诗人、小说家、剧作家，曼特农夫人的前夫；蒙特斯潘夫人（1640—1707），路易十四的情妇，曼特农夫人在与路易十四秘密成婚之前，曾担任路易十四与蒙特斯潘夫人的非婚生子女的家庭教师。——译者注

被视为教育家、在圣西尔的圣路易王家女子学校（La Maison royale de Saint-Louis à Saint-Cyr）的创建者，还被视为作家。卡米耶·塞愤怒地说道，"以前，中学里使用的文学选本根本对曼特农夫人不置一词"，[1]"如今，她在我们的枕边书里地位显赫"。[2]人们是以教育的名义把她抬入文学万神殿的，可现在她却成了一位货真价实的文学家。"关于女子中学教育的法案倒有这份殊荣，在17世纪文学中赋予这位曼特农夫人一席之地，而且有人还存心不断提升她的地位，这倒让她重获新生了。"[3]曼特农夫人在文学界的地位获得确认是激进党让步的结果，而她的影响却是负面的：她是群众之敌，对根本无意取悦信奉天主教的资产者的这部法案而言，她的精神也是背道而驰的。卡米耶·塞希望为人民创建寄宿学校，得到的却是服务于资产者的走读学校，而且它们全都打着17世纪作家的名义，比如费奈隆、拉辛、莫里哀、拉封丹（Jean de La Fontaine）……[4]

这场争论的意义并没有被夸大。写过《论女子教育》（L'Éducation des filles）的费奈隆曾为了实现更高的目标而和博须埃和解，在他的辅助下，曼特农夫人成为若干女子学校的创办者和保护人，其办学的目的，是"安抚这些家庭"，[5]收养、教育他们的女儿。到了现代，只有把法国公立高中视为由曼特农夫人创办，实行修道院式纪律的圣西尔女子学校的继承者，才能使它们与宗教学校竞争。在19世纪80年代，费奈隆和曼特农夫人因此获得了很高的声誉。阿德里安·迪皮伊嘲讽说，"这两位人物在供应学校教材的书店和批评界都造成了声势浩

---

[1] Sée, *L'Université et Mme de Maintenon*, p. 42.
[2] *Ibid.*, p. 173.
[3] *Ibid.*, p. 45.
[4] Voir F. Mayeur, *L'Enseignement secondaire des jeunes filles sous la Troisième République*.
[5] Dupuy, *L'État et l'Université, ou la Vrais Réforme de l'enseignement secondaire*, Paris, L.Cerf, 1890, p. 119.

大的运动。他们的教育学著作一版再版，课堂上讲的是他们，考试大纲里也到处是他们。"[1] 两位作者仿佛被后世发掘出来的出土文学家，一朝重见天日，坊间便随处可见他们的大名，仅以1884年为例，就有菲利克斯·卡代（Felix Cadet）[2] 的《教育与道德》，以及法盖特别是巴黎学区副区长奥克塔夫·格雷亚尔的选本面世，这两种选文也成为最正式的版本。[3] 同样在1884年，曼特农夫人还进入了学士资格考试的必考作者范围，到1894年，名单里依然有她，难怪卡米耶·塞抱怨说："曼特农夫人已久在教师资格和学士学位考试的作家之列。""她进入考试作者名单，然后凭借'征服者的权利'一直待在那里，因为其他作家来了又去了，只有她，也许还有其他个别例外，能够岿然不动。1893年的考试作者名单里包括11位作家，其中5位是从未出现在其他名单里的。塞维涅夫人被牺牲了，但曼特农夫人被保留了下来。"卡米耶·塞还加了一条带着怨气的附注："曼特农夫人依然在1894年的考试作者名单里。自从1884年首次制定这份年度名单以来，只有'格雷亚尔编选的曼特农夫人文集'和'拉辛'始终还在那里。"[4]

在所有的文集编辑者中间，卡代把事情的来龙去脉交代得最为坦

---

[1] Dupuy, *L'État et l'Université, ou la Vrais Réforme de l'enseignement secondaire*, Paris, L.Cerf, 1890, p.124. 迪皮伊批评了共和制下学校对曼特农夫人和费奈隆的利用以及历史学家在大学中掌握的权力，此后他自己担任了巴黎学区督学以及公共教育部的总督学。

[2] 菲利克斯·卡代（1827—1888），法国教育学者。——译者注

[3] Mme de Maintenon, *Extraits* (éd.Gréard), Paris, Hachette, 1884; *Extraits* (éd.Faguet), Paris, H.Oudin, 1885; *Éducation et Morale* (éd. Félix Cadet), Paris, C. Delagrave, coll. «Bibliothèque pédagogique», 1884. 另可参见 P. Jacquinot 的选本（Paris, Belin, 1888）以及：M.-A. Geffroy, *Mme de Maintenon, d'après sa correspondance authentique*, Paris, Hachette, 1887, 2 vol. Et Gréard, *L'Éducation des femmes par les femmes, études et portraits* (Fénelon, Mme de Maintenon, etc.), Paris, Hachette, 1886.

[4] Sée, *L'Université et Mme de Maintenon*, p.175 et 176. 作家和文献学者 Gustave Vapereau 的著作可与卡米耶·塞相互参照：«Mme de Maintenon», *Revue de l'enseignement secondaire des jeunes filles*, octobre 1891. Vapereau 的著作还有：*Éléments d'histoire de la littérature française*, Paris, Hachette, 1883-1886, 2 vol.

诚。他甚至称呼曼特农夫人为"法国第一位世俗的女教师",此外,他还在通信中流露出对宗教教育机构的不信任情绪,由此一来,他当然就有理由把曼特农夫人视为世俗学校的真正先驱,于是他得出这样的结论:"对修会教育的抵触已经非常清晰地出现在曼特农夫人的笔下。"[1]然而还有一个烦忧没有解决:要想出现在入学选拔性考试的大纲里,仅仅做一个好的教育家是不够的,毕竟她的"助手"费奈隆都有其他领域里的成就和声名。格雷亚尔对此问题最为敏感,他在结束其《选集》的导论部分时,老老实实地加上了一个关于"作家曼特农夫人"的段落,在这个段落里,格雷亚尔承认这位夫人只是一位"二流作家":"她并没有卓越的文笔。她称不上是一位大作家,因为要配得上这样的头衔,不能只拥有好的品位,还要有足够的想象力,而曼特农夫人的想象力并不够丰富。"[2]一向对曼特农夫人有好感的布吕纳介也在一篇关于她的文章里表达了对其文学禀赋的质疑,认为她以"审慎、周到、一丝不苟的主妇"身份见长,但这些品质未必能支撑她倏忽而至的极大声誉。布吕纳介对女性作者的确不无偏见,但他毕竟发出了这样的告诫:"这样的品德诚然可以给高乃依和拉辛家的小姐、拉封丹的太太和拉布鲁耶(Jean de La Bruyère)[3]的母亲增添光彩,但并不能让她们就此领袖群伦,也不能让她们激起后世的倾慕,或至少令后人铭刻于心。"[4]有鉴于此,曼特农夫人的身影并未出现在

---

[1] F. Cadet, *Éducation et Morale*, p. l.
[2] Gréard, *Extraits*, p. xxvii.
[3] 让·德·拉布鲁耶(1645—1696),法国哲学家、作家,《品格论》(*Les Caractères ou les Mœurs de ce siècle*)的作者。——译者注
[4] Brunetère, «Mme de Maintenon», *Revue des Deux Mondes*, 1er février 1887, p.690. 这篇文章是对 M.-A. Geffroy 那本书的评论。布吕纳介还在文章里对曼特农夫人发表了这样的看法:"她不算太精明,甚至也不算太聪慧,不过她称得上谨慎、周全、灵活,这是女性天生的品质——不管人们怎么说,女性的确大多如此。"(p. 683)称赞曼特农夫人身上的女性特质,也是为了替她辩护,毕竟有人指责她有机会主义之嫌。

布吕纳介的《法国文学史教程》里；当然，塞维涅夫人的名字同样阙如。相比之下，法盖对她的评论就更直截了当："她下笔正是典型的教师风格。"[1]事实上这一评价也是世纪末各类教材中对她的通行看法——比如杜米克就认为"理性、坚定、严谨，这既是文学家也是教育家的风范"；[2]未来的政府总理赫里欧指责了她的政治影响，但还是为她的文体做了辩护："她的风格中蕴含着坦诚和求真的精神；她下笔有力、精确、明晰，但并无过多的激情。"[3]

至于卡米耶·塞，他认为曼特农夫人所以能得到作家的地位，"双腿残疾者斯卡龙之遗孀被列真福品"，[4]多与谎言和宣传相关。她重新受到重视一事尽管不符合这个时代的风格，但在"无视事实和文本"的情况下竟然发生了。只有相信为她写"圣徒传记"的人，即她的侄女凯吕斯侯爵夫人（marquise de Caylus）[5]，才能把她想象为"一个简单、谦逊、对人慷慨大度的女性"。[6]相反，我们即便不像卡米耶·塞那样，把曼特农夫人看作野心勃勃的"祸水"，我们也可以想象出，新一代的具有正确思想的传记作者，即坚持世俗和共和立场的人，很难理解她与国王的秘密婚姻，也很难原谅她对国事的干预，并且无法为她在路易十四废除南特敕令一事上所起的作用开脱。格雷亚尔更喜欢强调她作为教育家的功业。不过杜米克倒是挑明了他的观点：他在其《法国文学史》中原话抄录了路易十四的忏悔神父拉雪兹（François d'Aix de La Chaise）[7]为曼特农夫人的辩护，同时把圣西尔

---

[1] Faguet, *L'Histoire de la littérature française*, t. II, p. 158.
[2] Doumic, *L'Histoire de la littérature française*, p. 289.
[3] Herriot, *Précis de l'histoire des lettres françaises*, p. 398.
[4] Sée, *L'Université et Mme de Maintenon*, p.47.
[5] 凯吕斯侯爵夫人（1673—1729），法国女作家，曼特农夫人的侄女。——译者注
[6] Sée, *L'Université et Mme de Maintenon*, p.46.
[7] 拉雪兹神父（1624—1709），法国耶稣会士，曾长期担任路易十四的忏悔神父，著名的贝尔拉雪兹公墓即由他得名。——译者注

女校创建者蒙受的恶名归咎于圣西门公爵和伏尔泰对她的敌意:"圣西门这位巧舌如簧的诽谤者一旦造出流言蜚语,世俗之见就很难改变了。"[1]经过杜米克一番论证,对曼特农夫人的谅解又变得很容易:她只是一位受害者,名誉尤其受到伏尔泰的破坏;这样一来,卡米耶·塞和迪皮伊口中的"世俗的圣女",似乎又成了博须埃之后又一位统领大军征讨18世纪和启蒙精神的人。

迪皮伊强烈批判了这位"世俗的圣女"。在他看来,当代有两位"著名的伏尔泰反对者"——这无疑是指布吕纳介和法盖——夸大了她的地位。这两位批评家的反伏尔泰立场毫无可信之处,所有伏尔泰一派的人士都会嗤之以鼻:"那些了解她与路易十四的秘密婚姻的人,都认为她是一位足够狡诈的宫廷女教师,能够让学生们的父亲娶她。"[2]茹费理时代的法国容不得受这样的欺骗,而义务教育体制下的话语,也即初等教育的话语——它和直到政教分离为止都坚持资产阶级色彩的中学教育话语不同——也迅速戳穿了曼特农夫人的神话:没有谁能够理解"还有人愿意炫耀一位只相信生存法则,品格暧昧的人;哪怕此人确有教育的才能,今天我们也不能让她掌握学校的领导权,何况她还没有正当的民事身份"。

朗松在他的《法国文学史》的相关章节里则用了"理性本身""第一流的作家"这样的字眼,这些修辞足以勾起眼泪,恢复那位伟大国王的妻子的清誉:"她起初没有想过这样的地位。她只想在

---

[1] Doumic, *L'Histoire de la littérature française*, p. 289.
[2] Dupuy, *L'État et l'Université*, p.124. 迪皮伊把费奈隆和曼特农夫人在时下的流行,即"由两位在大学关系很深的批评家最近发动的反伏尔泰运动",与格扎维埃·迈斯特(Xavier de Maistre)拒绝经过塞纳河边的伏尔泰堤岸(le quai Voltaire)时的恨意联系起来(*Ibid.*, p. 125)。在对这个小事件的叙述中,浮现出我们所讨论的论证的政治维度。

年老之时免于饥馑之忧。"[1]可怜的女人！由于害怕重新陷入她早年品尝过的贫困，这位不幸的女人无暇多想就献身于国王。但无论怎样，她是一位"天才的教育者"，"她是为教育而生的"，至于秘密婚姻之有无，无关大局！曼特农夫人和塞维涅夫人在一个高度上，后者还在致其女儿的信中这样非议前者："书信文学，就是塞维涅夫人和曼特农。"在这个伟大的世纪，唯有她们两人的书信值得留存，而诽谤者圣西门则要作为一个颓废堕落之徒和粗俗的伏尔泰派，被发遣到18世纪。

在一个更小、更弱的意义上，圣西门公爵和曼特农夫人之争，复制了伏尔泰和博须埃、18世纪与17世纪的对峙，人们必得选择其中一方而绝不可兼得。在一个完美的跷跷板游戏中，凡颂扬曼特农夫人者，必会恶评圣西门。布吕纳介在他的文学史教程中同时忽略了曼特农夫人和塞维涅夫人，而他也同样无视圣西门：他们所投身其中的文体是没有历史前景的。不过，在一篇刊于《两世界》的文章里，他多少出言为曼特农夫人做了辩护，于是圣西门就成了"一个目光敏锐的贵族，浑身洋溢着他那个阶层的傲气"，他的《回忆录》(*Mémoires*)"全是用候见厅里的飞短流长、备膳室里的流言写成的"。[2]对朗松而言，事情更是一目了然：圣西门是一个迷失在18世纪的"落后分子"。[3]至于杜米克眼中的他，"写下的尽是让人厌恶的黑幕内情，津津乐道的是阴谋诡计的细节，停留于流言蜚语而不能自拔"。[4]还

---

[1] Lanson, *Histoire*..., 1895, p. 488. 就像杜米克重复法盖的话一样，朗松也和布吕纳介保持一致，后者说过："守寡之后，她(曼特农夫人)只想着能不虞匮乏……人们发现她唯一的心愿就是能多少改善窘迫的处境；'改善'这个带有市民阶层色彩的词用在她身上很合适。"(Brunetière, «Mme de Maintenon»)

[2] Brunetière, *Manuel de l'histoire de la littérature française*. Et «Mme de Maintenon», p. 681.

[3] Lanson, *Histoire*..., p. 667.

[4] Doumic, *Histoire*...p. 385.

不止此，最可憎的是他在文笔上毫无古典的风范。不过，还是法盖的评论最没有节制："总而言之，他并不是很聪明，我们甚至不得不说，他身上找不到哪怕一点点的聪明。"[1]我们不必再引证下去了，提到圣西门，人们无非也是那一套老话："这个过气的人"和"封建主"有的是"糟糕、错乱、毫无节制的风格"，等等，等等。

曼特农夫人获得了胜利。她不会杰出到可以跻身"法国大作家"之林，但可以进入同样由阿歇特出版社推出的"历史人物"序列。[2]她快速地划过文学的星空，然后又回归到一切神话般人物惯有的那种复杂暧昧的身份中。[3]各种私立或宗教学校也都可以将她引为先驱，卡米耶·塞在第三共和国初期曾批评从意识形态出发消费这位"世俗的圣女"，现在"自由学校"们同样可以这样批评，当然是在截然不同的意义上。曾创办众多私立女校的玛德莱娜·达尼埃卢（Madeleine Daniélou）[4]曾评论过格雷亚尔著名的《曼特农夫人文选》（该书有10年的时间影响巨大）："对她的教育行为的这项研究是十分严肃而且睿智的，但也很不完整，我甚至要说，是很不忠实于历史的，因为它完全略去了在她身上占主导地位的基督教的视角。曼特农夫人就此变成了一位世俗意义上的教育家，一位和赛弗尔女子师范学校校长近似的人物。"[5]政教分离实现之前的伏尔泰派人士，恐怕不能说出比达尼埃卢的这番言论更有力的话了。

----

[1] Faguet, *Histoire*…, t. II, p.193.
[2] Mme Saint-René Taillandier, *Mme de Maintenon*, préface de Paul Bourget, Paris, Hachette, 1923.
[3] 曼特农夫人如今又再度流行起来（只有上帝知道是什么原因），不过现在的情势和第三共和国时期毫不相干。可参看Françoise Chandernagor的畅销书：*L'Allée du roi*, Paris, Julliard, 1981. Et J. Prévot, *La Première Institutrice en France, Mme de Maintenon*, Paris, Berlin, 1981.
[4] 玛德莱娜·达尼埃卢（1880—1956），法国教育家、教育学者，曾创办多所私立女子学校。——译者注
[5] Mme Daniélou, *Mme de Maintenon*, Paris, Bloud et Gay, 1946, p.17.

16　被重置的文学不朽性

奇怪的是，博须埃和伏尔泰都等待了很久才进入"法国大作家"丛书。这或许与两位人物的重要性有关。丛书里的《博须埃》于1900年面世，其风格远不像朗松10年前的同名著作那样充满论战性，它更像一本纯粹的学术著作。该书的作者阿尔弗雷德·勒贝里沃（Alfred Rebelliau）[1]是博须埃专家，也是少数无意在他和伏尔泰之间区分高低的批评家之一。勒贝里沃早年杰出的博士论文《博须埃：新教史作者》（Bossuet, historien du protestantisme）与朗松的《博须埃》出版于同一年；稍后，他又校注出版了伏尔泰最有争议的历史学著作之一《路易十四的世纪》。[2] 1900年，17世纪在与启蒙世纪的对抗中已是节节败退。曼特农夫人的影响正在消失，博须埃的作品透过作者的神话开始恢复本来面目，伏尔泰随着政教分离的实现获得了胜利，而朗松1906年也在"法国大作家"中为他树碑立传。对朗松而言，这真是一次彻底的立场转换，现在他和最坚定的伏尔泰派站到了一起。他在1904年法语演说术的首次课程中宣布说，在担任索邦教授并接掌这一讲席之后，他的教学主题将是伏尔泰，这是他从前一年开始就在研究的内容。事实上，自1897—1899年以来，朗松一直借

---

[1] 阿尔弗雷德·勒贝里沃（1858—1934），法国历史学家，专长宗教思想史。——译者注

[2] Alfred Rebelliau, *Bossuet, historien du protestantisme*, Paris, Hachette, 1891; Alfred Rebelliau et Marcel Marion, édition de Voltaire, *Le siècle de Louis XIV*, Paris, A. Colin, 1894; Rebelliau, *Bossuet*, Paris, Hachette, «Les grands écrivains français», 1900.

为《大学学刊》撰写书评重新思考伏尔泰（从1896年至1908年，他在这份期刊上开设了文献专栏）。此时的朗松刚刚归依方法论旗下，重新评价了15年前遭他贬谪的作为历史学家的伏尔泰，不过，仿佛通过一种辩证式的狡诈，他并不因此而全然否定博须埃的地位，好像这两位对手可以从此相安无事，共享这一片天空。朗松告诉我们，在伏尔泰之前，唯一能够"超越政治和军事事件"的就是博须埃写出的历史。从博须埃到伏尔泰，其间的关系不再是对峙和矛盾，而是一种进步，没有什么比这种关系更能体现18世纪的胜利。"伏尔泰并不想改造博须埃……但他希望沿着他的路继续往前走。"[1]胜利还是属于伏尔泰，这是终极性的胜利："在博须埃身后，历史还有待被重新创造出来；但在伏尔泰之后，我们只需要继续完善它。因此赫特纳（Hermann Julius Theodor Hettner）[2]完全有理由说：'现代人对历史的全部理解都源于伏尔泰的《论风俗》。'"[3]伏尔泰是一种新的一神教的主神，而博须埃，即便从新兴的文学史的特定观念来评价，也最多是一位先驱者。

朗松几年来已成为文学领域的棋手，他在奥林匹斯山上所发起的革命得到了莫诺的祝贺和响应。史学革命距此已有30年之久，修辞学和布吕纳介布下的陷阱使文学相比历史学已经落后了一代人的时间，但朗松终究还是与莫诺当年创建《历史学刊》时的视野殊途同归了。莫诺在其书评中敏感地注意到了这一点："我们要特别向历史学家们推荐朗松先生对伏尔泰历史著作的杰出论述。"他在文章的注释中又进一步说："幸运的是，朗松先生改变了他在《法国文学史》中

---

[1] Lanson, *Bousset*, Paris, Hachette, «Les grands écrivains français», 1906.
[2] 赫尔曼·尤里乌斯·特奥多尔·赫特纳（1821—1882），德国文学史家。——译者注
[3] Lanson, *Bousset*, Paris, Hachette, «Les grands écrivains français», 1906, p. 133.

对《论风俗》的过分严厉的评价。"[1]我们还记得，青年朗松曾宣称伏尔泰的著作"依然立足于偏见，也是错误和令人不快的"；莫诺则把朗松苛刻的责备（偏见、过分严厉等）奉还给了他自己。1909年，朗松在第11版的《法国文学史》的一条"反省注释"中就指责伏尔泰的偏见一事公开致歉："然而，他的确具有历史学家的责任感……的确，他是提出对历史的现代理解的第一人。"[2]朗松还建议读者参考他收入"法国大作家"丛书的著作《伏尔泰》："如果留意我写的关于伏尔泰的小书，诸位就会明白现在的我相信应该对当初绘制的图画进行怎样的增删。"[3]不过，他仍然丝毫没有解释究竟是怎样的历史原因导致他改变了对伏尔泰的评价。

从1895年到1906年，为何在博须埃和伏尔泰之间会产生彻底的颠倒呢？再也没有对手的伏尔泰，究竟是怎样成为大学教授朗松眼里的"大作家"的呢？朗松现在不仅指明了伏尔泰的历史学贡献，也对其文学成就表示了认同。他的《伏尔泰》一书的最后一章谈论了作家的影响——现在谈"影响"已经成为一切文学史著述的常规格局——明确承认后世有广大的作家群在追随他的道路。1895年，朗松依然在指责伏尔泰的文笔，就像他对圣西门的贬抑一样，这是曲学阿世落井下石的行为，是一个严重的污点；但1909年版的《法国文学史》语气就大不相同："我在1909年的《散文艺术》一书里已经指出，做此类过于绝对的评价尤须谨慎。"[4]事实上1906年他已在论伏尔泰的专书里视其为"法国文学中一位主要的文体大师"。[5]于是，唯有伏尔泰而非古典作家才能在文体上代表法国文学，而除了更青睐

---

[1] Monod, *Revue historique*, janvier 1907, p. 363.
[2] Lanson, *Histoire...*, 1909, 11ᵉ éd., p.708.
[3] *Ibid.*, p. 707.
[4] *Ibid.*, p.769.
[5] Lanson, *Voltaire*, p. 210.

祈祷词、沉迷于旧修辞学的落后分子，所有人都会赞成他的新评价："举凡下笔能体现真正的才智，不肯徒为摇唇弄舌之人群（为布吕纳介先生的缘故，我必须排除口头演说这个范围，他是丝毫无取于伏尔泰的），我们都能轻易从中找到伏尔泰式的心灵。"就这样，自伏尔泰横空出世，朗松就背弃了他最早倾慕的大师，尽管他在内心还对博须埃抱有一腔热忱。

莫诺宣称，我们的时代是历史学的时代，而伏尔泰当为历史学的宗师。朗松则更进一步，直接称这个时代就是伏尔泰的时代："我们继续走伏尔泰的路……我们在此时代做他在彼之时代所做的事。"[1]神话不会消亡，我们都是伏尔泰一派，用朗松同一年面对众多小学教师所作演讲的题目来说，支撑我们的是"批评和宽容的精神"。[2]伏尔泰真正符合时代精神之处不在于"打垮宵小"（écrasons l'infâme）的口号，而是他在卡拉事件（l'affaire Calas）[3]中发挥的作用，这起事件是德雷福斯派的一面旗帜。[4]为此之故，朗松着手重新研究伏尔泰，在索邦开设以他为主题的课程，后来又编辑了1909年版的《哲学通信》。在1898年前后，伏尔泰重新成为法国文学的象征性人物。政教分离之后曼特农夫人影响力日衰，而博须埃从此只能得到教权派分子的拥戴，而伏尔泰却代表着18世纪和启蒙精神。以朗松此前身为博须埃、17世纪和基督教道德之支持者的身份，他的证词自然格外有说服力。《法国文学史》连同其各条自我反省、立场转变的注释，以漫画般的方式体现出这个世纪的转型，而所谓文学的不朽性也随之不

---

[1] Lanson, *Voltaire*, p. 217.
[2] *Pour les instituteurs. Conférences d'Auteuil*, Paris, Delagrave, 1907.
[3] 卡拉事件，指发生在1761年的一起针对新教徒让·卡拉（被指控杀害了自己试图改宗天主教的儿子，后被图卢兹高等法院判处酷刑处死）的冤案。伏尔泰介入了此案并写出《论宽容》一书，最终促成此案的平反。——译者注
[4] 可参见：Raoul Allier, *Voltaire et Calas, une erreur judiciaire au XVIIIe siècle*(*Revue de Paris*, 15 janvier 1898), Paris, Stock, 1898.

断重新被塑造。

　　1902年的议会选举后，极端共和派上台执政，他们力图让整个法国都彻底共和化。在共和派看来，尽管文人们仍旧可能欣赏以君主制、基督教伦理为主流精神的17世纪文学，但它已经不适合用以教化未来民主制下的公民。在德雷福斯事件中对法国中学教育具有决定性影响，并且在1902年教育改革中发声介入的索邦，明确地站在了18世纪文学一边。根据1902年制定的中学新课纲，学生应主要关注过去两个世纪的法国历史与文学，因为它们与公民精神关系的培育关系最为密切。考古学家萨洛蒙·雷纳克（Salomon Hermann Reinach）[1]1905年出席在列日举办的"法语文化及影响扩展国际会议"时，要求在法语教学中用18世纪的散文作家取代17世纪文学，用卢梭和狄德罗取代博须埃和费奈隆。朗松完全赞成雷纳克的意见："在不承认国家宗教的民主社会中，还要只用体现君主制和基督教价值的文学来教育学生，这再荒谬不过了……从路易十四治下的作家，如布瓦洛、拉辛、拉封丹、塞维涅夫人等人身上，我们不可能提取出任何爱国主义和社会思想的种子。"[2]相反，18世纪却能够教给我们一切："在启蒙世纪，我们能够找到我们今天所属的社会和思想秩序的根源，也能够体验到今天依然主导我们的行为的那些情感。伏尔泰、孟德斯鸠、狄德罗、卢梭、布封，这些作者更接近我们，能够更好地教导我们的下一代，促使他们继承我们的遗产，并且继续我们的努力，而这是博须埃和拉辛所无法做到的。"[3]尽管法盖、杜米克以及古典人文学的支持者们（他们或多或少都和法兰西运动组织有

---

[1] 萨洛蒙·雷纳克（1858—1932），法国考古学家、艺术史家，曾在德雷福斯事件和反教权斗争中发挥重要作用。——译者注
[2] Lanson, «XVIIe ou XVIIIe siècle ?», *Revue bleue*, 30 septembre 1905, pp. 422-423.
[3] *Ibid.*, pp. 423-424.

联系）出言反对，但"伟大的世纪"毕竟光景不再，[1]而一切质疑之声仿佛从此也再难动摇朗松重建的文学万神殿。

从上述视角来看，朗松早年对保罗·斯塔普费《文学的声誉》一书的严苛的责难也就显得更清楚了。斯塔普费是波尔多文学院院长，向来广受尊敬，后来因为在致同事的悼词中发表支持德雷福斯派的言论，被时任公共教育部长莱昂·布尔儒瓦停职，成为事件中的受迫害者之一。[2]朗松把矛头对准了斯塔普费个人（这是不寻常的事情），他假装在斯塔普费的思考中只读到两个东西，即希望通过写作达成不朽的可笑愿望，以及愿望失落之后的可怜的伤悲。当然，朗松批评斯塔普费的口吻不能说是风度的体现。

朗松一边指责斯塔普费没有历史感，"他搞错了年代"，一边顺势把话题引向伏尔泰："作者应该收到了伏尔泰寄来的祝贺信，他肯定收到了斯塔普费寄去的书。"1894 年的朗松并不想看到伏尔泰最终获得永生："荷马、维吉尔、高乃依、拉辛，这些人可曾得到永生？答案或许是正面的。可是伏尔泰去世只有一个世纪……"[3]这么说来，他在朗松眼中还配不上不朽的名誉。在德雷福斯事件中，朗松将要与斯塔普费肩并肩，但在事件之前，他反伏尔泰的态度是显露无疑的。

---

[1] 1909 年朗松在高等社会研究学校演讲时再度谈到这个问题，他选择了一个较为和缓的题目——"分论各重大的文学时代"（«La part respective des grands siècles littéraires», 25 novembre 1909）。布尔然的评论（*Revue universitaire*, 15 janvier 1910）也显得恳切："朗松先生让博须埃回到了他本来的位置，这一点他做得很好，以前人们曾指责他对博须埃说了太多的好话。"朗松以修辞学家的身份起步，也曾是博须埃的支持者，在他立场转变之后，早年的态度也能够继续确保他在这个问题上的真诚性。他毫不犹豫地把 1905 年的文章与 1909 年的演讲放在一起，收入当年在高等社会研究学校的演讲录：*L'Enseignement du français* (Bourgin, Croiset, Lanson, Rudler, etc.), Paris, Alcan, 1911.

[2] Voir *Les Défenseurs de la justice. Affaire Dreyfus, Paris*, Stock, 1899. J. Reinach, *Histoire*...t. IV, pp. 129-130. Et P. Stapfer, pseud. Michel Colline, *L'Affaire Dreyfus. Billets de la province*, Paris, Stock, 1898.

[3] Lanson, «L'immortalité littéraire», *Hommes et Livres*, pp. 296 et 302.

然而，我们不可认为，朗松之所以批评斯塔普费，还努力证明文学的不朽性只是一个空洞、矛盾、不现实的命题，是因为什么个人野心，或是出于对18世纪的个人感受。像这样理解就过头了。恰恰相反，显得天真的是斯塔普费，因为他明明提出了一个非常现代的问题，对此却懵懵懂懂。不过朗松对此略过不表，他的关注点是"不朽性"的定义和标准问题："载入文学史教程，这就是不朽吗？抑或不朽的表现是进入教学大纲？"[1]不要忘记，我们现在是在1894年，《法国文学史》尚在付梓，曼特农夫人在大学入学考试中的地位依然崇高，而博须埃与伏尔泰的地位之争尚未落幕。斯塔普费的书是否体现出一种可笑的自负，这并不重要，重要的是朗松对他的批评所蕴含的意义：文学的不朽性是第三共和时代提出的"问题"。历史上还没有哪个时代像现在这样快速更迭它的偶像，博须埃、伏尔泰、曼特农夫人、圣西门公爵……各领风骚只在20年之间。

文学的不朽性不是自然而然的，它是第三共和国的一种设置，因为在这个时期，《法国文学史》（和拉维斯、奥拉尔或者塞格诺博的法国历史及公民教育一样）成为世俗国家的福音书。在朗松看来，《法国文学史》的使命就是为世俗文化提供教理，勾勒文化巨人的集体圣徒像。无论是依靠博须埃还是伏尔泰，我们寻求的都是道德伦理，至于它究竟基于基督教还是启蒙真理，那是第二位的问题。朗松供奉的圣人从博须埃变成伏尔泰，法国文人们也跟随他的脚步，但不变的是这样一种信念：在我们所处的过渡时期，文学乃是唯一可能的伦理。在标题简明扼要的早期论文《文学与科学》中，朗松批评了左拉和自然主义，也批评了法郎士和业余主义的做法，他像泰纳和布吕纳介一样主张文以载道，要求艺术必须为道德服务，并且更系统地发展了这种观念。他嘲笑了左拉过分急切地混

---

[1] Lanson, «L'immortalité littéraire», *Hommes et Livres*, pp. 302-303.

同文学与科学的做法，但同时他也向各派人士坦承宗教已经过时。在辉煌不再的宗教和尚未成熟的科学之间，文学应该承担起提供临时性道德伦理的任务："鉴于宗教在许多人心中已是徒具形式，而正当的科学有自知之明，将自己无法解决的问题预先排除，鉴于生活的意义和存在的起源决定了伦理只能悬浮在已无力支持它的宗教和尚不能替代宗教的科学之间，那么谁能在人类的精神中维系对神秘之物的感知和对道德的牵挂，除非文学……"[1]于是，至少对实证主义者来说，文学的不朽性就系于科学相对于宗教的晚熟和落差。由于"神父被打发回去主持弥撒""科学还没有走出实验室"，"灵魂的导师"现在就暂时由文学来担任。文学需要圣人、教父、国家博士、世俗而又具有神圣性的作者，这便是"法国大作家"群体，是被"永恒"塑造，被亚森特·里戈和让-安托万·乌东用艺术凝定的伏尔泰和博须埃，是"莫城之鹰"和"费内教长"，是偶像、吉祥物和护身符。现代人需要他们，以便驱除所谓"内心的野蛮"。[2]

文学的不朽性随着"教授的共和国"和伟人崇拜的坍塌而消亡。终有一日，博须埃和伏尔泰会不再是意识形态的赌注，而其他任何作家也同样如此。文学也不再是政治话题。按照朗松的设想，一部反映文学本身和社会生活的历史，会把文学的不朽性还原为文学体制在某个特定的时刻所采取的形式，换句话说，还原为特定的社会与过往的文学之间的关系，同时也必然包括读者即文学受众与特定时刻的精英作家群落之间的关系。而从20世纪20年代初开始，皮埃尔·拉塞尔

---

[1] Lanson, «La littérature et la science»(*Revue bleue*, 24 septembre et 1er octobre 1892), *Hommes et Livres*, pp. 363-364.
[2] 请参阅 M. Bergeret 与 abbé Lantaigne 关于宗教与科学之间关系的对话（见 *L'Orme du mail* d'Anatole France, Paris, Calmann-Lévy, 1897）。朗松的文章与布吕纳介对科学的怀疑大致同时，从梵蒂冈回来之后，布吕纳介的这种怀疑态度越发强烈。

就已经指出文学的万神殿现在已被废弃，而且他并不确定自己是否为此感到哀伤："新一代的文学公众是令人忧虑的，他们在过往的历史中找不到任何可以崇拜的对象，这真是一个可怕的迹象。"[1]

萨特（Jean-Paul Sartre）的自传《词语》（*Les Mots*）全书的主题，其实就是描述文学不朽性的神话，以及关于书籍的生命力及永生的幻觉，是如何一步步发生变迁的。"我在这些尚未出生，却和我长得一模一样的孩子们面前炫耀着自己；一想起自己是如何让他们伤感流泪，我自己也忍不住潸然泪下。我透过他们的眼睛看到了自己的死亡，这死亡已经发生，它是我确定不移的命运：我已化为我自己的讣告。"[2]萨特是典型的第三共和国治下的优等生，他在普恩加莱这位"小资产阶级知识分子"，以及阿尔芒·法利埃（Armand Fallières）[3]和赫里欧这些政治人物的时代成长起来，他那位支持激进共和党——所谓"公务员的政党"——的外祖父，一开始就教他崇拜伏尔泰和雨果。在高师求学时，他已精于戏剧，在学校 1925 年和 1926 年两次戏剧节上，还在《朗松的灾难》（*Le désastre de Langson*）和《在簪花老树干的阴影里》（*À l'ombre des vieilles billes en fleurs*）两部戏里亲自扮演过校长朗松本人。[4]萨特是第三共和国的最后的儿子，也是最后一位"法国大作家"。如他自己说过的那样，对他童年时代的各种文学神话，"那些蠢话，我囫囵吞枣、不求甚解地把它们吞下，直到 20 岁时我还相信它们"。[5]不过《词语》同样叙述了写作的幻觉如何不可逆转地衰退，书中明白地分析说："透过某种过时的文化观念，宗

---

[1] P. Lasserre, *Mes routes*, Paris, Plon, 1924, p. 99.

[2] Sartre, *Les Mots*, Paris, Gallimard, 1964, p. 171.

[3] 阿尔芒·法利埃（1841—1931），法国政治家，曾任政府总理，1906—1913 年任第三共和国总统。——译者注

[4] Voir J.-F. Sirinelli, «Quand Aron était à gauche de Sartre», *Le Monde dimanche*, 17 janvier 1982, p. xii.

[5] Sartre, *Les Mots*, p. 148.

教隐隐约约显露了出来……神圣之物脱离了天主教,沉淀到了文学之中。"[1]和朗松一样,萨特在文学不朽性的神话中发现了信仰的代用品。然而意识到了这一点又能如何呢?太晚了,我们早已卷入其中,问题依然如故:"我已回绝了文学的神圣的使命,但我并没有因此还俗,重回世间:我依然在写作。除了写作,又有什么事好做呢?"[2]今天我们还能读到萨特这位最后的"法国大作家",还是要归功于朗松,在20岁的年纪,萨特已经在舞台上模仿过他的这位校长。

---

[1] Sartre, *Les Mots*, p. 207.
[2] *Ibid.*, p. 211.

17 反索邦的"法兰西运动"

朗松主义从一开始就和德雷福斯派、社会主义以及由激进派掌控的共和体制结合在一起,它也因此不可避免地受到法国意识形态光谱中某一端的激烈攻击。尽管一战使原有政治生态中的某些敌意和对立关系变得过时,但在战后的1920年,皮埃尔·拉塞尔在谈到佩吉及其"反索邦运动"时仍旧说:"在受到'德雷福斯革命'影响的法国各阶层中,受触动最深、最持久的莫过于大学。"[1]当然,拉塞尔的话可能失之过简,因为拥抱德雷福斯派只是世纪之初索邦的各种决断中的一项,也只是索邦在其反对派眼中各种罪状中的一项。

长期以来,索邦的对手们不仅抱怨大学摧毁了文化和古典人文主义,还指责它放纵了学术研究中的日耳曼化和国际化趋势。揆诸事实,这种趋势的确激起了军队的支持者和持民族主义立场的法兰西祖国联盟成员们对"知识分子"的不满——前文已经提到,加布里埃尔·西弗东甚至指责莫诺在1870年战争期间逃避兵役,目的是完全回避杀死某位光荣的日耳曼民族的儿子的可能性。[2]布吕纳介虽不像西弗东那样狂热,但自1880年以后,他也批评大学中的日耳曼化自法国战败以来越演越烈;[3]至于杜米克,他在1899年的国会调查委

---

[1] P. Lasserre, *Les Chapelles littéraires*, p. 195. "德雷福斯革命"一语出自:G. Sorel, *La Révolution dreyfusienne*, Paris, M. Rivières, 1909.

[2] 参见本部分第3节的相关叙述。

[3] 参见本部分第4节。

员会面前也表达过相同的态度。[1] 1913年，佩吉还找出了索邦学者们抗议"三年法案"（la loi de trois ans）[2]的背后动机。[3] 战争的来临甚至使民族主义者对某些法国人拙劣模仿德国文化的控诉变得多此一举，事实上，对亲德派的攻击在1914年之前就已经达到高潮。如果我们进一步回溯历史，不妨认为拉塞尔1901的长文《日耳曼的精神》（«L'esprit germanique»）就已经为民族主义情绪埋下了伏笔，[4] 而雅克·莫尔朗（Jacques Morland）[5] 两年后发表的《德国影响力的调查报告》（«Enquête sur l'influence allemande»）一文进一步助长了对亲德倾向的敌意。[6]

相对历史学而言，文学研究对德国模式的借鉴较为间接，因而在世纪之初，历史学家们首先成为反日耳曼派的攻击目标。至于朗松，他的罪名是抛弃了古希腊拉丁研究和修辞学，贱卖了艺术品格，把文学缩减为历史，而且同时祸害中学和大学。就像拉塞尔说的那样，"知识上的野蛮"之所以波及激进共和制度下的整个法国，索邦难辞其咎，因为它早已沦入一群"为自己长久以来相信徒劳无益的修辞艺

---

[1] 参见本部分第11节。
[2] 指第三共和国议会参众两院1913年8月通过的把法国义务兵役从两年改为三年的对德备战法案。该法案也被视为一战日益临近的先兆之一。——译者注
[3] Péguy, *L'Argent suite, Œuvres*, t. II, p. 1209："在（如今的）索邦以及革新后的高师，有一群人拒绝一切民族主义，如果它不是德国的民族主义；他们也不要任何军国主义，除非它是德国人的军国主义；他们同样也不要任何资本主义，除非那是德国的资本主义……我们要求把这伙人从法兰西国家的肌体上清除出去。"该书第1259页又讲："国际主义过去是一种主张政治和社会平等的思想体系……在他们的手上……完全屈从于德国人的政策……"
[4] Lasserre, «L'esprit germanique», *Mercure de France*, juillet 1901.
[5] 雅克·莫尔朗（1876—1931），法国日耳曼学家、翻译家，尼采著作的早期法译者之一。——译者注
[6] Jacques Morland, «Enquête sur l'influence allemande», Paris, *Mercure de France*, juillet 1903.

术和古典人文主义感到羞耻"的文人之手。[1]那么，在索邦的教师队伍中，又是谁最吻合拉塞尔的描述呢？当然还是朗松：这位"旧日的修辞教师"在教育改革中展现出"比他人更多的热情，因为他需要让人遗忘他那'反动的'、几近于教权派立场的过往"；[2]有了这样的心结，他就和其同事奥拉尔一样肆无忌惮、变本加厉，也因此成为第一个被法兰西运动及其理论家夏尔·莫拉斯叱骂的背教者——莫拉斯甚至公然发出这样的威胁："我相信自己一定会看到正义的、道德的、理性的审判开幕的一天，那正是古罗马的统帅马库斯·福利乌斯·卡米卢斯（Marcus Furius Camillus dit Camille）[3]曾经让对手法里斯克人（les Falisques）看到的戏剧：他将诱骗法里斯克孩童到自己帐前的教师剥去衣衫，将他们双手缚在身后，让他们企图背叛的孩子们鞭打他们，以此复仇。"[4]

对这些要求惩戒的呼声切不可以等闲视之，就像汪德朗在20世纪20年代为了制止其他批评家探寻文学相互影响的源流而主张"文学的法西斯主义"一样，[5]并不是什么幽默夸张的言语游戏。背景很清楚：这些呼声源自古典文化和人文主义的传统卫道士，他们是主张民族主义和教权主义的右翼政治势力，其核心组织就是法兰西运动。

---

[1] P. Lasserre, *Les Chapelles littéraires*, p. 201.

[2] P. Lasserre, *La Doctrine officielle de l'Université*, p.250.

[3] 马库斯·福利乌斯·卡米卢斯（约公元前446—前365），古罗马政治家和统帅。根据提鲁斯·李维在《罗马史》中的叙述，罗马人的敌人法里克斯人阵营中有若干负责教导孩童的教师，但他们行事卑鄙，眼见战事不利，就在围城之战中诱骗孩童投向卡米卢斯一方，但卡米卢斯反而严惩法里克斯人的叛徒，从而获得了法里克斯人之心。此处莫拉斯是借这个典故来责怪朗松等人身为青年的师长，却要诱骗他们，败坏他们的传统价值，因此应当予以严惩。——译者注

[4] Maurras, préface à P. Lasserre, *La Science officielle: M. Alfred Croiset, historien de la démocratie athénienne*, Paris, Nouvelle Librairie nationale, 1909［拉塞尔此书是对Croiset所著《古代民主》（*Les Démocraties antiques*, Paris, Flammarion, 1909）一书的驳斥，莫拉斯为其作序］。

[5] Thibaudet, *Réflexions sur la critique*, p. 147.

安德烈·博尼耶在《捍卫法兰西可憎之辈》(*Pour la défense française. Les Plus détestables Bonshommes*)——朗松在他笔下自不能逃脱"可憎之辈"的名号——一书中,在共和派的反教权立场和大学改良主义之间建立起了因果关联:"反教权的主张甚嚣尘上,拉丁语,教会的语言,也成了可疑的东西。"[1]不过总体而言,战前大部分论战文章并不以宗教问题为着墨点,因为学校问题已经足够让反对派们对民主制发起诉讼,一如博尼耶所说:"这就是被他们改造过的民主,或者更直接地说,这就是所谓民主。"[2]

由这个话题引发的争论同样不是什么新鲜事。早在19世纪末,政论家亨利·贝朗热(Henri Béranger)[3]就在一系列抨击文章中质疑索邦想要建立"有知识的无产阶级",即通过普及文教,使无法充分就业的阶层也能普遍接受大学教育;在贝朗热看来,这对社会并非福音。[4]不过,直到爱德华·贝尔特(Édouard Berth)[5]1907年发表《商人、知识分子和政客》(«Marchands, Intelletuels et Politiciens»),这个问题才真正被点明,而法兰西运动和乔治·索雷尔(Georges Sorel)[6]的决定性的影响力在贝尔特身上也变得明朗化。[7]在所有的反对声

---

[1] A. Beaunier, *Pour la défense française*, Paris, Plon, 1912, p. 102.

[2] *Ibid.*, p. 99.

[3] 亨利·贝朗热(1867—1952),法国政治家、参议员。——译者注

[4] H. Bérenger, *L'Aristocratie intellectuelle*, Paris, A. Colin, 1895; *La Conscience nationale*, Paris, A. Colin, 1898; *La France intellectuelle*, Paris, A. Colin, 1899; et *Les Prolétaires intellectuels en France*, Paris, Éditions de la «Revue», 1901.

[5] 爱德华·贝尔特(1875—1939),法国社会主义思想家,工联主义革命派的理论代言人之一。——译者注

[6] 乔治·索雷尔(1847—1922),法国哲学家和社会学家,工联主义理论家,主张工人自发的暴力运动,同时也反对民粹主义,主张精英统治,在这一点上和法西斯主义有接近之处。——译者注

[7] Voir É. Berthe, *Les Méfaits des intellectuels*, Paris, M. Rivière, 1914; Et G. Sorel, *Le Système historique de Renan*, Paris, G. Jacques, 1905-1906(该书的序言部分抨击了"左派集团的文人官员",也为佩吉对索邦的攻击提供了资源)。

音中，亨利·马西斯和阿尔弗雷德·德·塔尔德两人在"阿加顿"笔名下发表的文字名气最大。从1910年7月到12月，《意见》周刊（*L'Opinion*）上刊出一系列反响剧烈的文章，其后续引发的长时间的论争将拉维斯、法盖、杜米克、奥拉尔、布格莱、阿尔弗雷德·克罗塞（由于克罗塞具有巴黎大学文学院院长的头衔，而且在所授课程的开课演说中公开谈论此话题，给这一论争带上了官方色彩）等人都卷了进来。参加论辩的还有哲学家埃米尔·布特鲁、法国冶金工业工会（le Comité des Forges）主席弗洛朗·吉兰［Flaurent Gillain[1]，他以综合理工学院校友会的名义致信公共教育部长克莱芒·科尔松（Clément Colson）[2]，抗议取消给中学有拉丁语学习经历的毕业生加分的优惠政策］、朗松（他在《蓝色期刊》上撰文为1902年教育改革声辩，反驳冶金工业工会和综合理工学院校友们的指责）、吕西安·布特鲁（这位先生从1870年以来一直在重写史学史，他认为大学的权力落入国立文献学院毕业生之手乃是万恶之源）和莫里斯·巴雷斯等。上述诸人的意见和若干背景资料都被阿加顿编入《新索邦的精神：古典文化和法语的危机》（*L'Esprit de la nouvelle Sorbonne. La Crise de la culture classique, la Crise du français*）一书。[3]两年之后，两位作者在《今日年轻人》（*Les Jeunes Gens d'aujourd'hui*）中重申了自己坚定的保守主义态度。[4]

由于阿加顿文章不断的激发效应，1911年，勒内·邦雅曼（René Benjamin）[5]在《索邦的笑剧》（*La Farce de la Sorbonne*）中收入了更

---

［1］ 弗洛朗·吉兰（1844—1915），法国工程师、实业家和政治人物，曾任众议院副议长和内阁殖民部部长。——译者注
［2］ 克莱芒·科尔松（1853—1939），法国经济学家和政治人物。——译者注
［3］ Paris, Mercure de France, 1911.
［4］ Agathon, *Les Jeunes Gens d'aujourd'hui*, Paris, Plon, 1913. Voir Henri Massis, *Évocations, Souvenirs 1905-1911*, Paris, Plon, 1931.
［5］ 勒内·邦雅曼（1885—1948），法国右派作家和记者，莫拉斯的友人，二战中支持贝当政权。——译者注

多的教授画像。看着这些笔法轻浮的作品,观者犹如亲身跟随作者在索邦的走廊和阶梯教室间穿行,眼前浮现起克罗塞、奥拉尔、朗松这些拉丁语和修辞学杀手的可笑姿态。在邦雅曼拜访索邦的那一天,朗松的课堂里挤了"超过700人",这倒算这位老师傅可疑的成功。邦雅曼如此形容朗松课堂的"国际主义":"我看见一群英国女人,俗不可耐的英国女人,她们身上的斗篷散发出橡胶的臭味;一群德国女人,体形厚重,镜片后是肥大的眼球,感谢上帝,瘦小的法国男人还装不满她们的视野。我还看到有俄国人、罗马尼亚人、埃及女人、西班牙人,看到一位刚果来的女黑人和从波斯来的阉人……这些人挤在这里,好像身处美国人办的贝利兹语言培训中心。"[1]作者笔下堆积起各类仇外的陈词滥调,对志在求学的妇女的蔑视也毫无掩饰。在邦雅曼想来,课堂上的男男女女什么也听不懂,因为朗松谈的虽然永远是老一套,却是用他的切口行话道出的,要听懂得先熟读《朗松法语小词典》才行……凡此种种,哪怕1968年之后雅克·拉康(Jacques Lancan)[2]遭受的那些残忍的攻击,也未必比邦雅曼的文字更加愚蠢。

到了1921年,邦雅曼再版了《索邦的笑剧》,又一次更新、扩充了他的索邦见闻。这一次,他的嘲弄目标除了奥拉尔和朗松这位"文学革新家",[3]还包括了塞格诺博。不过,为了引起下一代读者的注意,他还特别提到了日后将分别继承朗松法语演讲术和18世纪文学两大教席的人物:其一是米绍(Gustave Michaut)[4],邦雅曼称之为"卡片文书",他"象征了索邦文学院的新方向";另一位是达尼

---

[1] René Benjamin, *La Farce de la Sorbonne*, Paris, M. Rivière, 1911, pp. 16-17.
[2] 雅克·拉康(1901—1981),法国现代著名精神分析学家、哲学家。
[3] René Benjamin, *La Farce de la Sorbonne*, Paris, Fayard, 1921, 5ᵉ éd., p. 112.
[4] 居斯塔夫·米绍(1870—1946),法国拉丁语和罗曼语文学专家、法国文学史家,尤擅长17世纪法国文学。——译者注

埃尔·莫尔内。[1]邦雅曼在新著里回忆起他世纪初在索邦学习的经历:"我那时只认识几位可怜的师傅。朗松先生,为了滋养我们的头脑,一连几个小时口述他的书目⋯⋯很幸运,文学院里唯一有头脑的人,埃米尔·法盖,让我通过了考试。"[2]为什么会对法盖高看一眼?因为那时布吕纳介已经去世,杜米克又不在大学执教,于是法盖就成了唯一幸存的可以拿来对抗朗松的批评家。然而法盖本人却表达了对新索邦的依附:在《两世界》杂志上,正是他公开站出来反对阿加顿的文章,为索邦进行了辩护,尽管他也承认如今人们的文章质量是江河日下。[3]

国际主义和"法国人的败类"的两位代表人物朗松和涂尔干都在一战中失去了他们的独生子,尽管如此,战火甫一停歇,针对他们的种种抨击又接踵而至。除邦雅曼《索邦的笑剧》之再版版本,贡扎格·特吕克(Gonzague Truc)[4]发表了《精神危机》和对话体的《卡利克里斯或新的野蛮人》(Calliclès ou le Nouveaux Barbares),[5]不过本质上它们也只是世易时移之后的旧话重提而已。阿加顿在1919年又写道:"从停战开始,大学就回到了法国精神中的保守一极。"[6]皮埃尔·莫罗在其《胜利的20世纪》(Le Victorieux XXe siècle)一书中

---

[1] René Benjamin, *La Farce de la Sorbonne*, Paris, Fayard, 1921, pp. 111 et 116.

[2] *Ibid.*, p. 12.

[3] Faguet, «La crise du français et l'enseignement littéraire à la Sorbonne», *Revue des Deux Mondes*, 15 septembre 1910. 其实在法盖看来,法语面临的何止是一场危机,简直是不可逆转的衰落,而衰落的根源就在于1902年教育改革以来,中学拉丁语课程遭到缩减,课程也分设为四组(见该书第291页)。不过,法盖仍然主张在大学采用科学式而非印象式的教学法,对此可参阅:«L'esprit de la nouvelle Sorbonne», *Revue des Deux Mondes*, 1er avril, 1911.

[4] 贡扎格·特吕克(1877—1972),法国文学批评家、传记作家,政治立场上接近法兰西运动组织。——译者注

[5] G. Truc, *D'une organisation intellectuelle du pays*, Paris, Bossard, 1918; *Une crise intellectuelle et Calliclès ou les Nouveaux Barbares*, Paris, Bossard, 1919.

[6] Cité par Pierre Moreau, *Le Victorieux XXe siècle*, p. 100.

记录了这一情形,该书把莫里斯·巴雷斯、保罗·布尔热、夏尔·莫拉斯、亨利·马西斯、朗松以及热爱修辞学且与佩吉友善的塔罗兄弟(Jérôme et Jean Tharaud)[1]混杂在一起,这种泥沙俱下的叙述在1914年之前是不可思议的。在文学方面,汪德朗1922年挑起的"教科书事件"、保罗·苏代揭示的"源流之争",其实都话外有话,别有用心,而右派或倾向法兰西运动组织的作家们也与整个19世纪拉开距离,把它从总体上立为批评的靶子:让·卡雷尔(Jean Carrère)[2]所著之《危险的大师》(*Les Mauvais Maîtres*)便提出,卢梭、夏多布里昂、巴尔扎克、司汤达、乔治·桑、缪塞、波德莱尔、福楼拜、魏尔伦和左拉等人,都需要为现代的堕落承担罪责;[3]安德烈·贝莱索尔的《知识分子与第三共和国的降临》(*Les Intellectuels et l'Avènement de la Troisième République*)把民主制、日耳曼化和整个知识分子阶层都视为大敌;[4]莱昂·都德(Léon Daudet)[5]的《愚蠢的19世纪:论130年来祸害法国的致命的癫狂》(*Le Stupide XIXe siècle*)讨伐的对象则是大革命以降的全部历史,而在1907年,拉塞尔还仅限于抨击浪漫主义者的日耳曼化倾向和历史主义观念。[6]都德的惊人之论引发了《边缘》杂志(*Les Marges*)的民意调查。对"19世纪是否堪称

---

[1] 杰罗姆·塔罗(1874—1953),法国作家;让·塔罗(1877—1952),法国作家。两人在政治上均持右翼立场。——译者注
[2] 让·卡雷尔(1865—1932),法国作家、诗人、记者、翻译家。——译者注
[3] Jean Carrère, *Les Mauvais Maîtres*, Paris, Plon, 1922.
[4] André Bellesort, *Les Intellectuels et l'Avènement de la Troisième République*, Paris, Grasset, 1931.
[5] 莱昂·都德(1867—1942),法国右派政治人物,先后属于君主派、反德雷福斯派和教权派,是法兰西运动组织的代表人物之一。他也是著名的回忆录作家。——译者注
[6] Léon Daudet, *Le Stupide XIXe siècle. Exposé des insanités meurtrières qui se sont abattues sur la France depuis cent trente ans, 1789-1819*, Paris, Grasset, 1922 et 1929. Voir Lasserre, *Le Romantisme français. Essai sur la révolution dans les sentiments et dans les idées au XIXe siècle*, Paris, Granier, 1907.

伟大的世纪"这个问题,拉塞尔倒是选择了与都德保持距离,他拒绝从总体上谴责19世纪。不过,当奥拉尔面对此问题,欣然回答"雨果是最伟大的法语诗人,也可能是一切时代中最伟大的诗人"时,拉塞尔却讥讽说,这样的评价只会把雨果漫画化,也只能证明奥拉尔已经是一个老糊涂。[1] 回过头来看,在都德不分对象的胡乱扫射下,新索邦倒是免于沦为火力的焦点,要等到于贝尔·布尔然——他在改弦易辙归依右派旗下之前,在左派集团时期,还是朗松的密友——亲自下场参与这场游戏,才能嗅到那股1910年讨伐索邦的味道;但如今,在一战之后,论战已是在完全不同的领域里展开,其焦点完全是政治性的,从布尔然《从饶勒斯到莱昂·布鲁姆[2]:高师与政治》(*De Jaurès à Léon Blum. L'École normale et la Politique*)[3] 的书名就可见一斑。

从1907年到战争爆发,反动阵营对索邦和新人文科学的攻击受到广泛的迎合。与名噪一时的阿加顿和阴阳怪气的邦雅曼相比,同属右派的皮埃尔·勒盖所著之《论索邦》(1910)和《今日大学教师》(1912)就更有风度和节制。勒盖此时已经退出了法兰西运动组织,他头脑清醒,不为众意所惑,也并不掩饰自己对拉维斯、朗松、塞格诺博、李希腾伯格(Henri Lichtenberger)[4]、朗格卢瓦和涂尔干等诸

---

[1] Lasserre, «Pour et contre le XIXe siècle», *Mes routes*, Paris, Plon, 1924, p. 97. Voir *Les Marges*, 15 mai 1922.

[2] 莱昂·布鲁姆(1872—1950),法国左派政治家,工人国际法国支部(法国社会党前身)领袖,饶勒斯的政治继承人之一,曾三次任政府总理。——译者注

[3] Paris, Fayard, 1938. 关于布尔然归依右派的过程,可参看他本人的回忆录: *Mémoires pour servir à l'histoire d'une sécession politique (1915-1917). Le Parti contre la patrie*, Paris, Plon-Nourrit, 1924; *Cinquante ans d'expérience démocratique (1874-1924)*, Paris, Nouvelle Librairie nationale, 1925; et *Le Socialisme universitaire*, Paris, Delamain et Boutelleau, 1942.

[4] 亨利·李希腾伯格(1864—1941),卓越的法国日耳曼学家、德国历史学家和哲学史家,和夏尔·安德莱同为日耳曼学的开创者,歌德《浮士德》的法译者。——译者注

多学术大师的敬意，还下笔为他们画像立传。[1]对朗松，他的看法尤其复杂。就像吕德莱在《大学学刊》上发表的对其《论索邦》的书评里指出的那样，[2]勒盖是应予重视的作者之一。不过，在数量浩繁的时代记录中，最有品质，资料也最详实的当数皮埃尔·拉塞尔所著之《大学的正式主张：国立高等教育批判及古典人文学的保卫和理论》。[3]这部著作比阿加顿的书问世要晚，不过也难掩拉塞尔早在1901年就指责学术界的"德国气"，1909年就开始批评索邦的事实。《大学的正式主张》是"根据三十多次在法兰西运动学会（Institut d'Action française）[4]授课的内容"写成的——马西斯和塔尔德（阿加顿）也不太可能没有听过这些演讲，因为他们的抨击文字的条理和充实也不在拉塞尔之下。皮埃尔·拉塞尔的主要身份还是大学教师而非记者，在通过教师资格考试之后，他曾在利亚尔的支持下前往德国访学（《我的道路》的序言部分对此有专门叙述[5]）。以此看来，他的反日耳曼主义倾向出自其早年经历，并非空穴来风。德雷福斯事件爆发之后，他与莫拉斯很接近。世纪之初，他写出了名为《论法国的浪漫

[1] Pierre Leguay, *La Sorbonne*, Grasset, 1910, 3ᵉ éd.; *Universitaires d'aujourd'hui*, Paris, Grasset, 1912. 这两本书的大部分章节都在 *Revue du temps présent* 和 *Mercure de France* 两本期刊上发表过。
[2] *Revue universitaire*, 15 janvier 1911.
[3] P. Lasserre, *La Doctrine officielle de l'Université. Critique du haut enseignement d'État, défense et théorie des humanités classiques*, Paris, Garnier, 1912. 该书论历史的章节系与 René de Marans 合写。另全书出版之前部分内容在 *Action française* 与 *Mercure de France* 两刊上发表过，特别是1908年12月16日刊载于后者的文章《大学的正式主张》概述了全书主旨，也引起了很大的反响。
[4] 法兰西运动学会于1906年由若干法兰西运动组织成员创办，旨在开展政治、宗教和社会方面的研究，其立场不言而喻是反共和制的。——译者注
[5] Lasserre, *Mes routes*, Paris, Plon, 1924, pp. ii-vi. 拉塞尔早年曾申请一笔去德国访学的奖学金，但为主管高等教育的利亚尔所拒。不过此后不久，拉塞尔在《哲学学刊》上匿名发表了一篇评论勒南的《科学的未来》的文章，引起利亚尔的关注。利亚尔向泰奥迪勒·里博询问书评的作者是谁，得到答案后便致信拉塞尔，表示他将重新考虑自己的决定。

主义：论19世纪感性与观念的革命》的博士论文，索邦对该文的评价并不高，[1] 但直到1933年，蒂博代在莫拉斯一派的文学研究中仍然赞赏拉塞尔的论文："这种新古典主义式的文学批评中最重要的贡献，莫拉斯主义在学术上最坚实的证明，是拉塞尔的《论法国的浪漫主义》。"[2] 至于来自索邦的冷遇，时任（1908年）《法兰西运动杂志》（*Action Française*）文学评论员的拉塞尔回报以《官方的科学：雅典民主研究者阿尔弗雷德·克罗塞》一书，他在这本书里指责了克罗塞（时任巴黎大学文学院院长）的曲学阿世和哲学欺诈：克罗塞重新编排了雅典民主的面貌以便赞颂它，并且在历史法则相通的幌子下，间接地赞颂法国的民主。[3] 接下来，便是1912年的《大学的正式主张》，而朗松成了他笔下的小无赖，他"显然是一个二流人物，他只有在被人指挥、被人控制和掌握时，才有自己的作用"。[4] 这番话影射了朗松职业生涯中的两面性和他对布吕纳介的背叛："朗松先生的不幸正在于他获得了解放。"不过，尽管拉塞尔受到法兰西运动的影响，其意见仍暗合历史学家费尔迪南·洛特《论法国高等教育面临的局势》一文[5]，更不必说暗合佩吉的讥讽。

---

[1] Pierre Lasserre, *Portraits et Discussions*, Paris, Grenier, 1914; et *Cinquante Ans de pensée française*, Paris, Plon, 1922. 关于拉塞尔另可参阅：A.-M. Gasztowtt, *Pierre Lasserre*, Paris, Le Divan, 1932.

[2] Thibaudet, «Le maurrassisme et la retraite de la critique universitaire» (1933), *Réflexions sur la critique*, p. 226.

[3] Voir Pierre Gilbert, «A propos de la démocratie athénienne»(*Revue critique des idées et des livres*, 25 septembre 1909), *La Forêt de Cippes, Essais de critique*, Paris, Champion, 1918, t. I.

[4] P. Lasserre, *La Doctrine officielle de l'Université*, p. 249.

[5] F. Lot, *De la situation faite à l'enseignement supérieure en France, Cahiers de la Quinzaine*, 1906. 该期《半月刊》杂志列入了佩吉为对抗"知识分子帮"而于1906—1907年编订的"境况"（Situations）丛书，可参见下文第18节的叙述。另外，关于青年洛特，可参阅：*L'Enseignement supérieur en France, ce qu'il est, ce qu'il devrait être*, Paris, Welter, 1892.

18　不邀而常至的佩吉

佩吉对朗松及其他人的不敬之词可谓尽人皆知："有谁没有见识过朗松先生的柔情蜜意，他就不懂加糖的醋和用胆汁酿的果酱是什么滋味。"[1]对索邦以及"它水泼不进的团伙"[2]来说，《半月刊》创始人的尖刻无疑是一种尴尬，而且这种局面要一直持续到佩吉1911年发表《费尔南·洛代与新神学家》(*Un nouveau théologien, M.Fernand Laudet*)及1913年出版《金钱》(*L'Argent*)和《金钱续集》(*L'Argent suite*)。[3]然而，佩吉过往的经历和阿加顿、邦雅曼、拉塞尔和勒盖都完全不同，他自始至终都是德雷福斯派，是吕西安·埃尔的亲密友人和社会主义者们的同道，也曾经赞赏他们在德雷福斯事件和民众大学事业中的作为，只是随着时间的流逝，他才逐渐背离了他们。从1906年起他就坚持认为，"那些政治上的德雷福斯主义者一旦在权力场上获得了胜利，就不会善罢甘休，直到他们建立起自己的反德雷福斯式的统治。"[4]佩吉的愤怒是逐渐升温的，他也并非一开始就

---

[1] Péguy, *L'Argent suite, Œuvres*, t.II, p. 1176.

[2] Péguy, *Victor-Marie, comte Hugo, Œuvres*, t. II, p. 812.

[3] 关于佩吉与索邦的关系，可参阅：Charly Guyot, *Péguy pamphlétaire*, Neuchâtel, La Baconnière, 1950; J. Birnberg, *Recherches sur la formation politique de Ch. Péguy, 1880-1895*, thèse, s.l., 1965; J. Viard, *Philosophie de l'art littéraire et socialisme selon Péguy*, Paris, Klincksieck, 1969; Simone Fraisse, «Péguy et la Sorbonne», *Revue d'histoire littéraire de la France*, mai 1970; et *Péguy et le Monde antique*, Paris, A. Colin, 1973; Bernard Guyon, «Péguy contre l'École», *Revue d'histoire littéraire de la France*, septembre 1975.

[4] Péguy, *De la situation faite à l'histoire et à la sociologie dans le temps moderne, Œuvres*, t, I., p. 1018.

怨怼政治，起初是对学术风气感到不满。在 1904 年的《赞格威尔》(*Zangwill*)[1]中，他开始批评泰纳《拉封丹及其寓言》(*La Fontaine et ses fables*)和勒南的《科学的未来》(*L'Avenir de la science*)两书所运用的历史方法。综观全文，佩吉不满的焦点似乎在泰纳、勒南及其继承人对科学的不当期望："在对真实世界的知识中，想要穷尽一切无定的、无限的细节，这是最高的、神圣的抱负，这也是疯狂的野心。无论人们怎么想，它都代表了某种方法的无尽的弱点，我不得不按照学校里的称谓，把这种方法叫作不着边际的话术。"[2]不过，最终促使佩吉彻底更张的还是科学方法中的无神论，随着政教分离的实现，它变得趾高气昂起来："现代世界、现代精神，那世俗的、实证的、不信神的、民主的、政治和议会制的精神，各种现代方法和现代科学本身，以及现代人——他们都认为已经彻底摆脱了上帝。"[3]这番言论足以解释为什么佩吉会挺身反抗德雷福斯主义在逻辑上的延续所必然包含的那种现代性。

尽管佩吉在 1906 年与莫诺爆发过争论，[4]但在《论现代历史学与社会学的境况》(*De la situation faite à l'histoire et à la sociologie dans le temps moderne*，该书显得是《赞格威尔》的续作，泰纳和勒南继续作为批评目标而存在)中，论辩依然保持在学理层面。然而，在 1906 年的《论现代世界中知识分子帮的境况》(*De la situation faite au parti intellectuel dans le monde moderne*)和次年发表的第三部论战之作，即《论现代世界中置身世俗荣耀前的知识分子帮的境况》(*De la situation faite au parti intellectuel dans le monde moderne devant les*

---

[1] 伊斯威尔·赞格威尔（Israel Zangwill，1864—1926），英国犹太裔小说家、戏剧家、记者和犹太复国主义理论家。佩吉曾参与翻译他的作品。——译者注
[2] Péguy, *Zangwill*, *Œuvres*, t. I, p. 699.
[3] *Ibid.*, p. 683.
[4] Péguy, *Œuvres*, t. I, p. 952.

accidents de la gloire temporelle）中，佩吉的用语就无可逆转地政治化了。[1] 他的论辩可归结为对"知识分子帮"的谴责，在他的笔下，这个概念是指借助德雷福斯主义掌控了大学权力的人与激进派政治势力的合流。知识分子帮不仅掌握了被世俗化的精神权力（佩吉指的是大学的管控权）并因此志得意满，而且在一个更加广阔的意识形态舞台上，他们把世俗的权势与精神的权威混为一谈，或者说，他们借助精神权威来攫取世俗的权势。佩吉1906年的诸篇论战文无不围绕着这一权势运作的机制展开剖析，而他1910年发表的随笔集《我们的青春》(*Notre jeunesse*) 及《维克多·玛丽，雨果伯爵》(*Vitor-Marie, comte Hugo*) 更是把这一权力机制与政客对德雷福斯主义信念的背叛直接联系起来，而在佩吉的心中，这种信念本是应该为超越、永恒的事业服务的。

对"我们的老师加布里埃尔·莫诺先生"[2]的德雷福斯主义，对朗松和安德莱的共和主义，[3] 佩吉仍抱有足够的敬意。他的怒意之所以变得难以收拾，和1911年法兰西学士院首次颁发文学大奖（Grand prix de littérature de l'Académie française）时的不幸插曲有关。佩吉是此处参与评奖的候选人，也获得了莫里斯·巴雷斯的支持，但包括拉维斯、法盖、杜米克等人在内的索邦"神圣同盟"却表示反对。在全体会议上，拉维斯不顾评委会的意见，坚持推举罗曼·罗兰，结果导致罗曼·罗兰和佩吉双双落选。罗曼·罗兰此时在索邦任教，由于佩吉刚刚出版了《选集》，其中还收录了他所有抨击索邦的文字，[4] 罗

---

[1] Voir S. Fraisse, «Péguy et Renan», *Revue d'histoire littéraire de la France*, mars 1973. Et J.-T. Nordmann, «Péguy, Taine et Renan»; G. Soutou, «Ch. Péguy, La Sorbonne et la Révolution dreyfusienne», *Contrepoint*, novembre 1973.

[2] Péguy, *Notre jeunesse*, *Œuvres*, t. II, p. 636.

[3] Péguy, *Œuvres*, t. I, p. 1119.

[4] Péguy, *Œuvres choisies, 1900-1910*, Paris, Grasset, 1911.

曼·罗兰就成了"知识分子帮"眼中用以阻击佩吉的绝好人选。其实,《约翰·克利斯朵夫》(Jean-Christophe)此前还曾在《半月刊》上刊载,[1]罗曼·罗兰和佩吉二人并无明显的敌意和心结。只是到了1913年,拉维斯担任文学大奖评委会主席,罗曼·罗兰才最终获此奖项,而他也不再将小说《哥拉·布勒尼翁》(Colas Breugnon)继续交由《半月刊》发表,而是交给了《巴黎杂志》。

佩吉感到深深的怨恨。在1911年6月25日的《半月刊》宣布将要出版佩吉的《选集》的最后一刻,如果不是撤下了下列文字,那么读者就会立刻从《选集》上看到这满纸激愤了:"知识分子帮那群堕落的大言欺世之辈现在只剩下一群残兵败将,他们还要从中纠集一群宵小,一堆垃圾,从乌尔姆街45号[2]的某个角落里蜂拥而出,为我们铺设陷阱暗道,让我们的友人不幸陷足。凭了拉维斯先生的权势,他们还一直渗透到了法兰西研究院(l'Institut)。"[3]对拉维斯这位上了年纪的高师校长,佩吉笔下也毫不留情:"这样一位大人物如此缺乏自重,竟然如此轻率地卷入这起事件,如果我们不知道这个老家伙如今已是衰朽不堪,早已沦为他周围那群小人的掌中玩物,那我们是绝不敢相信的。"[4]佩吉还想谈论吕西安·埃尔,谈论"埃尔与拉维斯之间极其可疑的勾结",[5]"他们一个狂热,一个孱弱,一个只会唱黑脸,一个翻手为云覆手为雨":[6]身为高师的图书馆馆员和《巴黎杂志》的秘书,埃尔"既支配着拉维斯,又自动扮演为他所用的打手,这两个身份在埃尔身上都有迹可循"。[7]至于老拉维斯的过往

---

[1] Romain Rolland, *Jean-Christophe*, Cahiers de la Quinzaine, 1904-1912.
[2] 即巴黎高师所在地。——译者注
[3] Péguy, «Il me plaît…», *Œuvres*, t. II, p. 881.
[4] *Ibid.*, p. 883.
[5] Péguy, *L'Argent suite, Œuvres*, t. II, p. 1205.
[6] *Ibid.*, p. 1206.
[7] Péguy, *Un nouveau théologien, M.Fernand Laudet, Œuvres*, t. II, p. 993.

历史，他身为第二帝国皇室家庭教师的经历，他在德雷福斯事件中事不关己的旁观姿态，他对高师的毁坏，件件都记在佩吉心里；不过纵然如此，最难原谅的还是拉维斯咄咄逼人的言辞，"这些话，这些词，都是如此卑劣，它们是一个卑劣的灵魂的流露，是一个末流文人的粗鄙本相，口不择言的他遇到祸事了，如今他又徒劳地想收回那些蠢言"。[1]原来，拉维斯的蠢话才是瓶满则溢的最后一滴水——为了让学士院排除佩吉，拉维斯讥讽他"是一个往巴黎公社的火油里添加天主教的圣水的作家"。拉维斯心血来潮的俏皮话——幸亏他是拿来当俏皮话讲——里出现了两个元素，它们象征着两个不同的法国，可这正是拉维斯自己在1899年的文章里试图以民族团结之名加以调和的。[2]不过，代表神圣同盟的终究还是他——不是佩吉，因为他已从一个极端跳到另一个极端，已经往巴黎公社的火油中倾倒圣水——此外还有面对阿加顿的指责为索邦辩护的法盖，而拉维斯和法盖其实已经算"知识分子帮"中立场最不极端的两个人。

隐藏的敌对关系终于被公之于众了。费尔南·洛代（Fernand Laudet）[3]在他主编的《每周刊》（Revue hebdomadaire）上发表了一篇对佩吉的作品《圣女贞德之爱德的神秘剧》（Mystère de charité）的恶评。更有甚者，居斯塔夫·吕德莱主编的《新书评论》（Revue critique des livres nouveaux）在其1911年7月15日一期上含沙射影地攻击了佩吉的《选集》。作者署名蓬斯·多梅拉斯（Pons Daumélas），其实是历史学家朗格卢瓦的化名："在节节胜利的德雷福斯主义面前，作者的思想状态却像使徒时代的基督徒，他在短短几年的时间里，就旁观到教会历经几个世纪才完成的转变，也就是说，从为了理想而斗

---

[1] Péguy, «Il me plaît...», Œuvres, t. II, p. 883.
[2] Lavisse, «La Réconciliation nationale», Revue de Paris, 1er octobre 1899, p.654.
[3] 费尔南·洛代（1860—1933），法国作家。——译者注

争转变为能够适应此世的一切恶,并且蔑视真正执着的理想主义。"[1]对"蓬斯·多梅拉斯"的攻击,佩吉在《费尔南·洛代与新神学家》中进行了回击,不过他并不知道作者的真实身份——他以为是居斯塔夫·吕德莱自己,于是将这位朗松的好学生嘲弄了一番,还讥讽了他拙劣的法语表达。

这场论战的最后一次交锋是在1913年,主动开火的是佩吉。在随笔集《金钱》中,他已经得知蓬斯·多梅拉斯是朗格卢瓦;在《金钱续集》中,他抨击了吕德莱、朗松、拉维斯,并很快把攻击面扩大到所有反对将兵役延长到3年的知识分子。[2]佩吉1894年进入高师读书,曾上过朗松的法国戏剧课程。[3]他对朗松感到不满的原因之一,或许是认为朗松花了太多时间过分细致地分析戏剧史上的次要作家,而未能充分讨论高乃依。不过归根究底,他针对的仍然是朗松握有的权力,特别是他的"机会主义",而且佩吉同样也将这种政治态度归责于吕德莱、拉维斯乃至整个知识分子帮。无论是佩吉还是阿加顿或拉塞尔,他们都认定朗松是一个庸人,毫无思想上的原创性可言。"我们这一代人看到了方法论的降临,在我们中间,有两个名字是特别的,是他们引入了方法……这两个人不是朗松先生和朗格卢瓦先生,不是安德莱先生和朗松先生,他们是安德莱先生和朗格卢瓦先生。"[4]尽管佩吉对朗格卢瓦化名蓬斯·多梅拉斯一事怨愤不减,但在学术上,他依然认为朗格卢瓦远高于朗松,同时他也对安德莱在方法上的严谨和决断力抱有尊崇之心。"除此之外,不过是一时的情

---

[1] Cité par Péguy, *L'Argent, Œuvres*, t. II, p. 1143.
[2] Péguy, *L'Argent, Œuvres*, t. II, pp. 1141-1160, sur Langlois et Rudler; *L'Argent suite*, pp. 1163-1192, sur Lanson en particulier.
[3] Péguy, *L'Argent suite, Œuvres*, t. II, p. 1174.
[4] *Ibid.*, p. 1171.

势,不过是朗松先生的个性。"[1]我们还记得他对朗松的抱怨:他总是像墙头草一样变来变去,"很像拉斐尔,有很强的多面性":"对方法的由衷的热爱只会在他40岁时才会产生。"在40岁之前朗松都在中学执教,佩吉不无恶意地断定,他弃中学教师的职务而去就是第一次背叛;此外,在他眼中,朗松的第二段职业生涯又与他对布吕纳介的否弃联系在一起,而佩吉恰恰是以布吕纳介的捍卫者自居的,尽管这种捍卫也并非一以贯之。机会主义始终是朗松消不去的烙印:"朗松先生曾经是布吕纳介先生的门徒,是从布吕纳介那里受益最多的人之一,甚至是那些一切都要归功于布吕纳介的人中间的一个。不应该认为朗松先生天性凉薄,只要布吕纳介先生还保持着强有力的影响,朗松先生在迟钝无知的公众面前就总会表达他对布吕纳介先生的仰慕、尊崇和感激。然而,只要布吕纳介这颗恒星开始从学术和政治的天顶上向下滑落,……朗松先生就会毫不迟疑地告诉公众,他刚刚发现布吕纳介不是一位站在共和一边的批评家和作家。这就是事情的真相。"[2]我们前文讲过,布吕纳介未能在1903年高师改革时进入索邦,也未能在1904年成功获得法兰西公学的教职。

最后,朗松此时刚刚开启他的第三段,也即作为媒体人的职业生涯。的确,从1910年至1913年,他在《大期刊》(*La Grande Revue*)上主持《戏剧生活》专栏;其间自1912年到1913年,又在《晨报》(*Le Matin*)上主持名为《文学运动——昨天与明日的思想》的专栏。"在20年的中学教师生活,15年的学者和高校教师生涯之后,他在两三年前开始了作为记者、政论作者、专栏作家和批评家的人生;现在他为世界、为所有人写作。"[3]佩吉夸张地指责朗松说,现在又轮

---

[1] Péguy, *L'Argent suite, Œuvres*, t. II, p. 1173.
[2] *Ibid.*, pp. 1180-1181.
[3] *Ibid.*, p. 1183.

到他否定自己，抛弃他的方法，陷入与他要求学生采用的严谨方法格格不入的状态之中："我们倒是情愿朗松先生开始他的第三段生涯，现在他还在第二个阶段，可是吕德莱先生并不想看到这样的转型。"[1]在朗格卢瓦身上，佩吉也发现了同样的前后不一的情形——他会忽然撰文反对佩吉，或者向拉维斯致意，可从朗格卢瓦自己的视角来看，拉维斯不应被视为真正的历史学家，因为他并不遵循言必有据的原则，即"绝不就某个问题下笔，除非已经穷尽了关于这个问题的所有的资料和文献"。[2] 同样，佩吉也批评吕德莱对朗松一本"浅薄的书"的吹捧；这本书是朗松在纽约讲学的产物，短短三个月的课程产生了300页的著作，怎能不让佩吉大发雷霆："只要有一次，我们的某位大师会在没有穷尽某个问题的所有资料和文献的情况下写出一本书来，那么我辈岂不是人人都可以著书立说了。"[3]

佩吉的怨恨究竟自何而来，现在已经昭然若揭了：除了他对学术暴发户的不齿，还有种种纠葛，如朗格卢瓦对其《选集》的评论带来的心理阴影，拉维斯的轻浮言论，此外还有他所蒙受的系统的迫害——在他看来，这种迫害的始作俑者是索邦及其附属机构，即1906年由吕德莱主持的《新书评论》（该刊的前身又可追溯到朗格卢瓦创办的《大众图书馆书目简报》，它是民众大学的副产品和知识分子帮非正式的喉舌，其编委会包括安德莱、朗格卢瓦、朗松、莫尔内、塞格诺博等人）。至于吕德莱对《美国讲稿》（*Trois Mois d'enseignements aux États-Unis*）的吹嘘，朗松恐怕也无话可说，对朗格卢瓦、对拉维斯、对整个索邦，恐怕也是如此。鉴于朗松在佩吉眼中也并非一无是处，他还是手下留情，在《金钱续集》上加了个最终

---

[1] Péguy, *L'Argent suite, Œuvres*, t. II, p. 1188.
[2] Péguy, *L'Argent, Œuvres*, t. II, p. 1154.
[3] Péguy, *L'Argent suite, Œuvres*, t. II, p. 1167.

的补充，告知读者朗松在《晨报》专栏上承认了"亲德问题"的存在，也和索邦反对三年兵役制的立场多少拉开了距离。[1]拉维斯也没有在教授们反对三年兵役制的宣言上签名，这一点也说明了他们作为老一代过渡人物所共有的含混复杂之处。[2]然而，不管佩吉以旧日战士、往日学生的身份发起的这场针对拉维斯、朗格卢瓦和朗松的混战多么像一场"教区的论辩"，应该承认"这里必然有某种社会学的法则，否则就无法解释那些强制吸引了我们的注意力的长者们为何要从此开始。涂尔干先生，这又是一篇补充性的博士论文的好题材"。[3]此外还有一点应该说明：不管佩吉"清除蛀虫"的操作有时显得多么促狭而刻薄，拉维斯和朗格卢瓦对此或勉强忍耐或选择回击的格局都难免有失风度，朗松从来只是通过吕德莱来间接回应，原因也很简单：此时的朗松已经是一位权威，甚至已经化身为体制本身，他门庭广大的现实证明了这一点，其弟子们对他夸张的颂扬也容不得我们忽视这一点。佩吉也甘愿承认这一点："确实，朗松先生如此招人厌烦，主要还是应归咎于吕德莱先生的动作。"[4]

---

[1] Péguy, *L'Argent suite, Œuvres*, t. II, p. 1302.
[2] *Ibid.*, p. 1211.
[3] *Ibid.*, p. 1187.
[4] *Ibid.*, p. 1164.

19　民主：文学史的理想

在一战已尘埃落定的1920年，皮埃尔·拉塞尔会回头重新定位1908年到1914年间索邦的乱象和危机。1902年，高等教育的大师们对中学教育改革的影响力尚不明显。1904年，朗松和涂尔干还只是索邦的新人，法盖的地位依然崇高，而在由孔布主义和政教分离引起的大论战中，高等教育也不是最优先的议题。但在1907年及文学学士制度自身改革完成以后，朗松本人的权力已经稳如磐石，而作为一种积极的文学史的代名词，朗松主义也俨然成为学派，吕德莱和莫尔内是这个阵营的先锋，他们主持着《大学学刊》或《每月评论》，以及《新书评论》和《法国文学史学刊》，还担任着教育博物馆和高等社会研究学校的主讲人……新的机器正以全速运转，而也正从此时开始，反对索邦和朗松，主张捍卫文化、品位和审美印象的运动也纷至沓来，不管它们是来自佩吉抑或法兰西运动组织旗下的作者。在这些反对声中，拉塞尔对克洛德的批评，阿加顿、邦雅曼和勒盖的文章都不会早于1908年。佩吉则有所不同，他从1906—1907年开始就发起了攻击，在其三篇纵论"境况"的论战文中对"知识分子帮"下了判语。之所以有此先后之别，是因为佩吉和索邦的教授们过从更密，对这个团体知之更深。当其他人还在抱怨学术界的日耳曼化倾向时，他已经率先看出大学权力对未来的"教授共和国"们的强大控制力，而这种控制完全是激进的和本土化的，已经不能用法国以外的因素来解释。至于1911年和1913年他与拉维斯、朗格卢瓦和吕德莱等权威学人的论争，反而带有更多个人意气的色彩，因此，用语固然激烈，实际意义却不大。拉塞尔的《文学诸团体》（*Les chapelles littéraires*）一书辟有专章讨论佩吉对保罗·克洛代尔（Paul Claudel）[1]和弗朗西斯·雅姆（Francis Jammes）[2]的意见，并且小心翼翼地把佩吉主持的《半月刊》对前德雷福斯派成员的讨伐和拉塞尔自己为捍卫古典人文主义而在战前发动的攻击区分开来。佩吉与法兰西运动出身的作者们毕竟并不全然同心同道，[3]面对大学权力的上升和当代思想的历史，他们关注和回应的方面也不尽一致，当然佩吉也回击过索邦对拉丁语的敌意——尽管这回击来得很晚——"我开始问自己，朗松先生对拉丁语的敌意会不会不只是偏执，而是像朗格卢瓦先生所说，简直是疯狂（结果就像我的同学吕德莱常喜欢说的那样，猴子是四只手，人是两只手，而朗松先生简直是'一根筋'）。"[4]

佩吉不能容忍信仰被世俗化，不能接受德雷福斯派的信念转而为党派政治服务。不过，如果要具体地问，在佩吉从未离开过的拉丁区的学术环境里，究竟有什么决定性的事件使他最终远离了知识分子帮，那便非高师改革一事莫属。高师在德雷福斯事件中扮演了圣地的角色，佩吉曾作为战斗的排头兵在这里生活。高师被索邦整合是在1904年11月，其法律依据是1903年11月10日的政府令。自从1896年法国综合大学完成重组以来，主张改造高师的声音日益高涨，后者独立于大学存在，它独特的招生体制及其单独的教师团队已显得是旧时代的遗存，在综合大学诸学院能够提供水平相当的教学的前提

---

[1] 保罗·克洛代尔（1868—1955），法国著名诗人、剧作家、随笔作家和外交官。——译者注
[2] 弗朗西斯·雅姆（1868—1938），法国诗人、小说家、剧作家和文学批评家。——译者注
[3] 皮埃尔·拉塞尔曾为法兰西运动在文学批评方面的代表人物；而佩吉却曾经倾向社会主义，属于反教权派和德雷福斯派，他在1908年前后才正式转向天主教和民族主义立场。——译者注
[4] Péguy, *L'Argent suite, Œuvres*, t. II, p. 1302.

下，已经很难再为高师的独特性辩护。朗格卢瓦和塞格诺博是最先呼吁取消高师入学选拔考试的人，他们认为，现有的入学考试已不再符合现代理念，无法用以评估年轻人真实的教学和科研能力，事实上，它只能判断学生知识记忆是否宽广以及是否善于修辞，可这恰恰是旧制度遗留下来的过时尺度。[1]高师在19世纪为法国培养了精于语言艺术的教授和不世出的大师，但它理当和19世纪以及修辞学一起消亡，而替代高师的，用当代富有魔力的词语来说，应该是一个"真正的教学工具"，1899年的议会调查委员会正是希望据此来改造高师，以便满足全国所有高中对语文学方法的需求。[2]

历史的诡异、悖论之处在于，那些推动高师改革的"民主派"教授们——取消入学选拔考试、废除精英制的教学体制的确被视为一项民主的事业，因为它符合下列民主逻辑：既然选拔精英最终是为了让他们去教化大众，那么为什么在高等教育中还要赋予精英以特权，把他们与大众区隔开来呢？——他们自己大部分都是高师的毕业生和近期的德雷福斯派。根据佩吉的猜测，拉维斯垂垂老矣，遇事已是战战兢兢，但求无过，于是吕西安·埃尔对他定有隐秘的影响力。吕西安在《政治与国会期刊》(*Revue politique et parlementaire*)上回应了阿加顿的文章，认为这是国立文献学院对高师毕业生的攻击。[3]按照新的理念，高师应该成为索邦下属的一个职业教育中心，所有申请教师资格文凭的学生将在此接受培训。当然，这一极端化的主张并未得到一致认可，反对者中尤以莫诺为代表，他坚持留在高师，拒绝附和上述方案。

在延续高师改革的前提下，倘若上述方案不能得到执行，高师需

---

[1] Seignobos, *Le Régime de l'enseignement supérieur des lettres*, p. 17.

[2] A. Ribot, *La Réforme de l'enseignement secondaire*, p. 174.

[3] Lucien, «L'École des chartres et la Sorbonne», *Revue politique et parlementaire*, 10 septembre 1910.

要继续保留单独的选拔招生制度，那么改革者会退而求其次，至少取消它原有的专职教师队伍。在这种情况下，高师的学生就将和索邦的学生一起上同样的课，而这所学校就会变成一个没有独立教师团队的单纯的寄宿机构，或者用佩吉的话讲，一个"客栈"。至于朗松，正如他支持中学教改方案一样，公开地支持了高师改革的方案，并在吕西安·埃尔和拉维斯主办的《巴黎杂志》上评论了改革的细节。[1]莫诺在他自己的《历史学刊》上回应了朗松，但观点含糊其词。[2]他也拒绝出任高师校长，领导一个内容已被抽空，虚有其名的学校。倒是拉维斯在新学期开学讲话中提到，巴黎大学的高级会议（le Conseil supérieur）向教育部长提出了两位高师继任校长的人选，即莫诺和他本人。自1870年以来，这两位高师的同届同学重组了法国的高等教育。现在，更激进的一代人，如朗松、朗格卢瓦和塞格诺博等人固然超越了他们，但仍旧需要两位前辈为自己早年亲自启动的历史进程的最高阶段提供担保——具体地说，就是需要他们出山，领导重组后的高师。然而，"一些令人哀伤的原因阻止了莫诺接受此职"。拉维斯倒似乎并不在意去领导有名无实的高师，他接下了这个职务，而他在开学典礼上的讲话也极尽其辩才，援引其青年时代的记忆来为新生即将面对的新体制进行辩护。[3]学生们据说对他的讲话报以嘘声，与此同时，所有高师的原任讲师都被重新分配到索邦任教，唯有布吕纳介一人例外，用佩吉的说法，"在改革中终于摆脱了此人"。[4]在佩吉看来，对高师的改造，最典型地反映出那些昔日的德雷福斯派成员在

---

[1] Lanson, «La réorganisation de l'École normale», *Revue de Paris*, 1er décembre 1903.
[2] Monod, «La réforme de l'École normale supérieure et les universités de province», *Revue historique*, janvier et mars 1904.
[3] *Université de Paris, École normale supérieure,* séance du mercredi 20 novembre 1904, Paris, Imprimerie nationale, 1904(sur Monod, p. 2).
[4] Péguy, *L'Argent suite, Œuvres*, t. II, p. 1178.

吕西安·埃尔的影响下,正在推行反德雷福斯的政策。甚至10年之后,当普恩加莱亲自主持拉维斯进入高师50周年的庆典之际,佩吉依然怒意不减:"如此大张旗鼓地庆祝拉维斯先生进入高师半个世纪,乃是极不恰当的……拉维斯先生青年时代进入的那所师范学校,乃是一所高级师范;而今日他依然置身其间的地方,却在人们口中变成了一间客栈。那些真正了解在这里曾经发生过什么的人,他们自然明白不能停留在'客栈'这个词上,他们需要找到一个阳性的、简洁的、更有血性的词。"[1]佩吉觉得,他的整个青年时代都被玷污了。

与法兰西运动组织有关联的作者一般出身都与高师无缘,为此之故,他们对高师改革并不敏感,反而十分关注高等教育领域里的后继改革,即1907年推行的区分四种文学学士的做法。后一项改革的激进程度超越了反对者口中喋喋不休的所谓"索邦的日耳曼化"和"对历史学方法的拜物教",它构建起一个有形的战场,维护古典品位和细腻审美鉴赏的卫道士与主张严格方法和书目文献治学的学者在此战线上正面对抗。在1880年之前,学士学位考试均采取单一形式,以希腊语和拉丁语为主要内容。从1880年至1907年,考试分为公共试题和可选试题两类:前者包含法译拉或拉丁语作文、法语论述文写作、法语以及希腊语和拉丁语的口头文本解读等;后者则包括文学、哲学和历史,自1886年起又增加了现代语言一类。1907年7月8日的政府法令创设了四种不同类型的文学学士,取消了原有考试中的公共试题部分。按照阿加顿的说法,"文学学士考试中的通识文化部分从此被一笔勾销"。[2]拉译法,由于在公共教育部高级会议中得到试图抵制巴黎影响力的外省的支持,被保留下来,在每种学士考试中都继续作为关键试题。然而即便如此,由于取消了公共试题特别是其中

---

[1] Péguy, *L'Argent suite, Œuvres*, t. II, p. 1151.
[2] Agathon, *L'Esprit de la nouvelle Sorbonne*, p. 15.

的法语写作部分，分科专业教育的导向仍旧显得非常突出，对那些仍然将学士阶段定位为古典通识教育的人士来说，这是难以接受的，如阿加顿就对历史学士考试中的法语作文将由历史教师而非文学教师来评判一事耿耿于怀，因为这将导致法语写作能力的无可挽救的衰退。[1] 改革不仅标志着古典人文学的终结，也终结了依据古典文化来选拔民族精英的传统。由于在中学和大学里鼓吹所有这些改革，索邦"不断地为了群众而牺牲精英"，也为推行分科教育的新理念而摧毁了古典的文化理想。[2]

然而，在语言史专家布吕诺和文学史家朗松眼里，止步于此依然是不够的，还需要继续前进——这便是遭到佩吉讥讽的"偏执狂"。他们两人向公共教育部高级会议提交了一份关于文学学士和教师资格考试的议案，建议设立完全限于现代文学的学士类型，该学位应彻底取消拉丁语和希腊语的内容。这种设想在那个时代是闻所未闻的。由于外省大学代表的极力反对，这项提议未得通过。[3] 不过，如果我们想一想 1907 年索邦改革（废除拉丁文写作，但仍保留拉法翻译作为淘汰标准）所引发的非议——勒盖直接称其为"现代主义的骚乱"，

---

[1] Agathon, *L'Esprit de la nouvelle Sorbonne*, p. 49. Voir Faguet, «La crise du français et l'enseignement littéraire à la Sorbonne»: "从学士考试的公共试题中取消法语论述文，这种做法激起了多少喧哗！……历史学家们……并不信任文学的精神……米什莱的幽灵还在纠缠着他们……正因为如此，由文学教师——在历史学家眼中他们总疑似修辞学者——命题的法语论述文就被废止了。"(pp. 293-294.) 法盖是支持新索邦的，但他并未因此自欺欺人，他很清楚改革的趋势是要抛弃他自己及其同道："不过，也许有人会对我说，你是在反对你自己。很可能就是这样，因为我运用的材料常常是简短的，我也从未使用什么方法。"(p. 300) 法盖承认自己已经跟不上时代，现在他只能跟随朗松的旗帜前行了。

[2] Agathon, *op.cit.*, pp. 70 et 71. 在 1910 年，阿加顿的这种意见得到了 40 名法兰西学士院院士中的 36 人支持［他们都参加了保卫法兰西文化联盟（La Ligue pour la culture française）］；相比之下，在 1898 年，40 名院士中只有 25 人参加了法兰西祖国联盟。

[3] Agathon, *op.cit.*, pp.48-49.

而他心目中骚乱的罪魁祸首显然就是朗松——那么我们就不难想象，如果改革派得陇望蜀，真的设立废止希腊语和拉丁语内容的现代文学学士，又会引起何等激烈的反对。布吕诺和朗松的目标是公开而清晰的：现代文学学士的设立，能够对接1902年中学教育改革创设的现代学科分组和现代课组业士文凭（1902年之后，这些分组与其他仍旧包含古典学科的课组的地位完全平等）。在社会层面上，大学文学院设立现代文学研究，还可以取消真实存在的各阶层间的区隔。不过，这些都不是最要紧的，最关键的是要在初等教育和高等教育之间铺设一座"桥梁"——就像勒盖所说的，这个意象当时很流行——以便越过保守的中等教育：之所以需要跨越它，是因为即便有了1902年的改革和此后的政教分离，中等教育仍被视为"资产阶级""教权派"乃至"反动"的象征，仍被看成旧制度和修辞学的残留物。朗松及其同道们乐于与小学教师交谈，他们在民众大学和高等社会研究学校演讲以及在《新书评论》撰文时，也都表达了这样的心愿：世俗的、能体现爱国主义价值观的学校，应该符合茹费理的教育理念。在布吕诺和朗松的设想中，现代文学学士最理想的目标人群应该是小学教师，如果成功地实现这一点，则大学对小学教育的影响力将进一步提升。尽管现代文学学士的建议未被采纳，但这只是暂时搁置：朗松在1909年为高等社会研究学校所做的一次演讲中，提出应思考"初等教育和高等教育的关系"，并宣称支持二者的紧密结合。[1]事实上，小学和大学的直接连接是有进展的。尽管中学保留了拉丁语科目（拉译法），但1910年4月28日的政府令还是做了重要调整：在此之前，从事小

---

[1] Lanson, «Les rapports de l'enseignement primaire et de l'enseignement supérieur», conférence à l'École des Hautes Études sociales le 11 mai 1909, analyse de H. Bourgin, *Revue universitaire*, 15 avril 1909. Voir Leguay, *La Sorbonne*, pp. 147-150（这一部分是关于在小学和大学之间架设"桥梁"，联合对抗个人主义和精英主义的中学教育的问题）。Voir aussi Faguet, «L'esprit de la Nouvelle Sorbonne».

学教学的人员需要经过逐级"特许",才能接受高等教育,而新的法令则为他们打开了进入大学学院的道路,也就是视同他们已接受过中等教育。从此,拥有高级小学（les écoles primaires supérieures）[1]或初等师范学校教师资格的人,等同于中学毕业文凭获得者。据阿加顿的推测,该项法令的出台并没有咨询公共教育部高级会议的意见。[2]总之,朗松在20世纪头10年倡导的各种层级上的教育改革,其着眼点都是取消大学阶层区隔和精英选拔的社会功能。

右翼派别当然有理由提出异议。阿加顿就认为,"朗松先生所主张的,是把我们的文化改造为贫民的文化"。[3]安德烈·博尼耶则用了"小学教师的胜利"一语,他在世俗的义务教育的意义上使用这个概念。[4]佩吉在这个问题上倒显得短视,他的指责依然是"朗松先生赖以初次发迹的那个身份,倒是会被今日的朗松先生以反动派视之"云云,[5]此说把朗松的行为全然等同于野心家的政治图谋,当然难以服人。朗松推行的各种教育和行政改革,背后诚有其民主理念,这是我们所难以质疑的;另一方面,朗松固然以以道易天下者自视,佩吉却认为这些改革的唯一结果就是加强了朗松个人的权势,此说也并非全然无理,因为理念的动机也不足以完全解释上述改革举措。但不管怎样,朗松用自己的名字所塑造、所定义的文学史学科,可以说

---

[1] 所谓高级小学（E.P.S.）,是指法国在1833年至1941年间实行的一级教育阶梯。学生在接受完小学教育之后,并不立刻开始接受中等教育,而是要经历一个过渡阶段。从1941年起,这个阶段被初中（collège moderne）替代。这一独特体制的背景在于,在当代社会大学教育完全普及之前,法国中等教育（高中）的地位很高,程度也较深（部分接近当代本科教育的程度）,某种意义上业士是一级完全独立的学位,因此小学毕业生直接上"中学"在观念上被认为是不可取的。——译者注

[2] Agathon, *L'Esprit de la nouvelle Sorbonne*, pp. 135-136.

[3] *Ibid.*, p. 126.

[4] Beaunier, *Pour la défense française*, p. 99.

[5] Péguy, *L'Argent suite, Œuvres*, t. II, p. 1181.

在本质上是民主性的。无论"民主"这个词有多大的含混性，毕竟有一大批索邦的教授在它的旗帜下投身于民众大学的事业，或在《大众图书馆书目简报》上留下自己的姓名和著作名；他们在这样做的时候，内心确实真诚地相信，只要运用自己的知识权威对民众进行教育和启蒙，就能够把大众从教权主义和民主主义的陷阱中解放出来。

朗松以一种首先是否定性的，或者说防守性的方式，从社会民主化的角度论证了文学史的意义。文化和品位消亡之际，文学史自会成为必要的、无可替代的东西。当文本不再是共同的财富，不再是家庭的文化遗产，那么我们就必须发明"文本解读"，以便继续讲授一种对我们日益疏离，对学生群体而言就像古希腊拉丁文学一样陌生、异己的文学。同样，高等教育中的文学史，只是见证和记录了古典文化的衰亡，而绝不是像法兰西运动组织无端指责的那样，是造成这种衰亡的原因。在这个意义上，文学史是资产阶级文化气息奄奄的结果，是世俗学校的必然产物。朗松引起诸多极为激烈的争议，其中一次的背景是他认为系统出版19世纪文学作品的时机已经成熟，就像人们此前出版古典和中世纪文学一样，用蒂博代的话讲，"这个时候，阿歇特出版社委托朗松先生主持编辑现代文学丛书，19世纪的伟大文学作品应该以与古典作品相同的方式得到评注"。[1]结果，当朗松当真出版拉马丁的《沉思集》时，引发了轩然大波，因为他居然把语文学方法用到19世纪文学特别是诗歌上面。不过，要知道朗松自己早在1904年就说过，"历经半个世纪之后，把阅读的愉悦作为标准，已经是毫无价值了；我们现在研究小说，我们不再阅读它"。[2]

正当骚动和争吵最激烈的1909年，在教育博物馆的系列演讲

---

[1] Thibaudet, «La querelle des sources», *Réflexions sur la critique*, p. 146.
[2] Lanson, «Sainte-Beuve», *Essais*..., p. 432. 同时参见蒂博代上引文："人们提出抗议只是针对把这种方法运用到诗歌作品，尤其是现代诗歌上面。"（p.146）

中，朗松专门谈到了"法语教学中的方法论危机"。他小心谨慎地回顾了1850年以来法国中学教育的历史,谈到了法卢教育法案(la loi Falloux),[1]在他看来,方法问题之所以出现,恰恰是这项法案的一个副产品。[2]法卢教育法案扩大了中学教育的办学自由,废止了国家在该领域的垄断地位,也因此改变了法国高中的目标人群:资产阶级家庭会更青睐教会学校,出身贫寒的孩子则留在公立学校。从前,高中教师习惯了在一群精英学生面前神气活现地卖弄学识,现在却突然开始面对一群对文学"无动于衷的群众",于是他们感受到"学生和教育行为之间的不和谐"。[3]于是,仿佛是出于一种奇怪的逆反效应,法卢教育法案客观上就会强迫教育主管部门为那些替代了资产阶级子弟、从此成为高中学生主体的新的社会阶层创制新的教学方法;另一方面,法案还使中学就读人数大大增加,尽管它的初衷绝不是将学校教育普世化、民主化。在中学教育普及和凡俗化的背景下,就必须寻找解决问题的良方,而这良方正是在此刻,在民主已经被视为理所当然的目标的1909年,法国教育中正在实施的东西:"我们必须降低我们的教育的水准,如果你把从云端回到地面称为'降低'的话。让我们把教育变成更普通的东西,这样才能真正有效地掌控和运用它……我们应该接受这样的事实:学生能够理解的是大而化之的思想、浮光

---

〔1〕 法卢教育法案(因时任公共教育部长阿尔弗雷德·德·法卢而得名)于1850年第二共和国时期通过,要旨是扩大了包括私立学校在内的办学自由,同时促进了女子基础教育的发展。——译者注
〔2〕 *L'Enseignement du français*, Paris, Imprimerie nationale, 1909.
〔3〕 *Ibid.*, p. 18. 勒盖在1911—1912年间所著之《议会视角下的1902年改革简史》(*Petite histoire parlementaire de la réforme de 1902*, Paris, Ligue des amis du latin)一书里有一个注释:"拉丁语之友协会"主席阿纳托尔·法郎士预见说:"古典人文学的消亡就是法兰西精神的死亡。"(第7页)在勒盖看来,1899年之所以成立由亚历山大·里博主持的议会委员会(它为1902年的教育改革做了准备)开展调查,是因为此前有一次关于废止法卢教育法案的论辩,但它偏离了方向,在1898年无果而终(参见第17页)。

掠影的印象，只要这些思想和印象来自他们自己，是他们自己从文本中发掘出来的就好。"[1]尽管朗松的这段话指的是归纳性的方法，尽管他对"降低"一词做了一番合情合理的说明，但这样的辩护依然令人尴尬，而阿加顿也完全有理由指责这样的教育观无异于把中学贬抑到功利办学乃至小学的水平，而朗松面对指责也只能无言以对，事实上，他自己也不得不承认说："这样的理念是多么淳朴，它去掉了所有的浮华！这正是'初等'程度的理念！"[2]

作为新索邦的批评者，勒盖准确地揭示了大学教师们身上随处可见的民主热情中包含着怎样的暧昧性乃至防守性。在他看来，大学的新精神起源于一种政治性的考量，但这种考量是纯然被动的、反应性的，其实质是对民主的恐惧。[3]勒盖参照了塞格诺博的一篇文章，该文就像朗松对法卢教育法案的看法一样，也令人感到局促和尴尬。塞格诺博1904年也在教育博物馆做了一次演讲，名为"高等文学教育的体制：分析与批评"。在演说中塞格诺博提出，索邦采用的新方法乃是让文学适应民主社会，这是文学在民主条件下继续存在的前提条件，舍此，文学就会在强势的科学面前彻底消亡，因为它本来就被视为奢华无用之物和旧制度的残余。[4]这番推论的出发点在于，"我们不能期待在民主条件下，仅仅出于尊重传统的理由，社会就要去勉力维持一个看似毫无用处的高等教育体系"。[5]科学在民众中素来具有威信，因此文学必须按照科学的样板来重塑自身（这是索邦的目标），同时也必须让民众爱上自己（这是民众大学的目标，是其体

---

[1] *L'Enseignement du français*, Paris, Imprimerie nationale, 1909, pp. 19 et 20.
[2] *Ibid.*, p. 23.
[3] Leguay, *La Sorbonne*, p. 25. 该书引用了拉维斯的话，拉维斯从1886年开始就注意到法国与德国不同，具有一种"对高等教育的民主偏见"。
[4] Seignobos, *Le Régime de l'enseignement supérieur des lettres, analyse et critique*, pp. 7-8.
[5] *Ibid.*, p. 8.

制中互为补充的，不可分割的成分）。以历史学和语文学的知识为根基，以社会学的法则为方法，把文学改造为一门关于人的科学，唯其如此，才能使文学作为公民教育的组成部分得到接纳，才能使文学研究的价值在民主社会中被合法化。塞格诺博对此讲得毫不隐晦，明明白白："只有来自公共权力的好感才能决定我们的体制的未来，如果忽视这一点，任其把我们的体制视为无用之物和贵族社会的残余，那将是极不谨慎的。恰恰相反，应该时刻让当权者理解文化体制能够为社会效忠，它能够为民主制度培养聪明睿智的公仆。"[1]

塞格诺博的话中隐含着勒南早就表述过的观念：科学认同和民主认同不是相互矛盾的，它们应该协调起来。但事实上，一想到自己可能会被排除在科学和民主新结成的联盟之外，文学研究者心中的焦虑就难以排解。塞格诺博特别指责中学教育切不断与旧制度千丝万缕的关联，因为它过于偏重美化文学，但要紧之处在于，他在批评时的用词本身就巧妙地从反面显示出民主和科学在他心中理应相互结合："现在的中学教育是反民主的，而不仅仅是不够科学。"[2]勒盖也准确地观察到，举凡在教育博物馆或高等社会研究学校举办的座谈，最关键的话题都是科学和民主如何统一。那么，又如何能让文学变得"科学"，以便取悦于民主政治呢？这个问题不解决，文人的焦虑与牵挂就会挥之不去，甚至发展到荒谬可笑的程度，例如朗松就曾指责诗人过于关注他们自己，不符合他颂扬的诗歌的"民主功能"。[3]阿尔弗雷德·克罗塞对雅典民主历史的篡改也是一例，他之所以修正史实，

---

[1] Seignobos, *Le Régime de l'enseignement supérieur des lettres, analyse et critique*, p. 10.

[2] Seignobos, «L'organisation des divers types d'enseignement», in *L'Éducation de la démocratie*, Paris, Alcan, 1903, p. 116.

[3] Lanson, «Un poète et la poésie aujourd'hui», *La Revue*, 15 novembre 1910, sur Fernand Gregh, *La Chaîne éternelle*.

也无非是为了证明民主制和伟大的文学之间绝不是不能兼容的。[1]拉塞尔惊呼道,在这个问题上充斥着各种各样的循环论证:克罗塞绝口不提古希腊的奴隶制度,因此尽管他没有公开反对古朗士,却在事实上修正了《古代城市》里古今民主概念迥然不同的论点;克罗塞的论证其实是假设在古希腊和现代之间存在着可以类比的社会法则,但这与历史学"教父"塞格诺博所主张的历史充满偶然性的观点又是直接冲突的。拉塞尔指出,克罗塞是在滥用自己身为杰出希腊学专家的知识权威为民主制背书,其目的是论证"雅典在政治上的强大,它在文学、艺术、科学和哲学上的伟大,概言之,一切让它获得永恒普遍的荣光的东西,都来自它的民主制度,而且完全来自它",[2]而进一步的推论在逻辑上也就不言而喻了:一切民主制——从我们的现代民主算起——都是值得颂扬的。拉塞尔的批评当然有其党派偏见掺杂其间,却绝非没有根据。在对索邦的首次争论中,他把矛头指向文学院院长[3]的民主观,也并不是偶然和无足轻重的。不过,我们也不能由此得出结论,认为这样的民主观念完全基于索邦在政治压力下采取的回应性和引诱性的战略,我们还是应当承认,尽管民主使文学经受了严酷的考验,但它毕竟散发着自身的神性,文学确实应该为之献身,而且事实上文学也的确完全融入了民主的宏业。

---

[1] Croiset, *Les Démocraties antiques*, Paris, Flammarion, 1909.
[2] Lasserre, *La Science officielle: M. Alfred Croiset, historien de la démocratie athénienne*, cité par P. Gilbert, *La forêt de Cippes*, t. I, pp. 273-274. Voir aussi Faguet, *Revue bleue*, 18 septembre 1909.
[3] 阿尔弗雷德·克罗塞于1898年至1919年间担任巴黎大学文学院院长。——译者注

20　团　结

　　为推动 1902 年和 1907 年的中学和大学教育改革，朗松曾写过一系列论现代人文学的文章。在这些文字中，他从未把采用新的科学精神视为文学研究继续存在的前提条件，也并不把拥抱科学看成是对民主制度的被动回应，相反，他认为科学精神是对民主的主动参与。文学，特别是法国文学，的确比塞格诺博所擅长的历史学更加复杂和暧昧，而对文学而言，历史学也的确是比民主政治本身更加强大的对手，因为它已经很好地适应了民主政治，甚至已经与后者融为一体。因此，文学所面临的挑战与其说是来自民主制，不如说是来自历史学；换言之，民主政治对文学研究的压力，是以占据优势地位的历史学科的形式，从人文学科内部涌现出来的。面对这样的挑战，最好的防守会不会是主动进攻呢？

　　朗松一向激烈反对 19 世纪惯常采用的文学教育模式，因为它是反民主的、选拔性的和精英性的。法卢教育法案生效以来，文学教育中反民主的一面变得更加突出，它导致了资产者和普通民众的分离，也加强了"中学精神"和"初等教育精神"的对立。[1] 之所以说教育又是选拔性的，是因为教师难以做到有教无类，他们的课堂只为部分人服务："在学生就读期间，大学的全部工作就是挑选其中的佼佼者，这些人是未来一代政治家和行政官吏中的领袖人物。学业上的成功决定

---

[1] Lanson, «L'enseignement secondaire», in *Enseignement et démocratie*, p. 185.

了谁是精英。"[1]最后，19世纪的教育模式还是精英性的，这不仅是因为制度设计的本意就是培养少数天才，它注定了会漠视大众，对大多数庸常之人只会弃之不顾，而且也因为，整个教育行为归根结底"就是为了培育雅致的鉴赏力，训练卓越的雄辩口才"。[2]由于教育在总体上指向修辞学及其实践即话语行为，因此它只能培养"小说家、律师和记者"，或者说，它只会复制能够操弄话语的社会阶层，即资产阶级。[3]

1905年至1907年间，有几部教育学著作汇编了"共和的索邦"的理念，我们从《民主制下的教育》《教学行为与民主制度》等书名便可知晓，它们都是同一个主题下的变奏。朗松的观念又属于其中最激进的一端。他反对以培养上流社会为目标的课堂教学，赞赏"将文学还原为历史"的做法——朗松的提法让人恼火，但他恰恰非常看重这个原则——因为它制定了新的、合乎民主的目标。"在过去，大学教育是自由主义和唯灵论的……它尤其带有资产阶级的烙印，一意赞美、保存主流阶级……因此大学过去也在培养阶级意识。"[4]与旧有的理念相比，朗松主义的两个不可分割的侧面，即文本解读和文学史——关于二者之间的互补性，下面这句话比朗松思想的所有倡导者都说得更清楚："高等教育现在成了文化的源头，而中学教师的使命将是把这样的文化传递给高中阶段的青年"[5]——却完全不同，它们的立意是为所有人服务的，因为民主的原则在于"把课堂教学的受众定位为所有的人，而不是所谓的优秀学生，它致力于提高所有人，

---

[1] Lanson, «L'enseignement secondaire», in *Enseignement et démocratie*, p. 183.
[2] *Ibid.*, p. 184.
[3] *Ibid.*, p. 190.
[4] *Ibid.*, p. 185.
[5] *Ibid.*, p. 197.

而非选择少数精英"。[1]

"所有人",这就意味着也包括庸常之人。这个词语经常在朗格卢瓦、朗松和塞格诺博笔下出现,我们并不能从贬义的角度去理解它,它指的不外是"群众",并由此区分群众性的教育和天才崇拜。修辞学和文学最为人诟病之处就是它们的精英主义,但学术实乃天下之公器,也就是说,即便庸常之人也可以在学问上用力。此类意见在新一代学者身上随处可见,朗格卢瓦就是其中的一位,在他看来,正如19世纪的教育为了少数天才而甘愿牺牲大众一样,历史学也难逃此弊:"在展示历史时,浪漫派的做法中有一个绝大的错误:他们不能容忍平庸。"[2]我们要知道,米什莱和泰纳所以能免于与庸人同列,是因为他们有非同寻常的禀赋,但为了成就一位米什莱和一位泰纳,又有多少资质平常的老实人误入歧途?有多少普通人的性灵被抛诸荒野?凡天生之才都当有所作为。民主社会不能接受旧制度的误区,它应当根据每个人的资质,赋予他相应的事业。这难道不就是涂尔干的社会分工学说终于大受欢迎的原因?涂尔干的博士论文在他答辩时反响平平,但在1900年之后却成了对新时代的先知预示,因为此时民主制已被视为社会分工的同义词。于是,朗松便随着社会学家们说:"社会分工是唯一合乎理性的组织形式,它也滋养着文学研究。每个文学研究者都应根据自己的性情和才力去选择相应的任务……人们要么看着蓝图上即将拔地而起的建筑,要么想着需要雇用的工人,社会分工总是必不可少的。"[3]文学史正是一门人人皆有用武之地的学科。有些人天性擅长考据,可以承担二流作家的生平考证,或者开展对外省文学的社会调查;另外一些人则喜欢综合、专栏或者学术普及,各

---

[1] Lanson, «L'enseignement secondaire», in *Enseignement et démocratie*, p. 193.
[2] Langlois, «L'histoire au XIXe siècle», *Questions d'histoire et d'enseignement*, t. I, p. 229.
[3] Lanson, «La Méthode de l'histoire littéraire» (1910), *Essais...*, p. 52.

条道路都可以并行不悖。朗松本人在其学术生涯中可谓无所不能,面面俱到,但他也是最后一位能够如此挥洒才情的人物,而且他还展示出为佩吉所不喜的那种多面性,并且这种多面性还是同一时刻而非前后相继地在他身上展示出来的。

1906年,读者在朗松的一本新书里发现了三篇严谨的研究文章,它们都出自学生之手。朗松之所以收入这批文章,是为了说明他所主张的教学方法和研究方法究竟是怎样。在该书的序言中,朗松告诫说:"我只想请求读者不要得出这样的结论——文学史已经被我还原成一堆博学的研究和琐碎的史实展示;我知道,会有不止一位读者认为这样的著作充满无用的细节,枯燥无味,乏善可陈。"[1]很快,当朗松式的文学史以其全貌问世时,批评者便下了断语:朗松现在相信社会分工论和集体工作,在阿加顿所说的"集体的狂热"中,大量平庸的研究成果势必会蜂拥而至——显然,所谓的"平庸"这次必定是低劣的代名词。邦雅曼在他战后第二次"巡游"索邦时记录了朗松的一条口头禅:"你们就是我的工作团队。"[2]另有一次,同样的观念通过另一条笨拙的表达方式体现出来:在《散文艺术》的"告读者"部分,朗松谦逊地表示,对某个宏大丰富的主题,他只能挂一漏万,稍加触及:"这个题目值得一位大学教授投入心力,并且发动他的学生协同工作……"[3]邦雅曼断言,此类理念会决定朗松主义的命运:"从这样的观念到只信赖文学上的无能之辈,或者说,从头脑里的闪念到真的动员一群庸人,这中间只有一步之遥。"[4]按照这位批判家的意见,朗松轻易地就跨过了这一步。

朗松喜欢在半官方的《大学学刊》上发表经他整理过的书目名录

---

[1] Lanson, *Mélanges d'histoire littéraire*, Paris, Alcan, 1906, p. v.
[2] Benjamin, *La Farce de la Sorbonne*, 1921, 5ᵉ éd., p. 115.
[3] Lanson, *L'Art de la prose*, avertissement.
[4] Benjamin, *op.cit.*, p. 115.

以及他对新出炉的博士论文的评论，从1896年直至1908年吕德莱接替他在这家刊物的角色，这些意见对新进学人的大学职业生涯持续发挥着重要的影响，一如莫诺在他主编的《历史学刊》上发挥的作用。1901年，朗松在这份期刊上对"集体工作"进行了严格的意识形态性的界定："人们必须理解，博士论文不应被理解为个人品位的完美展示抑或作者在逻辑或审美方面的才情的体现；它首先应当是条理分明、坚实可靠的历史研究，判断一篇博士论文的价值，就看它为所研究的问题补充了怎样的客观知识。"[1]这就是所谓"对才情的侮辱"，它受到阿加顿等人的坚决抵制。[2]和布吕纳介、法盖一样，朗松对个人雄心——无论是教条式的还是感性印象式的——从不信任，这驱使他转而信赖体制和团队式的工作，信赖"工作室"或者"实验室"，因为在这些地方，会产生"一种精确严格的科学工作，它会在文学史的某个点上将已知之物的范围向后推移，它会懂得节制，懂得结束自己，然而在结束的同时又能对知识有所增益，这些新知识通过其他研究者之手，能够为别的知识领域所用"。

1904年，朗松在就任索邦法语演讲术教授的首课演说中，首先按例赞颂了他的前任，已于前一年去世的居斯塔夫·拉鲁梅；然而，在赞美行将结束时，他以这门严格的、符合民主理念的学科的名义，

---

〔1〕 *Revue universitaire*, 15 février 1901, p. 158.
〔2〕 Agathon, *L'Esprit de la nouvelle Sorbonne*, p. 75. 据赛弗尔女子师范学校一名毕业生的回忆，朗松曾告诫她们要警惕个人的学术野心，尤其不能以作家自居："他说，'我并不期待你们写出什么杰作，我也因此让你们免遭失落的打击……你们要记住，人不必因为自己不是伟人和英才就灰心丧气，缄默不言。'"（*Le Cinquantenaire de l'École de Sèvres*, p. 241）这是一种反浪漫主义式的对平庸的理解，萨特的外祖父就是以此来教育童年的萨特的：他接受萨特想成为作家的愿望，但他认为，写作应当是一位教师在闲暇时的正常作为，而不应当是某位"魏尔伦"颠倒伦常的做派。"他让我明白，那些奢华的放荡绝非我的命中之路：要研究欧里亚克城或者钻研教育学，用不着那些狂热和喧嚣；至于20世纪的不朽的悲泣，也无须我去操心，会有人替我发出那些声音的。"（*Les Mots*, p. 131）

话锋一转提出了让人生畏的保留意见："先生们，此刻我情不自禁地要为我们的科学研究感到遗憾，因为早在拉鲁梅先生辞世这个最新的、不可挽回的损失出现之前，他很早——甚至就在他刚刚起步后不久——就已经并且多次偏离了这门科学，因为有许多其他的规划、其他的研究对象在引诱着他。"[1]朗松列举了拉鲁梅在完成博士论文（我们还记得"将大象送上蝴蝶翅膀"的比喻）之后为世人树立的不当的榜样，如在奥德翁剧院的公开讲座、在各类期刊专栏的文章，还责备他总想博取大众的欢心，实则不能让这个学科的知识积累有所寸进，也不能推动任何人投身学术。朗松接着说，好在民主总是最强大的，学术工作总会不断取得胜利："先生们，拉鲁梅先生所未曾完成的事业，其他人将会完成；它将由你们去完成。"他还从拉鲁梅中道而废的做法中提炼出一条普遍的准则："某个人穷一生之力无法完成的事，众人将前仆后继。法国文学史是一件集体的事业，让我们每个人都为之奉献心力吧。"[2]

集体工作、团队合作是一种德性，它是朗松的信仰，是他唯一能确证和信赖之事。这种信仰甚至让他变得凶狠无情。一战之前，无论朗松受到的攻击是多么让人不快，他通常都置之不理，但1911年，他却罕见地直接出手，在《每月评论》上撰文斥责《文学史的方法》的一位读者（《文学史的方法》是朗松的理论文章中最完整的一篇，它也回应了阿加顿的某些反对意见，但没有直接提到阿加顿这个名字）。[3]此人名叫夏尔·萨洛蒙（Charles Salomon），是一位颇有资历

---

[1] Lanson, «Leçon d'ouverture du cours d'éloquence française», *Méthodes de l'histoire littéraire*, pp. 20-21.

[2] «La Méthode de l'histoire littéraire», *Essais...*, p. 52.

[3] Lanson, «La Méthode de l'histoire littéraire», *Revue du mois*, 10 octobre 1910. 朗松在这篇文章里对此前的观点做了某些修正，他不再完全否定印象主义的价值，而是尝试将其整合到方法之中。他希望"承认并且规范印象主义的作用"而非彻底否弃它，以便让"感觉也成为认知的一个合法的手段"（*Essais...*, p. 39）。（转下页）

的修辞学教师，他在文章里首先就方法问题老调重弹，然后又特意宣称，他对朗松的批评与政治问题无涉："如果我们只限于谈论文学史中的方法，那么并没有什么德雷福斯事件。"[1] 不过，刻意的否定其实欲盖弥彰，反而更让人感受到周围剑拔弩张的论战气氛。接下来，当萨洛蒙谈到自己重新评注的伏尔泰《英国书简》(*Lettres anglaises*) 新版本时，他又把朗松和福楼拜小说世界中的最后两位主人公联系起来："（朗松先生）到处让我们想到福楼拜的文笔，因为他为我们描绘出了他的布瓦尔、他的佩库歇的狂热的意志。"[2] 大概朗松想让他闭嘴，萨洛蒙却不肯罢休，于是朗松只好正面回击。在一篇干净利落的论战文中，朗松首先指出了对手在法语运用上的种种错误："大家不妨看看这位体面的文人是如何写作的……我们会感到惊讶为什么我们很难从某些学生笔下看到漂亮的法语，原来这些学生正是出自某些高中二年级教师的门下！"[3] 是谁该为阿加顿所说的"法语的危机"承担责任呢？是萨洛蒙而非朗松。朗松无意放过萨洛蒙，他斥责说，对方应该为不曾给法国文学史这座大厦增添片瓦而感到羞耻，因为这是哪怕才力寻常之人都可以，也应该做到的："他30年来夸夸其谈、沾沾自喜，却毫无作为；如果他从中花上哪怕几个小时，做一点最谦卑、最朴素、最'机械'的学术工作……如果他留给后世的不是一张白纸，而是一些虽不能给他带来荣耀、利益和感谢，但至少是为自视甚高的才子们所不屑的小小的成就，也就是说，如果他能留给后世少许有用之物……他不愿这样做，这是不是因为他觉得如此行事就会贬

（接上页）不过法盖正确地指出，朗松此前严格区分"认知"和"感觉"的做法，其实在逻辑上更加严谨。(«L'esprit de la nouvelle Sorbonne», *Revue des Deux Mondes*, 1er avril 1911, p. 531)

[1] Ch. Salomon, «La méthode en histoire littéraire», *Revue du mois*, 10 avril 1911, p. 492.
[2] *Ibid.*, p. 487.
[3] Lanson, «Réponse aux refléxions de M. Ch. Salomon», *Revue du mois*, 10 avril 1911, pp. 493-494.

低他的身份呢？"[1]朗松绝少如此声色俱厉，他也不屑于回击阿加顿和拉塞尔，因为他觉得此二人本非同行，不必做跨界之争；但他在抨击萨洛蒙时却的确词锋锐利，这只因对方和他自己早年一样，也是修辞学教师，而且是一位不思悔改的修辞学教师，一位比拉鲁梅更加头脑昏聩、误人子弟的大学教师。

朗松在惋惜拉鲁梅，驳斥小人物萨洛蒙时总结出来的集体工作的伦理，难道不正是他从德雷福斯事件中提取出来的道义吗？这样的伦理，比佩吉从中得到的信念更加有效。在1902年版的《法国文学史》中，朗松找到了现实生活中的证明："现在事实上只剩下两大对峙着的党派，一个主张保守社会的传统价值，一个主张社会革命，它们分别是资产者和集体主义者的党派。"[2]集体主义使朗松成为社会主义的同路人、早期《人道报》的合作者以及世纪之初左派集团中的积极分子，这是一种基于工作过程而非利益分享的集体主义；而他无意维护的传统价值体现为个人主义和精英主义，在文学批评中则表现为独断论或者印象主义。选择工作特别是工作的"意识形态"，这远远超出了朗松个人特质、知识人格以及文学史中本笃会式的博学传统能够解释的范围，而是一种具体的、历史性的抉择，在此抉择中，高等教育和初等教育、教学与科研再次融为一体，而且相辅相成，各得所需。

在《新索邦的精神》一书中，阿加顿强调了涂尔干扮演的角色，他论述社会分工的博士论文被视为"一本为索邦的主流哲学定下基调的书"。[3]阿加顿正确地看出，1902年的中学教育改革和1907年的高等教育改革，其深层逻辑正是通识文化与专业化、业余主义和专业

---

[1] Lanson, «Réponse aux refléxions de M. Ch. Salomon», *Revue du mois*, 10 avril 1911, p. 497.

[2] Lanson, *Histoire de la littérature française*, 1902, 7ᵉ éd., p.1091.

[3] Agathon, *L'Esprit de la nouvelle Sorbonne*, p. 71.

生产之间的对立关系。在朗松的笔下,"真正的现代人文学"挺身反对的正是"修辞学和拙劣的人文学",能从后者得益的只能是未来的"轻喜剧作家、小说家、诗人、批评家、记者以及无业的社交红人"。[1] 然而真正的问题在于增强教育的"实用性",这是朗松惯常使用的语词,它意味着要摆脱通识文化的纠缠,终结那种只能培养高谈阔论、游手好闲的才子的教育模式——朗松指责萨洛蒙恃才自傲实则一无用处,也正是此意。为了实现新的教育目标,"学校的专业分工被建立了起来",[2] 于是1902年中学改革引入了四个课程组,1907年的高教改革则设立了四种不同的文学学士,在时代大势面前,旧文化的卫道者只能眼睁睁看着专业化的学术分工一点点侵蚀个人才能与热情。

教育只有变得专业化才能为民主社会所用。然而仅仅这么讲还不够。正如对大学来说,民主既是一种限制,又是一种理想,专业分工也既是由社会从外部施加的前提条件,又是一种正面的价值。在德雷福斯事件爆发之前,吕西安·埃尔和安德莱曾经指责涂尔干,认为他把自己在现代法国社会中观察到的劳动分工单纯视为一种几乎自然的、无法控制的状态,一种丧失了尊严的个人所无法规避的命运。这也就解释了为什么1898年与布吕纳介围绕何谓个人主义这个问题的争论如此重要,因为它关系到是否能从劳动分工这一事实前提中引申出一种新的道德伦理。涂尔干在《社会分工论》开篇处写道:"传统的绅士君子现在对我们而言只能是一群没有职业精神的业余玩家,我们在他们身上不可能找到什么伦理价值。相反,我们要赞美那些专业而强大的人的卓越之处,他们追求的不是所谓人性的完整,而是有所作为。"[3] 在德雷福斯事件之后,社会分工的意义完全翻转,它支撑

---

[1] Lanson, «Les véritables humanités modernes», *Essais...*, p.57.
[2] Lanson, «L'enseignement secondaire», in *Enseignement et démocratie*, p. 200.
[3] Durkheim, *De la Division du travail social*, Paris, Alcan, 1893, cité par Agathon, *op. cit.*, p. 72.

起了一种以专业生产而非业余工作、以集体劳动而非自我崇拜为核心的新的伦理。这种新道德，或者用阿加顿的话说，"新信念"——阿加顿甚至在勒南《科学的未来》一书所表露出的对个人的怀疑中已经看出了这种思想的最初端倪——会被朗松特意拿来作为教育的目标和科学研究的前提。朗松说过，从小学开始，"一旦教理问答课从学校里被清除出去，取而代之的就是理性的道德和社会化、公民化的教育"。[1]中学教育迄今为止仍然在复制游手好闲的，并因此缺乏道德正当性的特权阶层，但现在"一种新的教育正在取代旧有的资产阶级的、唯灵论的和自由派的教育。资产者的意识将要被消除，人们正在努力唤起一种民主的意识；现在我们需要强调的不再是个人的价值和权利，而是团结的义务，是个人对社会承担的责任"。[2]

于是最关键的词语终于落地：团结（solidarité）。团结正是现代社会所期待的新伦理，它颂扬着民主和社会分工所负载的真实的、积极的价值。在20世纪最初10年，在被社会主义和激进主义先后主导的"后德雷福斯派"中，团结也是当仁不让的口头禅。由阿尔康出版社推出的《社会科学文献集成》收录了在高等社会研究学校的历次演说稿，其中最初的一批文章已经开始讨论团结主题，如1899年的《社会伦理》(*Morale sociale*)、1900年的《伦理学诸问题》(*Questions de morale*)，以及1901年的《大学与中学的伦理教育》[*L'Éducation morale dans l'Université* (*Enseignement secondaire*)]。这些演说所体现的思想正好切合了加布里埃尔·赛亚耶、塞莱斯坦·布格莱或阿方斯·达吕等哲学家的思考。[3]不过，"团结"这个词要登堂入

---

[1] Lanson, «L'enseignement secondaire», p. 195.

[2] *Ibid.*, p. 201.

[3] Séailles, Préface à Bouglé, *Pour la démocratie française*, Paris, E. Cornély, 1900. 另可参见：*Pour la liberté de conscience*, conférences populaires, Darlu, Bouglé, etc., Paris, E. Cornély, 1901.

室，还需等到1901—1902年的系列演讲，其成果集中在莱昂·布尔儒瓦、费尔迪南·比松、埃米尔·布特鲁、弗雷德里克·罗、夏尔·纪德（Charles Gide）[1]和克罗塞等人的《团结哲学散论》(*Essais d'une philosophie de la solidarité*) 中。这一主题引起热烈反响，并很快在1903—1904年的演讲结集《团结原则的社会实践》(*Les Applications sociales de la solidarité*) 中重现。上述演讲集无不围绕着教育与民主两大主题展开，[2]其基本观点是，团结的伦理应当成为民主化的教育所追求的目标。团结同时还是一个实践性臻于极致的概念，依靠这一原则，资本主义的发展强加给社会的劳动分工这一负面现象被转换为正面的价值，并能够与民众大学、人权和社会合作运动的意识形态协调起来。从思想史的角度看，是亨利·马里翁（Henri Marion）[3]首先在1880年的《论道德上的团结原则》(*De la solidarité morale*) 一书中引入了这个概念；马里翁凭借《教育心理学教程》(*Leçons de psychologie appliquée à l'éducation*) 而当之无愧地成为学校教育学的开创者，[4]在涂尔干看来，正是由于社会分工的存在，教育学才成为现代社会中必不可少的东西，而其价值也系于团结的伦理。不过，在

---

[1] 夏尔·纪德（1847—1932），法国社会经济学家，他也是作家安德烈·纪德的叔叔。——译者注
[2] *Essais d'une philosophie de la solidarité*, 1902. *L'Éducation de la démocratie,* 1903. *Les Applications sociales de la solidarité,* 1904. *Enseignement et démocratie,* 1905.
[3] 亨利·马里翁（1846—1896），法国哲学家、教育学家，他于1887年在索邦首次设立教育学讲席。——译者注
[4] Henri Marion, *De la solidarité morale, essais de psychologie appliquée,* Paris, G. Baillière, 1880; *Leçons de psychologie appliquée à l'éducation,* Paris, A. Colin, 1882. 前一本著作后被收入阿尔康出版社汇编的《社会科学文献集成》。马里翁是索邦第一个教育科学讲席的主持者，是费尔迪南·比松（《教育学词典》的作者，也是几所高等师范学院的领袖人物）的前任，他是一位真正的开拓者，在妇女教育问题上也表现出很高的热情。另可参阅：*Devoirs et Droits de l'homme,* Paris, H.-E. Martin, 1880.（该书的标题实际上已经为"团结"下了定义，尤其强调了个人对集体所负有的责任和义务。）

教育领域之外，团结还有一层政治含义：公共教育部前任部长、前总理1896年在一本题为《团结》(*Solidarité*)[1]的小册子里改造了政治术语体系，他用这个词替代了共和国箴言中的"博爱"和"平等"。布尔儒瓦还曾任教育联盟（la Ligue de l'enseignement）主席，是他开启了围绕着高等社会研究学校的演讲录《团结哲学散论》展开的争论，此外，他还提出了"团结主义"(le solidarisme)的概念，希望在集体主义和个人主义、社会主义和自由主义之间寻找一条中间道路。事实上，再也没有哪个词比"团结主义"更能概括什么是激进共和理念的神话，而这种神话也主导了整个文学史学科。

---

[1] Léon Bourgeois, *Solidarité*, Paris, A. Colin, 1896; *L'Éducation de la démocratie française, discours, 1890-1896*, Paris, E. Cornély, 1897. 关于世纪之交的官方政治哲学，请参见：C. Bouglé, *Le Solidarisme*, Paris, Girard et Brière, 1907; Maurice Hambuerger, *Léon Bourgeois 1851-1925*, Paris, M. Rivière, 1932; J.E.S. Hayward, «The official social philosophy of the French Third Republic», *Internationa Review of Social History*, janvier 1961.

21 祖 国

显而易见，朗松个人的工作是极其勤奋的。不过"工作"并非一个天然正当的命令，"为工作而工作"就像"为艺术而艺术"一样虚妄：如果艺术本身就是目的，那朗松就不会指责诗人们，说他们对"为艺术而艺术"的信仰不符合民主的价值了。根据涂尔干风行一时的发现，社会分工与合作劳动具有伦理性，它代表了缺乏人性的资本主义体制中相对温和宜人的一面，但它又绝不等同于集体主义，应该说，它更多让人想到某种世俗版的教理学说中所蕴含的严苛律令。用倾向社会主义的激进派的套话来讲，它就是团结的伦理。它是新的基于理性的道德，在主要政治派别组成的神圣联盟眼中，它也是社会化和公民化的全部教育体制的目标，而这种教育是要严守中道，是要同时反对天主教的圣水和主张绝对平等的巴黎公社的火油的。当教育致力于加强团结时，中学教育就会失去某种东西，用朗松的话讲，"它将失去阶级特性，它不再仅仅服务于资产者，而是为所有青少年服务"。[1] 和带有积极含义的"团结"一起使用的，还有"青少年"这个同样从心理学和教育学中借来的新词，该词也和"团结"一样，抹平了社会的阶级区隔。

民主成就劳动的价值，有了民主和劳动的连接，也由于合理的社会分工中蕴含着集体主义的某些元素，我们就能从团结伦理中看到德雷福斯主义与朗松主义的真正的结合。布吕纳介曾经指责说，当知识

---

[1] Lanson, «L'enseignement secondaire», in *Enseignement et démocratie*, p. 204.

分子选择追随左拉，质疑战争部的决议时，他们的行为对军队和国家造成了损害，陷入了"个人主义"——在布吕纳介的逻辑中，此处的个人主义等同于无政府主义。达吕、埃米尔·迪克洛和涂尔干代表知识分子进行了回击，[1]他们澄清说，布吕纳介所使用的种种概念不过是他对斯宾塞囫囵吞枣的阅读的结果。布吕纳介指责知识分子们身上的个人主义和国际主义倾向——当然这并非纯然空穴来风，他们在某种意义上的确有这样的主张——知识分子们则通过保卫人权联盟和民众大学这两个集体事业，用团结伦理的理论武器加以回击：团结意味着"社会性的个人主义"，它恰恰是经济学上的无政府主义的对立面。另一方面，在不放弃自己主张的前提下，知识分子们也愿意与国家达成和解。他们针对反动的、教权的民族主义，提出了爱国主义原则并将其作为自己的旗帜：爱国主义应该和民主理念、团结伦理结合起来，将1914年之前大众眼中索邦和文学史学科有所残缺的意识形态形象修补完整。

拉维斯早年归附共和理念以后，把自己的命运重新与国家联系在一起，他在法兰西共和国身上找到了旧制度和法兰西传统的合法的继承人。从此，他的教育学和历史学著作的宗旨均为促进民族团结、赞颂爱国主义和民族意识。和拉维斯不同，更年轻的朗松不再属于普法战争那一代人，他的基本政治参照是德雷福斯事件，其国族情怀的外溢表达也相对含蓄，但同样无可置疑。佩吉曾指出，大战前在1913年的索邦，朗松是少数对德意志民族主义的上升始终保持警觉的人。皮埃尔·莫罗为了澄清什么是他所说的朗松式的"文学的爱国主义"，提醒读者注意1895年旧版的《法国文学史》："在《法国文学史》的众多章节里，除了雨果是理所当然的重点，我们尤其应该重读关于

---

[1] 参见本部分第9节的相关叙述。

贝朗瑞（Pierre-Jean de Béranger）[1]的部分。"[2]在莫罗眼中，朗松的主旨总是一以贯之的，他始终致力于"巩固法兰西民族意识的统一性"：即便他前后立场多变，经历了从教条式的道德本位向社会本位的团结伦理的转换，但始终有一个不变的中心理念，那就是法国，以及以法兰西民族之名缔结的团结的神圣联盟。[3]

朗松经常说，"批评，无论是教条式的、幻想的或者激情式的批评，总是因褒贬而带来分裂，而文学史却促进团结，就像以其原则启示了它的科学一样。"[4]或许，在朗松对分裂的恐惧中，人们看到的依然是把法国一分为二的德雷福斯事件的阴影，至少能感受到这是在抨击个人主义或资产阶级造成的人与人之间的相互隔绝，布吕纳介、法盖在他心目中就属于后一种类型。不过，朗松从内心深处诚恳呼吁的"团结"与"共识"，其内涵始终是模糊不清的。他求助于科学的力量，但科学就其本性而言总是普遍性的、没有疆界的真理，这就使知识分子天然倾向于国际主义和世界主义，而法兰西祖国联盟和法兰西运动组织指责他们的也正是这一点。那么，怎样才能把以普遍性为指归的科学的雄心与爱国主义的原则协调起来呢？对朗松而言，要面对这个挑战并不困难，在一次做于布鲁塞尔的演说中，他就同时为投身科学事业和捍卫民族特色这两个完全不同的工作进行了辩护。他从工作的神圣价值出发，最后的落脚点却是祖国："先生们，正如你们所知道的那样，科学工作的一项原则是知识的统一性。科学并没有国界，它总是属于全人类。不过，当它努力促进全人类在知识上的统一之时，科

---

[1] 皮埃尔－让·德·贝朗瑞（1780—1857），法国著名歌谣诗人，作品富有爱国主义和民主主义激情。——译者注
[2] Pierre Moreau, *Le Victorieux XXe siècle*, p. 125.
[3] *Ibid.*, p. 126.
[4] Lanson, «L'esprit scientifique et la méthode de l'histoire littéraire», *Méthodes de l'histoire littéraire*, p. 37.

学同样有助于维护、确立各个民族内部在学术上的协调一致。"[1]正如团结伦理并不会取消个人在集体中的地位,反而会努力促进个性的发展一样,科学在世界范围内也绝不会消解各个国家之间的差异,恰恰相反,它只能有利于培育每个国家的特色。如此一来,各种相反的主张都得到了维护,就像对文学作品进行历史主义的解读也正好有利于培育审美鉴赏力一样。现在,科学的原则既能够发扬全人类的团结,也能维护每个国家内部的统一,在科学的旗帜下人们将无往而不胜。

不过上述神奇的推理还需要进行一些补充:"如果说,世上并没有什么德国的科学、法国的科学或者比利时的科学,只有科学本身,即对所有民族来说都是公共的、一致的科学;那么,就更加谈不上有什么党派的科学,比如君主派和共和派的科学、天主教或者社会主义的科学。"[2]朗松讲这段话是在1909年,此时的他已经不像在1902年那样,由于受到德雷福斯事件近在咫尺的影响,必须在保守传统价值和主张社会革命之间,在资产者和集体主义者之间进行非此即彼的选择。现在,由于政教分离已经实现,也由于教育改革的大步推进,实现和解的时刻已经来临。科学正在超越和克服国家的分裂;科学精神为祖国在学术上的协调统一提供了保证;而正如朗松一再所说的那样,文学史和文本解读也正在最大程度地弥合旧有的纷争,产生新的共识。当然,这番理论背后的诡辩之处也是显而易见的:如果科学在保证其普遍性之外,的确还能维持甚至激发不同民族各自的特点,那么又焉知它不能在各种政治党派和宗教之间做同样的事情呢?在这里,循环论证的关键便是所谓民族文学的观念——"伟大法国作家"的万神殿一旦建起,它的香火祭祀就可以加强共和时代的爱国理念。如果有人竟要质疑这一切,那将无异于否认把民族文学作为唯一公共

---

[1] Lanson, «L'esprit scientifique et la méthode de l'histoire littéraire», *Méthodes de l'histoire littéraire*, p. 36.
[2] *Ibid.*, p. 37.

文化遗产加以颂扬、尊崇的国族共同体。朗松在其演讲的结论部分坦然承认说，文学史"是把全国同胞们凝聚在一起的手段，而除了文学之外，所有其他的事物都在把我们分开，这就是为什么我敢于宣称，我们并不仅仅是为了学术而工作，也不仅仅是在为全人类工作，我们是在为自己的祖国工作"。[1] 在"自在"的科学和"为了全人类"的科学之外，归根结底，研究工作的目的仍然是为祖国服务，因为，在这个一切都趋向分裂的时代，除了科学的研究方法（尤其是文学史的方法）所提供的崇高的、公共的统一性，国家就再也找不到任何其他的统一性了。这就是朗松为自己的学科所规定的崇高目标：为实现民族团结、促进国族认同而工作。

这番宏大而又豪迈的言辞，能否被看作一位法国文化的保护人在国外所作的宣言，一次对文化的科学功能并无实际作用的说教，或是一种政治话语、意识形态的表达，或者干脆就是一次宣传？自从德雷福斯事件以来，法国知识分子的本分，是不是就像布吕纳介曾经批评过，可是他自己也概莫能外身体力行的那样，总是要对自己专业领域之外的事情指指点点？朗松是不是在利用自己学术上的权威以干预国事，就像后来他在战争期间对德国评头论足那样？[2] 他难道不是在1915年的旧金山世界博览会上大谈文学史的爱国主义情怀，以表白自己的信仰？[3] 凡此种种，无一不是他在那个时代民族情感集体高涨的背景下的作为，而战争则是这种情感和态度的具体表现。

---

[1] Lanson, «L'esprit scientifique et la méthode de l'histoire littéraire», *Méthodes de l'histoire littéraire*, p. 37. 1910年的《文学史的方法》一文除个别地方之外，延续了上一年的这次演讲在科学尤其是文学史的国际主义和爱国主义问题上的观点。另可参阅塞格诺博发表过的同样主张：*Lé Régime de l'enseignement supérieur des lettres*, p. 25.

[2] Lanson, «Culture allemande, humanité russe», *Revue de Paris*, 1er décembre 1914, et «Un projet de rapprochement intellectuel entre Allemagne et France», *Revue de Paris*, 1er avril 1915.

[3] «Les études sur la littérature française moderne», *La Science française*, Paris, Larousse, 1915.

不过朗松终究还是回到了文学研究的本位上来，从1911年开始，他自愿担任了法国文化在美洲大陆的传播者。起初，他在哥伦比亚大学讲学三个月，在其子为国战殁之后，他又于1916—1917学年重返这所美国大学任教。[1]他心心念念的是如何在全世界传播法国文学的历史，并鼓励其门下掌握了科学方法的高足投身于这一事业。安德烈·莫里泽长期在美国任教，居斯塔夫·吕德莱从1919年牛津大学创设福煦元帅讲座教授职位（la chaire Maréchal Foch）直至1949年，担任该职达30年之久。这两位学者在英吉利海峡和大西洋彼岸所发表的文学史方法论著作是朗松本人都未曾写出的，其意义近似于朗格卢瓦和塞格诺博合著之《历史研究导论》和涂尔干的《社会学方法的规则》。[2]所有这些举措和对后学的勉励都显示出居斯塔夫·朗松对祖国的深厚感情；不过，他的爱国主义更多地表现在文学史研究之中，这意味着在文学史和他个人之间存在着更深刻的联系，它超出了个人情感的范畴。朗松从未鼓吹纯粹民族性的、排他性的文化，这有悖于他对科学及其普遍性的使命感，他的文学史研究固然充满爱国激情，但从一开始就完全排除了对异国文化的敌意，不仅如此，它还始终关注法国文学所受的外来影响。早在1896年至1901年，当他以新进学者的资格在《法国文学史学刊》上发表第一批有分量的作品时，他就在一个由7篇文章组成的系列研究中考察了西班牙文学在法国古典主义形成过程中的作用。[3]还有什么比考察17世纪和古典艺术时期的外来影响更能说明问题的呢？毕竟这是"法国大作家"的时代，甚至是许多人心目中唯一伟大的文学时代。1917年，在战事犹酣之

---

[1] Voir Lanson, «La démocratie américaine» (1918), in *Les Démocraties modernes* (Bouglé, Boutroux, Andler), Paris, Flammarion, 1921.
[2] 见本部分第7节的叙述。
[3] Lanson, «Études sur les rapports de la littérature française et de la littérature espagnole au XVIIe siècle», *Revue d'histoire littéraire de la France, 1896-1911.*

际,朗松还恢复了与《两世界》的联系,在该刊上撰文讨论了"外来影响在法国文学发展中的作用"。[1]这些事实无不说明,朗松的视野和高度超越了那个时代盛行一时的民族主义情绪。

不过在文学史学科中,仍有若干难以逆转的倾向明显地屈从于某种封闭的爱国主义乃至沙文主义,此类意识形态是哪怕激进的、进步的共和国也难以免除的。这些民族主义倾向倒并不意味着偏爱特定的文化和国家,而是表现为文学史书写中的选择,如排除法国文学中的拉丁特质就是突出的例证。本来,中世纪对法国文学史来说从来都是一个极其关键的时期,文学史家们也从中世纪历史研究者那里获得了很多学术资源,然而整个拉丁传统——要知道即便到现代,拉丁传统都是法国文化中不可分离的组成部分——却不见于文学史研究的视野,我们文化中的一个完整的领域就此被排除在外。至于新拉丁文学,它也因为与修辞学之间存在千丝万缕的关联而承担了罪责:朗松学派对新拉丁文学的漠视,与布吕诺和朗松本人偏好现代语言和人文学的倾向是一脉相承的,这种倾向发展到顶峰,就表现为在世纪初的教学改革中设立了将拉丁语排除在外的文学学士和教师资格考试。[2]

在1890年前后,阿德里安·迪皮伊一边反对历史学家对高中教学的过度渗透,一边指责旧修辞学的影响;他意识到当时的科学方法已被民主思想、团结伦理和爱国主义所主导,这种方法能够为法国文化中的拉丁传统留下怎样的位置,迪皮伊用了一个有趣的比喻加以说明:"你们会不会借口最早的勃艮第葡萄来自意大利,于是便规定我们只能专用意大利葡萄酒,而禁止我们的勃艮第葡萄酒呢?"[3]至于

---

[1] *Revue des Deux Mondes*, 15 février 1917. 关于朗松如何论述外国文学对法国文化特性之发展的促进作用,另可参见下文第25节的叙述。

[2] Voir Marc Fumaroli, *L'Âge de l'éloquence. Rhétorique et «res literaria»de la Renaissance au seuil de l'époque classique,* Genève, Droz, 1980, pp. 5 *sq.*

[3] A. Dupuy, *L'État et l'Université*, Paris, L. Cerf, 1890, p. 47.

朗松，面对别人对他在文学研究中只讲方法，缺乏感性的指责，他在《文学史的方法》中同样也援引了葡萄酒这个具有法国特色、甚至有沙文主义色彩的比喻来为自己声辩。朗松承认，任何研究方法，无论多么科学，也无论有多好的博学基础，总需要诉诸对文本的"品尝"，这就好像化学检验永远无法替代对葡萄酒的细品，二者之间毫无公度性一样。[1] 根据这一原则，被轻视的倒不是拉丁语和拉丁文学本身，因为它们早已被封闭在古典文学的研究机构里，与世无争，真正受损的是现代的修辞文化：修辞对文学的影响力一直持续到19世纪末，但自从朗松特别是他的弟子达尼埃尔·莫尔内［《法语中精确表达的历史》（*Histoire de la clarté française*）一书的作者］把这种影响有系统地驱逐出文学研究的范围以来，就无人再关注这个问题，直到最近它才得到公允的评价。[2] 朗松洋洋大观的《文献学教程》（*Manuel bibliographique*）几乎未曾涉及17世纪的修辞学著作或当时围绕法语－新拉丁语演讲术展开的论争。莫尔内的《法语中精确表达的历史》一书则完全忽视修辞文化，甚至将其等同于学校里的修辞教材，在他眼中修辞就是顽冥不化、故步自封的同义语。朗松及其门人同道总是站在17世纪和18世纪的本笃会学术传统一边反对耶稣会的修辞学，而法国大学在1870年之前继承的恰恰是后者；由此带来的后果是，在朗松主义影响下写

---

[1] "化验报告和专家的鉴定书永远无法告诉我们一种葡萄酒的滋味究竟如何，除非我们亲自去品尝它。在文学上也是一样，没有什么能够代替对作品的细品。"（*Essais*…, p. 37）

[2] D. Mornet, *Histoire de la clarté française: ses origines, son évolution, sa valeur*, Paris, Payot, 1929. Mais voir Mornet, *Cours pratique d'éloquence usuelle, l'art de parler en public*, Paris, École universitaire par correspondance, 1942. 该书摆脱了对修辞术的老旧的理解，声称希望创造"一种现代的、有现实生命力的、可以通过通信方式传授的修辞术，它能够让学生越过漫长的探索，为他们在众多领域里的成果提供实质助益，并让所有人都能获得满足他们自爱之心的正当的成功"。（p. 4）这番话也说明了朗松的弟子们是如何看待修辞学的。关于到福楼拜为止的法国文学所受的修辞学的影响，可参看下列持平之论：*Revue d'histoire littéraire de la France*, mars 1980, «La rhétorique au XIXe siècle»。

出的数量浩繁的博士论文中，竟无一篇讨论过法国修辞学的历史。

文学史书写针对法国传统所做的另一个关键选择是它赋予了18世纪特殊的地位。对18世纪的研究是由文学史学科开创的，但文学史对这个时代的关注却扩展到文学自身以外的一切领域，如我们讨论过的伏尔泰最终战胜博须埃一事就说明了这一点。伏尔泰的胜利显然也和修辞学地位的废黜有关。莫尔内在《法语中精确表达的历史》中表达了对各种修辞技巧和古典大作家们的技艺的失望之情。朗松的《散文艺术》选取的主要文体参照也不再是17世纪的演说辞，而是18世纪的无韵散文。当然，有很多其他因素决定了文学史更青睐18世纪文学而非17世纪王朝时代的基督教文学，不过其中最关键的原因还是共和观念所塑造的关于大革命的神话。归依共和之后的拉维斯在世人面前恢复了大革命的声誉，在他的叙述中，大革命是从旧制度走向共和这一过程中合法的、必需的阶段，也是法国人民凝聚民族意识的关键时刻。因此，法国文学史所面临的一个首要问题——当然也是汇聚了一切可能的答案的问题——便是18世纪的哲学思想与大革命之间的关联。无论是昨日还是今天，任何需要对照文学与社会生活的人，都必须面对这一挑战，解答这一难题。朗松曾直接发问，"18世纪文学对大革命的影响究竟是什么？"[1]泰纳把大革命的影响看得很重，奥拉尔和法盖则认为没有任何影响，而莫尔内则试图把它缩减到最低。但无论如何，对所有以"民主、团结、祖国"为箴言的文学史来说，这个问题都是那原初的谜。

---

[1] Lanson, «Programme d'études sur l'histoire provinciale de la vie littéraire en France» (1903), *Éssais...*, p.85. 参见朗松对18世纪哲学的所有论述，尤其是：«Origines et premières manifestations de l'esprit philosophique en France avant 1750», *Revue des cours et conférences*, 1908-1909 et 1909-1910; «Le rôle de l'expérience dans la formation de la philosophie du XVIIIe siècle en France», *Revue du mois*, janvier et avril 1910. 另参阅莫尔内的漫画式的论述：*Les Origines intellectuelles de la Révolution française*, Paris, A. Colin, 1933.

22 朗松主义：令人目眩的透彻与详尽

皮埃尔·勒盖曾经暗示说，索邦虽以建立新方法为志业，但矛盾的是，新精神本身却来自对民主的恐惧；此外，在文学研究中采用历史学的方法也是某种政治压力带来的结果，因为在这个时代，如果不顺应"科学"，文学就并无他途可走。吕德莱坚决回击了勒盖的说法，将他的逻辑颠倒了过来："声称是对民主的惧怕将我们引向科学，这真是大错特错……恰恰相反，正是有了科学，我们才把民主树立为信仰的对象。"[1] 能够说明吕德莱观点的最好模板就是涂尔干，他是通过社会学走向社会主义的，在他的观念中，社会主义正是对社会学所发现的规律的实际运用。法国的社会学和社会主义思潮是在1870年之后，在针对德国社会学家们的抗争中，几乎同时出现的，它们的产生和发展都围绕着《社会分工论》和德雷福斯事件，甚至可以说，二者几乎是同一的。于贝尔·布尔然后来对此有清晰的说明："就我个人而言，我在同一时刻既成为社会主义者，又变成了社会学者……社会主义者，不错，不过前提是社会主义能得到科学的确证，或者更准确地说，它本身必须是由科学建立的。"[2] 民主与科学，孰为因，孰为果？勒盖与吕德莱，谁更有道理？这一点难以确定，布尔然尽管后来政治立场转向，在一战之后成为民族主义者，但他后来所谓"大学精

---

[1] *Revue universitaire*, 15 janvier 1911, p. 42, compte rendu de P. Leguay, *La Sorbonne*.
[2] H. Bourgin, *Le Socialisme universitaire*, Paris, Delamain et Boutelleau, 1942, p. 11.

神与社会主义理念的结合"的表述要更加准确。[1] 吕德莱也确认了大学与共和制的结盟背后的终极目的，由于这一目标的存在，民主与科学的结盟也变得合法化了——这个终极目的就是"祖国"，或者用更一个更模棱两可，但能让人联想到莫拉斯的立场，也能够体现民族主义和爱国主义的相近之处的词来说，就是"国家"（le pays）。在谈到1910年的论战时，吕德莱总结出了这个结论："请您确定最新、最细致，并且也最法国式的工作计划应该立足哪一边……归根到底，是怎样的建构对国家最好？——我们理解最近的争论。文学史的方法只是以奇妙的方式延长、更新了我们历史久远的理性主义……它面对的是夏多布里昂及其追随者们的精神，即对秩序的追求。"[2] 不过，吕德莱的立场还是太过鲜明了，朗松考虑的则是如何超越教权主义和理性主义的分裂："我们的理想是重现无论天主教徒还是反教权派都难以否定其价值的那一位博须埃和那一位伏尔泰。"[3]

正如团结伦理希望调和自由主义和集体主义一样，文学史也如同在希腊神话中吞噬万物的海妖卡律布狄斯和斯库拉之间战战兢兢航行的水手一样，在印象主义和独断论之间艰难地寻找自己的定位。不过，文学史最大的敌人——事实上朗松把布吕纳介和法盖视作了这种"敌人"的象征——却不是某种确定的立场，而是无所作为，夏尔·萨洛蒙就因为在学术上毫无产出而遭到朗松毫不留情的斥责。正如我们已经看到的那样，所谓团结伦理，乃是一种推崇劳作的意识形态，或者用阿加顿的话讲，是对集体工作的信仰。[4] 转变为右派分

---

[1] H. Bourgin, *Le Socialisme universitaire*, Paris, Delamain et Boutelleau, 1942, p. 23.

[2] *Revue univeristaire*, 15 juillet 1911, p. 142, compte rendu de *La Méthode dans les sciences*, Paris, Alcan, 1911, t. II（朗松的《文学史的方法》一文也刊载于这一期的《大学学刊》）。

[3] Lanson, «La méthode de l'histoire littéraire», *Essais*..., pp. 32-33.

[4] Agathon, *L'Esprit de la nouvelle Sorbonne*, p. 158.

子的布尔然后来曾批评说，从1900年到一战爆发，一大批在世纪之交成为社会学者和社会主义者的年轻人将时光和精力虚掷在民众大学或合作运动中，结果他们的付出却毫无意义。[1]但是，和布尔然的标准不同，文学史的事业恰恰就首先意味着组成某种"生产合作社"。

对这样的集体工作，文学史的教父自然不会袖手旁观，他亲自下场参与的次数只会比单打独斗更多。从德雷福斯事件到1914年战争爆发，他以不可思议的、超人的方式开展了教学和科研活动，政治活动及面向大众的专栏写作还不算在内。拉塞尔曾经提到文学史的"穷尽式的方法"，即将史料搜罗完备的强大意志；佩吉也说过，"绝不就某个问题下笔，除非已经穷尽了关于这个问题的所有的资料和文献"。[2]在佩吉看来，这就是索邦的原则。不过，拉塞尔的话还需要从字面上去理解，朗松并没有"穷尽他的精力"。在其"各种工作团队"的辅助下，这位文学史研究大师几乎无所不为。1904年，当朗松被任命为索邦教授的时候，除了他已经早早预示了文学史研究方法的两篇博士论文之外，[3]他已发表的著作或属于学校教材，或以社会大众作为预设读者。当然他也写过许多以学识见长的文章，但大多是世纪之初为《法国文学史学刊》撰写的通论，专业性并不强。然而朗松才力过人，一旦获得了社会影响，他就不会再热衷于专栏式写作（我们还记得他曾指责法语演讲术教席的前任拉鲁梅，说他在非专业写作上浪费了太多的时间）。从此，他改变了写作策略，转向赴汤蹈火、艰苦备尝的细节工作，而以他此时超拔的地位，是本可以满足于指点大势的。这就足以解释为什么乔治·勒纳尔和保罗·拉孔布在文

---

[1] 参见布尔然的所有社会学著作，特别是其博士论文（*L'Industrie de la boucherie dans le département de l'Oise au XIXe siècle*, Paris, E. Cornély, 1906）。

[2] Péguy, *L'Argent, Œuvres*, t. II, p. 1154.

[3] Lanson, *Nivelle de La Chaussée et la comédie larmoyante* et *De Manilio poeta*..., Paris, Hachette, 1887.

学史方法论方面的著作比朗松寥寥数篇同主题文章要更加全面，雄心格局也更大，但其影响力却不及朗松。

朗松对文学史的第一个真正的贡献是为这个学科打下了基础，即编撰了《法国现代文学书目指南》(*Manuel bibliographique de la littérature française moderne, 1500-1900*)，该书四卷本于1909年至1911年出版，收入了两万三千个条目，1914年又出版了200页的《指南》补遗。[1]这是一座知识的丰碑。在《历史综合评论》首期上，朗松发表了一篇被视为文学史学科奠基石的文章，他一边感慨迄今为止尚未有人为学生和研究者编写过堪用的文献目录，一边真诚地呼吁这样的成果早日问世。在朗松的设想中，好的书目应该集成所有已知的成果，并为尚未探索的领域指明道路。这是一项枯燥乏味的工作，因此无人愿意为此付出。多年以后，在他本人的《书目指南》的序言中，朗松表明了自己为什么会投身于此："我在此呈现给读者的是纯粹资料性的成果，它既不符合我所接受的文学教育，也并不吻合我研究历史事实、对作品进行美学分析的初衷。然而我为何还要做这样的工作？因为，迄今还没有人做过类似的事情，但它终究是需要完成的；其次，这是因为我是一名大学教师，我有义务为我的学生提供力所能及的最好的学术训练；最后，还因为这样的工具书一旦问世，它就能为其他人以及我自己提供一个不断改进的基础。"[2]朗松在此提到了团结伦理的各种德性，它们取代慈悲和友爱之心，构成了道德与社会行为的原则；它们意味着义务和责任、团结和民主，还意味着合作与互助。这是一项巨大的、旷日持久的工程，在整整5年的时间里，朗松在索邦的课程都献给了《书目指南》，结果甚至招致法兰西运动旗

---

[1] *Manuel bibliographique de la littérature française moderne, 1500-1900*, Paris, Hachette, 4 vol. plus Supplément, 1909-1914.

[2] *Manuel*..., t. I, éd. de 1921, p. viii.

下某些批评者的不满，他们嘲讽朗松的课堂已经沦为关于文献书单的听写练习。但这项工作终究是不可或缺的，事实上，《法国现代文学书目指南》问世以后，激起了这个学科里众多学生的热情。吕德莱继朗松之后主持《大学学刊》的法国文学书评专栏，每当《法国现代文学书目指南》有一卷问世，吕德莱都会在《大学学刊》上专文向其致敬。[1]莫尔内的反应也和吕德莱的态度一致：专论18世纪的《法国现代文学书目指南》第三卷在1911年问世时，正值法兰西运动的攻击甚嚣尘上，莫尔内此时刚刚接手《每月评论》上的《文学史》专栏（朗松和夏尔·萨洛蒙的笔战就发生在这里，而且交锋刚刚停歇），便以此为阵地展开了反击。[2]大光其火的莫尔内在题为《书目的哲学》的文章里写道："未来将会有无数后人受恩于朗松先生。诚然，文学史城邦的兴建不会是他一人之功，但朗松先生比任何其他人都更加称得上是这座城邦的奠基者和规划人。"[3]莫尔内和吕德莱的赞词，是后来朗松受到的个人崇拜的最初表现，而这种崇拜当然也会变本加厉地刺激朗松的敌人。吕德莱1907年加入《大学学刊》团队之初便撰文称颂朗松为"法国大作家"丛书所著之《伏尔泰》，那时他笔下已有语不惊人死不休的格调，佩吉对此评论说："我不知道你是否和我一样看问题。一位学生以这样的口吻公开评论他的老师，对我来说是难以置信的。"[4]吕德莱对朗松的颂词近于忘乎所以："面对如此气魄雄大而又细致入微的观念、伦理和文学感受，你们将狂喜到颤抖的地步，我简直无法形容这样的极乐。世上有几人如朗松先生这样，能够把如此专注透彻的理解力和感受力结合起来呢？他无疑是最强有力

---

[1] *Revue universitaire*, 15 janvier 1909, compte rendu du t. I du *Manuel*…; 15 avril 1910, t. II; 15 mars 1911, t. III; etc.

[2] Mornet, «La philosophie d'un répertoire», *Revue du mois*, 10 juin 1911.

[3] *Ibid.*, p. 733.

[4] Péguy, *L'Argent, Œuvres*, t. II, p. 1163.

地塑造了这个时代的精神品质的人之一。"[1]佩吉1907年再度给予回击,措辞倒也简单:"如果可以用这样的言辞来谈论朗松先生,那么,如果要谈论一位作家,又该如何遣词呢?"[2]

不过对朗松的崇拜要等到1909年伏尔泰《哲学通信》批评版问世以后才到达顶峰。[3]反之,1915年拉马丁《沉思集》批评版的面世就有些不合时宜,在大战面前,区区关于文学史的论辩只能退居二线,直到1920年以后它才又改头换面重新出版。这两部著作体现了朗松对文学史的最实质的贡献,它们把考镜源流的方法推到极致,而很快在绝大多数公众眼中,文学史就和史料考订画上了等号。[4]批评者们喜欢吹毛求疵,说朗松更偏好考订篇幅短小的作品或作家们的少作,而他的同道与学生则喜欢把民族文学遗产中的鸿篇巨制作为目标,如皮埃尔·维莱(Paul Villey)[5]评注的蒙田(Michel de Montaigne)《随笔集》(Essais),莫尔内编订的《新爱洛依丝》(la Nouvelle Héloïse)皆可为例。这种判断并不错,但也恰恰因为朗松选择了规模较小的作品,他得以推出在方法论上堪为楷模的作品版本,仍用拉塞尔的话说,得以"穷尽"一切文献资源。但即便如此,流言蜚语仍不绝于耳,如有人影射朗松的诸多著作皆借学生之力完成(证据之一是《散文艺术》的语言并不圆熟),他的贡献仅限于将学生整理的各类卡片组合成书。朗松还有一个习惯,他通常在完成作品批评版的校注之后,会在各大期刊上为有教养的中上层读者撰写普及性

---

[1] *Revue universitaire*, 15 janvier 1907, pp. 177-178, compte rendu de Lanson, *Voltaire*, Paris, Hachette, 1906.
[2] Péguy, *L'Argent, Œuvres*, t. II, p. 1164.
[3] Lanson, édition de Voltaire, *Lettres philosophiques*, Paris, E. Cornély, 1909, 2 vol.
[4] Lanson, édition de Lamartine, *Méditations*, Paris, Hachette, «Les grands écrivains de la France», 1915, 2 vol. Voir Thibaudet, «La querelle des sources» (1923), *Réflexions sur la critique*.
[5] 皮埃尔·维莱(1879—1933),法国文学批评家,专长16世纪文学。——译者注

的评论文章,这也是他从未脱离有产者阶层的又一证明。战前,他于1904年和1908年在拉维斯主持的《巴黎杂志》上发表过《伏尔泰》一书的副产品,如《伏尔泰〈哲学通信〉事件简论》(«L'affaire des *lettres philosophiques* de Voltaire»),以及《伏尔泰与〈哲学通信〉》(«Voltaire et les *Lettres philosophiques*»)。[1] 战后,朗松与各期刊的合作关系有了变化,他转向老对手杜米克主编的《两世界》,于1920年在该刊上撰文庆贺了拉马丁《沉思集》出版百年,而对《沉思集》的研究也颇能体现文学史学科的原初学术规划:朗松对拉马丁首部诗集的遭遇如其问世后流行、劫难和再度重生的情形,结合当时法国的历史变迁进行了社会学分析。[2] 不过,尽管对朗松始终存在各种非议,如批评他观点过于谨慎,工作方式有压榨学生之嫌,过分追求社交影响等,但他对文学史学科的个人贡献绝不会因此化为乌有。

朗松希望兼顾学术研究和科学普及,他也是最后一位有意识地同时为有教养的公众和专家写作的学者,在这一点上,他更接近拉维斯而不是朗格卢瓦、塞格诺博或涂尔干,尽管他比拉维斯要年轻15岁,已属于背景不同的两代人。朗格卢瓦和塞格诺博都很早就确定了自己在研究方法问题上的立场,他们从20多岁起就投身于"方法论大业"或致力于建设"历史学的辅助性科学"。拉维斯和朗松则不同,他们在实现"方法"的转向之前在本学科里沉浸已久,只是到了较晚阶段才开始向青年一代传授方法并身体力行。在佩吉眼中,此二人的做法都不足为训,因为他们都否弃了自己本来的道路,同时在继续为大众写作这一点上又违背了学术方法的本意。朗格卢瓦并不认为

---

[1] Lanson, «L'affaire des *lettres philosophiques* de Voltaire», *Revue de Paris*, 15 juillet 1904; «Voltaire et les *Lettres philosophiques:* comment Voltaire faisait un livre», *Revue de Paris*, 1er août 1908.

[2] Lanson, «Le centenaire des *Méditations* de Lamartine», *Revue des Deux Mondes*, 1er mars 1920, et *Essais*...

拉维斯是一位真正的历史学家，而吕德莱也并不认为朗松堪称一位真正的学术大师，因为他往往等不及穷尽一切文献就率尔操觚。[1] 然而，如果我们拿拉维斯和朗松与他们的后继者，那些冷静的、信奉方法至上的人相比，那么他们身上那种让佩吉无法容忍，甚至以机会主义视之的含混性，反倒构成了某种独特的魅力。作为教育部长身后的灰衣主教、大学的教父、共和国的"良心"，拉维斯一向乐于为高雅的公众写作。[2] 在撰写《自开端至大革命的法国历史》(*Histoire de la France depuis les origines jusqu'à la Révolution*)时，他招募了众多合作者，但他并不一味运用他崇高的权威让他人代笔，在该书讨论路易十四的那一卷，他就决定亲自执笔。[3] 所有的人都在观望他。不过拉维斯的决断并不坚定：固然，在写完腓特烈大王（Frédéric II de Prusse）[4] 之后，[5] 他并未放弃继续为伟人立传的心愿，但他却把书写路易十四晚期辉煌的统治阶段的重任托付给助手，自己转向了成就已超出他的预期的新史学派，从此他开始讨论经济、农业和贸易问题，直到最后把全部热情投入到书写战争和政治上去。[6] 朗松在《大学学刊》上评论了论路易十四的这一卷，称赞拉维斯开了民主派和社会主义思想的先声，因为他对路易十四时代的分析能够让我们看到启蒙思想乃至大革命的萌芽。不过这样的连接并没有什么新意可言。拉维

---

[1] Péguy, *L'Argent, Œuvres*, t. II, p. 1188.
[2] 见本部分第 3 节的相关叙述。
[3] Lavisse, *Histoire de France*..., t. viii, Louis XIV, 1907, 2 vol. (rééd., Paris, Taillandier, 1978).
[4] 腓特烈二世，亦称腓特烈大王（Frédéric le grand，1712—1786），普鲁士国王，欧洲近代史上最有影响的君主之一，被视为开明专制的代表人物，也是普鲁士崛起并最终取得德意志统一进程主导权的关键人物。作为日耳曼学家，拉维斯曾有专书论述他。——译者注
[5] 见本部分第 3 节的相关叙述。
[6] Voir Leguay, *Universitaires d'aujourd'hui*.

斯还仔细分析了让-巴普蒂斯特·柯尔贝尔（Jean-Baptiste Colbert）[1]与其财务总监们的通信，他从中发现的思想，用朗松的话说，"常常与18世纪哲学家，特别是伏尔泰相通"。[2]如果说伏尔泰被看成柯尔贝尔的追随者，那么太阳王就反过来被塑造成了大革命的先驱，因为和路易十四一样，大革命的一代人也无力完成自己所梦想推行的改革："拉维斯先生经常说，路易十四和柯尔贝尔通过他们的作为，铺就了通往大革命的道路；不过，事实却恰恰相反——他们之所以为大革命进行了准备，恰恰是通过他们想做却未能做到的事情。"

拉维斯的《路易十四》无论如何是一部成功之作。在作者漫长的学术生涯中，他一向并不为博学的要求所动，这本书总算是一次例外，但这样的成功也是必不可少的，舍此，身为巴黎高师校长的拉维斯就很难将他的名誉保持到底。类似的两重性也见于朗松身上：一方面，他身上还残留旧时代的风气；另一方面，他又是一个革新者。布吕纳介当年并不割舍文人和专家学者两个群体中的任何一个，他既要主持《两世界》杂志，又要分心在高师任教（拉维斯同样把自己的时间分配给他的《巴黎杂志》和高师），当然，法兰西学士院的承认和接纳毕竟确保了他的事业的整体性不致分裂。但在下一代人这里，旧传统终于被打破了，现在，必须要有两个人分别全力投入，才能覆盖两个不同的领域：杜米克和朗松这两位在戏剧研究中曾经旗鼓相当的对手——或许，前者擅长风俗戏剧，后者更长于伤感剧——将它们分而治之。杜米克当选了法兰西学士院院士，他在就职典礼上受到法盖的迎接。我们需要补充一点：朗松的敌人如邦雅曼和皮埃尔·勒盖曾把法盖与杜米克对立起来，在他们眼中法盖是最后一位富有才智

---

[1] 让-巴普蒂斯特·柯尔贝尔（1619—1683），路易十四时代法国著名政治家，曾长期担任财政大臣和海军国务大臣。——译者注
[2] *Revue universitaire*, 15 décembre 1907, p. 414.

的批评家，勒盖在这个问题上尤其坚定。吕德莱评论说："有一个名字让人们清晰地听到了那些冲锋陷阵的人心中的欲求和希望，这个名字本身就代表了最高的希望和思想，他就是法盖先生。"[1]不过，尽管法盖在《两世界》杂志上反驳了阿加顿对索邦的抨击，但他却只能代表他自己，因为他后继无人。朗松对他评价不高，从1894年起，就经常对他语出讥讽。[2]至于朗松本人，尽管他从未名列法兰西学士院候选人之列——如果他能够当选，倒是能够在学士院和杜米克、法盖及拉维斯相逢，我们还记得这三人是阻碍佩吉获得1911年大奖的主要角色——但终其一生，他都善于激发公众的关注，这一点是他在大学体制中的后继者们所未曾做到，甚至从未真正去尝试的，因为，在新的时代，以公众为预设读者的文人式非专业写作在后辈们眼中已经毫无吸引力。[3]

朗松对伏尔泰《哲学通信》一书的评注为法国文学史提供了一种检验标准，自此以后，一个作家要被奉为经典大家，他的作品就必须通过这样的检验。而单就这本书而言，评注版《哲学通信》激起了公众的兴趣，作者也被抬升到了神的地位。从朗松1906年出版《伏尔泰》一书开始，吕德莱对他的颂扬就从未停歇："我想，我们距离伏尔泰已经不可能更近了。朗松先生对伏尔泰的'过滤'（这个词在他的书中经常出现）是如此确定、考究，就如同现在的生物学家需要过滤实验室里的培养基一样。他以一种极其独到的方式向我们展示了他所推崇的方法标准有多高，运用起来又是多么艰难，但正是这种方法使他

---

[1] *Revue universitaire*, 15 janvier 1911, p. 43.
[2] Lanson, «Critique d'aujourd'hui: M. Émile Faguet», *Revue bleue*, 27 janvier 1894.
[3] 可参见：«La vie morale selon les Essais de Montaigne», *Revue des Deux Mondes*, 1er et 15 février 1924. 另可参阅：*Les Essais de Montaigne. Études et analyses*, Paris, Mellottée (s.d.). 请注意，该书列入了杜米克主编的"法兰西学士院文学经典评注丛书"，这说明杜米克和朗松、大学和期刊之间的鸿沟也不宜过分夸大。

成为法国学术界最杰出的领袖之一。"[1]对生物学隐喻的使用，大概是为了形容朗松就像生物学家一样，能够把"真正的伏尔泰"从18世纪教权主义和理性主义交错混杂的背景环境中分离出来。不过即便吕德莱已经极尽赞美，但他好歹还保留着一点分寸感，到两年之后他再次动笔颂扬《哲学通信》评注版时，就连这样的谨慎也弃而不顾了。我们可以为吕德莱辩护说，他这样做是身不由己，因为在这些年中，朗松以一种不可思议的速度不断推出新作，早已令他望洋兴叹，在《大学学刊》的新书专栏上也只能拼力跟随：朗松的新著包括《散文艺术》、《法国现代文学书目指南》各卷、《法国文学史》的各个再版本、论文《文学史的方法》等，这些著作在不到两年的时间里集中问世，周围的环境又是争论不断，难怪吕德莱评论的调子也越拔越高。[2] 1909年，他对伏尔泰作品的批评版发表了如下意见："这一工作的构想和实际执行已经获得了永恒不朽的形式。它已经把对伏尔泰作品的阐释扩展到了极致，足以令后人就此驻足。"[3]吕德莱和拉塞尔一样，都触及了朗松著作的"穷尽式方法"，但与这个词"穷尽文献资料"的本义不同，吕德莱却认为朗松的方法穷尽了研究对象本身，仿佛文学史的书写竟可以获得一种终极的、永恒的版本。那么，还有什么空间能够留给后人呢？吕德莱接着说："我们有幸推出了一本不可思议的著作，在这个特定的时代，在这样特定的条件下，它和

---

[1] *Revue universitaire*, 15 février 1907, p. 178.
[2] 除本节上文各条相关注释外，另可参看：*Revue universitaire*, 15 février 1909, compte rendu de *l'Art de la prose*; 15 février 1910, compte rendu de *l'Histoire de la littérature française*, 1909, 11ᵉ éd.; etc. 吕德莱从1907年起辅助朗松主持《大学学刊》的《书目文献》专栏，他的主要工作是评论导师（朗松）的著作。朗松1908年停止了在《大学学刊》的工作，但吕德莱独自留了下来。至于对吕德莱本人著作的评论，则是由莫尔内承担的。吕德莱最著名的书评是1909年12月15日在《大学学刊》上对朗松评注版《哲学通信》的评论。
[3] *Revue universitaire*, 15 décembre 1909, p. 430.

其他类似的著作一样,触及了人类的精神努力的极限。"所谓"人类的精神努力的极限",竟然不是指伏尔泰的原著,而是指朗松对《哲学通信》的评注!然而颂扬还没有结束,吕德莱又继续玩他的"荒岛游戏":"如果有朝一日,作为我们这个时代的表征的浩如烟海的文献都忽然消失,而唯有这本书幸存下来,那么未来世代的人们单单凭借它也足以了解,我们今日的文明中那些最高贵的类型,在方法的严谨、态度的诚恳以及对现实的尊重和热爱上面究竟发展到了怎样的境界。"[1]要知道,这是在参与构建学者职业生涯的《大学学刊》上发表的一篇对科学著作的评价。或许也因为这个缘故,吕德莱终归有所收敛,似乎想让自己的肯定之辞多少回归常理:"我不是在赞颂……我只是在描述无可争辩的、公认的事实。"[2]

和吕德莱相比,莫尔内在《法国文学史学刊》上的评论文章少了夸张的修辞,多了几分实实在在的庄重,但保留了同样的基调:"如果后继的学人只想从朗松先生的著作里捞取便宜的秘诀和手段,那朗松先生就绝不能被称为一代学者的导师。他所教授给我们的,是思想、理性和生活的确定的构想,是对庄严的真理的信仰,是甘冒艰辛疲惫和世人轻贱也要肩负起学者天命的决断。"[3]《哲学通信》评注版和《书目文献》带给我们的唯有工作的伦理和纯粹精神。吕德莱,莫尔内……每一位朗松的仰慕者都有自己的风格和话语。

整整一代人都对文学史抱有极大的热情,然而热情亦有爱恨之别,于是朗松或被尊为思想领袖,或被斥作头号公敌。就像一切引起公众狂热的事物一样,这一现象也让人困惑不已。不过,与其质问他的弟子们为何陷入迷狂,倒不如把目光从吕德莱和莫尔内转向

---

[1] *Revue universitaire*, 15 décembre 1909, p. 431.
[2] *Ibid.*, p. 430.
[3] *Revue d'histoire littéraire de la France*, janvier 1910, pp. 196-197.

朗松自己，因为两位门徒对教父的赞颂归根到底仍是对朗松本人一再表达的思想的改写和粉饰，我们终归不能忘记朗松的原话："在某种程度上，文学批评是和人的总体意识融为一体的，它蕴含着我们对生活的全部构想。"[1]这就是朗松思想的源头，从这个思想原型出发，到把文学史奉为新的宗教，把朗松视为伟大的传道者，只有一步之遥，而这区区的距离是莫尔内和吕德莱轻易就能跨越的。朗松很在意对原始史料的追溯，这个思路曾经完全占据了他的头脑，而他的弟子们难道不是受到指责，说他们把整部文学史都缩减为对源流和史料的考据？在《哲学通信》评注版的序言中，朗松写道："我们本来设想，对作家的每一个句子，都应该要确定究竟是怎样的事实、怎样的言论和意图推动了伏尔泰如此运思和想象。"[2]在序言的稍后部分，朗松的口气有了缓和："毋庸赘言，我并没有实现自己树立的目标。"但即便如此，他仍然放任自己走向乌托邦式的理想："我对若干书信的考察已接近理想状况，我的研究结果几乎是圆满的。"[3]这一几近疯狂的、要在整体上穷尽对象一切细节的野心和梦想让人想到博尔赫斯（Jorge Luis Borges）的某篇奇幻体短篇小说。由于朗松的精心培育，以完备性为指归的梦想感染了整个文学史学科，也令吕德莱为之心醉神迷，而他之所以由衷崇拜这种无所不用其极的考辨之学——姑且假设他的崇拜并不是盲目的——是因为在朗松无微不至的考证之下，"我们仿佛目睹作家的天灵盖被揭开，他的头脑的一切活动就在众目睽睽之下展开"。[4]吕德莱热爱科学式的隐喻，他借用生物学中的培养液来喻指对作家的"过滤"，

---

[1] Jean Pommier, in *Gustave Lanson*, Paris, Société des amis de l'École normale supérieure, 1958, p. 47.

[2] Lanson, préface à Voltaire, *Lettres philosophiques*, pp. L-LI.

[3] *Ibid.*, p. LI.

[4] *Revue universitaire*, 15 décembre 1909, p. 430.

此处又采用了解剖学的意象，此类比喻也说明了朗松为何会用"文学史实验室"来命名自己在索邦的研讨班——据邦雅曼亲眼所见，这个恶名远扬的名称就镌刻在教室的门上。

就像阿纳托尔·法郎士笔下的两位人物，《热罗姆·夸尼亚尔的意见》(Les Opinions de Jérôme Coignard) 中的同名神父（l'abbé Jérôme Coignard）和《企鹅岛》(L'Île des Pingouins) 中的菲尔让斯·塔皮尔（Fulgence Tapir）一样，朗松追求穷尽对象时已是欲罢不能，仿佛神魔附身。拉塞尔对此自有一番阐释，但其揣度中不乏恶意："人们都在传说，他过于操切的'转变'不可思议地、天衣无缝地与他在政治上的考量结合在一起。"[1] 在拉塞尔笔下，已成为极端主义者的朗松惧怕自己早年未曾专意治学的经历会遭受批评，可他又无法割裂其政治立场与早年经历的关联，于是只好处处逢迎，在文学史的源流和材料问题上矫枉过正，曲学阿世。拉塞尔的话自然全无公正可言，事实上朗松对整体性的欲求，他对绝对知识的渴望，绝不仅仅表现为所谓考证式的学术。例如，在《散文艺术》略显局促的开篇处，朗松首先因自己只是浮光掠影般考察了"如此丰富的主题"而向读者致歉："这样的题目不仅值得一位大学教授自己全力投入，而且要动员他的学生一起集体研究，只有这样，才能就法国作家的散文艺术写成一部不负众望的博学、深入、条理分明的著作。批评家要懂得节制，他的个人印象必须在研究中被收束起来，任何结论不能漫无边际、凭空想象，必须建立在细读分析、反复比较和必不可少的考证的基础之上。"[2] 由此看来，对确定性、透彻性的追求的确见于所谓朗松主义的各个环节，无怪佩吉或拉塞尔径直把朗松主义等同于方法本身。但我们必须指出，在主张考证和讲求方法之外，朗松还从不忘表

---

[1] Lasserre, *La Doctrine officielle de l'Université*, pp. 251-252.
[2] Lanson, *L'Art de la prose*, avertissement.

明他有雄心回应文学史学科的初衷，即分析书与社会的关系。"一部文学作品是人文精神的一个方面，是文明的某个瞬间"，这也是朗松的话，是他在谈论文本解读时所说的睿智之语，而他头脑中的精灵还驱使他进一步说道："一首樊尚·瓦蒂尔（Vincent Voiture）[1]的十四行诗能够为我们汇聚、显示17世纪上半叶的所有文明气息，如绝对君主制、礼仪社会、意大利和西班牙文化的强势影响，以及囚禁在那文质彬彬的礼节下面，随时可能爆发的粗鲁和暴烈。"[2]

---

[1] 樊尚·瓦蒂尔（1597—1648），法国诗人和书简作家。——译者注
[2] Lanson, «Les études modernes dans l'enseignement secondaire», in *L'Éducation de la démocratie*, p. 169.

23　个人崇拜

朗松主义自诞生之初起就饱受非议。无论朗松门下众人是否真的信仰其师在文学史中寄托的对完美的理想,他们的夸张举止抑或对朗松的阿谀吹捧都不可避免地引发了众怒。让达姆·德·贝沃特是朗松的老相识,早年他关于唐璜的博士论文曾请朗松担任答辩审阅人,贝沃特后来在大学中发展顺利,还担任过总督学,世人对他的评价是待人接物还算公允。在《大学琐忆》一书中,贝沃特讲述了朗松一派在1902年中学教育中改革趁势崛起的前因后果:"朗松先生在索邦革新了,或者更准确地说,从头建立了法语语文教学。在他的推动下,一个新兴的学派建立了起来。在一片喧嚣声中,它带来了严密而精确的科学方法。不过,当这种方法在各种讲座以及随后的讨论中被陈述、传播并被捍卫的时候,它又被教条化、绝对化了,并招致了诸多责难,有时还是很强烈的指责。"[1] 在这几行含糊其词的文字里,贝沃特呈现出朗松主义毁誉交织的境遇,但他也难以把方法的正面价值与朗松门人们过头的演绎区分开来。朗松本人倒是没有受到攻击,但围绕他组织起来的"新兴学派"则被贝沃特称为"扭曲了他的方法的笨拙门人":"人们嘲讽他们是动手动脚'捡材料的人'。"[2] 在世人的想象中,这帮门徒是一群粗野而狂热的打手,一群到处煽风点火的帮派分子,就像佩吉曾经在索邦统率过的小团伙一样,不过这一次,帮派

---

[1] Gendarme de Bévotte, *Souvenirs d'un universitaire*, pp. 213-214.
[2] *Ibid.*, p. 214.

分子改变了目标，从今往后他们只为文学史研究的方法而战。

居斯塔夫·吕德莱是"新兴学派"中当仁不让的、最活跃的首领，佩吉称他为"忠实的吕德莱"，拉塞尔则管他叫"第一副官"。他是各种飞短流长里的中心人物，贝沃特感受到的教条主义和绝对主义也处处少不了他的影子："在他的盛年，吕德莱在路易大帝中学担任修辞教师，他又是波尔多大学的教授，还在索邦兼课……他是朗松的第一副官，在朗松先生的推动下，学术部门想把他塑造成中学教育里的大权威，这还能让他走向更显赫的位置。"[1]描绘这幅画面的是拉塞尔，可他还没有描述完整，省略了吕德莱在高师的讲座、《大学学刊》上的书目文献专栏以及他主持的《新书评论》。佩吉也滔滔不绝地谈论吕德莱在发现朗松是"一个非凡的天才"之后一路发迹的故事："吕德莱先生发现了朗松先生，吕德莱先生进入了高师。我并不是说这两件事之间有什么因果，我希望自己看到的只是纯粹的巧合。在第三共和国治下，已经没有旧日显贵的恩典制度，一个人要获得晋升全得靠自己的功业……我相信，就算有哪位年轻人不幸发现了我们的大师朗松先生写的并不是法语，他也会像吕德莱先生一样在大学里平步青云的。"[2]吕德莱从不认为他已经履行完毕自己对朗松的责任，他总是准备再次出发捍卫他们的事业。勒盖视他为"朗松先生充满热忱的弟子"，[3]他还补充说：吕德莱乐于使用这样的称号，尽管他已经过了再到朗松先生的课堂上去听讲的年龄；与此同时，他依然因为自己在写出关于青年邦雅曼·贡斯当（Benjamin Constant）[4]的博士论

---

[1] Lasserre, *La Doctrine officielle de l'Université*, p. 284.
[2] Péguy, *Un nouveau théologien, M. Fernand Laudet*(1911), *Œuvres*, t. II, pp. 994-995.
[3] *Revue universitaire*, 15 janvier 1911, p. 44.
[4] 邦雅曼·贡斯当（1767—1830），法国著名小说家和自由主义思想家。——译者注

文之前错失方法的引导，虚度了年华而懊悔不已。[1]吕德莱讲话的风格像一位士兵："要么和我们一起并肩作战，向前冲锋；要么向后转，退到修辞学那里去。"[2]"冲锋陷阵"的士兵们喜欢援引法盖的权威，可惜法盖并不是一位真正的领袖："他是思想王国里的抒情诗人，可是他不曾把自己的权力传递给任何一个以他为旗帜的后辈。"相反，朗松则是一位灵活的战略家："我们把自己熟悉的学科扩展到了整个人文领域，而朗松先生在整个高等教育领域里确立了他的方法与行动。"吕德莱及其同道之人只需要在朗松的身后随其冲锋，"我们以及其他人的加入大大扩充了他的队伍，我们在他身上感受到了什么是真正的导师"。[3]

通过在《大学学刊》上评论数量浩繁的朗松著作，吕德莱义无反顾地参与了与法兰西运动和古典人文主义的卫道者的论战。1907年，他在评述朗松《伏尔泰》一书时使用了"才智上的认同感""让你们狂喜不已的、豪迈的激情"之类的修辞，简直视阅读导师的著作为一种极乐。[4]1911年，他对朗松《文学史的方法》一文的颂扬同样未见节制："这简直就是笛卡尔（René Descartes）《方法论》（*Discours de la méthode*）和弗朗西斯·培根（Francis Bacon）《新工具论》（*Novum organum*）的重生，它们的思想尺度竟复见于今日。"[5]不过，如果要一劳永逸地澄清什么是朗松主义，还需首推吕德莱对朗松评注版《哲学通信》的评论："像这样的书必须采用特殊的阅读方法。"他推荐的阅读方法乃是双重求真之路：首先是泛读，然后是更深入的精读；前者针对原著文本，后者瞄准朗松的注释。"第二重阅

---

[1] Rudler, *La Jeunesse de Benjamin Constant*, Paris, A. Colin, 1908.
[2] *Revue universitaire*, 15 janvier 1911, p. 44.
[3] *Ibid.*, p. 45.
[4] *Revue universitaire*, 15 février 1907, pp. 177-178.
[5] *Revue universitaire*, 15 juillet 1911, p. 141.

读要花费的功夫远超第一次阅读,它的体验将是丰富、复杂而又细腻的;只有这样的阅读才能带给我们透彻理解之后的满足感,仿佛我们已经凌驾于文本之上,在云中翱翔。"[1]结论是:如果没有朗松的介入,伏尔泰的原著只值得泛泛一过,有了朗松,这本书的价值才升到九天之上。佩吉曾与吕德莱围绕朗格卢瓦在《新书评论》上的匿名文章发生过长时间的论战,可早在二人交锋之前,佩吉已经激烈地嘲讽说:"这种历史学的(?)和科学的方法(?!)沾沾自喜地告诉世人,对《哲学通信》的研究要想给人满足的愉悦,就得预先编出20卷的注释;诚然这些注释不会与原著全然无关,但它们总是谨慎地停留在文本之外。对《哲学通信》进行愉悦式的阅读,就得尽情享受那20卷注释,这就是吕德莱先生的看法。他似乎还说过什么'翱翔式'的研究,或者,是研究者在'翱翔',我不太清楚,可他也从未说清楚。大概他是想说,研究和阅读还是以先坐上飞机为妙。"[2]日后佩吉解释说,这些尖刻的嘲讽不过是"没有恶意的玩笑",[3]但他也再次重申自己是如何惊讶于吕德莱那种殷勤有加的语调:"很明显,正是因为吕德莱先生这么做,朗松先生才会招来大家的反感。"[4]对朗松本人,佩吉以旧日学生以及曾经同为德雷福斯派和社会主义者的身份,依然保有几分敬意;但吕德莱身为和他年龄相近的同学,就只能成为佩吉眼中最厌憎之人,以至于佩吉连篇累牍地引用他的话,恨不得一一指明他笔下的法语错误,将其低三下四的谄媚之态皆记录在案。

吕德莱在自己的道路上走得很远。1913年,就在佩吉通过猛烈批判使他名声大噪的那一年,他离开巴黎前往伦敦的贝德福德女子学

---

[1] *Revue universitaire*, 15 décembre 1909, p. 431.
[2] Péguy, *Victor-Marie, comte Hugo* (1910), *Œuvres*, t. II, p. 813.
[3] Péguy, *Un nouveau théologien, M. Fernand Laudet* (1911), *Œuvres*, t. II, p. 995.
[4] Péguy, *L'Argent, Œuvres*, t. II, p. 1164.

院（Bedford College）任教。他是否因为卷入论战太深，已感心力交瘁？他是否需要从此远离这一切？战争刚刚结束的1919年，他被任命为牛津大学刚刚创设的福煦元帅法国文学讲座教授，并在这个位置上一直工作到1949年退休。[1]吕德莱在牛津的任教经历在很大程度上决定了英国法国文学研究的格局，他的《批评与文学史中的技巧》一书在近半个世纪里成为英国学者的必读书，而英国几乎所有重要的法国文学研究者也都曾受教于他。拜他之赐，甚至到今天还有英国学者把朗松主义作为一种现实的反抗对象加以猛烈批判，而这种情况在法国早已消失。由此我们甚至可以说，吕德莱的地位几乎不下于朗松本人。1923年前后，保罗·苏代在《时代报》上发表的文章《卫城上的波米耶》（«Pommier sur Acropole»）挑起了一场争论，这篇文章反对让·波米耶在评论勒南的散文《雅典卫城上的祈祷》（«Prière sur l'Acropole»）时所用的创作源流考据法，认为《祈祷》是在巴黎所作。[2]蒂博代卷入了这场争论，他在《对批评的反思》（*Réflexions sur la critique*）中首先列举了朗松在《哲学通信》评注版序言部分对整体性的迷思，即那句著名的话——"我们本来设想，对作家的每一个句子，都应该要确定究竟是怎样的事实、怎样的言论和意图推动了伏尔泰如此运思和想象"；蒂博代对朗松的引用反过来让吕德莱陷入了尴尬可笑的境地："朗松先生的这些话语和吕德莱先生的十行字，不仅是长久以来人们不断重温的东西，它们还为朗松和吕德莱的批判者提供了最趁手的武器。"[3]至于居斯塔夫·吕德莱和文学史都不堪

---

[1] Voir *The French Mind*, Mélanges offerts à Gustave Rudler, Oxford, Univesity Press, 1952, et *French Studies*, janvier 1958, article nécrologique.

[2] A. Thibaudet, «La querelle des sources» (1923), *Réflexions sur la critique;* et J. Pommier, «Comment fut composé la Prière sur l'Acropole», *Revue de Paris*, 15 décembre 1923.

[3] Thibaudet, *art. cit.*, p. 147.

承受的那"十行字",自然就是吕德莱在《哲学通信》评注版面前洋洋自得时所说的那些蠢话,如"这一工作的构想和实际执行已经获得了永恒不朽的形式""人类的精神努力的极限""透彻的理解以及在对象之上翱翔所带来的快乐"等。正如让达姆·德·贝沃特暗示的那样,这些表述完全扭曲了文学史的方法;而另一方面,为人谨慎、很懂得分寸感的莫尔内的看法要更加准确:在文学史中,人们从来不曾证明有哪位大人物对这个学科来说是不可或缺的,事实恰恰相反。

莫诺、朗格卢瓦、塞格诺博和朗松笔下时常抱怨那些与"布瓦尔和佩库歇"类似的前人,此辈自以为研究态度端正严谨,因此其成果也不必再加复核,即便著作再版,他们也从不借机重新检视修正,好像知识一经产生就永远凝定不变,基于社会分工和团结协作的学术新格局也都不会影响旧有知识的有效性。莫诺在1876年《历史学刊》的发刊词中评论了那些未曾知晓真正的研究方法的历史学家:"他们几乎都是靠自学进入这一领域的,他们从未有过导师,也不培养自己的学生。他们在历史学上留下的印记来自他们私人的性情和人格。通常来说,他们中间即便最博学的人,在成为学者之前都只是在舞文弄墨。"这些事实当然都是尽人皆知的,不过在学术上,它们的正式表现又是什么呢?"缺乏专业性的证据,便是我们很难见到他们重新修订自己的著作,以便让旧作适应科学的最新发展。即便著作初版于20年前,他们也会原封不动地将其再版,至于好坏就由人评说。"[1]对米什莱、泰纳和古朗士的那些"经年不变"的研究,朗格卢瓦和塞格诺博除了轻视,几乎不置一词。吕德莱也感叹于他的导师是在为永恒的价值而工作,他宣称朗松的研究已经穷尽了极限,说尽了关于研究对象的一切,他已经臻于完美,仿佛他所采用的方法允许实现某种

---

[1] Monod, «Du progrès des études historiques en France», *Revue historique*, janvier 1876, pp. 29-30.

终极不变的东西。在朗松论述了伏尔泰之后，吕德莱甚至忍不住问道："关于这位作家，我们已经有了如此通透的理解，难道还能要求在这种理解之上再补充什么东西吗？"[1]吕德莱就此陷入了歧途：当他认为朗松的研究可以"终极不变"时，他其实已经把朗松置于自相矛盾的境地，因为朗松自己是从来反对有任何终极不变的东西的。

吕德莱远赴英国之后，莫尔内仍然留在法国。他没有吕德莱身上那种诗性的冲动，更具谦退之风，终其一生，他始终把自己的导师称为"朗松先生"。[2]对朗松主义，他并不以宗教和信仰视之，而是将其作为一种伦理观、一种形而上学。作为朗松诸门徒中最忠诚的一位，他从1922年直至去世一直担任《法国文学史学刊》的秘书，从1928年起，他还接替朗松主持索邦的18世纪文学史讲席。朗松和莫尔内在巴黎拉斯帕伊大街282号比邻而居，居斯塔夫·科昂从导师的视角写道："他与自己最钟爱的弟子达尼埃尔·莫尔内住在一起，他视莫尔内为自己的接班人和精神上的儿子，而莫尔内对导师的崇敬也到了迷信的地步。"[3]莫尔内自己则在朗松去世后所致的悼词中总结道："无论是作为伟大的心灵还是伟大的导师，都无人能够漠视他的地位，未来的人们对他还将大书特书。然而对我们来说，他又具有别样的意义：他把一种理念、一种生活的理由给予了我们，或者说，至少他帮助我们构建了这种理念和理由；他一直教导我们，生活的价值就在于对真理的追寻。"[4]在朗松身后，莫尔内在其有生之年一直象征着朗松主

---

[1] *Revue universitaire*, 15 décembre 1909, p. 430.

[2] M. Levaillant, «Daniel Mornet», *Revue d'histoire littéraire de la France*, octobre 1954, p. 418.

[3] G. Cohen, *Ceux que j'ai connus*, Montréal, L'Arbre, 1946, p. 150.

[4] Cité par A. Cohen, «Gustave Lanson, la carrière et l' œuvre», *Revue universitaire*, mars 1935, p. 210. 教育部总督学阿尔贝·科昂继朗松之后主持编辑了《法国文学史学刊》，参见1935年《学刊》1月期第158页："经本刊理事会选举，副主编阿尔贝·科昂先生将接替已故朗松先生出任主编。"奇怪的是，《学刊》在几近40年的时间里和朗松融为一体，但这份通告居然是该刊对朗松去世一事唯一的反应。

义不竭的生命力，由于他的贡献，即便在他自己故去之后，这一传统也并未过多衰败。然而即便如此，正如吕西安·费弗尔在评论莫尔内所著之《1600—1700年的法国文学：真实的及湮灭的历史》(*Histoire de la littérature classique, 1600-1700, ses caractères véritables et ses aspects méconnus*)[1]一书时说的那样，莫尔内仍然在某种意义上背离了乃师的思想。费弗尔的批评文章发表在《年鉴》上，题为《文学与社会生活：是否放弃一样？》(«Littérature et vie sociale: un renoncement ?»)。[2]他在文中告诉读者，朗松在1900年所设想的那个诱人的研究计划，即考察某个时代文学的"社会历史"（从文学与社会生活和心态史的关系出发去研究法国的文学体制的历史）而非单纯研究脱离了社会的抽象的法国文学的历史，已经彻底被他的弟子特别是莫尔内遗忘了，因为后者的著作虽然标题很吸引人，却只不过汇集了对若干次要作家的专题讨论。费弗尔于是宣称："朗松的剧本就这样终结了。"1941年，他更是得出了一个十分悲观的结论："要当心。在后退的路上他们已经走得太远。走回头路绝不是健康、青春和活力的体现，而我们今天对这些品质的迫切需求超过以往任何时刻。"[3]费弗尔的批评尽管严厉，却很中肯。事实上，的确应该反思朗松的研究计划有没有可能实现——费弗尔将其称为"空想"，在他看来，"这样的计划注定是不会成功的"，因为文学研究者并不具备要完成这样的目标所必须满足的学术训练。那么，究竟怎样才能真正将朗松的设想付诸实施呢？如果费弗尔本人的著作《16世纪的信仰坍塌问题：论拉伯雷的宗教》(*Problème de l'incroyance au XVIe siècle, La Religion de Rabelais*，[4]该书是费弗尔为了和阿贝尔·勒弗朗论战而写的，后者是与新索邦十分接近的学者，他

---

[1] Paris, A. Colin, 1940.
[2] L. Febvre, «Littérature et vie sociale: un renoncement?», *Annales*, juillet 1941.
[3] *Ibid.*, p. 117.
[4] Paris, Albin Michel, 1942 (nouvelle éd. En 1968).

在1904年竞聘法兰西公学的教职时战胜了自己的竞争对手布吕纳介）仍不足以启动朗松的计划，那么大概就只有整个年鉴学派的历史学才能提供这样的支撑，仅靠塞格诺博所主张的方法是无济于事的。[1]这就是费弗尔的逻辑。

同样，拉塞尔早在1912年也通过莫尔内这个靶子嘲笑了朗松和他的文学史观。从朗松这位得意门生的标题唬人的博士论文《对自然的情感：从卢梭到贝尔纳丹·德·圣皮埃尔[2]》(*Le Sentiment de la nature de Rousseau à Bernardin de Saint-Pierre*)[3]中，他找到了一大堆毫无意义的结论，并把它们一一展示给世人。不仅如此，拉塞尔同时还讥讽了朗松的另一位高足费尔南·巴尔当斯佩热，将其关于影响研究的博士论文《歌德在法国》[4](*Goethe en France*)斥为一间专门搜集贩卖各类逸事的杂货铺，尽管这篇文章为作者赢得了比较文学创始人的称号，后来巴尔当斯佩热还从1925年起主持索邦的第一个比较文学讲席。如果说吕德莱这位方法的教条主义者在远赴异国之前是朗松主义在中学教育中开疆拓土的先锋和矛头，那么巴尔当斯佩热和莫尔内就更倾向于科学主义。巴尔当斯佩热所著之《论文学：创造、成功和延续》(*La Littérature: création, succès, durée*)[5]希望"穷尽式研究"从生产到消费的整个文学体制，但其科学式的外表之下不过是一连串的套话而已。莫尔内也不甘人后，1909年即危机的紧要关头，他在《大学学刊》上志得意满地发表了《文学史与自然科学》(«L'histoire

---

[1] *Problème de l'incroyance au XVIe siècle, La Religion de Rabelais*, p. 114.
[2] 贝尔纳丹·德·圣皮埃尔（1737—1814），法国作家和植物学家。——译者注
[3] Mornet, *Le Sentiment de la nature de Rousseau à Bernardin de Saint-Pierre. Essais sur les rapports de la littérature et des mœurs*, Paris, Hachette, 1907. Voir Lasserre, *La Doctrine officielle de l'Université*, pp. 258-264.
[4] Fernand Baldensperger, *Goethe en France, Études de littérature comparée*, Paris, Hachette, 1904.
[5] Flammarion, coll. «Bibliothèque de philosophie scientifique», 1913.

littéraire et les sciences de la nature»）一文。[1]当朗松的这两位高足暂时从他们专精的领域里超脱出来时，他们已经不知道自我节制为何物，很快陷入了让达姆·德·贝沃特所说的"教条与夸张的做派"。到了这个时候，明智和谨慎已经不再时兴。然而我们不要忘记，朗松本人时时不忘告诫他的弟子，对方法和学识的运用必须心怀惕励之心，它们是手段而不是目的，是酝酿批评的前提，或者说是从素朴的鉴赏通往理性的鉴赏的桥梁，无论如何运用方法和学识，也绝不能取消文学鉴赏。

由于在1895年版的《法国文学史》序言部分所发表的明确观点，朗松倒是免于被讥讽之忧。彼时的他与日后的立场有诸多不同，不过《法国文学史》的历次再版都始终保留了这段话："有人想把科学的形式加到文学上面，其结果就是认为在文学里只有可实证的知识才是有意义的。我很懊恼不得不提到勒南的名字，他和其他一些大师一样，曾犯下我所提到的错误。在《科学的未来》一书里，他写出了下面的句子——我宁肯它是一个刚刚迈入科学研究门槛的年轻人一时头脑冲动的产物：'文学史研究注定将在很大程度上替代对人类头脑创造出的作品的直接阅读。'勒南的这个句子是对文学本身的否定，它把文学仅仅视为历史的一个分支，断定文学只有在风俗史和思想史的身份下才有资格继续存在。"[2]朗松自己在成为文学史的领军人物，并且肩负了把文学缩减为历史的骂名之后，也仍然继续提醒读者不要忘记自己在"大部头"里发出的上述忠告——所谓"大部头"，乃是人们对他的《法国文学史》这部最出名的著作的习惯称呼——他是如此富有远见，以至于他的对手们在这个问题上也无法比他自己说得更好。不过，另一方面，朗松也始终保持着他固有的含混性。1909年，

---

[1] *Revue universitaire*, 15 décembre 1909.
[2] Lanson, *Histoire*..., Paris, Hachette, 1895, p. vi.

他依然非常谦逊地说:"只有在深怀谨慎和自我反省之心时,我才敢把'科学方法'这个概念移植到文学史研究中去。"[1]他的弟子早已开始耀武扬威,他自己却怀着戒惧之心退缩在后。1906年,他公开展示了若干自己并不看好的学生作业,意在告诉读者对方法的采用仅是为了建立一种更高层次、更敏锐的文学批评。[2]然而不幸的是,这种理想化的批评从未真正建立起来,就像他所设想的对文学体制的社会史研究始终流于空想一样;更有甚者,随着文学史学科的固化,方法论和社会学研究进一步探索的可能性也被排除了。朗松自然怀有良好的意愿,作为修辞学者,他也善于在言辞上左右逢源,但这种技能可谓后继无人——朗松的弟子们既没有研习更未曾教授过修辞学,老师和学生之间的差异或许就源于此。

---

[1] Lanson, «L'esprit scientifique et la méthode de l'histoire littéraire», *Méthodes de l'histoire littéraire*, p. 21.
[2] Lanson, *Mélanges d'histoire littéraire*, Paris, Alcan, 1906, p. v.

24 大师的错误?

"美好年代"[1]的朗松,德雷福斯派成员,颏下一丛髭须,性情和蔼可亲,他是第三共和、义务和世俗教育以及政教分离的象征人物之一,还参与了早期《人道报》、民族和解与文学爱国主义的大业,总之,他是一位完美的知识分子,既深入大众,又在自己的领域里行使着家长式的权威;在学术眼光上,他设想的文学体制历史让吕西安·费弗尔心动不已,也吸引了众多心态史和文学社会学的研究者,尽管这两个学科今天依旧是一种理想;[2]最后,作为"资料卡片和教材之王",[3]朗松还具有修辞学老手的文体力量。在这么多让人目眩神迷的背景的映衬下,人们怎能不责怪他那些朽木难雕的弟子们呢——在他们中间,除了吕德莱那歇斯底里狂欢式的风格,其他人不仅笔下索然无味,还漠视、否认朗松在1900年提出的研究纲要;他们明明抽干了文学史的血肉,将其固化为冷冰冰的教条,可又自相矛盾、不可理喻地崇拜自己的导师,甚至超出了学理的限度。无

---

[1] 美好年代(la Belle Époque),泛指从19世纪80年代共和制度最终稳定到1914年一战爆发之前的这段岁月。——译者注
[2] 关于朗松设想的对文学体制的社会史研究在当代所取得的进展,请参看:R. Mandrou, *De la culture populaire aux XVIIe et XVIIIe siècles, la Bibliothèque bleue de Troyes*, Paris, Stock, 1964; A. Dupront, F. Furet et coll., *Livre et Société dans la France du XVIIIe siècle*, Paris-La Haye, Mouton, 1965; R. Escarpit et coll., *Le Littéraire et le Social, éléments pour une sociologie de la littérature*, Paris, Flammarion, 1970; *Revue d'histoire littéraire de la France*, janvier 1967, «Aspects de la critique», septembre 1970, «Méthodologies».
[3] Louis Chaigne, *Les Lettres contemporaines*, Paris, Del Duca, 1964, p. 255.

论对朗松主义有怎样的诟病,世人总是对朗松本人宽容有加,这一点从他辞世之日的众多悼文中就可见一斑。埃米尔·昂里奥(Émile Henriot)[1]在《时代报》上撰文,提及"朗松先生最近去世,引发了令人不安的反应",[2]也回顾了朗松在研究方法上的贡献。安德烈·莫里泽在美国任教,大西洋将他与法国国内的学术组织隔离开来,但他也写道:"重要的不是他的某些继承人犯下了什么过失,而是他本人为我们树立了怎样的模范。"[3]皮埃尔·莫罗在《胜利的20世纪》里讲得更明白:"那些针对朗松先生的批评其实只能触及他的几位不谨慎的弟子,他自己却毫发无伤,这些弟子被他称为'文学影响的勾画人和源流史料的考据者'。"[4]很清楚,是谁揭发了那些行事不当的追随者?正是具有先见之明的朗松。甚至,路易·谢涅(Louis Chaigne)[5],这位与朗松一派全无瓜葛的作者也在他的宗教文学史中说了公道话:"我们要感谢居斯塔夫·朗松,他所生活的那个年代对他太过寡情负恩!他的弟子的罪愆和愚蠢不应该遮蔽他自己的卓越功绩。"[6]

批评学生并以此来拯救老师,这样的论证策略太过轻易,也用得过于频繁了。这么说当然不是要否定从朗松到吕德莱、莫尔内等人道路越走越窄的不争事实。我们仅举一例:朗松在谈到著名的作品"源流"问题时,他总是说作家使用了什么"素材"(matériaux);而吕德莱在《批评与文学史中的技巧》一书中却习惯称其为"借鉴"

---

[1] 埃米尔·昂里奥(1889—1961),法国诗人、作家和文学批评家。——译者注
[2] Émile Henriot, «La méthode de Gustave Lanson» (*Le Temps*, 1er janvier 1935), *Revue internationale d'enseignement*, 15 avril 1935, p. 77.
[3] A. Morize, «Reconnaissance à Gustave Lanson», *The French Review*, mars 1936, p. 301.
[4] Pierre Moreau, *Le Victorieux XXe siècle*, p. 124.
[5] 路易·谢涅(1899—1973),法国天主教作家。——译者注
[6] Louis Chaigne, *op.cit.*, p. 266.

(emprunts)。这一用词选择足以说明，在吕德莱的头脑中，作品的"源流"是一种因果关系，或者是作品的核心；同时，他在逻辑上也就把写作视为一种模仿甚至移植。显然，像这样的心理学或者伦理性的阐释是朗松力图避免的，而20世纪20年代的许多争论也正是由此而来。

在朗松去世前不久的1932年，瓦雷里·拉尔博（Valéry Larbaud）[1]对朗松主义进行了一番公正的描述，顺带嘲笑了他的学生们的工作："他们的博士论文的底子是相当具有科学性的，但在形式上还保留了古旧的口头演说的特征，遣词造句都追求文学性，这是旧索邦的论文的特点。"[2]在拉尔博看来，文章的内容和形式应当协调一致，博士论文既然是学术研究，就应该老老实实用图表、卡片来呈现史料，不应心有旁骛。尽管不无讽刺，他的意见的确触及了朗松一派的博士论文常见的矛盾情形，而1926年至1929年间在《浪漫主义评论》（*The Romantic Review*）上的漫长论辩就是围绕这个问题展开的。[3]一位名叫斯平加恩（Spingarn）的美国教授批评法国的博士论文只是大堆资料卡片的汇集，他认为仅从资料中得到收益，这样的考证学术是不充分的。[4]针对这样的批评，莫尔内则为文学史进行了声辩，宣称它是和一般的文学研究以及文学哲学不同的东西，自有其独特的价值。[5]还有一些人回顾了1910年前后人们对文学史方法一味"化美为真"，牺牲作品美学价值的怨言。[6]面对这些指责，莫尔内起初保

---

[1] 瓦雷里·拉尔博（1881—1957），法国诗人、小说家和文学批评家。——译者注
[2] Larbaud, *Techniques*, Paris, Gallimard, 1932, p. 14.
[3] Dossier réuni par Philippe Adrien Van Tieghem, *Tendances nouvelles en histoire littéraire* (*Études françaises*, 1er juin 1930), Paris, Les Belles Lettres, 1930.
[4] *The Romantic Review*, janvier 1926.
[5] *The Romantic Review*, avril 1927.
[6] *The Romantic Review*, avril 1928, article de Bernard Faÿ. Faÿ 的文章切中了对朗松由来已久的批评，即他一向只注重作为观念载体的散文文学，而忽视那些在他看来缺少思想含量的诗歌和小说。参见朗松《法国文学史》及1909年补充的那些数量众多的自我反省的注释，它们都显示了朗松的文学品位。

持了不妥协的态度,直到退无可退,他才想起了他的老师自大战以来早已被遗忘的谦逊主张,于是他重新承认历史学的方法只是研究工作的第一步,它必须通往更具挑战性的批评目标,即对文学作品进行哲学的或美学的考察。[1]菲利普·阿德里安·梵第根(Philippe Adrien Van Tieghem)[2]在叙述这一场争论的前因后果时问道:"关于文学史的讨论为何竟有咄咄逼人的一面?"[3]他对这个问题的回答是很实在的:"因为历史学的方法在事实上居于垄断地位。"[4]所谓垄断地位,也是因为当莫尔内于20世纪20年代接替朗松在索邦的教职时,法盖早已去世,再无人能够平衡朗松主义的权势,它也越发缺少宽容。不过,我们还是要再次提到拉塞尔,他在大战之前就用与拉尔博和斯平加恩类似的语言批评了朗松一派的博士论文——莫尔内的文章正首当其冲——说它们"一味堆砌资料了事"。[5]

该如何评价朗松本人在"朗松主义"中扮演的角色呢?应该说,无论一位作者的影响及其作品产生的实际历史效果是好还是坏,我们都很难要求他本人对此承担责任,诸如"这是卢梭的错,这是伏尔泰的错……"之类的逻辑是行不通的。我们仅举一例说明影响归责的谬误:布吕纳介指责过勒南对德雷福斯事件的影响,理由是勒南是那些"知识分子"的先驱;反之,由于《科学的未来》一书表现出对个人的不信任,[6]阿加顿在同一个勒南身上看到的却是为社会学所颂扬的

---

[1] *The Romantic Review*, octobre 1928. 另可参见保罗·梵蒂根1929年4月在该刊的文章,以及莫尔内1929年7月在这个问题上发表的最后主张。
[2] 菲利普·阿德里安·梵第根(1898—1969),法国文学批评家,专长戏剧文学、比较文学和罗曼语文学,其父保罗·梵第根(Paul Van Tieghem, 1871—1948)也是著名的文学研究者。——译者注
[3] Philippe Adrien Van Tieghem, *op.cit.*, p. 26.
[4] *Ibid.*, pp. 26-27.
[5] Lasserre, *La Doctrine officielle de l'Université*, p. 258.
[6] Brunetière, *Après le procès*, pp. 11 et 27(也包括论勒南对反犹主义的责任)。Agathon, *L'Esprit de la nouvelle Sorbonne*, pp. 74.

那种集体主义的先声——可是这种判断又怎能与布吕纳介所说的勒南及其思想传人的"个人主义"倾向协调起来？在公众乃至朗松的门徒眼中，"朗松主义"已经迅速窄化为对文学作品源流和影响的探寻，但这样的阐释和理解思路，是否就是朗松的命运，是否已内在地包含在朗松自己的作品之中呢？

或许自大战爆发以来，这样的命运已经注定。随"教科书事件"和蒂博代所说的"源流之争"[1]而至的那场争论在教育理念、意识形态和政治方面则已有不同的针对性。1920年9月20日的政府法令进一步明确，除学士学位可以通过四种类型的资格考试来获取之外，不再保留拉法翻译作为统一的淘汰标准，这些举措最终完成了1907年的教学改革[2]——自塞格诺博在1904年提出倡议以来，[3]舆论屡屡主张彻底推进改革，现在终于得到实现。几乎同一时期，中学教学中出现了古典和现代语文的紧张对峙，在这场"微型战争"中，初中的现代语文课组一度在1923年被取消，主事者同样是1920年法令的推手、时任公共教育部长莱昂·贝拉尔（在"教科书事件"期间，他被传到众议院接受质询[4]），但这不过是时代大趋势下的小枝节，现代语文课组很快就在1924年得以恢复。大学体制的重大改革早已尘埃落定，剩下的只是局部的调整而已。朗松主义是"教授共和国"的支柱之一，它甚至比社会学和历史学的地位还要坚实，因为后者在大学体制内已受到年鉴学派等新兴力量的质疑。从1919年至1927年，朗松继拉维斯之后担任高师校长，此时的他已不急于再实施什么改革；

---

[1] A. Thibaudet, «La querelle des sources», *Réflexions sur la critique*, p. 145 (et p. 125 pour «l'affaire des manuels»).
[2] 1907年7月8日的法令创设了四种不同类型的文学学士，取消了原有学士资格考试中以古典语文为重点的公共试题部分，但直至1920年的第二次改革，四种学士资格考试都保留了拉译法的科目。——译者注
[3] Seignobos, *Le Régime de l'enseignement supérieur des lettres*, p. 36.
[4] 参见本部分第13节的相关叙述。

至于高师本身，即便在1904年的改革重组中，索邦也未能将其改造为自己的教育学分支机构，而自从大战中失去自己一半的教职员工，付出如此重大的牺牲之后，它的地位自然更加不可撼动。[1]朗松此时除了教授的身份，还早已在国家行政体系中身居高位，他不再处于学术界的聚光灯之下。1921年邦雅曼重版《索邦的笑剧》时，该书已经没有任何现实针对性，散发着陈词滥调的气息。蒂博代为了平息事端，也老老实实地宣称"对文学源流的嘲讽非止一日，已是尽人皆知"[2]：用来解释拉马丁《沉思集》的方法不过是一堆空话，对作品本身它根本无法触及，它只能满足于"在拉马丁身上看到一个耍小聪明的人，他作七行诗，就有七处借用：他把西塞罗（Cicéron）叠加在帕斯卡（Blaise Pascal）身上，把柏拉图叠加在西塞罗身上，把卢梭叠加在柏拉图身上，把路易·拉辛（Louis Racine）叠加在卢梭身上，把伏尔泰叠加在这位小拉辛身上，把拉马丁自己叠加在伏尔泰身上，最后还把弥尔顿（John Milton）叠加在拉马丁身上。[3]他从七处不同的地方获取自己的七行诗，而找到这七处文学源流的重责就该落在朗松先生的身上"。[4]由是观之，文学史已经成为陈规，其方法早已衰落和钝化，已经失去了与其源头的真实鲜活的联系，而《浪漫主义评论》上连篇累牍的争论也不过是在重复20世纪最初10年的那些旧说俗论，并且论战者对此毫无意识（尽管朗松还在人世）。朗松自己1921年在《两世界》杂志上发表《一位老批评家对新进文学

---

[1] Lanson, «L'École normale supérieure», *Revue des deux mondes*, 1ᵉʳ janvier 1926.

[2] Thibaudet, *art. cit.*, p. 147.

[3] 西塞罗（前106—前43），古罗马政治家、作家、雄辩家；帕斯卡（1623—1662），法国神学家、哲学家、作家、物理学家、数学家；路易·拉辛（1692—1763），法国诗人，大戏剧家让·拉辛之子；弥尔顿（1608—1674），英国大诗人，《失乐园》的作者。——译者注

[4] Thibaudet, *art. cit.*, pp. 150-151.

的思考》(«Réflexions d'un vieux critique sur la jeune littérature»)[1]一文，其口气已给人恍如隔世之感，而莫尔内的《法国当代文学与思想史，1870—1924》(*Histoire de la littérature et de la pensée française contemporaines, 1870-1924*)[2]一书的传统色彩甚至还要超过朗松。在生命的晚期，朗松仿佛是一位年高的智者，他思考着蒙田的《随笔集》[3]；在他的最后一部著作，一本论沃韦纳格侯爵（Luc de Clapiers, marquis de Vauvenargues）[4]的书里，他已经完全变成了一位古典的道德家。[5]

对许多微观的世界——例如普鲁斯特的小说——而言，第一次世界大战意味着一次不可逆转的动荡和转折，而文学史也是这众多天地中的一个。朗松主义的命运在1914年之前，在佩吉的死亡和吕德莱的自我放逐之前就已经被决定了，当时的环境氛围甚至比日后的"教科书事件"还要紧张，尽管即使在后一个事件中，蒂博代都使用了这样沉重的言辞："为了反对索邦，汪德朗先生求助于文学上的法西斯主义。"[6]在一战之前，朗松主义还远远不是日后它大权在手、唯我独尊之后的那种麻木衰败的模样，20世纪最初10年的朗松主义还保持着战斗的、激进的风格，它可以光明正大地援引朗松在《哲学通信》评注版前言中表现出来的那种意欲穷尽一切知识的雄心；这种狂热的情感也绝不仅仅源自朗松个人，它至少也同时属于他的同事朗格卢瓦和塞格诺博，这两位历史学家都疯狂地寻求着史料和事实的确定性，朗松和他们在诸多领域中并肩作战，经营着他们共同的大业。

---

[1] *Revue des Deux mondes*, 1er décembre 1921.
[2] Paris, Larousse, 1924.
[3] 见本部分第22节的相关叙述。
[4] 沃韦纳格侯爵（1715—1747），法国作家。——译者注
[5] Lanson, *Le Marquis de Vauvenargues*, Paris, Hachette, 1930. 另可参见：*Montesquieu*, Paris, Alcan, 1932, dans une collection dirigé par Bouglé.
[6] Thibaudet, *art. cit*., p. 147.

朗格卢瓦最终竟发展到这样极端的地步,他唯一能够容忍历史学家去做的事情,便是考订第一手的史料,并将其直接、透明、完全中立地呈现给读者;[1]而塞格诺博则一直梦想着一个将举世的典籍尽收入囊中的不可思议的图书馆:"为了重现那些唯有依靠历史学的手段才能加以了解的过往的事实,在经过考察和辨析之后,我们需要建立一份关于一切历史资料的清单。"[2]这一无所不包的"事实的神话"便是朗松主义的原罪,而神话自然离不开朗松的人格——吕德莱之所以迷信他,莫尔内之所以充实于他,文学史之所以迅速地、不可逆转地被还原为文学源流的链条,也正是因为朗松体现了这样的理想。

在吕德莱的盲从虔信和莫尔内的形而上学背后,文学史究竟有没有理论可言?皮埃尔·奥迪亚在1924年出版了博士论文《文学作品的传记》,这本著作勇敢地超越了朗松主义所定义的时代氛围,按照该书的敏锐观察,历史方法的成功与其说源自其理论的坚实可靠,不如说来自朗松本人,他以一己之力为这种方法奠定了某种哲学基础,并将其写作技术付诸实施。[3]文学史的具体策略我们已知之甚详,简单地说,它就是被运用于现代文学的语文学。朗松主义的"哲学",或者更准确地说,其"意识形态"的基础,则是社会分工、民主制、教育学、团结伦理、实验主义和爱国主义等。然而,是否需要认真看待奥迪亚的暗示,像他一样,把文学史的理论看作某种脆弱的东西?

---

[1] 见本部分第1节的相关叙述。

[2] Seignobos, *Le Régime*..., p. 11.

[3] P. Audiat, *La Bibliographie de l'œuvre littéraire. Esquisse d'une méthode critique*, Paris, Champion, 1924, p.14. 奥迪亚认为,历史方法的成功"不仅仅在于其理论的坚实可靠,而是因为它有幸拥有这样一位文学批评家作为其捍卫者,甚至可以说是其作者:这位批评家不仅把自己的主张建立在若干哲学基础之上,而且指明了运用该方法的具体策略,他以其著作向我们展示了这种方法能给我们带来怎样的期望——这位批评家就是居斯塔夫·朗松"。接下来奥迪亚对朗松主义展开了具体分析。另可参见前文第5节的相关叙述。

抑或文学史根本就没有理论可言，它仅仅依靠朗松那疯狂追求"穷尽式研究"的知识人格才能维系自己的存在？如果真是这样，那倒是解释了为什么在这个实证主义的时代，某个学科竟然会由一个个人来代表并因他而得名，同时也就解释了朗松的弟子所组成的那个暧昧的小群体是如何存在的。朗松主义无疑是一种技艺、一种意识形态，但它是否称得上在理论上卓有建树呢？从学理上看，这个问题所涉及的是文学史和与之关联的各门学科之间的关系，特别涉及历史学和社会学，因为文学史如果要为自己下定义，建立自己的理论基础，那它就需要参照这两门学科。然而，或许恰恰是因为这些关系始终含混未决——哪怕朗松个人的确与朗格卢瓦、塞格诺博、涂尔干等同事过从甚密——才导致了朗松主义从一开始就陷入了幸运和不幸的双重格局。

从在《历史综合评论》1900年创刊第一期上发表那篇颇具决定性的文章开始——30年后，菲利普·阿德里安·梵第根意味深长地把这篇文章置于他编纂的文学史"历史文献辑录"的开头[1]——当然也从那篇收入1901年《国际教育评论》的巴黎大学文学院开课演讲开始，朗松就始终致力于参照历史学和社会学这两门主流学科来正面定义自己所运用的方法。简而言之，文学史希望解决两个问题：首先，它想把历史学的方法运用到文学作品中，以便摆脱批评的主观性，抑制对作品的个人印象；其次，它试图把文学作品当作一种社会现象来解读。围绕文学史的这两个先决定义，朗松分别写过许多论述历史学方法问题的文章，也曾应涂尔干之请撰有《文学史与社会学》（«L'histoire littéraire et la sociologie»）一文，但无论如何，只要这两个前提不变，他就不得不面对至少两个难以克服的悖论。

第一个悖论是：文学是历史性的，但它同时也是非历史的。朗松

---

[1] Philippe Adrien Van Tieghem, *Tendances nouvelles en histoire littéraire*.

曾多次用不同方式阐明过这一点："我们的对象也是过往的陈迹，但它是留存至今的陈迹；文学既是过去，又属于现在。"[1]或者，更具体地说，"置于我们面前的文学杰作绝非像化石一样的档案材料，僵死、冰冷，与今天的生活毫无关系；它像伦勃朗（Rembrandt）和鲁本斯（Rubens）的画作，依然凛凛有生气，足以激动今天的观者的灵魂"。[2]

其次，文学是社会性的，但它同时又是个体性的。朗松承认，"请看一看这个悖论：我们总是喜欢只在那些最具独特风格的作品中寻求文学的普遍性，我们寻求普遍性正是为了解释这些独特的作品，而且也只能通过它们去寻找普遍性。这就是为什么我们所有的科学方法其实都毫无意义，因为它们提供的是关于类型、体裁等概念的定义，而我们希望抓住、描绘的却恰恰是文学当中那些独一无二的、个体性的东西"。[3]或者，更具体地说："拉辛之所以吸引我们，并非仅仅因为他吸收了菲利普·基诺（Philippe Quinault）的长处，包含了雅克·普拉东（Jacques Pradon）的优点并且孕育了让·加尔贝·康皮斯特龙（Jean Galbert de Campistron）这样的后辈，[4]而是因为他是拉辛，他以绝无仅有的方式将那些被转化为美感的人类情感连接在一起……我们希望抓住个人的特质，即那些独一无二的、无法用统一的价值去公度的东西。"[5]

朗松了不起的地方就在于他从不遮掩、回避这些困难。当然，历史学有一个好处，"采取历史性的视角，就可以把批评家的主观因素

---

[1] Lanson, «La Méthode de l'histoire littéraire» (1910), *Essais*..., p. 33.
[2] Lanson, «L'esprit scientifique et la méthode de l'histoire littéraire» (1909), *Méthodes*..., p. 28.
[3] *Ibid.*, pp. 27-28.
[4] 菲利普·基诺（1635—1688）、雅克·普拉东（1644—1698）、让·加尔贝·康皮斯特龙（1656—1723），这三位作者均为法国剧作家。——译者注
[5] «La Méthode de l'histoire littéraire», *Essais*..., p. 35.

放在它应有的位置，尽量消除他出于个人利害而采取的立场"。[1]然而即便如此我们也会很快发现道路之崎岖难行："对文学作品，我们不可能消除我们作为个人的反应，但保留这样的反应又势必带来危险。"[2]朗松的确极为严肃地宣称"'文学现象'在本质上是一种社会行为"，[3]并且"我们的研究势必将作家视为社会的产物，乃至社会的表达"，[4]但这么做所带来的分裂也是立竿见影的："我们不得不在两个相反的方向上前行。一方面，需要提炼出个体性，表明其独一无二的、无法还原的和不可分解的特质；另一方面，面对一部杰作，我们又需要把它放回它所属的那个序列之中，将这位天才看成是某种社会环境的产物和某个群体的代表。"[5]

总之，文学史是一个由各种理论上的悖论编织而成的扭结。朗松希望根据文学事实的本性来研究它们，他曾建议自己的学生们，"让我们叩问我们的研究对象，它会告诉我们什么是恰当的研究方法"。[6]然而，"研究对象"恰恰是难以确定的，朗松自己也承认"很难指明什么是文学作品"。[7]尽管如此，他还是提出了两种描述文学的方式，其一是社会学的，针对的是作品所面向的非专业的普通大众，其二是美学性的，落脚点是作品的意图或艺术效果，或者说作品所包含的审美要素。然而前者太外部化，后者又过分局限在内部，二者都难以准确切中目标——如果我们总体上应采取历史学的方法的话，二者也都是难以操作的或不恰当的。当然，这两种描述方式使"文学史免于成为附属于历史学的次要学科"（这正是朗格卢瓦和塞格诺博对文学

---

[1] «La Méthode de l'histoire littéraire», *Essais*..., p. 39.

[2] *Ibid.*, p. 35.

[3] Lanson, «L'histoire littéraire et la sociologie» (1904), *Essais*..., p. 68.

[4] *Ibid.*, p. 70.

[5] «La Méthode de l'histoire littéraire», *Essais*..., p. 36.

[6] *Revue internationale de l'enseignement*, 15 novembre 1901, p. 391.

[7] «La Méthode de l'histoire littéraire», *Essais*..., p. 34.

史的理解），但它们仍不足以正面说明文学究竟是什么。就像朗格卢瓦和塞格诺博未能思考文献史料与历史的关系，导致历史学被等同于史料考证一样，朗松也始终没有提出一个关于"文学事实"或者"文学性"的可被接受的定义，他只是通过历史学的和社会学的悖论迂回地接近文学的本质。

最大的烦扰在于，塞格诺博式的历史学与涂尔干式的社会学之间并没有任何妥协的余地。1903年前后，在这两个学科之间，或者说在涂尔干主张的决定论和塞格诺博主张的对历史的偶然性的理解之间，还出现了激烈的争辩。考虑到困扰文学史的各种悖论无不归结于个体性与社会现象之间的张力，而这个关键问题从涂尔干最初的论著，从吕西安·埃尔和安德莱的批评文字，乃至从布吕纳介和"知识分子"们展开关于个体主义的论战以来，一直是讨论的焦点，显然文学史也无法自外于这场论战。1904年初，人们要求朗松说明文学史与社会学之间的关联，于是他提出了下列建议："在文学领域里，我们应该完成在历史学领域里已经实现的工作，即用社会学的归纳方法取代哲学对体系的追求……事实上，谁也无法否认一切文学作品都是社会现象。文学诚然是个体的行为，但它是个体的社会行为。"[1]一切困难都来自个体性与社会学之间的神秘连接，而此前不久弗朗索瓦·西米安在《历史综合评论》的文章《历史学方法与社会科学》（«Méthode historique et science sociale»）借口参照"拉孔布和塞格诺博先生最近的著作"，已经直接挑明了论战的主题。[2] 西米安依据的其实是保罗·拉孔布的一本名为《作为科学的历史学》的旧著——

---

[1] «L'histoire littéraire et la sociologie», *Essais...*, pp. 65-66.
[2] François Simiand, «Méthode historique et science sociale. Etude critique d'après les ouvrages récentes de M. Lacombe et de M. Seignobos», *Revue de synthèse historique*, février et avril 1903. 对塞格诺博观点的反驳请参看：Durkheim, *L'Année sociologique, 1900-1901*, pp. 121-127.

作为历史社会学的信徒，拉孔布主张考察的是社会体制而非事件的历史，朗松认为他在《历史综合评论》创刊号上发表的文章已经揭示了社会体制历史的基本原则，他同时也是讨论文学史与社会生活的关系的一位先驱者。[1] 西米安引用拉孔布的文章，是为了驳斥塞格诺博新近发表的著作《被运用到社会科学中的历史学方法》(*Méthode historique appliquée aux sciences sociales*)，[2] 该书虽然以"社会科学"为题，其实主旨恰恰相反，因为塞格诺博向来认为历史精神与各种社会科学之间是无法兼容的。

多年以后，针对这场以《历史综合评论》为阵地的经久不衰的论战，费尔南·布罗代尔（Fernand Braudel）[3] 下了这样的断语："社会学家和历史学者之间的交锋几乎从头到尾都是一场错误的对话。"[4] 所谓错误，是因为这一对话无法产生任何有益的结论，双方都不过是自说自话。塞格诺博说过，"历史学是以只发生一次的事物为对象的科学"。然而如果我们把科学理解为对普遍性的事物的探究，那这句话就只是循环定义，甚至在术语运用上完全自相矛盾。按照塞格诺博的视角，历史学的纲要只能是汇集事实，编织种种偶然发生的事件的表层经纬；他甚至在1914年爆发的大战中找到了论证自己观点的依据："支配经济、精神和社会生活中深层现象的东西不是别的，是政治生活中的表层现象。"[5] 尽管塞格诺博后来在《法兰西民族的真

---

[1] Lacombe, *De l'histoire considérée comme science*, t. I, Paris, Hachette, 1894; et t. II, *Introduction à l'histoire littéraire*, Paris, Hachette, 1898; et dans le premier numéro de la Revue de synthèse, juillet 1900, «La science de l'histoire de M. Xénopol».

[2] Paris, Alcan, «Bibliothèque générale des sciences sociales», 1901.

[3] 费尔南·布罗代尔（1902—1985），法国当代著名历史学家，年鉴学派的代表人物之一。——译者注

[4] F. Braudel, *Écrits sur l'histoire* (1969), Paris, Flammarion, coll. «Champs», p. 98.

[5] 塞格诺博的《现代欧洲政治史》(*Histoire politique de l'Europe contemporaine*, Paris, A. Colin, 1897) 一书的全部观点都可以还原于此。Voir É. Coornaert, *Destins de Clio en France depuis 1800*, Paris, Éditions ouvrières, 1977, p. 71.

实历史》(*Histoire sincère de la nation Française*)中似乎改变了看法，开始相信有某种依据可以支撑经济史和社会史的存在，[1]但他依然是年鉴学派最抵触的人物之一：后者继承了《历史综合评论》的遗产，吕西安·费弗尔猛烈地推翻了他的权威，至于莫尔内，也几乎因为同样的理由被费弗尔否定。

西米安的文章及论战参与者们后续发表的文字，尤其是保罗·芒图（Paul Mantoux）和亚历山德鲁·迪米特里耶·克塞诺波尔（Alexandru Dimitrie Xénopol）[2]的著作，[3]其实并不像布罗代尔所说的那样无趣。一方面，西米安通过塞格诺博的例子批驳了"对历史学家部落的偶像崇拜"，[4]尤其是对政治性、个体性和编年性质的历史的崇拜，在这种批判中已经回响着"长时段"历史研究的先声：他特别针对那种"将一切历史化的历史"（政治性的、以重要人物为中心的、注重事件和偶然性的历史），提出要"把目光从独一无二的历史事实转移到那些重复出现的现象上去"，[5]即更加注重那些常规的、非戏剧性的、社会的和序列性的历史事实。另一方面——这两个方面是相互联系的——讨论主要是围绕着"因果关系"这个概念展开的，而因果性恰恰也是在定义何谓文学史时所要处理的关键问题。西米安

---

[1] Paris, Rieder, 1933. 1910年7月，在《历史综合评论》创刊十周年，且对新索邦的攻击如火如荼之际，亨利·贝尔回顾了论战的由来，他甚至认为"阿加顿"有理由抨击索邦，如果其攻击目标是朗格卢瓦和塞格诺博的话。十年来《历史综合评论》一直在反对这两位历史学家。

[2] 保罗·芒图（1877—1956），法国历史学家，专长于经济史研究；亚历山德鲁·迪米特里耶·克塞诺波尔（1847—1920），罗马尼亚历史学家、经济学家和历史哲学家。——译者注

[3] Paul Mantoux, «Histoire et sociologie», *Revue de synthèse historique*, octobre 1903. A. D. Xénopol, «La causalité dans la succession», *Revue de synthèse historique*, juin et août 1904.

[4] Simiand, «Méthode historique et science sociale», p. 154.

[5] *Ibid.*, p. 17.

认为,"在一切事实中间,我们都可以区分个体性和社会性的成分,也可以分辨什么是偶然,什么是规律"。[1]当朗松后来把文学事实视为个体性与社会性因素的交融时,他的定义正好呼应了西米安的这一主张。不过,西米安的观点中的第二层含义更值得重视:他将个体性与偶然性视为一体,把社会性等同于规律性,而这种观点来自他对塞格诺博的批判。对后者而言,历史就是一连串的偶然,例如现代政治的演变就应归结于三次"事变",即1830年和1848年的两次革命以及1870年至1871年的历史变故;在最后一次变故中,塞格诺博看到的仅仅是政治集团的操弄,只是拿破仑三世(Napoléon III)的笨拙和俾斯麦(Otto von Bismarck)的谋略。[2]但西米安反驳说,把历史全然视为偶然的变故,这是混淆了"意外"(les incidents)与"事件"(les accidents):前者是历史之流中的偶然因素,例如埃及女王(Cléopâtre)的鼻子长短;后者才是历史的真正原因,就像掉进火药堆的火星会引发爆炸。西米安和拉孔布一样,把"原因"等同于"规律",并因此将个体性因素从因果的链条中排除出去。他说:"唯有在存有规律,至少存在可理解性的地方,才有原因可言。在此意义上,我们立刻可以看到,那种个体性的、独一无二的现象,是无所谓原因的。"[3]个体性总是处在因果链条之外,只有社会性的、规律性的、可重复出现的东西,才可供探求其原由。不过,尽管如此,西米安仍会有如下的反思:如果偶然性的作用如此巨大,那么"我们是否能解释本质性的东西?"

罗马尼亚历史学家克塞诺波尔此前已经写过《历史学基本原理》(*Principes fondamentaux de l'histoire*)一书,他也是《历史综合评论》

---

[1] Simiand, «Méthode historique et science sociale», p. 18.
[2] Seignobos, *Histoire politique*…, p. 805.
[3] Simiand, *art. cit.*, p. 17.

最早的撰稿人之一。[1]他积极支持创设一门真正的历史科学,但拒绝像拉孔布和西米安一样把原因和规律混为一谈,而是试图把因果性概念重新赋予那些个体性的、独一无二的东西。他希望区分前后相继和重复发生这两种不同的事实组合中的因果关联,也区分间接的因果性和如精确科学中的那种直接的因果性。克塞诺波尔的论证把现象定义为背景条件和直接作用力的合力结果,不过他并未过多进入这一论证的复杂细节,他对事件序列中的因果性的探寻可以用一句话来概括:"为了确定一个现象的原因,必须深入其起源的奥秘。"[2]从其表述来看,克塞诺波尔希望同时兼顾拉孔布和塞格诺博的立场,在二者之间游走,但这么做的代价,难道不是将历史中的原因缩减为一种动机或一种背景、一种条件(要么是充分条件,要么是必要条件)?

朗松显然很关注历史学和社会学之间的争论,他也很快采纳了后者的术语系统。在论战最激烈的时候,他应涂尔干之邀发表了自己的看法:"我们究竟想做什么?我们要解释作品。但除非我们把个体的行为转化为社会行为,将人和作品都置于社会序列之中,我们又怎能把作品解释清楚呢?"[3]西米安关于个体行为之间无因果关联以及研究必须向社会性的、序列性的行为转移的观点显然在朗松身上得到了回应。朗松曾创造文学"体制"的概念,并把文学史设想为体制的历史而非文学事件的图表,他的这些主张显然都受益于拉孔布和西米安的学说,也得益于《历史综合评论》上的这场论战,由此我们也就不难理解,为什么吕西安·费弗尔在差不多40年后还会对这些贡献赞

---

[1] Xénopol, *Principes fondamentaux de l'histoire*, Paris, E. Leroux, 1899. 拉孔布曾在《历史综合评论》创刊号上评论过该书,克塞诺波尔则在第二期上回应了拉孔布的评论。他1904年讨论"历史序列中的因果关联"的文章后收入《历史学基本原理》的第二版(*La Théorie de l'histoire*, Paris, E. Leroux, 1908)。

[2] Xénopol, «La causalité dans la succession», p. 274.

[3] Lanson, «L'histoire littéraire et la sociologie», *Essais*..., p. 69.

赏不已。不过话说回来，朗松也并没有因此就选定自己要归属哪个阵营。当他在社会学家面前强调每个文学行为的独特性时，他让所有人都联想起塞格诺博所说的"事件"，好像他凭借历史来抵抗文学的社会学，同时又借助社会学来与历史相抗衡，而他自己却可以左右逢源，不必有所决断。也正是在这一层意义上，朗松特别强调文学与历史档案有别，它总是保持着经久不灭的生动性。对"生动"的关注或许是一种美学上的考量，但与其说这是一种哲学意义上的美学，毋宁说它是社会学层面上的美学，它面向的是公众及其召唤，而非指向单纯的美或任何单一的艺术效果：在这方面，最有力的论证之一是朗松在拉马丁《沉思集》问世百年之际所写的文章，该文通过对历代读者的考察，梳理了这部诗集的接受史；这项研究的妙处在于，尽管文学总是拥有不断被激活的现实性和生动性——这一点使其有别于历史——但过往的文学作品在生动性的程度上总是存在差别的，需要具体分析。

　　朗松很可能刻意避免在历史学和社会学之间做出非此即彼的选择，出于战术考虑，他希望同时拒绝二者，以确保新兴的文学史不被这两门"霸权学科"所吞并。文学史的确很接近历史学，但它的对象却因生动的现实性而不同于一般历史学的对象；文学史与社会学也有诸多共性，但它的对象是个体性的，因而同样不同于社会学。朗松是首先意识到这双重悖论的人，因而他回避了在二者间择一而从。另一方面，正因为文学史的这种独特性，它得以成为一种自主的学科建制——即便它不比社会学和历史学更加坚不可摧，至少也能够和它们鼎足而三，卓然自立——直到今天，文学史的生命力依然在延续，而且相较于社会学和历史学，它更接近自己在1900年的面貌。不过，由于朗松从未正面定义文学究竟是什么，因此他的"阵营归属"（他在历史学和社会学问题上的"归属"也同样如此，仿佛它们是从外部强加而非自主选择的）仿佛就不是出于他本人的决断，而是身不由己的结果：文学史将很快还原为对源流问题的探寻。从学术权力和体制的角度来看，这是妥协的产物。不过，从理论的视角看，又当如何呢？后来被视为"朗松主义"代名词的对源流的探寻，本身就是文学史声称自己在历史学和社会学之间找到的根据地，依靠这一中介，这个学科认为自己成功地"把个体的行为转化为社会行为，将人和作品都置于社会序列之中"，因此"要探索文学作品的源流"：朗松和克塞诺波尔一样，相信这么做能够在历史序列和个体化的现象之间保留某种因果关联，这也是他1904年为社会学研究者们做演讲时公开表露的立场。[1] "我们部分地放弃了个人这个概念，取而代之的是个体与不同的群体以及集体建构之间的关系"：这样，朗松对源流、影响问题的关注就可以登堂入室了。但朗松主义的全部命运是否就包含在这句话里？

"生动的现实性"和"个体性"是文学本体的左右边界，它因此一方面超越历史学，一方面又不为社会学所拘束。尽管朗松不畏权威，但这些概念本身却让文学史重新与维尔曼以来的老旧批评，特别是与圣勃夫、泰纳和布吕纳介这三驾马车重新捆绑在一起。长久以来，朗松是竭力要与他们三人划清界限的，但显而易见的是，事情还真得从头说起。

---

[1] Lanson, «L'histoire littéraire et la sociologie», *Essais*…, pp. 69-70.

25 圣勃夫、泰纳、布吕纳介、朗松：相同的论战！

就像对待博须埃、伏尔泰以及众多其他在这个时代富有争议的人物一样，朗松对待"我们这个世纪的三四位文学批评大师"[1]——所谓"我们这个世纪"是指 19 世纪——的态度也绝不是一成不变的，他总是在犹豫究竟该继承这些大师的做派，还是与他们彻底决裂。皮埃尔·莫罗干脆放弃评断朗松的政治和文学观念究竟是否正确，他仅仅下了这样的结论："这些观念至少是真诚的，从它们的变化中，我们总是能看到他内心世界的证词。"[2] 然而仅仅呈现内心证词是否就足够呢？当莫罗宣称"在他远离泰纳与勒南，同时也日益脱离布吕纳介之时，朗松先生终于变成了他自己"[3]之时，我们又该不该相信他的话，认为在那些变动不居的态度背后，朗松终归还是有一个确定的"他自己"？

在《法国文学史》，或者更准确地说，在 1895 年问世的《人与书》的序言部分，朗松概述了 19 世纪的文学批评，其间对圣勃夫进行了一番调侃。在朗松看来，圣勃夫对作家个体在文学世界中的作用持有一种直觉式的看法，视作家为社会与作品之间的中介，从这一观念出发，他"甚至几乎把作家传记当成了文学批评的全部内容"，并且因此"严重扭曲了文学研究的方法"。[4] 十几年后，普鲁斯特所写

---

[1] Lanson, *Hommes et Livres*, p. vii.
[2] Pierre Moreau, *Le Victorieux XXe siècle*, p. 125.
[3] *Ibid.*, p. 118.
[4] Lanson, *Hommes et Livres*, pp. vii et viii.

的那些日后被汇编为《驳圣勃夫》的文字，所道出的也无非是同样的意见，由此大概也可说明，尽管这些文字的作者1898年在德雷福斯事件中接触过知识分子群体，但他与同时代在文学批评和历史学之间展开的这场论战是多么疏离。朗松对圣勃夫的指责当然不无根据：与文学作品，与大作家们的杰作相比，圣勃夫更重视那些公众人物的回忆录、书信集，因为"在他的研究中，人遮蔽了作品"，"我们的大作家们的著作仅仅作为调查材料而存在"。[1] 简而言之，用朗松一番精心结构的、颇能体现他的"意图"的话来说，"圣勃夫不是为了解释作品而使用作家传记，而是为了写作作家传记而使用这些作品"。[2] 圣勃夫不仅漠视作品本身，并且对"文学的品质"——朗松用这个考究的表达来指称我们今天所说的"文学性"——也一无所知。通过对他的批评，朗松事实上也解释了其新著《法国文学史》的注释为什么对作家生平总是轻描淡写。批评界注意到了朗松的简约写法，乔治·佩利谢尔（Georges Pellissier）[3] 甚至称赞"朗松先生坚决抗拒那些生平细节"。[4] 不过，同样是这位佩利谢尔也写道："在我看来，(《法国文学史》的)详略分寸安排得不尽恰当，例如在讨论19世纪文学批评的章节里，圣勃夫仅占有两页的篇幅，而泰纳却有6页。"[5] 佩利谢尔甚至敏感地把圣勃夫和泰纳之间的失衡与博须埃和伏尔泰之间的情形进行了对比，他注意到了朗松对"莫城之鹰"的赞赏，并得出结论说，"伏尔泰显然没有在他身上激发起多少热情"。[6]

---

[1] Lanson, *Hommes et Livres*, p. ix.
[2] *Ibid.*, p. viii.
[3] 乔治·佩利谢尔（1852—1918），法国作家、文学史家。——译者注
[4] Georges Pellissier, *Études de littérature contemporaine*, Paris, Perrin, 1898, t. I, p. 302.
[5] *Ibid.*, p. 304.
[6] *Ibid.*, p. 307.

25　圣勃夫、泰纳、布吕纳介、朗松：相同的论战！

与伏尔泰和博须埃遭遇的情形一样，数年以后，当历史迈过新世纪的门槛之际，朗松评鉴的尺度分寸再一次颠倒了过来。他为《大百科全书》(*La Grande Encyclopédie*)撰写过伏尔泰、卢梭、圣勃夫和泰纳等条目，并在这些文章里改变了对"文学批评的王子"的评价，为圣勃夫恢复了名誉。[1]在发表于布鲁塞尔的一场演讲中，朗松同样高度称赞了圣勃夫，将其誉为"批评家和文学史家的领袖"，理由是他致力于"对真理的探寻"——这在朗松的价值观中不啻为新的宗教——而且朗松还提到圣勃夫的声明："如果我需要一个座右铭，那就是真，真就是全部。至于美和善，它们可以从真里面引申出来。"[2]圣勃夫的这句格言让人想到库赞"真善美"三位一体的理论，但它颠覆了库赞理论的内在平衡，因此必然招来争议：至少，在这个时代一系列政治和文学事件的背景下，信仰"美"的印象主义者法盖和信奉"善"的独断论者布吕纳介都断难苟同价值的天平一味倾向于"真"。至于朗松从前对圣勃夫的责备，例如认为科学从来不以个体为对象，因此专注于作家传记并无意义等，如今倒也时过境迁，烟消云散。不过，对朗松在1904年前后对圣勃夫前倨后恭的态度转变，似乎也不必给予过多的理论意义，因为这种变化更近于一种策略：在褒扬《周一漫谈》(*Lundis*)[3]的作者背后，隐藏着对泰纳和布吕纳介的贬抑，而圣勃夫本人一直会是文学史领域里的一位谨慎有加的典范。

正如佩吉所猛烈批评的那样，朗松对布吕纳介的看法似乎经历了最剧烈的转变。在朗松的青年时代，他曾得到过布吕纳介的提携与帮助，而除了少许保留之外，他也曾赞同前者关于文学体裁演进的学

---

[1] 朗松还为《大百科全书》撰写过帕斯卡、拉辛以及若干17世纪较次要作家的条目。这部著作也源于知识界为抵御"内心的野蛮"而付出的巨大努力。
[2] Lanson, «Sainte-Beuve», *Essais*..., p.428.
[3] 圣勃夫的批评文集《周一漫谈》共分三辑，在1851—1875年出版。——译者注

说。[1]《人与书》的序言甚至用确凿无疑的语气断言,"这种关于文体演变的理论,仅仅其名称就足以带给我们许多启示。"[2] 朗松尤其欣赏布吕纳介"把作品而非任何其他东西确定为文学研究的对象",这也是他与圣勃夫的差别所在。然而,尽管有这么多的赞词,但仅仅三年之后,朗松在一篇论《法国文学史教程》的书评中就态度陡转,他开始质疑布吕纳介只从对体裁的归属以及对体裁的影响这一角度看待作品,而那些没有"后裔"的作家,尤其是塞维涅夫人,却遭到他的漠视。[3] 在此时的朗松看来,那种将文学体裁实体化、神圣化的逻辑是站不住脚的,因为按照这一观念,只有作品之间的传承关系才是重要的,而作品本身反倒无足轻重。从此以后,布吕纳介先验式的理论框架一再受到批评,在《文学史的方法》一文中,朗松甚至在第1页上就无情地与他旧日的老师撇开了关系。[4]

朗松对布吕纳介的态度翻转是时代风气的表征,用佩吉的话讲,它不啻为一种"背叛"。然而我们应该追问的,不是它究竟是否出自作者之本心,而是这种变化是不是有效的、真实的。朗松的《法国文学史》深受体裁演变理论的影响,不过,这种影响并不意味着《法国文学史》像布吕纳介本人一样,专注于从对体裁的影响的视角来看待作品,事实上朗松关注的毋宁是体裁和时代相对此前的历史状况产生了怎样的变化。这一点,也见于朗松对外来影响的持续关注中,他把

---

[1] Lanson, «Un nouveau genre de critique: la critique évolutionniste», *Revue de l'enseignement secondaire et de l'enseignement supérieur*, 15 août 1890.

[2] Lanson, *Hommes et Livres*, p. xii.

[3] *Revue universitaire*, 15 février 1898, p. 173.

[4] «La méthode de l'histoire littéraire», *Essais*..., p. 31. 朗松在文中感谢了加斯东·帕里斯和加斯东·布瓦西耶对他的积极影响,然后说道:"至于费尔迪南·布吕纳介,如果他那逻辑学家和雄辩家的脾性,他那进化论的学说,以及他在文学上、政治上、社会观点上乃至宗教上的教条主义没有让这个强健的头脑误入歧途,没有让他脱离历史学和文学批评方法的正轨,使他越过了正当的归纳方法的话,我本该同样感谢他的。"对布吕纳介的学术生涯而言,这番话可谓诛心之论。

异国文学和文化视为催化剂，它们一旦发挥作用，就能将本已蕴藏于法国文学之中的独创性的因子激活。[1]在谈论意大利对法国文艺复兴的勃发的推动时，他认为"在传统法国正在分崩离析的躯体中，却散见着、沉睡着新事物的种子，现在，它们开始萌动……法国会保存、发展它在文学上的独特性，法兰西的特性将会一一分辨来自意大利文艺复兴的影响，将它们予以改造、转化，或者抵制它们，而这样一来，意大利文化也会唤醒法国旧有文化的生机"。[2]如此看来，尽管朗松拒斥教条主义，但他从未拒绝文学进化的观念本身，只不过他所理解的进化乃是生命科学意义上的、有机的进化。1904年，朗松专门评论了巴尔当斯佩热《歌德在法国》这篇比较文学领域里的开辟性的博士论文，他再次申明了自己的一贯主张："当某个文学时代发现、吸收来自异邦的观念或形式时，它只会品味、消化那些它自己蕴含着的因素，这是由它固有的有机式的演变过程、它的直觉和趣味所决定的。"[3]朗松丝毫没有批评布吕纳介启示给他的这种观念，对进化论原理的探寻甚至在一战之后都继续指引着他的《法国悲剧史大纲》（*Esquisse d'une histoire de la tragédie en France*）一书，[4]借用佩吉1895年在高师修读朗松"法国戏剧史"课程时对改课的评价来说，这本书同样也是"结构紧凑，首尾一贯……整部法国戏剧史都得到通透的讲述。这是一部如丝线般顺滑的历史"。[5]关于演进的观念并非不能与历史学方法共存，在拒绝狭义的进化论的同时，也可以沿用布吕纳介的问题意识。

---

[1] Voir R. Ponton, «Le positivisme de Lanson», Scolies, 1972. 该文过度强调了朗松与进化学说的关联，也相应忽视了朗松的其他贡献。

[2] Lanson, *Histoire de la littérature française*, 1895, p. 221.

[3] *Revue universitaire*, 15 février 1898, p. 173.

[4] Paris, Hachette, 1920.

[5] Péguy, *L'Argent suite, Œuvres*, t. II, p. 1175.

然而，在三位批评大师之中，最重要的依然是泰纳。泰纳不仅是一位文学批评家，还是哲学家和历史学家，长久以来他对法国大学具有不容置疑的专断的影响力，直到奥拉尔指责他不肯顺应时代大势，批评他在巴黎公社运动之后，由于其《现代法国的起源》一书的消极效果，已经沦为保守势力的象征，这种影响才逐渐消退。正因为如此，朗松在《法国文学史》中这样评价泰纳："自1865年左右以来，他的影响是罕有人及的。"[1]在结论部分，朗松又再次说道："在1865年之后成熟的几代人，受惠于他之处都要超过从其他任何人处，或许一小部分人受勒南影响更大。"[2]即便在重点称颂圣勃夫的《大百科全书》诸篇中，朗松也依然不忘说明，"泰纳与勒南一样——或许还要超过勒南——是在1860年到1890年之间成长起来的那几代人的导师之一"。[3]我们看到，朗松为泰纳的影响力确定了一个下限，这也就是他想与泰纳拉开的全部距离：在《法国文学史》和《大百科全书》中，他只是泛泛地简述了泰纳的著作，提醒读者在使用他的方法时应有若干保留。总体而言，朗松很少正面批评泰纳，这当然也与泰纳较圣勃夫地位更高有关；与他对布吕纳介的态度相似，他仅仅一般性地与泰纳保持疏离。与之形成对照的是，保罗·拉孔布会系统地，甚至令人厌烦地批驳泰纳，他会根据泰纳《英国文学史》序言中的陈述，对其提出的影响文学的三大因素即"种族、环境和时代"进行逐条批判。[4]与拉孔布等人比起

---

[1] Lanson, *Histoire…*, p. 1019.
[2] *Ibid.*, p. 1024.
[3] *La Grande Encyclopédie*, t. XXX, p. 883.
[4] Paul Lacombe, *La Psychologie des individus et des sociétés Chez Taine historien des littératures,* Paris, Alcan, 1906. 该书是对泰纳的最严肃的批评之一。关于拉孔布的观点还可参看：*Taine historien et sociologue*, Paris, Giard et Brière, 1909（这部著作对泰纳的作品进行了更多的检视，它对《现代法国的起源》一书的批判比奥拉尔的同类工作要更加有力）。

来，朗松再一次显得立场暧昧。

在浓墨重彩讨论圣勃夫与布吕纳介的《人与书》序言中，泰纳——这里我们说的只是他作为文学批评家的身份——只占了一个段落的篇幅，不过朗松对他的评价却是相对热忱和友善的。朗松在这篇文字中试图定义文学的特质，即被他称作"文学的品质"或"文学现象"，而我们今日称为"文学性"的那种东西。在他眼中，尽管圣勃夫使作品屈从于人，曲解了文学的本质，但总体而言，从维尔曼到布吕纳介——不用说，也应该到朗松自己——对文学本性的不同理解仍然堪称一种进步，并且这同样是文学批评这一体裁的不断进步。当然，像这样表现与理解历史，绝非朗松一人的独创，这个时代大部分有声誉的作家，如让-玛丽·居约（Jean-Marie Guyau）[1]和埃米尔·埃内坎（Émile Hennequin）[2]等人，都作如是观，更不用提布吕纳介在其《文学批评演进史》里的观点。维尔曼视文学为社会的自我表达，圣勃夫则将个人作为连接社会情境与文学运动的中介；对后者，朗松在《法国文学史》中说："他似乎延续了维尔曼的工作方向，即把文学批评还原为历史学研究。"[3]区别在于，圣勃夫在这条道路上走得更远："他在文学批评中寻找一种表达，但不是社会的表达，而是个人性情的流露。"朗松欣然接受圣勃夫与维尔曼的差异，但其前提是这样做不应该懂得节制。不过和前面两人相比，泰纳又显然更

---

[1] J.-M. Guyau, *L'Art au point de vue sociologique*(publié par Alfred Fouillée), Paris, Alcan, 1889. 该书在接下来的两个十年里发挥了重要的作用，在1909年之前多次再版。作者本人在该书初版之前不久去世，留下了另外两部更早的，但同样重要的著作：*Les problèmes de l'esthétique contemporaine*, Paris, Alcan, 1884, et *L'Irréligion de l'avenir, étude sociologique*, Paris, Alcan, 1887. 另：让-玛丽·居约（1854—1888），法国哲学家和诗人。——译者注
[2] É. Hennequin, *La Critique scientifique*, Paris, Perrin, 1888. 另：埃米尔·埃内坎（1858—1888），法国批评家。——译者注
[3] Lanson, *Histoire*..., p. 1017.

进一步:"当他用种族、环境和时代三大因素来定义个人的时候,他事实上就取消了个体的地位,因为个人现在成了一束在这三种普遍性动因的促动下偶然产生的现象的集合。"[1]泰纳的理论对圣勃夫而言是一种矫正,如果说他还对"人"感兴趣,那只是为了解释作品,而此时的朗松对他的体系化的思想也并无一个字的贬词。至于布吕纳介,他又对泰纳的观点进行了补充,从"泰纳在'时代'这个含混的词语下杂糅在一起的东西"中分离出了"体裁"这个单一的因素,即"所有业已存在的作品的总和":[2]"已经存在的作品将要决定——至少是部分决定——有待写出的作品:前者要么被看成值得效仿的典范,要么是必须避免的错误,二者必居其一。"[3]在朗松勾画出的这一幅文学批评连续进步的图景中,一切都显得因应时势,生动可亲,他唯一想提醒布吕纳介的是,文学作品并不是完全由此前的情境和传统的分量来决定的:"总是有一些用因果关联无法解释的残留物,个人就在这样的空间里涌现。"[4]什么是"个人"?它是圣勃夫为后人埋下的种子,是泰纳和布吕纳介所忽视之物,也是文学批评中挥之不去的关键问题。

时过境迁之后,圣勃夫以及他的"心灵的自然史"(histoire naturelle des esprits)将以"对真理的探寻"的名义重生;文学史将对泰纳和布吕纳介反戈一击,因为他们是"体系"和"先验思想"的业余模仿者,总喜欢从文学之外的理论例如自然科学或达尔文主义中寻找灵感,也无怪乎朗松在其讨论"方法"问题的文章里宣布,"文学史要想具有科学的品格,就要首先放弃对其他科学的简单模仿。"[5]朗

---

[1] Lanson, *Hommes et Livres*, p. xi.
[2] *Ibid.*, p. xii.
[3] *Ibid.*, pp. xii-xiii.
[4] *Ibid.*, p. xiii.
[5] Lanson, «La méthode», *Essais...*, p. 41.

松最终还是会对泰纳大加嘲讽，甚至无礼到不屑于提到他的名字："那些想用香槟酒、高卢精神和诗才去解释拉封丹，用宫廷礼节、古典教育或感性去解释《伊菲莱涅娅》(Iphigénie)[1]的人，不是江湖骗子，就是幼稚的孩童。不错，我们大略掌握了若干确切的知识，但关于什么是天才则无疑不在此列。我们懂得古典悲剧该如何构成，我们很清楚它的程式，由此也的确可以解释高乃依——但问题是，得到解释的究竟是皮埃尔还是托马斯·高乃依（Thomas Corneille）[2]？"朗松的这番话说得俏皮机智，不过类似的意思法盖先前几乎原封不动地说过，而且法盖的话还是沿用圣勃夫自己早年的辩词——总之，泰纳的诸因素说什么也解释不了，"我们对困难所在的核心问题总是一无所知：文学创造或作品的构成究竟是如何发生、进行的？这仍然是一个不解之谜"。[3]

朗松对泰纳的种种非议均可归结为泰纳忽视个体的作用，不理解天才的价值。如果仅从文学史学科创建人鲜明的理论主张来看，我们很容易得出结论，认为朗松选择用个体这一概念来抵制因果观念，他相信文学史的独特性就在于仅仅描写个体，而由此一来，似乎也就解释了他为什么会重新评价圣勃夫。[4]然而事实本身

---

[1]《伊菲莱涅娅》为让·拉辛的著名悲剧，作于1674年，取材自古希腊神话。——译者注

[2] 托马斯·高乃依（1625—1709），大剧作家皮埃尔·高乃依之幼弟，他在戏剧创作上始终模仿其兄长的风格，但成就不可相提并论。朗松在这里想表达的是：泰纳提出的种族、环境、时代三原则以及布吕纳介看重的体裁等非个人因素不足以解释文学的差别，我们必须充分考虑个体禀赋问题，否则，高乃依兄弟的落差就是无法理解的。——译者注

[3] Sainte-Beuve, *Causeries du lundi*, t. XIII, Paris, Garnier, 1858, p. 214. 圣勃夫的这篇文章作于1857年。也请参看他1864年对泰纳《英国文学史》的评论：*Nouveaux lundis,* t. VIII, M. Lévy, 1867. 另法盖的文字可参见：Faguet, *Politiques et Moralistes du XIXe siècle*, 3e série, Paris, Lecène et Oudin, 1900.

[4] René Wellek, *A History of Modern Criticism 1750-1950*, t. IV, *The later Nineteenth century*, London, New Haven, Yale University Press, 1965, «Lanson», pp. 71-74.

比上述结论要更加复杂。的确,在《法国文学史》的序言部分,朗松说过"文学史的目标是描写每个人的性灵"。[1]不过很快,从该书第四版开始,他就不得不附加一个注释,说明对个人的描绘不应等同于圣勃夫式的作家画像,而应该和更广阔的方法论视野联系起来:即便研究者已经充分估量了种族、环境和时代因素,即便作家作品在体裁演变历程中的位置已经得到分析,简言之,即使研究者已经穷尽了泰纳和布吕纳介的理论模式,他仍然会面临这样一种局面:"经常会剩下一些上述视角无法观照,各种因果关联也无法解释的东西,而正是在这些不可解的、模糊不清的地方,才会涌现出作品卓越不凡的独特性;这样的'残余物'才是高乃依、雨果的个人才智带给我们的东西,它们构成了这些作家的文学个性……文学研究从起步开始应该严格运用各种方法以确定事实,而伟大的作品正是那些泰纳的学说也无法穷尽的作品。"[2]那么,我们能否由此推断,当朗松明确地把个人定义为泰纳和布吕纳介的研究模式留下的未解的"残余物"时,他就决意与他们决裂?我们可以如此推断的另一个理由是,与"个人"(individu)相比,朗松更青睐"个体性"(individualité)这个概念,以便完全避免与圣勃夫的传记研究相混淆。他在《人与书》的序言中——《法国文学史》第四版的那个注释参照了这篇序言——写道:"对'个体性'的定义是文学分析理应达成的一个目标。对作品的特质,人们总是用各种因果关联,如文学自身的、历史的、社会的、传记学的甚至心理学的关联去解释它;但与此同时,这些特质又恰恰是无法解释的,它构成了写作中无法还原的独特性。我们之所以谈论'个体性',正是为了揭示这

---

[1] Lanson, *Histoire*..., p. vii.
[2] Lanson, *Histoire*..., 1896, 4e éd., p. vii.

些无法还原、无法解释的作品特质。"[1] 作为文学分析的目标的个体性,是从圣勃夫着力探寻的传记学意义上的、真实的作家个人身上提炼出来的东西,但这种东西又必须与文学直接相关,我们可以称之为"人的文学性"(la littérarité de l'homme)。当然,这一概念不可避免地充满歧义,因为它一方面指向具体的人,另一方面又要在个人身上找出超越个人属性的、带有普遍性的"类"的属性,如果没有后者,也就无所谓文学性可言。在此我们不妨提到过早离世的哲学家居约,他的著作特别是《社会学视野中的艺术》(*L'Art au point de vue sociologique*)一书受到批评家们尤其是布吕纳介的特别重视;[2] 居约也明确区分了"个体性"与"个人",在他看来,"如果某个时代、某个国家,或者说所有其他人所组成的群体的主要特征都集中在一个具体的人身上,那么这就是所谓'个体性'"。[3] 因此,在居约的观念中,个体性指的是个人所携有的社会的、普遍的东西,个体的东西要能够成为文学性的东西,就离不开这种普遍的维度——之所以离不开,是因为美学情感本身在原则上就是普遍的,用居约的话说,这种情感蕴藏于"社会团结和普遍性的同情心"之中。[4] 当然,即便不参照居约的思想,也不难在"个体性"

---

[1] Lanson, *Hommes et Livres*, p. xi.
[2] Brunetière, *Revue des deux mondes*, 1er mars 1890, p. 218. Voir A. Fouillée, *La Morale, l'Art et la Religion selon Guyau*, Paris, Alcan, 1889.
[3] J.-M. Guyau, *L'Art au point de vue sociologique*, Paris, Alcan, 1909, 8e éd., p. 69.
[4] *Ibid.*, p. 13. 用团结伦理或社会性原则来规范美学情感显然与叔本华的启示有关。在通过亨利·马里翁和莱昂·布尔儒瓦两人分别获得伦理和政治含义之前,这一思路已经引起了关注。居约认为:"我们认为,组成自我的不同成分之间的协调与契合,构成了审美情感的第一级阶梯;如果自我内部的这种协调和契合上升到社会性的和普世性的层面,那它们在我们眼中就能构成最复杂、最高尚的审美情感的第一级阶梯。"(*Ibid.*)文学批评正是这样一种高级的同情心、同理心(契合)与团结伦理(社会层面的、人与人之间的联系)。显然,居约并没有真正反对泰纳,他对个体性的理解在严格意义上是泰纳式的;奇怪的是,朗松和法ribe本来是想批判泰纳(所谓"得到解释的究竟是皮埃尔还是托马斯·高乃依?"的(转下页)

概念中发现某种泰纳式的观念,尽管朗松提出这个概念在某种意义上是为了反对泰纳。

有人或许会提出异议说,《法国文学史》和《人与书》是朗松早期的著作,彼时的他尚未与其前辈师长们决裂,他甚至并无这样做的愿望。《法国文学史》开篇第一章便以典型的泰纳式语言谈起"种族的特质",在这一章里,他列举了"法兰西的心灵"的种种特征,如现实主义、理性主义等,整个法国文学的流变中都体现、贯穿着这种真实而持久的心态:"从10世纪到19世纪,法兰西的心灵都是一以贯之的。"[1] 不过在后来的岁月中,朗松是否确实与泰纳决裂(即便这种决裂不是发自内心的)了呢?我们注意到,即便朗松后来批评布吕纳介,认为他的方法聚焦于作品在体裁序列中的地位而非作品本身,他也依然承认布吕纳介推进了圣勃夫和泰纳开创的计划,即"把作家身上那不可还原的独创性分离了出来"。[2] 无论是圣勃夫、泰纳还是布吕纳介,他们都没有否定过这个大方向;在"分离"——"孤立"也好,"提炼"也好,我们几乎是在化学意义上使用这些动词——作家的独创性方面,文学批评一直在不断获得进展,而《人与书》的序言也几乎使用类似的语言来表述与诸种可以解释的因果关联相并列的"个体性"。用因果关系去解读文学作品,并不意味着否认文学的个体原则,即便泰纳和布吕纳介也从未正式地把个体原则

(接上页)诛心一问就是针对泰纳的),可到了居约这里,相似的理据却用来批判圣勃夫的"个人"观念(因此,这一观念受到居约的"个体性"观念的矫正)。由此我们也可以看出这场论战的格局是何等复杂。不过无论如何,居约对艺术行为中接受环节的美学考察立足于人与人之间的契合与团结,这一思路不失为19世纪末最具远见的理论之一,它极好地预示了普鲁斯特式的文学批评以及从20世纪60年代起大行其道的对阅读行为的分析。

[1] Lanson, *Histoire*..., 1895, p. 13.
[2] *Revue universitaire*, 15 février 1898, p. 171.

排除在自己的视野之外。[1]反过来讲,被朗松确定为文学研究之对象的"个体性",也绝非不能与各种"决定论"共存。要描绘个体性就需要将作品客观化,而客观化又需要实证研究以积累史料、确定史实,但整个过程并不会排除对因果关系的考量。在1895年对维尔曼以降直至他本人的文学批评进展史所作的追溯中,朗松几乎句句不离"原因""解释""决定"等语词。圣勃夫澄清了维尔曼的观念,泰纳纠正了圣勃夫,布吕纳介又补正了泰纳……这些叙述本身就是以文学上的"决定论"为根据的。如果说,此后的朗松会对这四位19世纪批评大师之间的变迁是否堪称"进步"产生怀疑,我们也没有任何依据认为他会质疑决定论观念本身,因为和四位大师一样,他自己也把揭示因果关联视为文学研究的目标。

---

[1] 泰纳经常为自己辩护,他在圣勃夫评论其《英国文学史》一书的文章发表后致书后者:"我从未设想过要扣除'个人'的因素;我也从未设想过,有了某个时代、某个国度的环境,莎士比亚和斯威夫特就必定会出现。"(*H. Taine, sa vie et sa correspondance*, Paris, Hachette, t.II, 1904, p. 308.)

26　泰纳的学术权威

当吕西安·费弗尔指责朗松的继承者们放弃了文学社会史的研究纲要时,他对一件事感到迷惑不解,那便是达尼埃尔·莫尔内不肯像一位严肃的历史学家一样工作,而居然浪费时间心力去讨论泰纳的学说。在费弗尔看来,这种闲来无事不知轻重的做派简直是"与风车作战"。他嘲讽说:"谁还会认为,在1940年的今天,批判泰纳还是当务之急?谁还会在意那种把天才的作品看成环境、时代、种族或某种主流意见的忠实反映的主张?!站在1940年来看,过往四分之三个世纪里,有无数文字连篇累牍地讨论当年泰纳作为创新提出的学说,如今它们究竟有何意义?"[1]从这番批评来看,费弗尔其实只是在强调他自己所从事的历史学与朗松主义的历史学的不同,而对后者来说,泰纳依然是一个充满现实性的参照系。

在维尔曼和斯塔尔夫人那里,文学史的基本原则仍然是关于人类历史无限定进步的观念。这种进步法则的哲学来自启蒙思想家,如杜尔哥(Anne Robert Jacques Turgot)[2],特别是孔多塞(Nicolas de Condorcet)[3],更具体地说,源自他们二人的《人类精神连续进步之哲学纲要》(Tableau philosophique des progrès successifs de l'ésprit humain)与《人类精神进步史表》(Tableau historique des progrès

---

[1] L. Febvre, «Littérature et vie sociale: un renoncement?», Annales, juillet 1941, p. 117.
[2] 杜尔哥(1721—1781),法国古典经济学家,"进步"概念的提出者。——译者注
[3] 孔多塞(1743—1794),法国启蒙哲学家、数学家,继杜尔哥之后进一步论证了人类历史的"进步"观念。——译者注

de l'esprit humain）两部著作。凭借历史进步的观念，维尔曼和斯塔尔夫人甚至在米什莱和19世纪末期的历史学家们之前，已经为10个世纪的中世纪历史恢复了名誉，并且赞美了中古的基督教。继无限定进步的哲学思想之后，从1850年左右开始，又开始流行以普遍决定论为基础的科学思想。正是在这一背景下，罗贝尔·法特（Robert Fath）在1901年出版的《论19世纪后半叶科学对法国文学之影响》（*L'Influence De La Science Sur La Litterature Francaise dans la seconde moitié du XIXe siècle*）一书中分析了他所在时代的主流思想范式。按照法特的分析，受到决定论意识形态影响的并不只是现代小说——自然主义自然首当其冲——文学批评也不能自外于这种冲击，并且在法特看来，批评所提出的观念甚至成了文学作品本身的源头。圣勃夫所倡导的"心灵的自然史"把人与作品连接了起来，法特评论说："通过对因果关联的确认，圣勃夫把决定论的思想引入了文学批评。"[1]或许，法特在1901年下这样的断言还为时过早，而因果的概念自身也充满含混之处，在日后它还将成为历史学家与社会学家、塞格诺博和西米安争论的焦点。诚然，创作者或许是文学作品最明显的"原因"，圣勃夫因此希望通过作者的人格和生平来解释作品，但这并不足以奠定一种真正的决定论：对彻底的决定论而言，所谓"原因"绝不仅仅意味着某种动因、动力的存在，而是意味着在现象的背后隐藏着"规律"。在这个意义上，我们可以认为法特是把批评理论中的决定论"提前"了，因为它在圣勃夫的时代，在泰纳提出自己的学说之前事实上是难以设想的。不过法特的叙述至少向我们呈现出1900年的读者是如何通过泰纳，从后设视角出发理解圣勃夫的——

---

[1] R. Fath, *L'Influence De La Science Sur La Litterature Francaise dans la seconde moitié du XIXe siècle*, Lausanne, Payot, 1901, p. 89. 杜米克对该书的评论参见：*Hommes et idées*, Paris, Perrin, 1903.

在这个影响的链条上,圣勃夫被视为泰纳的先驱者。泰纳是文学领域中决定论观念的真正奠基者,他建立了以作品面貌的形成动因为探寻对象,以决定个体面貌的著名的三要素学说为理论支撑的文学社会学。在泰纳眼中,一切现象皆有因果。"恶与善皆为产物,犹如矾与糖。"[1]这个拙劣的、令他饱受批评的句子出自《英国文学史》的序言。不过,泰纳的本意绝不是说善行的原因可以径直归结为简单的化学规律,他的主张对伦理学也并无任何亵渎之处。我们可以说,他的整部《论理解力》(*De l'intelligence*)都试图把心理学建构为一门能够处理事物之间最复杂的因果关联的科学。该书序言部分里的观点是众人皆知的:"人们精心选择出若干看似微小,却显得重要、意味深长的事实,对其详加描述,使其纤毫毕现,于是这些事实就成了一切科学都要处理的对象;这些事实中的每一件都值得成为一个富有教益的样本、一个起点、一个无法否认的典范,总之,一个干净利落的典型,各种相似的情形都可以归结为这样一个事实,通过它得到解释。"[2]对泰纳而言,如果用以解释世界的理性是如上述描述一样被定义的,那它的应用就不会只限于严密的实证科学。探寻"微小的事实",寻求事实之间的相互联系,以便将其整合纳入一个统一的规律,这也是历史学所使用的方法,正如他在《论理解力》的一处注释里所说的那样,"我试图在多部历史著作中都运用这一方法;我在《批评与历史学散论》(*Essais de critique et d'histoire*)和《英国文学史》的序言中都陈述了它"。[3]大体而言,这个方法便是三要素说:种族、环境与时代。

在指责朗格卢瓦和朗松,并且把朗格卢瓦和安德莱称作"方法的

---

[1] Taine, *Histoire de la littérature anglaise,* Paris, Hachette, 1863, t. I, p. xv.

[2] Taine, *De l'intelligence*(1870), Paris, Hachette, 1914, 13e éd., t. I, p. 2. Cité par Lanson, *Histoire…*, 1895, p. 1019.

[3] *Ibid.*, p. 429.

输入者"之前，佩吉已经在《赞格威尔》一书里抨击了泰纳和勒南，将他们视为"现代方法"的发明者。佩吉连篇累牍地引用从《科学的未来》到《哲学对话与断章》(*Dialogues et Fragments philosophiques*)等勒南的著作，这些作品显示出勒南从未放弃"科学宗教"的观念，自然也从未放弃将知识分子神化的做法。在批判泰纳时，佩吉采取的策略与拉孔布相似，[1]他稳扎稳打地援引泰纳《拉封丹及其寓言》序言部分的话："我们可以把人看成是一种高级动物，他能够生产哲学和诗歌，就好像蚕能够吐丝织茧一样。"他还接着引述说："我想完整地展示诗篇是如何构成的，探寻其全部细节，比如美究竟是什么，它是如何涌现出来的。"[2]佩吉再度指出泰纳长久以来为人诟病之处，即他的着眼点不在作品本身，而是把作品看成一个样本或典范；同时，在佩吉眼中，现代知识分子之所以体现出疯狂的自傲，泰纳也难逃干系，因为正是他带着幻想，"在对真实世界的知识中，想要穷尽一切无定的、无限的细节"。[3]泰纳对作品外围的执着又被佩吉称为"绕行环城路的方法"：他不懂得艺术创作的神妙，自难讨得佩吉的欢心。诸如此类的抱怨讥讽大概让人联想到朗松对泰纳的批评——他不懂得艺术的天才是不能还原为其他元素的——不过，佩吉所说的"绕行环城路"其实指的是"想穷尽真实世界的无限细节"，这更能让人想到朗松所说的"穷尽式的方法"，而佩吉和拉塞尔后来却将其发明权归入更早的泰纳而非真正的开创者朗松。就像法特把文学批评中的决定论归入圣勃夫名下，但其实只是显明了决定论观念在1900年前后一家独大的事实一样，当佩吉在触及朗松之前首先把矛头指向泰

---

[1] 见本部分第25节。
[2] Péguy, *Zangwill*, *Œuvres*, t. I, pp. 688 et 725. 佩吉引用的分别是泰纳《拉封丹及其寓言》序言和结论部分的第一句话（1853, nouvelle éd., 1861, Paris, Hachette, 1895, 13e éd., pp. v et 343）。
[3] Péguy, *op.cit.*, p. 699.

纳时，他的批评也显明了从泰纳到朗松，方法论的各个版本之间存在着深刻的相似性。

当我们提到朗松主义时，总会想到那种令人眩晕的透彻性，那种渴望实现彻底的完备性的梦想，它们都直接来自"绕行环城路的方法"。就像樊尚·瓦蒂尔的一首十四行诗在朗松眼中能够汇聚起"17世纪上半叶的所有文明气息"一样，[1]泰纳在拉封丹的寓言中也看出了"整个世纪的缩影"。[2]不过泰纳兼有哲学家和历史学家的双重身份。就其哲学视角而言，文本被视为一种典范性的、比任何档案文件都更有力的见证，凭借其内在的统一性，它不仅能够，而且应该在黑格尔哲学的意义上被理解为时代精神的体现，这也就解释了为什么一部作品越是艺术上的杰作，就越具有表现性。相反，在文学史的意义上，黑格尔的观念则全无存身之地，泰纳完全化身为严格意义上的历史学者：一篇文本中有待发现的整体性不是别的，只是那些必须得到精确呈现的细节的总和。[3]

不过，文学史与泰纳的种种牵扯绝不仅仅限于这一份原罪。人们

---

[1] Lanson, «Les études modernes dans l'enseignement secondaire», in *L'Éducation de la démocratie*, p. 169.

[2] Taine, *La Fontaine et ses fables*, p. 64. 原文为："在他的寓言中蕴藏着一条挂满画像的长廊，这些画像在表现整个世纪的缩影方面就像圣西门公爵的作品一样有力，较拉布鲁耶更胜一筹。"

[3] 关于泰纳观念中的黑格尔主义元素，请参考：D.D. Rosca, *L'influence de Hegel sur Taine théoricien de la connaissance de l'art*, Paris, J. Gamber, 1928, et R. Wellek, *Concepts of criticism*, New Haven, Yale University Press, 1963. 泰纳在其《英国文学史》序言中明确说："我可以为切里尼的回忆录、圣保罗的书信，路德的桌边谈话或者阿里斯托芬的喜剧提供五十卷的文件和一百份外交文书。"（p. XLV）这番话能让我们理解为什么朗格卢瓦会反感某位对语文学口出不逊的作者。不过，泰纳的下面一番自我辩护的语言就充满了黑格尔式的观念："一位作家是通过表现一个民族、一个世纪的存在方式，赢得一个民族、一个时代的敬意的。这就是为什么在所有那些能让我们目睹前人的情感的文字中，唯有文学，尤其是伟大卓越的文学，才是那无可比拟、卓荦不群之物。"（p. XLVI）

向来认为，朗松在文学体制的历史方面有独创性的贡献，例如他强调文学公众的重要性，认为公众对文学的吁求是构造文学面貌的一个因素，[1]但这一思想实应追溯到泰纳。在朗松之前，拉孔布已经强调了这一观点，而且他认为，这是泰纳的三元素说中唯一可取之处。[2]在最近四分之一个世纪遗传学取得的进展面前，泰纳所言的"种族"已经成为一个不可靠的概念；"时代"在泰纳笔下本来带有"时代精神"的含义，或者用他参照力学提出的术语来说，是"获得的速度"，但如今它只被理解为时间序列中的某个位置，并无深意可言；只有"环境"一说还能在20世纪的各种文学社会学中找到一席之地，如文学作品的存在条件、境况等。拉孔布批评说，泰纳试图在周遭环境中寻找的各种因果联系过于宽泛，诸如气候、政治条件等都被纳入其中。他认为泰纳所确定的因果关联中只有一条是有的放矢的、合理的，即《英国文学史》一书在讨论公众的需求这一问题时表露的观点："文学总是会适应那些愿意品味它、为它支付金钱的人的品位。"[3]一言以蔽之，朗松主义中最好的和最坏的东西都可以归结到泰纳身上。

从本质上说，朗松并不会真正嘲讽泰纳，也不会以个体、独创性、天才的存在等理由去真正指责种族、环境和时代这三要素说，因为他根本就不会放弃泰纳提出的意识观念——我们这里指的是泰纳于1870年在《论理解力》一书里提出的学说，该书就意识行为中的所谓决定论原则提出了一套科学的心理学。在1895年的《法国文学史》中，朗松开宗明义就提到了《论理解力》这本他眼中至为关键的书，他固然会对泰纳的文学批评和历史论述评头论足，唯独却毫无保

---

[1] 朗松对社会学者们演讲时说过，"公众支配着日后送到他们桌前的那些文学作品，但他们是在毫不自知的情况下支配"。«L'histoire littéraire et la sociologie», *Essais...*, p. 66.

[2] Lacombe, «Notes sur Taine», *Revue de synthèse historique*, décembre 1904.

[3] Taine, *Histoire de la littérature anglaise*, t. I, p. 107.

留地赞赏这部著作。同样,在十几年后出版的《大百科全书》中,他依然没有改变对泰纳的心理学说的看法。究其原因,或许是因为《论理解力》提出的"精神因果"(la causalité psychique)的概念,已经蕴含了日后朗松主义中屡见不鲜的两个基本套路,即"影响"和"源流"。精神因果学说在当时影响广泛,保罗·布尔热的小说《弟子》以及随后在阿纳托尔·法郎士和布吕纳介之间爆发的争论,也大大提高了这一学说的知名度。布尔热的小说的主题便是决定论思想——小说借用人物之口向身为钟表匠的父亲(书中哲学家之父)提问:"万物的原因是什么?"[1]更具体地说,小说提出的问题是,泰纳在书中的漫画式化身,哲学家阿德里安·西克斯特(Adrien Sixte)的决定论思想对其年轻的弟子罗贝尔·格雷卢(Robert Greslou)究竟产生了什么样的影响。格雷卢的思想混合了泰纳、泰奥迪勒·阿尔芒·里博和于勒·雅内等人的观念,在担任贵族家庭的私人教师时,他为了试验自己的学说,不惜引诱自己学生的姐妹夏洛特·德·于扎(Charlotte de Jussat)。当夏洛特发现格雷卢对自己并无真情实意,只是把自己当作思想的试验品时,她愤而自尽,事后罗贝尔·格雷卢在供认书中认定他的老师,哲学家西克斯特的思想应该为自己的行动负责。小说的末尾直接抨击了因果的概念:"承担责任?'责任人'这个词毫无意义。"[2]这又是一个以个体性、自由以及人类生活之不可预测性为由展开的"对因果观念的批评"。"让我们从荒谬性出发切入问题吧。对,人,就是一个原因,他是一个自由的原因。"[3]布尔热的心理学和哲学有过分简单化的倾向,他所使用的"原因"(la cause)一词实际上有多种含义,如偶性因、目的因、动力因等,将

---

[1] Paul Bourget, *Le Disciple* (1889), Paris, Plon, 1901, pp. 335 et 336.
[2] *Ibid.*, p. 334.
[3] *Ibid.*, p. 335.

其混为一谈造成了小说的诸多暧昧之处。泰纳在致布尔热的一封信中试图提升他的推理水平。[1] 布吕纳介倒是并不关注思想细节上的这些无意义的微妙区分，他直接向决定论开火，而阿纳托尔·法郎士则站出来捍卫科学。[2]

这场围绕决定论展开的论战极具现实意义。众多作者卷入其中，他们反复思考是否有可能调和因果性和个体性这两个概念，[3] 这些人的观点倒并不像布尔热那么简略、概念化。显然，泰纳依旧是论战者瞄准的靶标。此时他的门下出现了一位早慧的、天才的弟子，和布尔热笔下那位使无辜的女孩走上人生绝路的门徒不同，他倒是对自己老师过分理智的学说持否定的态度，或者更准确地说，他希望矫正、推翻这种学说。这位弟子便是埃米尔·埃内坎。在1888年出版的《论科学批评》（*La Critique scientifique*）一书中，埃内坎试图超越泰纳的观点，转而对他称之为"个体性"的因素进行分析。后来，朗松在其《法国文学史》和《人与书》两部著作的前言里重新使用这个词去指称他心目中文学分析的对象，而朗松赋予这个词的含义也正好与埃内坎的用法相吻合，事实上，朗松读过埃内坎的著作，他后来还把埃内坎与乔治·勒纳尔并列，视其为文学史学科的先驱者。[4] 埃内坎生前出版的著作已显示出卓尔不群的才华，可惜书成之后不久便英年早逝。他的友人们又将其文章汇编成册，不过这部两卷本

---

[1] *H. Taine, sa vie et sa correspondance*, t. IV, 1907, pp. 287-293. 泰纳在信中批评布尔热的思想过分轻率简单，损害了道德与科学，不过他并未真正指责心理学中的决定论。

[2] 关于布吕纳介与法郎士之争，请参考本部分第8节相关叙述。

[3] 关于这个问题可以参照如下文献：G.Fonsegrive, *La Causalité efficiente*, Paris, Alcan, 1893. 除该书外，还有诸多哲学著作为在历史学和社会学之间围绕"原因"问题展开的争论提供了基础。

[4] Lanson, «Les études sur la littérature française moderne», *La Science française*, t. II., p. 230.

的遗著也有令人遗憾之处，这倒不是指书中评述的都是遭到正统文学评论漠视、恶评的作家，而是指该书还来不及将作者自己倡导的批评方法付诸实施。[1] 埃内坎把自己的科学批评冠以"美学心理学"（esthopsychologie）之名，这个新学科浓缩了"美学"和"心理学"，而其中后者又为社会学——或者更准确地说是社会心理学——铺平了道路。他的观念的前提在于颠倒了泰纳所谓作家由环境或者群体决定的理论（这里只把"环境"作为诸要素的代表，是因为"种族"和"时代"两大要素已经受到批评，不得不予以省略）。与泰纳截然相反，埃内坎认为各个民族的特性要服从于作家个人的才能，不是群体创造

---

[1] Émile Hennequin, *La Critique scientifique*, Paris, Perrin, 1888; *Études de critique scientifique, Écrivains francisés* et *Quelques écrivains français*（这些著作里涉及的作家有狄更斯、海涅、屠格涅夫、爱伦·坡、陀思妥耶夫斯基、托尔斯泰以及福楼拜、左拉、雨果等人）, Paris, Perrin, 1889 et 1890. Voir E. Caramaschi, *Essai sur la critique française de la fin-de-siècle, Émile Hennequin*, Paris, Nizet, 1974. 埃内坎因推翻泰纳的学说而名扬一时，但他其实与自己的这位老师过从甚密，当他把《论科学批评》向阿歇特出版社投稿时，他曾请求泰纳为之写一封推荐书。泰纳的推荐如下："埃内坎先生有很多个人的见解……他的文字总是引人入思，也是值得众人一读的……谈到这本书在形式与文体上的短处，如果我所见不谬的话，却是他只知一味陈列自己的诸般技巧，好似一位迫不及待，跑到餐桌旁去煎炸烹煮的厨师。不过，这焉知不是今日的宴席嘉宾们所喜闻乐见的场面呢？因此，还是由你们去判断吧，毕竟你们才是宴席的主办人。"（*H. Taine, sa vie et sa correspondance*, t. IV, p. 254.）到头来，埃内坎的书并没有在阿歇特出版。不过，在这位"身材高大、形似一位英国诗人的金发青年"去世之后，泰纳还是在致自己夫人的信中流露出自己的情感："这位可怜的年轻人大概是在冷水浴后又受了凉，引发充血，终于不治。他刚刚崭露头角，布吕纳介7月1日以赞赏的口气提到过他的书……"有人希望泰纳为埃内坎的一本译著（《批评研究》中的一部）作序，并为他的遗孀募捐，泰纳选择了后者（同上书，第267页）。布吕纳介的文章（《两世界》杂志1888年7月1日）对埃内坎的工作赞颂有加，但他也批评后者的"写作方式"里充满艰涩的行话。此外，布吕纳介还指责说，埃内坎忽视了泰纳三要素中的"时代"一项，在他眼中，文学作品脱离了文学的历史背景，脱离了序列，从而陷入了那种只要普遍性而不考虑时代性的科学的误区——布吕纳介的意见，实际上颇为准确地识别出了20世纪流行一时的各种形式主义观念的某种先兆，而埃内坎有时的确被视为形式主义的一位先驱。

了作家，而是作家创造出了他的受众，在这个意义上，他为个人恢复了尊严。对文学作品的分析应该包括三个前后相继的层面：首先是美学层面，它以文本自身为讨论目标；其次是心理学层面，它把作品视为作者心性的表征，并且致力于对作家"心性的推断性的重建"；[1]第三个层面属于社会学或曰社会心理学，它同样把作品视为一种表征，但不再是作者内心的表征，而是社会的表征，其背后的理论依据是，"艺术作品只能激发它所表征的社会群体的情感"，[2]"艺术作品总是时刻体现出它所表征的那个社会群体的才能、理想及其内在的运行方式"。[3]埃内坎的方法体系中最有价值的地方在于，他希望考察艺术欣赏者，建立一种关于鉴赏力的社会学或者说某种"接受美学"，而支撑这一理论视角的观念前提则是艺术作品与它针对的公众之间的一致性，他深信艺术作品应当符合公众的心态，舍此艺术就无法带来审美愉悦。总之，埃内坎的思想最后可归结为美学、心理学和社会学的综合，这种综合是以历史性的方式显现出来的。

按照埃内坎的说法，"美学心理学"是"关于作为符号（表征）的艺术作品的科学"。这番用语在后世看来引人入胜，而且在现代学术中的确产生了悠远的回声。埃内坎的作品后由布拉格大学教授萨尔达（František Xaver Šalda）[4]译为捷克语，在20世纪20年代，这所大学的学者们研究了《论科学批评》一书。[5]"美学心理学"包含的三个层次显然预示了20世纪文学研究中的各种形式主义方法，也使埃内坎成为布拉格学派的一位先驱。不过，在把埃内坎与现代派甚至结构

---

[1] Émile Hennequin, *La Critique scientifique*, p. 88.

[2] *Ibid.*, p. 139.

[3] *Ibid.*, p. 129.

[4] 弗朗蒂舍克·克萨韦尔·萨尔达（1867—1937），捷克文学批评家、作家。——译者注

[5] René Wellek, *A History of Modern Criticism*, t. IV, p. 92. 韦勒克在该书中对埃内坎的评述要比他对朗松的叙述更为详尽（整个评述见该书第91—96页）。

主义者画上等号之前，我们不能忘记曾被他长篇引述的社会学家让－加布里埃尔·塔尔德的影响，正是有了塔尔德的社会心理学作为理论参照，埃内坎才得以颠覆泰纳的学说，改而经由作品这个中介重新连接个人与群体。事实上，他之所以把艺术作品视为作者与公众之间的一致性的表征，完全是因为他在理论上借鉴了塔尔德所定义的两大社会定律，即"模仿"与"革新"。[1] 塔尔德曾提出万物普遍重复（la répétition universelle）的法则，他认为继物理学所说的"波动"和生物学意义上的"繁殖"之后，在社会学层面上同样存在着"相似"，艺术作品之所以可以触动公众，就在于后者是由能与作品契合的、具有相似性的成员构成的。不过，普遍重复的法则并不意味着全然的复制，这里仍旧存在着创新求变的因素，而孕育它的土壤便是事物个体特征（l'individuation）中的偶性。本来，存在着两种截然相悖的观念，一边是决定论，一边是对个体力量，如能够创造历史的伟人、文学上的天才等的信仰；现在，由于塔尔德的社会心理学将人群分为因循重复者与创新者两个类型，不再试图将泰纳的因果观念予以辩证化的处理，而是直接颠覆它，因此他的理论就可以重新调和上述两种观念。埃内坎对塔尔德思想的评论也非常清晰地证明了这一点。[2] 按照埃内坎的说法，模仿与创造这两条定律能够调节艺术领域中供和需之间的社会学或美学心理学关系，而它们也正与达尔文心中自然选择的基础定律无异。同样，我们可以在这里找到与布吕纳介的文学进化论的相通之处；至于朗松，我们已经看到他始终依据进化论的范畴去思考文学的

---

[1] Tarde, *Les lois de l'imitation*, Alcan, 1890; *L'Opposition universelle*, Paris, Alcan, 1897; *Les Lois sociales*, Paris, Alcan, 1898. 和在心理学美学方面给予他重大影响的让－玛丽·居约一样，埃内坎提到过塔尔德早期在《哲学学刊》上发表的论文。

[2] "一个伟大人物的心灵可以如身使臂一样地鼓舞和驱使成千上万的个体，一个伟大作家的灵魂可以在千百万个体的心灵中引起震颤和共鸣，激发民众群体的悲欢。"（《论科学批评》第 199 页）近似的言论可参见：Guyau, *L'Art au point de vue sociologique*, p. 43.

演变，1917年发表的《外来影响在法国文学发展中的作用》一文的标题就证明了这一点。在这篇文章中，朗松明确地把文学演变定义为模仿和创造的交织，其背后的动力正是自然选择，而天才的法国文学家们永远胜券在握："在这些难以置信的竞争中，唯一真实的存在便是精神，法兰西的精神总是走向更多的真实、更多的美，它一旦获得了某种理想的启示，就会无往而不胜。"[1] 朗松的这一表述是极具代表性的，我们可以据此衡量从黑格尔经由泰纳和塔尔德直至朗松自己，"法兰西精神"一路行来的取向。

继泰纳之后，埃内坎也试图实现与"个人"的和解，在他眼中，作品既是作家心智、精神的表现，同时也是整个社会的趣味或精神的体现——或者说，在由模仿和创新起伏交织而成的艺术演化进程中，作品表征着作家个人与社会之间的同构性、同情心。不过，埃内坎毫无疑问并未因此抛弃决定论的观念。他所说的"个体性"是一种连接作品与群体的、社会心理学意义上的中介物（关于作品，朗松也说过类似的话："这是一种个人行为，但它是个人的社会行为。"[2]）。从过去的四分之一世纪以来，林林总总的"创造心理学"络绎不绝，它们既要批判泰纳，又无法断然割裂与他的关系，埃内坎的主张也不过是类

---

[1] Lanson, «La fonction des influences étrangères dans le développement de la littérature française» (*Revue des Deux Mondes*, 15 février 1917), *Essais*..., p. 90. 此外，朗松在1910年12月发表于《历史综合评论》的《论孔狄亚克的文学观念》(«Les idées littéraires de Condillac») 一文中表明了自己对各个国别文学之间相互关系的看法。斯塔尔夫人曾肯定各国文学之间的平等，并得出结论说："一切国家都会欢迎异国的思想，因为开放和接纳总会造福那些敞开心胸的人。"(*De la littérature*, II, 31) 但朗松反对她的意见，在《写作的技艺》中，朗松援引了孔狄亚克的话，后者在观念学者和浪漫派之前就已经谈到"各国文学与不同的民族趣味都是相互独立的"。按照孔狄亚克的看法，外来的影响的确可以增进某个民族的才智，但却不会把不同民族文学之间的等级差异完全抹去，而这种差异也是朗松希望予以保留的。对朗松而言，对孔狄亚克的参照固然使他脱离了进化论的观念，但也会把他与感觉论尤其是与泰纳重新连接起来，须知泰纳也是援引孔狄亚克以反对黑格尔的。

[2] Lanson, «L'histoire littéraire et la sociologie», *Essais*..., p. 66.

似理论中的一个。人们指责埃内坎说，他的方法只能用来解释那些平庸的作者，对真正的天才和大作家就无能为力，它也无法分辨托马斯和皮埃尔·高乃依的差异。不过，那些试图回避"为什么"（高乃依为什么能成为高乃依？）这个问题，转而用"如何"取而代之的人，他们落入的也仍然是泰纳的窠臼，只不过这位泰纳是写出《论理解力》的心理学家，而非身为《英国文学史》和《论拉封丹》作者的批评家泰纳罢了。

大略说来，在19世纪末，人们从三个角度触及了"创造"这个不解之谜。首先是或多或少带有唯灵论色彩，从菲利克斯·拉韦松（Félix Ravaisson）[1]和夏尔·贝尔纳·鲁维耶那里继承下来的哲学传统；其次，是源自威廉·冯特（Wilhelm Maximilian Wundt）[2]的实验心理学；最后是精神病学和病理学的视角，它们总是试图比较超凡脱俗的心智与有智力缺陷的人。这三个视角都可以名之为"反理智主义"（anti-intellectualiste）。

不过在此我们还可以列举一长串名字和学说。从日后见证了左拉受审案，并且继哲学家保罗·雅内（Paul Janet）[3]之后，最早在美学上提出将个人才智作为艺术作品的直接动因的哲学史家加布里埃尔·赛亚耶，直到在关于创造活动的原理中用情感生活取代理智行为的心理学家泰奥迪勒·里博，中间还包括心理学家皮埃尔·雅内（Pierre Janet）[4]、各种无意识行为的心理学学说、哲学家弗雷德里克·波扬（Frédéric Paulhan）[5]和心理综合活动的理论，以及美学

---

[1] 菲利克斯·拉韦松（1813—1900），法国哲学家，他是谢林（Friedrich Wilhelm Joseph von Schelling）的弟子和柏格森的老师。——译者注
[2] 威廉·马克西米安·冯特（1832—1920），德国著名哲学家、心理学家，实验心理学和认知心理学的创始人。——译者注
[3] 保罗·雅内（1823—1899），法国哲学家。——译者注。
[4] 皮埃尔·雅内（1859—1947），法国著名心理学家。——译者注。
[5] 弗雷德里克·波扬（原书为弗朗索瓦·波扬，疑为曾用名。1856—1931），法国哲学家，著有《创作的心理学》等书。——译者注

家保罗·苏里奥（Paul Souriau）[1]和对偶然性的强调，最后还有亨利·柏格森（Henri Bergson）[2]……尽管所有这些学者都拒绝把心智活动限定为一系列图像的组合，拒绝把人的精神世界还原为理智，把理智还原为图像的机械活动，同样也拒绝把图像还原为感觉的残留物——所有这些态度也都符合泰纳曾经的主张——但他们也并未因此就不再把泰纳作为自己的理论参照。[3]

如果我们着眼于实验心理学领域，那么还能把问题看得更清楚一些，这方面突出的例子是阿尔弗雷德·比内（Alfred Binet）[4]。比内是索邦生理心理学实验室的负责人，他研究过剧作家们的心理活动及创作过程，也强调过艺术创作中必不可少的理智、清醒、分寸感、自我节制等品质，其研究的结论似乎是在反驳泰纳关于艺术幻觉的学说。[5]比内曾就福楼拜的创作情形咨询知其甚深的阿方斯·都德和埃

---

[1] 保罗·苏里奥（1852—1926），法国哲学家、美学家。——译者注。
[2] 亨利·柏格森（1859—1941），法国现代著名哲学家，生命哲学的代表人物之一。——译者注
[3] Paul Janet, «La psychologie dans les tragédies de Racine», *Revue des Deux Mondes*, 15 décembre 1875. G. Sénailles, *Essai sur le génie dans l'art*, Paris, G. Baillière, 1884. Th. Ribot, *Essai sur l'imagination créatrice*, Paris, Alcan, 1900. Pierre Janet, *L'Automatisme psychologique*, Paris, Alcan, 1889. F. Paulhan, *L'Activité mentale et les éléments de l'esprit*, Paris, Alcan, 1889 et surtout *Psychologie de l'invention*, Paris, Alcan, 1901. P. Souriau, *Théorie de l'invention*, Paris, Hachette, 1881 et surtout *La Rêverie esthétique, essai sur la psychologie du poète*, Paris, Alcan, 1906.
[4] 阿尔弗雷德·比内（1857—1911），法国心理学家，智力测验的发明人。——译者注
[5] A. Binet et J. Passy, «Études de psychologie sur les auteurs dramatiques», *L'Année psychologique*, 1894, pp. 60-175. 比内对剧作家创作心理的研究建立在与若干作家谈话的基础上（包括以下作家：Sardou, Dumas, Daudet, Pailleron, Meilhac, Edmon de Goncourt, Copée, Lemaître, François de Curel）。此外，有一位作家引起过比内的特殊关注，他对此进行了特别严密、深入的研究，这也是唯一例外的情形，见：«La création littéraire, portrait psychologique de M. Paul Hervieu», *L'Année psychologique*, 1904.

德蒙·德·龚古尔（Edmond de Goncourt）[1]，经过这一番考证，他愉快地宣布，根据这两位作家的意见，福楼拜当年在回复泰纳为写作《论理解力》而提出的调查问卷时的自我叙述（福楼拜在答复中宣称：当他写到包法利夫人服毒一节时，他自己也大病一场）完全是虚构的。[2] 比内的结论是，"艺术家从不置身于幻觉之中"。不过奇怪的是，需要为此错误承担代价的并非泰纳，而是欺骗了他的福楼拜："我们应该完全抛弃福楼拜口口声声所说的东西，他是一个夸夸其谈的人，一个病人。"[3] 吕西安·阿雷阿（Lucien Arréat）[4]和莱昂·帕沙尔（Léon Paschal）[5]也同样主张艺术创作必须在高度的自我控制和自我意识下进行，他们两人甚至在关于天才作者创作心理活动的论述中加入了对他们本人文学创作过程的自我分析，在此类名为"我如何写出自己的某些著作"的文字中，心理学分析代替了形式主义，也代替了谋篇布局。[6]

我们不妨认为，福楼拜就艺术创作中的幻觉问题致泰纳的信实际上属于一个久远的学术传统，这个传统始终关注天才与疯狂之间是否存在着病理学意义上的联系。在19世纪末，这个问题本身依

---

[1] 埃德蒙·德·龚古尔（1822—1896），法国自然主义作家，龚古尔兄弟中的长兄。——译者注
[2] "当我写到包法利夫人服毒自尽时，我感到自己嘴里分明有砒霜的味道。我仿佛让自己也中了毒，结果忍不住接连呕吐了两次，这是真的，因为我把自己吃下的晚餐全部吐了出来。"（Flaubert, *Correspondance*, t. III, *Œuvres complètes*, t, XIV, Paris, Club de l'honnête homme, 1975, p. 312, lettre à Taine.）
[3] Binet, «Études de psychologie...», p. 115.
[4] 吕西安·阿雷阿（1841—1922），法国哲学家、剧作家和教育家。——译者注。
[5] 莱昂·帕沙尔（生卒年不详），法国美学家，著有《建筑在天才心理基石上的新美学》。——译者注。
[6] L. Arréat, *Psychologie du peintre*, Paris, Alcan, 1892; *Mémoire et imagination*, Paris, Alcan, 1895; et surtout *Art et Psychologie individuelle*, Paris, Alcan, 1906, le chapitre «Note sur l'invention littéraire». L. Paschal, *Esthétique nouvelle fondée sur la psychologie du génie*, Paris, Mercure de France, 1910.

然具有现实意义，埃内坎称之为"一个悬而未决的问题"。[1]意大利精神病学家切萨雷·隆布罗索（Cesare Lombroso）[2]的著作《论天才》（*l'Homme de génie*）译为法语之后，重新激活了人们对莫罗·德·图尔（Jacques-Joseph Moreau de Tours）[3]《疾病心理学》（*Psychologie morbide*）一书的记忆。天才究竟是不是属于"心理病理学"（psychopathologie）的研究领域呢？这个问题始终没有得到解决，日后爱德华·图卢兹（Édouard Toulouse）[4]医生的工作也正是通过左拉的例子去重新检验莫罗·德·图尔和隆布罗索的观点。

不难看出，无论是从哲学、心理学还是从精神病学的角度展开，对艺术创作过程的正面研究都是符合时代的口味的。但朗松似乎自免于这一潮流，他似乎更多地从消极的角度来看待天才和个性问题，视之为因果性解释的一种补充、一种残余，在这一点上，他不同于所有那些对艺术创造的内在机制感兴趣的研究者。朗松对唯灵论、联想主义（associationnisme）、疯癫和一切神秘之物也毫无兴趣，他是一个实证主义者，尽管当时对天才的心理学研究蔚为大观，他却极少征引此类著作。无论是在《法国文学史》一书中，抑或1895年之后在讨论泰纳（特别是在讨论《论理解力》）时，他总是认为泰纳开创了对创作过程的调查，用他的话讲，"泰纳总是遗憾于无人调查询问爱伦·坡、狄更斯、巴尔扎克和雨果，使他们未曾有机会透露任何内心机制的秘密，于是他向当代的心理学家们指出了一个奇特的研究主题，而近来也的确有学者开始接触这个领

---

[1] Émile Hennequin, *La Critique scientifique*, p. 85.
[2] 切萨雷·隆布罗索（1835—1909），意大利犯罪学家、精神病学家，他曾从病理学的角度研究所谓天才问题，认为天才人物的出现与疯狂、癫痫等病理症状有关。——译者注
[3] 雅克-约瑟夫·莫罗·德·图尔（1804—1884），法国医生、精神病学家。——译者注
[4] 爱德华·图卢兹（1865—1947），法国精神病学家。——译者注

域"。[1]《法国文学史》的一个注释提到了比内,当时他与若干戏剧家的谈话刚刚在《心理学年刊》(*L'Année psychologique*)上发表。尽管如此,朗松本人从未投入这个在他眼中荒诞不经的研究方向。在载于1900年《历史综合评论》创刊号上的那篇开创了文学史学科的论文的结语部分,他提到了图卢兹医生对左拉的研究以及阿韦德·巴里纳(Arvède Barine)[2]的《神经官能症患者:论霍夫曼、昆西、爱伦·坡和奈瓦尔》(*Névrosés: Hoffman, Quincey, Edgar Poe, G. de Nerval*)[3]一书。不过,他仅限于客观地评论"对天才与神经官能症之间关系的研究":"如今作者的体质脾性与作品的美学品质之间也显示出了某种联系。"[4]这就是朗松对让这个时代纠结不已的"悬而未决的问题"的全部态度,显然他对此并不上心。在文学史初创的这些年代,说不清的论述围绕着天才人物之心理或创作美学问题展开,作为关于"事件"的美学,这些论述极力在作品与社会、个人与公众之间寻找平衡,它们代表了决定论观念在这个时代的正面遗产;不过,越是如此,这种现象是否就越能说明朗松与时代风气相反,放弃了对文学领域中因果关联的探寻呢?要知道,在1895年到1909年之间,朗松颠覆了圣勃夫和泰纳建立的基于因果关系的等级差序,至于天才人物,他并非一味抹杀,但对人们是否真能了解这种被他称为"可怕的陌生人"[5]的群体,他终究心存怀疑。不过,是否也存在这样一种可能:朗松其实比其他人更接近泰纳,哪怕他在表面上颂扬的是圣勃夫?如果是这样,那么对圣勃夫的颂扬倒成了一种狡诈,一种否定。说到底,历史学的方法并不是

---

[1] Lanson, *Histoire...*, 1895, p. 1020.
[2] 阿韦德·巴里纳(1840—1908),法国女性历史学家、文学批评家。——译者注。
[3] Arvède, *Névrosés*, Paris, Hachette, 1898.
[4] *Revue de synthèse historique*, juillet 1900, p. 82.
[5] Lanson, «La Méthode de l'histoire littéraire», *Essais...*, p. 41.

要反对一切决定论的观念，塞格诺博本人早已有言在先："只要把各类事实都汇集起来，并且按照年代和国家的顺序将其分类，那么全部历史演变的整体图景也就呼之欲出了。"[1]无论是语文学、源流批评、作品断代还是文本批评，它们都指向一种必要的对因果关系的还原；至于"源流"概念本身，很快就被明确为作品的"借鉴"及其产生的"影响"，既然如此，这个概念的提出和运用，除了揭示因果之外就更无其他目的可言。加布里埃尔·赛亚耶是最坚决地捍卫"创造的天才"这一观念的人之一，但也正是他同样明确地宣布，"天才人物并不创造他的作品的素材，素材来自他的借鉴"。[2]如果我们赞同赛亚耶的话，那么"天才"就不会与文学史产生任何的矛盾。

---

[1] Langlois et Seignobos, *Introduction aux études historiques*, Paris, p. 213.

[2] G. Sénailles, *Essai sur le génie dans l'art*, p. 154. 赛亚耶的作品受到了法兰西学士院的褒奖。泰纳投了他的赞成票，不过也持有严厉的保留意见。在致自己的同行，哲学家和批评家卡罗（Elme-Marie Caro）的信中，泰纳先虚晃一枪，说了赛亚耶的好话，"除非是在形而上学的天空里，我们总是应该互相伸出手去"。接下来，他便对赛亚耶的书发表了一番恶评，因为他在书里读到了青年人独有的教条主义："当我在他的书中读到天才就是组织的才能时，我能学到什么新东西呢？这简直是老生常谈，和人们关于天才问题已经说过的陈词滥调——诸如天才是一种令人不堪承受的重负，是上天的启示等——毫无二致的老生常谈。"泰纳对赛亚耶抽象的美学观念大为光火，这不仅让他提前道出了朗松主义信奉的公理，"素材与作品之间的差别，便是革新、创造的天才要走过的距离"，还促使他力推若干作家研究专著，以求抵制抽象美学的教条。（lettre à Caro, 23 avril 1885, *H. Taine, sa vie et sa correspondance*, t. IV, p. 216）泰纳的忧虑是有道理的，意见也很中肯。赛亚耶后来成为支持"民众大学"的积极分子，当1894年普鲁斯特在索邦准备哲学学士学位时，赛亚耶正好担任他的美学老师；也正是由于赛亚耶的影响（他的著作几乎是谢林作品的翻版），普鲁斯特接触到了浪漫主义和德国唯心主义（《追忆》深受这种哲学观的影响），而再也没有什么思想比唯心主义-浪漫主义的艺术哲学距离泰纳和朗松的实证主义更远了。（参见：Anne Henry, *Marcel Proust, théories pour une esthétique*, p. 81 *sq.*）

27 除了天才以外

在《法国文学史》中,朗松心心念念的都是文学感召的神秘莫测:"我能够理解为什么会出现一部法国悲剧,然而,作为个人,为什么是高乃依、拉辛创作了悲剧?"[1]朗松绝没有摆脱此类泰纳式的提问,他反而为自己没有找到答案,迟至1895年仍然说不清高乃依"为什么"是高乃依而感到遗憾(尽管他话里带着嘲讽)。面对这个久悬不决的难题,朗松采取的办法和众人一样,可也带有自己特有的方式:他把"为什么"转换成了对"怎样"的提问。不过即使如此,他也不会拉大与泰纳的距离,毕竟从《英国文学史》到《论理解力》,后者在这两本书之间已经先于朗松成功转移了话题。1906年,朗松询问"龙沙(Pierre de Ronsard)是如何创作的";[2]1908年,他又问"伏尔泰是怎样写出一本书的"。[3]像这样的提问方式,与实验心理学家或唯灵论哲学家们的提问并无二致。

在文学史学科发端之初,曾有过一场整体性的反动潮流,由于它把矛头指向泰纳、教条主义和科学主义,也就间接地引发了对比泰纳更早,立场也更温和的前辈学者如维尔曼、圣勃夫等人的称颂。不过,那些源自泰纳的先验式思想并没有受到真正的批判,它比布吕纳

---

[1] Lanson, *Histoire*..., 1895, pp. 1021-1022.

[2] Lanson, «Comment Ronsard invente» (notes sur l'ode: «De l'élection de son sépulcre»), *Revue universitaire*, 15 janvier 1906, et *Essais*...

[3] *Revue de Paris*, 1er août 1908. Voir aussi: «Un manuscrit de Paul et Virginie: étude sur l'invention de Bernardin de Saint-Pierre», *Revue du mois*, 10 avril 1908.

介的观点更深地融入了朗松主义之中；换句话说，泰纳思想的残留物仿佛作为一种不假思索的东西留存了下来。当朗松应涂尔干之邀深入探讨文学史与社会学之间的关系时，他开始试图排斥泰纳的影响："我们应该在文学史领域中完成历史学已经完成的工作，即用归纳式的社会学去替代体系化的哲学。"[1]但很快，他的话语中就重新出现了泰纳式的风格。所谓"替代体系化的哲学"云云显得是干巴巴的口号而非真正的论证。事实上，当朗松接下来宣称"我们的研究的取向是把作家视为社会的产物，以及社会的一种表达"时，[2]他与泰纳的距离比与任何其他人都更加接近——比如，维尔曼不会明确地把作家视为社会与文学之间的中介，朗松显然就更加接近泰纳而不是他。同样，书籍在朗松看来常常比档案文件更具历史文献的价值，而公众的需求则被他视为塑造作品面貌的最重要的因素之一，朗松的这些观念无疑完全符合泰纳关于环境的学说。与泰纳的相通之处还不止于上述各点。例如，朗松的文学史常常着眼于二流的作家，按照某种变形的黑格尔式的观念，这些平庸的作者比真正的大作家们更能反映一个时代的状况，因为他们循规蹈矩，缺乏个人天赋（这倒是额外的好处，而荒谬之处在于，平庸者倒是反衬出什么是天才）。关于影响的观念，关于融入整体历史之中，作为这种宏大历史一部分的文学史的观念，也均可作如是观。[3]此外，当朗松抛开自己的种种谨慎和犹疑，试图总结若干文学的定律时，他同样也沿用了泰纳的学说，特别是其"相互依赖的法则"。最能说明问题的，是朗松在进行自我辩护时，为了避免遭受更多指责，干脆把"法则"（les lois）改称为较为温和、中性的"普遍事实"（les faits généraux），不过这一改名也只是换汤不换

---

[1] Lanson, «L'histoire littéraire et la sociologie», *Essais*…, p. 65.
[2] *Ibid.*, p. 70.
[3] 见本部分第 26 节相关叙述。

药而已:"如果'法则'一词给人野心勃勃之感,那我们不妨称之为'普遍事实'或'普遍关联'——与事情本身相比,名词总是无足轻重的。"[1]恰恰就是在这样的名号下,泰纳一点一滴汇聚起了他眼中的"微小的事实",并把它们整理为由因果关联主导的序列。

自泰纳以降,历史学的研究方法确立了自身的地位,在文学史领域中,归纳的和分析的路径取代了体系性的、推演的论证模式,研究目标转向对客观的事实做周全的、个别的考察。尽管如此,历史学的方法依旧保留了泰纳决定论观念的核心假说,即从纯理智角度去理解人类精神和文学创作;历史学方法还试图重构泰纳的理论,按照皮埃尔·奥迪亚的说法,它为此提出的"探究模式与真实的因果次序——即视社会环境为作者之因,而作者又是作品之因的观念——截然相反"。[2]不过诚所谓万变不离其宗,新旧方法的认识论基础始终如一,"它是一切理智体系都要服从的定理:一切理智行为的表现都可以分解为更大的原因,是这些原因支撑、解释了理智行为"。[3]新兴的文学史模式和泰纳在研究拉封丹等作家时的做法不同,它不再依次从环境降到作者和作品,逐层追寻因果关联,而是采取"由果及因"的退行性的分析方法。不过,只要新方法依然是对事实的一种理想性的综合,它的基本要素就不会改变,它依然会从事实之流中分离出若干材料,也依然会借重一种完全是建构性的理智的力量。[4]以"影响的源头"(source)为例,它被视为一个事实、往昔的片段和可以被分离出来的前因,而作者则是综合性的力量,是负责把种种"前因"组织起来的"中转站"和"接班人"。无论影响的源头还是作品的创作者,它们都是文学研究方法中片刻不可分离的环节;从这样的视角来

---

[1] Lanson, «L'histoire littéraire et la sociologie», *Essais*..., p. 73.
[2] P. Audiat, *La Bibliographie de l'œuvre littéraire*, p. 16.
[3] *Ibid.*
[4] Voir R. Ponton, «Le positivisme de Lanson», *Scolies*, 1972.

看，这种方法显然没有放弃决定论的观念，相反，它依旧在努力辨明因果，澄清事实之间的关联，尽可能完整地描述文学创作的全过程与作品的起源。总之，尽可能透彻地呈现从作品的影响源头直至其最终面貌的演变历程。如果我们想要得到对因果关联的解释，那么，将文学源流的种种情貌——搜罗列举，就不仅是一个充分的条件，也是一个必要的条件。

然而，"天才例外"，朗松又同时努力道出事情的另一面。文学作品是由异质的和作家独有的东西共同组成的，它是既有的存在状况和作者之灵性的结合。用奥迪亚的话讲，文学史的基础就在于认识到"作家的个性一部分来自他独创的东西，一部分来自他以外的东西"。[1]朗松本人在《文学史的方法》一文中也同样讲得很清楚："最具独创性的作家在很大程度上也保存了他之前的世代的遗产，同时他也汇聚着同时代的各种运动：在他身上，有四分之三的东西并不属于他自己。要想真正看清这个人，就需要把他身上所有的异质的东西剥离下来。我们需要了解在他身上得到延续的往昔岁月，也需要把握一点一滴渗透到他身上的现在的时光；只有这样，我们才能提炼出他身上真正独特的东西，衡量它的价值，定义其特质。"[2]影响源头的汇总表固然重要，但它终究不能包容一切，总会留下一片空白之地，这便是唯一可以归到作者独创性名下的东西。朗松从1895年起就明确肯定这一点，不过当时他的话语模式还在自觉地参照泰纳："伟大的作品正是那些泰纳的方法所无法完全解释的作品……正是在这未确定的、无法解释的保留地上，孕育了作品的崇高的独创性。"[3]对退行性的由果溯因的文学史分析而言，影响的源头替代了泰纳模式下的

---

[1] Audiat, *op.cit.*, p. 18.
[2] Lanson, «La méthode de l'histoire littéraire», *Essais*..., pp. 35-36.
[3] Lanson, *Histoire*..., 1896, 4e éd., p. vii.

"环境",作家个人的、独创性的元素则要到那些即便号称搜罗无遗的源头汇总表也无法指明其前因的材料中去探寻。于是,当研究工作最终完成的时候,"独创性"就等同于未经解释之物,或者用奥迪亚的妙语来总结,"正是通过确定哪些是外在于作家的元素,我们才能反过来确认哪些是他独创的东西"。[1]

朗松本是生性谨慎之人,他总是希望避免给人这样的印象:对文学源流的探寻,目的就是定义何谓独创性。应该说,这种探寻只不过是为定义独创性而采用的各种手段中的一个,甚至可以说是一种权宜之计:"对文学作品的源头,以及对后世作品所接受的影响的探求……是我们目前找到的最好的一种方法,它可以用来辨识、定义和衡量文学的独创价值、它的品质和力量。"[2]如果说对事实的整理汇集是朗松眼中的"科学的地下室",[3]那么在这间"地下室"中,我们又是否可以(哪怕只是暂时的)把他的谦逊谨慎兑现为赤足真金,径直宣布文学的独创性可以完全从决定论和因果关联所无法解释的"残余物"的角度——或者说从退行性的、否定的、差异的角度——来定义,并且完全满足于这一定义方式呢?朗松曾经说过,拉辛对我们之所以长葆魅力,首先是因为他具有独一无二的特质和不可还原的个体性,而不是取决于他与之前的源流的差异。不过,朗松一方面受进化论和塔尔德社会心理学的影响,倾向于认为一部作品之所以伟大且具有独创性,并不在于它在"模仿"和"重复"的基础上引入了多少新奇之物,而借助于决定论所无法解释的所谓"残余物",我们能够识别的也只是"新"而不是真正的"独创",因此"残余物"并非判断独创性的标准;另一方面,即使朗松在某种程度上注意到天才的

---

[1] Audiat, *op.cit.*, p. 19.
[2] Lanson, «Le centenaire dess Méditations de Lamartine», *Essais…* p. 425.
[3] *Essais…* p. 64.

存在（不过他也质疑天才是否真正能被我们理解），但他也同时认为，艺术作品的精华并非所谓独创性，而是其"异质性"："天才的个体身上最美、最伟大的东西，并不是将其与凡夫俗子分隔开来的所谓独特性本身，而在于下面的事实：通过这种独特性，天才能够以一己之身汇聚、象征一个时代的群体生活，即他具有非同寻常的表现性。"[1]这句话无疑体现出泰纳和塔尔德思想的交融。由此可见，在天才究竟指向个体还是群体这个问题上，总会时时出现各种悖论，但对于像朗松这样一位缺乏辩证思维的人物来说，"作家身上那不可还原为其他因素的独创性"，那种奠定了其独一无二身份的独创性，只能理解为他笔下所运用的材料，只能体现为他对文学表现内容的开拓，至于作家的创造性，仅限于对这些材料的组织（就此而言，创造性也只是一种功能，或者说是一种结构的力量）；即使在《散文艺术》一书中，神秘的"独创性"也从未与文体、风格问题联系起来。

当朗松把个体性当作决定论无法解释的"残余物"，用它来反对泰纳的体系时，这个概念究竟指什么呢？其实，它不过是无足轻重的东西，只是"绕行环城路的方法"中的一环，是在决定论的体系中为寻找诸种前因而不得不拾取的一个替代物。从《人与书》开始，朗松就有这样的猜想："所谓天才，难道不是我们那迟钝的理性在寻找原因和本质而不可得之后产生的幻觉吗？"[2]这句话出自他对保罗·斯塔普费的文集《文学的声誉》的尖刻评论："拉辛能写出悲剧《亚他利雅》，全赖他是天才的作家？或者，他之所以具有天才，是因为他写出了《亚他利雅》？在这个问题上纠缠不休是徒劳无益的。"[3]显然，朗松用这种方式抵制着关于"为什么"的提问方式。同样，他也

---

[1] Lanson, «La méthode de l'histoire littéraire», *Essais*..., p. 36.
[2] Lanson, «d'immortalité littéraire», *Hommes et Livres*, p. 298.
[3] *Ibid.*

指明了"天才"这个概念中无法消除的矛盾,这一矛盾让他纠结不已,即使若干年后,在1920年发表的《〈沉思集〉百年》一文中,他仍旧试图回避、化解这种困境:"一部天才的作品,它的构成材料本身并不能称为天才的表现。然而,当我们一一描述其材料时,我们可以通过分析将其中无法还原为外部因素的东西提取出来,作品的新意和作者的人格便蕴于其中了。"[1] 对于源流批评和对作品素材的穷尽式探究来说,天才犹如一片"无主之地"、一堆废弃物、一个障碍,它是阐释的盲区,是作品中的一个因素,和其他因素一样,它同样也是一个最明确的事实,除非出现真正通透的、理想的研究方法将其征服,否则它将不屈不挠地抗拒一切解释。

普列汉诺夫欣赏朗松在《法国文学史》中强调社会维度的做法,却反对他在该书序言中提出的"残余物"的理论。在普列汉诺夫看来,这种理论试图回答的仍然是"为什么"这个问题,因此,就像我们看到的那样,它对文学个体性的定义看起来是对泰纳和布吕纳介的学说的一种反动。[2] 对高乃依这位朗松特意发问"为什么是他"的作家,普列汉诺夫在自己的著作中同样用专章展开了分析,他也尝试把高乃依的"个人贡献"与其文学渊源和社会环境对他的影响分离开来,而他的意见和朗松对高乃依独创性的看法也是一致的:在后者眼中,这种独创性归根超越了作品内容和形式的区分,它归根到底体现

---

[1] Lanson, *Essais*..., p. 425. 所谓"(个体性的)残余物",被朗松当作辟邪之物,拿来对抗泰纳的机械论,但此后二十年,朗松在这个问题上并没有新的推进。泰纳的观念则可参见他自己的这番话:"天才犹如一台钟表,它有自己的结构和各种零件,还有强劲有力的发条。你们可以分析这个发条,展示它是如何将动力传递给其他的零件,还可以一步步跟随部件之间的随动的链条,直到弄清表盘上指针的运动为止。"(*Histoire de la littérature anglaise*, Paris, Hachette, 1864, t. IV et complémentaire, pp. 6-7.)

[2] Plekhanov, «Notes sur l'*Histoire de la littérature française* de Lanson» (1897), *L'Art et la Vie sociale*, Paris, Éditions sociales, 1950.

的是作家的"真理",即对"与生活相契合"的追求。[1]然而普列汉诺夫也随即指出了朗松的矛盾:如此定义的"真理"包含于《法国文学史》中列举过的15世纪文学的一般特征或普遍类型之中。换言之,假设个体性是"真理"的代名词,那高乃依的"个人贡献"实际上并非毫无个体性可言,朗松也不可能说清它的内涵。普列汉诺夫嘲笑说:"如果朗松的理论是正确的,那么,那种必须永远出现在高乃依作品中的'个体性的残余'究竟在哪里呢?"[2]对普列汉诺夫来说,一切作品都只能用社会因素来解释,他的论证仿佛复制了埃内坎对泰纳的批评,只不过增添了辩证法的色彩:"伟大的作者……的主要特点,或者说其'最高的独创性',恰恰就在于他在自己的天地中,能够比其他人更早,也比他们更好、更充分地表现出自己时代的社会性的、精神性的理想和需求。"[3]与之相比,一切关于"个体性的残余物"的理论实际上只是一种掩饰,隐藏在它下面的实际上是这样一种主张:它不愿苟同那种不敢表明身份的决定论思想,但又不愿过于强硬地与之对抗,于是只能向根本无法定义的"个体性"寻求援助。

另一方面,如果文学史将关于"残余物"的理论运用到其他问题上,让它解答"如何创作"而非"为什么(是这个人)创作",那这种理论批驳起来就会更容易。朗松的论文《龙沙是如何创作的》(«Comment Ronsard invente»)仅限于列举一首诗歌的前代渊源,这就暗示诗歌的创作不是别的,只是对此前的诗歌元素进行纯粹的、单纯的操作和设置,用他的话说,"我们能够在这首诗中捕捉到龙沙创作的程序,我们的分析可以发现龙沙用来采撷酿蜜的花朵"。[4]我们通过古老的关于"酿蜜"的隐喻可以隐约看出,朗松在对诗歌源流

---

[1] Lanson, *Histoire*... 1895, p. 421.

[2] Plekhanov, *art. cit.*, p. 258.

[3] *Ibid.*, p. 259.

[4] *Essais*..., p. 129.

的逆退探寻和作家的创作这一面向未来的行为之间，预设了某种一致性：在他的视野中，创作本身就完全是一种模仿，诗作犹如"充满古代诗歌意象的想象力自在运作的驰骋之地"。[1]另一篇文章《伏尔泰是如何著书的》（«Comment Voltaire fait un livre»）则为有教养的公众读者简述了他对《哲学通信》进行评注的研究成果。在朗松笔下，对源流的探访明确地等同于我们今日所说的"发生学批评"（la critique génétique），他甚至澄清了这种等同关系在理论上所要求的一系列感觉主义和理性主义的预设："有必要清晰地说明书在作者的头脑中是如何形成的，在书的各个构成部分与激发作者灵感的各种现实情境、作者耳闻目睹之事、所读之书之间建立联系，还应该搞清楚作家的每句话是在怎样的外部条件和内在的活泼性灵的共同促动下产生出来的。"[2]这句话包含了诸多层次分明的内容，它首先指向那些可以被分辨、识别的感知经验（泰纳在孔狄亚克启示下写成的《论理解力》开篇论述的就是此类经验）；然后又涉及作为现实世界之图景的感觉和影响；最后，它还包括了精神在理性统合力的规范下发挥的组织功能。朗松接着说道："我希望，通过观察工作中的伏尔泰，梳理他接触的事实和文本，并且理解这些元素在他的作品中所经历的转化，我们可以更清晰地把握伏尔泰的'文学心理学'——我指的是他作为思想家和艺术家的各种才能在运作过程中所伴随的心理状态。"[3]通过精神的劳作和创作机制，文学的各种渊源和材料被转换为著作，因此，统计文学源流就好比对创作过程进行"拍摄"——更准确地说，文学的原始材料类似创作行为的"底片"，就像底片和冲洗后照片的最终效果可以进行对比一样，我们也可以通过对比看清原始材料在创

---

[1] *Essais...*, p. 146.
[2] *Revue de Paris*, 1er août 1908, pp. 505-506.
[3] *Ibid.*, p. 506.

作过程中所经历的转化。朗松所说的"文学心理学"一词符合这个时代的定义，即一种实验性的、生理性的心理学。不过归根到底，伏尔泰在写作《哲学通信》时的个体性或曰其"个人贡献"，究竟表现在哪里？应该承认，在朗松长篇累牍列举细碎的事实之后，得出的结论却是让人失落的：伏尔泰总是随心所欲地运用各种材料，扭曲它们的本义或改变其具体语境，随意将其普遍化，毫不顾忌实证主义对历史叙述的严格要求。和莫诺、拉维斯、朗格卢瓦和塞格诺博这一代学者之前的文人，如米什莱、阿梅代·蒂埃里、古朗士和泰纳等人一样，伏尔泰身上"艺术家的成分胜过历史学家"。[1]如此看来，那些关于伏尔泰的"天才"，其"不可磨灭的独创性"的陈词滥调其实只值一哂：如果伏尔泰真的下笔再严谨一些，那"他也就不是伏尔泰了"。[2]

我们还记得，朗松评注的《哲学通信》是一部颇具争议而又相当谨慎的著作。"我的目标是帮助读者理解伏尔泰是如何写出他的著作的，他的才智是在什么材料的基础上，以怎样的方式展开的……我们本来设想，对作家的每一个句子，都应该要确定究竟是哪些事实、言论和意图推动了他如此运思和想象；假如这样的设想能够实现，那我们也就可以确定是怎样的内在力量运用、培育、转化并且改变了那些原初的事实。"[3]同样，我们也还记得吕德莱读到这本书时的狂喜："我们仿佛目睹作家的天灵盖被揭开，他的头脑的一切活动就在众目睽睽之下展开。"[4]在如此强大的理智面前，批评的宏业终于大功告成，环城大道全线铺通，作品对阐释的抵抗也被彻底压制。至于"天才"或"个体性"（此处当指群体心理的个体化表现），也不再是什么"补充"或者决定论无法解释的"残余物"：如果我们愿意用里博的心

---

[1] *Revue de Paris*, 1er août 1908, p. 533.

[2] *Ibid.*, p. 521.

[3] Lanson, Préface à Voltaire, *Lettres philosophiques*, pp. L-LI.

[4] *Revue universitaire*, 15 décembre 1909, p. 430.

理学来综合泰纳的理智主义的话，那么我们不妨说，天才不过就是理智力和想象力的综合运用。这样，从朗松到吕德莱，我们看到的是越来越趋于极端的泰纳主义：在对文学创作源流的纤毫毕现的考证之下，天才或个体性、理智力或想象力、作家颅骨下头脑里的风暴从此一览无余，毫无隐秘神奇可言。吕德莱在《批评与文学史中的技巧》一书中把作品的生成置于自己理论的核心，于是文学史的前台将属于那些负责重建因果关联、考订事实和源流的批评家，而文学史自身也将完全成为一种发生学批评，不过在它所理解和叙述的作品发生的过程中，从此将不再有天才的一席之地。[1]

---

[1] Audiat, *op.cit.*, p. 25. Voir P. Moreau, «A propos d'une lettre de Gustave Lanson», *Orbis litterarum, Supplementum*, II, Copenhague, 1958.

28　作家与傀儡

与朗松不同，吕德莱从不否认自己身上的决定论思想，相反，他在《批评与文学史中的技巧》一书中明确肯定了这一点；而在该书出版之前的 1921 年，他已经在一本用英法双语出版、以文化传播和交流为宗旨的刊物《新世界》(Le Monde nouveau)上撰文，为自己日后专著里的立场进行了铺垫。无论是战争还是流亡岁月，都不能减弱他对朗松的热忱拥戴，因为"这位大师品性卓越，已让举世承认、接受他的地位"。[1] 吕德莱同样也没有失去他对宏大事业的激情，他用令人错愕的语言称颂新进大师的巨著《法国现代文学书目指南》："像这样的著作，足以让那些习惯了跪行或者以头抢地的批评家重新用腿走路。"[2] 他本人连同其支持者组成的大军，都毫无迟疑地拜倒在大师脚下："在朗松先生的著作底下，排列着一整座图书馆。"[3] 吕德莱观点的精义倒不体现在这种单纯的赞美上——毕竟日光之下无新事，他也难以再讲出什么惊人之语——它的独特之处，全在吕德莱从此为文学史学科讲述出新的谱系，这是一个业已成熟的学科自我构建的叙事或曰起源的神话；而另一方面，恰恰也因为其羽翼已丰，文学史已经不再把矛头指向泰纳和布吕纳介，这种大度的姿态倒与朗松青年时期出于政治或战术目的采取的做法有所不同。吕德莱又说道："一

---

[1] Rudler, «L'œuvre de M. G. Lanson», *Le Nouveau monde*, juin 1921, p. 780.
[2] *Ibid.*, p. 780.
[3] *Ibid.*, p. 784.

个世纪以来，法国文学批评的发展历程中并没有什么断裂。"[1]不仅没有断裂，他眼中的事实根本相反，"所有的演变背后都体现出明显的延续性"。[2]这种历史叙述让我们想到拉维斯，后者认定大革命前后的法国社会自有其恒定不变的东西，也正因如此，共和国才是旧制度的合法的继承人。尽管19世纪、20世纪之交文坛又有一番风云跌宕，吕德莱对百年来批评史言之凿凿的勾勒仍然契合朗松1895年在《人与书》序言中的观点：彼时文学史学科虽尚未诞生，朗松就已经在从维尔曼直至布吕纳介的文学现象中看出了一种进步的趋势、一种连绵不绝的演进，当今文学史早已一路凯歌，它自然能敞开胸怀回收历代先祖的遗产——如果说文学史曾经反对它们，那也仅仅是在自己的草创时刻，时局艰难，不得不借助批驳前人来树立自身罢了。

在吕德莱笔下，圣勃夫、泰纳和布吕纳介为朗松模式的文学史开辟了道路；对因果性的探求一度被认为是朗松和这几位先辈之间的分水岭，但吕德莱相信，即使从这个差异的视角来看，情形也是如此。在圣勃夫的诸多贡献中，他特别指出"圣勃夫与科学的关联正可归纳如下：和整个当代科学一样，他把因果性原则作为讨论问题的前提"，因此圣勃夫总是希望"寻找人写出的作品中的'为什么'与'如何'"。[3]这一点当然与朗松本人的看法有所不同，因为后者恰恰是从相反的结论出发为圣勃夫恢复名誉的。对泰纳，吕德莱的看法是，"同样，他的作品也完全建立在因果关联的原理基础之上，不过他对因果性的理解十分严格，甚至有些生硬：一切都是某因之果，一切皆有其因，对因果关系的研究便是批评工作的本分"。[4]最后，布吕纳

---

[1] Rudler, «L'œuvre de M. G. Lanson», *Le Nouveau monde*, juin 1921, pp. 778-779.
[2] *Ibid.*, p. 779.
[3] *Ibid.*, p. 777.
[4] *Ibid.*, p. 777.

介的工作也源自科学史的最新发展,吕德莱甚至甘愿原谅他身上的一切先验主义倾向:"我绝不属于那些一味批判先验思想的人,在我看来,批评界对他们的种种指责过于苛刻了。"[1]朗松本是批判诸家先贤最严厉之人,现在他门下最热忱的弟子竟对他们如此宽厚,自不免让人惊异。当然,吕德莱毕竟也有一番保留:在他看来,要综合泰纳和布吕纳介的思想,需要等待时机,而从前并不具备这样的条件,这也是他唯一不赞成他们的地方。不过这也意味着,综合的时机此时已经来临,于是他这样归纳前人的路线:"我相信,从现在开始,他们重新具有了某种生命力。即便他们曾经借用的形式如今已被废弃,但其精神的实质却可以长留下来。"[2]

吕德莱认为在19世纪的文学批评与20世纪的文学史模式之间,在圣勃夫、泰纳、布吕纳介和朗松之间,始终存在着连续性:"在某种程度上,他们共有的因果观念一直以或精确、或模糊的方式在启示他们的研究;在他们之后,法国的文学批评就成了一种基于理解力的实践。"[3]一切都明了了,现在,将要由批评家的理解力去探求作家的理解力,而支撑这种行为的是一种信仰,其信靠的对象便是泰纳曾经定义过的法国式理性精神的尊严。朗松所做的事,不过是将新的文学批评与史学联系起来,却绝不因此放弃文学的本质,"历史学家在文学经典的四周和根底中四处搜寻,寻找那些造就了它、规定了它、塑造了它的东西,也即那些赋予作品表现价值,足以解释作品的东西"。[4]文学史总是解释性的,在本质上它关注的是作品的生成。按照吕德莱的界定,文学史已经接受自己的使命,它可以坦然讲出朗松所不敢说的话:"此类研究在本质上以建构事物之间的关联为目标,

---

[1] Rudler, «L'œuvre de M. G. Lanson», *Le Nouveau monde*, juin 1921, p. 778.
[2] *Ibid.*, p. 778.
[3] *Ibid.*, p. 779.
[4] *Ibid.*, p. 782.

在此意义上它分享着科学的精神,并悄然把因果的观念重新纳入文学批评。在我们今天称为渊源研究的模式之下,隐藏的正是这种因果观念。"[1]诚哉斯言。

我们可以在最严格的机械论意义上设想某种环环紧扣的因果关系,在吕德莱的观念中,文学渊源的影响机制就像挨个儿撞击,将运动扩散开去的弹子球游戏一样;对那些仍然质疑文学史的目标指向的人,此类因果的链条足以提供一个充分可靠的证据。吕德莱说过,"(个体性的)残余物并不能在文学渊源自身中找到,但它却与作家对待文学渊源的方式联系在一起,它代表了作家创作中的个体性的一面,体现出作者的个人才能"。[2]在他看来,"渊源"甚至不仅是针对作品而言,也是针对作家这个"人"——因此就像说"某人的皮鞋","某人的牙刷"一样,我们可以讲"某人的渊源"——作家"处理"自己的渊源,就像古代的叙事诗人对口耳相传的片段进行加工、排列、重组、缝合一样。在《批评与文学史中的技巧》一书中,吕德莱甚至走得更远:除了作为"历史渊源"的对古典作品的阅读,还有像"夕阳西下"这样的意象作为"现实的渊源",而作者本身甚至都可以称为作品的渊源![3]如此说来,文学史研究就不是别的,只能是对诸种渊源的探究。他最后的提问是:"究竟要通过怎样的物理机制或心理的化学机制,通过怎样的步骤或通过怎样的规律,我们才能系统地再现某位作家的心理活动呢?"[4]得意忘形的吕德莱此时仿佛正越过朗松的肩头,注视着自己的大师打开伏尔泰的头骨,解剖其大脑,观察《哲学通信》是"如何",又"为什么"被写出的。无怪

---

[1] Rudler, «L'œuvre de M. G. Lanson», *Le Nouveau monde*, juin 1921, p. 783.

[2] *Ibid.*, p. 783.

[3] Rudler, *Les Techniques de la critique et de l'histoire littéraire*, Oxford, University Press, 1923, p. 126.

[4] Rudler, «L' œuvre de M. G. Lanson», p. 783.

乎埃米尔·昂里奥对朗松一派的批评家发出了这样的批评:"他们中间许多人的错误在于把文学作品看作实验室里可以被重复再现的事实。"[1]到了这一步,恐怕只能说文学史已经将泰纳埋葬。

在为专业读者写的《批评与文学史中的技巧》里,吕德莱的言说方式几乎也是同样的浮夸:"生成批评可以被与力学或化学研究相提并论。作家的头脑是多种心理倾向和力量组成的系统,而他写的书便是这个系统的结果。或者我们可以把头脑比喻为一口坩埚、一个曲颈瓶,在各种作用和反作用之下,某种新的合成物就在其中静悄悄地生成。"[2]要知道,朗松是从"残余物"或曰负面的角度看待天才,这与吕德莱从正面的、唯灵论美学或者实验心理学出发理解天才是完全背道而驰的。不过,当主张"唯有天才例外"的还原论成为一纸空文,当文学史像吕德莱设想的那样演化为"生成批评",那么就再也没有什么能够阻碍文学批评与心理学的结合了,而吕德莱也可以光明正大地建议未来的文学史家去阅读心理学著作,尤其是泰奥迪勒·里博和弗雷德里克·波扬的作品。[3]从此,心理学与文学史也就可以互相补充增益,因为吕德莱的学说与心理学家阿尔弗雷德·比内对当代作家的研究拥有一个共同的理论基础,它们对精神这一概念具有相同的理解。

早在一战之前,有一位哲学家已经预感到,如果要想分析创作过程,心理学能够从文学史学科中获得资源。这位哲学家便是《思维的大脑活动机制》(*Le mécanisme cérébral de la pensée*)[4]一书的

---

[1] Émile Henriot, «La méthode de Gustave Lanson», *Revue internationale d'enseignement*, 15 avril 1935, p. 78.
[2] Rudler, *Les Techniques*…, p. 140.
[3] 除此之外,吕德莱还推荐了下列著作:L. Dugas, *L'imagination*, Paris, Doin, 1963.
[4] Paris, Alcan, 1914.

作者尼古拉·科斯泰列夫（Nicolas Kostylev）。[1] 科斯泰列夫曾反思过英国联想主义和偏于客观的心理学派（他想到的人物包括波扬、比内、里博等）在研究创作过程时所遭遇的失败，此时他发现了朗松学派的一个思路，用他的话讲，即描述"天才的头脑在整个创作历程中的工作机制"。[2] 科斯泰列夫在书中提道，保罗·贝雷（Paul Berret）[3] 曾著有《〈世纪传说〉中的中世纪主题与维克多·雨果的文学渊源》（*Le Moyen Âge dans la* Légende des siècles *et les sources de Victor Hugo*），[4] 该书认为雨果的诗歌在极大程度上其实是用诗体语言转写的古代武功歌——转写中还带有专有名词的奇怪的拼法及诸多错误——而这些武功歌的来源又是由阿希尔·朱比诺尔（Achille Jubinal）[5] 翻译，并在《星期日周报》（*Journal du Dimanche*）上发表的现代版；这还不算，这些诗歌里还充满了瓦尔特·司各特小说的断片、取自《德倍礼贵族名爵年鉴》（*Debrett's Peerage*）以及路易·莫雷里（Louis Moreri）[6] 的《历史学辞典》（*Le Dictionnaire historique*）等著作的素材。因此，保罗·贝雷的结论与朗松以降直至吕德莱的文学史家们一脉相承：雨果，伟大的维克多·雨果，"与其说他是一位天启式的诗人，不如说是一位言必有据的学究"。[7] 不过，科斯泰列夫本人并不满足于像贝雷一样把文学作品还原为其渊源，他在理论上也并不认为批评的工作止于列出

---

[1] 尼古拉·科斯泰列夫（1876—1956），俄罗斯心理学家、精神分析学家，曾在法国任教并从事研究。——译者注
[2] Nicolas Kostylev, *op.cit.*, p. 198.
[3] 保罗·贝雷（1830—1904），法国记者、小说家和戏剧评论家。——译者注
[4] Paris, Paulin, 1911.
[5] 阿希尔·朱比诺尔（1810—1875），法国历史学家、考古学家，中世纪研究专家。——译者注
[6] 路易·莫雷里（1643—1680），法国学者、百科全书编纂者和谱系学家。——译者注
[7] Berret, *op.cit.*, p. 388. Cité par Kostylev, *op.cit.*, p. 209.

作品的源头；相反，他宣称批评家应当进一步描述这些源头是如何转化为最终的诗篇的（这才是批评工作的要义），而在这项工作面前，朗松及其门人们却恰恰不愿多谈，他们认为这种转化只是作家基于理性认知进行的一种纯粹的、简单的素材重组。在科斯泰列夫看来，历史渊源和各类典故的确是作品中重要的因素，但绝不是其全部，"被贝雷先生错误地称为'文献搜集'的那种工作，其实是创作运思过程里的基本环节"。[1] 个人才能并不等于"残余物"，事实上，在雨果的例子中，这种"残余物"的意义也是不值一提的，正如科斯泰列夫明智地说明的那样，"文学素材无论多么丰富，也不能解释创作的全部奥秘。在它之外，还有一个结构的问题"。[2] 他所提出的"结构"是文学史从未碰触过的，至于实验心理学家，如他自己提到过，吕德莱日后在《批评与文学史中的技巧》中也喜欢引证的里博、卢多维克·迪加（Ludovic Dugas）[3] 等人，也仅限于谈论作家在素材基础上实现的"飞跃"。所有人都回避了真正的要害，即"发展"或曰"结构"，按照科斯泰列夫的说法，唯有一人能够直面这个问题，这位了不起的人物便是弗洛伊德（Sigmund Freud）。长久以来，人们讨论《梦的解析》（*L'Interprétation du rêve*）与《诙谐及其与无意识的关系》（*Le mot d'esprit et sa relation à l'inconscient*）两本书，目的是从中找到文学创作究竟是运用怎样的程式来对素材进行"加工"的。在1914年，唯有弗洛伊德可以让我们穿透创作的奥秘，在文学素材已经确定的情形下，描述材料是如何转换为作品之结构的；不过，即便弗洛伊德也并非尽善尽美，科斯泰列夫就批评说，他把文学创作限制在了对个人记忆的转

---

[1] Kostylev, *op.cit.*, p. 209.
[2] *Ibid.*, p. 210.
[3] 卢多维克·迪加（1857—1942），法国哲学家、心理学家。——译者注。

化上面，而忽视了来自外部世界的因素。[1]

在1914年，将精神分析理论引入对文学创作的思考，把它作为除源流考订之外唯一合法的思想资源，这带来了富有现代感、有冲击力的效果：在新的视角下，弗洛伊德和朗松、精神分析理论中的"转移"（le déplacement）与"凝缩"（la condensation）作用仿佛携起手来，使作品对此前文学传统的借鉴得以获取特定的形式……或许，我们在这里所见到的精神分析，在理论原则上与实验心理学或生理的、客观的心理学都毫无共通之处。弗洛伊德学说为我们反思文学创作带来了新的启示，科斯泰列夫从中推导出了真正的天才与一般性的个人才能之间的区别："如果说一般的才能体现为卸下语言运动机能的驱动，把精神活动托付给大脑的反射游戏，那么天才显然不止于此，它所从事的游戏范围更加广阔，还包括与外部世界的接触。"[2]尽管用语显得晦涩，但这番话却相当有趣，它用向世界开放以及转化外部世界的能力来重新定义天才，并消除了朗松主义的若干盲区。朗松一方面承认天才和求新求变的意义，同时也坚持认为文学作品的精华并不在其独创之处，而在于其异质性，不过他未能谈及"结构"问题。科斯泰列夫正好相反，对他而言是文学渊源的"可利用性"在为天才奠基。他认为，在20岁的年龄，人人皆可为诗人，"但大诗人的大脑活动绝不止于梦想和放纵"。[3]一个平庸的诗人抒发的是他的个人记忆

---

[1] Kostylev, *op.cit.*, p. 210. 科斯泰列夫讨论的对象主要是弗洛伊德的《文学创作与白日梦》（«La création littéraire et le rêve éveillé»）一文。他依照当时法国哲学和心理学界（里博、波扬、迪加等人）喜欢的语汇，把该文的副标题（Der Dichter und das Phantasieren）翻译成"诗人与想象"（Le poète et l'imagination）。另注（译者注）：弗洛伊德的弟子，拿破仑一世之弟吕西安·波拿巴的曾孙女，著名精神分析学家玛丽·波拿巴把德文原题译为"Le créateur littéraire et la fantaisie"（文学创作者与幻想），无论在形式还是在语义上都更切合弗洛伊德的原意。

[2] Kostylev, *op.cit.*, p. 243.

[3] *Ibid.*, p. 243.

和幻觉，而"大诗人除了自然的梦想之外，还会表达他的阅读体验带给他的东西"，通过学问、对已有文学材料的借鉴利用，以及从散文体到诗体的改写，"他甚至能不断丰富'抒发'这一行为本身"：很显然，科斯泰列夫想到的总是雨果的例证。他的结论或许带有很重的生理学的色彩：由于扩大与外部世界的接触，"诗歌天才会丧失他大部分的神秘，天才会更多地表现为大脑反射机制的运作"。[1]值得注意的是，从1914年之后，唯有精神分析理论能够对文学史进行有效的、建设性的批评，也只有精神分析才能稍微松动泰纳的教条，使文学批评走出理智主义与反理智主义之间无意义的争论，转而把思考的焦点放在结构问题上，真实有效地处理文学创作中的"如何可能"这一问题，同时也让批评摆脱对作品进行因果式、量化解读的迷思——所有这些新的启发，都是科斯泰列夫的著作带给我们的东西，尽管他的书中也不乏含混、自负之处。

不过吕德莱本人并未读过弗洛伊德的著作。如果说貌似过气的泰纳是经他之手重新发掘出来的，那这也绝非他的错误：自文学史学科出现以来，泰纳从来都是阴魂不散。要想让文学研究建立在因果关系的基础上，策略无非是两大类：其一是像泰纳一样，将文学研究置于另外一门学科的控制之下；其二是效法朗松，将某种特定的方法引入文学研究。不过无论如何，这都意味着坚守"因果性研究适用于文学"这一假说，意味着承认文学史的本质在于"解释"。1904年，朗松面对涂尔干邀请的社会学者们提出的"我们究竟需要什么"的问题，他直截了当地回答说，"要解释作品"，[2]并且还一直强调这一原

---

[1] Kostylev, *op.cit.*, p. 244.
[2] Lanson, «L'histoire littéraire et la sociologie», *Essais*…, p. 69. 关于适用于文学史的究竟是怎样的因果关系模式，以及因果式研究注定失败的命运，可参看：R. Wellek, «The Fall of Literary History», in R. Koselleck et W.D. Stempel, *Geschichte. Ereingnis und Erzählung*, München, W. Fink, 1973.

则。历史学与社会学,德雷福斯事件与反教权的"孔布主义"……朗松一生经历过许多政治风云,有过许多战术策略上的考量,但万变不离其宗的是他在高等教育和中等教育之间搭建的桥梁——"文学史属于文学院,文本解读属于高中"——这种深层的统一性和互补性奠定了他的声名与成功。这两种文学练习的目的性,以及大学教育的支柱,都可以用"要解释作品"一语来概括,但此语中的暧昧之处又始终挥之不去。事实上,朗松主义的权势本身就建立在某种暧昧性(如果不是误读的话)的基础之上,这也就解释了为什么大师本人尚未故去,朗松主义已经风光不再。达尼埃尔·莫尔内说过,20世纪20年代,是法国文学史学会的黑暗时期。[1]

---

[1] Mornet, «Le soixantième anniversaire de la Société d'histoire littéraire de la France», *Revue d'histoire littéraire de la France*, janvier 1953, p. 2.

29 大学批评的退隐

文学史在大学中深深植根是由来已久之事,但在"教科书事件"与"源流之争"以后已不再是公众谈论的话题。作为一门成熟的学科,文学史形成了完善的学术体制,却已和时尚与前卫无缘。[1] 无论是"教科书事件"中的主角费尔南·汪德朗抑或"源流之争"中的保罗·苏代,如果他们要探寻文学史的真实面目,都需要深入其"要塞"方能洞幽烛微,因为文学史早已不是报刊专栏上的宠儿,在评论家眼中它也变得扑朔迷离。[2] 从1933年开始——此时朗松已经退休,不过依然在发奋治学——蒂博代一直在思考究竟是什么原因造成了他所谓的"大学批评的退隐",而从事所谓"大学批评"的这一代人"有效工作的时间是从1902年至1932年"。[3] 当然,用"退隐"一词来称呼此时的朗松是最恰如其分的。蒂博代回顾了德雷福斯事件在1900年前后是如何促成了"教授们的文学批评",造就了"教授们的时代",而这个时代在他眼里更是所谓"教授共和国"的先声——蒂博代在1927年正是以此命名了他那本以爱德华·赫里欧领导的第三共和国为评论对象的著名的评论文集。不过,蒂博代也同时勾勒出

---

[1] 关于大学文学学科中的保守倾向,可参见:P. Gerbod, «L'Université et la littérature en France de 1919 à 1939», *Revue d'histoire moderne et contemporaine*, janvier 1978.

[2] Souday, *Les livres du temps*, t. III, Paris, Émile-Paul, 1930. 在该书中,苏代沿着汪德朗的方向,对莫尔内的《法国当代文学及思想史》一书进行了评论。

[3] A. Thibaudet, «Le maurrassisme et la retraite de la critique universitaire» (1933), *Réflexions sur la critique*, p.220.

衰退进程的开始，因为"对大学传统的整体危机来说，1902 年是一个关键的节点"。[1] 当然，认为在 1902 年就存在"大学传统"，这种说法未免过于操切，因为在此之前的 30 年乃至哪怕 20 年，大学本身在法国甚至都不存在，但这无碍他的真正用意：蒂博代想谈论的其实是古典人文学的危机，而 1902 年的中学课纲改革正是这一危机的导火索，就像他在回忆中简略谈及的那样，"我选择 1902 年是为了指明在这一年同时发生的大学改革以及高师的重组，从此以后，高师变成了一所寄宿公寓，只不过还配有图书馆而已"。[2] 蒂博代含混地提到阿加顿、拉塞尔、佩吉等或多或少受到法兰西运动组织、人文主义传统或神秘派基督思想影响的人物。他又指出，从 1902 年、1904 年和 1907 年开始（尤其是在 1918 年之后），由教授们主导的文学批评日益脱离了资产阶级文化公众，或许朗松是个例外，因为他的名字还会断断续续出现在《两世界》杂志的目录中。不过，蒂博代又赶紧刹车："或许我们并不应该把这些现象作为朗松学派在文学研究中大行其道的主要原因，这么看问题太夸张了。"[3] 他还提到大学批评与公众隔绝的其他一些客观理由，如《时代报》1912 年至 1930 年间的重要撰稿人保罗·苏代的影响、布雷蒙神父（l'abbé Bremond）[4] 以及夏尔·莫拉斯及其同道们的作用。出于谦逊，蒂博代没有提到自己的名字，但每位读者都会在以上三位两次大战期间的代表人物之外，增加

---

〔1〕 A. Thibaudet, «Le maurrassisme et la retraite de la critique universitaire» (1933), *Réflexions sur la critique*, p. 221.

〔2〕 *Ibid.*, p. 220. 阿纳托尔·法郎士在他评论法盖《19 世纪文学研究》（*Études littéraires sur le XIXe siècle*, Paris, Lecène et Oudin, 1887）一书的文章里，把大学批评兴起的时间定为该书出版的 1887 年，而在蒂博代看来，从这时开始形成的大学传统最终在 1902 年前后得以完成：«La critique et l'École normale» (*Le Temps*, 23 janvier 1887), *La Vie littéraire*, t. V, Paris, Calmann-Lévy, 1949.

〔3〕 *Ibid.*, p. 220.

〔4〕 布雷蒙神父（1865—1933），法国教士、历史学家和文学批评家。——译者注

这位因在《新法兰西杂志》(*La Nouvelle Revue française*)上撰稿而闻名遐迩的批评家。

上述几位人物和朗松及大学批评的关系应该略加说明。保罗·苏代是在工作中自学成才的记者，他在报刊批评领域里出人意料地替代了阿纳托尔·法郎士那位才智平庸的继承人、高师毕业生加斯东·德尚的位置。布雷蒙神父代表了修辞学和耶稣会学术的重生，这一传统反对的正是自与国立文献学院结盟以来一直在大学中占据主流，也为朗松一派所接受的本笃会的博学传统。莫拉斯更是以民主价值、团结伦理和爱国主义为底蕴的大学批评的最典型的反对者。最后，说到蒂博代，他俨然成了马拉美的捍卫者，这位大诗人在1893年的朗松笔下不仅是那位"小小的英语教师"，还是"文学上的无政府主义者"，"他的学说简直就是个人主义在审美上的登峰造极的表现，就像无政府主义是个人主义在社会领域里最极端的形式一样"。[1]朗松断定马拉美只配得上这样的评价，他的创作和理性背道而驰，而拒绝理性总是可憎的："在我们身上，最具社会性的东西莫过于我们的理性，由于我们的思想的存在，我们每个人身上都汇聚了众人，而众人又都集于一人之身。"[2]朗松的讲道散发出泰纳和布吕纳介传递给他的气息，他们都抱有理性主义的执念，一心想从道德伦理出发规范艺术，因为艺术作为"理智的创造，就像科学一样……它从来都只能基于理性"。[3]"一人汇聚众人，众人集于一人"的团结伦理尽管还在萌芽之中，但它已经昭示了民主的价值和理想，在朗松心目中，这样的理想是诗人必得肩负的天命。综上所述，我们可以宽泛地认为，苏代、布雷蒙神父、莫拉斯和蒂博代都站在朗松和大学批评的对立面。如果

---

[1] Lanson, «Stéphane Mallarmé», (*Revue universitaire*, 15 juillet 1893), *Essais*..., p. 473.
[2] *Ibid.*, p. 473.
[3] *Ibid.*, p. 474.

说朗松主义让人陷入一种经院哲学，因此成了教授们的大学批评与公众脱离的罪魁祸首，恐怕言过其实；不过，蒂博代提到的其他一些名词、其他一些理由，又的的确确是与朗松相关的。例如他提到汪德朗从1918年到1920年在《巴黎杂志》，随后又从1921年到1939年在《新法兰西杂志》上分别撰写过一系列内容丰富的关于文坛的评论；而1897年，他青年时代的第一部小说《两岸》(Les Deux Rives，该书的标题具有明显的象征主义色彩）则早早预言了大学与资产阶级公众的分离。或许，与其说大学批评是在退隐，大学传统危机四伏，倒不如说大学批评在这个时期被创建了出来，大学传统也被体制化了。大学批评建起了自己的围墙，随即后退到墙内，这就是"退隐"的含义。布吕纳介、于勒·勒迈特、法盖和法郎士往昔开拓的疆土，如今留给苏代、布雷蒙、莫拉斯和蒂博代去驰骋；至于朗松本人及其弟子，在经历饱受佩吉攻击的《大期刊》与《晨报》插曲之后，主动放弃了这片阵地。曾几何时，拉维斯曾经为大学专设不对外的课程而战，他的战果是如此辉煌，结果索邦从此真的与公众隔绝了开来。

蒂博代这么讲是有道理的。既然"那个一直专以面向公众的文学批评为己任的团体如今已被放弃"，[1] 大学批评孤芳自赏带来的危机自殆不可免，不过这一危机的表象——之所以说"表象"而不说"原因"或是"结果"，是因为因和果已无法分辨——既不在于苏代、莫拉斯或布雷蒙神父，也不在于塔罗兄弟（他们二人面对埃米尔·昂里奥的调查询问，宣布自己支持"耶稣会的旧派修辞学"）。[2] 皮埃尔·奥迪亚一向将朗松的名字和文学史视为一体，他认为文学史的成果没有别的缘由，全源自朗松的身影及其非凡的工作，但即便是奥迪亚，他在1924年之后也开始谈论"学者的批评"的"危机"和"困

---

[1] Thibaudet, «Le maurrassisme et la retraite de la critique universitaire», p. 223.
[2] Pierre Moreau, *Le Victorieux XXe siècle*, p. 120.

境"。奥迪亚本人也是大学教师，向来专攻学术，其文字并不流于抨击文章一类，他在其增补版博士论文的序言中对文学批评进行了一番检视。此人不仅目光之敏锐让人拍案惊奇，还颇具胆识，甚至对自己的职业生涯也态度洒脱，故而常能言人所不能言——他后来还编写过众多学校教材，是《费加罗报》和《巴黎杂志》的撰稿人——他对文学史的早衰表示了关切，也指出了这个学科在学术体制上显而易见的成功。按照奥迪亚的诊断，文学史赖以建立的理论基础其实已经老旧，这种业已过时的认识论范式不是别的，正是泰纳的学说："文学批评领域的方法史也正是反抗泰纳学说，对其进行回应的历史。"[1]然而这样的反抗从未能脱离这位哲学家之窠臼，泰纳所规定的问题本身始终如故。奥迪亚认为，人们会指责并修正泰纳的批评方法，"但泰纳所提出的问题却被原封不动地接受了下来，到头来人们抱怨的只是这种哲学的具体表现，却无法摆脱其控制"。[2] 奥迪亚用"人们"这个匿名的、方便的代词去指称的诸色人等包括了乔治·勒纳尔和埃米尔·埃内坎，此二人都是泰纳的弟子，尽管他们曾试图否认这一点；拉孔布和朗松也在其列，作为崇尚决定论和理智作用的批评家，他们都没有超越哲学家泰纳的隐秘的控制："由此带来的结果是，某些批评家被理智主义体系的逻辑所裹挟，即便他们曾经放弃某种方法的具体应用方式，却并不能抛弃其根本原则，而现在，他们终归要不由自主地回到这种方法本身。"[3]

在《愚蠢的19世纪》一书中，莱昂·都德宣称这个普遍陷入愚昧的时代至少部分地可以归结到"观念组合的教条"："从1875年到1905年乃至更晚，所有的，或者几乎所有的精神现象都可以用观念

---

[1] P. Audiat, *La Bibliographie de l'œuvre littéraire*, p. 2.
[2] *Ibid.*, p. 3.
[3] *Ibid.*, p. 3.

组合（l'association des idées）的学说来解释；要紧的是，人们却从不探究这种组合到底是如何运作的，这本身也是造成思想现状的原因。"[1] 都德的论述有些简单急切，只停留在现象表层。奥迪亚的表述要更加清楚：这个时代尽管表面上受唯灵论和联想主义心理学的冲击，但在泰纳哲学的影响下，感觉论（le sensualisme）始终能从灰烬中再生。1921 年，蒂博代在一篇名为《精神分析与文学批评》（«Psychanalyse et critique»）的文章里也写道，长期由心理学家泰奥迪勒·里博主持的《哲学学刊》（弗洛伊德的著作在这个刊物上只得到过一些充满冷嘲热讽的评论）常以批驳联想主义为能事，"长期以来，来自英国的联想主义一直是作为一种历史同样长久的心理学的传统对手而存在的"，[2] 这种"同样长久的心理学"当然是从感觉论传承下来的，其间离不开泰纳的作用。

文学史学科在多大程度上依赖泰纳的贡献，这个问题迄今仍未得到批判性的检视，不过从朗松再到他的弟子，这种依赖性的确从未得到压制，甚至可以说是有增无减，于是到头来文学史的方法就公开地把梳理因果关联作为自己的中心。在奥迪亚澄清文学史背后隐含的哲学和心理学背景的同时，文学史家让·波米耶（苏代在不久之后向他发起了攻击）撰文——这篇文章有剽窃朗松论"方法"问题的文字之嫌——明确地把泰纳视为文学史的奠基者："或许在严格的物理学意义上，我们仍未找到若干'规律'，但差不多 20 年前，朗松先生就已经把若干泰纳所说的'普遍的事实'提交给研究者核实审查；倘若我们继续努力发掘，那么假以时日，这些普遍事实所组成的体系将足以满足理论家们的雄心。"[3] 这种以建构体系和决定论为目标的梦想

---

[1] Léon Daudet, *Le Stupide XIXe siècle*, p. 152.
[2] Thibaudet, «Psychanalyse et critique» (1921), *Réflexions sur la critique*, p. 99.
[3] J. Pommier, «De la méthode et du début de l'histoire littéraire», *Revue internationale de l'enseignement*, 15 novembre 1922, p. 353.

无疑极具现实意义。数年以后,菲利普·梵第根在总结围绕《浪漫主义评论》展开的那场以文学史为对象试图界定朗松主义的论争时,把这一梦想称作"艺术作品的胚胎发生学"。在他看来,"发生学"的目标"在于解释作品中所有可以用因果关系来解释的东西",而其手段便是"做卡片的实用方法"。[1] 在这种方法中,首先要彻底回到那些"微小但意味深长的事实","每一张卡片都被认为记录着关于现实的一个'事实单位',一个严格意义上的'原子',它们可以人为地、暂时地脱离现实的整体"。[2] 卡片甚至可以对应作品的"原因"。此类观念并非没有反对者,如1928年,费尔南·巴尔当斯佩热就拒绝在纪念泰纳百年诞辰的活动上发言(后来他甚至为自己的决定感到庆幸[3]),但大局已定,这些反对意见的存在也无济于事。

在"源流之争"时,蒂博代带着居高临下的讥讽态度声援了朗松与吕德莱,可又几乎把他们的贡献贬得一文不值。两位文学史家的工作无关宏旨,因为他们的立场方法"不过如下文所言:在文学批评领域,就像和别处一样,认知意味着知晓因果关联"。[4] 被他如此概括的"认知"概念到底有什么过时不当之处,蒂博代其实未见得了然于胸;在《精神分析与文学批评》一文中,他考虑的仍然主要是如何利用精神分析方法从作者生平中采撷而成的信息,以便更好地解释作品。为此之故,他矛头所指的对象,主要还是文学史发掘出的诸般因果中的荒诞不经之处,毕竟在他眼里,作品本身这一现实足以绝对地超越这些支离破碎的细枝末节:"为了解释这一活生生的现实,你们为我描绘出各种原因,可它们不过是一些僵死的

---

[1] Ph. Van Tieghem, *Tendancess nouvelles en histoire littéraire*, pp. 24-25.

[2] *Ibid.*, p. 25.

[3] F. Baldensperger, «L'opposition française à l'esthétique de Taine», *The Romantic Review*, avril 1945.

[4] Thibaudet, «La querelle des sources», *Réflexions sur la critique*, p. 147.

现实、辽远模糊的记忆、过往的阅读经验、文本、书,除了书还是书!"[1]不过,"因果"概念总归存留在他的观念里。相比蒂博代,同样抵触朗松主义的瓦雷里(Paul Valéry)要走得更远:"关于文学史的所谓知识林林总总,却几乎不能真正触及诗歌的发生过程里真正神妙之处。诗从艺术家最隐秘的地方奔涌而出,因而关于艺术家的现实人生,所有可供观察的事实对作品都仅有最浅表的影响……历史能够观察记录的一切其实都毫无意义。"[2]当然,瓦雷里似乎也仍旧会从因果的角度思考艺术创作问题,只不过这种因果往往游离在经验观察的范围之外,其"来龙去脉"是"难以言说的"。他问过这样的问题:"拉辛本人是否知晓自己那难以模仿的声音来自何处呢?"对此他的回答是,"至于我,则并不知道未来我会做什么"。

在这个时代,我们目睹了柏格森的哲学(它未能对文学批评产生本来可以期望的影响,对此蒂博代抱憾不已)、克罗齐(Benedetto Croce)[3]的历史学和弗洛伊德的潜意识学说;在德国,语文学也不再如19世纪那样能轻易在哲学上获得足够的合法性。历经这么多思想剧变之后,文学史所预设的主体概念,泰纳、朗松和埃内坎的"个体性"都已经过时。从1914年开始,接受了精神分析理论的尼古拉·科斯泰列夫率先提出,文学批评不应再思考"为什么"的问题,取而代之的应当是"如何"——换言之,文学批评应该从对因果的探寻转向对作品语义产生过程的分析,用他借自弗洛伊德的术语来说,就是应该转向"结构"。回到如何解释这场精神危机这个老问题上来,蒂博代依旧试图从大学批评的枯竭这一外部因素中寻找答案,瓦雷里

---

[1] Thibaudet, «La querelle des sources», *Réflexions sur la critique*, p. 147.

[2] Valéry, «Au sujet d'Adonis» (*Revue de Paris*, 1er février 1921), *Œuvres*, Paris, Gallimard, coll. «Bibliothèque de la Pléiade», 1957, t. I, p. 483.

[3] 贝内德托·克罗齐(1866—1952),意大利哲学家、历史学家、作家和政治人物。——译者注

则一味把目光投向文学创作过程中那无法穿透的神秘；与他们相比，奥迪亚比蒂博代更尖锐，又比瓦雷里显得更实在、具体，他试图提供一个真正有说服力的情由："该怎样解释这场危机呢？究竟出了什么问题才会导致今天的脱节？我们认为，危机和脱节来自哲学思想和文学批评所使用的方法之间日益明显的反差。50年来，哲学几乎已经完全改头换面，而批评的方法却还困守旧规，仅仅对规则的细节做局部的打磨改进。"[1]事实上，从朗松横空出世以来，甚至在朗松成为朗松之前，这种反差就已经存在，只是因为创建文学史的这位大宗师所保留的审美感受和批判精神，反差才得到部分的弥补；这种感受力和批判力，朗松显然得自其传统的、"前朗松"的文化修养，而他的弟子们却不幸缺乏这种学养。当然，即便有上述脱节、过时之处，文学史很可能在学科体制上依然是成功的，甚至可以说是空前的成功，或许也因此奠定了它在理论上的进展，毕竟它在审视思想的方式上有独到之处。

皮埃尔·奥迪亚曾在《心理学学刊》(*Le Journal de psychologie*)上撰文，对朗松主义提出语气委婉实则分量极重的批评。按照他的观点，朗松主义自创建以来之所以停滞不前，是因为它总是把精神生活还原为理智和意识。奥迪亚当然会想到让理智主义和法国心理学传统中的感觉论都同时过时失效的柏格森哲学，但他的论证又超出了这一具体的语境。文学史的原罪在于它总是把文学作品当成一种"产品"来分析，可作品其实应该被视为一种话语"行为"，"行为当然不能被看成它所包含的物质元素的总和"；[2]这也意味着，作为"行为"的文学作品绝不等同于那些博学者的卡片所包含的"现实的原子"，即

---

[1] Audiat, *La Bibliographie de l'œuvre littéraire*, p. 2.
[2] Audiat, «La critique littéraire devant la psychologie contemporaine», *Journal de psychologie*, 15 mai 1924, p. 462.

那些孤立的、离散的事实元素。在作为"行为"的文学作品中，一切过往的陈迹都化为了潜在的现实，因此一切决定论都势必会落空。这样一来，"文学批评应该停止以分析的态度来对待这一'行为'，不应试图穷尽对文学作品的解释。文学批评永不可能穷尽与作品相关的因果的序列。退一步说，即便它能够将这些因果关联一网打尽，也绝不可能因为——呈现此类序列就复现产生作品的那个行动，因为，这一行动不仅仅是诸种因素的'合力'，它也是一种'意图'"。[1] 本来，文学史自视为对作品渊源的通透的考订与梳理，它建立在两个密不可分的前提之上，即作品是由若干可以分离的元素组合而成的，而创作过程便是对这些元素的重组。现在，奥迪亚的观念却将这两大前提一举抹去。奥迪亚的论证显然极具现代感，尤其是他对"行为"与"对象实体"、"生产过程"与"产品"所做的区分足以将我们引向一种新的文本观念。根据这种新观念，文学批评的对象应该是作品而非作者，甚至也不该是某位作者的全部作品，而应是单独成立的、个别的作品——如果用奥迪亚著作那纲要性的，当然无疑也充满论辩色彩的题目来表述的话，文学批评的对象应该是"作品的生平"。

倘若文本的结构及其语义生成方式从此将被推向前台，那么文学批评当如何实现这一目标呢？无他，在奥迪亚看来，批评家唯一的道路只能是模仿文学作品本身。作为"行为"的文学作品呼唤着同样作为"行为"的文学批评。对作品的阅读，无论它是直观而素朴的，还是基于反思的，无论阅读主体是普通读者还是职业批评家，它都是对作品的重新创造——当奥迪亚如此表述自己的观念时，他的用语不由得让我们想起让-玛丽·居约在40年前论述审美情感时对同感心、

---

[1] Audiat, «La critique littéraire devant la psychologie contemporaine», *Journal de psychologie*, 15 mai 1924, p. 464.

同理心和人类团结伦理的呼唤。[1]当然，奥迪亚的话也同样让我们想到不重作者，将阅读视为写作本身的普鲁斯特式的做法（至少，当普鲁斯特本人暂时中止他和瓦雷里共享的那种在形式主义和唯心主义之间逡巡不止的态度，在关涉文学创作的问题上停止滑向神秘主义时，他的确会这样做）。不过，我们还需要指出，奥迪亚在20世纪20年代初提出的这些劝诫，本可动摇与公众割据的大学批评，使其不至于全然自封于围墙之内，但在30多年的时光里，它们却没有得到任何回应：在一片沉寂之中，它们只不过将奥迪亚变成了新批评的一位辽远的先驱者。

---

[1] J.-M. Guyau, *L'Art au point de vue sociologique*, Paris, Alcan, 1889, p. 13.

30 突 围

早在奥迪亚出版《文学作品的传记》的1924年，文学史已有衰落之象；而在达尼埃尔·莫尔内辞世的1954年，它更是早已目睹诸多后起之秀的崛起。在纪念法国文学史学会成立60周年时，莫尔内依旧认为有必要以那些伟大的先辈们为楷模："应当重新拾起并明确当年圣勃夫提出的任务，至少要尊重他的初心本意，当然，还有泰纳所提出的任务。"[1]对此，我们倒也可以重温吕西安·费弗尔在1940年的嘲讽之言："过往四分之三个世纪里，有无数文字连篇累牍地讨论当年泰纳作为创新提出的学说，如今它们究竟有何意义？"[2]

莫尔内在这一年去世，然而他的史观并非后继无人。回顾过往，当一战战火甫熄之时，吕德莱讲述了关于文学史起源的"调和版"叙事，把这段历史描述为某种令人愉悦的延续，宣称它从筚路蓝缕的圣勃夫一路行来，经由泰纳、布吕纳介直至朗松这位集大成者，学科发展的内部逻辑细大不捐地整合了各种外部影响，其间毫无矛盾和断裂、革命一样；现在，轮到莫里斯·勒瓦扬（Maurice Levaillant）[3]来重新激活、延续这段神话，以便把莫尔内本人也送进文学史的先贤祠。在勒瓦扬笔下，若论学科的各位创始人，当然首推朗松，他是法

---

[1] Mornet, «Le soixantième anniversaire de la Société d'histoire littéraire de la France», *Revue d'histoire littéraire de la France*, janvier 1953, p. 1.

[2] L. Febvre, «Littérature et vie sociale: un renoncement?», *Annales*, juillet 1941, p. 117.

[3] 莫里斯·勒瓦扬（1883—1961），法国诗人、文学批评家，专长为研究法国浪漫主义文学。——译者注

国语文学的奠基者,是他创造了作品的批评版,首先把源流考证运用到现代文学之中。不过他的贡献也就到此为止了:从朗松到勒瓦扬,整整两代文学史家在研究与社会史相整合的文学体制的历史方面并无寸进,当年朗松提出的构想与其说被放弃,毋宁说已遭到彻底的遗忘。朗松的接班人自非莫尔内这位"最出色的弟子"莫属,他以一人之力,把朗松主义的领域扩展到"影响研究",以及"文学与风俗的诸种关系"(借用勒瓦扬著作的副标题的表述)的研究。[1] 勒瓦扬的叙述给人这样的错觉,仿佛朗松乃至更早的泰纳并未从事过莫尔内的工作,可事实上,这恰恰是他们两人的研究中最吸引我们的东西。因此,至关重要的还是要依据事实演变的神圣的真相来重新复原历史。那么勒瓦扬又为何要这样叙述?原来,就像他把朗松的贡献定位在"源流"和"作品起源"的考证一样,他也把莫尔内对朗松主义的推进即对"文学与风俗的诸种关系"的研究限定在"同时代的人对作家们的影响"上面。[2] 经过这样一番还原,勒瓦扬就给他自己留出了一片天地。且看他是如何化简文学史的对象的:"从人到作品,决定论思想应该如何定义?该如何追踪、确定因果关联?"[3] 这一表述简直不可能再清晰了。总之,1954 年,哲学和科学在文学史的古老概念——"生命作品"这个问题上都经历了螺旋式的上升。

然而揆诸史实,朗松本人在"从人到作品"的决定论问题上并不像勒瓦扬描述的那样成竹在胸。把文学史的正反利弊追溯到这个学科中始终隐而不宣的泰纳思想,追溯到学科创始人身上根深蒂固的、未经分析的决定论立场,这固然有其学理根据,但我们也需要多少"拯救"朗松,不能让他完全沦为所谓朗松主义的囚徒。科斯泰列夫和奥

---

[1] M. Levaillant, «Daniel Mornet», *Revue d'histoire littéraire de la France*, octobre 1954, pp. 418 et 419.

[2] *Ibid.*, pp. 420-421.

[3] *Ibid.*, pp. 419-420.

迪亚分别于1914年和1924年发表的著作（不要忘记奥迪亚那个反讽性的书名——《文学作品的传记》），都对所谓"生命作品"的概念，或者说人与作品之间的简单的因果关联提出了质疑，而此时距离莫尔内辞世以及勒瓦扬为其盖棺定论尚有三四十年的距离。在同一时间，朗松为战时写成的一篇题为《文本解读杂议》（«Quelques mots sur l'explication de textes»）的短文附加了一个很长的、修正性的注释，全文在1925年正式发表，其预设读者是美国的法语教师，这篇文章也已经体现出怀疑的精神。朗松在该文正文部分写道，自1892年创立《初等教育指南周刊》以来，法语文本解读所预设的公理就被不断重复，"显然，人们设定文本自身就包含着某种意义，这种意义独立于我们这些读者的精神和感性……在所有的文学作品中，甚至在诗歌中，总是存在某种恒定不变的、公共性的意义，它是所有读者都理应可以把握，而且他们也应当去努力把握的"。[1]换言之，作品的意义是唯一的，不因读者、阅读时间和地点的改变而改变，它是一种普遍的、永恒的东西。法语文本解读的使命便源于这样的信念："文学研究中存在着某种可以抵达的真理，正是这种真理的存在使文学研究变得高贵，有益于世道人心。"[2]按照这种观念，真理必将超越个体的差异以及历史情境的相对性，也超越趣味和立场的不同，将我们带往那绝对的意义。

然而在1925年，朗松的确已经放弃了上述华美的信念。在上文的一处注释里，他固然仍在缅怀对文学之绝对性的古老信仰，这种信仰依然让他感动不已，然而他也断然说道："我长久以来一直相信这种观念，但今天我对此已经没有那么确信。"[3]那么，到底是什么让年近七旬，已到人生暮年的朗松开始质疑上述实证主义的真理观、决

---

[1] Lanson, «Quelques mots sur l'explication de textes»(*Bulletin de la Maison française de l'Université Columbia*, janvier 1919), *Méthodes de l'histoire littéraire*, pp. 41-42.

[2] *Ibid.*, p. 43.

[3] *Ibid.*, p. 41.

论的教条和基于理性主义的心态？要知道，他此前的全部作为都建筑在这些观念的基石上，哪怕是从柏格森到弗洛伊德的哲学，从兰波到马拉美的文学，都不能让理性在他眼中失去光彩。又是什么把他推向一种虽然尚未完全成形，但其趋势已勃然显现的以相对性、多元性和开放性为核心的文本观和阅读观的呢？"我们再也不能真正抵达一本书，我们碰触到的，永远只是人投射到这本书上，与之交融的意识，这个意识要么来自我们自己，要么来自另一位读者。"又是谁驱使朗松转而反对泰纳？是谁让他宣布"'我'和'非我'无法分离地交织在我们的感知和认识之中……并没有哪幅图像是唯一真实，或者是比其他图像更为真实的；或者说，其实所有的图像都是同样真实的，我们并不能把被感知的客体与感知主体当中的东西区分开来"。如果有一个人在动摇、改变朗松的观念上发挥了至关重要的作用，那便是普鲁斯特。在普鲁斯特为自己翻译的约翰·罗斯金（John Ruskin）[1]的作品所做的页注中，他戏拟了对文学源流的学术性考证，于是这些注释不过是一些私人印象、偶然的联想与大胆的联系，其中并无任何穷尽式考订的主观愿望。显然，唯有普鲁斯特的作品才有足够的力量去扰动朗松主义。"一个被马塞尔·普鲁斯特细腻的心理学所感染，又被其中蕴含的形而上学所触动的灵魂。"可以说，在朗松的心中，唯一在精神上可与自己抗衡的人物便是普鲁斯特。[2]

不过朗松并不会长久地屈服于怀疑主义和唯我论。在他心目中，我们能够堂堂正正赋予普鲁斯特的那种意义仍然代表着文学的普遍意义，它对所有的读者都是有效的，绝不会因人而异；因此，朗松依旧可以保留文学的绝对性的某种变体形式，他仍然相信文学的意义来自

---

[1] 约翰·罗斯金（1819—1900），英国作家、诗人、画家和艺术评论家，他对普鲁斯特的写作产生过重大影响。——译者注

[2] Lanson, «Quelques mots sur l'explication de textes»(*Bulletin de la Maison française de l'Université Columbia*, janvier 1919), *Méthodes de l'histoire littéraire*, p. 41.

那位清醒的、完全知晓自己写作意图的作者："当我们继续寻找一本书对他的作者所具有的意义时，并不会因此否定这本书在后世读者面前可以产生其他的、难以言尽的意义，而且它对我来说的确也可以别具一格。不过，应该承认，这本书对作者本人的意义才是最特殊的，我对它可以加以特别的关注。"[1] 免遭相对主义颠覆之虞的文学史，终究还是放弃了"读者的意义"，选择了保留作者之义，于是它变得更加确定："我们的方法再一次得到了验证。"至于普鲁斯特，他的确是唯一让文学史的方法因为一个注释而马失前蹄的作家，但只要选择闭上双眼，文学史家就可以继续在自己的轨道上前行，正如朗松在1904年所感叹的那样："还有多少作家的生平需要完善，多少作品的源流需要探寻，多少影响有待查证，多少思潮以及思想的交融需要辨识！"总之，"我们的工作还远远没有到无事可做的时候"。[2]

---

[1] Lanson, «Quelques mots sur l'explication de textes» (*Bulletin de la Maison française de l'Université Columbia*, janvier 1919), *Méthodes de l'histoire littéraire*, p. 42.

[2] Lanson, «L'histoire littéraire et la sociologie», *Essais*…, p. 61.

第二部分

然则何谓文学?

1 欺 诈

本书后续各章节将围绕普鲁斯特和福楼拜展开，它们在主题上独立于前文的内容，尽管所涉及的是同一个时代。读者当然会立刻察觉到这一再明显不过的语调转换，他们也许还会感到突兀和不快；毕竟，大家都会认为本书前半部分紧扣的人物是朗松，普鲁斯特和福楼拜并未在其中占据突出的地位。可是，两位大作家其实始终隐藏在前文的字里行间，他们带来的是一种必不可少的补充，归根结底，他们还是文学史家们的"后备军"。这么说的理由可以概述如下：

到目前为止，读者多半还停留在一种由来已久的"饥饿状态"中——我们对文学史的批评性的考察唤起了他们的好奇心，却未能满足它，这种感觉，不妨名之为"本体论的搔痒"。可是，"文学到底是什么？"这个问题始终没有被解决，因为在第三共和国时期，文学研究使用的方法并没有抓住它的本质，似乎文学研究总是在这一难解之谜的四周游走，总是回避着它。天才又是什么，文学创作又是什么？普鲁斯特笔下那位一本正经的实证主义者，精神病学家莫罗·德·图尔和切萨雷·隆布罗索、爱德华·图卢兹和批评家阿韦德·巴里纳的仰慕者科塔尔大夫（Docteur Cotard）宣称，"天才可与疯狂为邻"，可只要谢巴多夫亲王夫人（La princesse Sherbatoff）"求知若渴，要求他再说下去，他可再没什么可说的了，因为他对天才的知识，充其量不过这一条箴言而已，再说，这一条箴言对他来说似乎论证不足，不像他对伤寒和关节炎那样了如指掌"。[1]文学以及创造天才究竟为何物——这的的确确是一个形而上学之问，按照朗松的说法，也是一个多思无益的问题，可朗松自己并没有形而上学的头脑，这个特点让他显得既有趣，又索然无味——似乎成了一个难以正面解答的难题。就像瓦雷里问过的那样，拉辛那不可模仿的声音，他到底从何处得来？雨果在谈到《沉思集》时断然说道，"上帝口述，我只做记录"，这一回答仿佛让他能够合法地回避关于"我不可言说之物"的一切质询，而这"不可言说之物"却是"文学性"（la littérarité）朝思暮想却终究无法澄清的问题。

既然如此，又该怎么办呢？至少，我们还可以尝试从别处突破，寻找迂回的路径，比如转向作家们——纵然不能卜先知，但写作者对此问题的可能的回答中也会有言外之意，值得我们去领会。比如，我们可以带着朗松留下的令人苦恼的问题向普鲁斯特和福楼拜求助，希望这两位作家能够把我们从文学史设下的陷阱中解救出来，当然，这么做也可能会让我们陷入新的迷途。

首先需要考虑的当然是普鲁斯特，他已经是"文学性"的象征。把他和保罗·布尔热和勒内·布瓦莱夫（René Boylesve）[2]区分开来的东西，到底是什么呢？为什么布瓦莱夫在读了《在斯万家那边》（*Du côté de chez Swann*）之后，会向普鲁斯特俯首致敬，承认这部作品呈现出自己心力未逮、难以企及的境界？同为爱情主题，《公园里的爱情课》（*La Leçon d'amour dans un parc*）与《博罗梅安群岛的

---

[1] Proust, *Sodome et Gomorrhe, A la recherche du temps perdu*, Paris, Gallimard, coll. «Bibliothèque de la Pléiade», 1954, t.II, p. 1041. 另《追忆似水年华》中的引文和人物名多采译林出版社旧版译法，间或有改动。——译者注
[2] 勒内·布瓦莱夫（1867—1926），法国作家，小说《公园里的爱情课》和《博罗梅安群岛的芳香》的作者。——译者注

芳香》(*Le Parfum des îles Borromées*) 和《斯万之恋》(*Un amour de Swann*) 和《索多姆与戈摩尔》(*Sodome et Gomorrhe*)[1]究竟有何不同，哪怕普鲁斯特在社会、思想、文化诸多方面的立场与第三共和时代最顽固的教条主义者一样保守？可是，与"保守"相矛盾的是，普鲁斯特并不属于文人或者教授的"第三共和"圈子里的一员，他属于文学中的先锋派，仿佛他的"保守"只是助跑跃起之前的撤步后退；至少，后世之人是这样看待普鲁斯特的，而朗松长久以来也这么想：普鲁斯特是朗松眼中的一位"他者"，他不相信文学具有单一的、公共的与恒常的意义，不相信所谓文学性能够普遍地保持这种意义。

朗松和普鲁斯特之间的思想碰触是多面向的，它们充分表征着一个时代及其意识形态。1896 年，青年普鲁斯特在《白色期刊》上发表《反对晦涩》(«Contre l'obscurité») 一文，公开反对象征主义，也不点名地反对马拉美 [后者很快在同一期刊上发表《字词中的奥秘》(«Le mystère dans les lettres») 一文作为回击[2]]；在这篇文章中，普鲁斯特还仅限于重复旧派的抱怨和主张，其表述近乎布吕纳介、杜米克等人在《两世界》杂志上的观点："诗人应当更多地从自然中获取启示：如果说自然大全之本质归于一，并且是晦暗不明的，那么相反，这一大全在形式的显现上却会是因人而异的，同时又应是澄明的。自然将凭借生命之奥秘，教会诗人们如何蔑视晦涩。"[3]关于天才，他的观点也不离其宗：天才应当具有"使独特的个性转化为艺术的普遍法则，同时使其服从语言的特质的力量"。[4]对其劝喻中的保

---

[1]《在斯万家那边》和《索多姆与戈摩尔》分别是《追忆似水年华》的第一部和第四部，《斯万之恋》则为第一部中的第二部分。——译者注

[2] Voir A. Henry, Marcel Proust, théories pour une esthétique, Paris, Klincksieck, 1981, p. 55 *sq*.

[3] Proust, «Contre l'obscurité», *Essais et Articles*, Paris, Gallimard, coll. «Bibliothèque de la Pléiade», 1971, p. 394.

[4] *Ibid.*, p. 390.

守反动一面,他也不加任何隐瞒:"我们对青年爱之愈深,就愈愿看到诗人对他们责之以恳切;这样的严格,当然会让诗人在老人们的口中显得更加得体。"[1]朗松比普鲁斯特要年长一代人,在普鲁斯特此文发表之前3年,他几乎用同样的言辞捍卫了明晰、常理和睿智,同时也批判了神秘、隐晦和反智的主张。朗松信奉的是资产阶级文学批评中至上的信念(巴特后来的解构便是对此而发):"此文在我眼中难以理解,因此它并无可解之处。"在这样的观念下,朗松的结论和青年普鲁斯特一样严厉:对那些崇拜罗马大街[2]的那位"大祭司"的青年来说,"马拉美先生作品中的引人入胜之处,正是其不可理解之处"。[3]"至于我自己,我承认自己没有理解,我还需要被启蒙……"普鲁斯特也借自己笔下的那位"50岁的先生"之口如是说。[4]

然而,尽管在关于马拉美和圣勃夫的问题上不乏表面上的相似——我们在这里要特别提到圣勃夫,因为无论是普鲁斯特还是朗松,他们都宣称自己的文学观的形成有赖于对圣勃夫的批判——但背后的差异才是根本性的。朗松之所以在1925年公开承认,由于普鲁斯特的心理学观念,以及他在写作《追忆似水年华》(以下简称《追忆》)过程中日益显露的对阅读行为的主观阐释,自己对文本解读的信念受到了冲击(哪怕这种冲击是暂时的),这并不是无缘无故的,它是对普鲁斯特的一种必然的回应,毕竟《追忆》一书从构思伊始,其文学观念就同时针对着圣勃夫和朗松。

---

[1] Proust, «Contre l'obscurité», *Essais et Articles*, Paris, Gallimard, coll. «Bibliothèque de la Pléiade», 1971, p. 395.
[2] 在巴黎第八区,诗人马拉美从1875年起居此。——译者注
[3] Lanson, «Stéphane Mallarmé», (*Revue universitaire*, 15 juillet 1893), *Essais de méthode, de critique et d'histoire littéraire,* édités par H. Peyre, Paris, Hachette, 1965, p. 469. Cf. R. Barthes, «Critique muette et critique aveugle», *Mythologies*, Paris, Éditions du Seuil, 1957.
[4] Proust, «Contre l'obscurité», p. 390.

在目前已知最早的《重现的时光》(*Le Temps retrouvé*)[1]的一批原始手稿中,有一个作于1910—1911年的版本(它在1912年被纳入《追忆》的整体架构)。该卷的叙述者发现自己肩负了宣扬某种美学理想的使命,为此他引用了朗松于1910年11月发表在《评论期刊》(*La Revue*)上的《今日之诗人与诗学》(«Un poète et la poésie aujourd'hui»)一文,而该文又是朗松对诗人费尔南·格雷格最新推出的诗集《永恒的锁链》(*La Chaîne éternelle*)的书评。由于评论家安德烈·博尼耶同年12月3日在《费加罗报》文学增刊发表的一篇题为《论"诗人的功能"》(«La "fonction du poète"»)的语多讥讽的文字,普鲁斯特才注意到了朗松的这篇文章。[2]

1910年的秋天是何景象?这正是围绕新索邦的争论到达白热化的时候,是如循道宗教徒(les méthodistes)一般严守规范之辈与跟随主观印象行事的人对决的时代,也是历史学者与古典学者分庭抗衡的时代。正是在这个时期,普鲁斯特写下了《永恒的倾慕》(«L'adoration perpétuelle»)这篇美学文字,并将其置于《化装舞会》(«Le Bal des têtes»)之前,共同构成《追忆》一书的终结。[3]同样在这一年,由于阿加顿的杂文让这个夏天充满欢愉的气氛,朗松的声名也越加为人所知。所有的媒体都如火上浇油般地挑动各派之间的争斗,使这些纷争的政治和意识形态后果愈加严重。

在《评论期刊》的文章里,朗松专断地指责格雷格及其同道,说

---

[1]《重现的时光》为《追忆》第7部即最后一部,在1927年由伽里玛(早期也称为新法兰西评论社)出版,其时作者已故去五年。——译者注

[2] 博尼耶的文章后收入:*Pour la défense française. Les plus détestables bonshommes*, Paris, Plon, 1912. Voir Proust, *Matinée chez la princesse de Guermantes*, Cahiers du T*emps retrouvé*, édités par H. Bonnet et B. Brun, Paris, Gallimard, 1982, pp. 86 et 114 *sq*.

[3] 在普鲁斯特1910年到1911年的手稿中,《永恒的倾慕》和《化装舞会》都是设想中的《重现的时光》中的分节标题(属于"在盖尔芒特亲王夫人家的早晨"一节),普鲁斯特在这些文字中比较系统地表达了自己的美学观念,但在《追忆》的定本中,这两个标题都被删除了。——译者注

他们"未能履行诗人的全部职责",他同时也批评了个人主义者、视文学为儿戏的业余写作者和毫无创作可言的伪作家。"对那些舞文弄墨的诗人,我还能说些什么呢?他们终日向我们倾吐矫揉造作的内心里的一切风波,他们的爱情,他们眼里的日落,他们的倦怠,还有他们情感上的背叛不忠……难道立足个人情感的文学,就要像这样与个人主义的冲动混为一谈吗?"[1]而朗松自己所寄望于文学的,当然是它要介入现实,面向大众,体现丰沛豪迈的人性。文学应当与人生协调一致:"如今我们的诗人只关注他们自己,也只因为这个而吸引我们,原因都是他们没有充分地融入生活……在这个世界上,他们的眼里只有文学。"相反,朗松主张文学要关注、跟随人世:"介入我们的人生,与我们一起战斗和劳作,凭借文学细腻、超越的感受力,梳理、预见并表达那理想的境界,呈现当代法国社会和民众的理想,这难道不更好吗?"[2]与这理想的目标相比,他对现实的诊断显得悲观:"但是除了被他们称为'灵魂'的小小不安和波动之外,我们的诗人到底还知道什么呢?"

在已经蕴含了"在盖尔芒特亲王夫人家的早晨"(la matinée chez la princesse de Guermantes)一节雏形的《重现的时光》的1912年手稿中,叙述者讲述自己遇见了幼时的伙伴布洛克(Albert Bloch)。布洛克的文学观点近似吕德莱和莫尔内,也像他们一样追随着朗松,这意味着他也要求文学具有社会的、民主的、爱国主义的导向。叙述者对此反对说:"我不会听任自己被我在布洛克的谈话、意见中听到的看法,也就是杂志上的看法羁绊住。""在文学天地的不同角落里,不同的观点在交锋,它们在许多观点上攻击文学。布洛克对我说,很久以来诗人们向我们讲述的都是他们一己之情感、哀愁和倦怠,这是不

---

[1] Lanson, «Un poète et la poésie aujourd'hui», *La Revue*, 15 novembre 1910, p. 492.
[2] *Ibid.*, p. 493.

对的,现在是表现人民的心灵和伟大的社会现实的时候了[还该看看马克斯·拉扎尔(Max Lazard)著作,读一读博尼耶12月3日周六论朗松,以及格雷格论玛格丽特·奥杜(Marguerite Audoux)的文章[1]],我们不能遗忘那种在罢工运动时鼓舞着人民的思想。"[2]博尼耶所引用的朗松的原话如下:"难道在我们的高中里面,就不会有这样一些享受奖学金的学生,他们来自平民家庭,懂得如何在变得优雅的同时保持平民本色,能够把在罢工岁月里激动城乡民众的那种理想注入艺术作品中去?"[3]

相比上述早期手稿,《重现的时光》的最终版本要更加远离具体的政治语境——彼时1910年的论战早已尘埃落定,而人们也注意到,战争曾经令普鲁斯特对阶级斗争更加敏感——但小说的定本依旧没有忘记民粹主义者布洛克,尽管这一回他不是出现在相逢和交谈中,而只是在一个插入语中匆匆现身,因此显得与上下文有些脱节:"我感到自己大可不必拘泥于曾有一时使我心烦意乱的各种文学理论,特别是那些在德雷福斯事件期间的评论界得到发展,战争期间又卷土重来,主张'使艺术家走出象牙塔'的理论;我也不必拘泥于它们的指令,非得论述那些既有意义,也不多愁善感,专门描绘宏大的工人运动的主题——按它们的说法,假如缺少群众作为主题,至少别去

---

[1] 马克斯·拉扎尔(1875—1953),法国经济学家和社会学家;玛格丽特·奥杜(1863—1937),法国女性小说家。——译者注
[2] Proust, *Matinée chez la princesse de Guermantes*, pp. 115-117. 马克斯·拉扎尔是专门研究社会问题和国民教育问题的经济学家。费尔南·格雷格是普鲁斯特的友人,他在1910年12月4日的《不屈报》上撰文,热情洋溢地评论了玛格丽特·奥杜的以女工为题材的小说《玛丽·克莱尔》(*Marie-Claire,* Paris, Fasquelle, 1910, avec une préface d'Octave Mirbeau)。

  不过奇怪的是,朗松又借格雷格的诗集,长篇大论地批判了唯美主义和民粹主义这两种倾向。不过,博尼耶没有在概述朗松的观点时点出格雷格的名字,普鲁斯特也不知道这一层巧合关系。
[3] Lanson, *art. cit.*, p. 493.

写那些毫无可取之处的浪子（这时布洛克插话说：'说实话，描写那些废物的作品引不大起我的兴趣。'），文学应该写崇高的知识分子或者英雄。"[1] 另一方面，为布洛克鄙视的"那些玲珑剔透，笔下能把头发切成几缕的心理小说家或艺术家"，[2] 此类通俗文学和爱国题材的文学一样，也提不起普鲁斯特的兴趣："民众艺术的概念和爱国艺术的概念一样，即使不曾有过危害，也会让我感到滑稽可笑。"[3] 一切主题先行的文学都反衬出普鲁斯特在文学上的雄心大志。文学应当作什么？它应该在词语间建立联系以确立比喻意象，观照万物之本质，写成每个人内心深处那本内在的书，可是"有多少人对撰写这样的作品退避三舍！每次事件，不管是德雷福斯事件还是战争，都为作家不去辨读这部书提供托词；他们要保证正义取得胜利，重建全民族的思想一致，所以没有时间考虑文学"。[4] 在第一次世界大战前后，时势大大促进了人们对"战斗小说"的关注，其受重视程度仅次于"民众大学"和《两世界》杂志，因此在1910年或1920年，相较于龚古尔兄弟式的"艺术写作"，"战斗小说"是更加逼人的对手，所以普鲁斯特抱怨说："青年中最优秀、最聪明和最超凡脱俗的这部分从此只喜爱在伦理道德、社会学，甚至宗教方面具有重大意义的作品。"[5] 莫里斯·巴雷斯的爱国主义，朗松的团结伦理和布吕纳介的道德观念，都是以意识形态为指归的文学的不同变体，而阿纳托

---

[1] Proust, *Le temps retrouvé, A la recherche du temps perdu*, t. III, p. 881.
[2] Proust, *Matinée chez la princesse de Guermantes*, p. 118.
[3] Proust, *Le temps retrouvé*, p. 888.
[4] *Ibid.*, p. 879.
[5] *Ibid.*, p. 893. 博尼耶聪明地把朗松宣传的人道主义文学与托尔斯泰在《什么是艺术》中捍卫的立场联系了起来。普鲁斯特迅速并且激烈地反对朗松的观点，他的敏感或许也与这些"在伦理道德、社会学，甚至宗教方面具有重大意义"的俄罗斯小说有关。这些小说深深影响了他的青年时代，其作用还要超过布吕纳介和布尔热，后来收入《欢乐与时日》(*Les Plaisirs et les jours*)的若干短篇小说就能看出这种影响的痕迹。可参见：A. Henry, *op. cit.*, p. 29 *sq*.

尔·法郎士从1889年起就开始反对这样的主题文学，当然其观念基础显然不同于普鲁斯特。不管怎样，真正的文学与说教无关，就像它不能沉溺于心理描写一样。

在《追忆》一书的核心，在《重现的时光》的美学观的基石里，蕴藏着一种坚定的、与朗松学说截然相反的立场。这种立场颂扬"印象"的价值——这是受法郎士和阿加顿影响的结果——反对回避生活、回避文学本身的"博学"，普鲁斯特把后者称为"这远离我们不敢正视的自身生活，并美其名曰博学的逃逸"。[1] 倘若世上有一类书可名为"驳朗松"（Contre Lanson），[2] 那其佼佼者非《追忆》本身莫属，而由此我们也就可以理解，深入阅读普鲁斯特的作品，是平衡历史型阅读的必要方式。

接下来我们要谈到福楼拜。福楼拜同样也有自己的"幽灵"和"分身"，不过是在历史学家之中，这就像朗松是《追忆》中提及的介入文学的"源头"，是布洛克这位民主（泰纳将民主称为"鳄鱼"）的崇拜者的原型人物一样。福楼拜的"另一个我"便是泰纳，此二人的结合之紧密更甚于普鲁斯特与朗松的牵连，在他们身上，小说和历史互为对方的副本，又好似《化身博士》（*L'Étrange Cas du docteur Jekyll et de M. Hyde*）中双面一体的哲基尔博士与海德先生。[3] 是什么把普鲁斯特与布瓦莱夫区别开来？是令朗松遭遇失败的"文学性"。但如问是什么在福楼拜和泰纳之间划出界限，则问题更难回答，因为前者的小说最近于历史，而后者的历史又最近于小说。《布瓦尔与佩

---

[1] Proust, *Le temps retrouvé*, p. 891.
[2] 此处隐指普鲁斯特《驳圣勃夫》一书的例子。——译者注
[3] 《化身博士》是19世纪苏格兰作家罗伯特·路易斯·史蒂文森（Robert Louis Stevenson）的名作，因书中人物哲基尔和海德是同一个人物的两面，但各自体现截然相对的善恶，因此后来"Jekyll and Hyde"这一典故成为心理学中"双重人格（自我）"的代名词。——译者注

库歇》与《现代法国的起源》之间有什么差异呢？泰纳是一位万事皆有答案的学者，但也有自承无力之时。[1]《布瓦尔与佩库歇》对诸多狡诈之人而言则是一本"驳泰纳"。由此我们也就可以理解，重视对福楼拜作品的阅读，是平衡历史型写作的必要方式。

——那么，你们就不埋怨我吗？
——没有的事。没有人有责任必须找到同样的口吻，既能谈论普鲁斯特，又能谈论泰纳和朗松，还可以梳理文学的第三共和国的种种挫折。这本身也是文学的一部分。
——不过等一会儿你们就会又感到饥饿了，如果你们渴望知道什么是文学的话。
——我的孩子，请你回忆一下当叙述者想找盖尔芒特亲王夫人（la duchesse de Guermantes）借她的大衣，好为阿尔贝蒂娜（Albertine Simonet）[2]定做同款的衣服时，亲王夫人说的那些话：

> 您想要的我都可以借给您，不过要是您找那些小裁缝去定做加洛、杜塞、巴甘的款式，那就非得走样不可。
>
> 我根本没想过去找小裁缝哪，我知道那非走样不可，不过我还是挺感兴趣想弄弄明白，究竟为什么会走样的呢。
>
> 您也知道我向来不善于解释任何事情，我呀，笨嘴拙舌的，就像个乡下婆子。不过这里面有个手工和式样的问题；要说做皮大衣，我至少还可以写个便条给我做皮装的裁缝，别让他敲您竹杠。不过您知道，就这样您也还得花八九千法郎呢。[3]

---

[1] Voir *infra*, p. 310.
[2] 阿尔贝蒂娜是《追忆》的中心人物之一，也是叙述者的爱人。——译者注
[3] Proust, *La Prisonnière*, *A la recherche du temps perdu*, t. III, p. 43.

2　普鲁斯特之一，反对阅读

没有阅读，就没有写作。这是萨特《什么是文学》(*Qu'est-ce que la littérature*) 一书的中心论点。"创作行为只不过是作品生产过程里的一个不完整的、抽象的时刻；如果世上只有作者，那么他可以随心所欲地写作，但是作为'对象'的作品就永远不会问世了……写作行为必然牵连着阅读的行为，阅读是写作行为的辩证的关联品。"[1]

自然，也有另一种观点，它出自马拉美的《关于书》(*Quant au livre*)："书册是没有人称属性的，就像它会与作者脱离一样，它也不会呼唤读者……作为事实，作为存在者，它总是遗世独立。"[2] 只要作者写出了一本书，它的存在就不需要以读者为前提。书存在，写作行为是一种自在的存在，它并不要求任何形式的阅读。

于是，按照萨特的社会学和辩证法的逻辑，"写作的证明在于阅读"；马拉美式的本体论和唯心主义则相信"写作的证明在于写作"。可还有第三条道路，即"阅读的证明在于写作"。这一主张符合经验主义、反理智主义的路径，因此它最好用实用主义的语言——英语来表述（The proof of the reading is in the writing）；此外，它也符合普鲁斯特这位众人皆知的热爱英语文化的作者的口味，特别是它正好与普鲁斯特对一切没有创造性可言的阅读的不信任相吻合。

---

[1] Sartre, *Qu'est-ce que la littérature? Situations II*, Paris, Gallimard, 1948, p. 93.
[2] Mallarmé, *Quant au livre, Œuvres complètes,* Paris, Gallimard, coll. «Bibliothèque de Pléiade», 1945, p. 372.

当然，我们还可以设想第四种可能，它让我们想到格特鲁德·斯泰因（Gertrude Stein）的主张。[1]对普鲁斯特来说，"阅读的证明在于写作"抑或"反对阅读"的说法，意味着把他亲自构想的两个标题组合在一起。其一是《驳圣勃夫》：普鲁斯特曾设想过把《驳圣勃夫：一个清晨的回忆》（*Contre Sainte-Beuve. Souvenirs d'une matinée*）这一标题用在一部混合体裁的作品上，他从1905年开始就在构思这本书，并且在1908年和1909年实际投入了写作。[2]其二是《论阅读》（«Sur la lecture»），这个标题原用于普鲁斯特为自己所译的约翰·罗斯金的《芝麻和百合》（*Sésame et les Lys*）一书所作的序言，不过该文虽在1905年后连载于期刊，但后来收入《戏作与杂文》（*Pastiches et Mélanges*）一书时改名为《阅读之日》（«Journées de lecture»）。[3]

《论阅读》与《驳圣勃夫》，再加上若干戏拟式的仿作，便是普鲁斯特在全力投入《追忆》的写作之前的主要工作，也是他从"翻译他人"转向"表达自我"的关键阶段：1906年，当他丧母后不久，普鲁斯特在致与他合译罗斯金作品的玛丽·诺德林格（Marie

---

[1] 格特鲁德·斯泰因（1874—1946），美国女作家，主要生活在法国，对现代主义文学和艺术产生过重要影响。——译者注

[2] 普鲁斯特在致法兰西信使出版社（Mercure de France）创始人阿尔弗雷德·瓦莱特（Alfred Valette，1858—1935，法国作家、出版家。——译者注）的信中提出了这个标题（Cité par P.Clarac dans *C.S.B.*, p.825）。

　　本书下文凡引普鲁斯特著作均采用如下版本及缩写形式：

　　Proust, *A la recherche du temps perdu*, Paris, Gallimard, coll. «Bibliothèque de la Pléiade», 1954, 3 vol.

　　以下凡引普鲁斯特的作品注释均采取题目首字母缩写形式。

　　Jean Santeuil, précédé de *Les Plaisirs et les Jours*, Paris, Gallimard, coll. «Bibliothèque de la Pléiade», 1971.

　　Contre Sainté-Beuve, précédé de *Pastiches et Mélanges* et suivi de *Essais et Articles*, Paris, Gallimard, coll. «Bibliothèque de la Pléiade», 1971.

[3] *La Renaissance latine*, 15 juin 1905; *Sésame et les Lys*, Paris, Mercure de France, 1906; *Pastiches et Mélanges*, Paris, Gallimard, 1919.

Nordlinger）[1]的信中说得很清楚："我已永远结束了翻译他人作品的工作，尽管我妈妈很喜欢我这样做。至于表达我自己，我已经失去了勇气。"[2] 1904年之后，他还对诺德林格讲过，他们一起从事的翻译工作主要是一种消遣，"我想，我会拒绝一家威尼斯书商的请求，他们要我再去翻译罗斯金的《圣马可的安息地》(Saint Mark'rest)。如果不这么做，我大概至死都无法通过写作表达我自己。"[3]

由此我们就会懂得，《论阅读》和《驳圣勃夫》之所以被视为关键性的文本，正是因为它们恢复了作者的勇气和通过写作、通过小说形式表达自我的意志。按照普鲁斯特的构想，《驳圣勃夫》本应通过与母亲对话的形式对圣勃夫的方法展开批评，用作者对阿尔弗雷德·瓦莱特的话说，它会是一部"真正的小说"。事实上，也正是这部源自批评随笔的"真正的小说"最后升华为《追忆》，而在真实的《驳圣勃夫》一书里，被论述的主题是文艺美学，或者更确切地说，是叙述者所使用的技艺。

如果说《驳圣勃夫》是《追忆》最终告成的前提，那么《论阅读》的决定性的分量也同样不可轻忽。不过，这主要不是因为这篇文章提前道出了《驳圣勃夫》的论点，即"圣勃夫误读了他的时代的几乎所有的大作家"，[4]也不是因为它对童年的描述预告了《在斯万家那边》；我们毋宁说，这篇文章的价值在于它和《驳圣勃夫》一样采取了"批驳"的立场。它懂得"否定"的意义，在其语境中，其矛头指向了阅读行为。它仿佛暗示我们，对阅读行为——恰切地说是某

---

[1] 玛丽·诺德林格，普鲁斯特的同性恋人、作曲家雷纳尔多·哈恩（Reynaldo Hahn，1874—1947）的表弟，英国人，曾帮助普鲁斯特翻译约翰·罗斯金的作品《亚眠的圣经》与《芝麻和百合》。——译者注
[2] *Correspondance de Marcel Proust*, présenté par Ph. Kolb, 9 vol. publiés couvrant les années 1880-1909, Paris, Plon, 1970-1982, t. VI, p. 308.
[3] *Corr.*, Kolb, t. IV, p. 272.
[4] *P. M.*, p. 190.

些特定类型的阅读行为——的揭露或者放弃乃是从事写作的一种前提、一个条件，似乎普鲁斯特就该提前否弃阅读，否则就难以投身写作。后来，作家在《重现的时光》中写道："我们只有放弃自己心爱之物，才能有朝一日重新拥有它。"[1]凡此论争性的措辞不免有夸大之处，而我们唯有潜心深思，方能逐渐领悟普鲁斯特最终希望达到的是怎样一种"好的阅读"——作家后来在《追忆》终篇之处颂扬了这种理想的阅读，它的对象必得是那些能够真实表达自我的人的"内在的书"："这样的阅读本身就是创作。"[2]

我们在此讨论的是普鲁斯特对阅读的感受以及围绕这种感受产生的诸种观念。从《追忆》开篇处，从它的第一页起，叙述者入睡时就总是手不释卷："睡着的那会儿，我一直在思考刚才读的那本书，只是思路有点特别；我总觉得书里说的事儿，什么教堂呀，四重奏呀，弗朗索瓦一世和查理五世争强斗胜呀，全都同我直接有关。"[3]此处，生活与阅读已经融为一体，阅读成为《追忆》的一个基本题材，也是其意义生发的扭结之一。不过，我们也需要避免普鲁斯特批评中那种将作品等同于"护教论"（pologétique）的倾向，按照这种已成俗见的看法，"阅读"简直就是《追忆》的中心主题——普鲁斯特被视为法国文学史上继蒙田之后的又一位伟大的读者，导致《追忆》全书充满了引文、指涉和隐喻，其"互文本"庞杂无比，成为一种不可思议的丰富的综合。可事实上，这样的结论很难证实，而且我们有必要把阅读对普鲁斯特的写作所具有的"质的意义"与作者具体的阅读和《追忆》的"互文本"所具有的"量的意义"区分开来。在世纪之交的那代人中，论对有产者文化传统之掌握，普鲁斯特可谓罕有其匹，

---

[1] *T. R.*, III, p. 1043.
[2] *T. R.*, III, p. 879.
[3] *S.*, I, p. 3.

他的家庭环境使其非常熟悉经典的文学作品，而学校教育对他而言相对没有那么重要，也不是他最了解的领域。如果说我们感觉其小说世界里的学术世界在比例上并没有那么突出，那是因为其中如颓废派文学等主题在20世纪已经没落，不为今人所熟知。对他笔下的音乐、绘画，我们也可作如是观。[1]

（1）图书馆

短篇小说《巴尔达萨·西尔万德之死》（«La mort de Baldassare Silvande»）是普鲁斯特在1896年出版的处女作《欢乐与时日》中的第一篇作品。从这篇小说开始，书中接连5个短章前面都冠以题铭。其中有的出自爱默生（Ralph Waldo Emerson），[2] 普鲁斯特在20岁时满腔热情地发现了这位美国哲学家的世界；有的出自塞维涅夫人，她是作者的外祖母纳代·魏尔（Nathé Weil）夫人[3] 最心爱的作家；还有两个题铭出自莎士比亚《哈姆莱特》和《麦克白》（Macbeth）中最经典的段落，它们就像拉鲁斯词典中玫瑰色的页面一样为人熟知。最后出现的是马拉美《海风》（«Brise marine»）一诗的第一句："肉体是悲伤的，呜呼！"[4] 普鲁斯特对马拉美的引用到此戛然而止，这显然象征着他并不像马拉美那样在图书馆和书籍面前感到焦

---

[1] Voir Jacques Nathan, *Citations, Références et Allusions de Proust dans* A la recherche du temps perdu, Paris, Nizet, 1969, 2e éd. Juliette Monnin-Hornung, *Proust et la Peinture*, Genève, Droz, 1951. Denise Mayer, *Marcel Proust et la Musique d'après la correspondance*, Paris, La Revue musicale, 1978.
[2] 拉尔夫·沃尔多·爱默生（1803—1882），美国哲学家、文学家。——译者注
[3] 普鲁斯特的母亲本名为 Jeanne Clémence Weil（1849—1905）。他的外祖父名为 Nathé Weil（1814—1896），外祖母本名 Adèle Berncastel（1824—1890），二人皆为犹太人，具有很高的文化水准，尤其是外祖母对普鲁斯特的母亲及他本人的文学品位有直接的影响。——译者注
[4] *P. J.*, p. 15.

虑。马拉美原诗中后续那些庄重的、宣示性的句子，被引用者删去了："肉体是悲伤的，呜呼！而我已读过所有的书籍。"不，普鲁斯特的焦虑，例如他在夜晚入睡前的不安——想一想叙述者的母亲给他朗诵《弃儿弗朗索瓦》（François le champi），[1] 他刚刚在巴尔贝克（Balbec）结识的夏吕斯（Charlus）[2] 走进他的房间，给他带来贝戈特（Bergotte）[3] 的最后一部小说，以供他消遣——是与马拉美面对图书馆，面对"所有的书籍"（或者那"唯一的一本书"）所感受到的那种根本性的焦虑截然不同的。

　　普鲁斯特很少出入图书馆。奇怪的是，他唯一从事过的职业，倒是在马扎然图书馆（la Bibliothèque Mazarine）[4] 担任职员；不过，他也很快就因健康问题而从那里辞职。普鲁斯特并不喜欢图书馆，《追忆》中提及图书馆的几处地方无不带着揶揄的口吻。在小说里，图书馆简直就和遗忘之地、垃圾场和墓地画上了等号，那些早已无人阅读的书籍只有在这里才能找到存身之所，"正如将某一种书籍存在国立图书馆一册，不这样，这本书就可能再也找不到了"。[5]

　　《论阅读》一文对学究式的，即圣勃夫式的阅读方式语多讥刺，这种以寻找真理自命的行为在普鲁斯特笔下沦为漫画式的图景，它"好似一种附着在书页上的物质性的东西，仿佛我们只要向图书馆里的书架伸出手去，就能采撷到这由他人之手酿造的蜂蜜"。[6]

---

[1]《弃儿弗朗索瓦》是乔治·桑在 1848 年发表的以乡间生活为题材的小说。——译者注
[2] 夏吕斯是《追忆》中的一位巴黎贵族，活跃于社交场，具有很高的艺术品位和修养，政治立场保守，同时也是一名同性恋。——译者注
[3] 贝戈特是《追忆》叙述人崇拜的一位作家，也是《追忆》全书中最重要的小说家形象。据信这个人物的原型是阿纳托尔·法郎士或保罗·布尔热。——译者注
[4] 巴黎乃至法国最早的公共图书馆，由枢机主教马扎然（le cardinal Mazarin）在 17 世纪中期创办。——译者注
[5] *J. F.*, I, p. 643.
[6] *P. M.*, pp. 180-181.

2 普鲁斯特之一,反对阅读

在普鲁斯特的世界里,也有某种东西位于书籍所象征、书籍所造成的死亡的对立面,那便是"一种既古老,又直接的传统,它在口头代代相传,世世接续,原先的模样虽说已经难以辨认,但始终具有活跃的生命力";这一传统才是人民所拥有的、真正的知识,女佣弗朗索瓦丝(Françoise)[1]和教堂的雕塑师们都是人民的代表。[2]不过,还要数奥黛特(Odette)[3]这个形象对学究的讽刺最中要害,当斯万(Charles Swann)[4]显得三心二意的时候,她倒是直截了当地说:"博览群书,埋头在故纸堆里,该多有意思啊!"[5]

图书馆并不能让书籍增辉,它也不能让人产生阅读的愿望,事实恰恰相反。《追忆》中有两处提到国家图书馆,上下文及其含义相同,因此颇能显现作者的观念。当叙述者第一次在斯万家做客时,"他指给我看他认为会使我感兴趣的艺术品和书籍,虽然我毫不怀疑它们比卢浮宫和国家图书馆的藏品要精美得多,但是我却根本不会去看它们。"[6]

另一处地方与斯万的女儿希尔贝特(Gilberte)有关:"希尔贝特对某位高雅的夫人感兴趣,因为这位夫人有吸引人的藏书和纳基埃的画,而我这位旧时女友是不会到国家图书馆和卢浮宫去看这些画的。"[7]

---

[1] 弗朗索瓦丝是《追忆》中叙述者家里的一位女佣,其活动贯穿全书,她被认为是法兰西民族中人民性价值的一种象征。——译者注
[2] *S.*, I, p. 151.
[3] 奥黛特是《追忆》第一部特别是其第二部分《斯万之恋》中的重要角色,是上流社会交际场上的著名人物,曾与斯万结婚。——译者注
[4] 斯万也是贯穿全书,特别是小说第一部的重要人物,他经常出入上流社会社交场,也是叙述者进入艺术世界的引路人之一。——译者注
[5] *S.*, I, p. 198.
[6] *J. F.*, I, p. 509.
[7] *F.*, III, p. 588. 另,纳基埃(Jean-Marc Nattier, 1685—1766),法国画家。——译者注

与他们对私人艺术展的青睐不同，叙述者和希尔贝特都贬低公共图书馆和博物馆的价值。他们两人的轻蔑并非与附庸风雅的做派无关，这或许是受斯万影响的结果——斯万在小说开篇处大梦初醒般地宣称，"对那些确有精义的书，我们一生中总要读上三四次"。[1] 这样精英主义，热衷上流社会品位，讲究"物以稀为贵"的原则是与图书馆的设置格格不入的。勒格朗丹（Legrandin）[2]也讲过："说实话，这人世间我几乎无所留恋，除了少数几座教堂，两三本书，四五幅画。"[3] 这也就解释了为什么斯万认为，为了获得它们应得的普及度，某些著作——比如帕斯卡的《思想录》（Pensées）——不妨在报纸上刊登，而社交场上的名册却应该印成切口烫金的精装版。当然，一味讲求书籍的精致也会带来矛盾：斯万一家起初对书的品位是偏重其版本的精美程度的，但他后来遇到了一个普鲁斯特在《驳圣勃夫》里已经点出的重要问题：对盖尔芒特先生（M. Guermantes）来说，既然他所有的书籍都是同样的精装本，"那么《欧也妮·葛朗台》（Eugénie Grandet）与《海洋公爵夫人》（La Duchesse de Mers）[4]之间相近的程度，就要远远高于《欧也妮·葛朗台》与某一本同样由巴尔扎克所写，但平装本只卖一法郎的小说的相似"。[5] 在书的"物质性"（斯万所说的"切口烫金"和盖尔芒特先生眼里的"柔软的平纹薄花呢"）问题背后，还隐藏着对书的形式，即"文学性"问题的考量——毕竟大作家与平庸作家的不同（这种不同是斯万所承认，而盖尔芒特先生所无法理解的），就在于

---

[1] *S.*, I, p. 26.
[2] 《追忆》中的人物，工程师、文人。——译者注
[3] *S.*, I, p. 128.
[4] 法国交际花、女作家塞莱斯特·莫加多尔（Céleste Mogador, 1824—1909）的作品，1881年出版。——译者注
[5] *C. S. B.*, p. 283.

大作家的著作无论用《圣经》用纸印行还是印成一法郎的平装本，其价值都无所谓增减。

无论如何，图书馆都不是普鲁斯特心仪的地方，在他心目中，它并不比报纸或者一法郎的平装本更加珍贵。作家的各种文字都说明他看重的是珍本善本（无论就书作为物质实体还是内容的载体而言都是如此），而且还得是私人收藏的版本。说起来，我们上面的引文之所以要紧，还在于它们把卢浮宫和国家图书馆联系了起来（尽管只是为了讥讽贬低它们），也透露出"书"与"画"之间的本质关联。何以为证？《让·桑特伊》(Jean Santeuil) 中的画家变成了《追忆》中的作家，即贝戈特。

（2）恋书癖

图书馆让普鲁斯特无感，在于其收藏、整理书籍时泥沙俱下鱼龙混杂的乱象，在于其抹平一切差异的理念——这倒是符合民主制的义理——即使珍本善本在图书馆中也不能不服从这样的原则；相反，纯正的对书籍的热爱总是见于那些品位高雅的业余收藏者身上，他们对那些真正值得收藏的书总是心怀虔诚和敬意：以斯万为例，他的身上就总是带着"收藏者的傲气、自私和欲念"。[1]

这样的内心倾向也见于《追忆》的叙述者，他把书册视为物质实体，对它怀有同样的激情，而这种情感在他看来可以上溯到童年时期。早在《让·桑特伊》一书里，孩子们就是带着真正的爱去阅读童书，这种爱指向阅读的程序，仿佛在爱欲的倒错中，爱改变了指向——爱恋的对象成了"爱"本身，而不是被爱之物："我们不会一

---

[1] *S.*, I, p. 224.

心只在乎书里说了什么，而不去牵挂手里摩挲着的书页。"[1]如果激情倾注的对象又变成作为物体的书册，而不再是阅读程式，那么爱欲的倒错就几近"恋物癖"："当我们更年轻的时候，在我们眼里，书和它要讲述的东西是不可分离的。"于是，普鲁斯特开始热情洋溢地描述书册的外观、书上的徽章："它的形体蕴含的魅力与我们喜爱的故事、书带给我们的欢愉完全融为一体。"在这一页上，连续三次出现对书页上气味的描写，这是一种"清新"的气味，它远离图书馆尘灰满布的藏书里的那股土腥气，倒是"和我们放玫瑰饼干和内衣的橱柜里的气味一样清新可人"。这清新的气味仿佛可以入口，就像"抹上玫瑰色奶油的干酪，大人允许我把捣烂的草莓倒在干酪上面"，又似从加米商店买来的昂贵的"玫瑰色饼干"、玫瑰色的山楂，总之，像一切因为有玫瑰色而变得价格不菲、勾人食欲的东西。[2]

不过普鲁斯特用年幼无知来解释激情指向的迁移："那时我们读过的东西很少，我们阅读的经常是自己拿在手里的第一本这种开本的书。"[3]这么说，仿佛"第一本"成了"恋物癖"的托词。这样看来，怪癖会随着年龄的增长而消失。怪癖的消失还有另外一种情形：由于在《让·桑特伊》的同一页里，这一怪癖还包括对作家的崇拜，包括为心仪的作者——此处是指罗伯特·路易斯·史蒂文森，他的主人公贪婪地阅尽世间一切书籍——树碑立传的强烈愿望，我们也可以想象，鉴于《让·桑特伊》的主人公和《追忆》的叙述者在遭遇作家和艺术家，如贝戈特、埃尔斯蒂尔（Elstir）[4]等人的真身时感到的失落，那么对作家的崇敬之癖恐怕也会随之消失。

---

[1] *J. S.*, p. 368.
[2] *S.*, I, p. 139.
[3] *J. S.*, p. 368.
[4] 埃尔斯蒂尔是《追忆》中的重要人物，是理想画家的象征，类似贝戈特在文学上扮演的角色。——译者注

恋书癖的消失还和阅读者的身份有关。除孩童时期对书册的爱恋以外，恋书癖主要表现在贵族们的阅读行为中，他们的癖好简直把圣勃夫式的习性推到荒谬的程度。简单地说，他们的阅读行为的对象不是文本，而是作为物质实体的书册，或是书背后的人。《驳圣勃夫》中盖尔芒特先生从父亲那里继承下一座书房，其藏书都是精装本，并不按作者的姓氏分门别类："他把这些封皮一模一样的、令人快慰的书混在一起。"[1]《追忆》中那位把大仲马当作巴尔扎克的盖尔芒特亲王也继承了这一风格。[2] 回到《驳圣勃夫》里来，书中描写的贵族式的恋书癖倒未必是出于对作者们之间差异的不屑，毋宁说，它的确近似于叙述者童年时代的热情："我得承认自己是理解盖尔芒特先生的，因为我的整个童年也是以同样的方式读书的。"[3] "同样的方式"意味着读者首先关注的是书册的物质性，阅读时仿佛这是与书册的第一次相遇，"就像第一次透过一袭裙衫看到一个女人的样子"。普鲁斯特继续说道，"寻找这样的书，这就是我作为书籍爱好者唯一的行事方法。我初次读某书遇到的那个版本，那个给我带来原初印象的那个版本，便是我作为'书痴'眼中唯一的'原版'"。这些文字几乎原封不动地被搬到《追忆》中一个至关重要的时刻，其背景是盖尔芒特亲王的书房：按照《重现的时光》的叙述，这一天的傍晚，当叙述者抵达盖尔芒特亲王府上时，他看到了亲王的藏书，不由得浮想联翩："倘若我想当一个像盖尔芒特亲王那样的珍本收藏家的话……"[4] 不过，叙述者并没有对书籍中讲述的历史、人物的生活产生兴趣，倒是探索起他自己的往昔，而这往日岁月是透过他童年时阅读的书籍，乃至旧日读物的物体形式显现出来的。"就眼前这一册册书的本身而

---

[1] *C. S. B.*, p. 297.
[2] *G.*, II, p. 491.
[3] *C. S. B.*, p. 295.
[4] *T. R.*, III, p. 886.

言，看着它们活生生的样子，我还是能对它们发生兴趣的。我觉得作品的初版比其他各版珍贵，可我说的初版是指我首次读到的那个版本。我会去寻找作品给我留下最原始印象的那一版。"[1] 无论是在《追忆》还是在《驳圣勃夫》里，叙述者都总是用动词的条件式（"倘若我……"）去描述恋书癖，这说明，尽管这种癖好在上下文中显得是对他者习性的复制，但叙述者并不会陷入盖尔芒特先生或盖尔芒特亲王的轨迹，他有自己的癖性。

上流社会有它的阅读方式，例如盖尔芒特兄弟"对巴尔扎克'有兴趣'"，[2] 仅仅是为了自娱，并不关心他是不是已成为大作家，这种习俗显然影响到了叙述者。不过，《驳圣勃夫》的立意同时也在于批驳贵族世家。试举一例，盖尔芒特先生总是把巴尔扎克与罗热·德·波伏瓦（Roger de Beauvoir）[3] 及塞莱斯特·莫加多尔混在一起，"对于这些书，倘若要人为地按照与小说主题和书册外观无关的方式进行所谓的文学分类，那会是很困难的"；[4] 相比对盖尔芒特先生的描写，普鲁斯特对他的姑母，圣勃夫的崇拜者维尔巴里西斯夫人（Madame de Villeparisis）的讽刺还要更加辛辣。《论阅读》一文曾提到圣勃夫嘲笑过身为小说家的司汤达，却称赞现实生活里在社交场上长袖善舞的亨利·贝尔；[5] 到了《驳圣勃夫》和《追忆》中，类似的言论转移到了维尔巴里西斯夫人嘴里。[6] 这位贵妇人亲眼见过巴尔扎克，认为"他是一个很普通的人，只讲了些无聊的事情，我不想让人介绍我去认识他……圣勃夫，他才是一位有魅力的人，细腻敏锐，

---

[1] *T. R.*, III, p. 887.
[2] *C. S. B.*, p. 282.
[3] 罗热·德·波伏瓦（1807—1866），法国浪漫主义小说家、诗人和剧作家。——译者注
[4] *C. S. B.*, p. 283.
[5] 亨利·贝尔是司汤达的本名。——译者注
[6] *P. M.*, p. 190. *J. F.*, I, p. 710.

很有教养；他很有分寸地待在自己的位置上，人们只有想见他的时候才能见到他。他是和巴尔扎克完全不同的人"。[1]在《追忆》中，维尔巴里西斯夫人炫耀自己认识夏多布里昂、巴尔扎克和雨果，"往昔她的父母全接待过这些人，她自己也隐约见过他们……她的家庭与这些人有过这样特殊的关系，她以此自夸，似乎认为与像我这样未能与这些人有所交往的年轻人相比，她对这些人的评论更为正确"。[2]维尔巴里西斯夫人还直接援引圣勃夫的权威："正如很有风趣的圣勃夫所说，有关这些人，应该相信就近看见过他们，并且能够对他们的价值做出更正确的评价的人。"从这些描写中可以看出，与他对批评家的阅读方式的不满相比，普鲁斯特对圣勃夫的敌意更直接地来自这样一个事实：他在圣勃夫等人身上看到的是一幅关于贵族做派的漫画图景。不过维尔巴里西斯夫人和她的侄子盖尔芒特先生有一个共同点，他们都难以适应"书"：前者透过书寻找的是背后的"人"，后者却在意作为"物"的书册。这两种态度都意味着忽视文学，忽视"所谓的文学分类"。

然而不管怎样，在对待书籍的种种态度中，上流社会里流行的恋书癖仍然是最切近叙述者脾性的若干方式里的一种："有时我会扪心自问，今天我读书的方式是不是已经多少远离了盖尔芒特先生的方法，变得更接近当今的批评家了。"[3]

（3）偶像崇拜和移情别恋

恋书癖并不是普鲁斯特经历过的最糟的一种阅读恶习。不管它是

---

[1] *C. S. B.*, pp. 283-284.
[2] *J. F.*, I, pp. 710-711.
[3] *C. S. B.*, p. 295.

贵族习气的流露还是孩童稚气的象征，它至少是纯粹的，也就是说它好歹是文质彬彬的、无功利的。但这种癖好如果发展为成年人自命不凡的做派，或者带上典型资产者的烙印，那就不免成为普鲁斯特笔下诸种阅读方式中要命的、负面的极端。对孩童或贵族来说可谓自然而高雅的东西，搬到维尔迪兰（Verdurin）[1]家的沙龙里就成了矫揉造作。另一方面，恋物者并不只童年的叙述者和盖尔芒特先生，它所关涉的也不止于书籍，同样也可以指向文艺，在这方面，《追忆》中的典型人物显然是斯万。我们不妨给某些恋物癖别取一名，称之为跨越文字、艺术和生活界限的偶像崇拜或"移情别恋"（l'idolâtrie）。普鲁斯特多次描述过这种嗜好，不过其中最直接的场景是关于对绘画的爱，而主角便是爱恋中的斯万。斯万之所以对奥黛特一见倾心，是因为她的容貌酷似叶忒罗（Jéthro）的女儿西坡拉（Zéphora），[2]而西坡拉的形象曾被桑德洛·波提切利（Sandro Botticelli）[3]绘入了西斯廷教堂的一幅壁画。[4]斯万一向喜欢从大师的画作中寻找自己熟人的容颜，这是当时上层社会流行的游戏，他也尤其青睐因艺术而扬名的人物，如小说中所描写的，"斯万不由得责怪自己从前竟不能认识这样一个可能博得伟大的桑德洛爱慕的女子的真正价值"。[5]这么看来，我们现在谈论的"移情别恋"是指，由于混淆了生活和艺术的界限，一个人在现实中真的爱上了他本来在艺术作品中的爱恋对象；或者，他爱上了一切让人联想到艺术的东西，哪怕此前他根本对此无感——在这两种情况下，生活中出现的"爱"都是偶发的巧合，缺乏生活自

---

[1] 居斯塔夫·维尔迪兰，《追忆》中的人物，富有的资产者，其妻主持了著名的维尔迪兰沙龙，埃尔斯蒂尔等人均为沙龙的座上宾。——译者注
[2] 西坡拉是《旧约》中犹太先知摩西的妻子，叶忒罗是她的父亲。——译者注
[3] 桑德洛·波提切利（1445—1510），佛罗伦萨画家，意大利文艺复兴时期有代表性的艺术家之一。——译者注
[4] *S.*, I, p. 222.
[5] *S.*, I, p. 224.

身的基础。仍用《追忆》中形容斯万的语言来说,"有那么一种模糊的感应,它会把我们吸引到我们所观赏的艺术杰作上去,现在他既然认识了叶忒罗的女儿有血有肉的原型,这种感应就变成一种欲念,从此填补了奥黛特自己的肉体以前从没有在他身上激起过的欲念"。[1]

《追忆》中的移情——比如把对虚构世界的崇拜转移到现实中,或者归根到底只专注于对词语世界的崇拜——的倾向,当然不仅限于斯万一人。维尔迪兰夫人在聚会上笑脱了下巴,因为"她是惯于把那些用来表达她的情绪的形象化说法落到实处的";[2] 弗朗索瓦丝看到对帮厨女佣所患病症的医学描述,就忍不住伤感哭泣,可她亲眼看到不幸的女佣为病痛折磨时却无动于衷。上述两例难道不是移情的表现?其实,早在展现斯万等人物的移情,甚至在写下《追忆》的第一页——要知道从小说开篇伊始,"移情"现象就一直在窥伺叙述者——之前,普鲁斯特已经在《亚眠的圣经》的法译本序言中考察了它,他从罗斯金那里借来了这个术语,而他的考察目的则是批评罗斯金。普鲁斯特的译者序整合了他此前几篇业已发表的热烈的讨论文章,又增加了一篇很长的关于移情现象的附言,后来这段话又收入《戏作与杂文》。为了用当前的、活生生的例子来更清楚地说明这种错乱现象,普鲁斯特在附言里不点名地为他的友人罗贝尔·德·孟德斯鸠画了一幅题为"偶像崇拜"的肖像,其笔法让人想到拉布鲁耶《品格论》中的人物刻画:"当他开口说话时,他便为偶像崇拜的心结所苦,尽管他表现得是如此文雅……他看见一位悲剧女演员身上裹着的袍服,顿时满心赞叹地想起了居斯塔夫·莫罗(Gustave Moreau)[3] 的名画《年轻人与死神》(*Le Jeune homme et la Mort*)中死神身穿的

---

[1] *S.*, I, p. 225.
[2] *S.*, I, p. 189.
[3] 居斯塔夫·莫罗(1826—1898),法国画家、雕塑家。——译者注

长袍；在另外一个场合，孟德斯鸠看到自己一位女性朋友的服饰，又想起'卡迪尼昂王妃（la princesse de Cadignan）[1]第一次见到阿尔泰兹（Arthez）时的穿着和头饰'。看着那位悲剧女演员的袍服或那位贵妇的打扮，他的心中回荡起关于贵族生活的种种记忆，不由得喊出声来：'多美啊！'令他赞叹的不是因为袍服本身很美，而是因为它与莫罗、巴尔扎克描绘的形象一致，于是在偶像崇拜者眼中，它仿佛获得了神性……"[2]这段曲折的离题话作为附言已经太长，后来，普鲁斯特在一篇名为《美男子教授》(«Un professeur de beauté»)的同样论罗贝尔·德·孟德斯鸠的文章里继续发挥了这个主题。[3]按照人们的推想，孟德斯鸠是《追忆》中夏吕斯的生活原型，可他同时还是于斯曼小说《逆流》(A rebours)中的主人公德赛森特（Des Esseintes）的原型，他身上发生的活生生的场景比小说人物斯万近似的移情心理更加清晰——斯万"有一条精美的、蓝色和粉红色交织的东方披巾，当初他买下来是因为《圣母赞歌》[4]中的圣母也戴这样一条披巾"。[5]普鲁斯特不停歇地描写、呈现类似的情结，他仿佛在暗示说：移情和偶像崇拜仅仅是艺术的业余喜好者沉溺其中不能自拔的幼稚心态，也是斯万在美学上无法区分艺术与现实，怠懒迟钝，毫无创见的表现，而叙述者唯有摆脱这一癖性，方可成为一位真正的艺术家。事实上，小说叙述者一直试图把文学或绘画作为现实的参照："我驻足停步，自以为得到了一个可贵的概念，因为我觉得眼前仿佛

---

[1] 这个人物是巴尔扎克的短篇小说《卡迪尼昂王妃的秘密》中的主人公，按《人间喜剧》的描述，她在鲍赛昂子爵夫人退隐后成了巴黎社交界的头号贵妇。——译者注
[2] *P. M.*, p. 135.
[3] *E. A.*, pp. 514-516.
[4] 《圣母赞歌》(*La Madone du Magnificat*) 是波提切利在1481年创作的名画。——译者注
[5] *J. F.*, I, pp. 617-618.

是我自从读到一位心爱的作家的有关描述之后便日夜向往的那片河网地带的一角。"[1]在小说的另一处地方,叙述者明明置身埃尔斯蒂尔的画室,面对着《卡尔克迪伊港》(*Port de Carquethuit*)这幅画,理解了比喻是艺术的驱动力,但仍然发出了这样的感叹:"我多想到卡尔克迪伊去啊!"在感叹的这个瞬间,似乎现实的重要性超过了艺术;然而,小说下文立刻满足了叙述者对美景的相思,再次颠覆了现实的意义:"(我)并没有想到,在这幅画中那么强有力表现出来的崭新特点,说不定更多的是来自画家的视觉,而不是因为这片海滩真的有什么特别价值。"[2]

什么是文学意义上的偶像崇拜?普鲁斯特对孟德斯鸠的描述大概能够定义其本质:偶像崇拜意味着在生活中爱恋本来属于巴尔扎克小说世界里的东西,而这种东西"一旦去除了与它结合在一起的精神性的因素,它就只是被剥夺了意义的符号,一个空空如也的虚无"。[3]普鲁斯特的本意是要着重谈罗斯金,他发现罗斯金身上具有一种"知识性的原罪",即沉溺于引经据典,尤其是引用《圣经》典故,而这种做法与知识和道德上的淳朴性构成了冲突。"在这种掺杂了学究气和艺术感的愉悦中,某种复归自我、自我中心的倾向是无法避免的,美学上的快感的确由此变得更加强烈,但同时也变得不那么纯粹了。"[4]偶像崇拜堪称"人类精神根本性的受损",它引发的诸多后果中的一个便是"罗斯金给予作品文字……的那种夸张的重要性";[5]普鲁斯特后来在《芝麻和百合》译本的长篇注释中重新评价了"文辞癖"问题:"罗斯金身上体现出我常常提到的对文辞的癖好,凡是他

---

[1] *S.*, I, p. 172.
[2] *J. F.*, I, p. 854.
[3] *P. M.*, p. 136.
[4] *P. M.*, p. 133.
[5] *P. M.*, p. 134.

认为自己能够在某位大作家的美文中现身的,他就必然会欣赏所有这些美文中的语词,并因此志得意满。至于那位与我们同时代的、经常被我拿来与罗斯金相比的词语崇拜者(当然这总是指孟德斯鸠),有时候甚至会在一出剧本前面加上五个题铭。"[1]在另外一处,普鲁斯特又写道(这句话同时适用于罗斯金和孟德斯鸠):"对他来说,词语仿佛波德莱尔笔下那盛满回忆之酒的瓶子。即使脱离了包含着它的那个华美的句子(当然危险也可能由此开始),他也依然对这个词饱含敬意。"[2]

如果所谓"偶像崇拜"既包括斯万式的混同人生和艺术的做派,也包括罗斯金崇拜文辞,相信一切书均源出那唯一之书的观念,那么《追忆》的人物中唯有叙述者的母亲能一身兼具这两层含义。安德烈·莫洛亚(André Maurois)[3]写过一段关于作家的母亲的话:"有一本笔记留存下来,阿德里安·普鲁斯特夫人(Mme Adrien Proust)用

---

[1] *S. L.*, p. 62, n.
[2] *S. L.*, p. 102, n.《偶像崇拜》还是意大利画家乔托(Giotto di Bondone)最重要的画作之一,属于十四幅以基督教的善恶观为主题的寓意壁画系列,保存在帕多瓦的斯克罗威尼礼拜堂。该系列画作经常出现在《追忆》中(普鲁斯特在罗斯金的作品中发现了它们,而小说中的童年叙述者则是通过斯万展示的照片了解它们的)。阿尔贝蒂娜被叙述者拿来和《偶像崇拜》进行比较:"我远远看见阿尔贝蒂娜手上牵着一段丝绳,上面吊着个莫名其妙的物件。这使她与乔托笔下的《偶像崇拜》那幅画很相像,这物件叫'小鬼'。"(*J. F.*, I, p. 886)不过,普鲁斯特还是好几次特别指出,叙述者对阿尔贝蒂娜的爱意与斯万对奥黛特的情感完全不同,其中并没有偶像崇拜的因素。举例来说,"对我来说,阿尔贝蒂娜根本不是一件艺术品。我知道什么叫用艺术眼光来欣赏女子,我了解斯万"。接下来是对斯万式的偶像崇拜的一番重新描述。"我丝毫没有这份天赋。从实而言,我一旦把阿尔贝蒂娜视为我有幸占有的古色古香的音乐天使,就立刻会对她失去兴趣,无动于衷,在一起不久就感到无聊了。"(*P.*, III, pp. 383-384)另请参考如下场景:阿尔贝蒂娜在离去之前身穿的福尔蒂尼外套(le manteau de Fortuny)让叙述者想起威尼斯画家卡帕奇奥(Vittore Carpaccio)的一幅画,但他的感伤情绪转眼又消失了(*F.*, III. p. 647)。
[3] 安德烈·莫洛亚(1885—1967),法国小说家、传记作家。——译者注

细腻的斜体字记下了她喜爱的词句;生性羞怯的她是悄悄记录下来的。"[1] 每位读者都记得,《驳圣勃夫》的第一页是用母子间对话的形式展开这篇散文的:

——妈妈。
——你是在叫我吗,宝贝?
——是啊。
——我要告诉你,刚才我担心自己听错了,我害怕自己的宝贝会对我说:
是你吗,以斯帖?这里没有人召唤你。
没有我的命令,谁敢来到此处禁地?
有谁要以身试法不怕一死?
——不,妈妈。
以斯帖,你怕什么?难道我不是你的兄弟?
难道这严酷的法令会是为你而设?
——我不得不认为,如果我叫醒了我的宝贝,不知道他会不会向我轻易举起他的黄金权杖?[2]

另一方面,叙述者的母亲那显而易见的偶像崇拜情结也见于她从她母亲那里继承下来的对塞维涅夫人的热爱。在叙述者的外祖母去世之后,他的母亲恨不得在一切方面都做到和她的母亲一模一样。叙述者解释说,"在对故人深切的悼念之中,我们将死者所爱的一切都

---

[1] A. Maurois, *A la recherche de Marcel Proust*, Paris, Hachette, 1949, p. 14. Cité par J. Nathan, *op.cit.*, p. 11.
[2] *C. S. B.*, pp. 217-218. 这段对话改编自拉辛根据旧约《以斯帖记》撰写的悲剧《以斯帖》(*Esther*),《驳圣勃夫》中和妈妈的谈话一章提到过母亲极其喜爱拉辛的这部作品。——译者注

视为崇拜的偶像"。[1]再次出现的"偶像崇拜"一词在此处用来指代对书和文字的虔敬,比用在斯万和罗斯金身上还要恰当。叙述者的母亲情不自禁地在她的每封书信里都引用塞维涅夫人的句子,"我外祖母一直爱不释手的塞维涅夫人的几部作品,我母亲也怎么都舍不得拿去交换,哪怕与文学家的手稿交换也不行"。

(4)精神上的收益

相对于真正的阅读来说,偶像崇拜——对书籍和文辞的崇拜,或曰恋书癖和宗教般的虔信——构成了两种(也可以说只是同一种)障碍。真正的阅读是对书册和文辞的抽象,可以说,真正的阅读是精神性和知识性的。在《追忆》中存在着关于此类阅读的象征形象,我们可以像普鲁斯特一样,将其称为"知识的收益",它出自普鲁斯特在谈论罗斯金时的表述:"在我对罗斯金作品的喜爱中,一开始就混合着某种功利的东西,它是知识的收益带来的快乐,而这种收益正是我要从阅读中索取的。"[2]不过,这一象征形象同时也是否定性的:在《追忆》面世之前,从《让·桑特伊》到《论阅读》,以"知识的收益"为目标的阅读从来都是被否弃的对象。

如果说《追忆》中的"偶像崇拜"应该与母亲的形象联系在一起,那么知识收益、阅读的功利性、它的蓬勃生机——我们之所以用这样的描述,是因为就像偶像崇拜一样,功利阅读终归涉及阅读和生命的关系——则是由叙述者的外祖母来体现的,尽管她总是喜爱塞维涅夫人和博泽让侯爵夫人(Mme de Beausergent)。[3]就像她的

---

[1] *S. G.*, II, p. 770.
[2] *P. M.*, p. 138.
[3] 博泽让侯爵夫人是《追忆》中的虚构人物,是维尔巴里西斯夫人的姐妹,其《回忆录》在风格上模仿塞维涅夫人,深得叙述者外祖母的青睐。——译者注

密友，那位在《驳圣勃夫》中现身的维尔巴里西斯夫人说的一样，外祖母也会宣称："你们也许会觉得我傻气，不过我承认，在我读书的时候，我的弱点就是总希望这本书能告诉我一些事情。"[1]

在《追忆》的开头，外祖母给童年的叙述者带来了这样几本书："那几本书是《魔沼》《弃儿弗朗索瓦》《小法岱特》和《笛师》。后来我才知道，外祖母起先挑选的是缪塞的诗，卢梭的一本著作，还有《印第安娜》；因为，外祖母固然认为无聊的书同糖果点心一样对健康有害，但她却并不否认天才的恢宏气魄甚至对一个孩子的思想都能产生影响，说起有益健康，振作人的活力，这种影响倒也不见得比不上旷野的空气和海面吹来的风。"[2]小说稍后又写道，"确实，我的外祖母从不凑合买那些智力方面得不到补益的东西"。两种阅读方式的反差在此一览无余：无聊的阅读如糖果和玫瑰饼干，像小孩子的"胡思乱想，偷偷哭泣，自寻欢乐"；[3]有益的阅读则像天风海雨对身体的磨砺。这就是为什么外祖母可以二者并行不悖，既给叙述者各种读物，同时又鼓励他走到户外，走进生活，也就是阻止他沉溺于读书。她会在发现孩子一味阅读时责备他："'怎么，你又在看书消遣了，今天又不是星期天'。她这么说，是给'消遣'这个字眼加进了'孩子气'和'浪费时间'的含义。"[4]她的外孙的阅读正是因为缺乏节制，才显得不够严肃、健康。

"知识上的补益"之类的言辞再一次出现在外祖母的口中，是当叙述者在里夫贝尔餐厅遇到了埃尔斯蒂尔，并受邀去拜访他时："我向外祖母讲述了与埃尔斯蒂尔的匆匆一晤，她为我能从埃尔斯蒂尔的友情中得到各种精神收获而感到高兴，认为我到此刻尚未去拜访埃尔

---

[1] *C. S. B.*, p. 284.
[2] *S.*, I, pp. 39-40. 按上引文中提到的几部作品均为乔治·桑的小说。——译者注
[3] *S.*, I, p. 12.
[4] *S.*, I, p. 101.

斯蒂尔，既荒谬绝伦，又对人缺乏热情。"[1]这一次，精神上的收益不再与书本相关，而是源自和某位大人物的谈话，这无疑反证了外祖母的观念与维尔巴里西斯夫人是何等相似。至于此时的叙述者自己，他一心想着的其实是女孩子们，尽管他接受了外祖母的建议，最后还是去拜访了埃尔斯蒂尔，但我们也不能忽视小说在讲述他的拜访行为之前的一段话，它道出了普鲁斯特十分看重的一个观念，即他人自身的品质，并不能决定我们与这个人的关系的性质："一个平平常常的少女赋予我们的激情，可以使我们自己心灵深处最隐蔽、最有个人色彩、最遥远的、最根本性的部分上升到我们的意识中来。与一个出类拔萃的人的交谈，甚至满怀钦佩地凝视他的作品所能给予我们的愉快，却不能产生这样的效果。"[2]不错，叙述者对埃尔斯蒂尔的拜访具有决定性的意义，但在此之前，应该坚决地对"交谈"和"凝视"（这是两种基本的与文学打交道的方式）进行一番批判性的考察。

普鲁斯特与罗斯金之间关于阅读问题的一切争辩正是围绕"交谈"和"凝视"展开的。被叙述者评论为"失之偏狭"的外祖母的观点不是别的，正是罗斯金在《芝麻和百合》中表达的主张。

在该书收录的前后两次关于阅读问题的讲座中——讲座的语境是一座面向高中学生的公共图书馆新近开馆，而我们知道普鲁斯特与图书馆的疏离关系——罗斯金表达了这样一种思想（这正是普鲁斯特在译者序言和所有的页注中都着力批驳的东西）：阅读是与伟大心灵的交谈，它应该在人生中起到至关重要的作用。对此普鲁斯特回击

---

[1] *J. F.*, I, p. 830.
[2] *J. F.*, I, p. 833. 此前，普鲁斯特在《论阅读》一文中已经表述了同样的观点，他认为阅读行为（女性和书籍之间总是相通的）无论作为投身孤独生活还是从事交谈的一种形式，都是值得捍卫的，但单纯的阅读也并非灵丹妙药："被倾听或者被阅读的东西，并不会比这些东西在我们身上所激发起的精神状态更重要。"（*S. L.*, p. 71, n.）

说,阅读并非交谈,它毋宁是孤独中的沉思,而让阅读去承担人生至高价值的观念也并不公正:"阅读处在精神生活的门槛上,它可以让我们由此登堂入室,但阅读本身并不能构成精神生活。"[1]倘若像罗斯金一样,把过重的价值赋予阅读,那么这依然是一种偶像崇拜,普鲁斯特对此又进行了一番详细的描述,其严密程度前所未有:"我们也希望走近画家米勒(Jean-François Millet)[2]的《春》(*Printemps*)向我们展示的那片原野,我们也希望莫奈(Claude Monet)把我们带到吉维尼(Giverny)[3]的塞纳河畔,带到那河道的拐角处,看那晨雾起时万物朦胧一片的景象。"[4]艺术展示生活,但艺术的视野并不能替代生活。

普鲁斯特又把偶像崇拜者称为"文人",书在他们眼中是"恒定的偶像,崇拜者将书作为偶像来尊崇,书并不从它能够唤起的思想中获得真正的尊严,而是向它周围的人发送一种人为营造的尊严。"[5]这无异为"文化上的原罪""对书的恋物癖式的尊敬",是"伟大的心灵"也难以幸免的"文学病"。再也没有比这更严厉的指责了。

就这样,追求"精神补益"的功利性阅读最终与偶像崇拜式的阅读合流了,因为二者都试图替代精神的"个体存在"(我们还记得普鲁斯特的母亲在小说中分裂成了叙述者的母亲和外祖母两个人)。应该拷问的依然是阅读和生活的关系,也正是在人生面前,阅读才显示出它的虚弱与局限。普鲁斯特在此显示出某种蔑视——不是对图书馆,而是对阅读,甚至似乎是对一切形式的阅读的蔑视——我们只

---

[1] *P. M.*, p. 178.
[2] 让-弗朗索瓦·米勒(1814—1875),法国现实主义画家。——译者注
[3] 吉维尼为法国厄尔省的一个市镇,以象征主义画家莫奈(1840—1926)的故居和花园而闻名。——译者注
[4] *P. M.*, p. 177.
[5] *P. M.*, p. 183.

有回到小说叙述者外祖母的精神生命观,才能理解他的真正想法。

(5) 阅读或人生

外祖母总是以生活和行动为理由去指责阅读的不当,在她眼中,阅读就是消遣,也是虚掷光阴。在《让·桑特伊》中,母亲也斩钉截铁地说过类似的话:桑特伊夫人"认为诗歌不能用来充实生活,只能打发闲暇时光。作为学业诗歌太过轻浮,作为娱乐倒还算雅致,它就像用来装点易逝时光的花环"。[1] 轻浮而无用,只能浪费生命,阅读就这样被母亲弃若敝履,尽管是她自己把让引进了阅读的世界。

阅读代表了感性上的麻木,生活的反面,而普鲁斯特长久以来总是长于思辨而短于行动。还是在《让·桑特伊》中,我们看到主人公即将面临的决斗将他从惯常的慵懒和"麻木"中惊醒,极为罕见地准备投入行动,这时普鲁斯特的评论是:"几天以来,他的日子古怪地变成了一种外部的生活,积极而又有趣……这些天来他从未打开书本。"[2]

被动、麻木、怠懒、病态……就这样,阅读也被列入社交生活。阅读或许是在孤独中进行的,但这并不能让它像外祖母的精神生命论期望的那样,产生出某种作品来,毕竟她所寄望于叙述者的,是要投入积极的工作,她也为叙述者放弃外部生活而抱憾。这也就解释了为什么罗斯金把阅读看成与作者的交谈,它优于社交场上的真实的谈话,他的观点却得不到普鲁斯特的赞同。[3] 罗斯金诚然赞美阅读而贬抑社交对谈,但在普鲁斯特看来,这并不能真正拯救阅读,因为即

---

[1] *J. S.*, p. 247.

[2] *J. S.*, p. 707.

[3] *P. M.*, p. 173.

使在孤独中展开的阅读行为也只是一种"精神沙龙里的生活"——叙述者在斯万家遇到贝戈特,这次相逢让他颇多感触,但并没有促动他投身写作:"这是一场在静默中进行的操练,但它却仍是谈话而非沉思,我的孤独则是一种精神沙龙里的生活(在这个沙龙中,控制我话语的不是我本人,而是想象的对话者;我表述的不是我认为真实的思想,而是信手拈来的、缺乏由表及里的反思的思想)。"[1]因此,关于阅读,我们能够谈论的东西实际上和那种虚构的、想象的生活并没有什么不同:"我感到一种纯粹被动的乐趣,好比因消化不良而呆坐不动时所感到的那种被动乐趣。"

同样,按照《论阅读》里的观点,体现在阅读行为中的偶像崇拜简直比附庸风雅还要糟:"纯粹的附庸风雅要更加无辜。"[2]后者相对的无辜在于它少了一些自命不凡的成分。和包括他自己在内的一众读者相比,普鲁斯特宁愿选择盖尔芒特一家,后者翻阅的总归还是一些能够改变他们生活的书,而他自己受罗斯金的影响,"对那些他让我爱上的东西,我寄托了过多的牵挂,结果这些东西在我眼里简直比生活本身还要重要"。[3]阅读近似社交,而其习焉不察的危害更甚于社交,它们都让人远离了行动和真正的生活。

《追忆》全书所有关于阅读的描述无不处于进退两难的困境中,有时还伴随着行动和停歇交织的节奏。小说开头提到了在贡布雷的夏天发生的阅读场景:"那时我早已拿着一本书躺在我自己房里的床上了。几乎全都合上的百叶窗颤颤巍巍地把下午的阳光挡在窗外,以保护房内透明的凉爽……我的房里的这种阴暗的清凉……同我的休息十分合拍,由于书中讲述的惊险故事,这休憩时刻本来的宁静也被激动

---

[1] *J. F.*, I, p. 579.
[2] *P. M.*, p. 183.
[3] *P. M.*, p. 139.

起来,让它能经受得起急流的冲击和摇撼,就像一只插在湍急流水中却一动不动的手掌。但是,我的外祖母……苦苦劝我出去走走。"[1] 除了扫兴地打断阅读的外祖母形象一再出现之外,如果我们继续阅读《在斯万家那边》的下文,我们还将发现这段话与著名的"维福纳河的玻璃瓶"意象之间的相似之处,[2] 后者也表现了静止之物插入流水后发生的张力能带来怎样的愉悦与清爽。与这两个动静交织的意象一样,在阅读的"被动性"和"激情"之间也有一种脆弱的平衡和张力,一边是外部的生活,即外部世界中发生的行为,一边则是书籍本身的世界,即对世间惊险故事的叙述。在这动与静之间,便能涌现那极致的愉悦。

在别处,与阅读相伴的"动静交织"也可能是休息与孩童在田野间的奔跑。"那年秋天,我觉得散步特别开心,因为我总是读了好几个钟头的书之后才出去散步。整整一上午,我坐在大厅里读书,读得累了,就把格子花呢披巾往肩上一搭,出门散步去。"[3]《让·桑特伊》中的一段话则把读书和生活交相辉映、相辅相成的格局展示得更加明白:让散步归来,一头扎进书本,"他一动不动,却又紧紧跟随着小说主人公的历险,他啜饮着自己身体的疲惫和精神的兴奋,这带给他极度的欢愉"。[4]一切秘密都蕴藏在身体和精神双重历程的对照和反差之中。小说最后写道:"当四点半的钟声敲响时,让感到阅读的疲倦,此时身体反而又被唤醒,于是他合上书,下楼去了。"[5]

我们需要再次强调阅读与生活之间的对峙和矛盾,外祖母就是在

---

[1] *S.*, I, p. 83.
[2] *S.*, I, p. 168.
[3] *S.*, I, p. 154.
[4] *J. S.*, p. 309.
[5] *J. S.*, p. 312.

这种二元对立的基础上，根据她的生命观念来谴责偶像崇拜的，而偶像崇拜是所有阅读行为都极易陷入的倾向。此外，这种矛盾一旦成立，似乎就难以克服，孩童的阅读方式证明了这一点，它使读书与生活的相互排斥彰显无遗。唯一能够在形式上化解读书与生活的对立的方式其实正是偶像崇拜，因为它把生活本身变成了阅读产生的效果，可这种化解却意味着一个更加致命的陷阱。

事实上，《论阅读》一文的目标便是在生活和阅读之间寻找一种可能的调和，并以此克服罗斯金的缺陷。该文首先提出了这样的观点："在我们的童年时代，过得最充实的日子或许就是那些我们自以为什么也没有经历就白白让其流逝的日子，也就是那些我们和最心爱的书一起度过的日子。"[1]换句话说，阅读绝非生活的"他者"和反面，它就是生活本身，因为正是阅读让我们对生活更加敏感，阅读打开了通往生活的道路。我们刚才引用的话其实是作者重新打磨文辞以后的结果，在《论阅读》的初稿上，这句话其实是"在我们的童年时代，可能再也找不到其他的日子能让我们记忆如此清晰……"[2]与定稿相比，初稿可修正之处在于，重要的其实并不是回忆那些日子，而是我们曾经经历过它们；也就是说，生活本身胜过回忆。如果说孩童的阅读能够避免被动性，那是因为被它存入记忆的不是它自己，而是行为和生活。因此，"阅读的日子"之所以与"生活的日子"合二为一——这也是孩童的阅读的教益——是因为"它们给我们留下的东西正是我们进行阅读的地点和时日的图像"。[3]

能够逃脱被动性法则的阅读，积极主动，毅然主导生活的阅读，这便是孩童的阅读。这也就是普鲁斯特为何在法译本序言中以此挑战

---

[1] *P. M.*, p. 160.
[2] *P. M.*, p. 160, n. 2.
[3] *P. M.*, p. 172.

罗斯金的论点:"我希望通过这本小册子澄清……为什么在我看来阅读不应该在生活中发挥罗斯金赋予它的那种至重的功用,可是在此之前,我需要把孩童那充满魅力的阅读方式排除在讨论范围之外。"[1]孩童的阅读与偶像崇拜完全不同,阅读者对文本的字词几乎毫无兴趣,阅读在他们心中唤起的是文本之外的生活。因此,如果孩童的父母以"与生活毫无关系"为由轻视孩子的阅读,[2]那他们就犯下了错误。父母们像罗斯金一样,把阅读行为看得过于严肃,他们对"被称为阅读的这种独特的心理活动"一无所知,[3]也不明白本真的阅读既不是智性的操作,也不基于偶像崇拜。用普鲁斯特很看重的一个表述来说,"阅读者独特的精神状态"[4]是积极的,只有从积极的阅读状态这个视角出发,才能理解纵贯普鲁斯特全部作品,唯一让他自己心心念念的"书痴",即对所有初次读过的书籍的收集——在这样的"书痴者"心中,"依然希望在书页上还能看见那些如今已经消失的住所和池塘的倒影"。[5]

不过,这是不是意味着,积极的、本真的阅读仅仅限于孩童的世界呢?并非如此,它只不过代表了一种模式。在《论阅读》一文的结尾处,普鲁斯特给出了两种走进本真的阅读的途径——"本真"意味着它们不会崇拜别的阅读,即使孩童式的读法也不能作为它们的"偶像"——我们用"趋近的途径"一语,则是想说明这

---

[1] *P. M.*, pp. 171-172. 普鲁斯特还提供了另外一个足以说明孩童阅读之纯真,无涉于偶像崇拜的例子(尽管孩子的确会爱恋书册所散发的"玫瑰饼干的气味"):在布朗拍摄的波提切利的《春》(斯万曾经希望按照画中女神的服饰来打扮奥黛特)和身着短军服的欧根亲王的版画(来自一种饼干广告——当然,为了让这个例子更有说服力,饼干不应该是玫瑰色的)这两种孩童卧室装饰物之间,"我想,欧根亲王比波提切利的《春》对我来说要有趣得多"。(*P. M.*, p. 167.)

[2] *P. M.*, p. 171.

[3] *P. M.*, p. 172.

[4] *S. L.*, p. 75, n.

[5] *P. M.*, p. 160.

两种积极的阅读形式最终会"二法归一","写作"才是它们最终的形式。

（6）启示

第一种积极的阅读严格地针对受到普鲁斯特批评的罗斯金式的阅读观。与后者不同，它不会放任自己变成一个与生活相对立的体制性的学科，相反，它总以某种救赎性的操练，或者用普鲁斯特的话说，以"激劝"的形式重返生活，而激励所指向的正是写作。普鲁斯特曾指责罗斯金式的阅读让我们深受"被动性"之害，因此他自己所主张的阅读就成了一剂对症的良药。两种阅读方式之间的差别，犹如中世纪经院教学中的"讲读"（lectio）与罗耀拉（Saint Ignace）[1]主张的"精神操作"之间的区隔。

这是一种自外而内的推动，却能让我们自发地运动起来，对那些沾染了怠懒、麻木、无聊和被动的病症的人来说，它具有疗救的效力。普鲁斯特将此类"精神萎靡"或"意愿的无力"比作神经衰弱等病症，因为这些疾病同样会消泯人的意志，造成生命的颓废。[2]心理上和精神上的健康是能够投入有效工作的前提，外祖母的"生命力伦理"与这个道理庶几近之："我的外祖母宽慰我说，只要我身体健康，我就会做得很好，而且充满快乐。"[3]

书籍能够发挥某种"与心理疗法相近的功能，用以治疗某些神经

---

[1] 圣依纳爵·罗耀拉（西班牙语名为 Ignacio de Loyola, 1491—1556），西班牙人，天主教士、神学家，耶稣会创始人，1622 年被罗马教廷封圣。"精神操作"（l'exercice spirituel）作其名著的标题时，汉语通译为"神操"。——译者注
[2] *P. M.*, p. 178.
[3] *J. F.*, I, p. 808.

衰弱症患者",[1]使怠懒者重获"自主思想和创作的力量"。[2]就像在真实的心理迁移活动中一样,"来自外部的干预必须涌起在我们的内心深处……那是来自另一个精神主体的力量,由我们在孤独中承负接受。我们认为,这就是阅读行为的定义,这个定义也仅仅适用于阅读行为"。[3]

不过,仅仅阅读自身还不能受到这样的赞颂,我们还应该引入"启示"(l'inspiration)的概念,这是因为普鲁斯特对阅读行为进行的心理学描述不免令我们想到神学观念中所说的"神启"。例如,在圣托马斯(Saint Thomas)[4]那里,促动写作的激发之力就不能与作者个人的活动混为一谈。从生命和心理能量的角度看待阅读,这一视角倒很切近孩童式的阅读,因为后者也是猛烈的、带有节奏感的行为,正如《追忆》叙述者所描述的那样:"我的身子经过长时间的静止,积蓄了充沛的活力,需要像被撒出手的陀螺一样,在旋转中释放它聚集的势能。"[5]怎么释放呢?原来,叙述者会用手杖和雨伞四处击打树木和灌木丛。

当阅读过程中也积蓄了类似的能量,那么它就不再像偶像崇拜式阅读一样让人颓废,而是带给读者健旺的活力。不过这样的行为还是阅读吗?答案或许是肯定的,因为"和某些阅读行为相伴的昂扬的激情,对个人的工作会产生积极的影响,有不少作家在动笔之前都喜欢读上一页美妙的文字。爱默生很少有不读上几页柏拉图就直接下笔的时候"。[6]当然这会产生新的问题:什么是"一页美妙的文字"?什

---

[1] *P. M.*, p. 178.
[2] *P. M.*, p. 179.
[3] *P. M.*, p. 180.
[4] 即托马斯·阿奎那(1225—1274),天主教神学家,经院哲学的代表人物。——译者注
[5] *S.*, I, p. 154.
[6] *P. M.*, p. 180.

么又是"读一页美文"?对作家来说,这些问题就更加迫人。为了回答它们,我们需要考察第二种积极的阅读方式。

(7) 视觉性的阅读

在普鲁斯特的全部作品中,我们皆可直观地感受到,精彩的阅读可以从视觉领域,或者更准确地说,从画面感的领域展开;在这样的画面上,万物皆进入作家笔下的透视,细节从背景中脱出,——跃然纸上,却又没有什么形象会被奉若神明。

早在《欢乐与时日》中,全书就满篇皆是玛德莱娜·勒迈尔(Madelaine Lemaire)[1]手绘的水彩画,普鲁斯特在该书的献辞中称自己的作品为"绘本":"尽管书中也有文字题词,但无论会不会去'读'它,我们这位大画家的崇拜者们都至少会去'看'它。"[2]这句话里透出的或许是年轻人的谦逊或对前辈画家的恭维,但普鲁斯特毕竟清晰地定义出一种他终身奉行不渝的阅读程式,按照这一程式,书中的文字应被视为图像的"题词","读书"其实应为"读图"。我们会想到在《追忆》开篇处,套在吊灯外面,"绘着传奇故事"的那些幻灯片,[3]或者贡布雷的餐盘上绘制的饰图,也会想到莱奥妮姨妈(la tante Léonie)"每顿饭都要欣赏平底餐盘上的人物解闷作乐,她戴上眼镜,辨认当天盘子上的人物故事:阿里巴巴和四十大盗,阿拉丁和神灯。她一面看,一面微笑着说'真好,真好'"。[4]理想的阅读对象于是不再是书,而是书中的插图。于是我们看到,当叙述者在盖

---

[1] 玛德莱娜·勒迈尔(1845—1928),法国女画家,曾为普鲁斯特的《欢乐与时日》绘制插图,她还是《追忆》中维尔迪兰夫人的原型之一。——译者注
[2] *P. J.*, p. 5.
[3] *S.*, I, p. 9.
[4] *S.*, I, p. 57.

尔芒特亲王家的书房里提到唯一让他心动的恋书癖形式是对书籍"原版"的热爱时，图像的意象就跨越小说浩荡无际的文字，在《追忆》的另一端重新浮现出来："我像这样为自己组建起来的书库，其价值甚至还会（比亲王的藏书）更大；因为我过去在贡布雷和威尼斯阅读的书，现今得到我记忆的充实，一旦着上了代表圣希勒里教堂、代表停泊在圣乔治大教堂脚下的贡多拉尖舟、闪烁着蓝宝石光芒的大运河的浩渺色彩，它们就堪称绘有人像的'图书'。这些图书皆为一时之选，收藏者翻阅它们绝不是为了阅读书中的文字，而是为了再一次欣赏某位画家——富凯（Jean Fouquet）[1]的模仿者，为它们添加的色彩，这些色彩才是构成作品价值的东西。"[2]

由图像和文字题记组成的"被观看的书"，为什么会成为一种理想？这是因为阅读行为总是倾向于偶像崇拜和无意义的事，难以收到良好的效果，一如作者在社交场上被"围观"的效果一样。贝戈特之书被人"阅读"与贝戈特其人被"围观"貌似是两件不同的事情，但这种差异流于浮表，实际上二者在远离生活、远离自我这一点上无甚区别，它们都是异化、无能的体现。因此要想有所作为，就应该把二者的逻辑颠倒过来，让贝戈特这个人得到"阅读"，而让他的作品受到"观看"；推而广之，世界应该是被阅读的文本，书则应该是被观看的图像。

当贝戈特在斯万家与叙述者相遇时，他也的确给后者上了一堂关于读书的课，事实上这简直就是一堂关于视觉和观看行为的课："贝戈特一直想与喜好抽象概念和陈词滥调的上一代人有所区别，所以当他赞赏一本书时，他强调和引用的往往是某个有形象的场面，某个

---

[1] 参照上下文，此处的"富凯"应为法国文艺复兴早期的画家让·富凯（1420—约1478）。——译者注
[2] *T. R.*, III, p. 887.

并无理性含义的图景。'啊!好!妙!一位戴橘红色披巾的小姑娘,啊!好!'或者'啊!对,这儿有一段关于军团穿过城市的描写,啊!对,很好!'"[1]

反过来说,当叙述者后来去拜访埃尔斯蒂尔时,尽管他的外祖母希望他能从会面中得到"精神收获",心中颇有压力,但这次会面立刻让他心醉神迷。他得到的关于阅读的教益首先是一堂关于绘画的课,同时也是一堂关于画面背后的整个世界的课,因为在埃尔斯蒂尔的画笔下物象千变万化,"犹如诗歌里人们称为的隐喻",[2]仿佛画家重新创造了上帝赋予万物的名称。当叙述者面对巴尔贝克教堂的门廊感到迷惑不解时,埃尔斯蒂尔又教导他说:"怎么,那大门使你感到失望吗?这可是民众能够读到的最形象化的《圣经》啊!"[3]

当我们开始"观书"的时候,视觉效果和阅读就会在我们的印象里合二为一。按照叙述者的判断,在贝戈特和埃尔斯蒂尔身上,这就意味着主动脱去智性的观念——站在印象、幻想一边,就意味着采取反对理智主义的立场。当"源流批评"在法国大行其道时,普鲁斯特在他的罗斯金译本中用比喻来论证自己的见解,其立场也与贝戈特等人相近:"我在事物之间建立的联系在本质上是私人性的,它们仅仅来自我的记忆的闪烁、我的感性的亮光,它们倏然闪过,同时照亮了两段全然不同的文字。"[4]孩童的阅读也大抵遵循同样的模式,例如在《让·桑特伊》里,"在故事的主线之外,总会有某一缕沉思、某一个语句游离在故事的偶然性之外,每当这时,他就会非常高兴"。[5]孩子们的阅读也和贝戈特一样偏于视觉,它

---

[1] *J. F.*, I, p. 556.
[2] *J. F.*, I, p. 835.
[3] *J. F.*, I, p. 840.
[4] *S. L*, préface, n.1, P.-S., p. 8.
[5] *J. S.*, p. 314.

不会黏着在叙述和意义上——孩童的视线集中在语句上，而句子总是转化为画面。

《论阅读》一文在阅读的图像性上有更进一步的论述，文章里提到的《弗拉卡斯上尉》(Le Capitaine Fracasse)[1]是普鲁斯特所有作品中都承认的他童年最喜爱的读物："这本书里，有两三个句子在我眼中是那么独特，那么美，它们的光彩超过了其他的一切……我感到，这些句子的美所对应的现实，泰奥菲尔·戈蒂耶并没有和盘托出，他在每卷书里只有两三次肯让我们瞥见那个世界的小小一角。"[2]再也没有什么能更清楚地表明什么是理想的视觉性，什么是那"小小一角"的惊鸿一瞥；至于阅读行为，它应当在一片朦胧中捕捉住那个美好的句子——用叙述者后来描述埃尔斯蒂尔的艺术时的话讲——"那与我们司空见惯的东西不同，奇特而又真实的图像"。[3]

在罗斯金作品法译本的一个注解里，为了反驳人们通常对阅读行为持有的理性观念，普鲁斯特又特别解说了自己的观点，而"美的语句"与图像之间的联系也由此变得更加清晰。这个注释是关于莫里斯·梅特林克（Maurice Maeterlinck）[4]的："如果我们要回忆什么是自己发现过的最美的东西，那一定是这样一个句子：它不反映，也不向我们显露、揭示任何伟大的思想，它完全就是一个奇特的、与一切有趣的精神含义都无关的句子。"[5]上述观念显然很接近让贝戈特念念不忘的"化为图像的场景"或"没有理性意义的图画"。普鲁斯特举了一个他很喜欢的梅特林克的句子："就好像盲人在人群中

---

[1]《弗拉卡斯上尉》是泰奥菲尔·戈蒂耶1863年出版的历险小说。——译者注
[2] *P. M.*, p. 175.
[3] *J. F.*, I, p. 838.
[4] 莫里斯·梅特林克（1862—1949），比利时著名法语诗人、剧作家，1911年诺贝尔文学奖获得者，象征主义运动的代表人物之一。——译者注
[5] *S. L*, p. 81, n.

射出的箭偶然命中了一个弑君者。"他把这句话产生的效果与绘画，尤其是与迪里·鲍茨（Thierry Bouts）和老彼得·勃鲁盖尔（Pieter Brueghel）[1]的作品相比。至于贝戈特，则在其艺术观刚刚萌生之际就被用来反对罗斯金。

如果说美好的语句与绘画或者"画中画"相通，那么异曲同工，绘画也可以来描述音乐，例如凡德伊（Vinteuil）[2]的乐句就让人想到，"就像霍赫（Pieter de Hooch）室内画中的物体由于半开着的窄门而显得更深远一样，（这个乐句）从遥远的地方，以另一种色彩，在柔和的光线中出现了；它舞姿轻盈，带有田园风味，像是一段插曲，属于另一个世界"。[3]在著名的马丹维尔教堂钟楼那个章节，叙述者初习写作，试图用词语表现自己的视觉印象，于是视觉语言和文学语言就互换了位置，仿佛埃尔斯蒂尔绘画中的海景和陆景交融一片："隐藏在马丹维尔教堂双塔之中的东西大概同漂亮的语句相类似，因为它是以使我感奋的词汇的形式出现在我面前的。"[4]

这便是积极的、视觉性的阅读，也是贝戈特、埃尔斯蒂尔和孩童们的阅读，在这种模式下，被阅读的是语句，而不是书。好的阅读以语句为单位。在这个意义上，我们倒是要重新连接书与绘画、国家图书馆和卢浮宫，尽管这种连接在小说叙述者和斯万的女儿希尔贝特眼中有弊无利。语句，美的语句，它就是绘画，曾经被贬抑的阅读行为之所以重新恢复了荣耀，就是因为它始终在寻找美丽的语句，就像观众在卢浮宫，乃至在威尼斯流连忘返一样。

于是普鲁斯特顺理成章地得出了《论阅读》的有趣结语："阅读

---

[1] 迪里·鲍茨（约1415—1475），早期荷兰画家。老彼得·勃鲁盖尔（1525—1569），文艺复兴时期的荷兰画家，弗兰德斯画派代表人物之一。——译者注
[2] 凡德伊，《追忆》中重要的艺术家形象，钢琴家。——译者注
[3] *S. L*, p. 218.
[4] *S. L*, p. 181.

的日子"可以与"威尼斯之游"相提并论,在语言的世界里漫步,犹如在那些保存了过往的记忆的砖石、楼阁中徜徉。"漫步于博纳(Beaune)[1]城中,看着那从15世纪流传至今的市政厅……此情此景使人心旷神怡,仿佛是在拉辛悲剧或圣西门的书简中漫游。"[2]然而追根溯源,与其认为这种愉悦来自作品体现的某种真意,不如讲它来自作品的语言这面"生活的镜子":语言是作品的物质层面,它因此有更加动人心魄的力量。普鲁斯特向来抵触文学中的一切现实主义倾向,在他关于巴尔扎克的文章里讨论尤其详细,因为书、叙事和生活的关系对他而言绝不是首位的,只有语言和生活的关联才至关重要:"阅读拉辛的作品时,我们访问的是那些直接从过往的生活中提取而来的完成了的形式,在这些形式中我们仿佛是在畅游保存完好的古代城市。"[3]透过作为"形式"和"语句"出现的语言,透过语言这面"生活的镜子",阅读重新发现了生活,于是二者重归于好:"我们在阅读拉辛的诗句时,总是渴望找到17世纪的活生生的法语句法,以及它所负载的那些今日业已消失的习俗和思想。"[4]当然这句话也说明,普鲁斯特着力强调的"语句"并不是指作家个人不可言传的风格或内心隐秘音乐的流露倾吐,尽管普鲁斯特曾受到爱默生和罗斯金的影响和鼓励,始终具有某种神秘主义的色彩。真正重要的是,普鲁斯特所强调的"语句"是形式层面的东西,只要涉及写作观念,他就是一位形式主义者,在他身上,语言和绘画,例如拉辛的语言与曼特尼亚(Andrea Mantegna)[5]的绘画的

---

[1] 法国东部城市,是勃艮第-弗朗什-孔泰大区科多尔省的一个市镇。——译者注
[2] *P. M.*, p. 191.
[3] *P. M.*, p. 193.
[4] *P. M.*, p. 192.
[5] 安德烈亚·曼特尼亚(1431—1506),意大利文艺复兴较早时期的画家和雕塑家。——译者注

相通是公开的、明确的:"是怎样的愉悦促成了不同表达形式的相遇啊,(绘画和诗)形式各异,但都具有简洁明快的特点,这让艺术中的意义具有柔和而饱满的风貌、美丽动人的色彩,就像曼特尼亚笔下的肖像表现出来的那样。"[1]

对自己童年的阅读经历,《追忆》的主人公总是难以遣怀,他忍不住在自己幼时读过的书,甚至书的具体版本中寻找自身的历史。不过,他也并不因此就屈从于恋书癖、偶像崇拜的诱惑,因为他别有所爱,作为物质和形式的语言向他展示的是另一段历史,例如他在17世纪作家身上读到的生活世界,或者19世纪末依然顽强保存着法兰西语言遗产的那些贵族沙龙——通过后者,我们才能理解为什么梅里美认为语言遗产的看护者应该待在法兰西学士院,和作家们共处一堂——只要阅读行为还被囚禁在书或者书的表面文辞之中,那它就只能是被动的、偶像崇拜式的。可是,如果阅读指向的是语言,读者感受的是折射出17世纪历史或者巴黎圣日耳曼贵族区生活的语句所带来的欢欣,那它就是主动的、充满活力的、幸福的。

(8)孩童、亲王、作家

与以精神教益为本的阅读行为并不限于孩童的世界一样,"视觉性"的阅读固然与儿童的读书相仿,但并不会把后者作为偶像,或者自愿等同于它。积极主动的、图像性和启示性的阅读,或者简言之"视觉性的"阅读,已经很难再说是一种阅读,事实上它的确已经不再是阅读。对那些被《弗拉卡斯上尉》中的美好语句感动的孩子们来说,它的模板便是贝戈特、埃尔斯蒂尔,是那些真正的创造

---

[1] *P. M.*, p. 192, n. 不过普鲁斯特在关于罗斯金文本的一处注释中也承认:"风格的美归根结底是非理性的。"(*S.L.*, p. 82, n.)

者。如果说真正的艺术家是那些教会小说叙述者观看的技艺——当然既不是通过与那些"上智之人"的"交谈",也不是通过对他们的作品的"充满仰慕的凝视",而是通过这些艺术家的劳作中显示出来的视觉禀赋来传授这种技艺——的人,那是因为积极主动的阅读只是创造的同义词,而对普鲁斯特而言,艺术中的创造总是与"观看"(regard),或者说与"视觉性"息息相关。我们在此把"观看"与"视觉"略作区分,用普鲁斯特通过罗斯金的作品读到的英国画家威廉·透纳(Joseph Mallord William Turner)[1]的话讲,后者是指在观察行为中得来的印象;普鲁斯特一直奉行透纳的观念:"我的工作是画出我看到的东西,而不是去画那些我知道的东西。"[2]埃尔斯蒂尔也好,贝戈特也罢,他们的工作体现的都是视觉性,罗斯金在谈论透纳时说得十分清楚,"正是通过这一双如今在坟墓中已经永远闭上的眼睛,那些尚未出生的未来世代的人们将会看到大自然"。[3]普鲁斯特后来在《芝麻和百合》译本的一个批评该书过于偏重理性的注释中,重新阐释了这个观念:"第一流的作家所使用的词语来自内在的必然性,来自他的思想的视觉图像,对此他不能有任何增删。"[4]与此相对,第二流、第二手的创作者只想着模仿和趋同,他们抹去了"在美丽的、光彩四溢的图书周围袅绕的那层轻雾",损坏了"在前人所未曾言之事中熠熠生辉的神妙"。所谓模仿、趋同之作包括那些所谓"观察文学""标记文学",如龚古尔兄弟的《日记》就是一例,普鲁斯特在《重现的时光》中以戏仿方式把这部日记立为自己作品的

---

〔1〕 威廉·透纳(1775—1851),英国浪漫主义风景画家、水彩画家和版画家,对印象派有相当的影响。——译者注
〔2〕 *P. M.*, p. 121. Voir Jean Autret, *L'influence de Ruskin sur la vie, les idées et l'œuvre de Marcel Proust*, Genève-Lille, Droz et Giard, 1955.
〔3〕 *P. M.*, p. 129.
〔4〕 *S.L.*, p. 85, n.

反面。相反，圣西门的人物画像在普鲁斯特眼中却大可借鉴，"只要人进入'观察'的状态，他就不免落了下乘，低于创作状态下的境界"；[1] 塞维涅夫人的书简也被拿来抵制"观察"，因为这位女作家"有时和埃尔斯蒂尔及陀思妥耶夫斯基一样，陈述事情不是遵照逻辑顺序，即先说原因，后说结果，她是先交代事物的效果，让我们处在惊心动魄的幻觉之中"。[2]

普鲁斯特所有关于阅读的论述最终都以写作为归依。阅读行为无论是得到推崇，抑或在大多数情况下被贬抑，也都是以写作为参照的，因为只有以视觉性写作的形式出现，才谈得上本真的、活生生的和主动的阅读。

经由视觉性之路，《论阅读》完成了从"书"到"语句"，从"阅读"到"写作"的双重转换。创造者与一般读者不同，这一理念在文中先后两次出现，不过始终只是被暗示而未被明言。当第一次涉及这个理念时，作者选择以提问的方式进行表述："最伟大的作家们流连徜徉在书的世界里。这些书难道不就是为他们而写的吗？书中的千姿

---

[1] *J. F.*, I, p. 769.
[2] *P.*, III, p. 378. Cf. *J. F.*, I, p. 653: "我即将在巴尔贝克遇到一位画家，他叫埃尔斯蒂尔，对于我的审美观有非常深刻的影响。塞维涅夫人与这位画家是属于同一家族的伟大艺术家，因此她作品中的美此后不久便给我留下更深的印象。我在巴尔贝克意识到，她向我们展示事物的方式与埃尔斯蒂尔是相同的，是按照我们感知的顺序，而不是首先就以其起因来解释事物。"另外，我们还可参考普鲁斯特声称自己通过埃尔斯蒂尔的"前辈"夏尔丹（Chardin）的画作所学到的"对事物的观看"，按他的说法，是夏尔丹"传授了在日常生活中如何欣赏各种各样的静物"。"在遇到夏尔丹一家之前，我从未意识到，父母家里撤去餐具的桌面、一角卷起的桌布、倚靠在牡蛎空壳上的一把刀也会具有它们的美。"（*Correspondance générale*, Paris, Plon, 1935, t.V, p.39）上述通过艺术来再现事物，通过绘画显现自然的方式，无疑和偶像崇拜不沾边，因为它不会把任何事物和画作奉为崇拜的对象。恰恰相反，它让我们对事物和已有的艺术作品都睁大双眼，它揭示的是艺术家的"禀赋"。

百态，难道不是仅仅为他们敞开，而对庸人们关闭吗？"[1]第二次提到该理念是在一个注脚里："要想读懂一位诗人或一位散文家，读者自己倒不需要多有学识，可他得是诗人或者散文作者……向我们指明布瓦洛诗句之美的人可不是修辞学教师，而是维克多·雨果……是阿纳托尔·法郎士……罗丹（Auguste Rodin）才是希腊雕塑艺术的真正的解读者。"[2]唯一能真正理解美丽的诗行和语句的读者，既不是不学无术的庸人，也不是所谓的饱学之士，而是那些能够把美的视觉性转化为创作推动力的作家。

《驳圣勃夫》一书也同样把作家与"理智的读者"区分开来。"理智"和学问一样，并不是阅读必须具备的品质，恰恰相反，进行创作倒需要先去掉这个习性："对作家来说，当他读书的时候，作品对社会的观察是否准确，立场究竟是乐观主义还是悲观主义，这些都是他无所住心之事，他甚至未必能觉察到这些特点。可'理智的读者'就不一样，作品是'虚假'还是'凄凉'，都会被他看成是作者的个人缺陷。"[3]理智的读者走的是圣勃夫的道路，普鲁斯特通过维尔巴里西斯夫人这个人物勾勒出了他们的路线。和他们不同，作家既不关心事实，也不关心对这些事实要采取什么立场，作品中现实主义色彩之浓淡，主体道德观念之轻重，他也毫不在意：他所牵挂的是语句是否有光彩，就像童年的叙述者发现了贝戈特，从此领悟到自己关心的是语言而非主题一样。[4]

不过，《驳圣勃夫》和《追忆》的叙述者真正能够给予特殊认同的那位读者，既不是一般的俗人，也不是学者和讲求理智的人，甚至也不是作家，而是盖尔芒特先生："我得承认自己是理解盖尔芒特先

---

[1] *P. M.*, p. 184.
[2] *P. M.*, p. 190, n.
[3] *C. S. B.*, pp. 284-285.
[4] *S.*, I, pp. 93-94.

生的，因为我的整个童年也是以同样的方式读书的……有时我会扪心自问，今天我读书的方式是不是已经多少远离了盖尔芒特先生的方法，变得更接近当今的批评家了。"[1]现在我们应该对上述几种阅读者的身份做一番辨别。盖尔芒特先生把"书"等同于"书册"，更准确地说，是等同于特定的装帧：某部精装版的书册在他眼中就是一个浑然一体的存在。博学而理智的批评家们——普鲁斯特举的例子是法盖——则不同，他们会将书剖分开来，分解其整体性："经过一番剖析、梳理，圣勃夫和法盖认为巴尔扎克小说的开端是令人赞叹的，但其结尾却一文不值。"[2]《弗拉卡斯上尉》也是如此，法盖认定这部小说的第一部引人入胜，第二部却平淡如水。孩童的阅读、叙述者和作家的阅读显然很接近社交场上风流雅士的阅读，对书籍，它们也同样不剖析、不分解："一部作品对我来说始终是一个生气灌注的整体，我从打开书页的第一行开始就与它声息相通，我满怀敬意地倾听它的声音；只要我与这本书同在，我都会认为它言之成理，而无须选择和争论。"[3]上述引文都在重复证明叙述者立场与盖尔芒特先生的一致。不过也有分歧：盖尔芒特先生的确从不质疑书，他总会如其所是地接纳书册的全部存在，甚至只要装帧相同，不同作者的作品在他眼中也并无二致；叙述者则不同，在他眼里巴尔扎克和罗热·德·波伏瓦的区别不只是"所谓的文学分类"，因为在他这里，"作者"才是那不可分割的整体："我从童年以来在这个问题上取得的唯一的进步，或者不妨说是我与盖尔芒特先生的唯一的不同，便是这恒定不变的世界，这难以分割的整体，这业已存在的现实，它的边界在我看来是应当予以扩展的——我认为它不再仅仅是一本独立无傍的书，它是某位

---

[1] *C. S. B.*, p. 295.

[2] *C. S. B.*, p. 296.

[3] *C. S. B.*, p. 295.

作者的作品。"[1]成年的叙述者划清了与自己童年时代以及盖尔芒特亲王的界限,他将阅读的单位扩大、设定为作者,从此他不再牵挂书本身,也就此与偶像崇拜无缘。何谓作者?"我看不出他的不同作品之间有多少差别。"

由此我们也就会毫无阻碍地理解,为什么《驳圣勃夫》的叙述者会把一位作者的全部作品设为自己的阅读单位,在这个新的框架内,"作者全集"自然会处于比独立的"书"更高的层面;而贝戈特和埃尔斯蒂尔等"创造者"则会坚守"语句"这一较"书"更低的层面。上述两种态度之间并无龃龉,因为"语句"和"作者"是相通的,它们都统一为"风格"(就如小说中所言,在贝戈特身上,"'理想段落'跟他的其他著作有着共同的特点"[2]),阅读的使命是在某位作者的所有的书和语句的层面上建立他的"心理对应物"。作者的概念之所以成立,是因为叙述者无法在他的不同语句中看到差异,作者即语句本身,就好像对泰奥菲尔·戈蒂耶来说,"归根到底,他的每个句子都彼此相似,因为无论怎样变化,它们都出自同一人格的唯一的音调"。[3]这便是普鲁斯特美学思想中一个著名的观念,小说叙述者幼年时在阅读贝戈特时就发现了它,而每一位艺术家、每一位画家也无不验证着这个观念,因为无论在创作时选择了怎样的模特原型,只要他们具有自己的禀赋,就会一刻不停地描绘着那相同的理想画面。阅读过程不是知晓而是观看艺术家的语句,处于观看中的读者很接近斯万那种在社交场上打磨出来的敏锐的、直觉性的鉴赏力:"只要从报上看到某次宴会有哪些人参加,用不着求助于对社交界的那套知识,他立刻就能说出这个宴会是怎样的一种派头,就好像一个文人,只要

---

[1] *C. S. B.*, p. 296.
[2] *S.*, I, p. 94.
[3] *P. M.*, p. 187.

听你念出一个句子，马上就能精确地评定出作者的文学价值。"[1]

在朝气蓬勃的写作和初生的对"语句"的阅读——语句也就意味着作者和风格——的边界上面，审美家普鲁斯特和形式主义者普鲁斯特、理性主义者和神秘主义者普鲁斯特的交叉点——可这交叉点也是脆弱的平衡点——上，展开着戏拟写作的游戏，戏拟是对语句的阅读和重写这双重行为的集合体，是行动着的阅读，或者用普鲁斯特的话讲，是"实践中的文学批评"。[2] 普鲁斯特亲身展示的例子是他在《论阅读》中对戈蒂耶的戏仿，同时在该文的一个注脚里，他也说明了戏拟式写作究竟是如何发生的——某个在《弗拉卡斯上尉》原书中无影无踪的句子，却能集中焕发出戈蒂耶身上所有的神妙和美。

不过暗示之后总归需要明言，在戏仿式写作之后，在《驳圣勃夫》之后，《追忆》全书终究来到：这部小说是阅读的反面，是圣勃夫的反面，它是行动着的阅读，也是厚重的写作，而其厚度并不源自作家读过的书，而是来自以画面形式出现的众多"作者"和"语句"，来自在拉辛和圣西门身上隐约可见的那种神妙的语言。

（9）阅读《追忆》

《追忆》至今仍是一个值得追问的谜，甚至是一个不可解之谜。倘若除了写作，没有其他的阅读方式配得上它，如果其他的阅读方式都是被动的、偶像崇拜式的，那么究竟什么才是适合《追忆》的读法？难道《追忆》仅仅是为其他作家而写的，或者只为孩童、盖尔芒特亲王之辈而作？

---

[1] *S.*, I, p. 242.
[2] *C. S. B.*, p. 821. Lettre à Robert Dreyfus du 18 mars 1908.

在《重现的时光》的最后几页，普鲁斯特陈述了他自己对《追忆》全书读法的设想，不得不说他的表述相当严密，甚至可说是过分地严谨，这意味着作家本人的设想与读者们的预期并不相投。在赞颂了那些宏伟如大教堂一般的伟大著作之后——不要忘记《论阅读》一文曾把拉辛、圣西门的作品与古代建筑相提并论——普鲁斯特对自己提出了相反的评价："不过回过头来说我自己，我对自己的作品实不敢抱任何奢望，要说考虑到将阅读我这部作品的人们、我的读者，那更是言过其实。"[1]我们很难忽视这句话里的双重否定：作家在否定自己作品的同时，也否认了读者与作品的正面关联。普鲁斯特当然并不像马拉美一样，视读者为无关紧要的人群，但他的确将读者的注意力从作品遣返回他们自身："因为，我觉得，他们不是我的读者，而是他们自己的读者。"这句话倒是和《追忆》对叙述者的阅读史的描述相一致，因为后者在书中追寻的的确是他自己的生命历程。恋书癖一直引诱着叙述者，在他的世界中挥之不去，但他也的确在抵制这一诱惑："然而，哪怕只是为了看一眼以前阅读的时候还没有插入的图像而打开这些书，都让我感到十分危险，以致即使在这个我唯一能够理解的意义上，我都可能会失去当一个书痴、珍本收藏家的愿望。"[2]通过小说叙述者与恋书癖的双重关系，普鲁斯特驱使他自己的读者与偶像崇拜展开一种类似的狡诈的游戏。

在主题层面，《追忆》中的同性恋问题仿佛扭曲视觉形象的棱镜，读者也可以透过它瞥见书的情貌。在《重现的时光》上文一处提及此问题的段落里，普鲁斯特写道："作家不应因为性欲倒错者给他笔下的女主角装上副男性面孔而感到气恼……作家只是沿袭惯例，用写序言和题献的那种言不由衷的语言说了一声：'我的读者。'实际上，读

---

[1] *T. R.*, III, p. 1033.
[2] *T. R.*, III, p. 887.

者在阅读的时候全都只是他们自己的读者。"[1]作家甚至直接借助与视觉有关的比喻意象来思考什么是读者自反性的阅读:"作品只是作家为读者提供的一种光学仪器,使读者得以识别没有这部作品便可能无法认清的自身的那些东西。"在另外一处地方,他又说"有了我的书,我才能为读者提供阅读自我的方法",于是他的作品就好像"放大镜一类的东西,像贡布雷的眼镜商递给顾客的那种玻璃镜片"。[2]

无论我们谈论的是一般意义上的书,还是小说叙述者将要写出的那本书,都面临这样一个疑问:如果一味把读者反推向他们自己,那么这是否意味着作家要推卸自己的责任呢?随着行文的继续,小说末尾越发把读者推向他们自身。叙述者在向作家转换的过程中,总是牵挂着这本书,"我的书"——"我的书"一语成了《重现的时光》终篇处的主旋律——可他却并不考虑读者或者阅读行为。读者们仿佛成了一群不速之客,普鲁斯特好像一心要将他们拒之千里:"所以,我不要求他们给我赞誉或对我诋毁,只请他们告诉我事情是不是就是如此,他们在自己身上所读到的是不是就是我写下的那些话(再说,在这一方面可能出现的分歧也并不一定纯然是由我的差错而引起的,有时还可能是由于读者的眼睛还不适应于用我的书观察自我)。"在别处,叙述者又说道,作者应该"给读者留出最大的回旋余地,对他说:'您自个儿瞧瞧吧,如果用这块镜片能看得更清楚的话,就用这片镜子,要不试试那一块'"。[3]这便是普鲁斯特心中的读者的目光以及书这部"光学仪器"。如果读者与作者能够心有灵犀,相得益彰,那固然最为美妙;如果不能,诚为可惜,但无论读者还是作者对此都没有责任,本属无缘之人,即便换一本书也不会有什么不同。

---

[1] *T. R.*, III, pp. 910-911.
[2] *T. R.*, III, p.1033。
[3] *T. R.*, III, p. 911.

上面所引诸段落会不会包含了太多限制和负面因素,以至于无法用字面含义去理解?很奇怪,作者、读者和书看上去有可能壁垒分明,但它们又竟然会在一本深植于我们每个人身上的"内在的书"里相互交融,乃至丧失彼此的特质,取消彼此的身份,而对这一"内在的书"的阅读就是写作,它的写作则是阅读。或者,一言以蔽之,创作——无论写作还是阅读本质上都是创作——只有以翻译的形式出现才是可能的:"我发现这部最重要的书,真正独一无二的书,就通常意义而言,一位大作家并不需要去杜撰它,既然它已经存在于我们每个人的身上,他只要把它转译出来。作家的职责和使命也就是译者的职责和使命。"[1]与这源自每个人灵魂深处的独一无二的书相比,展现在我们面前的这本书似乎轻如鸿毛。于是自相矛盾的是,《重现的时光》表述的关于书的理论却在否定这本书,否定这本以词语写成的实在的书及其阅读和写作行为;而在否定的同时,这一理论又转而拥抱一种神秘莫测的交流行为,普鲁斯特在谈论音乐时对此言之甚详:音乐"也许是所谓心灵交流的唯一实例,如果没有语言的发明、文字的诞生和思想的分析的话","音乐仿佛是一粒没有开花结果的种子,只因人类走上了别的道路,即口头语言和书面语言的道路。"[2]如果实在的、词语写成的书真会被非语言的、非物质形态的理想之书否弃,那么写作和阅读合二为一的终极状态又有何益?在这种前提下,阅读和写作的对象"内在之书",就成了《追忆》从开篇起就不断指涉的那不可言说的理想的最后变体,正是由于这一理想境界——我们可以将其视为阅读和生活本身的融合——的存在,叙述者才意识到写作终究是不可能的。不过,这也就是"理想"理论的最后的表

---

[1] *T. R.*, III, p. 890. 关于作为译者的普鲁斯特,请参考:Barbara Harlow, «Sur la lecture», *MLN*, The Johns Hopkings University Press, décembre 1975.

[2] *P.*, III, p. 258.

达形式了，毕竟《追忆》在终篇时并没有一味扮演天使的角色，只以尊崇彼岸为能事，它同样也在强调劳作的实在性和写作的物质性，例如，它有时也不再参照那"独一无二"的、神秘的书，而是借助其他内容丰赡的作品，如《一千零一夜》或者"也是用夜晚写成的圣西门的《回忆录》"来评判自身。[1]

"我的书"，"我的书"……《追忆》的结尾处不厌其烦地重复着这个短语，却同时将"我的书"理想化、非实体化，仿佛在现实中阅读成了写作自身的盲区，写作遭遇了阅读构成的桎梏，尤其当写作在原则上就拒斥一切非写作的阅读时更是如此。普鲁斯特不会向序言之类例行公事、言不由衷的程式屈服，他在小说中塑造出贝戈特、埃尔斯蒂尔和凡德伊，正是以此寄寓自己的理念：此辈"天才人物"不容于时人，注定只有后世读者才能理解和接受他们。寄望于后世，无疑又是规避现实中写作与阅读间矛盾的又一策略。但这一切仿佛又是在说："我的书"在终极意义上是不应该存在的，即便它真正存在，也不会是理想的那本书。

事实上，我们的确可以质疑《追忆》到底是不是一本"书"。它的确是一些语句，也指向一位作者，但普鲁斯特否认它是阅读的单

---

[1] *T. R.*, III, p.1043. 存在于理念世界中的那本摆脱了物质性，让读者和作者都围绕它进行意会的书，让我们想到贝戈特去世时小说里那段以天使之意象来比喻书的奇特修辞："在丧礼的整个夜晚，在灯火通明的玻璃橱窗里，他的那些三本一叠的书犹如展开翅膀的天使在守夜，对于已经不在人世的他来说，那仿佛是他复活的象征。"(*P.*, III, p.188) 这个比喻之所以奇特、矛盾，是因为《追忆》在别处其实揭破了人欲以书为媒走向永生的希望，比如叙述者就说过："像我的肉身一样，我的著作终有一天也会死去。"(*T. R.*, III, p.1043, n.) 按照后一种认知，负寓精神寄托的"天使之书"其实是"偶像崇拜"的最后的施展。早在《论阅读》一文里，书的形象就已经与天使联系在了一起，目的是抵制一般的偶像崇拜，去除"它形体上的魅力"。对于偶像崇拜者来说，"书不是那一旦推门进入天国花园就翩然起飞的天使，而是一个静止不动的偶像"(*P.M.*, p.183)。总之，天使成了偶像的对立面，这也就是为什么它的形象会在《追忆》末尾重新出现。不过，焉知天使不是一个最后的面具呢？

位。终其一生，如果按照批评家所理解的那种意义来衡量，普鲁斯特其实并未写出任何一本"书"。他宣称自己的心性更接近孩童和盖尔芒特亲王，而这样类型的人物也的确彰显出他与文学体制，与现存的书的世界的疏离。他不停地提及那无处不在，却又无处可觅影踪的"内在的书""本质的书"和"独一无二的真实的书"，这无疑遮掩了他与真实的作者群落乃至与众多其他书的关联，也遮掩了他与"文学的法庭"，特别是与"法庭文学"的关联。

当然，在插入《重现的时光》，拟仿《龚古尔日记》的文字中（杜撰版的《日记》里，同样的一批人物受到龚古尔兄弟之外的另一个人的观察，但这样的观察行为并未对人物有所揭示），普鲁斯特的确批评了自己的虚荣心和谎言。在经过一番自我批判之后，他是否会因此与文学的法庭决裂呢？在小说前文里，我们读到叙述者的外祖母生前曾对《书简集》（*Lettres*）的作者塞维涅夫人，以及小说里虚构的回忆录作家、维尔巴里西斯夫人的姐妹博泽让夫人同时心怀敬意，她希望叙述者把两位女作家奉为楷模，而不愿孙子追随波德莱尔、爱伦·坡、魏尔伦和兰波的道路，因为他们既"深陷痛苦"，又"名誉扫地"。[1] 不过，被杜撰版的《龚古尔日记》贬斥的却只有两位女作家中的那位虚构人物。博泽让夫人既是杜撰《日记》中的一个"人物"，在叙述者的评论中却又以一位"真实的作家"的面貌出现，于是她的存在就前后两次见证了文学的虚幻不实。[2] 然而塞维涅夫人和圣西门毕竟幸免于此劫，他们的文字并不被视为"笔记文学"，而是近于埃尔斯蒂尔的风格。塞维涅夫人的《书简集》和圣西门的《回忆录》虽早已告终，但在文学作品的意义上并没有被完成，除了那些"恋书癖"，众人皆否认它们是"书"，只承认这些文字是两位"作者"

---

[1] *J. F.*, I, p. 727.
[2] *T. R.*, III, pp.715, 717-718, 721.

写出的一堆"语句"。用评判过《回忆录》其中一卷的斯万（他并不认为这一卷是圣西门最好的文字）的话说，"这不过是一部日记，不过好歹算是一部写得漂亮的日记"。[1]

当《追忆》在结尾处参照《回忆录》等书时，它仍然带着一连串的否定和大堆的谨慎之语，这让小说终篇处的逻辑显得有些扭曲，但毕竟不像上文那么虚空，也更像对具体化的语言劳作的展望："这倒不是因为我希望写出《一千零一夜》那样的书，或者写出也是用夜晚写成的圣西门的《回忆录》，或者我在幼稚的童年时代喜爱的那种书……然而，犹如埃尔斯蒂尔·夏尔丹所说，只有抛开我们所爱的东西，才能把它重新做出来……唯其如此，我们才有机会遭遇被我们所抛开的东西，在忘掉它们的同时写下另一时代的《阿拉伯故事》或圣西门的《回忆录》。"[2] 在阅读《追忆似水年华》时，我们是否应该学习在贡布雷的平底餐盘上辨认阿里巴巴形象的莱奥妮姨妈，或者效法兼有"贵族大老爷的做派和艺术爱好者的品位"的夏吕斯，"像圣西门一样去描绘各种活生生的景色？"[3] 如果是这样，那我们的阅读就仍然和孩童以及盖尔芒特亲王一样近于"物像崇拜"，就像"景色需要活生生"的想法所揭示的一样。当然这也就意味着，除了写作之外，的确再无其他的阅读方式可言，而写作终归意味着对阅读的遗忘。我们只能话尽于此。[4]

---

[1] *S.*, I, p. 25.
[2] *T. R.*, III, pp. 1043-1044.
[3] *S. G.*, II, p. 967.
[4] 论普鲁斯特的这部分文字的几份初稿在以下会议上宣读过：*Lectures* à King's College, Londres; Columbia University, New York, Fourth International Colloquium of Poetics, «Poétique du lecteur»; The Johns Hopkins University, Baltimore, novembere-décembre 1980.

3 福楼拜之一，失落的岁月

"凄凉的日子开始了。"在《布瓦尔与佩库歇》第七章的开头，两位老实人满怀苦涩。"他们感到极度的寂寞，彻底的无聊。"自我怀疑的情绪占据了他们的内心，正午时分的烦闷让他们不知所措。"有时他们翻开一本书，随即合上；何苦呢？"他们灰心丧气，陷入六神无主的境地。"这样一来，他们只好生活在乡村特有的那种烦闷里，这烦闷是那样沉重，就连灰白的天空都会用它的单调来碾碎一颗绝望的心。"[1]

布瓦尔和佩库歇终于开始争吵，他们原本美妙的和谐一致解体了。"他们之间常发生争执，为菜肴，或为黄油的品质。他俩面对面挨在一起，心里却各想各的事。"[2]比争吵更糟糕的是接踵而至的固执的沉默。他俩失和了。

或许他们的关系还会有回暖的时候，但终究激情不再。他们会研究爱情和体操，考察磁力和通灵论、哲学和宗教，最后还会思考教育学。可在他们身后，忧郁从此一刻不停将地窥伺着他们，他们将无精打采地在百科全书的世界里逡巡，从一个学科跳到另一个学科。"他们再也不学习研究，因为害怕受骗。"[3]他们害怕失败，逆来顺受，

---

[1] Flaubert, *Bouvard et Pécuchet*, éd. De C. Gothot-Mersch, Paris, Gallimard, coll. «Folio», 1979, p. 260. (éd. de référence). 另《布瓦尔与佩库歇》中译文参照刘方译本（中国大百科全书出版社 2019 年），或有改动。——译者注

[2] *Ibid.*, p. 261.

[3] *Ibid.*, p. 260.

灰心丧气，从此他们注定只能去重操书记员的旧业。他们接触一个新的知识领域只是为了预证在这个王国里的失败，哪怕那些三心二意的爱好能够带来些许转瞬即逝的满足或成功。

爱人之间的争执带来的裂隙总是无法弥合的，美好的过往永不复回。

自这本未完成的作品在作者身后出版以来，批评家们总是会一再重复那个关于布瓦尔和佩库歇的智力的疑问：这两位主人公究竟是不是白痴？事实上，这是一个典型的"旧批评"（la vieille critique）提出的问题：按照它的设想，如果假作家以时日，令他得以完成小说的后续部分，则这个问题自然能得到回答——倘若两位主角是睿智的，那他们将会在小说的第二部分中完成想象中的《庸见词典》；倘若他们是愚笨的，那就只好重新开始抄抄写写。然而，对此问题的解答并不取决于作者在其创作意图中对人物命运的安排，它会从文本中自然地产生，只有文本自身能够提供答案，向作者对小说结局的设想求援反倒于事无补，这样做既不能解决，也无法废除人们提出的问题。[1]

在小说第八章的末尾，布瓦尔和佩库歇对哲学展开了懵懵懂懂的思考，这驱使他们对沙维尼奥尔（Chavignolles）小镇[2]的居民们讲了一些可疑的话："他们的优越感落了行迹，让人不快。"[3]接下来，文本又对这个观点进行了评论——不过这一观点究竟该归属于谁？在福楼拜的作品中，尤其是在他最后的这本书里，经常难以捕捉他笔下观点的真正主体——"这样一来，一种值得怜悯的情绪便在他们

---

[1] 关于当今的"手稿研究"对此问题的论述，可参见：C. Gothot-Mersch, «Bouvard et Pécuchet: sur la genèse des personnages», in *Flaubert à l' œuvre*, éd. R. Debray-Genette, Paris, Flammarion, 1980.
[2] 沙维尼奥尔小镇是小说中布瓦尔和佩库歇辞职离开巴黎之后在乡下的隐居地，位于法国西北部的卡昂附近。——译者注
[3] *Bouvard et Pécuchet*, p. 319.

头脑里发展起来，凭这个情绪他们看见什么都觉得愚蠢，而且无法忍受这样的愚蠢。"一般来说，为了让这部作品在整体上显得贯通，为了化简小说中的诸种矛盾，让作品包容它们，并且提前预示将要出现的、使作品功德圆满的《庸见词典》，人们总是会（这么做当然是有益的）从小说起步之处开始考量人物的发展历程。两位人物终究还是学到了某些东西，他们并不像人们想象的那么愚蠢："两只潮虫"终究还是变成了作家的代言人，他们也与作者一样，无法逃离"普遍的愚蠢"，反倒沦为了其牺牲品。"一想到村里的人说了些什么，一想到直至世界的那一端都有另外一些古隆，另外一些马雷斯科，另外一些福罗，他们便感到沉重无比，好像整个地球都压在他们头顶。"

接下来，小说继续描写凄凉、孤寂的氛围，这简直和第七章的开头一模一样。在彼处作者写道："沙维尼奥尔的居民都远离了他们。"[1]在此处，则是"他们再也不出门了，也不接待任何人。"[2]不过两处地方也有不同，第八章的新奇之处在于，两位主人公的不幸现在被视为他们对愚蠢的新感受带来的结果。正是由于这种感受，由于他们因此无法再去爱邻人，他们才显得如此绝望："'别人与我有什么关系！'佩库歇老这么说。他的绝望使布瓦尔感到难过。"[3]

结果自然是导向虚无，导向被抛弃的结局。"为了重新振作，他们又开始说理、辩论，强迫自己去干活，但立刻又陷入更严重的懒散、更深的气馁之中。"如此周而复始，直至他们再次开始抄抄写写。

那么，问题依然如故：布瓦尔和佩库歇究竟是睿智还是愚蠢？就

---

[1] *Bouvard et Pécuchet*, p. 260.
[2] *Ibid.*, p. 319.
[3] *Ibid.*, p. 320.

像人们对郝麦（Homais）聚讼不已的态度一样，[1]这个老问题始终无解，矛盾无法化解。布瓦尔和佩库歇既不睿智也不愚蠢，或者说他们既愚蠢又睿智。再说，对愚蠢的感受，又是否能证明他们的聪明，或者它就是聪明的本质？感受愚蠢，这是证明睿智的好标准吗？

不过，在这篇文本中，两位主人公对愚蠢言行的日益增长的厌恶越来越清楚地与他们的痛苦，与他们始终如一的清醒状态联系在一起。对愚蠢的不宽容和由此带来的苦痛不约而同地标志着生活的断裂和叙述的中断，它们简直就是一回事："这使他们想起了他们曾经度过的幸福时光。"[2]断裂把生活分为两个截然不同的时代，生机旺盛的时光已经成为过往："如今，没有什么东西能使他们再有机会度过搞蒸馏、谈文学那样的美好时刻了。"[3]

"再也不能"一语的意蕴简直无法衬托得更加鲜活生动。"他们想跟过去一样在田间散步。"情况越来越糟。那"情绪"显得"值得怜悯"，而福楼拜起先选择的是"可悲的""凄凉的""让人恼火的"等形容词。[4]现在主人公的心境阴郁苍凉，它简直让人断了生念，叫他们有了自杀的冲动。在布瓦尔和佩库歇正想了断残生的时候，上天开眼，机缘巧合，让他们信了宗教。

如果要咬文嚼字的话，我们能否认为，这样的变化即使不是从愚蠢到睿智的转变，至少也是从浑然无知到有所认知，从对愚蠢的"无意识"到"有意识"的转变？这是不是也意味着屈从于关于文学的神话——一切文学都是一种教益，文学，无论看上去多么散漫，总是

---

[1] 郝麦是福楼拜小说《包法利夫人》中的一名药剂师，以虚荣心旺盛、喜欢卖弄学识而著称。——译者注
[2] *Bouvard et Pécuchet*, p. 320.
[3] *Ibid.*, p. 321.
[4] Voir *Bouvard et Pécuchet*, éd. Critique par A. Cento, Paris, Nizet, 1964, p. 492. Et C. Gothot-Mersch, *art. cit.*, p. 144.

会给人启示,教他们脱离蒙昧?不过福楼拜自己的话总是有所不同。主人公再也不能体验幸福:"有道深渊把他们同那样的日子隔开。某种无法挽回的事物已经降临。"[1]

那终结黄金时代的断裂,究竟是何物?它将怎样的命运强加给我们?与其讲什么"转变",毋宁说这是一场"革命"。"凄凉的日子开始了":其实,早在小说第七章之前,革命就已经发生。

萨特说过,1848年的革命将福楼拜的人生一分为二。[2]

在小说里,革命发生在第五章之后,在这一章的结尾,德·法威日先生(M. de Faverges)来访,带来了一堆宣传册:"他们接着翻阅伯爵的印刷品。所有人都要求普选!'我觉得,'佩库歇说,'我们马上就要有好戏看了。'"[3]

《布瓦尔与佩库歇》的第六章始于1848年2月25的早晨,终于1851年12月3日。全书中,这是唯一一个被如此精确的年代日期所框定的章节。[4]在这一天的前夜,历史仿佛出现了"口吃"和"嗝逆"(历史事件的回响总需要一天的时间才能传播、被"复制"到沙维尼奥尔):这是路易·菲利普(Louis Philippe)倒台的次日,也是"亲王总统"(prince-président)发动政变的次日。[5]

---

[1] *Bouvard et Pécuchet*, p. 321.
[2] Sartre, *L'idiot de la famille*, Paris, Gallimard, 1971-1972, 3 vol., t. III, p. 448.
[3] *Bouvard et Pécuchet*, p. 225.
[4] Voir R. Descharmes, *Autour de «Bouvard et Pécuchet»*, Paris, Librairie de France, 1921, ch.III.
[5] 路易·菲利普即奥尔良系的七月王朝时代的国王;"亲王总统"指拿破仑一世之侄,未来的法兰西第二共和国总统和第二帝国皇帝,夏尔-路易-拿破仑·波拿巴(拿破仑三世)。——译者注

从小说最初的情节构想开始，这个位于全书中央位置的章节就是围绕政治主题展开的。不过，这一章的文字到底是以"研究"还是以"行动"开局——或者说，是以"系统的秩序"（知识的分类），还是以"叙述的逻辑"（主人公在百科全书里的游走）导入，福楼拜的决心始终未定。最后，他选择求助于一个外在于叙述主干的事件来解决这个难题。

在最早的一份情节设想，即1863年写成的标记为19号的写作笔记中，"政治"主题被明确地放在"园艺、农业、社交、时尚"和"文学"这两行字之间，而另有一处附记确定了政治主题的叙述功能："操心政治——展开争执"。[1] 政治与争执的关联已经显明：从两位主人公在布尔东路上一见倾心以来的那种亲密无间的默契，由此出现了最初的裂隙。矛盾是政治性的，如果说此后它扩展到情感、哲学上的纷争，那也不过是最初那道裂痕的延伸。第六章即政治章节的情节走向从小说开始构想之处就被预先决定了，但就像小说的其他主题单元一样，政治主题在小说中知识体系的秩序和叙事逻辑中占有的位置却是随机的、无理由的。

以下是政治主题在福楼拜前后所拟不同版本的情节设想中所处的位置：[2]

鲁昂1号手稿："1848年革命。"[3]

鲁昂2号手稿："第五：政治。对美的研究驱使他们研究司法、权利和政治问题。"[4]

---

[1] Voir M.-J. Durry, *Flaubert et ses projet inédits*, Paris, Nizet, 1950, pp. 207 et 221.

[2]《布瓦尔与佩库歇》前后各种情节提纲的手稿保存在鲁昂市立图书馆，编号为 Ms. gg.10。本书沿用 A. Cento 前引书所使用的编号，尽管它并没有严密到无可指摘的地步。参见：C. Gothot-Mersch, *art. cit.*, p. 140.

[3] *Bouvard et Pécuchet*, éd. A. Cento, p. 10.

[4] *Ibid.*, p. 17.

鲁昂 3 号手稿："第五：他们竟然对政治产生了兴趣。"[1]

鲁昂 4 号手稿："艺术中的道德问题，相关讨论。他们开始反对彼此，不知不觉地开始在政治问题上产生争论。"

鲁昂 5 号手稿："政治。他们的兴趣日益强烈。"[2]

奇怪的是，尽管尚未展开其故事细节，鲁昂的 1 号提纲已经特意明确了 1848 年这个年代，但后续各个提纲却停留在更抽象的时间框架上，因此出现了"驱使他们"（从体系的角度讲）、"他们竟然"、"不知不觉地开始"、"日益"（从叙述的角度着眼）等字眼。同时，这些提纲在确定政治分歧的先后顺序，也即确定两位主人公的最初裂痕时又举棋不定。于是情节的推进显得动力不足，鲁昂 4 号手稿的一个附记认真指出了这一点：

"第五章：政治话题在节日之后开展得更加充分……糟糕的研究……这一章应该写得起伏跌宕、充满激情。"[3]

不过鲁昂 5 号手稿的语气并不强烈："第五：政治，他们开始逐渐产生了兴趣。"[4]

只有在鲁昂图书馆保存的最后一份情节大纲手稿里，第五章才突然具备了后来的结构：它重新找到了"外部事件"——所谓"外部"，既是在叙事逻辑，也是在知识体系的秩序意义上说的——这一事件早先已出现在鲁昂 1 号手稿中，而接下来的四部大纲里却全然忽略了它的存在。

鲁昂 6 号手稿："第六章：政治。从 1948 年到 1952 年。"[5]

两种元素现在被结合到了一起。第一种是理论性的元素，在从美

---

[1] *Bouvard et Pécuchet*, éd. A. Cento, p. 29.
[2] *Ibid.*, p. 62.
[3] *Ibid.*, p. 63.
[4] *Ibid.*, p. 88.
[5] *Ibid.*, p. 98.

学到司法，从美学到政治学的众多领域里，鲁昂图书馆的 2 号手稿真正想突出的唯有政治。第二种元素则是历史性的，1 号手稿生硬地突出了它。现在一切细节都已齐备，叙述从让布瓦尔和佩库歇动心的"自由树"开始启动。在页边上我们读到这样的添加文字："1948 年和政变。"这一章全都扣紧主题，直到结尾处的 12 月 2 日"让他们震惊，并且给他们增添了几分理论方面的挫败感"。[1] 现在，研究和行动，体系和叙述，理论与历史都水乳交融般地混在一起，共同组成了以政治为主题的这一章，而借力点便是那个历史事件。

在讨论文学的一章之后，1848 年的革命事件将这个政治性的章节引入了《布瓦尔与佩库歇》，不过两章的主题之间缺乏系统的联结，只有突兀的过渡，就像小说中所言，"这件大事使镇上的有钱人惊得目瞪口呆"。[2] 上一章末尾佩库歇预言的"好戏"如今得到了兑现：天主教徒、正统派成员德·法威日伯爵居然投入到普选造势活动里去，大乱已不可避免。[3] 现实，历史性的现实仿佛被撬下了一块，然后被砌入了叙述之中，尽管在此之前，叙述只是在知识体系的秩序里分配它的逻辑，它只是在百科全书的各种分支里跳来跳去，就像孩童玩耍的跳鹅游戏[4]一样。

不过，现实中的时间和地点都变乱了：政治事件发生在彼处的巴黎，时间是昨日。处处都是时空的错乱，显示出叙述层面的扭曲。政治研讨的程序此时将由现实情境来决定，此类讨论现在将溢出原有的叙事逻辑。辩论将在巴黎，在它的街头发生，然后才会回转到沙维尼

---

[1] *Bouvard et Pécuchet*, éd. A. Cento, p. 99.

[2] *Bouvard et Pécuchet*, p. 226.

[3] Voir A. Cento, *Commentaire de «Bouvard et Pécuchet»*, Naples, Liguori, 1973, pp. 63 et 72.

[4] "跳鹅"（le jeu de l'oie）是法国小孩子们喜欢玩的一种游戏。——译者注

奥尔小镇，回转到书本中：如果从文本及其法则的视角来看，这是双重的错乱。

另一方面，革命作为事件侵入叙述——鲁昂5号笔记特意把"关于法国大革命的不同思想体系""转移到前一章"[1]——事件闯入接纳它、将它转化为推进动力的小说，这一现象可以从两个不同的、甚至相反的角度去看待。

某种意义上，历史侵入叙述的一个突出的效果是，政治在《布瓦尔与佩库歇》及其百科知识体系中占据的特殊地位被进一步显明了。可以说，历史事件的介入并没有扭曲原有的叙事逻辑，恰恰相反，它只是把这种逻辑进一步呈现出来。事实上，无论福楼拜的情节大纲在讨论政治话题时有没有提到革命事件，小说的走势和逻辑都不会改变，因为无论在哪一份大纲手稿中——哪怕是在最早的构想里——政治的中心位置都始终如一，政治始终居于枢纽的地位。

在政治话题正式登场之前，小说讨论的主要是各种实证的、严格的科学，特别是在19世纪登堂入室的那些学科，它们包括了从农业到美学的广阔领域，中间还涵盖了化学、医学、地质学、考古学、历史学和文学等。在知识系统的构架中，这些学科无不在彼此呼应，互相召唤。

但在政治性话题登场之后，相继出现的却是那些更加可疑的，一半近于人文、一半近于玄学的东西。在鲁昂1号笔记中，医学和化学出现的顺序还在政治之后，后面紧接着催眠术，而在小说正式的手稿里，福楼拜却把它们的位置提前了，于是在政治后面出现的便是那些"不纯粹的"科学，包括哲学、蒙上帝启示获知的宗教、靠了两个孩童才发现的教育学等，把这些学问联结起来的与其说是知识体系的内

---

[1] *Bouvard et Pécuchet*, éd. A. Cento, p. 89.

在逻辑，不如说是叙述过程的偶然设置。

现在轮到政治来扮演各门科学之间的连接器的角色了，因为两位主人公对政治的看法可谓情投意合，他们一致同意政治并无科学性可言。布瓦尔就说过，"政治是多么脏脏！"而佩库歇也回应说，"政治不是一门科学"。[1] 政治于是成了书中提到的第一门"非科学"或者"被否认的"而非简单被遗弃的科学，这就是为什么它成了"硬科学"和"软科学"之间的跷跷板。当然，这也就解释了这门"非科学"为何不能按照知识体系中的顺序被引入小说，它必须等待一个历史事件的推动才能现身说法：毕竟，科学本身是不能完成从"美"到"正义"的过渡的，也无法实现诸如"不知不觉""逐渐""日益加深"之类的效果。总而言之，如果离开了外部历史事件的推动，作为《布瓦尔与佩库歇》转换枢纽的政治主题是无法被小说的叙事逻辑所推动的，因为这种逻辑迄今为止只服从知识体系的秩序。

一方面，对《布瓦尔与佩库歇》的逻辑而言，1848年的革命事件并非本质性的，无论这场革命是否被小说提及，作品情节历次大纲的结构都会以政治为轴心。但另一方面，由于小说的叙事未能找到一个明确、固定的点来为整个结构奠基，并且这个基点只能表现为人物对政治日益增加的兴趣，乃至小说不得不借助1848年的事件来为叙述提供动力和激情，因此我们又应该说，革命事件对《布瓦尔与佩库歇》的逻辑仍然是本质性的。是1848年为这本书奠定了基础，如果没有革命，叙述的结构就将是残缺的，而缺乏事件支撑的政治主题空有枢纽位置，也终将倾覆。或者换一种表达方式来说：并不是革命事件在小说中凸显了政治的作用，而是"大写的"政治本身就是革命的另一个名字。

---

[1] *Bouvard et Pécuchet*, p. 258.

1848年革命将《布瓦尔与佩库歇》一分为二。在革命场景之前，两位主人公亲密如一人；在此之后，他们开始了"面对面"的人生，争执和差异都始于此处："'你简直荒谬绝伦！''而你呢，你简直让我反感！'"[1]

假如我们把1848年至1852年间的故事视为称量小说前后两部分的"天平"，那么福楼拜这部最后的遗作与《情感教育》（*L'Éducation sentimentale*）之间错综复杂的关系也就解开了。1863年，福楼拜走到了岔路口：他同时在构思这两部作品，第19号创作手记显示出他在二者之间难以决断的心境。

他选择了先写《情感教育》，先续写1848年之前已经确定的提纲，而将1848年革命引入小说则促使小说最终得以完成。《布瓦尔与佩库歇》则成了《情感教育》第三部分即巴黎场景的外省版对应物。一旦巴黎公社唤起了对1848年事件的记忆，福楼拜就立刻回到后一部小说的写作中来——可以说，《布瓦尔与佩库歇》不妨题为"政治教育"。

尽管福楼拜长期以来一直在思考如何写出"一部背景宏大的长篇小说"[2]——这个构想最终落实为《布瓦尔与佩库歇》——但具体说来，还是《情感教育》中对1848年革命的描写最精确地预言了福楼拜最后一部小说的状貌。例如《情感教育》中华娜斯小姐（la Vatnaz）与元帅夫人之间有过这样的对话，"华娜斯小姐就引用艾塞

---

[1] *Bouvard et Pécuchet*, p. 254.
[2] 本书凡引用福楼拜的《书信集》（*Correspondance*）均采其最新版本，1858年之前的书信见 J. Bruneau, Paris, Gallimard, coll. «Bibliothèque de la Pléiade», 1973-1980, 2 vol. (repectivement *Correspondance*, t. I et II)。1858年之后的书信见 *Œuvres complètes*, Paris, Club de l'honnête homme, 1975, t. XIV, XV et XVI(respectivement *Correspondance*, t. III, IV et V)。

  Correspondance, t. II, p. 208(lettre à Louise Colet), 16 décembre 1852.

尼派、摩拉维亚兄弟会、巴拉圭耶稣会，以及生活在奥弗涅省梯也山区的班贡家族为证".[1] 这段话又让人想起白勒兰（Pellerin）这位"两个老实人"的先辈在俱乐部里滔滔不绝的演讲、他列举的各种权威典故以及他的各种迷恋和激情："白勒兰先是投身于傅立叶主义，后又学习顺势疗法，贩卖活动桌，从事哥特艺术和人文主义绘画，最后成了一名摄影师。"[2]

不过，据阿尔贝·蒂博代所记，[3] 两部小说中最全面的对照是各自人物参加的政治聚会，它们分别见于《情感教育》中的唐布罗斯（Dambreuse）和《布瓦尔与佩库歇》中的法威日身上。两部小说的相关描写都引起了对环境和言论之间反差的思索："布瓦尔为他周围的华贵物品与大家谈论的事物之间的反差感到吃惊，因为他一直认为言谈应与环境相谐，高高的天花板是为伟大的思想而建造的。"[4] 这种反差是布瓦尔和佩库歇眼里最难容忍之事，于是他们立刻感到有必要研究政治学，小说也由此推导出政治的非科学性，同时也展现了两位主人公对愚蠢的新感受："这是怎样的蠢人！多么卑鄙！怎么能想象这样的顽冥不化？君权神授到底意味着什么？"[5]

法威日举办的午餐会是小说中政治章节的"临界点"（它标志着历史向理论、事实向学说的转变），它发生在1850年5月31日（这一天三百万法国选民被剥夺了选举权）以及1851年12月2日。此时第二

---

[1] Flaubert, *L'Éducation sentimentale*, *Œuvres*, Paris, Gallimard, coll. «Bibliothèque de la Pléiade», 1952, t. II, p. 342.《布瓦尔与佩库歇》中有一段话与上文对应："他们给我们推荐的教派是艾塞尼派、摩拉维亚兄弟会、巴拉圭耶稣会，直至牢狱里的生活制度。"（*Bouvard et Pécuchet*, p. 254）原来，《布瓦尔与佩库歇》重新使用了为写作《情感教育》而准备的论述社会主义者团体生活的文字。

[2] *L'Éducation sentimentale*, p. 454.

[3] Albert Thibaudet, *Gustave Flaubert* (1922), Paris, Gallimard, 1935, p. 212.

[4] *Bouvard et Pécuchet*, p. 250. 参见《情感教育》第160页的文字："周围陈设的华贵仿佛加强了言论的贫乏。"

[5] *Bouvard et Pécuchet*, p. 251.

共和国已是气息奄奄。唐布罗斯的宴请则发生在1847年。这两次活动都标志着对愚蠢的感受的第一阶段。它们让人想起青年福楼拜和马克西姆·杜冈（Maxime Du Camp）[1] 1847年12月25日在鲁昂参加的"改良主义者的宴会"，杜冈后来对此讲述道："从来没有这么多丑陋不堪的陈词滥调在我们耳边回旋……我们都惊呆了。什么！难道和民众讲话就是这样的吗？演讲的效果就是制造这么多蠢言？难道让听众欢欣鼓舞的就是这种冗长而空洞尤甚的修辞？"[2]

这只是革命的开端，它的前提。福楼拜在一封致路易丝·科莱（Louise Colet）[3]的信中描写了会议带给他的"滑稽可笑而又可悲的印象"："无论你对人性已有多么悲观的看法，你还是会感到由衷的苦涩，因为此刻你的眼前竟然堆积了这么多谵妄的蠢言，这么多狂乱的愚行。"[4]

从感受愚蠢到品味苦涩、发出哀叹，这便是布瓦尔和佩库歇从参加伯爵的午餐会直至本章结束所经历的一切。

"改良主义者的宴会"发生在圣诞节期间。福楼拜致路易丝·科莱的愤怒的信件写于12月25日至1月1日之间。信的末尾是老生常谈或曰礼仪性的祝愿："新年来了，又是一年结束了！鼓起勇气来，可怜的朋友！让我们祝愿新的一年会更好。"新的一年即1848年，此时距离革命还有不到两个月的时间。

萨特发现福楼拜在9岁那年的除夕就发现了何为愚蠢。[5]他在

---

[1] 马克西姆·杜冈（1822—1894），法国作家、摄影师，福楼拜、波德莱尔和戈蒂耶等大作家均与他过从甚密。——译者注
[2] Maxime Du Camp, *Souvenirs de l'année 1848*, Paris, Hachette, 1876.
[3] 路易丝·科莱（1810—1876），法国女诗人，曾为福楼拜的情人。——译者注
[4] *Correspondance*, t. I, pp. 491-492.
[5] Sartre, *op.cit.*, t. I, p. 613.

给朋友埃内斯特·舍瓦利耶（Ernest Chevalier）[1]的信中写道："你说得对，过新年是个蠢事。"不过这封信结束时依然是老一套的祝语："我祝你1831年快乐，请替我热情地拥抱你的家人。"[2]从1830年到1848年，从一场革命到另一场革命，从舍瓦利耶到路易丝·科莱，同样的双重性始终如故。和新年一样，革命也是一场到处透着愚蠢的仪式，1789年、1830年、1848年和1870年皆是如此。在《情感教育》中，"聪明人俱乐部"（le Club de l'intelligence）的成员们一个个学着模仿圣鞠斯特（Saint-Just）、丹东、马拉（Marat）或者布朗基（Jean Dominique Blanqui）的腔调，[3]而布朗基当年效法的又是罗伯斯庇尔（Maximilien de Robespierre）。于是整部人类历史都是模仿的历史，1848年模仿1789年，沙维尼奥尔小镇则模仿巴黎。"啊，革命！这就是灾祸！"[4]本堂神父在午餐会上对伯爵如此哀叹。什么是革命？1789年和它的一再重复：所有的革命都是一回事（好似永远有一位"巴丹盖"跟在后面）。[5]

福楼拜最早述及《布瓦尔与佩库歇》写作计划的一批书信作于1848—1852年。1852年9月4日——这是"共和国日"，又一个节日——他从大马士革写信给路易·布耶（Louis Hyacinthe

---

[1] 埃内斯特·舍瓦利耶（1820—1887），法国法官，福楼拜自童年起的老朋友。——译者注
[2] *Correspondance*, t. I, p. 4.
[3] 布朗基（1757—1832），大革命到第一帝国时期的政治人物，国民公会时期为吉伦特派代表。圣鞠斯特、丹东、马拉、罗伯斯庇尔均为雅各宾派（山岳党人）的主要领导人。——译者注
[4] *Bouvard et Pécuchet*, p. 249. Voir J.-P. Duquette, «Flaubert, l'histoire et le roman historique», *Revue d'histoire littéraire de la France*, mars 1975.
[5] 巴丹盖（Badinguet）是拿破仑三世的绰号。1846年小拿破仑企图发动政变推翻路易·菲利普，事败被囚，后借助一位画家狱友的囚服和文件，化名"巴丹盖"成功越狱。福楼拜在其书信，左拉在其小说中都多次提到这一绰号。——译者注

Bouilhet）：[1]"你能想到《庸见词典》真是太好了。"（什么是庸见蠢话？例如"莫里哀未曾谈论南特敕令的废除"便是。）[2]"你说得对""这样想真是太好了"之类的表述说明，总是他人、友人让福楼拜得以洞观"愚蠢"。但在同一封信的下文中，福楼拜自己就显露出政治上的洞见："如果1852年我们看不到总统选举中的大失败的话……"[3]揆诸史实，自然没有设想中的溃败，因为根本就没有总统选举："亲王总统"会在12月2日直接取消它。1852年11月21日的全民公决将要把他送上帝位。

正是在这阴郁的日子里，《布瓦尔与佩库歇》的设想又在作家致路易丝·科莱的信中重新浮现。11月21日的全民投票无论在福楼拜居住的克瓦塞村还是在小说世界里的沙维尼奥尔都引起了回响，次日作家写道："你只需要照看好你自己。让帝国走它的路好了，我们关好自己的大门……再会，现在是凌晨两点钟。我多么希望飞跃到一年之后。"[4]"一年"的期待是因为福楼拜和科莱的关系预期将会在那时变得更亲密。不过，福楼拜还有另外一个动机，它出现在稍后的信件里："我曾有一个迷信的思想：明天我就要满31岁了。我度过了30岁这一年，它对男人来说是关键性的。"[5]又过了几天，大约在其生日（12月12日）与圣诞、新年之间的日子里，他再次表达了自己的想法："我有些残酷的冲动，忍不住要痛骂人类。总有一天，就在未来十年里，我会在一部背景宏大的长篇小说里做这件事。"[6]

我们有必要回顾福楼拜书信集里的这些著名的断章，因为它们足

---

[1] 路易·亚森特·布耶（1821—1869），法国诗人，福楼拜的同学和朋友。——译者注
[2] *Correspondance*, t. I, p. 678.
[3] *Ibid.*, p. 679.
[4] *Correspondance*, t. II, pp. 180-181.
[5] *Ibid.*, p. 205.
[6] *Ibid.*, p. 208.

以证明，在《布瓦尔与佩库歇》的"前史"中，革命在每一个阶段都渗透进来：革命是唯一堪与新年或生日相提并论的日子，因为它们都是周而复始的。这也就解释了为什么革命大体上可以被视为政治的同义词。

倘若没有政治，则《布瓦尔与佩库歇》无法成为小说。政治从外部世界进入小说，将书中的叙事逻辑与体系的结构区分开来。人物于是成为"主角"：他们享受生活，然后介入生活，开始行动，确立自身并最终表达了对世界的愤慨。他人（以及读者）对此都心知肚明："布瓦尔进行了干预。'这无济于事！'镇长回答说，'大家都知道您的观点。'"[1]

在《情感教育》中，弗里德里克·莫罗（Frédéric Moreau）总是避免采取任何行动。他有时只是人生的看客。尽管身在巴黎，但他和布瓦尔及佩库歇一样，迟至12月3日才知晓政变：[2]"次日早晨，他的仆人告诉了他最近的新闻。"[3]不过，当布瓦尔和佩库歇"去村子里发泄他们的愤怒"时，[4]"公众事务却让他（莫罗）无动于衷，因为他只关心自己的事情"。从1848年到1852年，公众之事就是布瓦尔和佩库歇的事情，因而他们的小说与弗里德里克·莫罗的小说不同，乃是"政治教育"。

由于革命的介入，《布瓦尔与佩库歇》不再是一笔流水账、一份清单。同样，由于政治主题章节的存在，我们也无法像让·里卡尔

---

[1] *Bouvard et Pécuchet*, p. 240.
[2] 此处指1851年12月2日由第二共和国总统夏尔－路易－拿破仑·波拿巴发动的政变（或曰"自我政变"）。他在宪法规定的三年总统任期结束前采取解散议会、恢复普选（限于男性公民）、制定新宪法等方式，延长并扩大了共和制国家元首的权力，为一年后建立第二帝国铺平了道路。——译者注
[3] *L'Éducation sentimentale*, p. 446.
[4] *Bouvard et Pécuchet*, p. 257.

杜（Jean Ricardou）[1]一样，声称两位主人公的存在"纯粹地、单纯地只是为百科全书式的知识整理服务"。[2]叙事于是战胜了体系。在事件的考验中，两位主人公开始真正生活：在下一章中，他们开始了恋爱。

为什么政治会成为一种行动的形式，让主人公围绕它建构起自身，并让"书"转变为"小说"？在历次制定的情节大纲里，由政治引发的转变——不管其机缘是行动介入还是知识研究，是理论还是实践——其最终的效果都是让两位老好人"虚无化"。他们始终无法从"政治上的挫折"[3]中振作起来，事实上，直至人物重操抄写员的旧业，小说都在不断重复这一命运。政治主题在小说中的存在最终以挫败告终。二者之间的联系在历次写作大纲中变得越来越清晰，事实上从最初的第19号创作笔记开始我们就能看出这一萌芽，作家从一开始就透露了小说中政治主题的结局乃至其经历的过程："操心政治——展开争执"，这一表述中间的破折号、省略号都会在小说中具体展开。

在鲁昂1号手稿中，人物"订阅两份意见不同的报纸……他们争执起来甚至会动手打架"。[4]他们会赌气、吵架。两人之间的分歧已经出现在未来的书里，动手动脚已经显示出这场游戏的真实一面。

鲁昂2号手稿："他们最后陷入了可怕的烦恼。"[5]不过，到底在什么意义上烦恼是争执的结果？

---

[1] 让·里卡尔杜（1932—2016），法国作家、文学理论家，"新小说"的主要理论诠释者之一。——译者注
[2] Jean Ricardou, *Pour une théorie du Nouveau Roman*, Paris, Éditions du Seuil, 1971, p. 235. Cité par C. Gothot-Mersch, *art. cit.*, p. 137.
[3] *Bouvard et Pécuchet*, p. 261.
[4] *Bouvard et Pécuchet*, éd. A. Cento, pp. 9-10.
[5] *Ibid.*, p. 17.

鲁昂 3 号手稿安排了一个不好不坏的结局。经历了不和之后，两人将会在学问研究中重归于好。小说里提道，"两人的不和过去之后，他们发现自己的研究还缺少一个基础：政治经济学"。[1]然而这门学问并不能完全调和他们的关系，或者不妨说，他们之所以烦恼，就在于他们认识到这并不是一门科学。挫败首先发生在理论层面。

鲁昂 4 号手稿进一步明确了挫败感的表现形式："消沉。他们不知所措。"[2] 5 号手稿则让人物的思考上升到原则的高度："他们寻找着最理想的政府治理方式"，[3]可这份手稿对人物从理想跌落的表现简直比后来的小说还要残酷："B. 和 P. 在狂怒中扔掉了书本——这是他们在诅咒人类的愚蠢、不公和残忍时怒气勃发的表现。"

最后，在点出了 1848 年至 1852 年政治风云的鲁昂 6 号手稿里，故事的结局将会把实践和理论的关系确定下来，如手稿的一处页边注所言："科学研究应该与行动结合起来。"此外，"年末某月 2 日的政变"的字眼被插入两行文字之间：前一行讲的是主人公对政治科学的期待，后一行则提到政治并非科学。对政治事件的影射需要这一处旁注："本章末尾见证了年末某月 2 日的政变，这一事件让他们震惊，并且给他们增添了几分理论方面的挫败感。"[4]

这便是小说在学说与历史、政治与挫败主题之间所设置的最终的关系。从革命风起之日开始，布瓦尔和佩库歇就对政治产生了兴趣，并且投入了行动之中；但种种政治行为的混乱又让他们重新去思考理论；他们感到的挫败主要发生在理论层面，只不过一个章节之后发生的政变事件加强了这种失落感。固然，小说要想成立，就需要让政治主题超越纯粹的"百科全书式的知识整理"，进而转换为一种行动

---

[1] *Bouvard et Pécuchet*, p. 256.
[2] *Bouvard et Pécuchet*, éd. A. Cento, p. 63.
[3] *Ibid.*, p. 89.
[4] *Ibid.*, p. 99.

（同时也是一种考验），但这种超越和转换并不仅仅是小说本身的需要，也有理论上的依据。于是我们就能理解，当外部事件推动政治主题进入叙事逻辑和知识体系的秩序时，政治能够在逻辑和体系两方面都拥有存身之地；换言之，政治主题的出现一度把叙事和知识区分开来，但这一主题却又把二者悖论式地重新联结起来。这一点尤其让人难以接受。总之，尽管存在着对政治进行"启蒙"的外部历史事件，但那赋予政治主题以特殊地位，使其成为小说前后两部分的"铰链"的东西，却是某种理论层面的特性。

政治上的多元性和意见的矛盾分歧在两位主人公眼中不啻为一种撕裂。他们所遭遇的种种纷争促使他们重新开始探索。然而政治科学的阙如最终导致的只是无药可救的"理论方面的挫败感。"

为什么政治科学的挫败尤其让人痛苦？因为在人们心中，政治——这里指的是政治的话语——仿佛真的能触及某种现实，这种品质是任何其他话语所不具备的。美学上的外部参照本就无足轻重，批评家大可在欣赏一出戏剧之前就写成对它的评论，而政治话语则不然。唯其如此，政治理论一旦失效，就尤能体现话语与世界的脱节。

但在接触政治之前，布瓦尔和佩库歇已经尝试过将知识付诸实践，也遭遇过近似的失败。书与世界之间展开的游戏和交换也由来已久。为了更好地理解和投入行动，他们总是从现实世界走向话语的世界。在政治主题这一章里，当他们转向政治经济学时，他们又尝试重新拾起惯常的做法。求知和行动的相互交织并非什么新奇之事。路易·菲利普逊位的1848年2月24日和路易-拿破仑·波拿巴发动政变的1851年12月2日，这些日子都是真实的存在，不过它们归根结底只是理论世界的一种陪衬。

在这样的视野下，政治科学仿佛成了完成知识体系大厦的最后一块拱顶石。在1848年2月24日之前，德·法威日伯爵已经在散发他的宣传册。在 1851 年 12 月 2 日之前，已经有 1848 年的 12 月 10 日。[1]"沙维尼奥尔的全体居民都投票拥护波拿巴。六百万张选票使佩库歇对人民心灰意冷。布瓦尔和他便一起研究普选问题。"[2] 通过伯爵散发的小册子，普选问题已经提前宣告了革命的来临。[3] 从鲁昂 3 号手稿开始，每一份情节提纲都提到了与君权神授相对立的普选问题。另一方面，福楼拜在巴黎公社时期写给乔治·桑的信也是众所周知的："普遍选举，此乃人类精神之耻。"[4] 可以说，在布瓦尔和佩库歇的政治失落、理论挫败和现实愤怒的深处，在由此构成的那致命的忧郁的最深处，始终隐藏着普选这一政治问题的身影。

某种意义上，普选制就是愚蠢这一品性本身。"普选既属于每个人，就谈不上什么精深的知识。"[5] 我们很容易把布瓦尔和佩库歇的这个观点与他们的创造者在书信中的话联系起来，它同样出自福楼拜致乔治·桑的信："没有头脑，我们就会一事无成。现在的普选制比君权神授制还要愚蠢……大众、多数派永远是一群白痴。我并非一个凡事都立场坚定的人，但在这个问题上我确信自己是对的。"[6] 在 1852 年全民公决的次日写给路易丝·科莱，首次透露了《布瓦尔与佩库歇》创作构想的那封信中，福楼拜已经开始抱怨"现代民主中的平等理念"。[7] 面对民主制、大众、人民、多数派和平等，30 岁的福

---

[1] 路易-拿破仑·波拿巴在这一天举行的法国男性公民的普选中当选为第二共和国总统，这也是法国历史上第一次总统选举。——译者注
[2] *Bouvard et Pécuchet*, p. 242.
[3] 路易-拿破仑·波拿巴和他的伯父一样都善用普选权或全民表决等形式夺取权力，这也是同为君主制的第一帝国和第二帝国与大革命之前的旧制度在合法性来源上的差异之一。——译者注
[4] *Correspondance*, t. IV, p. 40.
[5] *Bouvard et Pécuchet*, p. 242.
[6] *Correspondance*, t. IV, p. 44.
[7] *Correspondance*, t. II, p. 208.

楼拜已经显示出他对基于自然和精神力的贵族制的拥戴，多年以后的巴黎公社运动将进一步加强他对贵族制的向往。可以说，从其最初的萌芽开始，《庸见词典》以及由此发展而来的《布瓦尔与佩库歇》这部小说就是反民主、反平等的。

不过，普选制在小说的形式而非内容层面上与叙述逻辑发生牵连，并非基于上述这一层原因。再说，普选制固然不被福楼拜看好，君权神授制也同样被他拒斥："布瓦尔和佩库歇不喜欢少数派，同样也厌恶多数党。总之，贵族和庶民在他们眼中都是一丘之貉。"[1]《布瓦尔与佩库歇》和《情感教育》[2]的文本都提到了强加给1850年5月31日的普选的种种限制条件，视其为厄兆："共和国即将消失。三百万选民被排除在普选之外。"[3]

不，普选制的出现之所以能够改变小说的走势，是因为它让本来应当隐而不显的东西浮出了水面：起初，为了让小说的叙事逻辑继续与知识体系的秩序相吻合，那些平庸的一般概念或陈词滥调的生产模式本应被掩盖起来。普选制是令人作呕的，它让我们看清了庸见究竟来自何处："就凭了群众猬集这个事实，大众中蕴藏的蠢行就会萌生、发作起来，造成难以估量的后果。"[4]愚蠢本来并不是大众的本质，就像智慧也不是一样，但大众的集结是一个其力量不断扩展的过程。在谴责普选制的那封致乔治·桑的信中，福楼拜承认说："当然，无论群众是多么愚昧，都应该看到他们的力量，因为大众的繁殖力是不可限量的。不妨把自由给予群众，绝不可授其以权力。"[5]大众是动

---

[1] *Bouvard et Pécuchet*, p. 243.
[2] *L'Éducation sentimentale*, p. 429："首先，他们砍掉了所有的自由树，然后限制公民的选举权，关闭俱乐部，恢复新闻检察制度，把教育委托给教会去管，甚至等待着建立宗教裁判所。"
[3] *Bouvard et Pécuchet*, p. 248.
[4] *Ibid.*, p. 242.
[5] *Correspondance*, t. IV, p. 44.

态的,就像病菌可以不断增殖一样,也正因如此,大众既让人刮目相看,又让人心怀恐惧。一个附带的结果是,福楼拜由此找到了用自由对抗平等,以自由主义抵制民主的理由。问题的本质在于(至少对小说来说是这样),同样一个起于青萍之末的过程竟能引发相反的后果,因此这一进程是无法算计的、非科学的,也是无法控制的。如果我们相信布瓦尔和佩库歇经历了从愚蠢走向智慧的道路,如果说革命的爆发让他们洞观了什么是普遍的愚蠢,并由此造成了他们的不幸,那么这一变迁、转化的要害便在于揭示了下列事实:普选制是对庸劣的一般概念的大规模生产。

迄今为止,布瓦尔和佩库歇在讲话时总是习惯用无人称的主语代词,但到了政治性主题这一章,这种无主体的、匿名的话语被废黜了。

这一点看上去很荒诞,因为普选制恰恰是一个以趋同为导向的进程,它在事实上会稀释话语的个体性,将"众口"融为"独声"。然而,那隐晦的、不可窥视的奥秘恰恰在于,只有趋同的进程,没有现成的共识。"六百万张选票使佩库歇对人民心灰意冷。布瓦尔和他便一起研究普选问题。"当然,他们之所以心灰意冷,绝不仅仅是因为人民的缘故。

到目前为止,正如评论家尤其是萨特反复说过的那样,小说中占主导地位的是匿名的、无人称的主语代词,或者用福楼拜自己的话讲,是一些"庸见";此类话语的特点是抹去了关于自己的起源和生产模式的一切痕迹,让自己显得是天经地义的、真实的、无可置疑的。但政治经验将会禁止保持观念和选票的一致性,或者更准确地说,思想起源的问题、"庸见"的生产模式问题终将无所遁形。

"可是到底什么是划分无辜之言和有罪之言的界限呢?一件事现在

被禁止，要不了多久又会受到欢迎"，[1]佩库歇在直面普选之前如此郑重其事地发问。之所以有此一问，是由于不幸、灾祸并不是缘于意见不一，或者是政治观点一致到可以在人与人之间随意交换的程度，同样也不是因为产生这些观念的机制彼此出于竞争状态——不，世间的不幸是因为我并非与这些庸见蠢识的产生机制无关。在这种情形下，再也没有什么观念是值得信赖的，也再也没有真理可言，除非我能够将自己奉为权威。在福楼拜临终时还在写的那部分小说章节里，布瓦尔和佩库歇未能迈出这关键的一步，因此，那充斥着众人和他人的意见的世界也就变成了一个小说的世界。

"您想要我说什么呢？"当寡妇波尔丹太太（la veuve Bordin）把政变的消息带给布瓦尔和佩库歇时，这就是她唯一能说的话。布瓦尔已经对周围的沉默感到恼火："怎么！你们居然无话可说！"[2]

可是波尔丹太太并没有错。面对这件事的确没有什么可做的。她会根据"做或者不做"来回答"说还是不说"的问题，却不会明明无所事事却非要喋喋不休。三周以后就会投票，政变将在全民表决中以压倒优势获得合法性。很快，对这件事就将无话可说："这两位先生说的话太多了，他劝告他们闭嘴。"[3]

布瓦尔和佩库歇还想找到一些与选举无关的道理。在哲学上，他们特别关注观念的起源和先天观念的问题："如果那些概念是普遍的，我们一出生就应该具有这些概念。"[4]他们还关注常识的标准，"多数

---

[1] *Bouvard et Pécuchet*, p. 241.
[2] *Ibid.*, p. 257.
[3] *Ibid.*, p. 258.
[4] *Ibid.*, p. 305.

人总是照老一套办事"。[1]

按照同样的反对意见，世上也没有什么真理，有的只是信仰。布瓦尔和佩库歇转向了宗教，但一旦发现"有什么样的信仰不重要！重要的是要有信仰"，[2]他们又抽身离去。他们再也没有信仰的对象。

"凄凉的日子开始了。"本来，除了重操旧业，这两位抄写员还有一个机会摆脱忧郁，那就是投入社交场。不要忘记是城堡的那场午餐会开启了布瓦尔和佩库歇的政治教育，经此启蒙，他们就再也不能回复到先前的样子。在《情感教育》中，弗里德里克·莫罗也参加了一场被明确标定历史时间的选举聚会，唐布罗斯夫人引诱他时，"即使偶尔从她嘴里讲出几句老生常谈的话，也是以一种非常合适的形式说出来，可以被看作一种谦恭或者讽刺"。[3]那些"老生常谈"里回荡着社交场上独有的味道，这是布瓦尔和佩库歇不懂得品尝的。到了第二帝国时代，到城堡参加社交聚会只能让他们抓狂。他们的痛苦，或许也是福楼拜的痛苦，在于他们无法把社交场上的愚蠢当作乐趣来享受，尽管那些蠢话不至于因前言不搭后语而遭人诟病，甚至被当成风度和体面的表现。当然，还有另外一条出路，它是通过普鲁斯特笔下的维尔迪兰夫人来呈现的，这位贵妇和唐布罗斯夫人一样，都以在社交场上的滔滔不绝而见长，可以"一口气就说出流水一般的成语"。[4]不要忘记收入《欢乐与时日》的一篇普鲁斯特的早期散文就是以此得名的——《〈布瓦尔与佩库歇〉中的社交和音乐癖》。社交是忧郁人生的替代品。[5]

---

[1] *Bouvard et Pécuchet*, p. 307.
[2] *Ibid.*, p. 369.
[3] *L'Éducation sentimentale*, p. 392.
[4] Proust, *A la recherche du temps perdu*, t. I, p. 213.
[5] Première version dans *Bouvard et Pécuchet centenaires*, Paris, La Bibliothèque d'Ornicar, 1981.

4　福楼拜之二,泰纳之一

——现代人的群体性卑下

《布瓦尔与佩库歇》的第六章以政治为主题,在小说的结构中占据中心位置。它从全书的中央地带异军突起,将这部作品变成了一部真正的小说:人物转化为主人公,行动和情节压倒了两位老实人追求、搭建的知识体系。这一转换的实现有赖于外部历史突入叙述:该章的背景时间被明确框定在1848年2月24日和1851年12月2日之间,这段时日在人物居住的外省沙维尼奥尔小镇引发了不安,当地的氛围成为首都政治事件的遥远回响;在这个意义上,这部小说可以视为《情感教育》的"外省版",尤其可以对应后者第三部分中从1848年2月到"亲王总统"发动政变为止的那段岁月。

政治为什么会在这部小说中发挥关键的力量?也许可以换一种方式提问:布瓦尔和佩库歇的政治究竟意味着什么?我们大约可以认为,政治在此等同于一个令当代人始终为之争论的概念,等同于对普选制的本质性理解。《布瓦尔与佩库歇》第五章的最后一句话是这样的:"他们接着翻阅伯爵的印刷品。所有人都要求普选!——'我觉得,'佩库歇说,'我们马上就要有好戏看了。'"[1]

所谓福楼拜的政治究竟是什么呢?大家都承认这个主题有其重要价值,但长久以来很少有人对此详加探讨。[2]究其缘故,大概是因

---

[1] *Bouvard et Pécuchet*, éd. De C. Gothot-Mersch, Paris, Gallimard, coll. «Folio», 1979, p. 225.

[2] Voir E. Haas, *Flaubert und die politik*, Biella, G. Amoso, 1931, et aussi A. Cento, *La «Dottrina» di Flaubert*, Naples, Liguori, 1962.

为近来对《包法利夫人》的作者的考察主要集中于其现代性开创者、20世纪文学思想的预言家的身份，特别是研究他在小说史上如何首次翻转了形式和内容的关系，相比之下，研究者们未能充分关注其作品的历史和意识形态层面以及他与当代思想的联结。不过，重新关注政治和意识形态方面的影响绝不等于遗忘文本，在专论里局限于对作者情感思想的梳理——恰恰相反，我们应该借助另一种途径来考察普选制问题，这种政治现象在《布瓦尔与佩库歇》中展开的游戏及其意义并不限于政治领域，对它的讨论会在多方面引发效应，如历史学、伦理学、美学等。即便我们可以用普选制问题来概括《布瓦尔与佩库歇》的政治维度，普选制本身也并不限于政治层面，对1848年，尤其是1870年之后的法国思想来说，它具有关键性的意义。[1]

《庸见词典》中有"普选制"一项。这也是该书中仅见的政治性词条（如果排除"手腕：为了治理法国，必须使用铁腕"的话，后者的切入点并不是政治性的）。[2]"普选制"词条不同，福楼拜说，"这是政治科学的终极术语"，[3]在《庸见词典》中类似这样的定义是不同寻常的，它平淡、中立，着眼于惯常的分类，与《庸见词典》在别处

---

[1] 在群体心理学和涂尔干社会学诞生之初，曾有一场围绕民意表达和政治精英的智慧之间张力的讨论，这场讨论的全部意义都和我们的话题相吻合。可参见：Ch. Andler, «Sociologie et démocratie», *Revue de métaphysique et de morale*, mars 1896.（该书严厉批判了社会学的反民主属性。）受卢梭思想遗产的影响，该问题自提出之时起就集中在政治学、法学和哲学维度上，未能关注经济学和社会学层面，事实上19世纪法国思想界对普选制问题的讨论的一个突出特点就是忽略了阶级斗争问题（法国的社会主义思潮和法国社会学都未能从马克思那里获得启示）。福楼拜1871年致信乔治·桑时说道："和您一样，我也不相信阶层区隔，关于社会等级的学说应该归入考古学。"（*Correspondance*, t. IV, p. 44.）不过，让我们只说这一遍：对普选制的批评完全不意味着主张反对势力垄断权力，也完全不是保守主义思想的突出表征。反民主的自由派在做如下思考时从不形单影只："选举是给笨蛋铺设的陷阱。"要知道这句话虽由萨特之口说出，但其含义早已被反复谈论。

[2] *Bouvard et Pécuchet*, p. 494.

[3] *Ibid.*, p. 552.

显现的风格大相径庭。不过,它的意义也并不透明。"终极"可以意指"最新",或许还带有时尚的意味。不过"普选制"到底是"政治科学"的术语,抑或只是简简单单的、老套的政治话语和政治现实?在1871年2月的国民议会选举之后,福楼拜在信中告诉乔治·桑,"普选制是倒数第二位的神祇,它在谈论'凡尔赛的凶手'时,就把可怕的闹剧展示给了它的信徒"。[1]普选制在此是大众群氓崇拜的偶像,与科学概念全无瓜葛。(如果普选制是倒数第二的神祇,那么倒数第一又是谁呢?1848年的"神祇"又为何物?)这样看来,"普选制"在《庸见词典》中获得的是一种不确定的意义,好似"法律"词条的解说:"法律是一个难以说清的东西。"[2]福楼拜的声音与民众的声音总是混杂在一起。另一方面,按照小说的历次情节大纲,在《布瓦尔与佩库歇》中的政治性章节之前,将要预先谈论从"美"(第五章谈论的对象是美学)到"正义"的转换,好像法学和普选制是两个如此严肃的话题,其界定方式容不得任何嬉笑嘲讽:于是福楼拜就这样亲手揭示了他的困惑——我们毕竟不能拿政治话题开玩笑。

(1)我厌憎一切庸人

在色当惨败、普鲁士人占领克瓦塞村和巴黎公社这一系列事件之后,福楼拜在1870年、1871年致乔治·桑的多封书信中明确地表达了自己的政治信念。这些信念可以归结为对民众和民主制的憎恶,以及对基于精神价值的贵族制的怀念。"在我看来大众、群体都是可憎的。有价值的总是少数恒定不变的才智之士,是他们传递着火炬。"[3]

---

[1] *Correspondance*, t. III, p. 640.
[2] *Bouvard et Pécuchet*, p. 509.
[3] *Correspondance*, t. IV, p. 40.

福楼拜一向喜欢把精英与大众进行对比:"我憎恨民主制(至少是法国人所理解的民主制)……唯一合理的(我总是强调这一点)是精英文官的治理,前提是这些文官明事理、学识渊博。民众永远是未成年人,在社会等级的序列里,他们永远列在最末一排,因为民众意味着多数、群氓、无尽的数量……如今我们得救的希望在于一种合法的贵族制,我指的是那些从不以数量取胜的少数派。"[1]

上述强烈的信念可以归结为对平等的抵制,在福楼拜眼中,平等是基督教留下的精神遗产。"平等的理念(整个现代民主制都和它难舍难离)在本质上是基督教的理念,它和正义的理念格格不入。"[2] 普选制比任何其他制度设计都更能体现平等的概念,福楼拜的愤怒便源出于此:"当务之急是停止普选制,此乃人类精神之耻。在普选制下,单一的因素会压倒其他一切东西,数量会统治精神、教育、等级甚至金钱,而即便金钱也比数量要更好些。"[3] 他甚至还设想过一个更具体的政治构架:"在我看来,任何人,无论他是多么微不足道,都有权发出他自己的声音,可他未必能与邻人相提并论,后者的声音或许要重要百倍。在一个工业企业(股份有限公司)里,股东会根据他的股权来享有投票权。治理一个国家的政府也应该这样来组成。我一个人等于克瓦塞村的20名选民。财富、精神甚至等级都应该得到考虑,简言之应该重视力量的差别。可事实上,到目前为止,我只看到一个因素在起作用:数量。"[4]

在此我们不必深究福楼拜政治立场的保守和反动性,也不必去判

---

[1] *Correspondance*, t. III, p. 640.
[2] *Correspondance*, t. IV, p. 40. 福楼拜在另外一处又说:民主制"建立在《福音书》的道德的基础上,无论人们怎么解释,这实际上是一种非道德,因为它主张为了宽恕而牺牲正义,主张否定律法,简言之,它实际上是反社会的"。(*Correspondance*, t. III, p. 640.)
[3] *Correspondance*, t. IV, p. 40.
[4] *Ibid.*, p. 53.

断把公民社会比作股东大会是否恰当——这种比拟在经济和政治自由主义者中倒是颇具代表性——我们只想说明福楼拜的观念在多大程度上和与他同时代的、经历过同样政治事件的那些知识分子相吻合。在这些人中间，我们首先需要点出的名字是泰纳和勒南，19世纪60年代的福楼拜在马尼餐馆的定期聚会上与他们过从甚密，此外还不能忘记埃米尔·利特雷。[1] 这代人共同经历了1848年和1870年，经历了让人想到1793年和恐怖政策的巴黎公社，而按照托克维尔（Alexis de Tocqueville）[2] 的说法，1848年革命就已经是1789年的复制品。所有这些事件都被视为历史的衰退性重复，它们就像一个每况愈下的恶性循环，在这些知识分子身上激起日益强烈的反民主、反精英主义甚至是反共和主义的情绪。1871年在他们眼中代表了致命的结局和法国的彻底失败，80年来，这个国家的历史一直在原地踏步。

勒南在1871年11月出版了《法国的学术与道德改造》（*La Réforme intellectuelle et morale de la France*），该书是对尚未结束的、多灾多难的一年的及时回应，勒南在书中把这段历史变迁的源头上溯到1848年："我们中间的大部分人是在2月24日的不幸事件爆发的时候进入公共生活的。"[3] 而1848年革命的意义在很大程度上就是普选制的确立："1848年时法国人表现出的轻浮是史无前例也难有来者的，他们未经法兰西的请求就将普选制强加给它。他们从未考虑过，只有500万农民会从这一制度中得益，而自由主义的理念从未进入过

---

[1] Voir C. Digeon, *La Crise allemande de la pensée française, 1870-1914*, Paris, PUF, 1959. Et S. Jeune, «Taine et la guerre de 1870», in *Les Écrivains français devant la guerre de 1870 et la Comune*, Paris, A. Colin, 1972.
[2] 托克维尔（1805—1859），法国著名历史学家、政治哲学家，社会学的先驱者之一。——译者注
[3] Renan, *La Réforme intellectuelle et morale de la France, Œuvres complètes*, t. I, Paris, Calmann-Lévy, 1947, p. 341.

法国农民的头脑。"[1]普选制需要为色当的惨败和"血腥的一周"[2]承担责任,勒南甚至认为,拿破仑三世对法国的战败不过是一个偶然的诱因,战败的真正原因应该在民主制度中去寻找:"把所有这些错误都算到最近这个政权的头上是不公正的……历史的真相是,我们所有的虚弱都有一个更深的、如今依然存在的根源,那就是被错误理解的民主制。一个民主的国家是无法得到良好的治理的。"[3]和福楼拜书信中的观点一样,勒南同样指责普选制是一个选择政府官员的恶劣机制:"只要选举是直接的,普选制就只能做出平庸的选择……它的眼光是如此短浅,无法理解科学的必要性以及贵族、饱学之士的优越性。"[4]他又说道:"通过直接普遍选举的办法来任命公务人员,这是迄今被实行过的最粗野的政治机制。"[5]勒南的分析要比福楼拜走得更远,但他们指出的是相同的矛盾,即政治上的智者已经无法适应民意的表达:"强迫一个睿智、英明、强健的政府去代表才智短浅、鼠目寸光的平均民意,这是完全违反自然的。"[6]同样,也和福楼拜一样,他认为任何其他的选拔标准都要好过"数量":"依靠3600万独立的个体集体推选一位治理者,那还不如任命一个最平庸的人。"[7]和用普选选拔官员相比,勒南热忱地支持以出身为标准的做法。不过,以民意表达为基础的普选制已经是大势所趋,难以逆转,任何对民意的侵犯都是难以接受的,因此只能设想若干补救普选制弊端的措施,比如实行两院制,在议会中建立代表不同主体利益的机构,或者

---

[1] Renan, *La Réforme intellectuelle et morale de la France*, *Œuvres complètes*, t. I, Paris, Calmann-Lévy, 1947, p. 342.
[2] "血腥的一周"指1871年5月21日至28日发生的对巴黎公社成员的集体屠杀事件,它也是巴黎公社运动的最后阶段。——译者注
[3] Renan, *La Réforme intellectuelle et morale de la France*, p. 359.
[4] *Ibid.*, p. 360.
[5] *Ibid.*, p. 385.
[6] *Ibid.*, p. 361.
[7] *Ibid.*, p. 362.

实行多级选举制:"所有的政治家都承认,1848年普选制的贸然建立是一个大错。但现在已经不可能再改弦易辙。任何要想走回头路的举措,例如像1851年5月31日(原文如此——作者注)通过的,试图取消公民已经行使了23年之久的权利的法律,只能招致众口一词的谴责。如今能做的合法、可行而又公正的事情,只能是在保证普遍投票权的前提下实行间接选举。"[1]

在清晰表达时代观念方面,勒南的文字是少有人及的。福楼拜当时给罗热·德·热奈特夫人(Mme Roger de Genettes)写信说:"我希望您读一读勒南最新的书,写得很好,很符合我的想法。"他还劝这位夫人去读他与乔治·桑的通信,因为后者已经将她的私人信件公布出来:"您读过乔治·桑夫人在《时代报》上刊载的书信吗?和她通信的这位友人就是我。这个夏天,我和她写信讨论过很多政治问题。我对她说的话有一部分也可以在勒南的书里找到。"[2]不过需要指出,乔治·桑并不像福楼拜和勒南那样陷入精英主义和贵族情结。[3]

后来,1876年,勒南又在《哲学断简与对话》(*Dialogues et Fragments philosophiques*)中重复了自己的观点,该书大部分于1871年5月在凡尔赛写成。他在书中提到了那些在他的期待中能够给法兰西的复兴做出贡献的友人:"雨果先生和乔治·桑夫人应该向我们证明才华不与流年俱老。泰纳、阿布(Edmond About)、[4]福楼拜应该告诉我们,迄今为止他们的最好作品只是试笔。"[5]对勒南的赠书,福楼拜

---

[1] Renan, *La Réforme intellectuelle et morale de la France*, p. 386. 此处勒南所指的应为1850年5月31日的法律,福楼拜在《布瓦尔与佩库歇》中也提到了它:"共和国即将消失。三百万选民被排除在普选之外。"

[2] *Correspondance*, t. IV, p. 73.

[3] Voir Brunetière, compte rendu des *Lettres de Gustave Flaubert à George Sand* (Paris, Charpentier, 1884), *Revue des Deux Mondes*, 1er février 1884.

[4] 埃德蒙·阿布(1828—1885),法国作家、记者和艺术评论家。——译者注

[5] *Œuvres complètes*, t. I, p. 548, dans la dédicace à Marcellin Berthelot.

在回信中以一种对他而言不寻常的热情语调表达了感激："上周五的夜晚（1876年5月19日）是我生命中值得珍视的日子。晚上九点我收到了您的著作，并且再也离不开它……我不记得还有哪次阅读经历可以与之并论……您的书写得多好，多美，多有意义啊！……我感谢您挺身而出反对'民主制下的平等'，在我看来这是当今世上的致死之道。"[1]令他们情投意合的基础从未改变过，不过福楼拜这封信里的措辞倒是奇怪地与他1866年为感谢泰纳赠送《意大利游记》(*Voyage en Italie*)而写的回信相似："我感激您对个人的赞颂，在如今这个时代，他已被'猥琐的群氓'[2]深深贬损了。"[3]当然，或许福楼拜应该止于这样不无悖论的"赞颂"，因为泰纳一向被人指责具有贬抑个人的倾向。1876年的致勒南书与10年前的致泰纳书既然风格相近，不免告诫人们不必过分夸大1870年和巴黎公社在福楼拜政治思想演变史上的作用，而我们对勒南和泰纳也应作如是观。[4]在第二帝国时期，他们已经坚定地反对民主制下的平等原则和普选制，拿破仑三世借全民公决上台的结果早已证明了这种制度的恶。

以泰纳为例，在路易-拿破仑·波拿巴发动政变，并在1851年12月21日举行为其称帝铺平道路的全民公决后不久，次年1月，他就与他的朋友普雷沃-帕拉多尔（Lucien-Anatole Prévost-Paradol）[5]

---

[1] *Correspondance*, t. IV, p. 450.
[2] 福楼拜在这里用了一个他自创的单词"démocrasserie"，按照构词法及其对"民主"（démocratie）一词的戏拟效果，或可译为"群体性的卑下"或"猥琐的群氓"。——译者注
[3] *Correspondance*, t. III, p. 310.
[4] 关于泰纳的政治观可参见：L. Fayolle, «l'aristocratie, le suffrage universel, et la décentralisation dans l' œuvre de Taine», in *Libéralisme, Traditionalisme, Décentralisation*, Paris, Fondation nationale des Sciences Politiques, Paris, A. Colin, 1952. Et C. Evans, *Taine: essai de biographie intérieure*, Paris, Nizet, 1975.
[5] 普雷沃-帕拉多尔（1829—1870），法国记者、随笔作家。——译者注

就普选制问题展开了一场争论。[1] 当时，普雷沃-帕拉多尔改变了自己平时的观点，转而反对普选制，泰纳指责他说："难道你竟然如此不尊重你自己的原则，以至于拒绝承认波拿巴先生是合法的执政者？他的行为一向是可恶的，但他赢得了全国选举，作为普选制的支持者，又能对全国的民意说什么呢？波拿巴先生赢得的700万张选票并不能让他的伪誓变得光彩，但的确赋予他被服从的权利。有人说资产者很怯懦，农民很愚蠢，的确是这样，可是至少要尊重这个国家，哪怕它已经误入迷途。"[2] 泰纳在此站出来为魔鬼进行辩护，在致普雷沃-帕拉多尔的再下一封信中，他清晰地描述了整个19世纪所面临的两难抉择："倘若如你比喻的那样，居住在法国的是700万匹马，那这百万之众也有权利决定他们的应得之物。他们是否做了错误的选择，进行了糟糕的治理，都无关紧要。最愚钝粗野之人也有权安排他的田地和私人财产，同样，即便举国皆为白痴，这个国家也有权决定它的命运，也就是说，安排它的公共财富。要么否定民意至高无上的主权地位和法的本质，要么就得服从普选的结果……民族的意愿显然是至高无上的，而我们最能显现自己正直本性的作为莫过于捍卫我们的原则，哪怕愚蠢的大众会利用这种原则来反对我们。"[3] 泰纳的这

---

[1] 泰纳在1852年1月15日致信E. de Suckau："我和他就普选制问题进行了争论。就像你说的一样，他简直是个英国人，还是个贵族，他的政治观就来源于此。"（*H. Taine, sa vie et sa correspondance*, Paris, Hachette, 1902-1907, 4 vol., t. I, p. 195.）

[2] *Ibid.*, p. 185 (30 novembre 1851). 同书第199页的另一段话终结了这场争论："一个民族正在决定它的政府。由于民族的愚昧无知，他们将统治权托付给一位姓氏显赫的人物，尽管他本人声名狼藉。……我对此深感失望和愤怒……然而这个民族毕竟属于他自己，如果我竟然反对那神圣的、不可侵犯的东西，即这个民族的意愿，那我将是不公正的。"泰纳在此为普选制进行了辩护，这意味着他向自己本来的对手提供了用以鞭挞自己的武器。泰纳立场的转变可在他的辩词中见到端倪。

[3] *Ibid.*, pp. 191-192. 可参考普雷沃-帕拉多尔这位自由派分子对政变的评论（O. Gréard, *Prévost-Paradol*, Paris, Hachette, 1894, p. 180）："把普选权授予群众，就等于预先在这位注定当选的人物面前低下头颅，此辈在古代社会中不知凡几，人民曾有多少次去尊崇那些看似良善的暴君。"

番理论是似是而非的,而他把普选视为财产权的理解方式也包含着内在的矛盾,事实上,此时的泰纳的确也宣称自己还在英国式的自由主义和继承自卢梭的理性主义之间徘徊不定。[1]不过,泰纳虽一度赞同凌驾于"愚昧无知的"人民之上的"人民主权",但他并没有长期坚守这种主张;他不再卷入关于民众意志问题的争论,在巴黎公社运动之后,他还抱怨了以普选决定统治者的政治体制:"在一个麻木不仁的国家,实行普选制就意味着把权力交到那些夸夸其谈,实则不容于社会的人的手里。"[2]他还用典型的福楼拜式的语言说道:"对普选制的偶像崇拜,对数量的蠢不可及的尊重……那是野心家、蛊惑人心之徒最后藏身的巢穴,在这个问题上必须有所决断。"[3]当然,这番话也意味着他和勒南、福楼拜完全站到了一起,已经形成了反民主、反数量的本能,在这种本能的驱使下,他宁可赞成其他任何选拔形式,如基于等级、金钱、智力的选拔等:"简单地说,最好的政府就是掌握在最能干、最正直的人手里的政府,这些人只能出自高贵的等级,如资产者和贵族。"[4]

至于福楼拜自己,从1852年开始,他就形成了对普选制的明确看法,在他眼里普选制已经成为不可触动的教条、新神——基督教

---

[1] 泰纳在1849年初次经历普选开始,就形成了如下观点:"在政治上我只有两个坚定的主张。第一,对财产的所有权是绝对的……这一权利先于国家而存在,就如同个人自由一样……第二,公民的一切政治权利都应归结为一点,即批准现有的政府组成形式的权利,无论这种批准是明确的,还是策略性的;这也意味着,政府的组成形式如何,就其自身而言是无关紧要的,只要它们能够得到全民的接受。"(*H. Taine, sa vie et sa correspondance*, Paris, Hachette, 1902-1907, 4 vol., t. I, pp. 85-86)从上述观点来看,尽管泰纳有过与"英国人"普雷沃-帕拉多尔的争论,他的立场实际上是偏于自由主义而非社会主义的。布尔热正是据此得出判断:1871年之前与之后的"两位泰纳"实则有其内在的一贯性,可参见:«Les deux Taine», *Études et Portraits*, t.III, *Sociologie et Littérature*, Paris, Plon, 1906.

[2] *H. Taine, sa vie et sa correspondance*, t. III, p. 172.

[3] *Ibid.*, p. 225.

[4] *Ibid.*, pp. 232-233.

徒们的神的变种。他在致路易丝·科莱的信中写道:"坚不可摧的普选制正在准备成为一个教条,它将取代坚不可摧的教皇。林立的手臂的力量、数量授予的权利,对大众的尊敬,已经取代了姓氏的权威、神授的君权和精神原本至高无上的优越性。"[1]在福楼拜笔下,由于共享"平等"理念的缘故,社会主义和基督教越来越频繁地被联系在一起,这或许是他阅读路易·布朗(Louis Blanc)[2]以及普洛斯珀·昂方坦(Prosper Enfantin)[3]的结果。在1870年之前,福楼拜已借《情感教育》中塞内卡尔(Sénécal)这个人物讥讽了所谓"民主天主教":"他靠壁炉站着,其他的人都坐着,嘴里叼着烟斗,听他滔滔不绝地谈论全国普选,通过普选,民主应当取得胜利,《福音书》的原则应当得到实施。"[4]在1870年之前很久,福楼拜已经宣布自己是政治科学的支持者,而绝非民主制的信徒。[5]

战争或许触动了他:"(对公社社员我并无仇恨……)我忘不了的是以文学自诩的博士们闯进宫殿,用枪管砸碎镜面,盗走挂钟,这是历史上前所未有之事。"[6]不过他很快又恢复了镇定,在"血腥的一周"里他写道:"政治可以成为一门严格的科学(战争早就已经是了!),可是真正卷入战争的人走的却是和科学完全相反的路。他们

---

[1] *Correspondance*, t. II, p. 90.
[2] 路易·布朗(1811—1882),法国政治学家和历史学家,共和主义者和社会主义者。——译者注
[3] 普洛斯珀·昂方坦(1796—1864),法国作家、企业家和社会改革家。——译者注
[4] *L'Éducation sentimentale*, p. 293.
[5] 关于民主制和基督教理念的相契性,可参见鲁昂市立图书馆保存的《布瓦尔与佩库歇》创作笔记手稿(Ms. g. 226^5, f. 403):"社会主义与《福音书》(路易·布朗),神圣的源泉,关于团结、和平和爱的学说。对卑贱之人的赞美=平等。"
[6] *Correspondance*, t. IV, p. 20. 也可参见另一封通信里的话(*Correspondance*, t. III, p. 625):"这些戴着白手套、砸碎镜面的军官,这些懂得梵文的军官,他们到处抢香槟,偷走你们的钟表,还向你们分发他们的名片。"

从不质疑,从不研究,只有谩骂,只有狂热。"[1] 福楼拜总是难以忘怀"科学治理",在这样的理想政治下,一切教条和错误都没有存身之地,一切都只遵循事实:"只要人们还不肯在有学识的官员面前低头,只要科学院还没有替代教皇,那么这个社会,它全部的政治生活,从根源上讲,都只会是一堆令人作呕的东西。"[2] 在对科学的推崇方面,福楼拜要比泰纳和勒南走得更远,后两人身上自由主义的色彩要胜过决定论,他们认为科学在治理人文和社会事务方面仅有微小的作用。不过,福楼拜甚至在梯也尔(Adolfe Thiers)[3]的政府中看到了向实证经验主义转变的趋势:"我们第一次生活在一个没有原则的政府的统治之下。政治上的实证主义时代或许就要开始了。"[4] 如此说来,假如法国战败和巴黎公社代表了民主的中断,那它们也有好的一面,如福楼拜所说:"现在的政府让我满意,因为它没有任何原则,没有任何形而上学,没有任何假话和空话。"[5]

(2)福楼拜的"现代法国"

在巴黎公社运动失败的时候,当年在马尼餐馆定期聚会的同道们对民主的敌意已经称不上是什么新鲜事,他们早已把质疑的对象具体化为普选制这台抹平差异的"土地平整机",当然,背后隐藏的仍是对平等理念本身的怀疑。不过和早年相比,此时他们表现出了前所未有的战斗精神和行动力。尽管这些知识分子一向支持以学识为根基的

---

[1] *Correspondance*, t. III, p. 650.
[2] *Correspondance*, t. IV, p. 40.
[3] 阿道夫·梯也尔(1797—1877),法国历史学家、政治家,曾任第三共和国首任总统。——译者注
[4] *Correspondance*, t. IV, p. 28.
[5] *Ibid.*, p. 45.

文官制度，在法国战败，内忧外患的时刻，他们仍自感不能回避自己需要承担的那部分责任，尤其是考虑到他们的声名离不开对德国文化的接受和传播。他们开始努力撰写政论性著作，例如勒南的《法国的学术与道德改造》与《哲学对话录》就是突出的例子。当然，他的《当代问题》（*Questions philosophiques*）一书在战前的1868年就明确表明了对公共事务的立场。泰纳的例子就更有说服力一些。本来，从1852年与普雷沃-帕拉多尔展开私人争论起，泰纳对政治问题的兴趣已经逐渐淡漠。在与公共教育部失和，并放弃教职之后，他专注于哲学和历史学思考，而他的朋友却成了第二帝国时期最有影响力的记者之一。[1]然而，泰纳于1870年12月16日致书阿尔贝·索雷尔："我相信我们对众人皆负有责任，那便是通过文章、讲座，向公众坦诚我们的错误，无论这些言论是让人受益，还是令人不快。"[2]开始自我批评，这是重归公共事务的第一步，很快，甚至在巴黎公社运动爆发之前，泰纳已经赋予自己新的任务，他要加入到法国重建的工作中来。1871年2月7日，他在避难的波城写信给一位朋友，表示"很可能，当我回到巴黎时，我会写一些有深度的文章，即使我对有些问题不感兴趣，准备也不够，我也在所不辞。现在是人人都要开始工作的时候了"。[3]很快，2月26日他就告诉自己的母亲："我正着手写几篇政论文，两级选举制会是其中的一个主题。"[4]3月6日，他又告诉埃米尔·布特米，"我刚刚写完一篇讨论政治的文章"；文章的主旨他也说得很清楚："以后不会再有天然的领袖人物了，有选举权的大众总是会根据自己的利益或者恐惧，在外部压力下随机地改变立场。我想写的文章是主张两级选举制的，这样做至少能给乌合之众派去一

---

[1] Voir O. Gréard, *Prévost-Paradol*.
[2] *H. Taine, sa vie et sa correspondance*, t. III, p. 35.
[3] *Ibid.*, p. 48.
[4] *Ibid.*, p. 52.

些监管他们的士官。"[1] 直接、普遍的选举制是泰纳想要抨击的头一个目标,在他眼里这也是法国衰落的罪魁祸首。接下来便是巴黎公社事件,而写一本《现代法国》的想法也逐渐成熟。5月18日,已经回到巴黎的泰纳给他妻子写信说,"今天早晨我考虑了夏天的工作计划,我差不多已经决定要写这本《现代法国》"。[2] 从上述这些事实可以看出,1870年前后发生的一切纵然没有改变这几位作者的信念,也的确让他们重新规划了自己的工作。泰纳放弃了写一本论意志的哲学著作的想法——本来,这部著作是可以成为《论理解力》的续篇的——转而开始构思《现代法国的起源》。他本想在这一年的夏天就了结这项工作,却未料到这本被蒂博代称为"法国保守派的伟大著作"的书将会耗尽他的余生,并且最终也未能完成。[3]

按照最初的设想,泰纳应该提出一些和勒南的《法国的学术与道德改造》近似的救疗方案,他也的确在致一位美国对话者的信中确定了自己的目标:"您曾问我对我们面临的局势有什么看法。我正在研究1789年以来的我国历史,好写一本我自己的法国现代史出来。"[4] 这句话中透露出泰纳一生的追求。要评论当前法国的局势,泰纳需要花上20年的研究时间,要知道,当初刚刚成年的泰纳就没有参加1849年的普遍制立法选举投票,因为他不知道应该选择哪位候选人。他给普雷沃－帕拉多尔写信说:"我没有投票。我既不能投票给共和国,也无法支持君主制;我不支持普选或者限制性选举;我不支持基佐先生,也不能支持卡芬雅克(Louis-Eugène Cavaignac)先生和勒德吕－罗兰(Alexandre Ledru-Rollin)

---

[1] *H. Taine, sa vie et sa correspondance*, t. III, p. 55.
[2] *Ibid.*, p. 115.
[3] A. Thibaudet, *Histoire de la littérature française*, Paris, Stock, 1936, p. 351.
[4] *H. Taine, sa vie et sa correspondance*, t. III, p. 173 (29 novembre 1871).

先生[1]。"[2]我们需要知道什么是不可或缺的政府,但为了阻止法国继续重复1789年以来的一系列灾难,就绝不能在视野褊狭的民意中寻求这个问题的答案,而应该通过考察这个民族的历史来了解它的需求。这也就是1876年泰纳在《现代法国的起源》首卷《旧制度》的序言中所勾勒的纲要——在这篇文字中,他将自己1849年缺席立法选举一事定为学术历程的起点,而其使用的概括性语言依然让读者想起他年少时与普雷沃-帕拉多尔的争论:"愚蠢的头脑即便累计至千万,也终究毫无识见。"[3]

至于福楼拜,1872年10月28日,他在给埃内斯特·费多(Ernest Feydeau)[4]的信中写道:"9月4日[5]所引发的一切,现在已经与我们无关了。我们是多余的人。人们憎恨或者蔑视我们,这就是真相。因此,让我们说晚安吧!不过在死之前,或者在等待死亡的过程里,我还想'清空'我的胆汁,发泄我的怨愤。所以,我在准备

---

[1] 卡芬雅克(1802—1857),法国将军,曾任第二共和国临时政府的首脑,1848年年底在总统选举中被路易-拿破仑·波拿巴击败。勒德吕-罗兰(1807—1874),法国律师、政治家,1848年曾以临时政府内政部长的身份宣布在法国男性公民中实行普遍选举,同年年底在总统选举中惨败。——译者注
[2] *H. Taine, sa vie et sa correspondance*, t. I, p. 86. 泰纳还进一步解释说:"为了投票,我需要了解法兰西的国情,它的思想、风俗、民意和它的未来,因为一个真正的政府必须要适合人民创造的文明。我还不具备足够的经验去判断什么是当今最好的政府。我不知道最适合法国的究竟是什么。"日后,泰纳正是本着这样的心态去写作《现代法国的起源》的。
[3] *L'Ancien Régime*, Paris, Hachette, 1876, p. II. 参见同书第2—3页:"受访的民众能够准确地说出他们喜欢什么样的政府形式,却不知道他们真正需要的是什么……一个民族能够采纳并且保持的社会与政治形式绝不能交由他们自己来随心所欲地决定,而应该由这个民族的品性及其历史来塑造。"很少有哪篇文字能如此清晰地说明泰纳在政治上的传统主义立场及其历史拷问的最终目的。
[4] 埃内斯特·费多(1821—1873),法国考古学家、作家、商人,福楼拜的朋友。——译者注
[5] 此处应指1870年9月4日,即色当大败之后的第三天,法兰西第三共和国临时政府宣布成立。这一天也标志着法国历史上君主制的结束。——译者注

呕吐。这呕吐物将会很多，很苦涩，我向你保证。"[1]此时福楼拜刚刚写完《圣安东尼的诱惑》(*La Tentation de saint Antoine*)，又开始写《布瓦尔与佩库歇》的开头，它们的矛头都指向"群体性的卑下"或者"现代人的低贱。"[2]

泰纳从1871年2月起开始撰写的第一篇政论文在年底发表，只比勒南的《法国的学术与道德改造》面世晚几天，该文题为《论普遍选举及投票的方式》(«Du suffrage universel et de la manière de voter»)，直击当代问题之要害，在某种意义上堪称卷帙浩繁的《现代法国的起源》的序曲。文章刊载于1871年12月5日的《时代报》，接着又在阿歇特出版社印了单行本。[3]此前，乔治·桑刚在这份报纸上发表了她在这年夏天与福楼拜的通信。次年1月26日，《时代报》又刊载了福楼拜尖刻嘲讽资产阶级之愚蠢平庸的书信，这封信的写作背景是鲁昂市议会拒绝了为路易·布耶建立纪念碑的提案。2月15日，泰纳致信《时代报》的总编，就该报的发行流传提出建议：泰纳主张，为了抵消社会主义者和激进派的宣传，"在我们读完我们的报纸之后"，[4]应该将二手的报纸赠送给仆佣等下层阶级。这真是布瓦尔和佩库歇的做派，也是泰纳在全国范围内最后的公开政治活动。[5]

和勒南《法国的学术与道德改造》一样，泰纳论普选制的文章承认当前已经不可能脱离民主制的前提去讨论问题："继续保持普选制

---

[1] *Correspondance*, t. IV, p. 176.
[2] *Ibid.*, p. 177.
[3] Repris dans les *Derniers Essais de critique et d'histoire*, éd. Définitive, Paris, Hachette, 1903.
[4] *Derniers Essais*, p. 181.
[5] 严格说来，泰纳晚期的政治活动还应该包括他在《论战报》上发表的一封讨论如何支付战争捐税的公开信。这篇文字也收入了《晚期文集》。此后，泰纳就只限于借历史研究迂回关怀现实，不再就时政问题直接发表意见。

是有可能的……其中的第一个原因，是这项制度实施已有23年。"[1]
在此我们触及了反民主的资产阶级的一个无法化解的矛盾：他们在政治上的诞生要归功于大革命，现在却要回过头来谴责革命。因此，回到真正的贵族制是断不可行的，只能从精英主义的角度纠正民主制的弊端。勒南提出的补救方案是建立议会两院制，实行间接选举；泰纳则建议采用两级选举和地方分权制度以阻止雅各宾主义和抽象的中央集权，同时将市镇变为英国式的、具有实权的地方行政区域，确保选民在市镇选举的层面能够面对熟悉的情境和候选人。在泰纳看来，中央集权体制与平等主义的理念一样，都是卢梭人民主权理论的产物，如他后来所说："在人民主权的名义下，我们看到的是不断扩张的中央集权、国家对私人领域的侵犯以及普遍的官僚主义。中央集权和普选制是现代法国的两大突出特征，它们联手为法国造就了一个弊端重重的，不仅脑瘫而且贫血的政治体制。"[2] 不过，泰纳很快就发现普选制的弊病是难以补救的，他这样评论自己在1871年写的文章："这本小册子只是一个很不完备的草稿，它提出的补救方案也相当孱弱。"[3] 泰纳的悲观并非没有依据，19世纪80年代在芒通圣贝尔纳（Menthon-Saint-Bernard）[4] 市镇议会的从政经验显然加深了他的怀疑主义。

无论是泰纳抑或勒南，他们在1871年提出的普选制补救方案都并非独创。参议院、间接选举、地方分权，所有这些提议或是受托克

---

[1] *Derniers Essais*, pp. 150-151.
[2] *H. Taine, sa vie et sa correspondance*, t. IV, p. 127. （1881年7月20日致G. Saint-René Taillandier书，全文立论皆围绕洛克和卢梭的对立展开。）
[3] Note inédite, décembre 1891, voir V. Giraud, *Essai sur Taine*, Paris, Hachette, 1901, 2ᵉ éd., p. 90.
[4] 芒通圣贝尔纳是法国东部上萨瓦省的一个小镇，风光秀美，泰纳1872年在此置业，以供夏季居住和写作。泰纳曾两次担任当地的市镇议员，1893年去世后也葬于该地著名的阿纳西湖（Lac d'Annecy）之侧。——译者注

维尔的启发，或直接采自英美民主。1874年，内阁副总理布罗伊公爵（le duc de Broglie）[1]提议设立"大显贵会议"（le Grand Conseil des notables），理由是它可以代表"与简单多数相对立的智慧和利益"。在围绕与此提案相关的宪法法律展开的论战中，泰纳和勒南的主张成为争辩的主题。[2]

另一方面，泰纳对普选制的不足乃至恶劣影响的描述较有个人色彩。和勒南一样，他首先质疑的是乡村和农民，对城市和工人阶层则相对宽容。这种印象来自对1851年12月2日政变的回忆。在事变发生之后，泰纳写信告诉普雷沃-帕拉多尔："农村将会让他（波拿巴）获得压倒性多数票。"[3]泰纳叙述了他从外省偶然听来的言论，在他看来，这些话最能体现他所说的选民的"政治精明"："现在已经共和了，我们有权干自己喜欢的事儿。宪兵再也不会来啦。"[4]这句话让我们有置身沙维尼奥尔小镇之感。了解了普选制下出现的"政治精明"，我们也就能读懂泰纳为什么1871年4月在致妻子的家信中也会先引下面这句大白话以进入正题："我不想服从任何人，任何人也没有权利命令我干这干那，国王不行，法官不行，议会也不行。我们的议员代表们只是我们的仆人。"泰纳从这句话里得出的结论是，"要想理解国家和社会的治理、政治体制等更加困难的问题，普通法国人的能力就显得不够了，他们眼界受限，好说空话，自以为是，根本看

---

[1] 布罗伊公爵（1821—1901），法国历史学家、外交官和政治人物，曾任参议员并短期担任第三共和国总理，在政治上属于君主派，倾向于奥尔良王室，他关于设立"大显贵会议"的提案遭到共和派和波拿巴派的反对。——译者注

[2] Voir J.-M. Mayeur, *Les Débuts de la Troisième République*, Paris, Éditions du Seuil, coll. «Points», 1973, et J. Chastnet, *Histoire de la Troisième République*, t. I, 1870-1879, Paris, Hachette, 1952.

[3] *H. Taine, sa vie et sa correspondance*, t. I, p. 171 (11 décembre 1851).

[4] *Derniers Essais*, p. 157.

不到事情还有微妙、复杂的一面"。[1]泰纳断定这些选民"依然是臣民,只不过他们不是匍匐在国王脚下,而是服从一位匿名的主子"。[2]政府就是这样一个遥远、强大,同时匿名的存在。在人民主权的神话中,"那个匿名的、不可见的存在者就是他们真正的君王"。[3]

泰纳这样概括自己对《现代法国的起源》的最初构想:"这就是20名选民中14人的精神状态以及他们的政治能力。我知道这份样本是不够充分的。要想真的描绘出法国选民的肖像,不仅要写上一本大书,作者还得像写出《包法利夫人》的福楼拜一样,具有'哲学小说家'的天赋,只有这样我们才能让读者看到诺曼底地区两个村庄的全景。如果再进一步,还能有5、6本书勾画出法国其他省份的情形,那么就可以真正邀请读者去流连赏析一番了。"[4]下文不远处,泰纳又再次引用福楼拜的作品来解释法国外省在多大程度上缺乏英国式的社团生活,在个人和国家两个层次之间又是多么缺乏中间组织:"在法国,我们没有公共生活,福楼拜先生描写过的地方农业促进会大概是唯一的例外。在我们这里,农民、资产者、贵族,人人都封闭在自己的圈子里,只和与自己一样的人来往。"[5]泰纳终于发出了诛心的一问:"什么样的选举模式能够与我们刚刚描写过的这个社会相配呢?"——是啊,这个社会,不就是福楼拜笔下人物组成的社会吗?

《布瓦尔与佩库歇》提出了同样的问题。这部小说完成了泰纳的心愿,它描绘了外省村庄,刻画了当地人的心理状态和选民的政治头脑,总之,它为我们呈现了普选制的缺陷和弊端。

《布瓦尔与佩库歇》就是"福楼拜版"的《现代法国的起源》,他

---

[1] *H. Taine, sa vie et sa correspondance*, t. III, p. 99.
[2] *Derniers Essais*, p. 158.
[3] *Ibid.*, p. 159.
[4] *Ibid.*, pp. 159-160.
[5] *Ibid.*, p. 163.

在巴黎公社运动之后开始写这本书,最终也未能完成它,这与《现代法国的起源》的命运完全相同。《现代法国的起源》是对大革命及其后续"重复"的一次清理,而福楼拜也在致乔治·桑的信里说过,"法国大革命必须停止成为一种教条"。[1]福楼拜向来认定大革命开启的只是一连串的失败,"1789年摧毁了王朝和贵族,1848年摧毁了资产者,1851年摧毁了人民,从此,除了一群形同恶棍、白痴的乌合之众,什么也没有剩下。我们所有人都平均地陷入了一种共同的平庸,社会等级上的'平等'复制到了头脑里"。[2]小说第四章里描写两位主人公开始探究历史,他们面临的最初的、原始的,甚至可以说唯一的问题,便是法国大革命的意义。为了理解、解释1789年的革命,搞清楚它的后果,就得从欧仁·热努德(Antoine Eugène Genoud)、阿梅代·蒂埃里、菲利普·比谢(Philippe Buchez)[3]和梯也尔等人的著作入手,要知道泰纳在写《现代法国的起源》时首先也是借助这几位作者的书。泰纳一直在探求历史上灾祸的诸般原因,他把整部法国史视为一连串的失败,并从最后这场灾难的角度来解释它们;他认为从根子上讲,发生这些不幸都是因为法国人天性喜欢形式主义、理性主义和抽象,未能尊重事实,走经验主义的道路。福楼拜则把这些倾向称为形而上学、教条和大话、谎话,至于它们在政治上到底是属于君主派或者共和国,根本无足轻重:"我确信对后人来说,我们将是极其愚蠢的。王朝或者共和这样的词会让他们发笑,就像我们会觉得唯名论和唯实论的对立很可笑一样。"[4]泰纳和福楼拜都向同样的妖魔鬼怪开战,他们共同的敌手是各种套话和神祇、卢梭及

---

[1] *Correspondance*, t. III, p. 633 (31 mars 1871).
[2] *Correspondance*, t. II, p. 437 (septembre 1853).
[3] 安托万·欧仁·热努德(1792—1849),法国历史教师、政治人物;菲利普·比谢(1796—1865),法国历史学家、社会学家。——译者注
[4] *Correspondance*, t. IV, p. 40.

其抽象的个体、与曾经的"君权神授"一样被现代人奉为圭臬的普选制:"法国要想复兴,就要从启示转向科学,它必须抛弃一切形而上学,开始批判,即开始严格检视一切事物。"[1]

(3)一点点文学史

"共和还是君主?我们是不会很快走出这一泥潭的。"这是福楼拜在 1852 年对未来的预言。[2]那么以今日的眼光视之,我们又是何时走出这个困境的?什么时候,这个福楼拜眼中经院哲学式的对立才真正被历史超越?

1872 年夏天,《圣安东尼的诱惑》刚刚杀青,福楼拜就立刻投入《布瓦尔与佩库歇》的写作。这个节点与他致书埃内斯特·费多几乎同时,而当时他还有另外一番声明:"有一件事我是非做不可,不吐不快的。不错,我终将摆脱那些让我难以呼吸的东西。世人带给我的厌恶,我会加倍吐还到他们身上,哪怕呕破了胸膛我也在所不惜,我的回击会是漫长而猛烈的。"[3]从《布瓦尔与佩库歇》的第一稿大纲开始,政治就在这本书的中心位置占有一席之地,但直到鲁昂 5 号手稿,对法国大革命的讨论才从政治性主题一章里脱离出来,被放进了讨论历史问题的章节:"把针对法国大革命的不同观点体系放到前一章去。"[4]毫无疑问,这样的调整意味着作者意欲强调革命和历史两个主题之间的深层的相契性。

话虽如此,短时间内他还有别的更要紧的工作。《布瓦尔与佩库歇》的写作第一次出现长时间的中断,是因为福楼拜还要帮他的

---

[1] *Correspondance*, t. IV, p. 40.
[2] *Correspondance*, t. II, p. 91.
[3] *Correspondance*, t. IV, p. 167 (5 octobre 1872 à Mme Roger des Genettes).
[4] Voir *Bouvard et Pécuchet*, éd. Critique par A. Cento, Paris, Nizet, 1964, p. 89.

亡友路易·布耶续写其未完成的遗作，喜剧《弱势性别》(*Le Sexe faible*)，此外还要写以选举时期的地方风情为题材的剧本《候选人》(*Le Candidat*)，这部作品是对议员选举的讥讽，展示了普选制是如何放纵人的愚蠢的，泰纳也提到过这个剧本。

　　福楼拜把《候选人》称为"一出政治大戏"，它写于"共和还是君主"之两难依然不失其现实性的最后一个季度：1873年夏天，国民议会正值休会，君主派发起了最后一次大规模的王政复辟的努力，而且差一步就真的成功。文学家的创作和现实几近毫无间隙。在5月24日梯也尔辞职和麦克马洪当选总统之后，正统派、奥尔良派和波拿巴派三支保王党人分享了权力并达成了某种妥协，[1]他们相信君主复辟的时机已经到来，不过在倾向自由主义的奥尔良派成员的坚持下，也同意保留议会制度和三色旗。保王党决定利用1873年7月29日至11月5日的议会休会期，迎接尚博伯爵（le comte de Chambord）归来。7月20日，福楼拜致信乔治·桑和玛蒂尔德公主（la princesse Mathilde），[2]告知他们自己为《弱势性别》安排了怎样的结局，自己一部政治题材戏剧的开头又打算如何写。[3]7月31日，他告诉屠格涅夫，"我现在满脑子都是写剧本的冲动，我刚刚改完《弱势性别》，又写了一出名叫《候选人》的政治大戏的提纲。不过，这些活儿没有

---

[1] 从原则上说，正统派支持波旁王朝长支的后裔继位，奥尔良派支持波旁王朝旁支即路易·菲利普的后人，波拿巴派则支持拿破仑一世家族的后裔。不过，由于波旁王室长支的最后一位国王，路易十六和路易十八之弟查理十世的孙子亨利（即下文所说的尚博伯爵）没有后代，故正统派同意未来将王位再次移交奥尔良支系。1873年保王党的复辟努力之所以流产，与极端保守的亨利拒绝承认三色旗的地位有很大关系。——译者注
[2] 玛蒂尔德·波拿巴（1820—1904），拿破仑一世幼弟热罗姆·波拿巴的女儿。她虽是坚定的波拿巴派，但在第二帝国和第三共和国时期与各种不同政治倾向的作家都有来往，其中就包括福楼拜。——译者注
[3] *Correspondance*, t. IV, pp. 231, 232 et 233.

耽误我继续读书，好为我那两位主人公做准备"。[1]《布瓦尔与佩库歇》和《候选人》的写作就这样交织在一起。8月5日，巴黎伯爵（le comte de Paris）[2]前往尚博伯爵居住的奥地利弗洛斯多夫城堡，他承认后者是法国君主制正统的代表。这就是波旁王室长幼两支的合流。由于尚博伯爵无嗣，未来将由奥尔良系继承王位。

福楼拜为此愤怒不已。他告诉乔治·桑，"在这个时代所有的蠢行中，两支王室的合流是最蠢的一桩。……人不可能有什么确定的政治信仰，除非他天真到不可救药的地步"。[3]他的外甥女卡洛琳（Caroline Commanville）一度被复辟的想法吸引，福楼拜告诉她，"亲爱的，你知道我完全不能同意你对王室合流的看法，在我看来它在实践上是笨拙的，在历史上是愚昧的。有那么一段时间，我的确想写点东西讨论政治，发泄那些蠢行带给我的怨气，可就算写出来又有何用？王室合流一事，首先它根本就不会真正成功，其次奥尔良派会因此自污声名，最后它还会加强波拿巴一党。这是最荒谬不过的事情。如今巴黎人已经醒悟过来，在国会重开之前，这件事情就会不了了之的"。[4]我们看到，当福楼拜宣布自己想就王室合流撰写政论的时候，他的用语和一年前告知费多《布瓦尔与佩库歇》写作计划时的语气十分相似。9月9日，他又告诉卡洛琳《候选人》的进展："我已经动笔了！从周日以来，每天晚上我都在写它。"[5]国会派了一个保王派组成的代表团去见尚博伯爵，他似乎也接受了以三色旗为国旗的方案。福楼拜问罗热·德·热奈特夫人："难道四个月之后我们就会

---

[1] *Correspondance*, t. IV, p. 235.
[2] 巴黎伯爵即路易·菲利普国王的长孙，在七月王朝结束之后，被拥戴为奥尔良派领袖、法国王位的觊觎者。按照奥尔良和正统两派的协议，他本该在尚博伯爵身故之后继承后者的王位，不过历史并没有走上这条道路。——译者注
[3] *Correspondance*, t. IV, p. 245 (5 septembre 1873).
[4] *Ibid.*, p. 242 (21 août 1873).
[5] *Ibid.*, p. 247.

重新见到亨利四世[1]了吗？我不这么想（虽然即使这件事真的发生，那也是愚不可及的）；王室合并肯定会是一场空，无论如何共和国都会延续下去。这真是一件怪事，一个谁都不想要的政府，它的名字却成了大家争先捍卫的东西，看上去它还一定会长久存在下去！"[2]福楼拜在这里又再次表现出他在1871年对"空话"的愤怒："合法性，这个东西并不比巴黎公社更能长久，它们都是历史性的蠢行、蠢话。"[3]政治话语成了《布瓦尔与佩库歇》着力批判的各种蠢话中的顶峰："我听到过太多政治上的夸夸其谈。啊，人类的愚蠢真是无边无际。"[4]

然而10月29日，尚博伯爵驱散了所有的流言和误会，他拒绝接受自由派为他登上王位提出的条件，拒不承认三色旗的象征地位。复辟就此流产。福楼拜对这一变局极为满意，11月4日他写信给卡洛琳："只有对历史一无所知的人才会去等待什么救世主，才会相信某个人的保证。上帝万岁，打倒伪神！难道我们可以触犯人民吗？有谁能否认80年来的民主发展，回到君赐的宪章上去？[5]……这些人简直太蠢，他们莫不是忘记了他们想捍卫的君权神授的原则？他们为这个原则祈祷，却亲手推翻了它……这里有太多的政治，对吗？"[6]在这里，我们又一次看到了反民主的资产阶级面临的恶性循环，他们既不是君主派，又不想赞成共和，这种自由派才有的两难抉择也是泰纳面

---

[1] 亨利四世（1553—1610），法国波旁王朝的首位国王，瓦罗亚王朝（与波旁王朝同属卡佩王室的分支）绝嗣后入继法国王位。——译者注
[2] *Correspondance*, t. IV, p. 254.
[3] *Ibid.*, p. 261.
[4] *Ibid.*, p. 260.
[5] 此处指路易十八1814年复辟前夕颁布的宪章，这个法律虽然对革命之前的绝对君权加以某些限制，却宣称自己是"国王授予人民的"，因此其核心仍然是"君权神授"，是对大革命奠定的人民主权原则的直接否定。——译者注
[6] *Correspondance*, t. IV, p. 262.

临的矛盾，他们眼高于顶，瞧不上任何现实的制度，只能同时拒绝君权神授和普选制。

等到国会再开之日，久拖不决的复辟一事已经无疾而终。11月19日，麦克马洪的执政权被延长到7年，由保王党控制的国会投票授予他共和国总统的头衔。22日，福楼拜写信给卡洛琳，"我已经写完了《候选人》……你大概已经读了报纸，知道麦克马洪元帅还会再干7年……我能肯定，经过一番缓慢的过渡，共和制最终能够确定下来"。[1]福楼拜在王室合流和写作《候选人》的这个季节终了之时，做出了有远见的判断，仿佛《布瓦尔与佩库歇》里的政治智慧经受住了现实的考验。

不过共和国究竟何时能够最终稳定下来，"缓慢的过渡"什么时候才会结束呢？这个时间对现代法国，对《布瓦尔与佩库歇》来说同样重要。《布瓦尔与佩库歇》的第六章写于1878年夏天，此时正值麦克马洪及"道德秩序"统治的末期。1877年5月16日，为了显示他的个人权力，麦克马洪解除了总理于勒·西蒙的职务，在参议院的背书下，众议院被解散，这是显贵们反对共和派和民主派的最后一次尝试，然而接下来共和派在11月举行的重新选举中依然获得了多数席位。"道德秩序"统治的日子现在进入了倒计时，共和派在1875年宪法性法律表决时本来只是有保留地支持现有的议会制度，但此时却将其视为自己的象征和身份。1878年1月，共和派在市政选举中获胜；1879年1月，参议院首次改选三分之一的议员，同样是共和派取得胜利。麦克马洪于1月30日辞职。正是在最后这两次投票的日子里，正是在共和制"最终确定下来"的时候，福楼拜写出了《布瓦尔与佩库歇》中的政治章节。就像《候选人》写于王政复辟的可能性最终丧失的那个夏天一样，《布瓦尔与佩库歇》的政治一章完成于共和派最

---

[1] *Correspondance*, t. IV, p. 266.

终战胜显贵阶级这一年。

1878年也是伏尔泰去世百年，共和派充分介入、利用了5月30日举办的纪念活动，使其成为共和再造进程中的一个重大事件。[1] 福楼拜告诉罗热·德·热奈特夫人，"我接到了伏尔泰百年纪念的邀请信，但我不会去，因为我需要节省自己的时间。百年纪念是一出闹剧。您是否见过贵夫人和中央市场里的女菜贩亲密无间呢？伏尔泰的敌人们注定要成为历史的笑料，这也是上帝赐给这位伟人的又一个恩宠。关于伏尔泰，简单地说，他是不朽的。只要人们还需要他，就会重新发现他的完整的人格。总之，教权派和君权派的先生们已经彻底输掉了比赛"。[2] 福楼拜有一点和伏尔泰很相似，两种相反的派别都希望他们去发挥某种作用，然而，他拒绝参加纪念活动，仅仅是出于保证工作时间的考虑吗？他告诉卡洛琳："伏尔泰百年纪念委员会希望我的出席能够为这个小型的家族活动增色。不过，尽管崇敬伏尔泰，我还是不想为此在巴黎街头奔波两日，我宁肯待在我的老房子里干自己的活儿。"[3] 他所说的工作就是写小说里讨论文学的那一章。参加纪念活动，就意味着表态、采取立场，福楼拜在致玛蒂尔德公主的信里几乎明说了一切："尽管我受到伏尔泰百年纪念的特别邀请，我还是决定不去参加这个'小型的家族活动'，因为去了就会和某些人共处一地。没有关系。教权派人士在愚蠢和可笑方面总是可以胜过别人。"[4] 不要忘记，这封信的收件人可不是凡夫俗子。

福楼拜在致玛蒂尔德公主信的结尾谈起了他们一些共同的朋友的近况。"今天，泰纳在学士院的命运就会见分晓。我会根据结果给他写贺信或者安慰信。至于勒南，他的事情是能确定的。我认为他们两

---

[1] 参见本书第一部分第14节。
[2] *Correspondance*, t. V, p. 50 (27 mai 1878).
[3] *Ibid.*, p. 51 (29 mai 1878).
[4] *Ibid.*, p. 55 (13 juin 1878).

位都很谦逊。法兰西学士院究竟又能给他们增添什么荣耀呢？"在这个纪念伏尔泰的月份里，勒南与泰纳这两位老伙计都是学士院新补院士的候选人，泰纳希望填补梯也尔去世留下的席位，勒南则是递补年初去世的克洛德·贝尔纳。经过选举，泰纳落败于历史学家亨利·马丁（Henri Martin），[1]不过在11月的下一轮选举中他还是成功递补了路易·德·罗梅尼（Louis de Loménie）[2]的席位。福楼拜6月20日致书屠格涅夫："泰纳输给马丁真是咄咄怪事！"[3]他安慰失意者说："我太了解您的成就，所以不必再给您说什么安慰的话语。您了解我对学士院的看法，我要怜悯的倒是它自己。至于您的失败则会巩固我对这个机构由来已久的、浪漫主义式的蔑视。泰纳输给亨利·马丁，这是怎样一幅画面啊！"[4]泰纳对福楼拜的回复，我们可以从后者致玛蒂尔德公主的信中一见端倪："老伙计泰纳上周给我写信，回答了我向他提出的一个问题。看起来，他已经从落选的失意中恢复过来了。"[5]福楼拜和泰纳之间保持着稳定的通信，政治事件让他们进一步亲近起来，福楼拜曾为他的小说中论文学一章向泰纳请教文献问题。

泰纳在院士选举中输给亨利·马丁与他的最新著作有关。1878年3月，他刚刚出版了《现代法国的起源》的第二卷。1876年问世的第一卷倒还没有特别地冒犯公众，它讨论的是从"法国病"到色当惨败和巴黎公社为止的各种表现，作者将其原因归结为从路易十四乃至更早时期开始的中央集权。然而题为"革命"的第二卷，尤其是该

---

[1] 亨利·马丁（1810—1883），法国历史学家、小说家和政治人物。——译者注
[2] 路易·德·罗梅尼（1815—1878）、法国作家、文学史家，他在法兰西学士院的席位继承自1870年去世的梅里美。法兰西学士院的院士席位固定为40人，院士去世后方可经选举递补下一位院士来承继这个空缺席位。——译者注
[3] *Correspondance*, t. V, p. 56
[4] *Ibid.*, p. 57.
[5] *Ibid.*, p. 58.

卷的第一册《无政府状态》，却让右派大感欣慰，也一举让泰纳进入反动分子之列，原因是他决然地在整体上谴责了大革命，甚至认为在实施恐怖政策以前，早在制宪会议[1]时期，大革命就走上了歧途。此书便是保罗·布尔热所谓"两个泰纳"说法的依据："第一个泰纳"是"反成规的"，第二个则是"反革命的"——原因无他，该书摧毁了革命的传奇性，打破了民众长久以来的崇拜偶像。[2]

泰纳强烈指责所谓拉丁式和法国式的理性主义，它错谬百出，与盎格鲁-撒克逊人稳健的经验主义迥然不同；他也谴责制宪会议的一切作为都以抽象的原则为先导，拒绝探索和尝试。他写道："理性的时代已经来临，制宪会议以开明睿智自诩，绝不肯再沿袭惯例的旧辙。在世风的感召之下，它总是如卢梭的思想一样，从一个抽象的关于法、国家、社会契约的概念出发，凭理论演绎行事。"[3]卢梭成了头号公敌，平等和理性的先知、普选制的前提，无怪福楼拜1867年就对米什莱说过他对卢梭的感觉："这是怨恨、专断的民主的始作俑者。"[4]泰纳甚至指责神圣的《人权宣言》，理由是《人权宣言》相信法律是普遍意志的表达，这一基础理念抽象而又荒唐，用书本建构起来的抽象的存在者取代了现实中活生生的人。

1878年4月，福楼拜注意到了《无政府状态》一书，此时他刚刚写完《布瓦尔与佩库歇》中专论历史问题的第四章，这一章人

---

[1] 全称为"国民制宪会议"（l'Assemblée nationale constituante），由大革命之前的"三级会议"代表组建的"国民议会"（l'Assemblée nationale）于1789年7月改名而成，它标志着法国代议制度的开端。制宪会议解散于1791年10月，接替它的是"立法议会"（L'Assemblée nationale législative）（1791—1792）和"国民公会"（La Convention）（1792—1795）。——译者注

[2] Paul Bourget, *Études et Portraits*, t. III.

[3] *L'Anarchie*, Paris, Hachette, 1878, p. 161.

[4] *Correspondance*, t. III, p. 386. 福楼拜的这封信相当典型地显示出反民主的资产阶级的矛盾："我很欣赏您对卢梭的看法，您的话说到我的心坎里去了。尽管我只是卢梭的孙子那一辈人，我却不喜欢他。"

物讨论的主题就是革命的意义，或者说"关于法国大革命的不同观点体系"。7月初，他开始写关于议论文学的第五章，他写信给罗热·德·热奈特夫人，一股脑儿谈了各种时政话题："我高度赞赏雨果老爹在伏尔泰去世百年会上的讲话。这是我们现在还能听到的最好的演说之一了。这是个真正的人。"[1]接着他又对热奈特夫人谈起了泰纳落选学士院院士，并且试图解释其中的原因。在保罗·布尔热之前，他就已经想到过"两个泰纳"的问题："泰纳是个容易轻信、缺乏定见的人，有点可笑。学士院拒绝他是错误的，但他在'反动派'的身份下参选也是错误的。说到他的书，有些话讲得并不对。如果制宪会议像他说的那样，由一群粗野无耻的人组成，那它是会干出1870年巴黎公社的那些作为的……他总是担心在'我们这场灾祸'发生的年代里失去自己的年金，这种担忧多少磨损了他的批评精神。"要解释泰纳对巴黎公社的厌恶大概不难，不过把制宪会议和巴黎公社这两个看上去天然相似的历史事件相提并论，却又为前者进行辩护，这种说法充分显示了福楼拜的立场，让我们再一次看到他作为反民主的资产者身上的矛盾。

福楼拜写完了小说中论文学的一章。7月17日他给屠格涅夫写信："昨天我完成了第五章，它讨论的是文学。"[2]于是他立即开始准备下一个章节，一直忙到9月。到这个月开始的时候，他已经可以说"第六章我已经写了五页"。[3]到了11月初，"讨论政治的一章在半个月内就可以写完"。[4]最后，他在11月12日宣布："这一章只剩下两页要写了。"[5]要知道，福楼拜是从1878年7月中下旬才开始动手准

---

[1] *Correspondance*, t.V, p. 60.
[2] *Ibid.*, p. 63.
[3] *Ibid.*, p. 76.
[4] *Ibid.*, p. 99.
[5] *Ibid.*, p. 100.

（4）泰纳先生与迪姆舍尔[1]之友

福楼拜为写这部小说，曾多次致书友人寻求各种史料信息，然而他的第一封求助信是写给谁的呢？在埃德蒙·拉波特（Edmond Laporte）[2]这位"事事通"进入他的生活之前，还是"容易轻信"的泰纳，只有他才能回答福楼拜提出的那些实质性问题。

亲爱的朋友：

我又一次需要向您求助。

我需要知道，在下面两个问题上，需要读什么书？

君权神授、普选制。

让我担心的是"君权神授"观念的历史、它的起源。它最早是由斯图亚特王朝时期的法学家们提出来的吗？如果是这样，那作为学说，它倒真不算太早。对了，它一定和扫罗王（Saül）有关，我毫不怀疑！不过，那又太古老了，我还需要年代近一些的渊源。我能想到的只有博须埃（《论从〈圣经〉中抽取的政治学》）和更晚的波纳德。[3]

您不是就普选制问题写过一本小书吗？怎么才能得到它？另外，是谁最先表述了这个权利？

和您一样，我也认为我们从事的是健康的职业。过去十个星期

---

[1] 迪姆舍尔（Dumouchel）是《布瓦尔与佩库歇》第一章就出现的人物，是两位主人公的老熟人，他在青年女子寄宿学校教授文学，观念正统，打扮庄重。——译者注
[2] 埃德蒙·拉波特（1832—1906），福楼拜晚年的一位密友。——译者注
[3] 此处福楼拜或指法国哲学家、政治人物，立场极端保守，坚决反对大革命的路易·德·波纳德。

里，我匆匆写完了一整章，就是小说里论文学的那一章。现在我要开始讨论政治问题了。我已经进入了我的小说的下半部分！[1]

在1878年的政治情境里，在纪念伏尔泰辞世百年的氛围中，当泰纳凭借他的新书《现代法国的起源》（第二卷）一举成了反对分子们的领唱者时，福楼拜还要就其小说的政治性章节与他展开笔谈，这本身就是不寻常的事情。考虑到他提出的是君权神授或普选制、君主制或共和、民意或神的恩宠等至关重要的问题，他们的交流的意义就更是非同一般。福楼拜向泰纳咨询的主要是19世纪后半期的政治，可问题还不止于此。1871年泰纳写的那本论普选制的小册子后来成了整部《现代法国的起源》的前奏曲，而且泰纳还在书里明白表示，他希望福楼拜也能写出一部《现代法国的起源》。整整7年之后，福楼拜还对这件事记得清清楚楚。我们对福楼拜的记忆又能说什么呢？这难道不正好说明，《布瓦尔与佩库歇》不是别的，它就是福楼拜所写的《现代法国的起源》吗？

在福楼拜致书泰纳的同一天，他还写信给他的出版商乔治·夏尔邦蒂耶（Georges Charpentier），[2]希望他把若干书籍发往克瓦塞村。随信附上的书单今日已不可得，但福楼拜的信本身保存了下来，其中提到"我立刻就需要这些书籍和小册子"。[3]他是如此急不可耐，甚至要求埃德蒙·拉波特去夏尔邦蒂耶的出版社确保书籍按时发出，他解释说，"我正等着这些书好开始动笔写政治问题的大纲"。[4]

---

[1] *Correspondance*, t.V, p. 64.
[2] 乔治·夏尔邦蒂耶（1846—1905），法国出版家和艺术品收藏家，出版过福楼拜、莫泊桑等作家的作品，他最大的成就是出版了大量左拉的小说，对自然主义文学运动贡献很大。——译者注
[3] *Correspondance*, t.V, p. 65.
[4] *Ibid.*, p. 65.

泰纳是否回答了福楼拜的问题？当然。福楼拜7月29日周一写信告诉玛蒂尔德公主，"泰纳今天早上给我回了信，他感觉很疲惫，隔天才能写作一次。他总是喜欢抱怨，缺乏一点坚忍"。[1]福楼拜对"容易轻信，缺乏定见"的泰纳的观感常常是复杂的，至少他在给玛蒂尔德的信中常常这样流露；至于玛蒂尔德公主本人，1887年泰纳在《两世界》上发表了《拿破仑·波拿巴》的部分文字，她受到冒犯，两人就此分道扬镳。[2]福楼拜细致说明了自己在开始写政治主题一章时的精神状态，他提到当前总是充斥着对各种纪念日、各种仪式的崇拜，仿佛历史的意义就在于不断重复："现在我们又恰逢1848年7月工人起义的纪念日，当年的情景我还记得一清二楚。不过它终究已是另一个世界，离今天是如此遥远，我甚至觉得它根本不是一个曾经亲眼目睹过的画面，而是一个今天凭空想象出来的时代。写这本可怕的书，我就得一头扎进政治，简直就像自己在竞选议员一样（这是上帝禁止我干的事情）。现在我正在研究'工作权'问题以及1848年那会儿的各种蠢事。"[3]

第二天，福楼拜进了鲁昂城，从市立图书馆借来了博须埃的《论从〈圣经〉中抽取的政治学》、洛克的《政府论》(On goverment)和波纳德的《论古代立法》(La Législation primitive)。[4]博须埃和波纳

---

[1] *Correspondance*, t.V, p. 66.

[2] Taine, «Napoléon Bonaparte», *Revue des Deux Mondes*, 15 février et 1er mars 1887. 在前一篇文章发表后，玛蒂尔德给泰纳写了一封愤怒的抗议信。第二次，她的去信中只有自己的名片和三个字母"P.P.C"（pour prendre congé）。可参见《追忆似水年华》中描绘的场景：斯万将叙述者介绍给玛蒂尔德公主时对公主说："那天我遇见泰纳，他说公主和他闹翻了。""他的行为像头猪"，她用粗嗓门回答说……"自从他写了那篇关于皇帝的文章，我给他留下一张名片，写着'特来告辞'。"(*A la recherche du temps perdu*, t. I, p. 542.)

[3] *Correspondance*, t.V, p. 66.

[4] Voir R. Descharmes, *Autour de Bouvard et Pécuchet*, Paris, Librairie de France, 1921, pp. 293-294.

德是他在和泰纳谈到君权神授时已经提到的，但这一次他为什么会想到借洛克的书？

这是泰纳在回信中给他提出的建议，回信写于7月26日，寄自芒通圣贝尔纳。

亲爱的朋友：

关于君权神授学说，在博须埃和波纳德之间，最有雄心也最完整的论述出自罗伯特·费尔默，[1]洛克在《政府论》里批判了他。洛克的书随处可见，您可以在里面找到费尔默的许多可笑的话。费尔默的理论都出自这样一个原理：上帝把土地赐给了亚当，他的男性后裔们子子孙孙依次传递着对土地的主权。

我那本论普选制的小册子是阿歇特出版的。我认为最早提出这项权利的人就是卢梭（见《社会契约论》）。在路易十四时代，皮埃尔·朱里厄[2]以及其他一些新教人士已经有过类似的呼吁，但的确是卢梭和跟随他的那些革命党正式表述、宣传了这个学说。洛克在这个问题上非常明智。至于您的小说人物，他们既然活在路易-菲利普时代，可以让他们从热努德先生那里读到这些理论，他总是喜欢在各种小报，比如《法国新闻》（*Gazette de France*）上发文章。

您还可以买一部莫里斯·布洛克[3]编的两卷本的《政治学词典》（*Dictionnaire de politique*）。这可是一本无与伦比的、抽象概念和大

---

[1] 罗伯特·费尔默（Robert Filmer, 1588—1653），英国政治理论家，主张君权神授说，他批判过霍布斯、格老秀斯等人。——译者注

[2] 皮埃尔·朱里厄（Pierre Jurieu, 1637—1713），法国加尔文宗神学家、政论作者。——译者注

[3] 莫里斯·布洛克（Maurice Block, 1816—1901），原籍普鲁士的法国经济学家、统计学家。——译者注

话的大杂烩。你们作家这些非专业读者经常读百科全书之类的东西，业余读者常常自认为头脑里有天生的科学，这本书会让他们的脑子变得天下大乱，以至于郝麦先生和他们比起来都会是一个逻辑学家。

我认为政治与文学是您的书里最有趣的两章。至于您对自己的不满意之处，我对屠格涅夫谈过了。我毕竟不是搞文学的，对自己的判断没有信心；他是内行，我想他已经跟您谈过他的想法。大体上说，我觉得这本书的危险在于用力稍猛了些。您似乎想写出一部将世间的愚蠢搜罗无遗的百科全书，但许多错误（化学、农学等）普通读者是看不出来的；相反，政治和文学方面的蠢话大家倒是都明白。

鼓起勇气来，我的朋友。我自己也需要振作，这倒不是因为我的书引起了可笑的争论，而是因为我目前的工作让人心力交瘁。机器老化了，等添点儿油，现在我只能让这台老机器隔天才开动一次。

祝好。

H. 泰纳[1]

这封信之所以需要全文引用，是因为它显示了泰纳对福楼拜的写作进程知之甚深，事实上，长期以来泰纳也从不避讳自己对这部小说

---

[1] 此信不见于泰纳的《书信集》。安托万·阿尔巴拉从福楼拜的外甥女卡洛琳·科芒维尔处得到了查阅福楼拜生前书信的许可，并择其要者发表（Antoine Albalat, *Gustave Flaubert et ses amis*, Paris, Plon, 1927）。卡洛琳 1931 年去世后，泰纳寄给福楼拜的信件未得到妥善整理，不过阿尔巴拉还是公布了另一封更著名的书信：泰纳在写《论理解力》时，请福楼拜描述他在小说的创造性想象过程中的幻觉问题，福楼拜《书信集》中有这封信内容的简述。事实上，除了我们引用的这封信之外，福楼拜还有其他向泰纳提问的信，但泰纳是否有更多的答信，今天我们尚未看到更多的材料。

的疑虑，他在致屠格涅夫的一封书信中讲得很明白："我的感觉是，这本书尽管在技巧上已经足够完美，但无法成为杰作。……像这样的主题，最多写成一篇100页的小说。"[1]泰纳还反对小说在各个学科里处理过分专业的问题，因为读者反正什么也看不懂："只有专家才会明白人物说出的当真就是他们需要说出的蠢话。"[2]这也就解释了为什么外行人也能看懂的文学和政治性章节在泰纳眼中是最有意义的。由于担心福楼拜可能陷入歧途，泰纳甚至询问屠格涅夫，他是否觉得应该在小说创作过程中提醒福楼拜。

尽管对小说规划不无保留，泰纳还是一直坚持回复福楼拜的求援信，后者的学术咨询从没断绝过。福楼拜也向埃德蒙·拉波特求助："我的朋友，请您到波拿巴街3号乙的罗朗出版社去走一趟，问问他们莫里斯·布洛克的《政治学词典》的第一版是在哪一年。"[3]泰纳曾建议小说的两位主人公读这部词典，奈何现实中其第一版也迟至1862年才面世，赶不上小说里1848年革命的背景，于是福楼拜采纳了泰纳的另一条建议，选择了热努德这位支持普选的保王党人的文章，它们或许就是德·法威日伯爵那本鼓吹普选、预言了革命的的小册子的原型。[4]

在收到泰纳复信的第二天，福楼拜就到鲁昂市立图书馆去借了洛克的书，借用泰纳的话，这位英国哲学家也可以说"处在博须埃和波纳德之间"。[5]至于布洛克晚出的《政治学词典》，小说主人公是用

---

[1] Lettre publiée par C. Digeon, *Le Dernier Visage de Flaubert*, Paris, Aubier, 1946, p. 66.
[2] *Ibid.*, p. 67.
[3] *Correspondance*, t.V, p. 64.
[4] Voir A. Cento, *Commentaire de «Bouvard et Pécuchet»*, Naples, Liguori, 1973, p. 72.
[5] 此处存疑。按约翰·洛克（1632—1704）和博须埃（1627—1704）完全同时代的人物，不能说洛克处在博须埃和波纳德之间。按泰纳原信的说法，处于二者之间的是费尔默，但费尔默的时代比洛克和博须埃更要早40年之久，泰纳的说法可能是记忆错误或笔误。——译者注

不上了，他倒是为自己浏览了该书：据保存在鲁昂图书馆的福楼拜创作笔记显示，这部词典是福楼拜为写政治性一章而精读过的31部著作之一，他还做了读书笔记。笔记及其注释的顺序很能说明问题：博须埃、波纳德，洛克，接下来是蒲鲁东（Pierre-Joseph Proudhon）[1]、约翰·斯图亚特·密尔及其译者杜邦·怀特（Dupont-White），布洛克和他的《政治学词典》远远地排在第9行。福楼拜阅读并做了摘要的文章数量惊人，其主题有"论自由树""人民之音，上帝之音""社会契约""政治诡辩""普选"等。这些笔记呈现出小说政治章节的全貌，仿佛这一章的准备工作完全是作家在泰纳回信的指导下完成的。

福楼拜对自己的阅读笔记进行了综合整理，他不是根据原作者的不同来对材料进行分类，而是根据"社会契约""人民""人民之音、上帝之音""民权""君权神授""普选制""工作权""中央集权"等主题进行编排重组，这样距离小说中思想材料出现的面貌就更近了。他还准备了一个附录，其中很多语句和最后的小说文本已经没有什么不同。[2]

对普选制问题的广泛阅读在小说里也留下了影子：在1848年12月10日波拿巴大获全胜的那场选举之后，"六百万张选票使佩库歇对人民心灰意冷。布瓦尔和他便一起研究普选问题。"[3]这两句话之后另有两句补充："普选既属于每个人，就谈不上什么精深的知识。总有野心家操纵普选，其他的人就像被赶来赶去的牲畜一样对他百依百

---

[1] 皮埃尔－约瑟夫·蒲鲁东（1809—1865），法国哲学家、经济学家、社会活动家，社会主义者，也是无政府主义的先驱者之一。——译者注

[2] 举例而言，在德·法威日伯爵举办的午餐会上的诸多谈话，几乎原封不动地由福楼拜的阅读笔记构成。参见小说第六章里福罗（Foureau）、马雷斯科（Marescot）等人就自由、雅典民主等问题和发言与鲁昂图书馆藏笔记（Ms. g.226^7, f°250-267）中语句的对应关系。

[3] *Bouvard et Pécuchet*, p. 242.

顺，选民甚至都不需要会识文断字。"[1]后面的话道尽了时人对普选制的各种反对意见，它看上去很像对西斯蒙第（Jean de Sismondi）的阅读笔记，[2]不过毕竟不是直接出自福楼拜查证过的任何一位作者。和泰纳一样，布瓦尔和佩库歇两人是着眼于民智未开乃至"群氓的愚昧"才去抨击普选制度的，[3]这一点给人印象很深。

"为什么人们不能靠养兔子赢得三千利弗尔的固定收益？因为群体太庞大，各种致命的疾病危险就暗藏其中。同样，就凭了群众猬集这个事实，大众中蕴藏的蠢行就会萌生、发作起来，造成难以估量的后果。"[4]此类观点在《布瓦尔与佩库歇》的创作材料中随处可见，不仅成了"可以用在历史上面的一条核心的有机关联规律"，[5]也是福楼拜最坚持的政治信念之一。1871 年他写信告诉乔治·桑，"大众、多数派永远是一群白痴。我并非一个凡事都立场坚定的人，但在这个问题上我确信自己是对的。"[6]两位小说主人公之所以反对民主制，其理据也可以归结于此。不过，和他们的创造者一样，两位主人公也并不因此就支持传统的贵族制；即便他们厌恶群众的愚蠢，他们也不

---

[1] *Bouvard et Pécuchet*, p. 242.
[2] 在鲁昂图书馆藏 Ms. g.226⁶, f⁰163 号阅读笔记上，福楼拜摘录了让·德·西斯蒙第（1773—1842，瑞士历史学家、政治经济学家。——译者注）《论诸自由民族的宪法》(*Études sur les constitutions des peuples libres*) 一书的两个观点："人民总是保守落后的。"以及："普遍选举的结果，是让那些没有意志的人胜过有意志的人，让不知道自己在决定什么的人胜过对此有所了解的人。"不过近似的观点也见于泰纳论普选制的小书和勒南的《法国的学术与道德改造》。
[3] 参鲁昂图书馆藏 Ms. g.226⁷, f⁰261 号阅读笔记中"群氓的愚昧"一栏："出自群众，就像人越多就传得越快的疾病。"
[4] *Bouvard et Pécuchet*, p. 242.
[5] 鲁昂图书馆藏 Ms. g.226⁵, f⁰254 号阅读笔记中有这样的话："政治、普选制、兔群与三千利弗尔的固定收益。按照规律，群体太大太集中，传染病就难以避免。这是可以用在历史上面的一条核心的有机关联规律，参见生理学家弗卢朗（Pierre Flourens）的比较生理学讲义，第 91—92 号。"
[6] *Correspondance*, t. IV, p. 44.

会成为德·法威日伯爵及其同伙的信徒:"布瓦尔和佩库歇不喜欢少数派,同样也厌恶多数党。总之,贵族和庶民在他们眼中都是一丘之貉。"[1]这就是自由派所面对的两难抉择、无解矛盾,福楼拜在同一封信里还说过,"目前的普选制形式比君权神授还要愚蠢"[2],但上文所引的断语才是他最斩钉截铁的表述。

从神授君权到人民主权,从人民之音到上帝之音,小说创作笔记不停纠缠的这个难题也是《庸见词典》的卷前题铭——《词典》题铭采用政治领域里的词语,这说明在福楼拜心中"庸见"首先是个政治问题。他在创作笔记中说道,"权威来自神授之君权或者来自民意",[3]而在小说里我们也看到了对这一设问的回答,德·法威日伯爵宣称:"必须重新提倡服从。如果该不该服从也要成为讨论的对象,那权威就会消亡!神授君权,只能有神授的君权!"[4]正是在这样的背景下,布瓦尔和佩库歇开始研究政治。他们的入门学习内容值得在此全文引用:

"首先,君权神授到底意味着什么?"

迪姆舍尔的朋友,那位已经在美学问题上给他们启过蒙的教授在一封满篇都是学问的信里回答了他们的问题。

"君权神授的理论,是在英王查理二世的时代,由英国人费尔默提出来的。"

这个理论的内容如下:

造物主赋予世上第一个人统治世界的主权,这权力传给了他

---

[1] *Bouvard et Pécuchet*, p. 243.
[2] *Correspondance*, t. IV, p. 44.
[3] Ms. g.227^7, f°263.
[4] *Bouvard et Pécuchet*, p. 251.

的子子孙孙，因此王权来自上帝。博须埃说过，"国王就是上帝的形象"……

洛克驳斥了这个理论。……王权的存在只能靠人民的选择……

因此权力来自人民。爱尔维修（Claude Adrien Hélvétius）说，"人民可以做自己想做的任何事情"；瓦戴尔（Emer de Vattel）说，人民"有权改变他们的宪法"；格拉菲（Adam Friedrich von Glafey）、奥特芒（François Hotman）、马布利（Gabriel Bonnot de Mably）都说过，人民可以"反抗不义"！圣托马斯·阿奎那允许人民摆脱暴君。皮埃尔·朱里厄说，人民做什么事"不一定非要有道理"。

以上这些公理让他们非常吃惊，于是他们开始读卢梭的《社会契约论》。[1]

在《布瓦尔与佩库歇》中，极少有借助这么长的引文来引入一个新学科的写法。从费尔默到洛克再到朱里厄，这份名单不仅囊括了泰纳信中推荐的所有人物，还利用布洛克《政治学词典》中《上帝之恩宠》一文扩充了该信的内容，而布洛克也是泰纳推荐福楼拜去阅读的。

"迪姆舍尔的朋友，那位（上一章里）已经在美学问题上给他们启过蒙的教授"，此人是谁？应该承认，他就是持之不懈地帮助福

---

[1] *Bouvard et Pécuchet*, pp. 251-252. 上述引文（引自《布瓦尔与佩库歇》之第六章）中提到多位欧洲思想家的名字：爱尔维修（1715—1771），法国著名启蒙哲学家；瓦戴尔（1714—1767），瑞士法学家、哲学家，对国际公法有重大影响；格拉菲（1692—1753），德国法学家；奥特芒（1524—1590），法国新教法学家；马布利（1709—1785），法国哲学家。——译者注

楼拜的泰纳。"迪姆舍尔的朋友"在书中本无姓名，初稿称他为迪姆舍尔的表兄，除此处之外，他只是在两位主人公讨论文学时出现过一次："佩库歇主张着重描写感情和思想，布瓦尔则强调形象和色彩……人们称之为美学的学科也许能解决他们的分歧。迪姆舍尔有一位朋友是哲学教授，他给他俩寄来了一张有关著作的清单。"[1]这一次的清单虽未被小说直接引用，但讨论文学和政治的两章——别忘了这是泰纳认定的小说中最精彩的两章——也没少提及其中的内容。美学和政治科学，这不正是泰纳影响最大的两个学科吗？福楼拜曾就美学和政治学向泰纳请教，他借用小说人物来隐秘地向老友致敬，不过，这也并不妨碍他在叙述布瓦尔为保尔·德·科克（Paul de Kock）[2]辩护时将泰纳暗暗嘲讽一番：

"怎么能把时间浪费在那样一些蠢话上！"佩库歇总是说。

"可是今后，这些东西会像历史文献一样稀奇。"

"带上你的文献一边儿去吧！我要的是能让我振奋，还能让我摆脱这世上的烦恼的东西！"[3]

此处福楼拜暗讽的是泰纳将文学作品视为历史文献的做法，在别处，例如在致乔治·桑的信中，他同样也批评了这种观念："难道现代批评还没有放弃'为记录历史而创作文学'的思想？一本书在圣勃夫-泰纳学派那里是找不到它内在的价值的，在这个学派里人们什么都考虑到了，唯独不会考虑创作天赋问题。"[4]

泰纳正是这位被安放在《布瓦尔与佩库歇》中心的迪姆舍尔之

---

[1] *Bouvard et Pécuchet*, p. 219.
[2] 保尔·德·科克（1793—1871），法国小说家、剧作家。——译者注
[3] *Bouvard et Pécuchet*, p. 206.
[4] *Correspondance*, t. IV, p. 52.

友，他体现着小说的运行轨迹。稍带夸张地说，他的形象好似蒙田《随笔集》第一卷中心位置的拉博埃西（Étienne de La Boétie）：[1]蒙田提到画家选择墙壁中心也是最好的地方来画一幅最饱满的作品，"至于周围的空间，被他填满了怪诞不经的装饰画，它们的魅力全在千变万化，新奇独特"。《布瓦尔与佩库歇》与《现代法国的起源》一样，其运行的轨迹围绕着一个中心点，一个谜，即民众在政治上究竟是充满智慧，还是愚不可及。普选制急迫地提出了这个问题。于勒·西蒙在莫里斯·布洛克主编的《政治学词典》中的《1848年革命》一文中写道："人民主权要么体现为普选制，要么就什么都不是。"[2]

在1876年所作的一篇论乔治·桑的文章里，泰纳间接地赞誉了福楼拜以及他心目中自巴尔扎克以来最美的小说："小说总是需要某个一般的主题、某种人所共知的道德常识来作为叙述的材料。如果这一哲学主题能够遇到一个足以始终支撑它、彻底表达它的人物形象，那这部小说就是第一流的。福楼拜先生创作的《包法利夫人》便是这样的作品，因此它是一部杰作。"[3]或许这就是泰纳在1870年之后的立场，他在后期尤其要求文学作品具有道德感。如果我们问他《布瓦尔与佩库歇》里的"道德常识"究竟是什么，他的回答大概是，也应该是"群体的卑下"，即在普选制下暴露出来的重重弊病：在这样的群众运动中，我们看到了平等和博爱与自由之间的冲突，[4]看到了卢

---

[1] 拉博埃西（1530—1563），法国文艺复兴时期的作家、法学家，也是蒙田的好友。——译者注
[2] *Dictionnaire général de la politique*, 2ᵉ éd., Paris, E. Perrin, 1884, t. II, p. 867.
[3] Taine, *Derniers Essais de critique et d'histoire*, p. 235.
[4] 可参见福楼拜的话："无论群众是多么愚昧，都应该看到他们的力量，因为大众的繁殖力是不可限量的。不妨把自由给予群众，绝不可授其以权力。"（*Correspondance*, t. IV, p. 44.）这句话虽然透出对大众的蔑视，但也显示出福楼拜对自由价值的颂扬。

梭与伏尔泰的对立，也看到了泰纳在其书信中用当时的流行语所说的卢梭的"追随者"即社会主义者与自由主义者之间的对立，而此前勒南在其《现代问题》(*Questions contemporaines*)一书中已经明确地认为这种对立直接继承自卢梭与伏尔泰之争。[1]福楼拜在1871年对乔治·桑说过，"如今我们依然在大革命造成的困境中艰难跋涉，不管人们怎么说，这场革命都是流产，是挫折，是失败，因为它出自中世纪和基督教"。[2]泰纳在《现代法国的起源》里所主张的，难道不正是同样的观点吗？

在泰纳，在"迪姆舍尔的友人"的建议下，布瓦尔和佩库歇开始研究卢梭的《社会契约论》。他们立刻发现了其中的矛盾："契约靠什么来验证？"[3]一想到这个问题，他们立刻就抛弃了卢梭："怎么！"他们对自己说："他是1793年的那位上帝，是民主制的大祭司，所有的改革家都跟着他走。"[4]布瓦尔得出结论说，所有的社会主义者都要追随卢梭，"他们总是要求专制"。[5]卢梭的权威很危险：人们已经习惯了在"教皇无谬误"和"人民无谬误"之间进行对比，而卢梭就要对专制和基督教这两种民主制的倒错承担责任。人民主权、公共意志、抽象理性都是危险的幻觉，而"人民之音、上帝之音"的格言也蕴藏着公共性的危险。

早在1853年，青年福楼拜就认定卢梭已经化身为一种可以概括时代精神的箴言："现行制度中唯一可以提取出来的教训（这个时代

---

[1] *Questions contemporaines*, p. 65. 对"损害自由"的指责通常"落到严格的革命派，即尤其与卢梭有关的那一派头上，是这些人决定了法国大革命的终极面貌，把革命引向既无视传统和前人，也无视自由的抽象的建构"。
[2] *Correspondance*, t. IV, p. 40.
[3] *Bouvard et Pécuchet*, p. 252.
[4] *Ibid.*, p. 253.
[5] *Ibid.*, p. 254.

建立在所谓"人民之音,上帝之音"的美丽言辞上面),就是'人民'的理念已经和'国王'的理念一样泛滥。"[1]他仍然对历史存有希望,但空话大话的生命力是如此顽强,以至于整整25年之后,同样的陈词滥调依然可以被《庸见词典》列为卷前题铭,也依然可以用来概括《布瓦尔与佩库歇》和《现代法国的起源》。同样由于此类陈词滥调的存在,至少在福楼拜笔下,普选制的意义超出了政治领域而成为一种普遍性的问题,即现代人的愚蠢问题。

"把确定性的标准定为'共识',也就是说,定为时尚和风俗,这难道不就是为普选制铺平道路吗?在我看来,普遍选举,此乃人类精神之耻。"[2]这是福楼拜1873年致书乔治·桑时的反问。在《布瓦尔与佩库歇》的政治一章之后,讨论哲学的章节也再一次点明了那种让普选和"人民之音"成为空话、大话的理论困境:"如果单一的个人是不学无术的,那么所有的个人汇聚到一起,他们凭什么就会知道得更多呢?"[3]福楼拜的反对意见,其实勒南已经谈过,泰纳在《现代法国的起源》序言中也说得明白:"愚蠢的头脑即便累计至千万,也终究毫无识见。"问题始终没有解决:个体性的愚蠢汇集起来,为什么,又是如何能转化成集体的睿智?布洛克在《政治学词典》中的《人民之音,上帝之音》一文中也问道:如何来论证这个格言?在政治之外的什么领域里,群众的判断可以被当作正确可靠的?在确认根本不存在什么确定的标准之后,他干脆放弃解释政治科学是如何来论证那个格言的。"还有政治,多么肮脏!——政治不是一门科学。"这就是布瓦尔和佩库歇两人的结论。

---

[1] *Correspondance*, t. II. p. 336.
[2] *Correspondance*, t. IV, p. 278.
[3] *Bouvard et Pécuchet*, p. 307.

（5）法国反动派的一本大书？

在福楼拜辞世一年之后，1881年，《布瓦尔与佩库歇》得以出版，同一年，泰纳《现代法国的起源》的下一卷也问世了，题为"雅各宾派的征服"（La Conquête jacobine），主题依然是破解法国大革命的神话。皮埃尔·诺拉（Pierre Nora）[1]称泰纳的著作为"一本伟大而具体的关于现代性的社会学著作"，也是1870年战败后"对我们社会的一份病理诊断"。[2]对福楼拜的小说，也应作如是观。这两部著作都深植于法国当时的现实，它们出自意识形态和文化上的收缩、封闭和自省，其语境与1870年之前的世界主义、浪漫主义和对德国文化的接纳构成强烈对比。当下一代学人如拉维斯、莫诺、朗格卢瓦和塞格诺博等人重新拥抱德国学术传统时，泰纳和福楼拜这一代人却在苦涩地咀嚼历史的失败一页。泰纳从1871年起埋头于国家档案馆的故纸堆里，把研读过往的各地行政文书当作一种自我惩罚和苦役；福楼拜则会很快强迫自己为《布瓦尔与佩库歇》进行大量驳杂无序的阅读。在泰纳身上也有小说两位主人公的气质，用安托万·阿尔巴拉的话说，他是"有天才的布瓦尔和佩库歇"。[3]蒂博代也说过，"在19世纪的最后30年里，'泰纳－勒南'在法国文人的语言中成了一个四音节的固定组合，就像人们说'塔恩－加龙省'（Tarn-Garonne）一样。这是两位在一代人心中难舍难离的大师的名字，他们的大名就像教务会的集体领导一样不可分开。"[4]"泰纳－勒南""布瓦尔－佩库歇"：这两组人物之间甚至在体格外表上都是相似的，尽管一边是现实世界

---

[1] 皮埃尔·诺拉（1931—　），法国当代历史学家，长于观念史、史学史研究。——译者注
[2] P. Nora, «L'ombre de Taine», *Contrepoint*, janvier 1973, p. 72.
[3] Antoine Albalat, *Gustave Flaubert et ses amis*, p. 248.
[4] A. Thibaudet, *Histoire de la littérature française*, p. 343.

里的伟人，另一边是泰纳所说的"两只有怪癖的蜗牛"[1]——每组人物里都有一位身材肥圆，头发鬈曲，性格和蔼，而另一位则是身材干瘦，头发灰白，言辞尖酸。

要支撑"泰纳-勒南""布瓦尔-佩库歇"同气连枝，近于一体的结论，我们还需要在若干批评家的分析中寻找证据。这些批评家深知福楼拜和泰纳的关联，例如，在1881年，他们就同时评论了两位作者。我们找到的是两份证据，其一来自共和派，其二则来自保守的反对派，它们都把《布瓦尔与佩库歇》和《现代法国的起源》放在一起进行了考察。

第一份证据出自朗格卢瓦和塞格诺博，他们在1898年出版的名作《历史研究导论》中严厉地批判了布瓦尔、佩库歇和泰纳，理由也完全一样：他们在使用历史文献方面毫无章法可循。值得注意的是，在这部历史学研究方法的入门读物中，多次出现了布瓦尔和佩库歇的形象，他们所象征的正是那些无法掌握批判性研究之规则的拙劣的历史学者。

朗格卢瓦和塞格诺博批评了在他们之前的所有历史学家，然后说道："对比一下福楼拜的《布瓦尔与佩库歇》吧，这本书讲的是两位白痴的故事，他们有各种想法，包括写历史的计划。为了帮助他们，一位朋友给他们寄来了'从（法兰西公学教授）多努的课堂上抄来的批评要义'。这份规则有以下内容：'把民众的证词当作证据，那是有害的，这样的材料不能用。''不要相信荒诞不经的事，例如有人让保萨尼亚斯（Pausanias）看见萨图尔努斯（Saturne）吞过的石头之类

---

[1] 泰纳致屠格涅夫的信，见：C. Digeon, *Le Dernier Visage de Flaubert*, p. 67. 与泰纳对福楼拜的帮助和影响相比，勒南对他的助益还要更加重要。例如在写《三故事集》中的《希罗底亚斯》（*Hérodias*）一篇时，福楼拜就曾向勒南借阅书籍，而这篇小说的文本也与勒南的《耶稣传》（*Vie de Jésus*）相近。

的传说.'[1] '记住伪造者的技巧,还有卫道士、造谣生事者的利益.'等。多努的讲义里包括了大量尽人皆知的东西,而且比我们引用的这些还要可笑。"[2] 朗格卢瓦和塞格诺博非常严肃地看待布瓦尔和佩库歇两人在历史研究方面的抱负,在他们眼里,泰纳和这两位小说人物并无二致。塞格诺博写道:"他来到国家档案馆,沉醉在未经发表的资料里(《旧制度》一书的序言就显示出他那令人感动的天真),摇身一变成了一位一丝不苟的档案研究者。可是他的研究始终谈不上有任何方法可言。"[3] 泰纳缺乏"方法",尤其缺少对史料来源的鉴别,也忽视对资料价值的考察;他把众多闲闻逸事、道听途说的东西当作有据可靠、坚实可信的史料。下面是塞格诺博列举的一个有说服力的例子(它也会出现在福楼拜的小说里):"从凡尔赛回来的队伍于 10 月 6 日经过赛弗尔(Sèvres)[4]时,找到当地的一位假发师,让他给那些被砍下的头颅打理头发,涂脂抹粉。此事仅见于乔治·迪瓦尔(Georges Duval)[5]的《恐怖年代的记忆》(Souvenirs de la Terreur),别无旁证,可泰纳却天真地补充评论说:'此事如记载发生于任何其他地方都很可疑,但在赛弗尔,迪瓦尔却是目击者,他当时就在这位假发店的对面吃饭。'"[6]

以下是朗格卢瓦和塞格诺博的另一处批评文字,显然泰纳是背后

---

[1] 保萨尼亚斯(约115—约180),生活在公元 2 世纪罗马帝国时代的希腊地理学家、旅行家,著有《希腊志》一书。这几条"历史研究须知"都引自《布瓦尔与佩库歇》第四章,即讨论历史问题的那一章。——译者注
[2] Langlois et Seignobos, *Introduction aux études historiques*, Paris, Hachette, 1898, p.ix.
[3] Seignobos, in Petit de Julleville, *Histoire de la langue et de la littérature française*, t. VIII, Paris, A. Colin, 1899, p.273. 另可参见《旧制度》的献词:"谨以此书献给国家图书馆和国家档案馆的管理员先生们。"
[4] 赛弗尔是法国法兰西岛大区上塞纳省的一个市镇,位于巴黎近郊,现代以来已经和巴黎市区完全融为一体,但行政上不属于狭义的巴黎市(75 省)。——译者注
[5] 乔治·迪瓦尔(1772—1853),法国剧作家。——译者注
[6] Seignobos, *Histoire de la langue et de la littérature française*, p. 274.

暗指的对象："有些人专门向管理档案文献的职员求助，好像这样就可以免去个人研究的负担。于是，代替公众从事研究工作的就变成了这些档案管理员。在《布瓦尔与佩库歇》的第158页，两位主人公想写一部昂古莱姆公爵[1]的传记，为此他们决定到卡昂的市立图书馆待上半个月的时间搞研究，那里的图书管理员为他们提供了若干通史和专门读物。"[2]此处当然是对泰纳的讥讽。众所周知，泰纳在国家档案馆整理史料时，每天清晨档案管理员都在他的桌上放上他们认为最重要的资料供其阅读。历史学家阿方斯·奥拉尔也批评泰纳对法国大革命的研究，认为他对材料的选择过于随意，而且毫无穷尽史料的主观意识。共和派则认为，由于缺乏方法的指引，泰纳《现代法国的起源》在主题上就陷入了谬误。总之，把泰纳视为现实生活中的布瓦尔和佩库歇，背后的政治意蕴是清晰无误的。

不过，最明确地把《布瓦尔与佩库歇》和《现代法国的起源》联系起来的却是泰纳和福楼拜的弟子，一位甚至堪称他们"精神之子"的作家：保罗·布尔热。在1885年出版的名噪一时的《当代思潮散论》(*Essais de psychologie contemporaine*) 中，布尔热分

---

[1] 此处指法王查理十世的长子路易-安托万·德·阿图瓦（Louis Antoine d'Artois, 1775—1844），因波旁复辟王朝在1830年革命中被推翻，未能继承王位。——译者注

[2] *Introduction aux études historiques*, p. 16. 朗格卢瓦和塞格诺博在这本教程的末尾还几次批评了布瓦尔和佩库歇，首先是批评他们选择了"愚蠢的研究主题……做的事情都是徒劳无益的"："那些职业人士希望避免在选题上出错，但他们的努力并不成功。并不是所有历史上发生过的事情都是值得研究的。"两位小说主人公对昂古莱姆公爵的研究就是这样的反例。最后，朗格卢瓦和塞格诺博还揭穿了泰纳依旧相信的所谓"客观历史"的幻觉，在这种幻觉下，人们"无视在历史建构过程中事实上无法摆脱的主观性；而另一方面，又有人反过来借口主观性的存在，不仅滥用它，甚至否认历史的科学性。这种主观性让佩库歇和希尔维斯特·波纳尔十分沮丧"(p. 277)。

别勾画了泰纳、福楼拜和勒南的肖像,三人被明确地联系在一起:"他们都有共同的特质,在他们各自的体裁里,同时代表了一个相同的思潮。"[1] 按照布尔热的说法,这一"相同的思潮"在勒南的《法国的学术与道德改造》一书中得到了最清晰的表达(我们还记得福楼拜称赞该书"写得很好,很符合我的想法"):法国在1870年的惨败和它遭遇的其他挫折,应归咎于18世纪以来所形成的对人的抽象的、理论性的定义,同时,也应归咎于法国人对社会的一种先验的观念,在这种观念之下,法国难以正确地选拔行政官员和政治领导人。勒南从自由主义的角度同时反对自上而下和自下而上的专制。他反对君主制,也反对共和;反对上帝的恩宠,也反对理性至高无上的权力;反对旧制度,也反对革命。可以说,他信奉的是一种与民主制的基本原则格格不入的、理想化的贵族制,他所针对的,也当然是指那个唯一能在理论上为直接普遍选举提供支撑的自然平等理念——泰纳的友人普雷沃-帕拉多尔1870年之前就在他的《新法兰西》(La France Nouvelle)一书里批判了民主制的这一基本原则。[2]

在收入《当代思潮散论》的《勒南先生的贵族制之梦》(«Le rêve aristocratique de M. Renan»)一文中,勒南判定在《布瓦尔与佩库歇》和泰纳、勒南的作品之间存在着高度的相似——当然,这种相似性只有在1882年之后才会表现出来,因为这时福楼拜的遗作才刚刚出版,而更早的时候泰纳也没有完成《现代法国的起源》。布尔热提到了他们共有的对大众的蔑视:"当代文人对大众的轻视以各自不同的形式纷纷体现出来,对这些蔑视态度的好奇的探究就构成了我们这部

---

[1] Paul Bourget, «M. Taine», *Essais de psychologie contemporaine*, éd. définitive, Paris, Plon, 1901, t. I, p. 225. 除上述三人外,布尔热还提到了小仲马和龚古尔兄弟。

[2] Prévost-Paradol, *La France Nouvelle*, Paris, M. Lévy, 1868.

著作……难道居斯塔夫·福楼拜的《布瓦尔与佩库歇》在创作之初另有用意？泰纳先生如果不是因为想在这令人迷惘的民主大潮中看清方向，对自己的困境耿耿于怀，他又怎么会着手写这本《现代法国的起源》？"[1]

"是的，我现在成了贵族派的一分子，一个激愤的贵族派。"这是福楼拜1853年写给路易丝·科莱的话。[2]他已经揭示了大革命的两大教义即"平等"和"博爱"的虚妄："我厌恶我的同辈，我也并不觉得自己是他们的同辈……说人与人之间有亲爱之情，不如讲树上的叶子每片之间都一模一样。"当福楼拜与乔治·桑的通信在1884年公布时，布吕纳介感到难以原谅的便是他的这种精英主义。[3]布吕纳介从他保守的文学观和社会观出发，很难对乔治·桑表现出宽容，但福楼拜的个人主义对他来说是尤其不可接受的，甚至显得更加生疏，他雄辩地把福楼拜与泰纳和勒南进行了一番对比："如果说有些哲学家（例如《论理解力》的作者）或学者（比如《耶稣传》和《使徒传》的作者），由于其著作的专业特性，在整个欧洲仅有十几位读者，那么像福楼拜这样舞文弄墨的小说家或剧作家，是连这样的权利也没有的。"[4]和泰纳、勒南的情形不同，布吕纳介在福楼拜的精英主义中看不到任何可以减轻其罪责的地方。另一方面，这位批评家的严厉态度也说明了他在皈依天主教后的立场：福楼拜激烈反对博爱、平等理念的做法激怒了布吕纳介，伤害了其利他主义的信念，而且福楼拜是在明确意识到平等、博爱与基督教慈悲心的关联（福楼拜在这一点是正确的）的前提下故意坚持这么做的。这就是为什么福楼拜在布吕纳介看来无论如何都算不上一位伟人。一个作家要臻于伟大之境，其人

---

[1] Paul Bourget, *op.cit.*, p. 91.
[2] *Correspondance*, t. II. p. 335.
[3] *Lettres de Gustave Flaubert à George Sand*, Paris, Charpentier, 1884.
[4] *Revue des Deux Mondes*, 1er février 1884, pp. 697-698.

格需要超越于作品之上，可是"在布吕纳介眼里，这个人的人格不仅无法企及他的作品，它还显著地、可悲地处于其作品的境界之下"。[1]这也就是人们从福楼拜与乔治·桑的通信中得出的结论，可以看出，两位作家的通信内容主要集中在政治话题上。

20年后的1906年，布尔热又写了一篇名为《初步的危险》（«Le péril primaire»）的文章，后收入《社会学与文学》（*Sociologie et Littérature*）一书，这篇文章重申了福楼拜和泰纳之间的相似性："每当人们试图概括那些由最好的风俗观察家，如巴尔扎克、勒普勒（Frédéric Le Play）[2]、福楼拜和泰纳等人对当代法国做出的形形色色的诊断"，他们都会发现对思想、理性价值、抽象法的滥用，因为这种滥用，经验主义、对历史的尊重和对传统的眷恋无不受到损害。[3]布尔热再一次总结了在《布瓦尔与佩库歇》和泰纳作品中占据中心位置的那种"道德常识"："从此地距离最终反思'思想'是否总是一种健康的、有益的因素，看上去只有一步之遥。不过这一步并不容易跨越。巴尔扎克在这个问题上没有犹豫，福楼拜在《布瓦尔与佩库歇》中没有，而泰纳在其小说《托马斯·格兰多热》（*Thomas Graindorge*）中同样也没有犹豫。"

现在，我们终于有了足够多的证据来声明《布瓦尔与佩库歇》就是福楼拜版的《现代法国的起源》，这一判断在某种意义上来自外部，但也有相当的阅读经验作证——无论这些经验和作品自身比起来是"共谋性的"还是"对立性的"。对那些小说本身通过形式提供的证

---

[1] *Revue des Deux Mondes*, 1er février 1884, p. 705. 另可参看保罗·布尔热在《当代思潮散论》中的评论（t. I, p. 185 *sq.*）。
[2] 弗雷德里克·勒普勒（1806—1882），法国工程师、社会改革家。——译者注
[3] P. Bourget, *Études et Portraits*, t. III, *Sociologie et Littérature*, Paris, Plon, 1906, p. 131. 该卷还包括其他论述地方分权、路易·德·波纳德等主题的文章，从这些文字来看，布尔热的确是福楼拜、泰纳和勒南那一代人的继承者。

据,我们尤须认真加以检验,要知道与小说显明的意义,或者说与它所传递的意识形态内容比起来,小说形式的说服力即便不是更强,至少也是旗鼓相当,而我们也完全清楚,在当代文学批评看来,福楼拜作品中的形式和内容本来就是不可分离的。

(6)落井下石

《布瓦尔与佩库歇》的首卷叙述的是人物的一系列经验,而拟想中的第二卷会以一种依然未知的方式呈现主人公重操旧业后的"抄录",[1]人们因此经常强调《布瓦尔与佩库歇》的环形结构(因此也是"不确定的结构")。在福楼拜辞世之际尚未完成的小说的第十章也即最后一章里,主人公专注于对他们收养的两个弃儿维克多(Victor)和维克多琳(Victorine)的教育,有人指出,这一章已经包含着记忆的召唤、新一轮经验的开启等主题,在此前各章里人物所经历的所有(或者几乎所有)经验都将得到重温,两位老实人涉猎过的所有学科也都将在对孩童的教育中重新浮现。按照某份手稿,小说第十章将会这样开始:"他们所学习过的一切都并没有白费:农业、园艺、解剖学和生理学、卫生保健、考古学、历史学、政治学和社会主义、爱情、体操、磁力学、哲学和宗教——这一切都给他们留下了学识、眼界,都可以用来教育两个孤儿。"[2]这意味着,人物最后的经验将是对此前一切经验的重复,他们将在知识的传递中检验这些学科的效力。

人们注意到,按照若干份总体情节规划,小说的最后一章本该同

---

[1] Voir C. Gothot-Mersch, «Le roman interminable: un aspect de la structure de *Bouvard et Pécuchet*», in *Nouvelles recherches sur* Bouvard et Pécuchet, Paris, SEDES-CDU, 1981.

[2] Ms. g. 225^3, $f^0 285$ et 287. Cité par C. Gothot-Mersch, *art. cit.*, p. 13.

时讨论社会主义和教育问题，但在更晚的规划里，主题又变成了社会主义，教育问题整个消失了。不过事实上，社会主义在小说的第六章已经出现，当主人公结束对君权神授和普选制的讨论时，他们决定去读《社会契约论》，并且了解那些追随卢梭思想的人。另一方面，对与大革命相关的不同思想的讨论（小说开篇处就出现了这个重要主题："他们寻找大革命爆发的种种原因。"[1]）被前置到了第五章即历史题材一章。然而和各种规划相反，在小说最后的形态里，占据第十章的恰恰是教育问题。

人们还发现，小说第二章到第九章提到的所有主题和学科中，唯有一项没有在第十章中重现，那就是政治。也就是说，只有小说的第六章即《布瓦尔与佩库歇》中的政治性章节，没有以戏中戏、故事嵌套的方式在第十章即教育题材的章节里得到再现。

政治主题在小说末尾的缺席，与此前创作构想中大革命、社会主义、教育主题皆围绕政治运作的格局构成了反差，这一反差显示出小说最终形态中所有非政治主题地位的抬升。这就给我们一种印象，仿佛讨论教育问题的第十章是在蔑视普选制，是对普选制落井下石般的报复，仿佛这一章构成了对民主时代的把戏的检验。为什么我们会这么说？

因为，包括勒南、泰纳在内的作者，他们在讨论、批判普选制问题时，都承认不可能再退回到被赐予民主制的1848年之前，因此，唯一的办法就是通过对民众的教育对既成事实加以疗救。对民主派来说，受教育的权利更是人民主权原则的应有之义，用福楼拜的话说，这又是一个"教条"。泰纳本人也一度认为，只要人民能接受更好的教育，普选制的危害和局限性就不会那么突出。1852年，他在和普雷沃-帕拉多尔辩论时还捍卫了普选制的原则，认为"解决的方案就

---

[1] *Bouvard et Pécuchet*, p. 60.

在对民众的教育中"。[1] 莫里斯·布洛克在《政治学词典》中的《人民之音,上帝之音》一文里,对那种"不管在什么领域里,民众的判断都应当被视为正当的"说法提出了质疑,但他也承认,教育可以减轻普选制造成的恶。

《布瓦尔与佩库歇》的第十章还是把教育和政治联系在了一起。在此前的章节里,两位主人公读的是《社会契约论》;在此处,他们读《爱弥儿》(*Émile ou De l'éducation*),读卢梭这位"1793年的上帝""民主制的大祭司"的其他著作——对《社会契约论》而言,《爱弥儿》乃是势在必行的补充和延续。同样,在相反的政治阵营中,政治和教育问题也是同一个学说的论述对象:"伯爵再一次就铁腕问题大肆发挥,他认为儿童和人民一样,都得靠铁腕治理。"[2]《庸见词典》中"普选"和"铁腕"这两个立场相对,各自偏向民主和反动的词条也都论说了教育。不过,小说第十章中表达的是自由派的观念,在这种观念看来,普选制是难以纠正疗救的,民主也总是"空话大话"。为了传承科学知识,主人公要对它们重新进行检验,可这导致了一系列的失败,而对民众的教育也总是沦为空想:本来,按照教育和政治的联系,要启发民众的政治能力,就得对他们进行通识教育(通识教育意味着不存在专门的"政治教育",这就是为什么唯独政治主题会在讨论教育的章节里缺席),可弃儿维克多和维克多琳却显得难以管教,因为"出身"发挥了更重要的作用。在布瓦尔和佩库歇收养两个孤儿之前,他们对人类自我完善的前景充满了信心,

---

[1] *Taine, sa vie et sa correspondance*, t. I, p. 193. 普雷沃-帕拉多尔对此的回答是:"你说,对民众的教育足以提供真正的解决之道,在这一点上你是对的。可是现在,我这个已经完成教育的人,却将继续做一个奴隶。难道你准备让人类中的精英阶层去等待那些落后分子,而且一等就是几个世纪吗?"(O. Gréard, *Prévost-Paradol*, p. 187.)

[2] *Bouvard et Pécuchet*, p. 361.

他们问道:"他俩生来就有一个做苦役犯的父亲,这难道是他们自己的错?"[1]可是很快,"父亲的血统已经显示了出来",[2]强盗的后人去不掉打在身上的烙印。佩库歇得出结论说,"有些人天性里就没有道德感,教育也无能为力"。[3]从巴黎公社以来,人们一直在讨论民主,讨论免费的义务性教育,就在福楼拜写小说第十章的1880年,议会还在讨论相关的议案,可这些举措在"天性"面前却毫无办法。福楼拜在教育问题上的看法是一贯的,早在1852年,他就告诉路易丝·科莱,"我更相信出身而不是教育"。[4]1871年,他在给乔治·桑的信里又提出了同样的指责。

如果农民也学会读书识字,普选是否会更好一些呢?福楼拜并不这样认为。"至于一般的老百姓,读了免费和义务的书,他们的教育也就完成了。即使人人都能读《小日报》(*Le Petit Journal*)和《费加罗报》,[5]他们也不会再看别的东西,资产者、有钱人读的东西就到此为止。"[6]在别处他又讲,"免费和义务的教育只会增加白痴的数目,勒南在他的《现代问题》里已经讲得明明白白"。[7]福楼拜当然与勒南等少数贵族派情投意合,尤其是泰纳在《现代法国的起源》末尾改变了自己1871年对普选制提出的修正主张时,福楼拜更是赞成。本来,按照泰纳的意见,地方分权和多级选举可望提升民众的政治教育水平,也能够更好地选拔官员,但到晚期他却改变了这一乐观的结论:在1894

---

[1] *Bouvard et Pécuchet*, p. 377.
[2] *Ibid.*, p. 391.
[3] *Ibid.*, p. 408.
[4] *Correspondance*, t. II, p. 111.
[5] 《小日报》为1863—1944年发行的一份日报,在世纪之交一度成为法国发行量最大的报纸。《费加罗报》创立于1826年,至今仍为法国最有影响力的报纸之一,立场偏右。——译者注
[6] *Correspondance*, t. IV, p. 40.
[7] *Ibid.*, p. 44.

年他去世后才出版的、未完成的《现代法国的起源》最后一卷《教会、学校》(l'Église, l'École)中，泰纳把自由主义的立场推到了极端，甚至发展到反对义务教育、民众受教育权的地步。而在1871年，福楼拜在致乔治·桑的信里就提出了近似的主张："当务之急是教育富人，一般来说他们也是强者。首先应该教育资产者，因为他们无知，彻底地无知。民主制的全部梦想就是把无产者提升到愚蠢的资产者的水平。这个梦想如今是部分地实现了……再过三年，所有的法国人都将学会阅读，但您相信我们因此就会更加进步吗？相反，您可以想象，如果在每个市镇里只有一个资产者，他不仅读过巴斯蒂亚（Frédéric Bastiat）[1]的书，还受到当地人的尊重，那么局面就会有所不同了。"[2]

《布瓦尔与佩库歇》未完成的末章把我们引向教育的失败，也通往小说第二卷设想中的"抄录"主题。尽管小说在结构上是循环式的，它在主题上却呼应了《现代法国的起源》全书提出的必然结局。在出身、背景面前，民众教育将无法避免地归于失败，这一结果验证了普选制命中注定的悲剧，否定了民主的合法性。如此一来，小说仿佛就成了对受教育权、教育的义务和责任的清算，而它们都是人权的一部分，是大革命的教义；当然，民众教育理想的失败也同时成了对道德常识、对小说运行轨迹的检验，在这个意义上，与其说这部小说是一部"批判性的百科全书"，不如说它是一本"政治社会学教程"。考虑到普选制主题被嵌入的是小说的中心位置，我们如果也想把政治作为阅读《布瓦尔与佩库歇》的核心视角，那么就应该意识到正是民主制的失败使小说成了另一本《现代法国的起源》。

---

[1] 弗雷德里克·巴斯蒂亚（1801—1850），法国自由主义经济学家。——译者注
[2] *Correspondance*, t. IV, p. 44.

5 福楼拜之三,泰纳之二
——普鲁斯特的馈赠

——您可真行,居然把《布瓦尔与佩库歇》变成了福楼拜版的《现代法国的起源》,您还建议把小说里的人物,迪姆舍尔的那位朋友,看成是伊波利特·泰纳本人。不过您没有权利就这样不管不顾,扬长而去。我们不会接受您把一位伟大的法国作家,19世纪最杰出的作家和20世纪文学的先驱者之一,和一位过了气的经院哲学家联系在一起,何况一百多年来这位哲学家还代表了法国的保守势力。我们得搞清楚一件事:福楼拜不是泰纳,小说也不能被缩减为一篇哲学论述或者政论文;文学也好,艺术也好,无论在形式上还是在内容上,它们都必须超越您在两位同代人、友人之间找到的那种相似性。总之,到底是什么让福楼拜与泰纳不同,到底什么是文学?

——哎,把这两个老伙计搅和在一起,让人搞不清他们的不同,这可不是我的意图。他们两人之间还是有很多差别的。

首先,泰纳最喜欢的小说家是司汤达。福楼拜有一次写信问他,如果要重读《红与黑》和《巴马修道院》,应该选择什么版本才好,在提问之前他语带讥讽地说,"对司汤达您很擅长";[1]可福楼拜自己,按普鲁斯特打抱不平的说法,"曾经残酷无情地忽略了司汤达",[2]他对泰纳钟爱司汤达是颇不以为然的,在阅读《19世纪法国

---

[1] *Correspondance*, t. V, p. 49.
[2] Proust, «A propos du "style" de Flaubert», *Essais et Articles*, Paris, Gallimard, coll. «Bibliothèque de la Pléiade», 1971, p. 597.

哲学家》(Les Philosophes français du xixe siècle) 时所作的笔记里他写道："泰纳偏爱贝尔过了头,超过他对雨果和巴尔扎克的评价。"[1]

其次,泰纳在 1863 年结识福楼拜之后说过,"他没结婚,也不富裕",[2] 此时他们观点差不多。1868 年,尽管岁月已晚,泰纳还是结了婚,他在给圣勃夫的信中谈到了福楼拜的问题:"在解决我的人生大事之前,我曾反复思忖过。有两个活生生的例子浮现在我眼前,福楼拜和勒南,他们都是我喜欢、尊敬的家伙。我终究还是做出了选择,我也会尽力让它不变成一个糟糕的选择。"[3]至于福楼拜,他同样在泰纳的婚姻里看到了性情不合的征兆。玛蒂尔德公主曾向他询问新婚夫妇的消息,他回信说:"提到老朋友泰纳,您说得对,他过得还算开心。我认为他是不能承受激烈的情绪的。巨大的痛苦和深深的沉醉都与他无缘。这对他倒是最好的。"福楼拜用一笔描出一个性情浪漫的"老男孩"对一个"小教师"的看法:"您难道不觉得,他看上去像一个生来就已经成了家的人?"[4]

最后,泰纳在三次执拗参选之后,终于 1878 年入选法兰西学士院,而福楼拜却一向回避参选的请求,哪怕它来自雨果。他给罗热·德·热奈特夫人写信说:"我有没有告诉过您,他(雨果)和我谈起法兰西学士院,总是那一套调子?……不过您的朋友既不是那么愚蠢,也不是那么谦逊。"[5]接下来他就把学士院里诸位"不朽者"中的平庸之辈列举了一番。在泰纳某一次参选失败以后,福楼拜向玛蒂尔德公主坦承了自己的想法:"您对我说过,所有人在内心深处都向往着在学士院占有一席。然而并非所有人都如此,我向您保证。如

---

[1] Ms. g.226^6, f° 49.
[2] *Taine, sa vie et sa correspondance*, t. II, p. 232.
[3] Cité par C. Evans, *Taine: essai de biographie intérieure*, Paris, Nizet, 1975, p. 143.
[4] *Correspondance*, t. III, p. 427.
[5] *Correspondance*, t. V, P. 60.

果您能够阅读我的内心,那您就会看到我的真诚。"[1]泰纳在成功入选之后立刻开始为福楼拜活动,对此后者只能压制自己的不满,他告诉玛蒂尔德公主:"泰纳是个好人,总想着让我也进入学士院!可是我是不会请求他的投票的!说到底这样的荣耀又有什么意义?"[2]

您瞧,在诸如司汤达、学士院、婚姻这些至关重要的问题上面,泰纳和福楼拜的偏好是互相矛盾的,他们的选择是截然相反的。如果让他们一起接受圣勃夫式的考察,问他们对女人、上帝、金钱等的看法,那我们得到的结果也会和上面一样。当然,您并不是要我去品评人物,妄分高低。

还有更严肃的区别。自当年圣勃夫写下系列评述,试图把神秘莫测的文学创作从疯狂的因果探求中拯救出来,此类拨乱反正的意见就成了一种惯常的抱怨;而福楼拜显然接受、复制了这些意见,他所针对的目标正是泰纳的批评方法。当初,《英国文学史》被读者当作笑料,初识泰纳不久的福楼拜写信给罗热·德·热奈特夫人:"如果《英国文学史》讨您喜欢,那最好不过。这本书文笔高雅,史料坚实,不过我还是要批评它的出发点。在艺术中,除了生产它的那位工匠所在的环境,除了他的心理状态,总还有些别的东西。靠了这个体系,人们可以解释系列出现的东西,认知群体,但绝不能认识个性,也就是说,不能揭示那些决定一个人'是其所是'的特殊事实。用这样的方法,就必然会引导我们去忽视'个人才能'。于是,一部杰作除了被当作历史文献,就再也没有其他意义了。"[3]其实,批驳"种族、环境、时代"三要素说的意见早已众所周知,实在不必再大费唇舌,

---

[1] *Correspondance*, t. V, p. 58.
[2] *Ibid.*, p. 110.
[3] *Correspondance*, t. III, p. 218.

福楼拜此番长论复述的不过是通常的反对观点，它并没有体现出福楼拜的反对立场中有什么特殊之处。

要知道，把作品仅仅视为历史文献，这却是福楼拜强加给泰纳的观点，他也正欲借此划清自己与泰纳的界限。当1879年福楼拜为准备《布瓦尔与佩库歇》中的哲学章节，在15年后阅读《19世纪法国哲学家》时，他居然还记下了这样的句子："泰纳的愚蠢观点：'没有人能不把《布瓦洛》当成历史文献以外的东西来读。'"[1]摘录之余，他还在笔记上附加了一笔："大人物——精神"。言下之意，泰纳的这句话会被归入小说的第二卷《蠢言录》。事实上，这句话也的确在笔记中被归入"大人物，被纠正的经典作家"一栏。[2]这就是说，在两位老实人的"抄录"中，竟然会有泰纳的话，福楼拜把泰纳当作了一个傻瓜！只要我们相信福楼拜并没有把自己也列入蠢人之列，那么，以他头脑里划出的这条界限，难道还不足以把他和泰纳区分开来吗？

不过事情还要更错综复杂一些。把文学作品还原为历史文献固然是粗暴的，但以个人才能、艺术的名义把作品拒之门外，也同样不可接受。在福楼拜和泰纳之间，一切真实、有意义的争论都与小说与历史的联系相关，而在这个问题上他们两人其实都并无定见，这仿佛是因为，在文学批评与历史难解难分的关联后面，隐藏着小说与历史的关系，而后者同样是难以索解的。从《包法利夫人》发表之日起，甚至还在福楼拜和泰纳相识之前，批评界就已经开始把他们放在一起讨论，仿佛福楼拜的小说是对泰纳的"环境"说的绝好演示。早期，圣勃夫就声称这部小说"应该……配着泰纳的两

---

[1] Ms. g.226^6, f° 49.
[2] *Œuvres complètes*, Paris, Club de l'honnête homme, 1975, t. VI, p. 486.

篇文章一起读";[1]到了福楼拜辞世之日，布吕纳介又认为《包法利夫人》不仅是个人的杰作，也是法国文学史上的杰作，其"文献价值"堪与乔治·艾略特的《米德尔马契》(*Middlemarch*)并论："在未来许多年里，只要人们还想了解1850年的法国外省风俗，他们就会重读《包法利夫人》。"[2]至于泰纳，他早在这本书问世之时就断然宣称，"自巴尔扎克以来，我还从未见过比它更美的小说。"[3]这个评价把司汤达排除在外，后来，他也一直保持着对这部反映诺曼地区乡村生活的文献的仰慕。[4]

"他还无法写出那部关于巴黎的小说，因为还没有找到人物的姓名。"1863年1月，正在创作《情感教育》的福楼拜两次到访，泰纳记下了作家此时的写作状态。泰纳经常提道，他自己一向把文学创作放在高于哲学，也高于文学批评的位置上，就在前一年，他还尝试过写一部司汤达式的小说；以他的文学眼光，正可以认真地观察福楼拜的性格及其文学创作的进程。[5]福楼拜或许会有不同的想法，他在1869年告诉屠格涅夫，"我的朋友圣勃夫和泰纳也有让我恼火之处，他们总是不能充分地考虑艺术，考虑作品本身，它的布局、文体，总之那些构成美的东西"。[6]尽管如此，泰纳和福楼拜在小说和历史观念上还是有诸多近似之处。在收到《情感教育》时，泰纳回信给福楼拜，又一次谈起了这本书的文献价值："在我看来，您创造的人物是在现代法国中产阶层中提炼的精确样本……

---

[1] Sainte-Beuve, *Causeries du lundi*, t. XIII, Paris, Garnier, 1858, p. 297.
[2] Brunetière, «Gustave Flaubert», *Revue des Deux Mondes*, 15 juin 1880, p. 843.
[3] *Taine, sa vie et sa correspondance*, t. II, p. 157.
[4] *Taine, sa vie et sa correspondance*, t. IV, p. 308.
[5] *Taine, sa vie et sa correspondance*, t. II, p. 235. Voir Taine, *Étienne Mayran*, fragments, préface de Paul Bourget, Paris, Hachette, 1910.
[6] *Correspondance*, t. III. p. 467.

我觉得，您仿佛是在对自己说：'让我们往这街道上撒上一张大网，将那些来往的行人搜罗殆尽……让我们把这些人类的样本放在完全真实的风景和事件中去……这样我就能绘制出 19 世纪巴黎中产者生活的最准确的模样，而这个样本的环境也和它本身一样，是留给世人的史料。'这是我所想象的您对自己说的话，我对您的理解是否准确呢？"[1]是的，我认为这一次泰纳准确地理解了福楼拜，理解了在虚构人物和真实背景事件之间保持平衡的困难性。在开始写《情感教育》第三部分第一章时，福楼拜几乎用和泰纳一样的语言说道："要把我的人物放置到 1848 年的政治事件里，这对我来说是很难的。我担心画面的近景会被背景吞噬掉。这就是写历史题材的局限。真实的历史人物会比虚构的人物更有吸引力，特别是在后者缺乏强烈的激情的情况下。"[2]

两位作者相互接近的步伐还没有停歇。1868 年，泰纳将《荷兰的艺术哲学》(*La Philosophie de l'art dans les Pays-Bas*) 一书题献给福楼拜，后者首先发现，"个人才能"在这本书里占据了重要的位置，已可与"种族"和"环境"并列。[3]上一年，福楼拜在收到《论艺术中的理念》(*De l'idéal dans l'art*) 时，他就承认自己对泰纳的不满已经消退了许多："您说过的一句话曾经触犯了我，您认为艺术作品只有作为历史文献才有价值。"（我们还记得，福楼拜本要把"泰纳对《布瓦洛》的愚蠢观点"收入《布瓦尔与佩库歇》的"抄录"部分）"现在，我发现您反过来更重视艺术的本然地位了，是这样吗？我想您是对的。事实上，文学作品之所以重要，在于它的永恒的价

---

[1] Flaubert, *L'Éducation sentimentale*, Paris, Conard, 1910, p. 703.
[2] *Correspondance*, t. III, p. 405.
[3] *Ibid.*, p. 453.

值——它越能表现一切时代的人性，就越美。"[1]虽然这番话里语气还有些犹疑，甚至还有个奇怪的问号，两人观点的和解已是清晰可见：历史批评和艺术批评已经不再是水火不容了。泰纳现在想把历史转换为一部真正的小说，福楼拜则日益倾向于把小说写成一部真正的历史。从《萨朗波》(*Salammbô*)到《希罗底亚斯》，[2]福楼拜的小说创作轨迹证明了这一点，在他的笔下，美和真越来越融为一体。

在巴黎公社运动之后，福楼拜将第二帝国时代艺术、美感和道德感的堕落归咎于现代批评中的历史主义倾向，即如他所说，"我们已经丧失了善与恶、美与丑的概念。您想一想近年来的批评吧"。[3]尽管如此，福楼拜和泰纳之间越来越心意相通，在《希罗底亚斯》发表时，两人的默契更是达到了顶点。泰纳对这篇小说的成功表示祝贺，他写道："您说得对，历史和小说现在已经难以分割了，但我会对此加上一个前提：如果小说家们都像您这样写作的话。关于基督教的背景、起源和实质，您这部 80 页的作品让我学到的东西比勒南的作品更多。正如您所了解的，我对他的《使徒传》《圣保罗》和《敌基督》(*Antéchrist*)一向都很喜欢；不过，要想知道那个时代人的风俗、情感和生活的全景，就非得靠您那栩栩如生的文笔不可。靠了艺术，靠了文体的力量，您成功地避开了那些最重大的困难。"[4]勒南曾经像布瓦尔对佩库歇一样背信弃义，泰纳在结婚时已经追随了他的榜样；现在，由于小说和历史已在真理中融为一体，由于勒南的历史已经如

---

[1] *Correspondance*, t. III, p. 359.
[2] 《萨朗波》是福楼拜 1862 年出版的历史小说，以公元前 3 世纪布匿战争时代的佣兵战争为题材。《希罗底亚斯》的主人公（一译希罗底）则是公元前 1 世纪的犹太公主，大希律王的孙女、莎乐美之母。《新约·马可福音》中提到了她。——译者注
[3] *Correspondance*, t. III. p. 641.
[4] Flaubert, *Trois Contes*, Paris, Conard, 1910, p. 227.

明日黄花，泰纳更是成功地对他反手一击。

一切看上去都很好，尽管如此，还是有某种暧昧不清的东西。差不多就在这个时候，泰纳向屠格涅夫吐露了他的担心，毕竟福楼拜正陷于那部以两位老实人做主角的小说里，无法自拔："我考虑了很久，凭良心说，我认为从《情感教育》以来，对体系的追求，皓首穷经、长年累月在图书室里的孤独时光，早已让他陷入了迷途。如果继续过这样的日子，他会搞出一些历史研究的成果来，比如传记批评、文献考订等，可就是写不了小说。"[1] 总之，这部小说会被看成一份历史文献，但既然是虚构，就不应该一味以考证取胜，否则又与真正的历史书何异。到底是历史，抑或小说？二者之间的分界线和平衡点总是难以把握，这不仅让福楼拜和泰纳的个人交往遭遇两难，他们的观点也往往进退失据。不过，无论如何，这些都不是让两位老朋友分道扬镳的理由：在下一代知识分子即那些实证主义者眼里，他们总归亲如一人。

泰纳这么评论《希罗底亚斯》的成功："靠了艺术，靠了文体的力量，您成功地避开那些最重大的困难。""艺术"和"文体"，这些术语绝不会让福楼拜心生不满。观念的改变就在一瞬之间，仿佛哥伦布敲碎熟鸡蛋就能将它竖立。当年《包法利夫人》面世时圣勃夫就说过，"他是个有文体的人"。[2] 这也就是小说、文学赖以超越历史和文献的地方，是成就"美"的"多余之物"，也是福楼拜眼中现代文学批评忽略了的东西。不过，泰纳的赞词又是何等暧昧！"避开困难"，这是否意味着对困难的解决呢？这是否意味着文学的超越性呢？还是说，这仅仅意味着逃避、无视历史学家所面临的问题，把它们藏在小

[1] C. Digeon, *Le Dernier Visage de Flaubert*, Paris, Aubier, 1946, p. 68.
[2] Sainte-Beuve, *op.cit.*, p. 287.

说下面了事？如果是这样，那么小说与历史相比，就仍有力所未逮之处。泰纳的赞词制造的问题比他能解决的问题更多。

无论如何，毕竟是文体——尽管我们并不清楚文体究竟意味着"增之一分"还是"减之一分"，不清楚它带来的是完美还是扭曲——毕竟是艺术的力量让小说脱离了历史，也让福楼拜脱离了泰纳和勒南，至少在泰纳眼中是如此。泰纳一直认为自己缺乏文体，他怀疑自己是否真的具有写作的能力。在那封著名的关于《论理解力》信中，他希望福楼拜能够谈一谈自己在文学创作中体验到的幻觉，可在信的开头，这位"哲学家"却因《意大利游记》招来晦涩乏味之讥而感到懊恼，毕竟他的本意是写一部引人入胜的作品："我的风格不在于清晰、流畅。"[1] 当福楼拜向历史大献殷勤的时候，泰纳也想在小说场上一试身手，但显然并不那么成功。

在19、20世纪之交有过一场著名的关于文体的争论。争论仿佛是偶然发生，于是就被称为"泰纳问题"。争论参与者更改了布封的定义，他们关注的是文体（风格）是否可以打磨、学习，是否可由个人意愿催生而出。安托万·阿尔巴拉是这场争论的主要发起者，他写过大量诸如《写作技艺二十讲》、《跟作家学文体》(*La Formation du style par l'assimilation des auteurs*)、《从作家手稿修改中学习文体》(*Le Travail du style enseigné par les corrections manuscrites des grands écrivains*) 之类的书，并在20世纪20年代将泰纳致福楼拜的一批书信公之于众。争论取泰纳之名，是因为他早年专注于思想，文字抽象干枯，但据其友人的记述和往来书信的见证，后来他一意求变，力图给自己的文体增色。于是，他变成了一位"视觉作家"，或按法盖的

---

[1] Antoine Albalat, *Gustave Flaubert et ses amis*, p. 252.

说法，获得了"造型艺术特有的风格，其用笔色泽丰满，形态多姿，图像生动，高低起伏"，与自然本相大不相同。[1]作为后天训练、人力规范的成果，泰纳的文体在世纪之交一度成为公式化写作的模板。多年以后，普鲁斯特1920年在为保罗·莫朗（Paul Morand）[2]的小说集《温柔的储存》（*Tendres Stocks*）所作序言里回忆说，"他那像立体地图一样色彩鲜明的文体在中学生眼里尤为炫目"，[3]借此嘲笑了19世纪的某些流行文体。尽管这位大人物的作品早已失色，甚至径直被视为保守落后——不过我在前文说过，泰纳的作品私下里反而更具影响力了[4]——他的名字却与法盖力图传递的一种理念联系在一起。对泰纳来说，风格是人的反面，他的风格"是后天学习得来的"。这就是为什么阿尔巴拉把泰纳树立为他那所谓新修辞学的样板；而由此我们也就懂得，为什么在论战中与阿尔巴拉对立的是雷米·德·古尔蒙（Remy de Gourmont）：[5]后者的观点与阿尔巴拉相反，偏于感官主义——在这点上倒是与泰纳的精神暗合——背后隐藏的是坚持风格个体化本位的生理学决定论思想，[6]按照这种观念，泰纳之所以通过训练、学习找到了新的文体，那是因为这种风格本来就内在于他的本性。这场争论没有边界也不会有结局，就像关于文学创作的一般争论一样，而它的用词也和泰纳自己的发问方式没有什么不同；事实上，即便泰纳的追随者们否认这一点，他们也无法摆脱此类言辞：文

---

[1] É. Faguet, *L'Histoire de la littérature française*, cité par R. De Gourmont, *Le Problème du style*, Paris, Mercure de France, 1902, p. 71.

[2] 保罗·莫朗（1888—1976），法国作家、法兰西学士院院士，作品繁多，以文体见长。——译者注

[3] Proust, *Essais et Articles*, p. 607.

[4] 参见本书第一部分第26节。

[5] 雷米·德·古尔蒙（1858—1915），法国小说家、文学批评家，其风格近于象征主义。——译者注

[6] Remy de Gourmont, *Le Problème du style*. 另可参见阿尔巴拉的回击：*Les Ennemis de l'art d'écrire*, Paris, Librairie universelle, 1905.

学，到底是天才的显露，还是工作的结果？

历史再次复归。所谓"泰纳问题"到底是指什么？一位向来被指责无限贬低个人才能的作者，现在却因为他的个人才能问题而受到讨论。

那么，在我们所有人中间，在整部法国文学史中间，是谁最明显地、最突出地适用所谓"泰纳问题"？除了他的老友福楼拜，还能有谁呢（不过如上文所说，这并不意味着在泰纳和福楼拜之间寻找差异）？这么说，仿佛"泰纳问题"就是给福楼拜量身打造的。"福楼拜是否懂得写作？"这个问题和《包法利夫人》一样历史悠久，因为这部小说里的法语错误经常为人诟病。蒂博代会说，"有一个福楼拜问题"，而且这个问题的戏剧性不下于"泰纳问题"。在1914年，蒂博代起初面对的还是让阿尔巴拉和古尔蒙相持不下的老问题，它的所指当然早已泛化，也超越了泰纳这位具体的命名者：这一年，蒂博代在《新法兰西杂志》上发表《批评与文体》（«La critique et le style»）一文，此时恰逢福楼拜青年时期的文字重见天日，于是问题又设定为：青年福楼拜是否懂得写作？他是否后来才学会写作？在1919年路易·德·罗贝尔（Louis de Robert）[1]与保罗·苏代围绕"福楼拜的文体"[2]展开的论战中，蒂博代原本希望一举解决这个问题，但他立刻招来普鲁斯特的雷霆之怒。[3]

---

[1] 路易·德·罗贝尔（1871—1937），法国作家。——译者注

[2] A. Thibaudet, «La critique et le style» (1914), «Une querelle littéraire sur le style de Flaubert» (1919), et «Lettre à Marcel Proust sur le style de Flaubert» (1920), *Réflexions sur la critique*, Paris, Gallimard, 1939.

[3] Proust, «A propos du "style" de Flaubert» (1920), *Essais et Articles*. 关于这个问题，我认为目前最好的做法是参考热奈特的著作：G. Genette, «Flaubert par Proust», *L'Arc*, n° «Flaubert», 1980.

"福楼拜问题"其实就是"泰纳问题"，它可以归结为一点：写作是否可以通过学习来掌握？风格并不能将两个相似而又相异的人区分开来，在这一点上它与题材相比并无优势。1919年，蒂博代这样评论福楼拜："和他的朋友泰纳一样，他靠工作扼制了生活的荒诞。他希望并且寻找一种自我规训。"[1]这一自我规训，这一漫长、艰难的惩戒的结果便是福楼拜获得了他的文体，就如同泰纳通过打磨让自己的文体增色一样。蒂博代在1922年的《福楼拜》一书中坚持了自己的观点："福楼拜的文体并非源于什么自然的、令人震惊的禀赋，它是自我规训的产物。"[2]显然，与普鲁斯特的争论并没有动摇他的观点。有人因蒂博代拒绝把"天生的作家"之类的称号授予福楼拜而激动不解，但他回答说，"后天能够获得的是恒定的习性，不是什么与生俱来的内在性"。[3]

　　为了让阿尔巴拉懂得他那些轻飘飘的入门读物根本不登大雅之堂，古尔蒙把他比作布瓦尔和佩库歇，这两位老实人以为文体可以从书本中学到，可他们尝试的结果却是不停地失败。

　　和布瓦尔、佩库歇、泰纳一样，蒂博代眼里的福楼拜也不是什么天赋异禀之人，他的文字功夫来自经年累月的练习。还是那个挥之不去的两难问题。泰纳和福楼拜的确是同道之人。"工作愉快！"在每一次通信的结束，他们都会互相鼓励。他们本质上都是勤奋劳作的工匠，不是完美无缺的天使。

　　从福楼拜到普鲁斯特，从1870年到1914甚至再到一战之后，"泰纳问题"始终保持着开放：成就文学大业的，到底是个人才能，

---

[1] Thibaudet, *Réflexions...*, p. 74.
[2] Thibaudet, *Flaubert*(1922), Paris, Gallimard, 1935, p. 208.
[3] *Ibid.*, p. 252.

还是勤奋的劳作？这绝不是可以一言蔽之的问题。纵使布封再生，他也会承认天才就是漫长的辛劳。福楼拜在1864年就批评过："以前，人们都相信文学是纯然个人之事，兴之所至，作品就像流星坠落一样自天而降。现在，他们又否认一切个人意志的作用。这些想法都过于绝对。我想，真理应该还是在二者之间。"[1]诚哉斯言。如果囿于天才和劳作的二元对立，非要做除此即彼的抉择，那就只能进入恶性循环。然而我们的大幸在于普鲁斯特的涌现。尽管他也相信有"语法上的天才"，[2]但他却不愿为固有禀赋、内在性、风格本性之类的问题纠缠不休。在他看来，一位作家的存在就意味着一群"语句"——例如福楼拜就可以化身为若干他耳熟能详的语句——但语句却只是形式而非什么奥秘：什么是福楼拜？他只存在于那"足以将对象变形、重塑的句法所体现出的稳定特征"之中。[3]

针对圣勃夫和泰纳的历史主义批评，福楼拜由衷地呼唤一种真正的艺术批评。他向乔治·桑提出了这样的问题："在什么时候，我们可以成为艺术家——只是艺术家，但必须是好的艺术家？在什么地方，您可以见到这样的批评，它只关注作品本身，但的确是真正的关注？我们一直在精细地分析作品产生的环境、促成它诞生的机缘，可是孕育作品的那内向的诗学观念在哪里？它的构成，它的风格，有谁曾加以讨论？还有作者的视点问题……都从未有人言说！"[4]以后设视角观之，普鲁斯特的这篇文字，不就正是福楼拜所期待的，能够还他以公正评价的那种主观、充满热情，然而优秀的艺术批评吗？更不必说还有一部《追忆》，作者承认他从福楼拜那里获益良多。

---

[1] *Correspondance*, t. III. p. 218.
[2] Proust, *Contre Sainte-Beuve*, p. 299.
[3] Proust, «A propos du "style" de Flaubert», p. 593.
[4] *Correspondance*, t. III. p. 466.

泰纳的胜利是显而易见的。时至 1920 年，蒂博代仍然要让福楼拜经受"泰纳问题"的考验——他到底是不是一位"天生的作家"？这样的问题意识也足以证明，从 1870 年以来，文学的第三共和国一直在这位哲学家的统领之下，尽管这个共和国现在正打算废除他的地位。不过，普鲁斯特的胜利却是持久的，他改变了问题本身，重设了我们的视野。新的问题意识不再关注风格的起源，也不再讨论文学创作究竟出于天才的闪念还是由劳作来塑造，它关注的仅仅是作品语句的特征。布封现在成了一位形式主义者。

唯有普鲁斯特曾让朗松那强大的意志中出现了一丝犹疑，这犹疑指向文学史的公设，即文本中存在着留待阐释的、单一的意义。[1] 同样，也唯有普鲁斯特能够动摇文学的第三共和国，从此，共和国课堂里最好的学生，泰纳和福楼拜，不再平起平坐。

——您不是催促我回答"什么是文学""什么能区分福楼拜和泰纳"吗？好吧。答案就是普鲁斯特。这并不是开玩笑。

---

[1] 参考本书第一部分第 30 节。

作者简介：

安托万·孔帕尼翁（1950—），法国当代著名文学理论家、批评家，曾任法国索邦大学、法兰西公学教授、美国哥伦比亚大学教授，著有《二手文本或引述手法》《现代性的五个悖论》《理论的幽灵》《反现代派》《与蒙田共度的夏天》《与波德莱尔共度的夏天》《巴黎的拾荒者》《普鲁斯特与犹太人问题》等。2022年当选法兰西学士院院士。

译者简介：

龚觅，文学博士，首都师范大学法语系副教授，研究方向为法国现代文学和文学思想史，著有《佩雷克研究》（上海外语教育出版社，2008），译有《古典教育史》（华东师范大学出版社，2017）等。

法兰西思想文化丛书

《内在经验》
［法］乔治·巴塔耶 著　程小牧 译

《文艺杂谈》
［法］保罗·瓦莱里 著　段映虹 译

《梦想的诗学》
［法］加斯东·巴什拉 著　刘自强 译

《成人之年》
［法］米歇尔·莱里斯 著　东门杨 译

《异域的考验：德国浪漫主义时期的文化与翻译》
［法］安托瓦纳·贝尔曼 著　章文 译

《罗兰·巴特论戏剧》
［法］罗兰·巴特 著　罗湉 译

《浪漫的谎言与小说的真实》
［法］勒内·基拉尔 著　罗芃 译

《1863，现代绘画的诞生》
［法］加埃坦·皮康 著　周皓 译

《入眠之力》
［法］皮埃尔·巴谢 著　苑宁 译

《祭牲与成神：初民社会的秩序》
［法］勒内·基拉尔 著　周莽 译

《黑皮肤，白面具》
［法］弗朗茨·法农 著　张香筠 译

《保罗·利科论翻译》
[法]保罗·利科 著　章文　孙凯 译

《从福楼拜到普鲁斯特：文学的第三共和国》
[法]安托万·孔帕尼翁 著　龚觅 译

《论国家：法兰西公学院课程（1989—1992）》
[法]皮埃尔·布尔迪厄 著　贾云 译

《细节：一部离作品更近的绘画史》（即出）
[法]达尼埃尔·阿拉斯 著　东门杨 译

《犹太精神的回归》（即出）
[法]伊丽莎白·卢迪奈斯库 著　张祖建 译

《人与神圣》（即出）
[法]罗杰·卡卢瓦 著　赵天舒 译

《伟大世纪的道德》（待出）
[法]保罗·贝尼舒 著　丁若汀 译

《十八世纪欧洲思想》（待出）
[法]保罗·阿扎尔 著　马洁宁 译

《人民的本质》（待出）
[法]黛博拉·高恩 著　张香筠 译

《现代国家的公与私：法兰西公学院课程（1987—1989）》（待出）
[法]皮埃尔·布尔迪厄 著　张祖建 译

（书目将持续更新）